DANKSAGUNG

Vom Anfang bis zum Ende war dieser Roman ein Abenteuer – inklusive der paar Manuskriptseiten, die völlig durchnässt wurden, als es bei einem heftigen Gewitter durch das Dach meines Büros regnete. Zuallererst möchte ich meinem lieben, stets hilfsbereiten Ehemann Sandy danken, der die Komik solcher Situationen erkannte und meinen Kummer linderte. Klaglos ließ er sich in zahllosen Nächten von meinem hektischen Getippe auf der Computertastatur in den Schlaf lullen. Zudem leistete er wertvolle Redaktionsarbeit und wies mich auf Romanszenen hin, die ihm emotional nicht hundertprozentig richtig erschienen. Hoffentlich spiegelt die Geschichte, die Sie nun lesen werden, dieses Streben nach Wahrhaftigkeit wider.

Ich möchte auch den Damen von Viking danken, die mich zu sicheren Ufern führten: Susan Petersen für ihre Freundlichkeit und Entschlossenheit; Barbara Grossman für ihre Unterstützung und Ermutigung; und meiner Lektorin Molly Stern. Wie konnte ich bloß so lange ohne sie auskommen?

Außerdem danke ich Louise Burke von Signet für ihren Enthusiasmus, ihren Scharfsinn und ihre eindrucksvolle Leistung mit dem Schlagholz. Ich genieße das Privileg, ihrem Team anzugehören.

Nicht zuletzt bin ich Susan Ginsburg zu Dank verpflichtet,

meiner wundervollen, ebenso dynamischen wie diplomatischen Agentin und Freundin. Danke, dass du zugehört hast, Susan.

Kapitel 1

In dem Augenblick, als Daphne eintrat, wusste sie, dass sie verloren war. Der Laden war fast menschenleer – sogar an einem regnerischen Montagabend im April, während sich die lustlose Basketball-Saison dem Ende näherte und im Fernsehen meistens nur Wiederholungen liefen. Sie nahm Reihen über Reihen von Bücherregalen wahr – helle Eiche schimmerte unter der Neonbeleuchtung, die den trüben Hängelampen in antiquierten öffentlichen Bibliotheken und Apotheken nachempfunden waren. Es waren nur wenige Leute da, die meisten von ihnen saßen, die Gesichter in Büchern vergraben, im Café-Bereich vor dampfenden Tassen.

O Gott, nicht schon wieder. Daphne holte tief Atem und riss sich zusammen, damit sie ihrem Ehemann keinen entschuldigenden Blick zuwarf. Es war nicht nötig, Roger an die monatliche Pokerpartie mit den anderen Ärzten zu erinnern, auf die er verzichtet hatte, um sie *für das* hierher zu fahren.

Während sie der Pfütze auf der schwarzen Gummimatte an der Tür auswich, kehrte eine längst vergessene Erinnerung zurück: Sie sah die alte öffentliche Bibliothek in ihrer Heimatstadt Miramonte vor sich, wo sie als Kind auf den Zehenspitzen gestanden hatte, um das oberste Regal zu erreichen, und das lauteste Geräusch das Klatschen von Miss Kabachniks kraftvoll aufgedrücktem Gummistempel gewesen war. Damals hätte Daphne lieber aus dem Trinkwasserbrunnen getrunken, nachdem Skeet Walker hineingespuckt hatte, als ein Buch über das Rückgabedatum hinaus zu behalten und sich Herrn Kabachniks Zorn zuzuziehen … Genauso fühlte sie sich jetzt auch. Das Herz schlug ihr bis zum Hals, denn sie sollte öffentlich gedemütigt werden.

Was ihr bevorstand, drohte am anderen Ende des Ladens, zwischen der Kinder- und der Kochbuchabteilung – fünf Reihen grauer stählerner Klappstühle, jeweils sechs nebeneinander, jeder so leer wie das Herz eines treulosen Liebhabers.

Auch der Verkäufer sah so aus, als wäre er lieber woanders als hier in Port Chester, Rock Island, wo er bei einer weiteren schlecht besuchten Veranstaltung mit einer unbekannten Autorin den Gastgeber spielen musste. Es war offensichtlich, dass er sich nicht dazu aufraffen konnte, Begeisterung zu heucheln.

Wie ein dicker Klumpen saß die wachsende Panik in Daphnes Kehle. Der Händedruck des jungen Mannes war so schlaff und feucht wie der Mantel, den sie auszog. Sein professionelles Lächeln hätte genauso gut hinter eine McDonald's-Kasse gepasst. Auf seinen Wangen glühten Akne-Pickel, und die Gläser seiner Brille waren verschmiert. Während er ihr mitteilte, Mrs Temple, die Geschäftsführerin, liege daheim mit einer Grippe im Bett und lasse sich entschuldigen, spähte er immer wieder zu Roger hinüber, der seinen Regenschirm ausschüttelte. Zweimal stieß er ihn hart auf die Fußmatte, bevor er ihn sorgsam zusammenklappte und in einen Eimer am Notausgang stellte.

Daphne war an Leute gewöhnt, die vor Roger zu Kreuze krochen. Unweigerlich erregten die Körpergröße ihres Mannes und seine autoritäre Ausstrahlung allgemeine Aufmerksamkeit. Halb und halb erwartete sie, der Verkäufer würde salutieren. Nun wandte er sich wieder zu ihr. »Sie sind pünktlich. Da hinten haben wir alles für Sie arrangiert.«

»Ja, das sehe ich. Aber ich fürchte, da liegt ein Missverständnis vor.« Sie bemühte sich um einen freundlichen, entspannten Ton. »Hat mein Verleger nicht angerufen? Ich habe ihn ausdrücklich gebeten, keine Stühle aufstellen zu lassen, bevor die – Anzahl der Besucher feststeht.«

Geistesabwesend strich der Junge über einen Pickel an seinem Kinn. »Davon weiß ich nichts. Man hat mir nur gesagt, ich soll die Stühle aufstellen. Der Vortrag und die Signierstunde werden doch stattfinden? Jedenfalls habe ich's im Terminkalender gelesen.«

Roger klopfte ihm väterlich auf die Schulter. »Die Rushhour und der strömende Regen … Wie auch immer, ein paar leere Stühle werden uns nicht abschrecken.« Er lachte ein bisschen zu herzhaft. »Sie haben ihn gelesen, nicht wahr? Ihren Roman?«

Nun schenkte er dem Verkäufer sein Kinderarzt-Lächeln. Damit hatte er einmal in Daphnes Gegenwart einem traumatisierten Sechsjährigen mit gebrochenem Arm ein Kichern entlockt. Auf die Mütter übte dieses Lächeln eine magische Wirkung aus. Roger wusste instinktiv, wann er Trost spenden und wann er eine hysterische Mom energisch maßregeln musste. Er besaß sogar eine beruhigende äußere Erscheinung – hoch gewachsen, massiv gebaut wie ein Kirchturm, mit dichtem, grauem Haar, das über der eindrucksvollen Stirn in dramatischem Schwung zurückgekämmt war. Nun beugte er sich ein wenig vor und fügte mit leiser, bedeutsamer Stimme hinzu: »Falls es Ihnen entgangen ist, *Walking After Midnight* wurde in *Publishers Weekly* blendend rezensiert.«

In diesem Augenblick hätte Daphne beinahe die Flucht ergriffen. Sie wusste nicht, ob sie seinen polternden Versuch ertragen konnte, eine eindeutig hoffnungslose Situation zu entschärfen. »Großer Gott, wer hat denn Zeit, all diese Bücher zu lesen?« Etwas zu liebenswürdig lächelte sie den ahnungslosen Verkäufer an und warf einen Blick auf die Karte an seinem Revers. LEONARD.

»Ich würde es als persönlichen Gefallen empfinden …«, fuhr sie in jenem vernünftigen Ton fort, den sie stets anwandte, um Jennie in den Auto-Kindersitz zu locken oder Kyle zu erklären, es wäre besser, seiner Schwester die geliebten *Aristocats* im Videorecorder zu gönnen, als ihr die *Power Rangers* aufzudrängen. »… wenn Sie ein paar Stühle zusammenklappen würden. So viele werden wir nicht brauchen.«

Die Lesung sollte um acht Uhr beginnen. Jetzt war es fünf Minuten später. Auf dem Parkplatz hatte Daphne kein einziges samtenes Absperrseil entdeckt, das die wilde Meute ihrer Fans im Zaum halten würde.

Seufzend zuckte Leonard die Achseln und konsultierte seine schwarze Swatch-Uhr. Irgendwas in der ungeduldigen Drehung seines Handgelenks erinnerte sie an ihren Mann. Nicht nur an Roger. An jeden Mann, der den Eindruck erweckte, die schlichte Bitte einer Frau müsste mit Entschuldigungen serviert und mit femininer Raffinesse vorgetragen werden. Wo hatte sie gelernt, sich so zu benehmen? Vermutlich von Daddy. Im Lebkuchenhaus am Meer, wo Daphne und ihre Schwestern um den Vater herumscharwenzelt waren wie die Dienerinnen in den Märchen, die er den kleinen Mädchen vorgelesen hatte. Nicht die verwässerten Hans-Christian-Andersen-Versionen, sondern Geschichten aus einem früheren, blutrünstigeren Jahrhundert, die in allen grausigen Einzelheiten schilderten, wie Blaubart seine Frauen enthauptete und Aschenputtels hässliche Stiefschwestern sich die Zehen abhackten, damit ihre Füße in den gläsernen Pantoffel passten.

Vor ihrem geistigen Auge erschien das Bild ihres Vaters, der im Brokatsessel vor dem Kamin saß, über einen schweren Lederband gebeugt. Der sanfte Schimmer des gefransten seidenen Lampenschirms glitt über seine schmale Chirurgenhand, die sorgsam die goldgeränderten Seiten umblätterte. *Eselsohren in Bü-*

chern zeugen von Schlamperei und mangelnder Disziplin. Am Oberkopf lichtete sich sein Haar, das von der gleichen hellen Bernsteinfarbe war wie der Scotch mit Wasser, den er sich jeden Abend vor dem Dinner genehmigte. Manchmal strich er darüber, als wollte er sich vergewissern, dass es ihn noch nicht vollends verlassen hatte. Ein langes, in Gabardine gehülltes Bein lässig über das andere geschlungen, ließ er seine Stimme ertönen – voll, melodiös und schaurig.

Am übernächsten Tag würde sie mit Roger und den Kindern nach Kalifornien fliegen, um mit ihren Eltern deren vierzigsten Hochzeitstag zu feiern. Auch die Schwestern und alle Verwandten würden an dem Fest teilnehmen. Plötzlich konnte Daphne das Ereignis kaum erwarten. Alles, was sie schätzte und liebte, schien sich mit dem großen Giebelhaus am Agua Fria Point zu verbinden, wo sich im Lauf der Jahre nur wenig verändert hatte. Der Mahagonibücherschrank im Arbeitszimmer des Vaters, die vergilbten Seiten, die im Zwielicht eines scheinbar endlosen goldenen Sommertags wie Herbstblätter raschelten, die sandigen Badeanzüge über dem Verandageländer, Sonnenbrände und hausgemachte Limonade in rauen Mengen.

Wie aus weiter Ferne hörte sie die Stimme des Verkäufers. »Meistens kommen die Leute zu spät – die Stammkundschaft, mit der man immer rechnen kann.«

Daphne nickte. Bei allen ihren Lesungen tauchten Leute auf, die sich gern unterhalten ließen, solange es nichts kostete; der Student mit dem Pferdeschwanz, der es für seine moralische Pflicht hielt, ein Mitglied der literarischen Unterklasse zu ermutigen, angehende Schriftsteller, die zumindest einen schwachen Hoffnungsschimmer von ihr erwarteten. »Miss Seagrave, ich habe *alle* Ihre Bücher gelesen, und es ist mir eine Ehre, Sie kennen zu lernen.«

Immer nur ein Dutzend Interessenten ... Sie war nun mal keine grandiose Autorin. Obwohl sie meistens gute Kritiken erhielt, hatten ihre Werke nie auf den Bestsellerlisten gestanden. Ihre Geschichten von familiärer Unrast oder Verzweiflung hinter der Fassade eines scheinbar erfüllten Lebens verkauften sich gerade gut genug, um ihrem Verleger einen Vertrag für das nächste Buch zu entlocken.

An diesem Abend hätte Daphne ohne Zögern die Hälfte ihres bescheidenen Vorschusses für einen einzigen Besucher geopfert – einen einsamen Witwer, der die Zeit totschlagen wollte; eine sternenäugige hoffnungsvolle junge Autorin mit Schubladen voller abgelehnter Manuskripte; eine Frau, die einen Einkaufsbummel hinter sich hatte und ihren müden Füßen eine Ruhepause gönnen wollte. Wenn es nur irgendjemand wäre. Sogar ihr Mann.

Aber Roger schlenderte bereits in die biographische Abteilung. Sie beobachtete seinen breiten Rücken unter dem Tweedblazer, die Art, wie er von einer Seite zur anderen schwankte wie die meisten großen Männer – als müsste jeder, der ihm im Weg stand, entweder ausweichen oder ihm folgen. *Wage es bloß nicht!*, rief sie ihm in stummer Wut nach. *Wage es bloß nicht, mich im Stich zu lassen!*

Sie holte ihn bei einem frei stehenden Regal ein, das alle erdenklichen Computer-Sachbücher enthielt, die samt und sonders für die Mentalität von Schulkindern bestimmt waren. Als er ihr ein Lächeln schenkte – nicht aufmunternd, sondern herablassend –, brannten ihre Wangen. »Mach dir keine Sorgen, das schaffst du schon«, versicherte er.

»Wie kannst du das behaupten?«, zischte sie. »*Du* musst ja nicht ins kalte Wasser springen. Allein kriege ich das nicht hin, Roger.«

Nachsichtig schüttelte er den großen zottigen Kopf. Sie erinnerte sich nur zu lebhaft an ihre erste Begegnung im College.

Passenderweise war er ihr Tutor im ersten Logik-Seminar gewesen. Nur ein paar Jahre älter, war er bereits von der Aura eines Professors umgeben. Um das Bild zu vervollständigen, hätte er nur eine Pfeife und lederne Flecken an den Ellbogen gebraucht. Eines Tages bat sie ihn um Hilfe bei einer schriftlichen Arbeit. Entsetzt über ihre Unfähigkeit, offensichtliche Dinge zu erkennen, stöhnte er: »Verstehst du's denn nicht? Ohne A und B gibt's kein C.«

Was hatte sie zu ihm hingezogen? Ironischerweise genau jene solide Berechenbarkeit, die ihr jetzt auf die Nerven fiel. Nach dem Kapitel Johnny waren die leidvollen Tage ineinander geflossen wie Wellen in einem riesigen unerforschten Meer. Und Roger hatte ihr einen Anker geboten – etwas, woran sie sich festhalten konnte, wann immer sie von schmerzlichen Erinnerungen überwältigt wurde.

Johnny …

Das klare Bild, das sie so lange in ihrem Herzen getragen hatte, war längst verblasst wie ein Foto in der Brieftasche, abgegriffen und zerknittert. An seine Stelle trat ein Mosaik aus flüchtigen Eindrücken und Sinneswahrnehmungen. Der schwache beißende Geruch seiner Winstons. Das verlegene Grinsen, das die schiefen Vorderzähne verbergen sollte. Das leise, zynische Gelächter, das nicht zu einem Siebzehnjährigen passte, sondern zu einem viel älteren Mann. Die engen Jeans, die er beharrlich trug, während alle anderen in der Muir High die ausgebeulten vorzogen. Und er scherte sich den Teufel darum, wenn jemand seine Motorradstiefel und die Army-Jacke verspottete, die mehr waren als seine Uniform, viel fester mit ihm verwachsen als der Kampfanzug seines älteren Bruders, den feindliche Kugeln in Vietnam zerfetzt hatten.

Daphne holte tief Atem, um die Erinnerungen zu verdrängen,

und konzentrierte sich wieder auf Roger. Natürlich war er nicht unfreundlich, und er ließ sie nicht im Stich. Hatte er nicht auf seine Pokerpartie verzichtet und sie im strömenden Regen nach Port Chester gefahren?

»Letztes Mal kamen sechs Leute, und alle waren sehr angetan«, entsann er sich, ärgerlicherweise so präzise wie üblich. »Keine Bange, ich laufe nicht weg. Ruf mich einfach, wenn du meine Hilfe brauchst.«

Daphne warf einen angstvollen Blick auf die leeren Stühle, die Leonard gerade zusammenklappte und an die Wand lehnte. Offenbar hatte er es nicht eilig, und er machte mehr Lärm als eine Blaskapelle auf dem Marsch durch die Fifth Avenue. Verzweifelt umklammerte sie Rogers Arm. »Setzen wir uns!«, flehte sie. »Nur für ein paar Minuten. Bis wenigstens eine einzige Menschenseele auftaucht. Das ist alles, worum ich dich bitte.«

Besänftigend tätschelte er ihre Hand. »Okay, ich bleibe in der Nähe, damit du mich immer sehen kannst. Das verspreche ich, und ich werde nicht einmal auf der Toilette verschwinden.«

»Um dich sorge ich mich nicht«, wisperte sie und drückte seinen Arm so fest, dass er zusammenzuckte. »*Ich* bin's, die wie eine Närrin dastehen wird.«

»Unsinn, du siehst nie wie eine Närrin aus.«

»Du hast leicht reden.«

Irritiert runzelte er die Stirn. »Also wirklich, Daphne«, mahnte er sanft, »du bist eine seriöse Autorin, und du schreibst keine Schundromane für ein sensationslüsternes Publikum. Die Leute, deren Meinung was zählt, erwarten sicher nicht von dir, inmitten kreischender Menschenmassen Hof zu halten.«

»Roger, ich rede nicht von Menschenmengen, ich will nur ein einziges freundliches Gesicht sehen.« O Gott, jetzt begann sie zu betteln wie die dreijährige Jennie, die ihre Mutter drängte, nicht nur bis zur Tür des Kindergartens mitzukommen, sondern mit hineinzugehen.

Mit schief gelegtem Kopf, als würde er ernsthaft nachdenken, massierte Roger seinen Nasenrücken zwischen Daumen und Zeigefinger. »Hier geht's ums Prinzip«, erklärte er geduldig. »Du brauchst niemanden, der deine Hand hält, nur ein bisschen Selbstvertrauen.«

Plötzlich glaubte sie, die Stimme ihres Vaters zu hören. *Kopf hoch! Wenn du so geduckt herumläufst, wird dich niemand zur Kenntnis nehmen.* Daddys Bild erschien wieder in ihrer Phantasie – schlank, attraktiv, fest überzeugt, es gäbe nur eine einzige richtige Ansicht, nämlich seine. Deutlich glaubte sie, seine knochige Nase zu sehen, die Muskeln an den sehnigen Oberarmen, die leuchtend blauen Augen, so scharf wie seine Instrumente. Damit sezierte er Leichen, die seinem eisernen Willen ebenso wenig widerstehen konnten wie seine Familie. Sicher hatte es der Vater ebenso wie Roger nur gut mit Daphne gemeint. Aber mit vierzehn Jahren, sich ihrer flachen Brüste und der Zahnklammer schmerzlich bewusst, war sie eher bestrebt gewesen, *keine* Aufmerksamkeit zu erregen. Auch jetzt, über zwanzig Jahre später, versteifte sie sich abwehrend, als würde sie den Druck von Daddys Daumen zwischen den Schulterblättern spüren, der sie zu einer kerzengeraden Haltung zwingen wollte.

Roger hat Recht, sagte sie sich. Warum sollte sie sich schämen? Sie war eine anerkannte Autorin, eine gute Ehefrau und Mutter. Mit ihren neununddreißig Jahren weckte sie immer noch das Interesse von Männern, die halb so alt waren wie sie. Ohne Diät und gefärbte Haare, dachte sie, um ihr Ego zu streicheln. In der feuchten Kälte neigten die kastanienbraunen Naturlocken dazu, sich stärker zu kräuseln. Sie hob eine Hand, um ihr Haar zu entwirren, und ließ sie wieder sinken. Wer würde das schon bemerken?

Wahrscheinlich war es besser, einfach nur die Lippen zusammenzupressen und die Tortur möglichst würdevoll zu überstehen.

Und doch – während sie ihren Mann davonschlendern sah, die großen, tüchtigen Hände in den Taschen der weit geschnittenen Cordhose, empfand sie den fast unwiderstehlichen Drang, das nächstbeste Buch zu packen – *Windows 98 for Dummies* – und an seinen Kopf zu schleudern.

Schließlich war es genauso schlimm wie erwartet, und sie fühlte sich wie ein Spießbraten, der sich hinter der Glasfront einer Supermarkt-Rotisserie endlos drehte. Mangels eines Podiums, das sie abgelehnt hatte, saß sie an einem kleinen Tisch, auf dem sich ein paar Ausgaben von *Walking After Midnight* stapelten. Ein aufmerksamer Angestellter hatte eine Kaffeetasse mit einem halben Dutzend Kugelschreiber dazugestellt. Als würde die Mine eines einzigen nicht für die zahllosen Autogramme genügen, dachte sie sarkastisch. Ein paar Leute schlenderten durch die Buchhandlung, schauten zu Daphne herüber und gleich wieder weg wie die unfreiwilligen Zeugen eines Autounfalls. Wie auf den Tanzabenden in der achten Schulklasse, erinnerte sie sich wehmütig. Stundenlang hatte sie reglos an der Wand gesessen, die Gesichtsmuskeln von einem erzwungenen Lächeln verkrampft, das amüsiert wirken sollte.

Jetzt hätte sie sogar die Gesellschaft des pickligen Verkäufers begrüßt, der es für ausreichend hielt, alle zehn Minuten vorbeizukommen, um zu sehen, ob sie irgendwas brauchte. Am liebsten hätte sie ihn angeschrien: *Eigentlich brauche ich nur einen Hammer, den ich Ihnen und meinem Mann auf den Kopf schlagen kann!*

Am anderen Ende des Ladens in ein Buch vertieft, schien Roger ihre Qualen ebenso wenig wahrzunehmen.

Niemals hätte Daddy meine Mutter im Stich gelassen, dachte sie. So streng er seine Töchter auch erzogen hatte, seiner Frau war er stets mit zärtlicher Fürsorge begegnet. Sogar höflich. Die Freundinnen hatten Daphne und ihre Schwestern stets um diese Eltern beneidet. Und sie mussten tatsächlich eine besondere Ehe führen. Vierzig Jahre ... Sie versuchte sich ihren vierzigsten Hochzeitstag vorzustellen, aber in ihrem augenblicklichen Zustand bezweifelte sie, dass ihre Ehe bis zum nächsten Tag halten würde.

Wieder einmal wanderte ihr Blick zu Roger hinüber. Jetzt schwatzte er mit einer Person, die er offenbar kannte: eine kurzhaarige Blondine, nicht hübsch, aber attraktiv, im Stil von grünen Witwen, die vor dem Frühstück fünf Meilen joggten und jeden zweiten Monat nach Manhattan zum Friseur fuhren. Sie lachte über eine Bemerkung Rogers, und ihre Miene erinnerte Daphne an ein Wort, das sie stets mit romantischen Liebesgeschichten assoziierte: kokett.

Während sie die beiden beobachtete, wuchs ihre Nervosität. Roger schien sich nicht mehr für das Buch zu interessieren, das er lässig unter einen Arm geklemmt hatte. Und er schaute auch kein einziges Mal in Daphnes Richtung. Wenn diese Person eine Freundin war, warum stellte er sie nicht seiner Frau vor? Für *sie* hatte er keine Zeit – umso mehr für jemanden, den er kaum kannte.

Wütend sah sie, wie er an einem Regal lehnte und seinen Arm auf die oberste Bücherreihe legte – so wie vielleicht mit fünfzehn Jahren auf die Rückenlehne eines Kinosessels, um die Hand dann auf die Schulter seiner Flamme gleiten zu lassen.

Nach fünf endlosen Minuten schaute die Frau bedauernd auf ihre Uhr und sagte etwas zu Roger, der ihr seine Visitenkarte zusteckte. Ziemlich verstohlen, wie Daphne fand. Oder bildete sie sich das nur ein? Jedenfalls gewann sie den Eindruck, die Karte würde ebenso verstohlen in der marineblauen Chanel-Tasche dieser Blondine verschwinden.

Was hat Roger vor?, fragte sich Daphne und biss die Zähne zusammen. Sie weigerte sich, eine Antwort zu finden. Doch der kalte Schauer, der ihr über den Rücken rann, sagte alles. Eine Affäre? Roger? Unwahrscheinlich. Eine vage Erinnerung kehrte zurück. Wie alt war sie damals gewesen? Acht oder neun? Ein dunkles Zimmer, parfümierter Pelz kitzelte ihre Wange. Partygeräusche weiter unten im Flur, die Silhouette eines Paars in der Tür … Sie wollte eine Hand über die Augen legen. *Sei nicht albern*, ermahnte sie sich. *Nur eine Überreaktion, weil du dich über Roger ärgerst …*

»Verzeihen Sie. Miss Seagrave?«

Daphne schaute zu der älteren Frau auf, die vor ihr stand, eine Ausgabe von *Walking After Midnight* in der Hand. Klein, grauhaarig und müde, den Kopf zwischen die Schultern gezogen, als wollte sie sich für ihre Existenz entschuldigen – der Typ, der niemals protestieren würde, wenn sich jemand in einer Warteschlange vordrängte. Die Frau musterte das Foto auf der Rückseite des Schutzumschlags, dann schaute sie wieder Daphne an und seufzte. Widerstrebend legte sie das Buch auf den Stapel zurück.

»Ja, Sie sind es!« In sichtlich ungewohnter Erregung berührte sie ihre rosige Wange. »O Gott, ich weiß gar nicht, was ich sagen soll. Dass ich Ihnen persönlich begegne … Ich fühle mich so geehrt. Alle Ihre Bücher habe ich gelesen.« Um ein besonders vertrauliches Geständnis abzulegen, neigte sie sich vor. »Sie sind meine Lieblingsschriftstellerin – das heißt, nach Iris Murdoch.«

»Danke.« Daphne brachte ein Lächeln zustande. »Das ist das netteste Kompliment, das ich an diesem Abend bekommen habe …«

Die Frau schaute sich um, und Daphne überlegte bedrückt, ob sie ihr verraten sollte, dies sei das einzige Kompliment des Abends gewesen. Aber ihr hingerissener Fan murmelte nur: »Ich habe schon befürchtet, ich wäre zu spät dran, und Sie würden gehen, sobald der erste Trubel vorbei ist. Zum Glück sind Sie noch da. Übrigens, ich heiße Doris – Doris Wingate.«

Daphne schüttelte eine weiche, scheue Hand. »Freut mich, Sie kennen zu lernen. Soll ich ein Buch für Sie signieren?«

Die Farbe in Doris' Wangen verdunkelte sich zu einem alarmierenden Rot. »Eigentlich wollte ich nicht … Oh, wie dumm von mir – Sie sind natürlich hier, um Bücher zu verkaufen. Ich würde so gern … Aber Sie müssen verstehen – ich leihe mir meine Lektüre immer in der Bibliothek aus.«

»Ja, ich weiß, was Sie meinen«, versicherte Daphne, um der armen Frau aus der Verlegenheit zu helfen. »Wann immer ich Zeit finde, gehe ich in die Bibliothek. Ich habe zwei Kinder, drei und sieben Jahre alt. Da wird's zu Hause manchmal ein bisschen hektisch.« Sie tauschten ein verständnisinniges Lächeln, und Daphne beobachtete, wie sich Doris' verkrampfte Schultern ein wenig lockerten. Impulsiv griff sie in die Handtasche, die neben ihren Füßen stand, nahm zwei Geldscheine aus dem Portemonnaie – zwanzig und fünf Dollar – und steckte sie in das oberste Buch. Dann schrieb sie ein paar Worte auf das Vorsatzblatt und reichte Doris ihr Werk. »Hier, eine kleine Aufmerksamkeit.«

Doris blinzelte ungläubig. Dann streckte sie langsam eine bebende Hand aus, als würde sie den Heiligen Gral entgegennehmen. »Oh, ein so – so wunderbares Geschenk hat mir noch niemand gemacht«, stammelte sie, den Tränen nahe.

In Daphnes Mitgefühl mischte sich Unbehagen. Würde sie eines Tages auch dieses Schicksal erleiden – eine alte Frau, dankbar für jeden Brosamen, den man ihr zuwarf, für jede kleine Geste, die ihr zeigte, dass man sie beachtete, ihr Zeit und Geld opferte? So wie …

Mutter …

Hastig verdrängte sie den Gedanken. Nein, ihre Mutter glich dieser Frau nicht. Und sie selbst auch nicht. *Ich muss mit Roger reden und ihm erklären, wie mir zumute ist.*

Sobald sie aus der Buchhandlung fliehen konnte und neben ihrem Mann im Auto saß, das den Long Island Expressway entlangfuhr, stellte sie ihn zur Rede. »Wer war diese Frau, mit der du dich unterhalten hast?«

»Welche Frau?« Roger bog auf die Überholspur.

»Offenbar habt ihr euch ausgezeichnet verstanden.«

»Unfassbar!«, meinte er grinsend. »Bist du eifersüchtig? Auf Maryanne Patranka?«

»So heißt sie also …«

»Die Mutter eines ehemaligen Patienten. Seit Jahren habe ich sie nicht gesehen.« Rogers Finger trommelten auf das Lenkrad, wie immer, wenn er nervös war. Die Visitenkarte, die er Maryanne gegeben hatte, erwähnte er nicht. Wenn er sie nur aus beruflichen Gründen kannte – warum wollte er dann mit ihr in Verbindung bleiben?

»Du hättest mich mit ihr bekannt machen sollen«, bemerkte Daphne kühl. »Da ich nichts zu tun hatte, wäre ich froh über ein bisschen Gesellschaft gewesen.«

»Immerhin hast du ein Buch verkauft – das ist mir nicht entgangen.«

Sie verschwieg, dass dieses Buch ein Geschenk gewesen war. Plötzlich fand sie es unerträglich, ihrem Mann so etwas zu verraten und sentimental zu erscheinen. Sogar verzweifelt. Wenn sie noch mehr Boden unter den Füßen verlor, würde sie über leere Luft gehen. Sie starrte durch die Windschutzscheibe in den strömenden Regen und beobachtete die dunklen Rinnsale, die am Glas hinabkrochen. Perverserweise dachte sie nicht an die Affäre, die Roger anfangen würde oder auch nicht, sondern an ihr

Samtkleid und seinen Smoking. Beides war noch in der Reinigung. Bevor sie am Freitag für die Reise nach Kalifornien alle Koffer packte, musste sie Kyle – mit seinen sieben Jahren wuchs er wie Unkraut – veranlassen, seine Hose zu probieren, und sie musste sie wahrscheinlich um zwei Zentimeter länger machen. Ach ja, und sie musste das Reisebüro anrufen und fragen, ob der viertürige Mietwagen in San Francisco bereitstehen würde. Außerdem musste sie Kitty anrufen und bitten, als Babysitter zu fungieren, damit sie selbst bei den Vorbereitungen für die Party helfen konnte.

Das ist dein Leben, dachte sie. Lauter banale Pflichten, wie Ziegelsteine aufeinander getürmt und sorgsam mit Mörtel verbunden – ein fest gefügtes Gebäude, das nicht einmal der große böse Wolf niederreißen könnte ... Ein Haus, stark genug, um alle Gedanken an das Leben zu verbannen, das sie mit Johnny geführt hätte ... War das der Grund, warum sie Roger misstraute? Weil sie ihn so oft betrogen hatte, wenn auch nur in Gedanken? Verübelte sie ihm sein Verhalten an diesem Abend vor allem deshalb, weil er nicht der Ehemann ihrer Wahl gewesen war? Das Schicksal hatte ihn für sie ausgesucht.

Finde dich damit ab, Daphne. Die Stimme ihrer Mutter. Beruhigend wie eine kühle Hand auf einer heißen Stirn. Hatte Mutter auch solche Gefühle gehabt? Ihr Leben mit einem so schwierigen Mann wie Daddy war nicht einfach gewesen. Aber sie liebten sich, aufrichtig und leidenschaftlich. Daran bestand kein Zweifel. *Vierzig Jahre ...*

Was immer Daphne an jenem Abend vor langer Zeit beobachtet haben mochte, im Schlafzimmerschrank ihrer Eltern verkrochen, musste ihrer Phantasie entsprungen sein. Oder sie hatte eine unschuldige Umarmung missverstanden. Falls es jemals Differenzen zwischen Mutter und Daddy gegeben hatte, existierten sie längst nicht mehr. Bei einem Besuch im letzten Sommer war Daphne amüsiert und sogar ein bisschen verlegen gewesen, weil ihre Eltern nach all den Jahren immer noch miteinander turtelten. Wie ein Teenager strahlte Mutter, wenn Daddy – mit siebenundsechzig Jahren weiterhin Chefpathologe im Miramonte General – von der Arbeit heimkam.

»Allmählich lässt der Verkehr nach«, bemerkte Roger. »In ein paar Minuten müssten wir den Tunnel erreichen, und dann sind wir bald zu Hause.«

Zu Hause. Genau dort wollte sie jetzt sein. Aber nicht im Apartment an der Park Avenue, sondern in ihrem Zimmer im Oberstock des Hauses an der Cypress Lane. Dort würde sie auf dem Bett liegen und durch das hohe, von der Salzluft versilberte Fenster beobachten, wie die sinkende Sonne das Gras am Agua Fria Point glutrot färbte.

Sie sah sich mit ihrem Mann und ihren Kindern den Gartenweg hinaufgehen. Aus dem Schatten der Veranda trat Mutter auf die Stufen, eine Hand über den Augen, um sie vor der grellen Sonne zu schützen, die andere an der Kehle, als erwarte sie schlechte Nachrichten. Und Daddy – an Leichen auf Stahltischen gewöhnt und längst abgebrüht – würde Daphne kurz umarmen, von sich schieben und bärbeißig ausrufen: »Du hast es geschafft. Gut.«

Als sie an diesem Abend neben Roger im Lift stand und zum Penthouse hinauffuhr, fühlte sie sich erleichtert. Irgendwie gewann sie den Eindruck, sie wäre mit knapper Not einer unsichtbaren Katastrophe entronnen. Plötzlich kam sie sich albern vor. Ein paar peinliche Minuten in einer fast menschenleeren Buchhandlung bedeuteten nicht das Ende der Welt. Und weil Roger einer Frau seine Visitenkarte gegeben hatte, musste er noch lange keine Affäre mit ihr anfangen. Sie sollte dankbar für das Leben sein, das sie führte, für ihren Mann und zwei wohlgeratene Kinder. Für die Eltern, die keinerlei Altersschwäche zeigten. Für ihre Schwester Kitty. Sogar für Alex.

Aber sobald sie das Apartment betrat und den sichtlich bestürzten Babysitter neben dem Telefon sitzen sah, wusste sie, dass sie der Katastrophe doch nicht entkommen war. Sie spürte es instinktiv, noch bevor Susie ihr zaudernd den Hörer reichte, als wäre er ein bösartiges kleines Tier, das jeden Augenblick zubeißen könnte. »Ihre Schwester – sie ist ziemlich aufgeregt.«

Kitty war nicht nur aufgeregt, sondern hysterisch. Schluchzend rang sie nach Luft und konnte kaum sprechen. Und was sie hervorwürgte, ergab keinen Sinn. Die Worte glichen den Regentropfen, die am dunklen Fenster hinabrannen, während Daphne den Hörer umklammerte.

»Daddy ...«, schrie Kitty dreitausend Meilen entfernt. »Mutter – hat ihn erschossen ... Die Polizei, sie hat sie weggebracht. Komm sofort, Daphne. Wir *brauchen* dich.«

Kapitel 2

Als die Sonne an jenem Montag aufging, den man in der Familiengeschichte noch jahrelang für die Grenze zwischen Vorher und Nachher halten würde, knetete Kitty Seagrave einen Teig für Zimtbrötchen.

Am nächsten Wochenende würden ihre Eltern den vierzigsten Hochzeitstag feiern, und sie hatte sich bereit erklärt, für die Gala im Club die Torte zu backen, eine Lady Baltimore aus drei Schichten. Erst jetzt fiel ihr ein, dass sie vergessen hatte, zusätzliche Eier und Butter zu bestellen. Wie so vieles im Lauf der letzten Woche. Nun schämte sie sich, weil sie nur flüchtig an Mutters und Daddys Party gedacht hatte.

Das sah ihr nicht ähnlich – nicht der Kitty Seagrave, die zu Weihnachten Dosen mit selbst gebackenen Keksen verschenkte und an jedem Geburtstag eines Familienmitglieds Glückwunschkarten verschickte. Nicht der Kitty, die ihre Nichten und Neffen vergötterte und nur selten ihre Rolle als pflichtbewusste Tochter vergaß. Diese Rolle, in Stein gemeißelt, hatte nur wenig mit der *richtigen* Kitty zu tun, von der die Eltern nichts wussten.

Aber wie sollte sie sich auf irgendwas konzentrieren, wenn ihre Gedanken unentwegt um das Ereignis kreisten, das an diesem Tag stattfinden sollte? Am Nachmittag würde sie das sechzehnjährige Mädchen treffen, das die Macht besaß, über ihr Wohl und Wehe zu entscheiden.

Während sie inmitten ihrer geräumigen antiquierten Küche vor dem bemehlten Brett stand, schlug ihr das Herz bis zum Hals. Sie schaute auf die runde Wanduhr. *In genau neun Stunden und sechsunddreißig Minuten werde ich der Mutter meines zukünftigen Kindes gegenüberstehen.* Und wenn alles gut ging …

Aber wenn ihr das Mädchen nur einen kurzen Blick zuwarf und dann in die andere Richtung rannte? Nur zu gut wusste Kitty, wie sie auf Leute wirken mochte, die sie nicht kannten – ein Single mit Haustieren, eine Miramonte-Urmutter, vernünftig genug, um aus ihren häuslichen Talenten Kapital zu schlagen, in einem Teesalon, wo ihre selbst gebackenen Kuchen serviert wurden. Kurz gesagt, eine Frau, die man gern als Babysitter engagierte, aber nicht mit der Aufgabe betrauen wollte, seine Kinder großzuziehen.

Hätte sie die Muscheln und bunten Glasscherben auf den Fenstersimsen in ihren oberen Zimmern wegräumen sollen? Den Seidenschal über dem Schaukelstuhl aus geschweiftem Holz? Die Piñatas, die wie bunte, überdimensionale Früchte an der Giebeldecke hingen?

Würde das einen Unterschied machen? Daran zweifelte sie. Manche Dinge kann man ändern, dachte sie, andere gehören nun mal zu einem Menschen – so wie seine Haut oder der Klang seines Gelächters. Jeden Morgen, wenn sie kurz vor Tagesanbruch aufstand, sah sie im Spiegel eine sechsunddreißigjährige Frau,die sich seit der Teenagerzeit kaum verändert hatte. Abgesehen von jener jugendlichen Ausstrahlung, die zu verblassen begann wie ein altes Satinkissen, war sie immer noch die Kitty Seagrave, die für den Freund ihrer Schwester Daphne geschwärmt und einmal im Nachthemd einen Drugstore betreten hatte, um die Juniausgabe der *Mademoiselle* zu kaufen. Ein Gewohnheitsmensch, trug sie ihr taillenlanges kupferrotes Haar genau so wie in der High-School – eine Kaskade, an beiden Schläfen von Kämmen festgehalten. Und sie wog nicht mehr als damals, knapp unter hundert Pfund in Strümpfen, ein erfreuliches genetisches Erbe, das sie mit Daphne teilte und das die jüngere Schwester Alex immer wieder vor Neid erblassen ließ.

Am bemerkenswertesten waren ihre Augen: dunkelblau, fast violett wie Damaszenerpflaumen. Ein Freund hatte einmal erklärt, beim Anblick ihrer Augen würde er sich vorstellen, nachts im Old Sashmill Road Reservoir zu schwimmen. Vermutlich war das ein Kompliment gewesen.

Ihr Aussehen interessierte sie nicht besonders. Jahr um Jahr zogen die wechselnden Launen der Mode unbeachtet an ihr vorbei. Sie trug nur bequeme Sachen – weite T-Shirts und Hosen mit Kordeln um die Taille, handgestrickte Pullover in Naturfarben, seidene Kimonos, die wie Schmetterlingsflügel flatterten, wenn sie lebhaft gestikulierte – wozu sie neigte. Und das eine Paar Schuhe, in dem sie praktisch lebte, erfüllte nur den Zweck, ihr Hühneraugen zu ersparen, nachdem sie stundenlang auf den Beinen gewesen war: Naot-Sandalen, mit denen sie zugegebenermaßen wie eine Friedenscorps-Freiwillige aus den siebziger Jahren aussah.

Bitte, lieber Gott, sie soll mich mögen, betete Kitty stumm. Sekundenlang schloss sie die Augen und legte die mehligen Hände auf den Teig. *Mach ihr klar, was ich zu bieten habe.* Was sie selbst wusste, mochten andere nicht so deutlich erkennen – dass dieses Baby keineswegs eine Leere in ihrem Herzen ausfüllen, sondern ein ohnehin schon glückliches Leben bereichern würde.

Sie schlug mit der Faust auf den Teig und jagte eine Mehlwolke ins blasse Sonnenlicht, das durch die Fenster hereinfiel. Wo die

Harbor Lane zum Meer hinabführte, hing der Nebel hartnäckig an den Häusern, die sich wie eine krumme Treppe bis zum geisterhaften Dickicht des Yachthafens erstreckten. Höher oben, wo Kittys Haus lag, waren die hellen Schwaden viel dünner, wie Flüssigkeit, die über eisgekühltem Glas verdunstete. Unter dem warmen Kuss der aufgehenden Sonne leuchtete der Garten wie blank poliert – das Gewirr aus Jasmin und Geißblatt und Kapuzinerkresse am Zaun, Thymian und Rosmarin rings um den kleinen Patio mit dem Ziegelboden, die Meyer-Bäume, die einen unerschöpflichen Zitronenvorrat für Tarts, Kuchen, Teegebäck und Pasteten lieferten, von der Limonade ganz zu schweigen.

Das liebte sie an Miramonte, und das konnte sie einem Kind bieten: ein Haus am Meer mit angenehmem Klima, außer in den kältesten Wintermonaten, wo der Wind wie ein herzloser Eindringling an den losen Fensterläden und schiefen, vom Nebel verbogenen Türen der pseudoviktorianischen, nur für den Sommer bestimmten Häuser entlang der Oceanside Avenue rüttelte. Vor ihrem geistigen Auge sah Kitty, wie ihre Tochter (aus Gründen, die nicht mit einer persönlichen Vorliebe zusammenhingen, glaubte sie, das Baby müsste ein Mädchen werden) mit ihr auf dem alten Plüschsofa vor dem Erkerfenster im Oberstock saß. Und sie würden heißen Kakao trinken, in dem Marshmallows schwammen.

Ihr Blick schweifte zur verlassenen Hundehütte unter der arthritischen japanischen Mispel, die demnächst gestutzt werden musste. Sogar von der Küche aus sah sie den seichten Krater im Gras, den ihr alter schokoladenbrauner Labrador bei endlosen Rundgängen gegraben hatte. Als Buster letztes Jahr gestorben war, hatte sie den eindringlichen Rat ihrer Freunde, ihn sofort durch ein junges Hündchen zu ersetzen, nicht befolgt. Stattdessen nahm sie ein paar streunende Kätzchen, die sie eines Morgens zusammengerollt auf der alten Decke in seiner Hütte gefunden hatte, unter ihre Fittiche. Oder vielleicht war es andersrum: Fred und Ethel hatten sich von Kitty adoptieren lassen. Dauernd tappten sie hinter ihr her, sprangen auf ihren Schoß, wann immer sie sich setzte, und krochen sogar unter ihr Haar, um an ihren Ohrläppchen zu saugen.

Vor sechs Monaten, als Ivan aus heiterem Himmel verkündet hatte, er würde nach Santa Fe übersiedeln, war ihr ein weiterer Trostpreis vergönnt worden – ein sanftmütiger Mischling namens Romulus, halb Samojede, halb Schäferhund. Ihr Freund hatte erklärt, in der glühenden Hitze des Südwestens würden ihn die Hundehaare stören. Und Kitty, die Schuldgefühle in letzter Minute sofort erkannte – selbst bei einem Egoisten wie Ivan –, verzichtete auf die Bemerkung, Santa Fe befinde sich in einer Hochwüste, wo es im Winter schneien würde. Was hätte ihm die Erkenntnis genützt, dass ihr die Trennung von Rommie viel schwerer gefallen wäre?

Jetzt beobachtete sie, wie der Hund, den dichten grauen elisabethanischen Pelzkragen gesträubt, irgendetwas hinter dem Werkzeugschuppen suchte – wahrscheinlich eine der Katzen, die er unbarmherzig verfolgte. Aber zu Kindern war er sehr nett, und dem Baby würde es nicht an Gesellschaft mangeln. Triumphierend richtete er sich auf, einen schmutzigen alten Tennisball in der schwarzen Schnauze. Kitty lächelte, dann entsann sie sich, was ihr bevorstand, und die Angst kehrte so plötzlich zurück, dass ihr Atem stockte.

Seufzend legte sie den mittlerweile gründlich durchgekneteten Teig in eine Keramikschüssel, um ihn gehen zu lassen. Sie hatte es längst aufgegeben, lang und breit zu überlegen, wie viel Teig sie anrühren sollte. Ganz egal, wie viele Backbleche sie aus dem Ofen nahm – zu Mittag waren die Zimtbrötchen ausverkauft, die offenbar Kultstatus erreicht hatten. Einem Gerücht zufolge war das Rezept ein streng gehütetes Geheimnis, das die Generationen der Seagrave-Frauen seit der Mitte des neunzehnten Jahrhunderts weitervererbten und das von Kittys Ururgroßmutter Agatha Rose stammte.

Kittys Backkunst beruhte nicht auf einem Geheimnis. Wäre sie nach einer besonderen Zutat gefragt worden, hätte sie geantwortet: *Geduld.* Man musste sich Zeit nehmen, um den Teig zu kneten, damit sich alles gut vermischte, und ihn dann an einem ruhigen, warmen Ort gehen lassen. Das zu erkennen gehörte zu einer Art Respekt vor den Menschen, die das Resultat der Mühe genießen würden, sogar zu einer gewissen Zuneigung. Ein anderes Wort wäre Liebe. Doch das würde kitschig klingen.

Fast albern.

Kitty bedeckte die Schüssel mit einem feuchten Tuch. Ohne auszuruhen, nahm sie Mehl und Zucker für Muffins aus dem Schrank. Keine Zeit für angstvolle Gedanken an Dinge, die sich ihrer Kontrolle entzogen. Bald würden hungrige Kunden vor ihrer Tür stehen.

Entschlossen stieg sie über Fred hinweg, das größere der beiden Kätzchen, das auf dem geflochtenen Teppich vor dem Herd schlief, und füllte ihre Schürzentaschen mit Eiern aus dem Korb auf dem antiken Küchenkasten. Zweimal pro Woche wurden die Eier geliefert, jeden Samstag und Mittwoch, in Stroh gebettet von einem Rosenkohlfarmer, der ein paar Morgen bei Pescadero bewirtschaftete. Hin und wieder packte Salvador, der Kitty zu verehren schien, ein kostenloses Suppenhuhn dazu, mit der Behauptung, es sei so zäh, dass er es nicht verkaufen könne. Aber es schmeckte immer zart und köstlich. Was mochte der arme Mann denken, wenn sie ihn bitten würde, ihr lieber eines von den dunkelhäutigen Kindern zu überlassen, die mit scheuen braunen Augen aus dem Fahrerhaus seines verbeulten Lieferwagens spähten?

Als der Muffinteig gut vermischt war, verteilte sie ihn auf drei kleinere Schüsseln. In die erste warf sie Apfelstückchen und Walnüsse, in die zwei anderen tiefgefrorene Blaubeeren und Pfirsiche von der letzten Sommerernte. Inzwischen wusste sie, wie viele Muffins sie von jeder Sorte backen musste, um niemanden zu enttäuschen. Nur die Kürbis-Preiselbeer-Muffins für das Erntedankfest und Weihnachten gingen so schnell weg, dass sie nicht mit dem Backen nachkam.

Kitty wunderte sich, dass ihr Teesalon so beliebt war. Vor vier Jahren, erfüllt von einer genialen Idee und vom Bedürfnis, ihr Gehalt als Kindergärtnerin aufzubessern, hatte sie nicht geahnt, wie schnell sich ihr Laden zur Institution entwickeln würde. Hier trafen sich die Nachbarn und diskutierten über eine Verkehrsampel, um die sie ansuchen wollten. Oder der Frauengartenverein plante das alljährliche Begonienfest. Stadträte, Geistliche und Ärzte rieben ihre Ellbogen an denen der schlecht bezahlten Arbeiter aus der Gerberei, Kinder kamen nach der Schule herein, um sich den Heimweg zu versüßen.

Auch die Professoren von der Universität fanden in Kittys Teesalon Erholung und zivilisierte Gesellschaft, fern von gepiercten Zungen und violetten Haaren. Und junge Liebespaare malten ihre Initialen auf die beschlagenen Fensterscheiben. Kitty wusste von diversen Heiratsanträgen unter ihrem Dach. Und wer konnte die tränenreiche Trennung der Ogilvies im letzten Herbst vergessen, als Everett Ogilvie seiner Frau nach vierzehnjähriger Ehe gestanden hatte, er sei in das finnische Au-pair-Mädchen verliebt?

Das Konzept von Tea & Sympathy war so einfach, dass Kitty ihren Lachreiz bekämpfen musste, wenn die Leute von einem

Geniestreich sprachen. Auf ganz banale Weise war ihr diese Idee gekommen, beim Lunch in der Kantine des Miramonte-Kindergartens. Während sie an einem zähen Kuchen kaute, vermisste sie die Törtchen ihrer Großmutter in der Kühltasche. Wohin waren sie entschwunden, die Freuden der Kindheit? Selbst gebackenes, so herzerwärmend und schmackhaft, und man brauchte keine kulinarische Ausbildung und nur wenig Zeit, um solche Köstlichkeiten zu produzieren. Welche heimtückische Verschwörung hatte sie aus den Schränken und Keksdosen verbannt, wo sie so lange die Alleinherrscher gewesen waren?

Vor sechs Jahren, um ihren dreißigsten Geburtstag herum – zu einem Zeitpunkt, wenn sich die meisten Menschen fragten, ob sie dem richtigen Lebensweg folgten –, hatte Kitty keine Ausnahme gebildet. Eifrig holte sie Nanas alte Kochbücher aus einem Karton auf dem Dachboden. Mehrere Monate und ein paar Dutzend Experimente später, bewaffnet mit zögernden Bestellungen einiger Restaurants und Delikatessenläden, eröffnete sie eine Bäckerei im Stil der fünfziger Jahre. Anfangs lachten ihre niveauvollen Freunde. Gestürzter Ananaskuchen? Apfel-Schokolade-Kuchen Betty? Reis-Krispies? Für so was würde sich heutzutage niemand interessieren, meinten sie. Brombeerpasteten seien zusammen mit Hula-Hoops und Luftschutzkellern in der Versenkung verschwunden.

Aber sie lächelte nur und erfüllte ihre Aufträge, die bald zu einer wahren Flut anschwollen. Zwei Jahre später hatte sie genug gespart, um in dieses Haus zu ziehen und den Teesalon zu eröffnen, nur zwei Straßen vom Einkaufszentrum entfernt.

Jetzt fehlte nur noch eins in ihrem Leben.

Wieder einmal verdrängte sie den Gedanken an die Begegnung, die an diesem Tag stattfinden sollte. Vor Willas Ankunft würde sie noch genug Zeit finden, um die Vitrine im Lokal zu füllen, Äpfel zu schälen, Nüsse zu hacken, Zitronen auszupressen. Außerdem – wäre es so schrecklich, wenn ihr Leben so weiterging wie bisher? Sie liebte ihren Job, blätterte genüsslich in den fleckigen, mit Eselsohren gespickten Kochbüchern ihrer Mutter und ihrer Großmutter aus unschuldigen Zeiten, bevor es fashionable geworden war, Kohlehydrate zu zählen und Fett zu verpönen. Früher war das Leben so einfach gewesen wie ein Blaubeerschnittchen, frisch aus dem Ofen. Die meisten dieser Rezepte – so oft studiert, dass sie sich aus den Einbänden gelöst hatten – hielt sie in Ehren: Bananen-Nuss-Törtchen, Hafermehlkuchen mit Kokosmilchglasur, Sirupkringel. Dazu kamen ihre eigenen Spezial-Pasteten und Teigtaschen, mit den Früchten der jeweiligen Jahreszeit gefüllt: Erdbeeren und Rhabarber im Frühling, Pfirsiche, Aprikosen und Pflaumen im Sommer, Himbeeren und Loganbeeren im Herbst. In den Wintermonaten, wenn sie sich hauptsächlich mit Äpfeln und Birnen begnügen musste, ersparten ihr Mutters eingelegte Pfirsiche das endlose Schälen und Schnipseln.

Mutter … *Ich sollte sie wirklich anrufen*, dachte Kitty schuldbewusst. Wenn sie neuerdings zum Telefon greifen wollte, kam immer irgendwas dazwischen. Oder vielleicht war das nur eine Ausrede. Sie liebte ihrer Mutter, wirklich, aber …

Aber. Warum begann jeder Satz, der ihre Mutter betraf, mit »aber«? Mutter bedrängte sie nie, zeigte Verständnis, wann immer Kitty behauptete, sie sei zu beschäftigt für einen Besuch. Aber dann rief sie Alex oder Daphne an und erklärte weitschweifig, Kitty führe ihr eigenes Leben und habe ihre eigenen Pläne, *so, wie es sein sollte*. O Gott, die Sonntagsdinners oben im Haus. Mochte Kitty auch noch so wenig essen, danach litt sie eine Woche lang an Verstopfung. Am meisten störte sie das Klebrigsüße – das Bild der perfekten Familie, das Mutter so gern heraufbeschwor.

Allein schon vom Gedanken an das Fest und die endlosen

Trinksprüche ermüdet, hörte sie auf, den Teig anzurühren, und legte den Holzlöffel beiseite. Wie ihre Eltern in der allgemeinen Bewunderung schwelgen würden – und im Neid ihrer Gäste. Eine alte Erinnerung kehrte zurück, aus dem Nirgendwo: Daddy, der sie alle für ein Foto vor der Hütte am Lake Modoc postierte. Stundenlang waren sie hingefahren. Es wurde bereits dunkel. Weil sie die warmen Jacken noch nicht ausgepackt hatten, standen sie fröstelnd im Schatten der Kiefern, nach der Größe geordnet – Daphne, mit dreizehn Jahren die größte, zwischen Kitty und Mutter, Alex am anderen Ende. Ein Foto nach dem anderen. Darauf beharrte er und klagte in einem fort, jemand habe geblinzelt oder nicht gelächelt. Alle froren erbärmlich, den Tränen nahe. Danach packten sie aus, fuhren in die Stadt, stopften sich an einem Smörgasbord voll, und Daddy bestellte Shirley Temples. Während des ganzen Dinners erzählte er lustige Geschichten. Und am Ende hatten die drei Schwestern um das Privileg gekämpft, auf der Rückfahrt neben ihm zu sitzen.

Doch die Fotos des zusammengedrängten Quartetts mit den zusammengekniffenen Augen und dem gezwungenen Grinsen logen nicht. Natürlich war das nur eine Facette der ganzen Wahrheit. Die Familiengeschichte bestand aus vielen solchen Facetten, die wie Diamanten funkelten. Und die sind schwer zu durchschneiden.

An diesem Abend würde sie daheim anrufen, beschloss Kitty. Um das Schicksal nicht herauszufordern, hatte sie der Familie kein Wort von Heather gesagt. Aber wenn das Treffen an diesem Tag erfolgreich verlief, würde Mutter früh genug Bescheid wissen und sich fragen, warum Kitty so lange geschwiegen hatte.

Und wenn es nicht klappte?

Eine harte Faust schien ihr Herz zu zerquetschen. *Über diese Brücke werde ich gehen, wenn's so weit ist,* entschied sie. So oder so,

Mutter würde bei den letzten Vorbereitungen für die Party Hilfe brauchen, und Kitty hoffte, dies alles gemeinsam mit Daphne zu erledigen.

Plötzlich konnte sie es kaum erwarten, die ältere Schwester wiederzusehen. Auf den anmaßenden Roger würde sie lieber verzichten, aber sie liebte Daphne und die zauberhaften Kinder. Bei ihrem Besuch im letzten Sommer hatte Kitty für Kyle und Jennie einen Teig angerührt. Daraus hatten sie Kekse geformt und sie mit Streuseln, bunten Zuckersternen und kandierten Früchten verziert.

Sie wünschte, das Verhältnis zu ihrer Schwester wäre genauso unkompliziert. Aber sogar bei Daphne – dem einzigen Menschen auf der Welt, der wusste, dass Kitty nach dem High-School-Abschlussball mit dem Englischlehrer geschlafen hatte – mussten gewisse Themen vermieden werden. Zum Beispiel Roger. Und die Eltern, das größte Tabu. Daphne lebt mit gutem Grund in New York, dachte Kitty wehmütig. Dreitausend Meilen entfernt, kann sie leichter vor bitteren Wahrheiten davonlaufen.

»Da riecht's phantastisch.«

Kitty drehte sich um und sah Willa in der offenen Hintertür auf einem Fuß hüpfen, dann auf dem anderen und vergammelte Turnschuhe ausziehen. Schließlich schmetterte sie beide gegen das Verandageländer und ließ den Sand herausrieseln.

Lächelnd registrierte Kitty die idiotische Begrüßung, die ihre Hilfskraft jeden Morgen vollzog, und die Tatsache, dass Willa immer was von draußen mitbrachte: Sand oder Schlamm oder gemähtes Gras. Jeden Frühling bedeckten goldene Pollen die rostroten Fliesen des Küchenbodens, von den Akazien entlang der schmalen Sandstraße, wo Willa wohnte, etwa zehn Meilen nördlich einer Stadt in Barranco. Dort lebten zahlreiche Farmarbeiter von den Philippinen.

Doch das Mädchen war so fleißig und gutmütig, dass sich Kitty niemals beklagte. Sie beobachtete, wie Willa eine Schürze von einem der Holzhaken neben der Tür nahm. Dann begann das allmorgendliche Ritual – das taillenlange schwarze Haar wurde kunstvoll zu einem Nackenknoten geschlungen. »Soll ich die Äpfel schneiden?«, murmelte Willa an den Haarklemmen vorbei, die in ihrem Mund steckten. Ihr Kinn wies auf die Holzkiste mit den Granny Smiths vor der Speisekammertür. Kitty nickte, und Willa grinste, als hätte sie eine besondere Belohnung erhalten.

Mit ihren neunzehn Jahren wog Willamene Aquino an die zweihundertvierzig Pfund, fast dreimal so viel wie Kitty, und hatte bereits zwei Babys von verschiedenen Männern geboren. Trotzdem freute sie sich des Lebens. Während sie arbeitete, sorgte ihre Mutter, bei der sie wohnte, für die Kinder. Und Kitty schenkte ihr jeden Abend Beutel voller Obst und übrig gebliebener Kuchen. Und so sah das Mädchen keinen Grund, nicht zu lächeln.

Nicht einmal die missmutigsten Kunden konnten dieses fröhliche Gemüt erschüttern. In Kittys Bekanntenkreis war Willa die einzige Person, die bei der Arbeit pfiff. Außerdem redete sie gern, und zwar ununterbrochen, was Kitty manchmal nervte. Nicht, weil es ihre Konzentration störte, sondern weil Willa außer ihren beiden vergötterten kleinen Söhnen nur noch ein Gesprächsthema kannte: Männer.

»... so ein süßes kleines Muttermal hat er – herzförmig, genau *da.*« Sie ließ den Apfel los, den sie gerade schälte, und zeigte auf eine ihrer üppigen Hinterbacken. »Damit hänsle ich ihn immer, und Sie sollten sehen, wie rot er da wird – dieser riesige tätowierte Kerl. Wahrscheinlich hat er Angst, ich erzähl's seinen Kumpels. Das ist Frankie – ein großer alter Teddybär. Wissen Sie, was er gestern Abend getan hat? Das erraten Sie nie. Er brachte mir Blumen mit, die er selbst gepflückt hat. Wen stört's denn, dass er sie auf einem leeren Grundstück fand? Auf die nette Idee kommt's an … Heiß ist's hier drin. Hat jemand die Heizung angedreht?« Willa schwitzte immer. Normalerweise öffnete Kitty ein Fenster, nur einen Spaltbreit, und zog dann einen Pullover an. Diesmal öffnete sie die Tür zum Teesalon, wo jeden Augenblick die Stammgäste eintreffen würden.

Josie Hendricks erschien zuerst – gerade, als Kitty und Willa die Körbe auf der Marmortheke füllten, einem antiken Mineralwasserausschank mit Zapfhähnen aus Messing. Bevor das alte Newberry an der Water Street abgerissen worden war, hatte Kitty das gute Stück gerettet. »Guten Morgen, die Damen«, grüßte die Schullehrerin im Ruhestand und lehnte einen Gehstock mit Gummispitze an die Wand. »Freut mich, dass die Türangeln nicht mehr quietschen. Haben Sie meinen Rat befolgt und WD-40 benutzt?« Die Fünfundachtzigjährige fand sich trotz ihrer Arthritis recht gut in der Welt zurecht. Aber neuerdings wies sie geradezu besessen auf alles hin, was repariert werden musste – quietschende Türangeln, wackelige Stuhlbeine, ein Fenster, das klemmte, ein Riss in der Zimmerdecke oder das Verandageländer, das einen neuen Anstrich brauchte.

»Wie ein Zaubermittel hat's gewirkt«, erwiderte Kitty. In Wirklichkeit hatte sie schlichtes Nähmaschinenöl benutzt. Mit dieser barmherzigen Lüge würde sie niemandem schaden.

Josie nahm an ihrem Lieblingstisch beim Fenster Platz und schaute sich aufmerksam um. Mit einem krummen Finger zeigte sie zu einer Ecke unterhalb der Decke hinauf, wo sich ein Rand der geblümten Tapete zu lösen begann. »Wenn Sie nicht bald was dagegen machen, werden Sie eine Menge Ärger kriegen«, warnte sie. »Glauben Sie mir, mit solchen Problemen kenne ich mich aus.« Kitty lächelte nur und brachte ihr ein Tablett, das sie schon vorbereitet hatte.

Jeden Morgen um fünf nach sieben erschien die alte Frau im Teesalon, pünktlich wie ein Uhrwerk, und konsumierte stets das Gleiche: ein Pfirsichmuffin und eine Kanne Darjeeling-Tee, so stark, »dass man ihn mit einem Brotmesser durchschneiden kann«.

Nun klingelte die Ladenglocke wieder, gefolgt von einem kühlen, feuchten Windstoß. Leanne Chapman, in weißer Schwesterntracht, schob sich an Bud Jarvis vorbei, der stehen blieb, um seine schmutzigen Stiefel auf der Fußmatte abzuputzen. Für beide packte Kitty Muffins zum Mitnehmen ein. Leanne, nach der Nachtschicht im Miramonte General auf dem Heimweg, kaufte einen mit Blaubeeren, Bud ein Dutzend verschiedene, bevor er seine Arbeit als Aufseher in der Gerberei antrat.

»Hätte ich's bloß so gut wie du!« Leanne lachte gequält, während Kitty das Wechselgeld auf die Theke legte.

Kitty glaubte, Neid in den müden blauen Augen zu lesen. Als ob ihr Job nicht mit Arbeit verbunden wäre! Nur aus Rücksicht auf ihre Schwester Alex, seit der ersten Schulklasse Leannes beste Freundin, verkniff sie sich eine bissige Antwort.

Außerdem hatte Leanne allen Grund zur Bitterkeit. Zu Beginn ihrer Schwangerschaft war ihr der Ehemann weggelaufen, und ihr Kind litt an einer hoffnungslosen Geisteskrankheit. Wie Kitty von Alex erfahren hatte, kam die Krankenschwester nur mühsam über die Runden. Natürlich ärgerte sie sich, wenn sie jemanden sah, dem es besser ging.

Nach Kittys Theorie wurden manche Menschen mit dem sprichwörtlichen Silberlöffel im Mund geboren – und wesentlich mehr Leute vom Schicksal benachteiligt. Zur letzteren Kategorie gehörte Leanne, das Kind, das die Seagraves so oft auf Familienausflügen begleitet und mehr Zeit in *ihrem* Haus verbracht hatte als im eigenen; das seine Sommerferien beim Vater in Iowa verlebte, nicht wie andere Kinder am Strand. In der Schule bekam

Leanne schlechte Noten, trotz aller Mühe. Und nachdem sie einem Jungen zum ersten Mal ein bisschen entgegengekommen war, hatte Stu Harding auf dem ganzen Campus herumerzählt, sie sei »ein leichtes Mädchen«. Die *wirklichen* Probleme hatten erst danach angefangen.

Wenn man sie anschaute, merkte man nichts davon. Sie war auf eine etwas müde Art immer noch hübsch. Die Ellbogen an den Körper gepresst, bevorzugte sie die Rühr-mich-nicht-an-Haltung und schien ständig nach irgendwelchen Fallstricken Ausschau zu halten.

Erst als Leanne die Tür geöffnet hatte, erinnerte sich Kitty an die Frage, die sie stellen wollte. »Übrigens, wie geht's dem Ferguson-Baby?«

»Armes Ding …« Leanne blieb stehen und strich das rotblonde Haar aus ihrer Stirn. »Jetzt leidet der Kleine wieder an Atemnot. Wir haben ihn an einen Respirator angeschlossen. Aber es sieht nicht gut aus.« Ihre Miene nahm einen sanfteren Ausdruck an, und Kitty musste an das kleine Mädchen mit den ständig aufgeschürften Knien denken. Fast täglich war Leanne vom Fahrrad gefallen, wenn sie versucht hatte, Käfern und Schlangen und Landkrabben auszuweichen. Nicht von ungefähr hatte sie beschlossen, Krankenschwester zu werden.

»Carole ist wirklich zu bedauern.« Auf der Miur High war Carole Ferguson in Kittys Klasse gegangen und einer der Cheerleader, ein fröhliches Mädchen, das niemals mit einer solchen Tragödie gerechnet hatte. »Sobald ich Zeit finde, werde ich ihr was für die Gefriertruhe bringen.« Unwillkürlich dachte Kitty an das Baby, das vielleicht demnächst ihr Leben teilen würde, und ihr Puls beschleunigte sich.

Wieder einmal wanderten ihre Gedanken zu jenem Tag zurück, an dem Cybill Rathwich sie zur Seite genommen und erklärt hatte, ihr sei zu Ohren gekommen, Kitty würde gern ein Baby adoptieren. Zunächst wusste sie nicht, wie sie reagieren sollte. Die Stammgäste taten ihr Bestes, sie zu unterstützen, aber das hatte die Sache bisher nur schlimmer gemacht. Professor Ogden behauptete, in einem Traum habe sie ihm aus einer schwimmenden Rosenschüssel zugewinkt, ein Baby im Arm. Und Josie Hendricks riet ihr, ein älteres Kind zu adoptieren, während Vater Sebastian behutsam eine künstliche Befruchtung vorschlug.

Was keiner ihrer Kunden ahnte, was zu schmerzlich war, um erwähnt zu werden: Sie hatte jahrelang in den Armen diverser Liebhaber versucht, schwanger zu werden. Jeden Monat war ihre Hoffnung aufs Neue enttäuscht worden. Dann die endlosen ärztlichen Untersuchungen, die Diagnose, die Chance einer Empfängnis sei äußerst gering. Danach besuchte sie mehrere Adoptionsagenturen. Nur zwei waren bereit gewesen, eine allein stehende Frau auf ihre Wartelisten zu setzen – falls sie akzeptieren wollte, dass es *Jahre* dauern könnte …

Und nun stand Cybill vor ihr, mit abgearbeiteten Händen, einem breiten, unscheinbaren Gesicht und einem Lächeln, das ihr alles Glück der Welt in einem schlichen braunen Päckchen anzubieten schien. Nicht nur eine weitere wohlmeinende Menschenseele, die unwilkommene Ratschläge erteilte, sondern die ortsansässige Hebamme. Ein unverheirateter Teenager sei im sechsten Monat schwanger, verkündete sie, und würde das Kind vermutlich zur Adoption freigeben. Ob Kitty interessiert wäre? Ihre Arme zitterten unter dem Gewicht eines Tabletts mit einem Stück Bananenbrot und einer Kanne Zitronen-Verbenen-Tee, als sie die einzig mögliche Antwort gab.

»Ja«, hauchte sie, »o ja.«

Das Mädchen hieß Heather, und der Junge, der sie geschwängert hatte, würde sie sicher nicht heiraten. Offenbar gab es nur ein einziges Problem: Sie wollte sich nicht zu einer Entscheidung drängen lassen und einiges über Kitty erfahren, bevor sie einem Treffen zustimmen würde.

Auf Cybills Vorschlag stellte Kitty ein Album mit Fotos zusammen und beschrieb ihr Haus – den Teesalon im ehemaligen Wohnzimmer und im Speiseraum, den Oberstock mit ihrem Schlaf- und dem Gästezimmer, das sie in ein Kinderzimmer umwandeln wollte. Dann verfasste sie kurze, amüsante Anekdoten über ihre Haustiere: Byron, der Amazonenpapagei, vermochte eine Lampenschnur schneller zu zerfetzen, als man das Ende eines Hotdogs abbeißen konnte, und *Pop Goes the Weasel* zu singen; bis jetzt hatten die scheckigen Katzen noch nicht begriffen, dass sie keine Menschen waren; und Rommie, der Wunderhund, übersprang die höchsten Zäune.

Wie verzweifelt sie sich dieses Baby wünschte, erwähnte sie nicht. Was wusste eine Sechzehnjährige schon vom Leid einer hungernden Seele? Heather kannte jene qualvolle Sehnsucht nicht, die Kitty so oft bewogen hatte, einem Liebhaber die Hüften entgegenzuheben, seinen Samen restlos aufzunehmen und inständig zu beten, es möge endlich klappen.

Im Juli würde sie ihren siebenunddreißigsten Geburtstag feiern. Und vor sechs Monaten hatte sie zum letzten Mal mit einem Mann geschlafen, ehe Ivan nach New Mexico gefahren war, den Zeichentisch auf dem Dach seines Chevys festgeschnallt. Vielleicht erhielt sie jetzt ihre letzte Chance.

Sie dachte an Leannes armen kleinen Jungen – an Carole Fergusons Frühgeburt, ihr Baby, das nun um sein Leben kämpfte. *Auch ich kämpfe um mein Leben,* dachte sie. War es denn keine Todesart, niemals ein Kind zu bekommen?

Nur die Arbeit hinderte sie daran, den Verstand zu verlieren.

Sie musste sich ständig beschäftigen, damit sie nur an die Bestellungen dachte, die Muffins und Pasteten und Kuchen, die sie backen musste. An nichts anderes.

Um neun Uhr waren alle dreizehn Tische im großen vorderen Raum besetzt. So wie ihre Muffins, sah keiner wie der andere aus. Neben dem zierlichen Ausziehtisch, den sie von Nana geerbt hatte, stand ein viktorianisches Piedestal aus Eichenholz, eine Kiefernholztafel für acht Personen neben einer Ahorn-Essecke aus den sechziger Jahren. Sogar eine alte Singer-Nähmaschine war zu einem originellen Zweiertischchen mit verschnörkelten Beinen umfunktioniert worden. Die Gesamtwirkung, eher exzentrisch als eklektisch, schien den Gästen zu gefallen.

Lächelnd winkte sie Gladys Honeick zu, der Besitzerin des Glad Tide-ins, eines Strandmodegeschäfts zwei Türen weiter. Die attraktive Fünfzigerin mit dem hennaroten Haar und der wohlgeformten Figur pflegte zu scherzen, heutzutage könne sie nur Männer ins Bett kriegen, die ein Wasserglas mit ihrem Gebiss auf den Nachttisch stellten. Offensichtlich merkte sie nicht, dass Mac MacArthur, der Chefredakteur des *Miramonte Mirror*, jeden Tag rein zufällig zur selben Zeit im Teesalon auftauchte wie sie. Er besaß immer noch alle seine Zähne und hatte bereits zwei Ehefrauen begraben. Angeblich waren sie von seiner Vitalität überfordert worden. Damit würde Gladys keine Schwierigkeiten haben, mutmaßte Kitty.

Den dunklen Lockenkopf über die Morgenzeitung geneigt, einen Bleistift gezückt, löste Vater Sebastian das Kreuzworträtsel. Im früheren Leben hatte der Priester in einem Heim für schwer erziehbare Jugendliche gewohnt und dann beschlossen, neue Wege zu gehen, und das Jesuitenseminar besucht. Aber nicht einmal in seinem schwarzen Hemd mit dem hohen Kragen war er seinen alten Lastern entronnen. Einmal hatte er Kitty augenzwinkernd anvertraut, eine Welt ohne Pferderennen und ihre Pekannuss-Rum-Törtchen wäre öde und leer.

Meistens unterhielt sie sich mit ihm. Aber diesmal ging sie zu Serena Featherstone, die an einem Fenstertisch saß und ihre Tarotkarten studierte. Ohne den Kopf zu heben, verkündete sie unheilvoll: »Ich sehe eine große Enttäuschung.«

Bestürzt zuckte Kitty zusammen. Konnte diese Frau wirklich in die Zukunft schauen? Mit ihren langen schwarzen Haaren und den indianischen Wangenknochen sah sie so aus.

Dann bemerkte Kitty das Lächeln in einem zuckenden Mundwinkel, und Serena hob die braunen Augen, um ihren verwirrten Blick zu erwidern. »Willa muss mein Nussbrötchen vergessen haben. Und wenn ich keins kriege, bevor alle verschwunden sind, werde ich eine bittere Enttäuschung erleiden.«

»Einen Augenblick ...« Kitty eilte zur Vitrine und holte ein Nussbrötchen mit brauner Zuckerglasur.

»Natürlich passt das nicht zu meinem Image.« Serena seufzte und lachte wehmütig. »Meine Kundschaft glaubt, ich würde von Kräutertee und Reiskuchen leben.«

»Da wir gerade davon reden – soll ich Ihnen noch was einschenken?« Kitty nahm den Deckel von der geblümten Teekanne, spähte hinein, und der würzige Duft von Earl Grey wehte ihr entgegen.

»Nein, danke, ich habe schon lange genug in die Teeblätter gestarrt.« Serena zeigte auf die immer noch volle Tasse neben ihren Ellbogen. »Aber Sie könnten mich zu einem zweiten Nussbrötchen verführen. Auch ich bin nur ein Mensch.«

Kitty wollte zur Theke zurückkehren, doch dann wandte sie sich plötzlich wieder zu Serena: »Haben Sie viele Kunden?«

»Oh, Sie würden staunen. Obwohl es nur wenige zugeben.« Serena warf ihr seidiges, von grauen Strähnen durchzogenes schwarzes Haar über eine Schulter und musterte Kitty eindringlich. »Und Sie? Möchten Sie wissen, was die Zukunft bereithält?«

Da war sich Kitty nicht so sicher. Bis jetzt hatte sie kaum einen Gedanken daran verschwendet. »Das hängt davon ab, ob mir was Gutes oder was Schlechtes bevorsteht.«

Abrupt schob Serena den Kuchenteller beiseite und ergriff Kittys Hand. Die Stirn gerunzelt, betrachtete sie die Handfläche. »Eins steht fest: Sie werden sich bald verlieben, und diesmal ist es ernst. Die anderen Männer, das waren nur flüchtige Affären.«

Kitty unterdrückte ein Lächeln. Vermutlich behaupteten das alle Hellseherinnen. »Und Kinder?« Trotz ihrer Skepsis begann ihr Herz schneller zu schlagen.

»Ja, ich sehe ein Kind. Nur eines. Da gibt's Komplikationen.« Serenas Stirnfalten vertieften sich. Langsam drehte sie Kittys Hand hin und her – wie ein Ruder, das sie benutzte, um eine ferne, vielleicht unwirtliche Küste anzusteuern.

»Was für Komplikationen?«, flüsterte Kitty.

Die Wahrsagerin schüttelte den Kopf, und die Spitzen ihres langen Haars kitzelten Kittys Unterarm. »Sonderbar, so etwas habe ich noch nie gesehen ...« Sie schaute auf, und ihre teebraunen Augen zeigten einen fast schuldbewussten Ausdruck, als hätte sie Geister gerufen, die sie nicht mehr loswerden konnte. »Wollen Sie's wirklich hören?«

»O ja«, antwortete Kitty nach kurzem Zögern.

»Ich sehe einen Todesfall in der Familie. In unmittelbarer Zukunft. Jemand, der Ihnen sehr nahe steht.« Auf den hohen Wangenknochen erschienen rote Flecken. »Tut mir Leid. Das hätte ich nicht erwähnen dürfen. Meistens behalte ich schlechte Neuigkeiten für mich.«

»Bitte ...« Kitty erschauerte und wusste nicht, worum sie flehte. Um Gnade? Oder weitere Einzelheiten?

Serena ließ ihre Hand los und lehnte sich zurück. »Regen Sie sich nicht auf. Nichts ist in Stein gemeißelt, und ich könnte mich irren. Jedenfalls ist das alles, was ich erkenne.«

Geistesabwesend rieb Kitty ihre Hand an der Schürze, als wollte sie etwas Klebriges wegwischen, und trat zurück. »Danke für die Warnung … Ich werde Augen und Ohren offen halten«, versprach sie leichthin und erweckte den Anschein, sie würde das alles nicht ernst nehmen. Aber der Schaden ließ sich nicht mehr beheben, und ihr schwirrten bange Fragen durch den Kopf.

Wenn ihr das Baby anvertraut – und später wieder entrissen wurde?

Serena hatte einen Todesfall prophezeit. Wer würde sterben? *Bitte, nicht Daphne* … Entsetzt erkannte Kitty, was sie erhoffte – den Tod eines Familienmitglieds, das ihr weniger bedeutete. Die Eltern waren gesund, aber nicht mehr die Jüngsten. Oder …

»Hallo, Kit!«

Kitty fuhr zusammen und starrte ihre jüngere Schwester an, die neben der Tür stand, perfekt gestylt in einem beigen Armani-Kostüm mit cremefarbener Seidenbluse. In diesem Lokal, wo man Batikstoffe bevorzugte und glaubte, Handys und Faxgeräte müssten erst noch erfunden werden, wirkte Alex wie ein außerirdisches Wesen.

Kitty wusste, dass ihre Schwester ein Handy in der Schultertasche trug und ein Faxgerät in ihrem Auto installiert hatte – einem brandneuen BMW, den sie für ein kleines Vermögen geleast hatte und in ihrem Job angeblich unverzichtbar war. Dem konnte Kitty nicht widersprechen. Die steinreichen Silicon-Valley-Manager, die Alex zu luxuriösen Immobilien kutschierte, würden wohl kaum in Kittys rostigen Honda Civic steigen.

Einmal im Monat fuhr Alex nach San Francisco, um ihr hellbraunes Haar stylen und seine natürlichen Glanzlichter »restaurieren« zu lassen. Auf dem Heimweg besuchte sie das J. Magnin, wo sie – wie ein Beduine, der sein Kamel vor der Rückkehr in die Sahara belud – lebensnotwendige Dinge wie Designer-Strumpfhosen und Clinique-Kosmetic erwarb. Was man ihr selbstverständlich ansah: Sie war eine Vision.

»Hi!«, begrüßte sie ihre Schwester, von Schuldgefühlen geplagt, etwas enthusiastischer als normalerweise. War ihr anzumerken, dass sie um Daphnes Überleben gebetet hatte, ohne an Alex zu denken? »Was machst du hier um diese Tageszeit?«

»Gerade habe ich einem Klienten ein Haus weiter unten an der Straße gezeigt.« Alex schob ihre Sonnenbrille über die dünnen modischen Ponyfransen nach oben. Dann musterte sie die voll besetzten Tische. »Wenn du keine Zeit hast, komme ich später noch mal.«

»Unsinn, wo du schon hier bist …« Kitty rückte einen leeren Stuhl zur Theke. »Setz dich, ich bringe dir was zum Knabbern.«

»Danke, da muss ich passen. Ich bin schon fett genug.« Die Nase gerümpft, musterte Alex die Kuchenstücke in der Vitrine und ignorierte den Stuhl.

»Ich finde, du siehst sehr gut aus.«

»Gut ist nicht schlank. An diesen letzten fünf Pfund arbeite ich immer noch.«

Nach Kittys Meinung musste Alex nicht abnehmen, sondern ihre angespannten Nerven schonen. *Wenn sie so unglücklich über ihre äußere Erscheinung ist – was um alles in der Welt muss sie erst von mir halten?* Plötzlich fühlte sich Kitty wie unter einer Lupe, die jede Sommersprosse, jedes ungezupfte Brauenhaar zehnfach vergrößerte. Würde sich Heather eine Adoptivmutter wie Alex wünschen, mit einem sechsstelligen Jahresgehalt und dem Flair eines Sportstars?

Kittys Magen krampfte sich zusammen.

»Da ich gerade in der Nähe war, wollte ich die Cocktailservietten für die Party abholen.« Misstrauisch fügte Alex hinzu: »Mutter fürchtet, du hättest sie vergessen.«

Servietten? Eine vertraute Panik beschleunigte Kittys Puls. O Gott, sie hatte versprochen, die Servietten bei ihrem Großhändler zu bestellen. Das konnte sie immer noch nachholen. Aber jetzt war's wahrscheinlich zu spät, um sie mit Initialen versehen zu lassen. Verdammt …

Sie spürte den forschenden Blick ihrer Schwester, einen schwachen Schimmer, wie die radioaktive Glut von vergrabenem Atommüll. »Also sind sie nicht da«, sagte Alex tonlos, und die haselnussbraunen Augen verengten sich ein kleines bisschen.

»Nein, ich hab's nicht vergessen – es ist nur …« *Hör auf,* ermahnte sich Kitty. *Dauernd kapitulierst du, nur weil sie wütend wird – ganz egal, ob's berechtigt ist oder nicht.* »… ich war wirklich beschäftigt. Keine Bange, ich kümmere mich drum.«

»Hättest du es doch gleich gesagt, wenn du zu *beschäftigt* bist.« Alex verschränkte die Arme vor der Brust. »Als ob *ich* auch nur eine einzige freie Minute hätte! Allein schon diese Woche! Drei stillgelegte Geschäfte, ein Deal, der nur zustande kommt, wenn ich den Eigentümer des Grundstücks daran hindern kann, alle seine Rosenbüsche auszugraben, bevor er es verkauft. Und was glaubst du, wer die Mädchen zum Flughafen und zurück fährt, nur damit sie fünf kostbare Minuten mit ihrem Vater verbringen können, ehe er nach Hongkong fliegt?«

»Was macht Jim in Hongkong?«

Erbost runzelte Alex die Stirn. »Wenn du das Thema wechselst, wird es dir nichts nützen …« Als keine Reaktion erfolgte, fuhr sie seufzend fort: »Da trifft er seine Lieferanten aus dem Fernen Osten. Und dann amüsiert er sich ein paar Wochen auf Hawaii, wahrscheinlich mit einer seiner Freundinnen.«

Während Kitty die verkniffenen, glänzend geschminkten Lippen ihrer Schwester betrachtete, erinnerte sie sich an jenen Sommer, als Daddy der sechzehnjährigen Alex Fahrunterricht gegeben hatte. Vor ihrem geistigen Auge erschien das Bild der jüngeren Schwester. Grimmig übers Lenkrad gebeugt, bemühte sie sich, das Auto präzise zwischen den beiden Mülltonnen zu parken, die Daddy vor dem Haus aufgestellt hatte. Eifrig bestrebt, sein Wohlwollen zu erringen, versuchte sie es immer wieder, das Gesicht in Schweiß gebadet. Jedes Mal, wenn Kitty aus dem Fenster schaute, musste sie sich rasch abwenden, als würde sie jemanden nackt und hilflos sehen. Endlich war es geschafft. Genau achtzehn Zoll von der Eingangstreppe entfernt, was Daddy mit einem Maßband festgestellt hatte.

Arme Alex, dachte Kitty, *sie ist der einzige echte Krankheitsfall in dieser Familie.*

Vielleicht musste sie diesen Preis für ihre Position als Daddys Liebling zahlen. Ebenso wie Daphne stets der Mutter näher gestanden hatte, zeigte der Vater klar und deutlich, wen er bevorzugte. Vielleicht hatte Kitty in der Kindheit darunter gelitten. Jetzt sah sie die Situation in einem anderen Licht. Die Abhängigkeit ihrer Schwester von ihrem Vater und das ständige Streben nach seiner Anerkennung waren unnatürlich. Etwas, das ihr wenig Raum in ihrem eigenen Leben gelassen hatte, einschließlich Jim.

Wenn du deinen Ex-Mann über glühenden Kohlen röstest – wird dir da nie bewusst, dass du ihn in die Arme dieser Frau getrieben hast?, wollte Kitty fragen. Stattdessen meinte sie aufmunternd: »Glücklicherweise bist du zu beschäftigt, um herumzusitzen und zu überlegen, was Jim gerade treibt.«

»Warum sollte mich das interessieren?«, erwiderte Alex verächtlich. »Immerhin ist es zwei Jahre her. Glaubst du, ich schere mich auch nur einen Scheißdreck darum, was dieser Mann tut, um sein Ego zu streicheln?« Sie schaute auf ihre Uhr – aus Gold, schmal, teuer. »Hör mal, ich bin schon viel zu spät dran. Würdest du Daddy wenigstens anrufen und ihm sagen, er muss seinen Smoking aus der Reinigung holen?«

»Wozu?«, protestierte Kitty ärgerlich. »Er ist durchaus fähig, für sich selber zu sorgen, und Mutter rennt ohnehin dauernd hinter ihm her wie ein Dienstmädchen.«

Zu ihrer Erleichterung fehlte der Schwester die Zeit für eine längere Debatte. Sie warf ihr nur einen vernichtenden Blick zu und fauchte: »Mach, was du willst! Jedenfalls möchte ich nicht in deiner Haut stecken, wenn Daddy seinen zweitbesten Anzug tragen muss.«

Brennend stieg das Blut in Kittys Wangen. Warum ließ sie ihr das durchgehen? Waren sie nicht zu alt für solche Streitereien? Sie holte tief Atem. *Nur noch ein paar Stunden.* Dann würde sie wissen, ob sich ihr Traum erfüllte – oder ob sie eines Tages so leiden müsste wie Alex, verbittert und enttäuscht über ihr armseliges, kalorienarmes Ersatzleben.

Der Rest des Vormittags verstrich in einem seltsamen grauen Nebel. Als sie die Gesichter an den Tischen wieder registrierte, hatten sich die meisten verändert. Die Nachmittagsgäste kamen und gingen. In der Vitrine lagen nur noch wenige Kuchen und Törtchen. Trotzdem schaute Kitty nicht auf die Uhr. *Wenn ich mich aufs Wechselgeld konzentriere, statt die Minuten zu zählen, vergeht die Zeit schneller.*

Kurz nach halb fünf erschien ein hübsches dunkelhaariges Mädchen in Begleitung eines jungen Mannes. Überrascht blickte Kitty auf. Konnte das Heather sein? Sollte sie nicht allein kommen? Es sei denn – o Gott – es sei denn, der Junge war für die kleine, aber unübersehbare Wölbung unter ihrem formlosen Sweatshirt verantwortlich.

Klopfenden Herzens ging Kitty den beiden entgegen und lächelte freundlich. »Sie müssen Heather sein.«

»Ja …« Das Mädchen warf einen nervösen Blick auf den jungen Mann, der sich grimmig umschaute. »Und das ist Sean, mein älterer Bruder.«

Ja, die Ähnlichkeit war deutlich zu erkennen – die gleichen dunklen Haare, die gleichen weit auseinander stehenden braunen Augen. Aber während Heather nur unsicher wirkte, erweckte ihr Bruder den Eindruck, er würde Kitty gern die Meinung sagen. »Darf ich Ihnen Limonade anbieten?«, fragte sie in – hoffentlich – ganz normalem Ton. »Die mache ich selber aus den Zitronen von meinen Bäumen.« Als sie nicht sofort antworteten, überlegte sie, ob sie sich zu aufdringlich benahm. Was versuchte sie zu beweisen? Dass sie eine Superfrau war, die alles konnte?

»Hätten Sie eine Diät-Cola?«, fragte Heather schüchtern.

Sie ist zu jung für eine Schwangerschaft, dachte Kitty. Irgendwie noch ungeformt, mit weichem Mund und sommersprossigen Wangen und Babyspeck. Nicht die reife Sechzehnjährige, die sie erwartet hatte. Eher ein Kind, das immer noch mit seinem Teddybären schlief und Vitaminbonbons lutschte. Heathers Finger waren vom Nägelkauen gerötet, und die ausgebeulten Jeans gehörten vermutlich ihrem Bruder.

Mitte zwanzig und schlanker, sah Sean viel erwachsener aus. Seine dunklen Augen schienen alles zu erfassen und verrieten nichts. Im offenen Kragen seines Polohemds zeigte sich ein gebrochenes und schlecht verheiltes Schlüsselbein – *wohl kaum ein Skiunfall,* dachte Kitty. Kinder aus solchen Familien verbrachten keinen Urlaub in Vail oder Sun Valley. Wenn sie Glück hatten, fuhren sie ins Disneyland.

»Schon gut, wir brauchen nichts.« Wie sein verkrampftes Kinn bekundete, war das kein Höflichkeitsbesuch.

Kitty spürte, dass sie errötete. Offenbar wurde sie getestet. Nun, darin lag der Sinn dieses Treffens. Sie musste beide für sich einnehmen – Heather *und* ihren Bruder. *Nur Mut,* wisperte eine innere Stimme. Sie räusperte sich und schlug vor: »Gehen wir nach oben? Da sind wir ungestört. Wir könnten uns unterhalten und kennen lernen.«

Abschätzend musterte Sean die geblümte Tapete, die weiß getünchte Täfelung, den marmornen Mineralwasserausschank. Bombastische Scheiße, schien sein Blick auszudrücken. Dann nickte er, als wollte er sagen: *Bringen wir's hinter uns,* und stieg hinter Kitty die Treppe hinauf, gefolgt von seiner duckmäuserischen Schwester. Heather betrat Kittys großes, sonniges Wohnschlafzimmer. Und da lächelte sie zum ersten Mal: »Oh, wie – gemütlich.«

Kitty sah sich mit den Augen des Mädchens um. Der Flickenteppich vor dem Kamin. Das Sofa mit der gewölbten Lehne und der flauschigen alten Navajo-Decke. Die Weidenkätzchenzweige im Zinnkrug auf dem quadratischen antiken Tisch am Fenster. Im Spätnachmittagslicht warfen die bunten Rhomben der Glasscheibe funkelnde Punkte auf das Sims, die Edelsteinen aus der Schatztruhe eines versunkenen Schiffs glichen. Sogar die Piñatas an der schrägen Decke – Souvenirs von einer Reise nach Mazatlán – wirkten eher spielerisch als exzentrisch. Allmählich verflog ihre Nervosität. Vielleicht, nur vielleicht würde sich doch noch alles zum Guten wenden. »Mögen Sie Katzen?« Sie zeigte zum Sofa, wo Ethel und Fred wie zwei Sphinxe saßen. »Hier sehen Sie die eigentlichen Hausbesitzer. Mich dulden sie nur, weil ich sie füttere.«

Sobald Heather Platz nahm, sprang Fred schnurrend auf ihren Schoß. »Bist du nicht süß?«, gurrte sie und streichelte das seidenweiche scheckige Fell. Dann schaute sie Kitty an. »Früher hatten wir auch eine Katze. Die wurde überfahren, und Sean meint, wir sollten keine mehr kaufen, weil wir zu nahe bei der Autobahn wohnen – das wäre nicht fair.« Unsicher beobachtete sie ihren Bruder, der ihr gegenüber im Lehnstuhl saß und aus dem Fenster starrte.

So viele Dinge sind nicht fair, wollte Kitty erwidern. Stattdessen bemerke sie: »Soviel ich weiß, besuchen Sie die Muir High. Da war ich auch. Seit damals hat sich kaum was geändert. Zumindest sind meine Nichten dieser Meinung. Kennen Sie Nina und Lori Cardoza?«

Heather nickte. »Manchmal laufen wir uns über den Weg. Sie gehen in die neunte Klasse, nicht wahr? Komisch – sie sehen gar nicht wie Zwillinge aus.« Unter schlaffen Ponyfransen warf sie Kitty einen scheuen Blick zu. »Haben Sie immer in Miramonte gewohnt?«

»Mein Leben lang«, antwortete Kitty. »Abgesehen vom College.«

Sean wandte sich vom Fenster ab. »Warum sind Sie zurückgekommen?« Seine Stimme klang fast vorwurfsvoll.

Plötzlich sah sie Miramonte so, wie es auf ihn wirken musste – eine snobistische Kleinstadt voller selbstgerechter Spießer. Wenn ein Junge wie Sean dieser Atmosphäre entrinnen konnte, würde er niemals zurückkehren. *Es klappt nicht,* dachte sie in wachsendem Unbehagen. Irgendwie lief alles schief. Aber wie sollte sie klar denken, wenn sie von diesen anklagenden dunklen Augen bedroht wurde? Sean war kein Junge mehr. Vielleicht hatte er nie die Chance erhalten, ein Junge zu sein. Diesen Eindruck erweckte nicht nur sein Benehmen gegenüber seiner Schwester, die er eher wie ein übertrieben fürsorglicher Vater behandelte, nicht wie ein älterer Bruder. Es lag auch an seiner Ausstrahlung. Rings um ihn schien die Luft zu knistern, als wäre sie elektrisch geladen. In allen angespannten Muskeln zeigte sich der Entschluss, Heather zu beschützen. Unentwegt knetete er seine Knie – wahrscheinlich, weil er es vermeiden wollte, abrupt aufzuspringen. An seinen schwieligen Händen sah Kitty tiefe, kaum verheilte Kratzer.

»Ich will nicht unhöflich sein«, unterbrach er ihre Gedanken. »Aber nachdem Heather mir erklärt hatte, unter Umständen würde sie auf ihr Baby verzichten ...« Seine Halsmuskeln verkrampften sich. »Was immer Sie auch glauben – wir können für uns selber sorgen. Wenn unser Dad auch arbeitsunfähig ist, ich habe einen Job. Also muss meine Schwester nicht von der Wohlfahrt leben.«

Verwirrt wandte sich Kitty zu Heather, die reglos dasaß, den Blick gesenkt. »Nun, ich dachte ...«

»Dann haben Sie was Falsches gedacht«, erklärte er kategorisch und starrte sie so herausfordernd an, dass sie ihn am liebsten geohrfeigt hätte. Andererseits verstand sie seine Gefühle. Mit harter Arbeit brachte er die Familie durch, seit der Vater arbeitsunfähig war, und er hasste alle Fehlschläge, die seinen Stolz verletzten. Kitty kannte die Gegend, wo die Geschwister hausten, draußen bei der Pilzkonservenfabrik – ein Ödland voller Wohnwagen und schäbiger Hütten.

Ehe sie ihm versichern konnte, ihr Wunsch, das Baby seiner Schwester zu adoptieren, sei keine Kritik an seiner Lebensweise, hob Heather plötzlich den Kopf. »Halt den Mund, Sean!«, schrie sie. »Dauernd glaubst du zu wissen, was am besten ist. Aber diesmal wirst du mir deinen Willen nicht aufzwingen.« In ihren Augen glänzten unvergossene Tränen.

»He, beruhige dich!« Sean stand auf, setzte sich zu ihr und legte einen Arm um ihre Schultern. Dann warf er Kitty einen Blick zu, der nur mäßige Zerknirschung verriet. »Tut mir Leid. Jedes Mal, wenn ich daran denke, werde ich wütend. Kaum hat sie dem Kerl von ihrer Schwangerschaft erzählt, ist er auch schon weggerannt.«

»Sie müssen sich nicht entschuldigen. Darüber wäre ich genauso wütend.«

»Klar, die Entscheidung liegt bei Heather.« Er seufzte, und seine innere Anspannung lockerte sich ein wenig. »Aber ich wollte mitkommen und sehen, ob's stimmt, was Sie uns geschrieben haben.«

Kitty wartete und wagte kaum zu atmen. In seinem Käfig, der in einer Ecke stand, begann der Papagei Byron eine krächzende Version von *Pop Goes the Weasel* anzustimmen. Ethel wand sich um einige Fußknöchel herum und miaute missbilligend. Aus dem Erdgeschoss drang Willas musikalisches Pfeifkonzert herauf. Schließlich erklärte sie: »Ich bin sechsunddreißig, ledig, und ich weiß nicht, ob ich jemals heiraten werde.« Obwohl sie leise sprach, betonte sie jedes einzelne Wort. »Mein Leben gefällt mir. Aber um ehrlich zu sein, manchmal frage ich mich, wie ich hier gelandet bin und warum ich mir diesen Job ausgesucht habe. Nur eins weiß ich seit vielen Jahren mit hundertprozentiger Sicherheit: Ich will Mutter werden.«

Stille. Kitty glaubte zu schweben, und ihr Herz sank in einer trägen Spirale hinab wie eine Münze, die in einen Wunschbrunnen geworfen wurde. Nach einer Weile räusperte sich Sean und lachte heiser. »Nun, wir sind auch nicht gerade die TV-Durchschnittsfamilie. Kurz nach Heathers sechstem Geburtstag brannte unsere Mom durch, und seither haben wir nichts mehr von ihr gehört.«

»Meistens kümmert sich Sean um alles.« Heathers Zorn war bereits verflogen, die Bewunderung für den Bruder offensichtlich. »Und er kocht viel besser als Dad oder ich.«

»So toll ist's nun auch wieder nicht«, murmelte er unbehaglich und strich über seine Knie unter den ausgebleichten Jeans. Abgetragen, entschied Kitty. Sicher war er nicht der Typ, der fünfzig Dollar für brandneue stone-washed Jeans ausgab.

Und er braucht auch kein Geld auszugeben, um in seinen Jeans groß-

artig auszusehen. Dieser Gedanke tauchte aus dem Nirgendwo auf und trieb ihr das Blut in die Wangen. Welche Rolle spielte es denn, wie er aussah? Nur eins zählte: Heather hatte einen älteren Bruder, der sie sehr liebte. Letzten Endes würde er der Regelung zustimmen, die für sie am besten war.

Um die Gunst der Stunde zu nutzen, platzte Kitty heraus: »Würden Sie – ich meine, haben Sie schon Pläne für heute Abend? Wenn nicht, möchte ich Sie zum Dinner einladen.« Sie schaute Sean lächelnd an. »Übrigens, ich kann auch ganz gut kochen.«

Heathers Augen begannen zu strahlen. Eifrig wandte sie sich zu ihrem Bruder, der den Kopf schüttelte. »Ich weiß nicht recht …«

»*Bitte,* Sean!« Automatisch berührte sie ihre Lippen. Dann entsann sie sich, dass sie nicht an den Nägeln kauen durfte, und sie ließ die Hand sinken. *Hat sie noch andere schlechte Gewohnheiten?*, überlegte Kitty.

»Ich will Dad nicht allein lassen.« Die Stirn gerunzelt, zuckte Sean die Achsen. »Jahrelang hat er die schweren Fässer in der Gerberei herumgeschleppt«, erklärte er Kitty. »Nun tut sein Rücken weh, und er kann sich kaum bewegen.«

»Natürlich ist er mir auch willkommen«, betonte sie.

»Okay, ich frage ihn«, sagte er nachgebend. »Das wird nichts schaden.« *Solange wir wissen, wo wir stehen,* ergänzte ein frostiger Blick in Kittys Richtung. *Noch ist nichts entschieden.*

Sie nickte, ganz schwach vor Erleichterung. Immerhin ein Hoffnungsschimmer … Würde sie eines Tages von Babygeschrei erwachen und nicht mehr vom schrillen Klang ihres Weckers? Würden zwischen den gerahmten Familienfotos auf dem Kaminsims auch Schnappschüsse ihres Kindes stehen? Würde die Sehnsucht ein Ende nehmen, die in ihrer Seele klagte wie der Wind in einem leeren Haus?

Während Heather und Sean nach Hause gingen, um den Vater abzuholen, begann sie aufgeregt in der Küche zu rumoren. Und da fiel es ihr ein: Sie hatte Daddy nicht angerufen, um ihn an den Smoking zu erinnern. Gewissensbisse plagten sie, bis ihr angeborener Starrsinn siegte. Nur weil Mutter und Alex ihn von hinten und vorn bedienten, musste sie ihn nicht auch noch verhätscheln. Seltsamerweise glaubte sie, deshalb würde er sie sogar respektieren. Allein schon die Art, wie er sie manchmal anschaute ... Als wüsste er, dass es besser war, Distanz zu wahren. Sie erinnerte ihn niemals an die Szene, die sie mit fünfzehn Jahren beobachtet hatte. Eines Abends war sie nach einem Footballspiel heimwärts geradelt. Daddy und Mrs Malcolm saßen in seinem grauen Plymouth hinter der Masonic Hall, die er jeden Donnerstag besuchte. Sie küssten sich. Die Gesichter sah sie nur undeutlich. Aber Mrs Malcolms blonde Haare, wie Pinselstriche am beschlagenen Beifahrerfenster, hatten sich unauslöschlich in Kittys Gedächtnis gegraben.

Von blinder Wut erfasst, war sie weitergeradelt, den Hang zum Agua Fria Point hinauf. Ihr Atem ging stoßweise, Seitenstiche schmerzten wie Nadeln. Auf der Zufahrt des Elternhauses stellte sie das Fahrrad ab, stürmte zwischen die Büsche und erbrach.

Danach hatte sie ihrem Vater nie mehr in die Augen schauen können. Wusste Mutter Bescheid? Vermutlich nicht. Und das war gut so. Die Wahrheit würde sie umbringen.

In der Ferne hörte Kitty die Sirene einer Ambulanz jaulen. Plötzlich erinnerte sie sich an Serena Featherstones unheimliche Prophezeiung. Nur fauler Zauber? Und wenn die Frau Recht hatte?

Sei nicht so morbid, ermahnte sich Kitty. Aber während sie in der Küche stand und die abendliche Kälte in die Sohlen ihrer nackten Füße kroch und das Sirenengeheul allmählich verhallte, konnte sie sich des Gefühls nicht erwehren, jemand würde über ihr Grab gehen.

Kapitel 3

Auch Alex Cardoza, die in ihrem BMW den gewundenen Quartz Cliff Drive hinauffuhr, hörte die Sirene. Sie lenkte den Wagen zur Seite, so weit sie es riskieren konnte, ohne die hölzerne Leitplanke zu durchbrechen und ins Meer hinabzustürzen. Im Rückspiegel sah sie rotes Licht blinken. Dann raste die Ambulanz vorbei, wahrscheinlich in die Richtung der Pasoverde Estates, wo Alex den Großteil des Nachmittags vergeudet hatte. Diese Blue-chip-Pensionäre wussten nichts Besseres zu tun, als eine hart arbeitende Immobilienmaklerin an der Nase herumzuführen und sich mehrere Häuser zeigen zu lassen, die sie gar nicht kaufen wollten. Vermutlich war einer der Kerle nur mitgekommen, weil der Golfplatz in der Nähe lag.

Sie erinnerte sich an die Hendersons – Dick mit goldener Rolex und edler Sonnenbräune, seine fröhliche Frau Pat mit einem Stirnband aus blauem Frottee, das zu den Borten ihres Tennisdresses passte. Natürlich hatten sie darauf bestanden, das ganze Clubgelände zu besichtigen, insbesondere das Highlight der Tour, das Brewster-Anwesen. Wie all die sensationslüsternen Typen waren sie hauptsächlich an dem fabelhaften Palast interessiert gewesen, wo sich Brick Brewster – Star der populären TV-Serie *Jericho Valley* aus den siebziger Jahren – eine Kugel in den Kopf gejagt hatte.

Mit bebenden Fingern umklammerte Alex den Lederbezug des Lenkrads. In ihren Schläfen pochte es schmerzhaft. Die Augen zusammengekniffen, spähte sie durch die Designer-Sonnenbrille – schick, aber kein ausreichender Lichtschutz – und entdeckte den Radfahrer erst in allerletzter Sekunde. Direkt vor ihr raste er auf die Straße, und sie stieg abrupt auf die Bremse.

Während der Junge mit flatterndem Pferdeschwanz am BMW vorbeibrauste, zeigte er ihr den Vogel.

Alex seufzte. Verdammt. Das war knapp gewesen. Offenbar musste sie besser aufpassen, wenn der Stress dermaßen an ihren Nerven zerrte. Aber in den letzten Monaten hatte sie keinen einzigen Tag erlebt, an dem das nicht passiert war. Wenn sie am Morgen nicht als Erste ins Büro stürmte und den Computer einschaltete, schnappte ihr irgendein junger Aufsteiger die besten Aufträge vor der Nase weg. Also musste sie loslegen, bevor die Zwillinge zur Schule gingen. Danach eilte sie den ganzen Tag von Pontius zu Pilatus – bornierte Leute, die ihre Häuser verkaufen wollten und nicht mit dem Preis runtergingen; Interessenten, die sich nicht entschließen konnten; Aufgabe von Geschäften, die endlos dauerten, sodass sie stundenlang herumsitzen musste, bevor sie ihre Provision bekam.

Das alles wäre erträglich – würde nicht das Schwert über ihrem Kopf baumeln. In ihrer Phantasie funkelte ein bedrohlicher Krummsäbel wie aus *Tausendundeine Nacht*, jenem Märchenbuch, dem sie die Alpträume ihrer Kindheit verdankte. Ein Damoklesschwert, vom Finanzamt geschmiedet, von Visa- und Mastercard-Abrechnungen geschärft, die jeden Monat pünktlich per Post eintrafen, mit minimalen Krediten, die nicht einmal die gottverdammten Zinsen deckten.

Wenn sie an die letzten Jahre dachte, erkannte sie, was sie falsch gemacht hatte. Sie sah es wie einen Schwerlaster, dem sie vielleicht ausgewichen wäre, hätte sie sich die Zeit genommen, eine Sekunde lang in den Rückspiegel zu schauen. Aber während sich die Ereignisse entwickeln, liegen sie nur selten so klar auf der Hand. Irgendwie – die Kosten für das Haus und die Einrichtung, der Umzug, ganz zu schweigen von dem widerwärtigen, immer noch nicht beendeten Horror namens Scheidung – hatte sie es geschafft, jeden Cent ihres Anteils am Haus in der Myrtle Street und ihre gesamten Ersparnisse auszugeben. Und seit einigen Jahren stagnierte die Immobilienbranche. Alex' Provisionen deckten die Hypothekenzahlungen und Kreditkarten. Für den Haushalt blieb kaum was übrig. Außerdem schuldete sie Uncle Sam fast vierzigtausend.

Wann immer sie daran dachte, drehte sich ihr Magen um. Brett, ihr Steuerberater, hatte den Finanzbeamten, der für ihren Fall zuständig war, eine Zeit lang hingehalten. Aber wenn sie ihre Schulden in den nächsten zwei Monaten nicht beglich, würde sie alles verlieren – das Haus, die Möbel, das Auto. Sogar ihr Einkommen würde man pfänden.

Kalte Angst schnürte ihr die Kehle zu, und ihre Herzschläge glichen einem Schnellfeuer, ein Gefühl, das ihr in den letzten Wochen fast so vertraut geworden war wie das Atmen. Nicht zuletzt deshalb hatte sie heute in Kittys Teesalon die Beherrschung verloren. Tagelang war sie beschäftigt gewesen, um die Party zu organisieren, hatte die Hochzeitsfotos ausgesucht, die vergrößert werden sollten, eine Schneiderin aufgestöbert, die siebzehn maßgefertigte, in den falschen Größen gelieferte Tischtücher säumte, Motelzimmer für die Verwandten bestellt, die außerhalb der Stadt wohnten ... Und ihre Schwester hatte nicht einmal an die blöden Servietten gedacht. Verdammt noch mal, diese Party *musste* reibungslos über die Bühne gehen. Das war sehr wichtig für Alex.

Wenn alles klappte, würde Daddy ihr vielleicht das Geld leihen, das sie brauchte. Er war großzügig und stets bereit, kleine oder mittlere Wünsche zu erfüllen. Aber er schaltete auf stur, sobald es um größere Summen ging, insbesondere um Schulden, von jener Sünde verursacht, die er für die allerschlimmste hielt – Verschwendungssucht. Sollte er ihr die vierzigtausend Dollar verweigern, konnte sie die nächsten zehn Jahre ihres Lebens in den Kamin schreiben.

Deshalb fuhr sie an diesem Abend nicht nach Hause, sondern in halsbrecherischem Tempo den Quartz Cliff Drive hinauf, zum Haus ihrer besten Freundin Leanne. Alex musste ein weiteres Problem lösen, das sich ansonsten in eine Bombe verwandeln und sie alle in die Luft jagen würde.

Am Vortag hatte sie die Gästeliste studiert und erstaunt festgestellt, dass der Name von Leannes Mutter fehlte. Ausgerechnet Beryl Chapman, seit fast vierzig Jahren Mutters engste Freundin. Ein Versehen, dachte Alex zunächst. Aber als sie davon sprach, stand Mutter plötzlich auf, um die Sofakissen zu arrangieren, und erklärte kühl: »Beryl steht nicht auf der Liste, weil ich sie nicht eingeladen habe.« Damit war das Thema abgeschlossen. Alex hatte nach Einzelheiten gefragt und keine Antwort erhalten.

Weiß sie Bescheid über Beryl und Daddy? Wie ist sie drauf gekommen? Das verstand Alex nicht. Seither war eine halbe Ewigkeit vergangen. Wenn Mutter damals nichts gemerkt hatte – wieso zählte sie plötzlich zwei und zwei zusammen? Es ergab keinen Sinn. Wahrscheinlich hatte sie mit Beryl gestritten.

Ja, das musste es sein, und nun hoffte Alex, von Leanne Genaueres zu erfahren. Mutter und Tochter standen sich nicht besonders nahe. Aber seit Tylers Geburt vor vier Jahren kam Beryl etwas öfter zu Leanne und half ihr bei der Hausarbeit – solange sie nicht befürchten musste, einen kostbaren Fingernagel abzubrechen. Vielleicht hatte sie einen Streit mit Alex' Mutter erwähnt.

Würde Leanne verraten, worum es gegangen war? *Oder gibt's da irgendwas, das sie nicht einmal mir anvertrauen will,* überlegte Alex. Sie wussten *alles* voneinander. In jenem Sommer, wo sie beide dreizehn geworden waren, hatte Leanne ihre ersten Periode geschildert. Auf dem College hatte sie ihr erzählt, sie sei bei ihrem »Rendezvous mit einem Unbekannten« von dem betrunkenen Kerl vergewaltigt worden. Und vor zwei Jahren, als Alex' Mann das Weite gesucht hatte, war Leanne nicht sofort an ihre Seite geeilt? Es würde ihr nicht ähnlich sehen, etwas so Wichtiges wie einen Streit zwischen den beiden Müttern zu verheimlichen.

Und wenn Leanne nichts wusste? Wie viel würde Alex zu erforschen wagen? Wäre es fair, die Freundin da hineinzuziehen, die ohnehin schon genug Sorgen hatte?

Alex erschauerte in der feuchten Luft, die durch die Klimaanlage ins Auto wehte, und wünschte plötzlich, sie wäre so ahnungslos wie Leanne. Und wie ihre Schwestern. Sicher wachten sie niemals mitten in der Nacht auf, von kaltem Schweiß überströmt, und fragten sich, wann das Unheil seinen Lauf nehmen würde. Dabei hatte *sie* gar nichts verbrochen. Warum fühlte sie sich trotzdem schuldig?

Wehmütig erinnerte sie sich an jenen Tag, als der Vater sie zum ersten Mal ins Vertrauen gezogen hatte. Damals war sie fast zwölf gewesen. Jeden Abend nach dem Dinner gingen sie am Strand spazieren, nur sie beide – eine Gewohnheit, die nicht auf einem Privileg beruhte, sondern entstanden war, weil Kitty und Daphne stets was Wichtigeres zu tun hatten. Und Mutter würde nicht einmal im Traum das schmutzige Geschirr stehen lassen, um den Strand entlangzuwandern.

Aber Alex bevorzugte eine andere Theorie – dies hatte sich so entwickelt, *weil es das Schicksal wollte.* Sie war Daddys Liebling. Im Grunde ihres Herzens hatte sie es immer gewusst. Und es gab auch einen Beweis dafür: Sie konnte ihrem Vater alles erzählen. Niemals verlor er die Geduld mit ihr – nur mit Daphne und Kitty. Er erteilte ihr Ratschläge, keine Befehle. In dieser Hinsicht verhielten sich die Väter ihrer Freundinnen ganz anders. Und so war es ganz natürlich gewesen, dass sie an jenem längst vergangenen Tag ein verwirrendes Problem erwähnt hatte. Die Hosenbeine bis zu den Knien hochgekrempelt, mit nackten Füßen, schlenderten sie durch seichte Wellen, und Alex erzählte von einer Bemerkung der Schulkrankenschwester beim Sexualkundeunterricht.

Mrs Leidecker hatte etwas auf die Tafel gezeichnet, das dem Kopf eines Stiers mit langen Hörnern glich und die weiblichen Geschlechtsorgane darstellen sollte. Während sie erläuterte, wie das Ei aus dem Eileiter glitt und von einem der elritzenförmigen Schnörkel befruchtet wurde, die ihm entgegenschwammen, hob Lana Boutsakaris die Hand. »Und wie kommt das Sperma da hinauf?«

Da wurde Mrs Leidecker feuerrot und fragte stotternd, ob die Mädchen schon einmal beobachtet hätten, wie sich Hunde paarten. Was Besseres fiel ihr offenbar nicht ein. Genauso sei's auch bei den Menschen, fügte sie hinzu und schnitt hastig das nächste Thema an. Während die anderen Schülerinnen kicherten und Grimassen schnitten, saß Alex reglos da und fühlte sich elend. Unvorstellbar, dass ihr Vater die Mutter von hinten bestieg wie der Irish Setter Otis die Nachbarhündin. Wenn auf *diese* Weise Babys entstanden, würde sie niemals heiraten und Kinder kriegen.

Daddy lachte nicht, als sie ihn am Abend fragte, ob das wahr sei. Und er wurde auch nicht rot, so wie Mutter, wenn die Küsse auf der Kinoleinwand zu lange dauerten. Mit einem sanften Lächeln mahnte er: *Du darfst dich niemals einer normalen, natürlichen Funktion des menschlichen Körpers schämen, Alex.* Und dann erklärte er, was zwischen einem Mann und seiner Frau geschehe, wenn sie ein Baby zeugten, sei etwas Besonders, Wundervolles und keineswegs schmutzig oder ekelhaft.

Aber Alex wusste, dass nicht nur verheiratete Paare so etwas taten. Am vergangenen Wochenende hatte sie im TV einen alten Schwarzweißfilm gesehen. In diesem Film verliebten sich ein Mann und eine Frau, die mit anderen Partnern verheiratet waren, und zerstörten das Leben aller Beteiligten. Auch danach fragte sie ihren Vater.

Eine Zeit lang schwieg er, stand einfach nur da und betrachtete die Wellen, die in hohen silbernen Bögen unter einem regenbogenfarbenen Himmel heranrollten. Ihre Schatten schimmerten auf dem feuchten Sand, eine Brise bewegte die Strähnen auf Daddys Scheitel, die er nach oben kämmte und mit einem Spray festigte, sodass die schütteren Haare voller wirkten – das einzige Zeichen seiner Eitelkeit. Schließlich begann er zu sprechen, den Blick immer noch in die Ferne gerichtet. Deshalb wusste Alex nicht, ob er ihre Frage beantwortete oder einfach nur seine Gedanken in Worte fasste. *Manchmal genügt es nicht, wenn sich ein Ehemann und seine Frau lieben. Einige Frauen finden den Liebesakt schmerzhaft oder unangenehm, was man ihnen nicht verübeln kann. Und so suchen ihre Männer anderswo, was ihnen zu Hause vorenthalten wird.*

Alex wusste nicht, was sie zu ihrer Frage veranlasste. *Aber du hast so was nie getan, nicht wahr?*

Da schaute er sie an, die Augen schwarz im schwachen Licht des violetten Himmels, und lächelte wehmütig. *Du weißt, wie sehr ich deine Mutter liebe. Was ich dir jetzt sage, ist streng vertraulich, für alle Zeiten. Verstehst du das?*

Sie nickte, fühlte sich plötzlich schwerelos und bekam eine Gänsehaut, wie immer, wenn etwas Bedeutsames geschah.

Ja, ich war mit anderen Frauen zusammen. Doch ich liebte sie nicht so wie deine Mutter. Denk daran, wenn du irgendetwas hörst – wenn die Kinder in der Schule reden, zum Beispiel deine Freundin Leanne.

Diesen Wunsch hatte sie erfüllt.

Natürlich war die restliche Geschichte erst viel später herauskommen – die Affäre mit Leannes Mutter, Beryls Nachfolgerinnen. Während Alex heranwuchs, wurde sie immer öfter in die Geheimnisse ihres Vaters eingeweiht. Ohne peinliche Einzelheiten zu erfahren, wusste sie stets, wann er sich mit seinen Geliebten traf.

Die Erste, die einen nachhaltigen Eindruck auf Alex machte, hieß Anne Stimson, eine dunkel gelockte Ärztin, die bei Daddy ihr pathologisches Praktikum absolvierte. Nach acht Monaten trat sie ihren Dienst in der kinderärztlichen Abteilung an. Damit war die intime Beziehung beendet. Soviel Alex wusste, trennten sich die beiden als Freunde. Dann tauchte Leonore Crabbe auf, die Besitzerin eines Keramikladens. Jahrelang blieb Daddy mit Leonore zusammen, einer überzeugten Fatalistin, bis er sich mit einer ortsansässigen Glasmalerin einließ, die ihm zwei uneheliche Kinder schenkte.

Wie sich Alex entsann, hatten die frühen achtziger Jahre einer hübschen dunkelhaarigen Krankenschwester namens Mary Kate Klausen gehört. Als er das Verhältnis beendete, drohte die labile junge Frau mit Selbstmord. Danach waren einige Monate vergangen, bevor er eine neue Liaison begonnen hatte. An den Namen der verheirateten Frau, die außerhalb der Stadt wohnte und die Produkte einer pharmazeutischen Firma vertrieb, erinnerte sich Alex nicht. Sah er sie immer noch?

Jahrelang hatte er keine Liebschaften erwähnt. Aber wenn er

Alex davon erzählte, fand sie es ganz natürlich. Wem sonst sollte er sich anvertrauen?

Nur die Last der zahlreichen Geheimnisse bedrückte sie. Manchmal gewann sie den Eindruck, sie müsste auf Zehenspitzen über ein Minenfeld gehen, um unversehrt zu bleiben. Und an Tagen wie diesem fürchtete sie, das ganze Feld würde explodieren.

Fluchend bog sie um eine enge Kurve und spürte, wie die hintere Stoßstange des BMW das sandige Pflaster rasierte. Sofort drosselte sie das Tempo und umfasste das Lenkrad noch fester.

Jim, dachte sie. *Hätte er mich nicht verlassen, wäre ich nicht bis über die Ohren verschuldet.* Dann hätte sie das fast abbezahlte Haus nicht verkaufen und auf das kleinere keine Hypothek zu enormen Zinsen aufnehmen müssen – und sie müsste sich nicht täglich abrackern, um Nina und Lori alles zu bieten, woran sie gewöhnt waren: hübsche Kleider, ein großzügiges Taschengeld, Tennis- und Reitstunden, die Mitgliedschaft im Club.

Schlimmer noch, sie hatte den einzigen Menschen verloren, mit dem sie ihre Sorgen zu teilen vermochte, den einzigen Mann, den sie liebte, seit sie ihm als Siebzehnjährige zum ersten Mal begegnet war.

Heller Zorn trieb ihr Tränen in die Augen. Im Juni könnten sie den sechzehnten Hochzeitstag feiern. Dieses Datum müsste sie in ihrem Kalender anstreichen. Stattdessen organisierte sie die Hochzeitstagsparty der Eltern, nicht ihre eigene.

Vielleicht hatten sie stets richtig gehandelt, und es war tatsächlich das Geheimnis einer dauerhaften Ehe, nur die Oberfläche zu sehen und vor allem anderen die Augen zu verschließen. Wenn man sich an Illusionen klammerte, vergaß man die dunklen Wahrheiten, die hinter der Fassade pulsierten.

Alex holte tief Atem und verdrängte die deprimierenden Gedanken. Nach ein paar Minuten ließ die innere Anspannung nach. Dieser Küstenstrich – Sandsteinklippen fielen senkrecht zu einer Bucht ab, die wie eine Silberschüssel zwischen zwei Vorgebirgen lag – übte immer eine beruhigende Wirkung auf sie aus. Wie ein geliebter Golden Oldie im Radio oder die Erinnerung an irgendwas Nettes, das daheim wartete.

Zur Linken erstreckte sich die Häuserreihe, die eine der schönsten Aussichten aufs Meer bot. Früher hatten die kleinen Häuser vielleicht schäbig gewirkt, aber im Lauf der Jahre waren sie von verschiedenen Besitzern renoviert und herausgeputzt worden. Nun bildeten sie ein buntes Stilgemisch mit beträchtlichen Preisspannen. Neben dem A-förmigen Gebäude, an dem Alex gerade vorbeifuhr, stand ein winziges Cottage mit abblätternden grauen Schindeln wie ein altersschwacher Kahn unter dem Bug eines mächtigen Schiffs. Für das Haus aus Zedernholz, mit gläsernen Schiebetüren und einer breiten Veranda ringsherum, das sie stets bewundert hatte, könnte sie mühelos eine Dreiviertelmillion herausschlagen, wenn daneben keine Müllkippe läge.

Snug Harbor Lane, zwei Meilen weiter nördlich und eine Viertelmeile landeinwärts, sah ganz anders aus. An einer schmalen Asphaltstraße voller Schlaglöcher reihten sich bescheidene Holzhäuser aneinander, die schon bessere Tage gesehen hatten. *Dort werde ich landen,* dachte Alex schaudernd, *wenn ich die Schuldenlast nicht bald abschüttle …* Zwölfhundert Quadratfuß, kein Ausblick aufs Meer, sondern auf den Salzsumpf mit seinem schwachen, aber hartnäckigen Geruch nach verfaulter Vegetation.

In den sechziger Jahren, als ein Grundstück in Strandnähe noch erschwinglich und Miramonte noch kein allseits beliebter Ferienort gewesen war, hatte man diese Häuser gerade so stabil gebaut, dass sie einem Sommergewitter und gelegentlichen Anstürmen zu vieler Wochenendurlauber widerstanden. Im Winter schwer und nur mit beträchtlichem Kostenaufwand zu heizen, waren sie das ganze Jahr über feucht. Aber im Gegensatz zu den meisten alten Sommerhäusern wurde Snug Harbor Lane von geschäftstüchtigen Bauunternehmern übersehen, die solche Siedlungen enthusiastisch niederrissen und neu errichteten. Das Haar in der Suppe – Alex hatte es von zahllosen potenziellen Käufern gehört – war die Küstenwache, die den Salzsumpf verwaltete. Wenn man größere Häuser baute, brauchte man mehr Kläranlagen, die das empfindliche Ökosystem des Sumpfgebiets stören würden. Kurz gesagt, solange sich die Sumpfhühner allgemeiner Beliebtheit erfreuten, würden Leute wie Leanne nur einen Apfel und ein Ei für ihr Haus in Snug Harbor Lane bekommen.

Ihr Domizil war das letzte an der linken Seite, wo die Straße in einer knappen Kehrtwendung endete – ein Cottage mit zwei Schlafzimmern, einst leuchtend gelb, im Lauf der Zeit zur kränklichen Farbe von geronnenem Eidotter verblasst. Als Alex am Straßenrand parkte, winkte sie ihrer Freundin zu. Leanne stand vor der Tür, einen Gummischlauch wie ein Lasso um den Arm gewickelt, und sprengte den verdorrten Grasstreifen, der als Rasen fungierte.

Bevor Leanne das Wasser abdrehte, winkte sie zurück. An diesem Nachmittag war es ungewöhnlich warm, und sie trug abgeschnittene Jeans und ein blaues Stretchtop mit Nackenband. Aus dem Pferdeschwanz hatten sich hellblonde Strähnen gelöst. *Sie ist dünner geworden,* registrierte Alex, während sich die Freundin zum Wasserhahn hinabbeugte, den wuchernde Hortensien fast verdeckten. Früher war sie schlank gewesen, jetzt wirkte sie fast ausgemergelt. An den Waden traten Sehnen hervor, die Hinterbacken spannten die Gesäßtaschen der Jeans nur geringfügig. Offensichtlich forderte die Nachtschicht in der Klinik ihren Tribut, ganz zu schweigen von dem Gerichtsprozess wegen Berufsvergehens, der ihr seit Tylers Geburt drohte. Und da war ein anderes, noch schlimmeres Problem: ein vierjähriger Junge, unfähig, aus eigener Kraft zu sitzen, mit dem Löffel zu essen oder auch nur seine Mutter zu erkennen.

Leanne richtete sich auf, blinzelte und beschattete mit einer Hand ihre Augen. »Wen haben wir denn da? Die Avon-Lady mit der neuesten porentiefen Reinigungsmilch?«

»Müssen deine Poren gereinigt werden?«, fragte Alex grinsend.

»Nein, aber neben dir muss ich so aussehen, als hätte ich alle Hilfe nötig, die ich nur kriegen kann.« Aufmerksam musterte Leanne ihre Freundin. »Falls du einen einzigen Pickel im Gesicht hast, würde ich eine Lupe brauchen, um ihn zu finden. Gehen wir ins Haus, ich mache uns eine Limonade. Tyler schläft zur Abwechslung. Also werden wir's vielleicht schaffen, die Gläser zu leeren.«

Alex folgte ihr ins Haus und sank aufs Sofa, über dem eine Wolldecke lag – von Leanne gehäkelt, bevor Chip, der Schuft, sie wegen ihrer Schwangerschaft verlassen hatte.

»Ich bin gleich wieder da!«, rief sie über die Schulter und verschwand in der winzigen Küche neben dem Wohnzimmer. Alex hörte Schubladen und Schranktüren krachen, einen Löffel in einem Glas klirren, die Kühlschranktür knarren. »Verdammt! Kein Eis!« Leanne steckte den Kopf ins Zimmer. »Tut mir Leid, der Kühlschrank ist wieder mal zusammengebrochen. Ich laufe zur Nachbarin und hole ein paar Eiswürfel, das dauert nur eine Minute.«

»Nicht nötig. Ich lechze geradezu nach warmer Limonade.«

»Lügnerin!« In letzter Zeit sah Alex das freche Lächeln ihrer Freundin so selten, dass es ihr wie ein mühsam hervorgekramtes Souvenir aus der High-School-Zeit vorkam.

Leanne war das hübscheste Mädchen in ihrer Klasse gewesen. Viel hübscher, als sie es sich selber eingestehen wollte. Und trotz allem, was ihr seither widerfahren war, sah sie immer noch gut aus. Sie erinnerte Alex an ein Gruppenfoto, das sie in einer Galerie gesehen hatte – Farmersfrauen von einer herben, kraftvollen, unbesiegbaren Schönheit, die nichts mit makellosem Teint oder modischen Frisuren zu tun hatten. Auch Leanne besaß die Aura eines Menschen, der zu oft gequält worden war und dies nicht mehr hinnehmen wollte. Das Wort »Niederlage« existierte nicht in ihrem Vokabular.

»Vergiss nicht – mit Schwindeleien verdiene ich meinen Lebensunterhalt«, scherzte Alex. »Während du den Babys das Leben rettest, erzähle ich armen, arglosen Kunden, mit neuer Tünche und bunten Vorhängen würde das dunkelste Zimmer der Welt in hellem Glanz erstrahlen.«

Leanne trug zwei hohe Gläser mit einer trüben Flüssigkeit ins Wohnzimmer. »Ja, du warst schon immer eine Optimistin. Weißt du noch, wie uns Mrs Evans während einer Algebra-Klassenarbeit beim Schummeln erwischt hat? Sie gab uns beiden ein F, und du hast behauptet, das sei ein Himmelszeichen. Damit würde uns der liebe Gott bedeuten, dass wir nicht für Algebra geschaffen sind.«

»Für Geometrie auch nicht. Was sage ich immer? Steig aus, solange du andere Möglichkeiten hast.«

»Klar, du hast leicht reden.« Seufzend sank Leanne aufs andere Ende des Sofas, und Alex glaubte, sorgsam versteckte Ressentiments in ihrem Blick zu lesen.

Warum hatte sie der Freundin nichts von ihren Problemen erzählt? Vielleicht, weil Leanne, die jeden Cent umdrehen musste, Alex' Leichtsinn missbilligen würde. Außerdem zeigte sie in letzter Zeit eine gewisse kühle Zurückhaltung, wenn sie Alex traf, kaum merklich und doch spürbar. So als hätte sie ihre eigenen Geheimnisse.

Hatte sie Leanne irgendwie gekränkt? Oder hing es mit dem Streit zwischen ihren Müttern zusammen? Jedenfalls würde Alex dieses Haus erst verlassen, wenn die Freundin ihr alles erzählt hatte.

Sie schaute sich im Wohnzimmer um. Es war überraschend gemütlich, trotz der beengten Atmosphäre. Stühle, die nicht zueinander passten und auf denen man nicht zu sitzen brauchte, um zu wissen, wie unbequem sie waren, ein hübscher Tisch aus Kirschbaumholz, das Zedernholzschränkchen, das Leannes Fotoalben und alte Babysachen enthielt. Die Kleidung, der Tyler entwachsen war, wurde nicht aufgehoben. Welchen Sinn hätte es, solche Sachen für einen Sohn zu verwahren, der niemals zurückblicken und lächeln würde, weil er einmal so klein und hilflos gewesen war?

Wenigstens habe ich Nina und Lori. Jim war davongerannt, und ihre Töchter wuchsen so schnell, dass sie die kleinen Mädchen kaum wiedererkannte, die früher an ihrem Rocksaum gezupft und um Bonbons gebettelt hatten. Bei dieser Erinnerung lächelte sie wehmütig, vom unerwarteten Gefühl eines schmerzlichen Verlustes erfasst. Aber wie sah die Alternative aus? Ein Kind, das nur körperlich wuchs?

»Was macht dein Prozess? Gibt's was Neues?«

»Nicht viel.« Leanne lehnte sich zurück und schlug die Beine übereinander. »Nur der plötzliche Gedächtnisschwund unserer Star-Zeugin, Agnes Batchelder. Mein Gott, sie war doch im Kreißsaal, und sie sagte mir, Pearce hätte nicht so lange mit dem Kaiserschnitt warten dürfen. Jetzt behauptet sie, dass sie nicht mehr weiß, was sie gesehen hat.« Angewidert verzog sie die Lippen, und ihr hübsches Gesicht wirkte sekundenlang hässlich.

»Nur weil sie von den Anwälten der Klinik unter Druck gesetzt wird! Und ich? Nun ja, sie können mich nicht feuern. Also halsen sie mir die Nachtschicht auf.«

»Glaubst du, sie wird sich anders besinnen?«

»Wenn nicht, will ich ihr verzeihen …«

»Den Teufel wirst du!«

»Am liebsten würde ich ihr den Hals umdrehen«, gab Leanne zu und lachte heiser. »Zwei Jahre vor dem Ruhestand! Und mich lässt sie im Regen stehen!« Nachdenklich nippte sie an ihrer Limonade. »Dennis, mein Anwalt, will sie trotzdem vorladen. Aber ich fürchte, das nützt nicht viel.«

»Wann beginnt die Verhandlung?«

»Angeblich am fünfzehnten August.«

»Also in vier Monaten. Bis dahin kann noch sehr viel passieren.«

Leannes Blick wurde ausdruckslos. Wieder einmal verspürte Alex ein seltsames Unbehagen.

Wie sollte sie das Thema der Party anschneiden und fragen, warum Leannes Mutter nicht eingeladen war? Während sie noch nach Worten suchte, erkundigte sich Leanne abrupt: »Was gibt's bei *dir* Neues? Wochenlang habe ich nichts von dir gehört, dann kommst du aus heiterem Himmel hierher und siehst aus wie eine Million Dollar. Und ich dachte, du würdest auf Händen und Knien die letzten Party-Attraktionen zum Club hinaufschleppen.«

»Lass dich nicht vom äußeren Schein täuschen!«, stöhnte Alex. »Nur mein Make-up und mein Haarspray halten mich noch aufrecht.«

»Hängt die meiste Arbeit nicht an deiner Mutter?«

»Klar, aber es genügt nicht, das Menü zu planen und Blumen zu bestellen. Immer wieder tauchen unerwartete kleine Dinge auf, die erledigt werden müssen.« Alex holte tief Luft. »Zum Beispiel dieser idiotische Streit zwischen unseren Müttern.«

»Welcher Streit?« Leannes Verwirrung wirkte echt.

»Sicher ist es nichts Schlimmes. Das wär's zumindest nicht, wenn …« Alex begann in Leannes schattigem Wohnzimmer zu schwitzen. Durch das Fenster an der Südseite sah sie Inseln aus hohem Schilf, umgeben von glänzendem grauen Schlamm, in dem sich getrocknete Salzstreifen wie Schlangen wanden. »Aus unerfindlichen Gründen wurde deine Mom nicht zur Party eingeladen.«

Leanne starrte sie entgeistert an. »Machst du Witze? Das ist unmöglich. Sonst hätte Mom was erwähnt.« In ihrer Stimme schwang ungläubiges Staunen mit – und noch etwas? Oder bildete sich Alex den seltsamen, fast verstohlenen Glanz in den Augen ihrer Freundin nur ein, bevor sie ihrem Blick auswichen? Erbost knallte Leanne ihr Limonadenglas auf den Tisch. Ein paar Tropfen spritzten auf die ungeöffnete Post. »Hat deine Mutter erzählt, worum's ging?«

Warum regte sie sich so auf? Wusste sie Bescheid?

Eine kühle innere Stimme beruhigte Alex. *Vielleicht ahnt sie nur was.* Aber das würde schon genügen. Nicht nur Beryls, sondern auch Daddys wegen. Leanne verehrte ihn seit ihrer Kindheit, und sie hatte stets betont, er sei viel netter als ihr eigener Vater. Offenbar beruhte diese Zuneigung auf Gegenseitigkeit, denn er hatte sie zu allen Familienausflügen eingeladen. Auch an Schultagen war sie häufig zum Dinner gekommen. Alex und Leanne stellten sich oft vor, sie wären Schwestern. Bald gewann Alex den Eindruck, so müsste es tatsächlich sein. Daphne und Kitty hatten einander, *sie* hatte Leanne.

Und doch … Wenn sie ehrlich war – hatten nicht schon damals sonderbare geheime Strömungen die Atmosphäre beeinflusst? Das beklemmende Gefühl, Leanne würde liebend gern mit ihr tauschen und sie in der Kälte stehen lassen, ohne einen Blick zurückzuwerfen?

Nun durchzuckte sie ein neuer Gedanke, und sie klammerte sich daran wie an einen Rettungsring. »Vielleicht hat deine Mutter beschlossen, auf die Party zu verzichten.«

»Meinst du, weil *ich* nicht hingehen kann?«, fauchte Leanne. »Falls du's vergessen hast, ich muss mich um Tyler kümmern.« Jetzt las Alex unverhohlene Verzweiflung im bleichen Gesicht ihrer Freundin – und einen hellen Zorn, der ihr unverhältnismäßig und übertrieben erschien.

»Das wollte ich damit nicht ...«

»Glaub mir, ich würde die Party gern besuchen«, fiel Leanne ihr ins Wort. »Aber es wäre Beth gegenüber unfair. Sie ist ohnehin überlastet.« Wenn sie für die Nachtschicht eingeteilt war, wurde Tyler von ihrer älteren Schwester betreut, die selbst zwei Kinder hatte. Obwohl Leanne ihren Sohn auf dem Weg zur Klinik bei Beth absetzte und morgens abholte, mutete sie ihr einiges zu. Doch das störte Beth nicht, sie war sanftmütig und unkompliziert, ganz anders als ihre schwierige, unberechenbare Schwester.

»Schon gut, du musst mir nichts erklären«, erwiderte Alex beschwichtigend. »Hier geht's nicht um *dich.*«

Leanne sprang auf, wanderte umher, stapelte Zeitschriften auf dem Couchtisch, hob Tylers Socken auf, rückte ein Bild an der Wand über dem Fernseher zurecht – ein hübsches Ölgemälde, das weidende Kühe zeigte. Endlich brach sie das Schweigen, in etwas ruhigerem Ton. »Was zwischen unseren Müttern geschehen ist, weiß ich nicht. Niemand hat mir was erzählt. Wahrscheinlich hast du Recht, und es war nur eine alberne Meinungsverschiedenheit, die außer Kontrolle geraten ist.«

»So wie bei uns.« Plötzlich versuchte Alex mit aller Macht, das Thema zu wechseln. »Erinnerst du dich an unser letztes High-School-Jahr? Damals warf ich dir vor, du würdest mit Jim flirten.«

Nur widerstrebend lächelte Leanne. »Eine ganze Woche lang

hast du nicht mit mir geredet. *Nachdem* du mein Jahrbuch ruiniert hast.«

»Oh, ich habe nur versehentlich mein Tintenfass über die Seite geschüttet, auf die Jim geschrieben hat: ›Es war wundervoll, dich in diesen letzten vier Jahren zu kennen.‹«

»Vermutlich hat er das in alle Jahrbücher geschrieben.« Leanne verschränkte die Arme vor der Brust und hielt Alex' Blick stand. »Wirst du zu ihm zurückkehren? Jetzt sind es zwei Jahre her.«

»Das weiß ich.«

»Kümmere dich lieber um dich selber als um deine Eltern.«

Alex dachte an die Pflichten, die daheim warteten – das Dinner, die Wäsche, die Rechnungen auf dem Schreibtisch. Mal sehen, was sich noch einen Monat hinausschieben ließ … »Dafür hat der Tag zu wenig Stunden«, entgegnete sie. Diesmal klang ihr Lachen gezwungen.

»Als ob ich's nicht wüsste.« Leanne seufzte mitfühlend.

Eine Zeit lang nippte Alex an der warmen, zu süßen Limonade, die wie Hustensirup schmeckte. Dann gestattete sie sich auf ihre Uhr zu schauen. »Jetzt muss ich gehen«, erklärte sie und sprang auf. »Ich habe Mutter versprochen, auf dem Heimweg ein paar Sachen vorbeizubringen.«

»Tut mir Leid, dass ich dir nicht helfen kann.« Leanne begleitete sie zur Tür und legte eine Hand auf ihren Arm. »Allmählich werden unsere Mütter senil. Keine Bange, sie werden sich bald versöhnen. Vielleicht sogar noch vor der Party.«

Da war sich Alex nicht so sicher. Doch sie hatte schon genug gesagt. Schlafende Hunde sollte man nicht wecken …

Wenn sie schlafen, beißen sie nicht. Mutters Standardvariation des alten Sprichworts schoss ihr durch den Kopf wie eine gefährliche Waffe, die sie zu entfernen vergessen hatte – ein rostiger Nagel, eine Glasscherbe … »In ein paar Tagen rufe ich dich an, und wir treffen uns, okay?« Sogar in ihren eigenen Ohren klangen die Worte unaufrichtig – so falsch wie das Lächeln, das sie ihrer Freundin zuwarf.

Leanne starrte sie geistesabwesend an, und die blauen Augen schienen etwas zu betrachten, das nur sie sah. Dann erwiderte sie das Lächeln, als wollte sie irgendetwas festhalten, das beinahe umgekippt wäre. Wieder einmal gewann Alex den Eindruck, die Freundin würde ein Geheimnis hüten.

»Klingt gut.« Leanne musterte die zerknüllten Socken und schien sich zu fragen, wie sie dahin gelangt waren. »Wenn ich bis dahin nicht vor Erschöpfung gestorben bin.«

Auf der ganzen Fahrt zum Agua Fria Point musste Alex an das beunruhigende Gespräch denken. Ja, Leanne hatte tatsächlich müde ausgesehen. Aber das erklärte ihr eigenartiges Benehmen nicht, den Zorn über die Differenzen zwischen ihren Müttern. Hatte sie etwas damit zu tun?

Natürlich nicht. Schlimmstenfalls wusste sie mehr, als sie verraten wollte. Alex' Gedanken wanderten zu den gemieteten Kerzenleuchtern im Kofferraum. Mehr hatte sie nicht zu bieten. Und diesmal würde sie sich nicht von Mutter schikanieren lassen. Wenn sie klagte, sie habe sich was anderes vorgestellt, würde Alex einfach nicht mitspielen. Und wenn die Mutter solche albernen Kleinigkeiten zum Vorwand nahm, um Dinge zu verschweigen, die *wirklich* wichtig waren, würde Alex nicht darauf eingehen.

Kurz vor Einbruch der Dunkelheit bog sie in die Cypress Lane. Hatte Kitty daran gedacht, Daddy wegen des Smokings anzurufen? Wahrscheinlich nicht. An diesem Morgen war ihre Schwester ungewöhnlich nervös gewesen. *Ist das so erstaunlich? Glaubst du, nur du hättest persönliche Probleme?* Alex nahm sich vor, Kitty am nächsten Morgen anzurufen und sich für ihr unfreundliches Verhalten zu entschuldigen.

Einen Häuserblock vom Domizil ihrer Eltern entfernt, entdeckte sie die beiden Streifenwagen, die vor dem Eingang parkten. Mehrere Polizisten eilten umher. Aus unerklärlichen Gründen befestigte einer der Beamten gelbes Klebeband am Geländer der Veranda. Zwei trugen Gegenstände aus dem Haus, die Müllsäcken glichen.

Im grellen Scheinwerferlicht schien die Szene einem der billigen Horrorfilme zu entstammen, die sie früher mit ihren Schwestern im TV gesehen hatten. Deshalb waren sie eigens länger wach geblieben – um sich zu gruseln. Sollte das alles ein Scherz sein? Verrückt, dass Alex plötzlich das hysterische Bedürfnis verspürte, schallend zu lachen.

Aber das Gelächter blieb ihr im Hals stecken, und sie konnte kaum atmen. Von einem heftigen Schwindelgefühl erfasst, lenkte sie den BMW an den Straßenrand, trat auf die Bremse und beobachtete die gespenstischen Ereignisse.

Als jemand ans Autofenster klopfte, zuckte sie zusammen.

Ein Polizist spähte in den Wagen. Während sie das Fenster herunterkurbelte, registrierte irgendein ferner Teil ihres Gehirns, dass ihre Hand völlig gefühllos war. Sie schaute den Beamten an, einen nervösen, kräftig gebauten jungen Mann, abgesehen von den Akne-Narben einigermaßen attraktiv. »Was ist hier los, Officer?« Erstaunt bemerkte sie, wie kühl und geschäftsmäßig ihre Stimme klang.

»Kennen Sie die Leute, die hier wohnen, Ma'am?«

»Natürlich, meine Eltern.« Nun begann sie am ganzen Körper zu zittern.

»Bleiben Sie hier, Ma'am.« Das war kein Befehl, eher eine flehende Bitte, und das Unbehagen in seinem Blick kam einer Panik nahe. »Glauben Sie mir«, fügte er unsicher hinzu, »es wäre besser für Sie.«

»Was ist passiert?«, fragte sie schrill. Hatte ihre Mutter einen Herzanfall erlitten? Nana war an einem Infarkt gestorben, bevor die Ambulanz die Klinik erreicht hatte. Dann erinnerte sich Alex an die Tabletten, die ihr Vater nahm, um seinen Blutdruck zu senken. Kein Grund zur Sorge. Aber wenn ... Hastig zerrte sie an ihrem Sicherheitsgurt.

»Bitte, bleiben Sie hier – ich bringe Sergeant Cooper zu Ihnen.« Jetzt schien der junge Polizist tatsächlich in Panik zu geraten – als wäre sie ein Junkie, der auszuflippen drohte.

»Daddy? Ist ihm was zugestoßen?«, schrie sie. Aber der Polizist rannte bereits über den Rasen, um Hilfe zu holen, die sie weder brauchte noch wollte. Irgendwie gelang es ihr mit steifen Fingern den Sicherheitsgurt zu öffnen und aus dem Auto zu klettern. Schreiend taumelte sie in die Richtung des Hauses. »Daddy! Mutter! Kann mir bitte irgendjemand erklären, was hier vorgeht?«

In der Ferne heulte eine Ambulanz – ein schwaches, klagendes Echo.

Ein älterer, stämmiger Polizist eilte zu ihr. Unter den Achseln verdunkelten Halbmonde aus Schweiß seine Uniform. Die schweren Stiefel hinterließen eine glänzende Spur im feuchten Gras. »Sergeant Cooper«, stellte er sich vor. »Folgen Sie mir bitte, ich muss mit Ihnen reden.« Er zeigte zu einem der Streifenwagen, der die Auffahrt blockierte.

»Was ist denn los?«

»Bitte, Ma'am, wenn Sie mich begleiten würden ...«

Fasziniert starrte sie den Schnurrbart an, der wie eine Raupe an der Oberlippe zuckte, scheinbar unabhängig von den Worten, die aus einem verkniffenen kleinen Mund kamen. »Bevor Sie mir nicht verraten, was geschehen ist, gehe ich nirgendwohin!« Ihre Stimme bekam einen leicht hysterischen Klang.

Seine steingrauen Augen warfen ihr einen scharfen Blick zu.

Dann nahm seine Miene einen sanfteren Ausdruck an. »Ein – Unfall. Tut mir Leid, dass ich's Ihnen sagen muss, Ma'am – Ihr Vater wurde schwer verwundet. Einige Schüsse in die Brust. Jetzt wird er gerade ins Krankenhaus gebracht.«

Diese Information traf Alex wie ein Blitzschlag, und sie musste ihre Knie durchdrücken, um nicht zu stürzen. In ihrem Kopf begann es zu dröhnen, als hätte sich ein Schwarm wütender Hornissen darin eingenistet.

»O Gott – Mutter, ich muss zu ihr ...« Sie versuchte sich an Sergeant Cooper vorbeizuschieben. Genauso gut hätte sie versuchen können, sich mit bloßen Händen einen Weg durch einen dicken Baumstamm zu bahnen. Wie festgewurzelt stand er da und packte ihre Hände, die protestierend gestikulierten.

»Ihre Mutter wird verhört.«

»Wieso, um Gottes willen? War's denn kein Unfall?« Alex gab den Kampf auf und riss sich los, taumelte einen Schritt zurück und blieb schwankend stehen. In ihrer Brust entstand ein eiskaltes Vakuum, wie ein dunkler Brunnen, in den sie zu fallen glaubte.

»Ihre Mutter wurde wegen versuchten Mordes festgenommen«, erklärte er mit einer tonlosen Stimme, die in ihren Ohren wie eine Explosion widerhallte.

»Nein – nein – *nein* ...« Alex sank im feuchten Gras auf die Knie und schlug die Hände vors Gesicht. Das war unmöglich. Das *konnte* nicht geschehen sein.

Aber dann blickte sie nach oben, und die funkelnden Sterne schienen sie zu verhöhnen. Eine seltsame Betäubung umhüllte sie wie eine Decke aus warmer Luft. Das Haus, die Streifenwagen, fremdartige Schatten hinter den geschlossenen Jalousien des Wohnzimmers im Heim ihrer Kindheit – das alles verblasste in körnigem Grau, als sie ins Dunkel hinabglitt.

Kapitel 4

Am nächsten Morgen um halb sechs landete der United Flight 348 vom JFK auf dem San Francisco International. Daphne war der einzige Passagier in der ersten Klasse, der keine Schlafmaske abstreifte oder benommen mit dem Sicherheitsgurt kämpfte. Während des ganzen Flugs hatte sie kein Auge zugetan und kerzengerade und stocksteif dagesessen. Jetzt schmerzte ihr Nacken. Unterhalb ihrer linken Schulter pochte ein Muskel, den sie scherzhaft ihr »Stressmessgerät« nannte, so rhythmisch wie ein stummes Uhrwerk. Sie hatte sich geweigert, etwas zu essen oder zu trinken. Allein schon der Gedanke an eine Mahlzeit hatte ihr den Magen umgedreht. Aber nun war sie hungrig. *Dein Vater ist tot, deine Mutter sitzt im Gefängnis, und du denkst an ein getoastetes Brötchen mit Käsecreme?*

In ihrer Kehle stieg ein schwaches Gelächter auf, als sie die anderen Passagiere beobachtete, die ihre Reisetaschen aus der Gepäckablage nahmen. Dieses Lachen schockierte sie. Hastig biss sie in ihre Zunge. Der süße, metallische Geschmack von Blut füllte ihren Mund. Dafür war sie dankbar, weil es ihr bewies, dass sie immer noch etwas *fühlte.*

Kittys Nachricht hatte sie fast betäubt, und sie entsann sich nur vage, was am letzten Abend geschehen war. Zum Beispiel wusste sie nicht mehr, ob sie ihre Sachen gepackt hatte. Nur die Fahrt zum Flughafen haftete in ihrem Gedächtnis. Roger am Steuer … Oder war es die Heimfahrt nach der Signierstunde gewesen? Ja, denn bei ihrem Aufbruch zum JFK war der Babysitter schon nach Hause gegangen, und Roger hätte die Kinder nicht allein gelassen. In ein oder zwei Tagen würde er ihr folgen, hatte er versprochen. Sobald er es arrangieren könnte. Ein Abschiedskuss an der Tür und …

Daphne erinnerte sich nicht, wie sie ins Taxi gestiegen war, nur an die Ankunft vor dem Flughafen, wo sie den Fahrer mit ruhiger Stimme um eine Quittung gebeten hatte. Als wäre nichts geschehen. Als würde sie nicht mitten in der Nacht zu ihrem toten Vater fliegen, zu ihrer Mutter, die wegen Mordes hinter Gittern saß.

Nicht einmal die Tatsache seines Todes war vollends in ihr Bewusstsein eingedrungen. Vor der Abreise hatte Kitty noch einmal angerufen – in Tränen aufgelöst, aber nicht mehr hysterisch – und ihr mitgeteilt, er sei auf der Fahrt in die Klinik gestorben. Die schwere Schussverletzung habe ihm keine Chance gelassen.

Daphne versuchte zu verdrängen, was danach geschehen sein musste. Doch die Phantasiebilder stürmten gnadenlos auf sie ein. Die Bahre, mit einem Leintuch verhüllt, im Lift – auf dem Weg ins Kellergeschoss, zur Leichenhalle, wo ihr Vater im Lauf der Jahre Generationen von Verstorbenen aus Miramonte obduziert hatte. Nun sah sie ihn ausgestreckt auf einem Tisch aus rostfreiem Stahl, zwischen Instrumenten, um die er bei jeder Budget-Sitzung gekämpft hatte, und handverlesenen Ärzten, von ihm ausgebildet. Spezialisten, die jetzt …

Halt!

Aber eine innere Stimme sagte ihr, sie müsste sich diese Szene vorstellen – und sei es nur, um das andere Bild abzuwehren, das in ihrem Unterbewusstsein lauerte. Daddy, der sie an der Sperre erwartete … Während sie die Gangway hinabstieg, die Reisetasche in der Hand, erwartete sie halb und halb, ihn zu sehen. Bei den Ticket-Schaltern, nicht auf die Theke gestützt – Daddy stützte sich nie auf irgendetwas, höchstens in einem fahrenden Zug oder in einem Boot, um sein Gleichgewicht zu halten. Wie Scheinwerfer würden seine scharfen blauen Augen über die Passagiere gleiten, die soeben gelandet waren.

Aber in der Halle sah sie nur Kitty, die durch das nächtliche Dunkel gefahren war, um sie abzuholen – zweifellos von den gleichen unbeantworteten Fragen begleitet, die auch in Daphnes Gehirn wie die Flügel gefangener Vögel schwirrten. Fast zögernd erhob sich Kitty aus einem Sessel, als wüsste sie nicht genau, ob die blasse Frau mit den geröteten Augen, deren Spiegelbild Daphne kurz zuvor in der Toilette des Flugzeugs gesehen (und kaum wieder erkannt) hatte, tatsächlich ihre Schwester war.

»O Daphne – da bist du – Gott sei Dank!«, würgte Kitty hervor und umarmte sie ganz fest. »Wahrscheinlich hätte ich's nicht ertragen, noch länger zu warten.«

»Ich auch nicht«, wisperte Daphne. Kittys Arme fühlten sich so gut an. Frische Luft, nach der eine Ertrinkende rang … Erst jetzt merkte sie, wie dringend sie die Nähe eines Menschen brauchte, mit dem sie die Erkenntnis des Verlusts und die Verwirrung teilen konnte. Noch nicht Trauer – nein, so würde sie es nicht beschreiben. *Dieses* Gefühl lauerte weiter unten an der Straße, die Zähne gefletscht, zum Angriff bereit. Vorerst gewann sie nur den Eindruck, sie hätte etwas Wertvolles verlegt. Irgendetwas, das sie finden oder herausfinden musste.

»Komm, lass uns hier rausgehen.« Kitty ergriff ihre Hand und zog sie hinter sich her – so schnell, dass Daphne kaum mit ihr Schritt halten konnte. »Hast du kein Gepäck?«

»Nur das.« Daphne hielt ihre Reisetasche hoch.

»Gut, das erspart uns Zeit.«

Um Viertel vor sechs steuerte Kitty ihren alten Honda Civic aus der Tiefgarage ins bleiche Morgenlicht. Ihr Gesicht, von Natriumdampflampen beleuchtet, schimmerte fast weiß. »Vor all den Leuten wollte ich nicht zusammenbrechen. Die endlosen Stunden auf dem Polizeirevier waren schlimm genug. Da habe ich ununterbrochen geheult. O Gott, Daph, welch ein Alptraum!«

Daphne musterte ihre Schwester. Im Nacken mit einer Spange zusammengehalten, flatterte das rote Haar wie eine wilde, ungebändigte Stutenmähne. Die Jeans und das schäbige alte Sweatshirt hatte Kitty vermutlich schon am Vortag getragen. Sie zitterte wie im Fieber. Aber Daphne glaubte, die blasse Stirn würde sich eisig anfühlen.

»Erzähl mir alles«, sagte sie.

Erst auf der Route 96, wo sich die Gefahr eines Unfalls, von Tränen heraufbeschworen, etwas verringerte, begann Kitty zu sprechen. »Anfangs dachte ich, es wäre ein Unfall gewesen. So was liest man oft genug in der Zeitung. Jemand reinigt eine Waffe, und plötzlich löst sich ein Schuss. Oder Mutter hielt Daddy für einen Einbrecher. Aber so war es nicht.«

»Wie war es dann?«

»Sie hat ihn kaltblütig umgebracht.«

Der Honda Civic schwenkte auf die Gegenfahrbahn, und Daphne kreischte: »Pass auf! Willst du uns auch noch umbringen?«

Hastig riss Kitty das Lenkrad herum und steuerte das Auto über den weißen Mittelstreifen zurück. »Tut mir Leid.«

Daphne berührte den Handrücken ihrer Schwester, er war so kalt wie die Schnalle des Sicherheitsgurts. »Soll ich fahren?«

»In deinem Zustand? Da wären wir kaum besser dran.«

Kittys Lächeln wirkte so gequält, dass Daphne wegschauen musste. Sie starrte durchs Fenster, beobachtete die Sonne, die zwischen Zwergkiefern und Eukalyptusbäumen aufging. »Weißt du es? Oder ist es das, was die Polizei behauptet?«

Im Schweigen, das nun folgte, hörte sie nur die Reifen auf dem regennassen Asphalt rauschen, und das Rattern irgendeines lockeren Teils im Motor des alten Autos. Schließlich räusperte sich Kitty. »Mutter hat es mir gesagt. Deshalb weiß ich es.«

Daphne versuchte nicht, ihr Entsetzen zu verbergen. Verzweifelt stützte sie den Kopf in die Hände. »Warum? Hat sie dir gesagt, *warum?*«

Kitty schüttelte den Kopf. »So lange konnten wir nicht reden. An einem bestimmten Punkt unterbrach ich sie. Die Polizei – nun, ich glaube nicht, dass es gut wäre, hätte sie vor dem Eintreffen ihres Anwalts mehr gesagt.«

»Welcher Anwalt?« Bisher hatte Daphne gar nicht registriert, dass ihre Mutter einen Anwalt brauchen würde.

»Ich rief Ellis Patterson an.« Seit Daphne denken konnte, war Ellis der Familienanwalt. »Er empfahl mir Tom Cathcart, den angeblich besten Strafverteidiger von Miramonte. Heute Morgen treffen wir ihn, sobald wir Kaffee getrunken und was gegessen haben.«

»Und Mutter?«

»Nach der Besprechung mit Cathcart wirst du sie sehen. Die Polizisten wollen auch mit dir reden. Natürlich kannst du ihnen nicht viel sagen. Aber wenn es Mutter hilft …« Tränen erstickten Kittys Stimme, und sie musste am Straßenrand halten, um sich mit dem Kleenex, das Daphne ihr reichte, die Nase zu putzen.

Auf dem Randstreifen des Zubringers zum Highway 1 – während die Sonne über den ausladenden Zweigen der Chihuahua-Kiefern emporstieg und der Verkehr allmählich zunahm – klammerten sich die Schwestern schluchzend aneinander. Kitty war die Erste, die sich mit einem schwachen Lächeln aufrichtete.

»Fahren wir weiter. Sonst bleibt womöglich noch ein guter Samariter stehen und fragt, ob wir Probleme haben.«

»Die *haben* wir. Aber unsere kann man nicht mit einem Kreuzschlüssel oder einem Wagenheber lösen. Jedenfalls brauchen wir alle Hilfe, die wir nur kriegen können. Da fällt mir ein – werden wir Alex bei dieser Besprechung beim Anwalt treffen?«

Kitty lenkte den Honda Civic auf die Fahrbahn zurück. »Alex wird uns *nirgendwo* treffen!«, fauchte sie. »Als ich sie gestern Abend anrief, nachdem ich mich von Mutter verabschiedet hatte, sagte sie mir, sie könnte im Augenblick an nichts anderes als nur an Daddy denken – und an ein würdevolles Begräbnis. Sie war nicht hysterisch oder so. Eher kühl und irgendwie leblos. Es war so *unheimlich* …«

In Daphnes Brust versuchte sich ein brennender Schmerz durch den Schutzwall zu kämpfen, den sie um ihr Herz errichtet hatte. Aber vorerst konnte sie nicht an ihren toten Vater denken, weil Mutter gerettet werden musste. »Ich rede mit ihr. Jetzt sollten wir zusammenhalten. Alle drei.«

»Mit unserer kleinen Schwester darfst du nicht rechnen. Mutter sagt, Alex würde ihr niemals verzeihen.«

»Was Mutter *sagt,* ist mir egal. Sicher gibt es einen Grund. Angenommen, ihr Geist war schon länger verwirrt, und wir haben es nicht mitgekriegt …« Daran zweifelte Daphne. Aber solche Dinge merkten die Familienmitglieder meistens zuletzt, nicht wahr?

»Bald werden wir es wissen.« Kitty seufzte, und eine seltsame innere Ruhe schien sie zu erfassen. Erst nach einer Weile konnte Daphne diesen Zustand deuten: Es war Erschöpfung, sie war so übermächtig, dass sogar Tränen zu mühsam gewesen wären.

Schweigend legten sie die restliche Strecke zurück, fuhren an Felsvorsprüngen vorbei, am metallisch glänzenden Meer, an Rosenkohlfeldern. Vor dem rosigen Himmel zeichneten sich die Silhouetten der Häuser ab und glichen einsamen Wachtposten. Erst am Stadtrand gestattete sich Daphne an das Grauen zu denken, das sie erwartete, und sie spürte sein Gewicht auf ihrer Seele – wie den Ballast, den ein Schiff in stürmischer See brauchte, um nicht vom Kurs abzukommen.

Der Alptraum würde noch lange dauern. Und keine der drei Schwestern würde ihn unbeschadet überstehen.

Drei Stunden später saß sie in einer Art Kabine und betrachtete durch eine Glaswand eine ältere Frau mit gelblich grauem Haar und hohlen Augen. *Das ist nicht meine Mutter*, dachte sie. Mutter hätte Lippenstift aufgetragen, und die Haare würden in weichen Wellen ihr immer noch hübsches Gesicht umrahmen. Und sie würde ein elegantes Kleid tragen.

Am Morgen hatten Daphne und Kitty den Anwalt in seiner Kanzlei in dem kürzlich renovierten viktorianischen Gerichtsgebäude aufgesucht, nur wenige Häuserblocks vom Gefängnis entfernt. Tom Cathcart, ein höflicher, etwas onkelhafter Mann über sechzig, hatte ihnen mitgeteilt, ihre Mutter würde bei ihrem eidesstattlichen, vor der Polizei abgelegten Geständnis bleiben.

Weder Kitty noch der Anwalt hatten Daphne auf den beklemmenden Anblick der Frau in dem orangeroten Trainingsanzug mit der Aufschrift MIRAMONTE COUNTY JAIL vorbereitet. Daphnes Lächeln wurde nicht erwidert. Stattdessen schaute Mutter durch sie hindurch wie eine Schlafwandlerin oder eine Patientin, die unter dem Einfluss starker Medikamente stand.

Die leeren Augen jagten einen Schauer über Daphnes Rücken. Nicht zum ersten Mal, seit sie in San Francisco aus dem Flugzeug gestiegen war, verspürte sie ein sonderbares Schwindelgefühl, das wie eine Seekrankheit die natürlichen Sinneseindrücke verzerrte und ihr den Atem nahm. Wenn *das* ihre Mutter war – was zum Teufel hatte sie mit ihr zu tun? Wenn ein Mensch, den Daphne kannte und liebte, eine so ungeheure Tat beging, existierte nichts mehr von alldem, was sie stets für selbstverständlich gehalten hatte.

Bedrückt sah sie sich um. Dieser Ort erschien ihr wie ein grausamer Scherz. Nicht schäbig und schmutzig wie in einschlägigen Filmen, keine Gefängniswärterin mit wachsamem Stechblick. Der Besuchsraum war schlicht und funktionell eingerichtet, aber sauber, und er roch ganz schwach nach einem frischen Anstrich, einem neuen Teppich. Wie in einem Bürotrakt drang aus dem Nebenraum das Klappern einer Computertastatur herüber und mischte sich mit dem leise surrenden Geräusch der Klimaanlage.

Das Gefängnis befand sich im Erdgeschoss am Nordende des ausgedehnten zweistöckigen Gebäudes, in dem die Jasper L. Whitson Justice Administration lag. Kurz Jasper genannt, war das Gebäude der Stolz der Gemeinde: Redwood-Täfelungen, vernickelte Türgriffe und gläserne Korridore, die einen Ausblick auf einen japanischen Steingarten boten.

Nur die Sicherheitstür, die beim Kommen und Gehen per Summer geöffnet wurde, und die Überwachungskameras in allen vier Ecken der schalldichten Decke erinnerten Daphne daran, dass sie sich *nicht* in einem schicken Bürohaus aufhielt. Sie nahm den Telefonhörer von der Kabinenwand, und das Herz schlug ihr bis zum Hals, als suchte es einen Fluchtweg. Hatte die Mutter sie überhaupt erkannt? Oder lebte sie seit gestern in einem seltsamen Nirgendwo?

Daphne wollte schreiend gegen die Glaswand hämmern – laut genug, um ihre Mutter aus der Erstarrung zu reißen. Laut genug, um *Tote* zu wecken. Aber sie saß nur da, wartete und umklammerte mit schweißnassen Fingern den schwarzen Hörer.

Es dauerte eine Weile, bis die Frau – als Lydia Seagrave bekannt, Dr. Vernon Seagraves treu ergebene Ehefrau, Vorsitzende des Frauengartenclubs, Kassenverwalterin der Miramonte-Abteilung des Sierra Clubs und renommierte Malerin – ihre Trance abschüttelte.

Langsam, ganz langsam, mit bebender Hand, ergriff sie den Hörer auf der anderen Seite der Glaswand.

»Hallo, Liebes«, sagte sie.

Obwohl die Worte gedämpft und blechern klangen, erkannte Daphne die Stimme ihrer Mutter, die in diesem Augenblick vor dem Herd in ihrer großen, sonnigen Küche stehen und mit dem alten Holzspachtel, Nanas Erbstück, Spiegeleier auf einen Teller schieben müsste. Sie begann zu weinen.

»O Mutter …« Daphnes Stimme brach, und sie hob eine Hand an die Augen. Doch sie konnte die Tränen nicht aufhalten. Sie quollen zwischen ihren Fingern hindurch und tropften auf die Handtasche hinab. Durch das dicke Tafelglas bedachte ihre Mutter sie mit einem Blick hilflosen Mitgefühls – als wären die Rollen vertauscht und ihre Tochter müsste gerettet werden. Und in diesem Moment erkannte Daphne beschämt, dass sie sich nichts mehr wünschte, als die Arme ihrer Mutter um sich zu fühlen. Abrupt richtete sie sich auf und wischte sich ungeduldig mit einer zitternden Hand über die Augen. »Ich fürchte, ich kann nicht gut damit umgehen …«

»Doch, du machst das sehr gut, Liebes.« Ihre Mutter brachte ein schwaches Lächeln zustande, und in diesem Moment sah sie beruhigenderweise aus wie sonst immer.

»Tue ich das? Ich habe nicht das Gefühl.«

»Das hast du nie.« Ein kurzer, wissender Blick ihrer Mutter traf sie.

»Ich war vorhin bei deinem Anwalt. Er sagt, du bist sehr kooperativ gewesen. Nach seiner Meinung *zu* kooperativ. Mutter, du kannst den Leuten nicht erzählen, du hättest …« Bevor Daphne die schrecklichen Worte aussprach, holte sie tief Atem. »… du hättest Daddy getötet.«

»Doch, Daphne, es ist die Wahrheit.« Nun erschien wieder jener leere Ausdruck in den Augen ihrer Mutter, der ihrer Stimme auch diese merkwürdige Flachheit zu geben schien.

Trotzdem spürte Daphne, dass ihre Mutter nicht *wirklich* verrückt war und nur unter einem gewaltigen Schock stand. »Okay …« Sie fasste den Hörer noch fester und fuhr sich mit der Zunge über die trockenen Lippen. »Okay, aber es war ein Unfall, richtig? Du hattest nicht vor, ihn zu töten.«

Ihre Mutter erstarrte. Hinter dem staubigen Glas schien sie zu verschwimmen. Nur ihre intensiven blaugrünen Augen – Augen, die Daphne geerbt hatte – lebten weiter, in den Worten der Tochter locker verwurzelt wie die Unterwasserpflanzen im Schwemmsand, die sie so gern malte – zierliche Fächerkorallen und Seegras, widerstandsfähig genug, um die Jahrtausendwende zu überdauern.

Dann berührte sie sehr langsam mit einer Hand die Brust. Am hellen Gelenk sah Daphne die roten Spuren der Handschellen. »Es war kein Unfall«, protestierte sie leise.

»Du meinst, du erinnerst dich nicht.« Verzweifelt tastete Daphne nach einem rettenden Strohhalm, mochte er noch so dünn sein. Wenn es möglich gewesen wäre, hätte sie ihre Mutter an den Schultern genommen und die Worte aus ihr herausgeschüttelt, die sie hören wollte. »Hattest du einen Blackout? So wie damals, als Dr. Kingston dir die falschen Tabletten für dein Herz verschrieben hatte? Du standest so neben dir, dass du nicht wusstest, was für ein Tag es war. Vielleicht ist das gestern auch passiert, und …«

»Nein«, unterbrach ihre Mutter sie, höflich, aber entschieden. »Es war nichts davon.«

Daphne spürte, dass es der falsche Augenblick war, um weiter zu insistieren, und nahm sich zurück. Mit der Zeit würde die Wahrheit ans Licht kommen. Jetzt musste sie Mutter daran hindern, wieder in dieser beängstigenden Trance zu versinken. Sie schwieg für eine kleine Weile, dann fragte sie: »Wie fühlst du dich – ich meine, gesundheitlich?«

»Den Umständen entsprechend.« Ein geisterhaftes Lächeln erhellte Lydias Gesicht und erinnerte an Halloween-Abende, an denen Daphne und ihre Schwestern Taschenlampen unters Kinn gehalten hatten, um einander zu erschrecken. »Es ist nicht wie daheim.«

Daheim. *Wo genau ist das?*, fragte sich Daphne. Im Haus, wo sie aufgewachsen war, ohne zu ahnen, was tatsächlich unter seinem Dach geschah? In dem Haus, das jetzt nach Fingerabdrücken, Blutflecken und Pulverspuren abgesucht wurde? »Bitte, Mutter, wir alle wollen dir helfen. Wenn du *mir* nicht erzählen möchtest, was geschehen ist – erzähl es dem Anwalt.«

Verwundert runzelte Lydia die Stirn. »Ich habe Mr Cathcart bereits gesagt, was geschehen ist, ich habe nichts bestritten.«

»Leider hast du ihm keinen einzigen Hinweis gegeben, auf dem er eine Verteidigungsstrategie aufbauen könnte.« Daphne begann, unter ihrem Rollkragenpullover zu schwitzen. Warum hatte sie nichts Leichteres angezogen? *Weil du die Reisetasche nicht für einen vergnüglichen Wochenend-Trip gepackt hast,* wurde sie von einer sarkastischen inneren Stimme erinnert.

Ihre Mutter kräuselte die Lippen, wie immer, wenn man etwas von ihr verlangte, das ihr widerstrebte. »Er weiß alles, was er wissen muss.« Nun nahm ihre Stimme einen scharfen Klang an. »Ich war bei klarem Verstand. Und ich wusste genau, was ich tat.«

Von einem neuen Schwindelgefühl erfasst, umklammerte Daphne das Sims unter der Glaswand. »Aber – es muss einen Grund geben. Du kannst nicht einfach schweigen.«

»Warum nicht?« In Mutters Unterwasseraugen erschienen dunkle Schatten. »Das ist das, was ich in den vergangenen vierzig Jahren getan habe.«

»Gibt es irgendetwas, was ich wissen müsste? Über Daddy?« Daphne glaubte, in ihrem warmen Pullover zu ersticken. Was könnte ihr Vater getan haben, das schlimm genug war, dass er den Tod verdiente? Waren ihr irgendwelche dunklen Seiten seines Wesens in all den Jahren entgangen? Aber wie war das möglich? *Deiner Mutter hättest du doch auch keinen Mord zugetraut*, argumentierte die kühle innere Stimme.

Ein Seufzer wehte in ihr Ohr, so jammervoll wie der Wind, der durch die Dachrinnen eines verlassenen Hauses streicht.

»Keine weiteren Fragen …« Mutter sank in sich zusammen. Erst jetzt bemerkte Daphne ihre eigene verkrampfte Haltung. »Natürlich weiß ich deine Sorge zu schätzen, Liebes. Aber ich bin müde. So müde. Ich denke, es ist besser, wenn du jetzt gehst.«

»Darf ich später noch mal kommen?«

»Nicht heute. Vielleicht morgen. Wohnst du bei Kitty?«

»Ja, wahrscheinlich.« Darüber hatte Daphne noch gar nicht nachgedacht. »Wenigstens vorerst.«

»Das ist gut.«

»Hab keine Angst, Mutter«, bat Daphne eindringlich und beugte sich vor. »Kitty und ich tun unser Bestes, um dir zu helfen.«

»Deine Schwester Alex hast du wohlweislich nicht erwähnt.« Ehe Daphne antworten konnte, hob ihre Mutter eine Hand. In ihrem Blick lag ein Kummer, dessen ganzes Ausmaß die Tochter nicht begriff – zumindest jetzt noch nicht. »Schon gut«, fügte Lydia ohne Bitterkeit hinzu. »Das verstehe ich. Sie war immer Daddys kleines Mädchen. Daran wird sich nach seinem Tod nichts ändern.«

»Mutter, ich ...«

Entschieden schüttelte Lydia den Kopf. »Tut mir Leid, Liebes, nun muss ich wirklich gehen. War nett von dir, mich zu besuchen ... Du siehst so aus, als könntest du auch ein bisschen Ruhe gebrauchen.« Ihre sorgenvolle Miene erinnerte Daphne an die Kindheit. Beinahe fühlte sie sich wieder wie eine Fünfjährige, die von der Mutter zu einem Mittagsschläfchen gedrängt wurde.

»Bitte, es gibt so vieles, das ich nicht verstehe ...«

Aber die Mutter hängte bereits den Hörer ein und stand auf. Irgendwie wirkte sie noch kleiner als im Sitzen – eine zerbrechliche, schwache Frau, die sich fügsam von der Wärterin, einer hübschen dunkelhaarigen Lateinamerikanerin, abführen ließ.

Nachdem sie verschwunden war, gab Daphne ihrer Erschöpfung und dem Kummer nach, der mit gierigen kleinen Fingern an ihr zerrte. Ohne die Überwachungskameras und etwaige neugierige Blicke zu beachten, stützte sie die Arme auf das Sims, vergrub das Gesicht in den Händen und weinte. Minuten verstrichen, die ihr wie Stunden erschienen.

Schließlich hob sie den Kopf, putzte sich die Nase und fasste einen Entschluss. Sie musste jemanden sehen. Jemanden in diesem Haus. Gewiss, es war lange her, und sie könnte noch mehr Probleme heraufbeschwören. Aber das Risiko lohnte sich. Außerdem hatte sie keine Wahl, oder?

Sie fühlte sich so ähnlich wie bei ihrer schriftstellerischen Arbeit – das Bewusstsein trat in den Hintergrund, das Unterbewusstsein übernahm die Kontrolle. So, wie sie nicht bestimmen konnte, was ihre Finger der Tastatur ihres Laptops mitteilten, vermochte sie dem sonderbaren Signal, das ihr die Intuition nun sandte, nicht zu widerstehen. Eine Stimme, von einem fernen

Funkturm herangeweht, in einem Blizzard voller Störgeräusche, rief sie immer wieder einen Namen: *Johnny*.

Hieß er immer noch Johnny? Stellvertretender Bezirksstaatsanwalt John Devane. Das klang gut. Wie sie gehört hatte, war er jetzt verheiratet. Alex hielt sie auf dem Laufenden und teilte ihr mit, gelegentlich würde sie ihn mit seiner Frau in der Stadt sehen. Als er zum stellvertretenden Bezirksstaatsanwalt ernannt worden war, hatte die Schwester ihr einen Artikel aus dem *Mirror* geschickt. Daphne verwahrte den Zeitungsausschnitt. Jetzt sah sie ihn vor ihrem geistigen Auge, zwischen den Seiten eines sentimentalen Romans, den Roger niemals aufschlagen würde.

Auch sie war verheiratet, eine mäßig erfolgreiche Schriftstellerin mit zwei Kindern und einem Abonnement in der Carnegie Hall, eine Frau, die alte Fotos von New York City sammelte und jedes Jahr zu Weihnachten in einem Chor sang – Händels *Messias* in St. Bartholomew's an der Park Avenue.

Viel Wasser unter der Brücke, dachte sie. Vielleicht *zu viel.* Oder vielleicht nicht genug. Wenn er nichts mit ihr zu tun haben wollte? Abgesehen von den moralischen Aspekten – der stellvertretende Bezirksstaatsanwalt frischte eine alte Affäre mit der Tochter der Angeklagten auf –, was würde die Meute der Reporter, die sich vor dem Gerichtsgebäude drängte, davon halten? Da gab es eine simple Tatsache zu bedenken: Vor zwanzig Jahren hatte sie das Herz des Mannes gebrochen. Dass *er* davongelaufen war, spielte keine Rolle.

Damals hätte er alles für sie getan. Nun musste sie herausfinden, ob jene Ritterlichkeit immer noch existierte – wenigstens teilweise. Zumindest würde er ihr erklären können, worauf die Staatsanwaltschaft hinauswollte.

Aber sie wusste auch, dass sie nicht nur an ihre Mutter dachte. Ein Instinkt, so alt wie die rudimentäre Anziehungskraft des

Wassers – im Meer, in Flüssen, Seen, Teichen, sogar in Badewannen – trieb Daphne zu der Treppe, vor der ein Schild verkündete: BEZIRKSSTAATSANWALTSCHAFT, ERSTER STOCK, zu dem einzigen Menschen, auf den sie sich immer hatte verlassen können, ausnahmslos.

Langsam stieg sie das Treppenhaus aus Granit und Glas empor, das – von einem komplizierten Netzwerk aus Stahlröhren mit dem Erdgeschoss verbunden – in der Luft zu schweben schien. Ihre Gedanken wanderten in die Vergangenheit zurück, zu jenem ersten verstohlenen Blick, den sie mit Johnny Devane gewechselt hatte. Damals war sie siebzehn gewesen, und Johnny, wie ein Boxer gebaut, die Army-Jacke über eine Schulter geworfen, sah älter aus als siebzehn, eher wie dreißig. Er war nicht der Typ, mit dem sich Daphne und ihre Freundinnen normalerweise abgaben. Aber sie hatte ihn auf dem Campus bemerkt, meistens auf dem Parkplatz hinter dem Naturwissenschaftlichen Institut, Raucherhöhle genannt. Dort stand er jeden Tag am Hintereingang, eine Salem im Mundwinkel.

In der High-School-Unterstufe besuchte sie gemeinsam mit Johnny ein Seminar. Spanisch III. In Spanisch I und Spanisch II Señor Machados Star-Schülerin, die mit einem Aufsatz über die »Don-Quichotte«-Originalausgabe brilliert hatte, war sie unangenehm überrascht, weil Johnny sie mit seinem fließenden Spanisch übertrumpfte. Gleichmütig erklärte er dem Professor, er sei zusammen mit hispanischen Kindern aufgewachsen. Daphne wusste, welche Gegend er meinte: die Flats. In diesen schäbigen Motels, wo man sich wochenweise einmieten konnte, verkrochen sich illegale Einwanderer und andere verdächtige Typen. Seit Daphne und ihre Schwestern Rad fuhren, verbot ihnen der Vater, diesen Stadtteil aufzusuchen.

Wäre Daphne gefragt worden, wann ihr Johnnys Charme zum ersten Mal aufgefallen sei, hätte sie jene Stunde in Señor Machados Unterricht erwähnt. Mit einem lässigen Grinsen, die Augen halb geschlossen, hatte Johnny erklärt: »Ich kenne auch ein paar Ausdrücke, die nicht im Wörterbuch stehen. Aber die hebe ich mir lieber für Gespräche außerhalb des Seminars auf.«

War sie fasziniert gewesen? Sommerabende in den Flats, der Geruch von Achsenfett und Zuckerwatte, das Rattern des Karussells, von auf- und abschwellendem Geschrei begleitet. Sie malte sich aus, sie würde Johnny begegnen – vor irgendeinem der schäbigen Häuser. Da stand er und unterhielt sich mit seinen Kumpels – Jungs, die Nachhilfeunterricht in Englisch bekamen und sich seit der neunten Klasse rasierten. Als er Daphne entdeckte, schlenderte er zu ihr.

»Hi …«, begann er gedehnt. Im Licht des Neonschilds über dem Motel-Eingang glänzte Johnnys Lächeln mit den schiefen Zähnen unnatürlich weiß. Und das schulterlange dunkelblonde Haar reizte ihre Finger, es zu streicheln.

Die tatsächliche Begegnung – kein bisschen *film noir* – fand in der Oberstufe statt. Um dem ärgerlichen Ruf einer Musterstudentin und angehenden Dichterin entgegenzuwirken, schlüpfte Daphne eines Tages hinter das Naturwissenschaftliche Institut, um bei einem sichtlich verblüfften Skeet Walker eine Zigarette zu schnorren. Ihre Freundinnen wären schockiert gewesen. Genau das bezweckte sie. Nach dem ersten Lungenzug merkte sie, dass ein paar Übungseinheiten in der Privatsphäre ihres Zimmers nützlich gewesen wären.

Zusammengekrümmt, von einem Hustenanfall geschüttelt, starrte sie entsetzt auf ein paar Motorradstiefel. Schwarz, mit Riemen und abgewetzten Spitzen und leicht nach oben gebogen von häufigem Fersendruck bei rasanten Fahrten. Eine Hand umfasste ihre Schulter. »Das erste Mal? Lass dir's zeigen ...« Da richtete sie sich auf und schaute in graublaue Augen, die sie an Wolkenschatten auf dem Meer erinnerten. Johnny nahm ihr die Zigarette aus der Hand und zog daran. »So macht man das. Es kommt drauf an, wie du den Glimmstängel hältst – ich meine, falls du Eindruck schinden willst.« Unter seinen schweren Lidern erschien ein sonderbares Funkeln. Ein Einzelgänger, der viel beobachtete und wenig sagte ... Machte er sich über sie lustig?

»Habe ich etwa behauptet, ich will jemanden beeindrucken?«, fragte sie verlegen.

»War gar nicht nötig.« Er reichte ihr eine Hand, die sich nicht so schwielig anfühlte, wie sie erwartet hatte. Warm und trocken und erstaunlicherweise ein bisschen scheu. »Kennen wir uns von irgendwo?«

»Spanisch III«, platzte Daphne heraus.

»Ach ja ...« Ein Mundwinkel zuckte, und sie merkte, dass er sie zum Narren hielt. Natürlich erinnerte er sich an sie, und er wollte nur wissen, ob *sie* wusste, wer er war.

Auch Daphne lächelte über die absurde Begegnung auf einem Parkplatz voller alter Zigarettenkippen. Neugierig blinzelten Skeet Walker und Chaz Lombardi durch eine Rauchwolke. Und Mr Crane, der Englischprofessor, runzelte am halb offenen Fenster seines Büros im gegenüberliegenden Verwaltungsgebäude die Stirn.

»*Como estás?*«, begrüßte sie Johnny, betrachtete die Zigarette, die zwischen seinen Fingern glühte, und schnitt eine Grimasse. »Das war ziemlich dumm von mir, nicht wahr? Übrigens habe ich eine bessere Idee. Würdest du mir diese besonderen Wörter beibringen?«

»Was für Wörter?«, fragte er belustigt.

»Die du beim Seminar nicht aussprechen wolltest«, antwortete sie in gespielter moralischer Entrüstung.

Und da brach Johnny in schallendes Gelächter aus – derselbe Johnny Devane, der in der neunten Klasse angeblich in den Mülltonnen bei der Zuschauertribüne des Sportplatzes Feuer gelegt und Skeet Walker neulich einen Zahn ausgeschlagen hatte. »Also, ich weiß nicht recht, Prinzessin«, erwiderte er gedehnt. »Ich wette, du könntest *mir* einiges beibringen.«

Das tat sie. Intensiver, als sie beide geahnt hatten.

Zum Beispiel brachte sie ihm bei, dass sein offenes Herz ein gebrochenes ist. Und dass man von den Eltern Vorurteile übernimmt und unwissentlich an andere weitergibt.

Sie hatte Johnny geliebt. Und er sie. Wie sehr, war ihr erst später bewusst geworden, als die zeitliche Distanz den Schmerz gemildert hatte.

Während sie jetzt dem Korridor zwischen den Büros folgte und Stimmengewirr und klingelnde Telefone hörte, schlug ihr Herz immer schneller. Würde er sie wieder erkennen? Würde sie in ihm den achtzehnjährigen Schüler sehen, den sie so inbrünstig geliebt hatte? Den jungen Mann mit dem ungezähmten Zorn und dem heißen Herzen, das er nur einem einzigen Menschen geöffnet hatte – einem Mädchen, das zu dumm gewesen war, um den Wert dieses Geschenks zu erkennen?

Am Endes des Korridors fand sie die gesuchte Tür, die halb offen stand. Da Daphne eine Sekretärin anzutreffen erwartete, trat sie ohne Zögern ein. »Können Sie mir sagen, wo …« Abrupt verstummte sie und starrte den Mann an, der hinter einem Schreibtisch voller Papiere und Aktenordner saß.

Der Blick, der ihr begegnete, war so vertraut, dass sie erschrak. Plötzlich hatte sie das Gefühl, sie wäre aus der Kälte in einen überheizten Lift gestiegen, der viel zu schnell aufwärts fuhr.

»Hallo, Johnny«, grüßte sie leise. Er sah so aus wie früher – und doch anders. Viel markanter. Das dunkelblonde Haar, einst schulterlang, war kurz geschnitten und von grauen Strähnen durchzogen. Eine Frisur, die ihm Autorität verlieh. Und er hatte zugenommen. Breite Schultern spannten das anthrazitgraue Jackett, als er aufstand. In seinem muskulösen Körperbau lag nur noch verhaltene Kraft. Offenbar war der Junge, der sich früher mit Fäusten und einem frechen Mundwerk den Weg durch eine feindselige Welt erkämpft hatte, zu der Erkenntnis gelangt, die wahre Macht würde in der Selbstkontrolle liegen.

Nur die verhangenen blaugrauen Augen unter den schweren Lidern, die sie erstaunt und etwas misstrauisch musterten, waren unverändert: die Augen des Mannes, der ihr den Mond versprochen und ihr Herz gebrochen hatte. Denn in diesem Moment hatte sie nur einen einzigen Gedanken: *Johnny* war davongerannt, nicht sie. Dass sie ihm keine Wahl gelassen hatte, zählte nichts, während sie verwirrt dastand und nach Atem rang.

»Daphne … So lange ist es her.« Es wirkte fast unhöflich, wie er sie anstarrte, bevor er um den Schreibtisch herumging und ihr die Hand reichte.

Beim Anblick der seltsam flachen Fingerknöchel erinnerte sie sich an den Tag, wo er sie gebrochen hatte. Er war ihr zur Hilfe geeilt, um sie vor Bif DeBolt zu schützen, einem betrunkenen Idioten, um den jeder vernünftige Mensch einen weiten Bogen gemacht hätte. Jene Szene bildete einen krassen Kontrast zu der kultivierten Stimme, die nun erklang.

»Nett von dir, mal vorbeizuschauen, Daphne – das würde ich gern sagen. Aber ich weiß, warum du hier bist. Das ist kein Höflichkeitsbesuch, nicht wahr?«

»Nein.« Auch darin hatte er sich nicht geändert: Er kam stets sofort zur Sache.

»Setz dich.« Er entfernte ein paar Akten von einem Sessel, und nachdem sie Platz genommen hatte, lehnte er sich an den

Schreibtisch und verschränkte die Arme vor der Brust. »Vermutlich bist über die Situation informiert. Viel mehr kann ich dir auch nicht erzählen.«

»Ich weiß nur, dass mein Vater tot ist«, erwiderte sie frustriert. »Aber ich habe keine Ahnung, *warum*.«

»Hast du mit Sergeant Cooper gesprochen?«

»Kräftig gebaut, graues Haar?« Er nickte, und sie fuhr fort: »Nur ein paar Minuten, bevor ich meine Mutter sehen durfte. Er erklärte mir, sie habe die Polizei angerufen und später unter Eid ausgesagt, die tödliche Verletzung meines Vaters sei kein Unfall gewesen. Wie sie ausdrücklich betonte, hat sie *absichtlich* auf ihn geschossen.« Tränen brannten in ihren Augen. »Aber das erklärt gar nichts.«

Johnny nahm ein Blatt Papier von seinem Schreibtisch und studierte es, als würde er den Text noch immer nicht auswendig kennen. Was er empfand, verriet seine Miene nicht. Immer noch das gleiche Pokergesicht, das einem vorgaukeln konnte, neunzig Stundenmeilen auf der Küstenstraße seien nicht gefährlicher als ein Spaziergang am Strand. Was er allerdings nicht verbergen konnte, war das Mitleid in seinen Augen. »Dein Vater wurde zweimal aus nächster Nähe in die Brust geschossen, mit einer Smith & Wesson .357 Magnum. Diesem Bericht zufolge hielt deine Mutter beim Eintreffen der Polizei die Waffe in der Hand, in ihre Schürze gewickelt.«

Bestürzt spürte Daphne, wie alle Farbe aus ihrem Gesicht wich. *Diese* Tatsache hatte Cooper ihr verschwiegen, aus Nachlässigkeit oder unangebrachtem Mitgefühl. »An die Waffe erinnere ich mich sehr gut«, sagte sie mit leiser, brüchiger Stimme. »Mein Vater verwahrte sie in einer verschlossenen Kassette im obersten Fach des Schlafzimmerschranks. Und dieses Kästchen blieb wirklich immer verschlossen. Manchmal betonte Daddy, er habe zu oft gesehen, was so eine Smith & Wesson anrichten könnte …« Schluchzend senkte sie den Kopf.

Johnny wartete geduldig, bis sie ihre Fassung zurückgewonnen hatte. Dann beteuerte er in sanftem Ton: »Tut mir Leid um deinen Dad, Daphne. Sobald die Polizei die Ermittlungen beendet hat, werden wir genauere Informationen erhalten.«

»So oder so, meine Mutter sitzt im Gefängnis«, stieß sie hervor.

»Am Montag wird Anklage erhoben.«

»In einer Woche!«

Zum ersten Mal wirkte er unsicher, und die blaugrauen Augen wichen ihrem Blick aus. »Richter Gilchrist hat den Fall wegen Befangenheit abgegeben. Jetzt warten wir auf einen anderen Bezirksrichter.«

Natürlich. Quent Gilchrist, einer der ältesten Freunde ihres Vaters. Am Sonntag wäre er zu der großen Party gekommen. Zitternd rang Daphne nach Luft. *O Gott, das alles geschieht nicht wirklich.* Sie würde die Augen schließen und ein paar Minuten später öffnen, mit ihrem Mann und den Kindern im Flugzeug sitzen und sich aufs Wochenende freuen.

Mit einer dünnen Stimme, die sie kaum als ihre eigene wieder erkannte, gestand sie: »Ich habe keine Ahnung, warum ich zu dir gekommen bin … Das ist genauso verrückt wie alles andere, was passiert ist. Wenn man's genau nimmt, bist du mein Feind, nicht wahr?«

»Ja, gewissermaßen.« Ein schwaches, freudloses Lächeln entblößte die schiefen Vorderzähne, und Daphne dachte unwillkürlich: Ich bin froh, dass er sie niemals richten ließ …

Entschlossen bekämpfte sie ihre Tränen, zog ein Kleenex aus ihrer Handtasche und putzte sich die Nase. *Nicht besonders damenhaft, aber ich will niemanden beeindrucken, oder?* »Wahrscheinlich hatte ich gehofft, du würdest alles irgendwie ungeschehen machen«, gab sie wehmütig zu.

»So wie in unserer Jugend?« In seinen Augen schien längst verkohlte Asche aufzuglühen.

Also hatte er nichts vergessen. »*Du* hast Schluss gemacht«, erinnerte sie ihn kühl, und er verwirrte sie mit einem gleichmütigen Grinsen, das den Schatten des alten, neu erwachten Kummers aber nicht ganz verhüllte. »Vielleicht könnte man's so betrachten. Oder ich wollte dich vor einer Entscheidung retten, die du später bereut hättest.«

»Meinst du den Entschluss, mit dir durchzubrennen? Wenn ich mich recht entsinne, war das *meine* Idee.« Daphne staunte über den Zorn, den sie nach all den Jahren immer noch empfand. »Okay, ich will es nicht leugnen – ich hatte Angst vor meinem Vater. Und ich dachte, wenn wir verheiratet wären, müsste er dich wohl oder übel akzeptieren.«

»Und er würde dir das College bezahlen.«

»Auch das. War dieser Wunsch so verwerflich?«

»Nein.« Jetzt wirkte Johnnys Miene so ausdruckslos wie eine Tür, die plötzlich geschlossen wurde.

Doch sie wussten beide, dass sie den Fluchtplan nicht nur wegen des Studiengelds geschmiedet hatte, sondern auch aus mangelnder Überzeugung. Ihre Liebe zu Johnny hätte die Missbilligung des Vaters überstanden. Aber auch die nächsten vier Jahre, die sie zumeist getrennt verbracht hätten? Damals war ihr die Ehe als sicherste Alternative erschienen. Jetzt, im Rückblick, konnte sie Johnnys Standpunkt nachempfinden: Hätte sie ihn wirklich geliebt, wäre sie bereit gewesen, auf ihn zu warten, für ihn zu kämpfen?

So, wie er immer für sie gekämpft hatte.

Seufzend verdrängte sie die Erinnerungen. »Vergessen wir's

einfach. Was zwischen uns geschehen ist, gehört einer fernen Vergangenheit an. Wie ich höre, bist du verheiratet und hast Kinder.« Sie zwang sich zu einem neutralen Lächeln.

»Nur eins – einen vierzehnjährigen Sohn. Sara und ich sind geschieden, und J. J. lebt bei mir.«

Nähere Erklärungen sind überflüssig, dachte sie. Wenn der Sohn sich so aufführte wie Johnny in diesem Alter, wäre ihm eine allein stehende Mom nicht gewachsen. Sie schaute aus dem Fenster und beobachtete einen Mann mit einer Navy-Mütze, der rittlings auf einem Lawn-Boy saß und in langen, unregelmäßigen Streifen den Rasen mähte. »Ich habe auch geheiratet. Gleich nach dem College-Abschluss.«

»Das habe ich gehört.«

»Er heißt Roger, und wir haben zwei Kinder – einen Jungen und ein Mädchen.«

Entdeckte sie in seinem Lächeln einen gewissen Schmerz? »All die Jahre hatte ich dieses Bild vor mir: du mit deinem Ehemann, zwei Kindern, in einem hübschen Haus. Roger? Ja, das passt genau dazu.« Er blickte direkt in ihre Augen, was ihr Mann fast niemals tat. »Nicht alle netten Jungs stehen ihren Frauen in schwierigen Situationen bei.«

Aus unerfindlichen Gründen fühlte sie sich zu einer Erklärung bemüßigt. »Eigentlich sollte das eine Vergnügungsreise werden – wir wollten den vierzigsten Hochzeitstag meiner Eltern feiern …« Ihr Stimme brach, und sie musste sich räuspern, bevor sie weitersprechen konnte. »Unter diesen Umständen dachte Roger, er müsste daheim bei den Kindern bleiben, bis …« Sie verstummte. *Bis wann?*

Er ersparte ihr Trostworte, die sie um ihre Selbstbeherrschung gebracht hätten. »Offen gestanden, es sieht nicht gut aus, Daphne. Tom Cathcart versucht eine geringfügigere Anklage durchzuboxen. Darauf geht mein Boss nicht ein. Warum sollte er? Immerhin hat er die eidesstattliche Aussage deiner Mutter.« Er warf einen Blick zur offenen Tür und senkte die Stimme. »Hör mal, falls irgendjemand erfährt, was ich dir jetzt empfehle, wird man mich zum Teufel jagen. Aber wenn es irgendwas gibt, das zu Gunsten deiner Mutter spricht, sollte sie sich daran erinnern – und zwar *jetzt.*«

»Und wenn nicht?«

Seine Kinnmuskeln spannten sich an. »Nun, wir müssen für Gerechtigkeit sorgen, weil das unser Job ist.«

Nur mühsam widerstand sie der Versuchung, die Hände vors Gesicht zu schlagen, so wie in ihrer Kindheit angesichts einer drohenden Gefahr. »Ich hoffe, die Gerechtigkeit dient meiner Mutter.«

»Jedenfalls werde ich mein Bestes tun.« Er richtete sich auf, als wollte er Abstand halten. Erst jetzt merkte sie, wie nahe er ihr gewesen war, nahe genug, sodass sie schwachen Nikotingeruch wahrgenommen hatte. Eine Erinnerung kehrte zurück – eine warme Motorhaube unter ihrem Rücken, Zigarettengeruch in Johnnys Atem, ihre Hände auf seiner heißen Haut unter der Army-Jacke.

In der kühlen Luft des klimatisierten Büros spürte sie, wie ihr das Blut brennend in die Wangen stieg, und sie fürchtete, er würde es sehen. Abrupt stand sie auf. »Ich muss jetzt gehen. Meine Schwester wartet unten auf mich.«

»Tut mir Leid, dass ich nicht mehr für dich tun kann.«

»Vielleicht hatte ich einfach nur das Bedürfnis, mit jemandem zu reden.« Sie ergriff die Hand, die er ihr reichte, und die flachen Knöchel wirkten seltsam beruhigend.

Vor ihrem geistigen Auge sah sie Johnnys Faust auf Bif DeBolts kantigem Kinn landen und den Idioten mit langen, unkontrollierten Schritten, wie ein Clown, zurücktaumeln. Dann lag er auf dem Pflaster, und Johnny stand über ihm. *Wenn du sie noch einmal anrührst, du Hurensohn, wird dir viel mehr wehtun als deine blöde große Klappe.* Daphne riss sich zusammen. Zwanzig Jahre. Eine lange Zeit. Trotzdem sehnte sie sich in diesem Augenblick nach einer Vergangenheit, die keine Überraschungen enthielt. Sogar ein zweites gebrochenes Herz würde sie dem Grauen vorziehen, das auf sie zukam.

»Sobald ich irgendwas höre, das keiner strengen Geheimhaltung unterliegt, rufe ich dich an«, versprach Johnny und begleitete sie zur Tür. »Unter welcher Nummer kann ich dich erreichen?«

Sie schrieb Kittys Telefonnummer auf die Rückseite einer rosa Aktennotiz. »Vorerst wohne ich bei meiner Schwester. Sie betreibt einen Teesalon in der Ocean Avenue, falls du mal vorbeischauen willst. Tee & Sympathy – mit der Betonung auf Sympathy.« Die Stirn gerunzelt, fügte sie hinzu: »Arme Kitty … Was wird das alles für ihren Laden bedeuten? Hast du die Reporter draußen gesehen?«

»O ja. Heute Morgen haben sie mir praktisch die Haut abgezogen.« Besorgt legte er eine Hand auf ihren Arm. »He, du siehst ziemlich blass aus. Soll ich dir was bringen? Ein Glas Wasser?«

»Wie wär's mir einem Panzerwagen? Den werde ich wahrscheinlich brauchen.« Sie schüttelte den Kopf und verdrängte den absurden Impuls, an Johnnys Brust zu sinken. »Wenn ich mir vorstelle, was meine Familie durchmachen wird …«

Kannte sie ihre Familie überhaupt? Oder hatte sie einfach nur ein Bild erfunden, das ihren Wunschträumen entsprach? Wie immer die Wirklichkeit aussah, sie durfte ihr nicht mehr davonlaufen.

»Falls ich irgendwas tun kann, gib mir Bescheid«, bat er.

»Okay, ich werde dran denken.« Sie brachte ein schwaches

Lächeln zustande. »Übrigens, dieses Gespräch haben wir nie geführt, nicht wahr?«

»Zunächst wär's besser«, stimmte er zu. »Wenn du einen inoffiziellen Rat hören willst ...«

»Schieß los.«

»Falls deine Mutter auf ihrem Geständnis beharrt, müsst ihr versuchen, möglichst viel herauszufinden – du und deine Schwestern.«

Sie schaute in seine ernsten Augen und erkannte, wie diskret er vorgehen musste, um ihr zu helfen. Sonst würde er seine Karriere aufs Spiel setzen. »Ja, Johnny. Vielen Dank.«

Kapitel 5

Mehr als ein Dutzend waren es nicht. Aber mit ihren Kameras und Mikrofongalgen glichen sie einer bedrohlichen Armee. Erschrocken starrte Kitty die Reporter an, die sich auf dem Gehsteig und dem Rasen tummelten, und umklammerte die Hand ihrer Schwester.

»Die Assyrerschar stürzte sich wie der Wolf auf die Herde«, murmelte Daphne, während sie direkt am Eingang des Jasper standen, unter dem Vordach, das sie nur teilweise vor neugierigen Blicken schützte. Verwundert wandte sich Kitty zu ihr. »Ein Zitat von Byron. Offenbar kannte er die Presse. Die sehen aus, als wollten Sie uns zum Frühstück fressen und wären zu Mittag immer noch hungrig. Fällt dir was ein?«

»Wenn wir den Kopf senken und den Mund halten, ist alles okay«, behauptete Kitty wider ihr besseres Wissen. Sie bezweifelte, dass ihre zitternden Beine sie bis zum Auto tragen würden.

»Vergiss nicht«, flüsterte Daphne und hängte sich bei ihr ein, »wenn wir das hier überstehen, schaffen wir auch alles andere.«

»He, da sind die Töchter!«, schrie jemand. »Halt, Ladys!« Ein großer, kräftiger Mann mit einer Oakland-Raiders-Mütze versperrte ihnen den Weg, einen regenbogenfarbenen Riemen um den behaarten Hals geschlungen. Daran hing eine Nikon, so groß wie ein Toaster.

»Erzählen Sie uns was über Ihre Mutter!«, verlangte ein anderer Reporter.

»Bleibt sie bei ihrem Geständnis?«

Gnadenlos wurden die beiden Schwestern mit Fragen bombardiert.

»Steht das Datum der Anklageerhebung schon fest?«

»Bekennt sie sich schuldig?«

»Bereut sie ihre Tat?«

»Miss Seagrave, was sagen Sie zu der Vermutung, Ihre Mutter könnte an geistiger Verwirrung leiden?«

Kittys Schuhabsatz blieb in einer Ritze zwischen den Pflastersteinen hängen, und sie stolperte. Hätte Daphne sie nicht festgehalten, wäre sie gestürzt. Und das war erst der Anfang ... Eine kesse Blondine, die in ihrem schwarzen Minirock und dem rosa Blazer wie ein alternder Cheerleader aussah, hielt ihr ein Mikrofon vor die Nase. »Cindy Kipnis von Channel Two. Stimmt's, dass Ihre Eltern an diesem Wochenende eine große Party geben wollten, um ihren vierzigsten Hochzeitstag zu feiern?«

Vielleicht erlitt Kitty beim Anblick des vertrauten Gesichts, das jeden Abend in der regionalen Nachrichtensendung erschien, einen Schock. Ehe sie merkte, wozu sie sich hinreißen ließ, platzte sie wütend heraus: »Meine Eltern haben sich sehr geliebt. Was geschehen ist, wissen wir nicht. Und wir werden sicher nicht herausfinden, was hinter dieser Tragödie steckt, wenn Sie alle Jagd auf uns machen!«

»Laufen wir!«, wisperte Daphne ihr ins Ohr. »Sobald wir im Haus sind, können sie uns nichts mehr anhaben. Die wagen sich nicht auf privaten Grund und Boden.«

Bist du sicher?, wollte Kitty fragen. *Oder verwechselt Daphne die harte Realität mit der Phantasiewelt ihrer Romane?* Für weitere Spekulationen fehlte ihr die Zeit, denn ihre Schwester zerrte sie den

Gehsteig hinab. Geduckt bahnten sie sich einen Weg zwischen schreienden Reportern und ausgestreckten Mikrofongalgen, die wie mörderische Speere wirkten.

Plötzlich fiel die Übermüdung, die Kitty wie ein Spinnennetz eingehüllt hatte, von ihr ab, und Adrenalin rauschte durch ihre Adern. Sie sah wieder klar, ein Kaleidoskop wild bewegter Bilder – Bäume glitten vorbei, Blitzlichter flammten auf, eine Frau in einer gelben Nylonjacke starrte sie an, den Mund geöffnet, einen halb verspeisten Doughnut in der Hand.

Kitty blieb nicht einmal stehen, als ein großer, kahlköpfiger Mann in ihren Weg sprang, eine Kamera zückte und sie mit seiner Linse wie ein Heckenschütze verfolgte, der sie im Fadenkreuz festhielt.

Ohne ihr Tempo zu drosseln, schob sie sich an ihm vorbei. Sie sah ihren Honda auf dem Parkplatz stehen und tastete in ihrer Handtasche nach dem Schlüssel. Dann fiel ihr ein, dass sie das Auto nicht verschlossen hatte. In ihrer fast katatonischen Erschöpfung war sie nicht auf den Gedanken gekommen, es könnte gestohlen werden. Was Schlimmeres als die bisherigen Ereignisse würde ohnehin nicht geschehen.

Hastig riss sie den Wagenschlag auf, warf sich hinters Steuer und beobachtete ihre Schwester, die einem baumlangen, dürren Fotoreporter in einem roten Nike-Sweatshirt auswich. Auch Daphne kletterte atemlos ins Auto. Sekunden später fuhren sie vom Parkplatz, und die Reporter verkleinerten sich im Rückspiegel, bis sie nicht mehr gefährlicher aussahen als ein Insektenschwarm.

Nach einer Meile bog Kitty von der Emerson Avenue in die Ocean. Beide Schwestern brachen in hysterisches Gelächter aus, dessen erleichternde Wirkung ihnen nach all den Qualen fast exquisit erschien. Und wie eine Atempause vor allem, was noch auf sie zukam. Denn der Tumult vor dem Jasper war nur die Spitze des Eisbergs gewesen.

Das Begräbnis des Vaters, die Anklageerhebung gegen die Mutter … Und Kitty hatte noch nicht einmal überlegt, wie die Katastrophe ihr eigenes Leben verändern würde, diese Tragödie, die aus dem Nichts über sie hereingebrochen war.

Inzwischen mussten Heather und Sean die Neuigkeit in der Morgenzeitung gelesen haben. Sie würden sich entsetzt fragen, in welcher Familie Kitty aufgewachsen war. Natürlich würden sie an ihrer Fähigkeit zweifeln, ein Kind großzuziehen. Aber vielleicht konnte sie Heather klar machen, mit alldem habe sie nichts zu tun …

Während sie diesen Gedanken nachhing, schämte sie sich ihrer Selbstsucht. Andererseits, wenn bei diesem Desaster irgendwas Gutes herauskommen mochte, warum nicht Heathers Baby?

Und dann kehrte die beklemmende Erinnerung an den Vater zurück. Daddy – auf dem Tisch in der Leichenhalle ausgestreckt … *Aus dieser Not wird er uns nicht retten,* dachte sie, als sie in die Zufahrt hinter ihrem Haus bog und unbehaglich nach Reportern Ausschau hielt. *Er ist wirklich und wahrhaftig tot.*

»Ist die Luft rein?« Daphne drehte sich um und spähte durchs Rückfenster.

Ihre Schwester entdeckte nur die alte Mrs Landry, die mit ihrem kleinen Schnauzer Pip den üblichen Nachmittagsspaziergang unternahm, die Harbor Lane hinunter. Offenbar war die Gartenpforte immer noch verschlossen. Und die feucht glänzenden Fußspuren auf dem Rasen des Hintergartens stammten nur von Willa, die frühmorgens hier gewesen war, um Ordnung zu machen und noch ausstehende Bestellungen zu stornieren. Kitty nickte Daphne zu. Trotzdem stürmten sie vom Auto zur Veranda.

Wenige Minuten später waren die Küchentüren und alle Fenster verschlossen, sogar im Oberstock. Als Kitty mit dem Riegel der Vordertür kämpfte, der selten benutzt wurde und etwas sperrig war, hielt der erste TV-Übertragungswagen am Straßenrand.

»Offenbar kriegen wir Besuch!«, rief sie Daphne über die Schulter zu. Ihr Magen krampfte sich zusammen. Falls Heather bis jetzt nichts erfahren hatte, würde sie bald Bescheid wissen. In der abendlichen Nachrichtensendung würde Kittys Gesicht erscheinen, mit all den grausigen Einzelheiten, die diese sensationslüsterne Meute inzwischen ausgegraben hatte. Würde Heather ihr Baby der Tochter einer Mörderin anvertrauen?

Während sie ein Schild mit der Aufschrift BIS AUF WEITERES GESCHLOSSEN an das ovale, mit schräg geschliffenen Kanten verzierte Fenster in der Tür hing, läutete das Telefon. Sie wollte ihre Schwester vor den Reportern warnen, die seit dem frühen Morgen pausenlos anriefen. Aber Daphne meldete sich bereits.

Es war kein Reporter. Einen Augenblick später vernahm Kitty einen tiefen Seufzer der Erleichterung. »Alex! Gott sei Dank!« Hastig nahm sie den Hörer des Wandtelefons hinter der Kuchenvitrine ab und stieß beinahe einen Stuhl um.

»… alles geregelt. Am Sonntag um zehn findet der Trauergottesdienst statt. Für Freitag und Samstag habe ich für jeweils ein paar Stunden die Aufbahrung vereinbart.« Alex sprach in ruhigem, geschäftsmäßigem Ton, wie eine Labortechnikerin, die das Resultat eines Bluttests durchgibt. Nach einer kurzen Pause fragte sie misstrauisch: »Bist du da, Kitty?«

»Ja. Warum wurden wir nicht konsultiert?«

»Hättest du deinen Anrufbeantworter eingeschaltet, wüsstest du, dass ich mit dir reden wollte«, erwiderte Alex irritiert. »Vor ein paar Stunden.«

»Da waren wir beim Anwalt«, erklärte Daphne.

Schweigen. Dann ein rauer Atemzug. »Nun, jede von uns hat ihre Prioritäten. Wie ihr seht, finde *ich* es am wichtigsten, ein anständiges Begräbnis für Daddy vorzubereiten.«

Aber Daphne ließ sich nicht vor solche Alternativen stellen. »Hör mal, Alex, wir alle stehen unter Schock. Wie's dir geht, weiß ich nicht – aber ich will erst mal schlafen. Danach müssen wir uns zusammensetzen und besprechen, was geschehen soll.« Daphnes sanfte, beschwichtigende Stimme glich einer Salbe, die man über aufgeschürfte Knie streicht. Und sie klang ...

Wie Mutters Stimme, dachte Kitty und erschauerte.

»Wir müssen die Verwandten verständigen, die noch keine Zeitung gelesen oder keine Nachrichten gehört haben.« In Alex' Worten schwang ein bissiger Unterton mit. »Sicher wollen sie wissen, wann Daddy begraben wird.«

All die Tanten und Onkel und Vettern und Kusinen, die zur Party kommen wollten ... In fünf Tagen hätten die Eltern ihren Hochzeitstag gefeiert. »O Gott!« Kitty hörte Daphne stöhnen, die offenbar die gleichen Gedanken hegte wie sie selbst. »Wie sollen wir es ihnen beibringen?«

»Am besten fangen wir mit der Wahrheit an. Daddy wurde kaltblütig ermordet.« Die spröde Stimme am anderen Ende der Leitung klang schriller und schärfer. »Genau das ist passiert, nicht wahr? Und es wäre sinnlos, irgendwas zu beschönigen. Ganz egal, was ihr vielleicht glaubt – sie ist nicht verrückt. Sie hat es getan, um sich zu rächen.«

»Wofür?«, fragte Daphne.

»Sicher ist das nicht der richtige Zeitpunkt ...«, begann Kitty erbost, und Alex fiel ihr ins Wort.

»Meinetwegen kann sie im Gefängnis verrotten! Wenn sie für den Rest ihres Lebens drin bleiben müsste, wäre es immer noch nicht lange genug!« Mühsam rang sie nach Luft und kämpfte mit ihren heftigen Gefühlen, dann fasste sie sich und fügte mit leiser, kontrollierter Stimme hinzu: »Ich erwarte euch zur Aufbahrung. Oder ist das zu viel verlangt?«

»Falls du es vergessen hast, er war auch unser Vater!«, fauchte Daphne.

Kitty seufzte. »Warum kommst du nicht her, damit wir alles in Ruhe besprechen können, Alex?« Plötzlich wurde ihr bewusst, dass sie seit der vorletzten Nacht nicht mehr geschlafen hatte. Wie eine dicke Pelzdecke sank die Erschöpfung auf sie herab.

»Soviel ich weiß, ist die Fahrt von deinem zu meinem Haus genauso lang wie umgekehrt«, erwiderte Alex kühl. »Ihr seid mir jederzeit willkommen. Leider kann ich euch keinen selbst gebackenen Kuchen anbieten, bin aber durchaus fähig, Teewasser zu kochen.«

»Sei nicht sarkastisch! Immerhin sitzen wir alle im gleichen Boot.«

»So?« Alex schwieg eine Weile, bevor sie tonlos fortfuhr: »Da bin ich mir nicht so sicher. Während ihr euch die Hacken abrennt und Mutter zu retten versucht, solltet ihr bedenken, dass es für Daddy zu spät ist. Er lebt nicht mehr ...« Ein Schluchzen erstickte ihre Stimme.

Ehe eine der beiden Schwestern antworten konnte, war die Leitung tot. *Daran führt kein Weg vorbei,* dachte Kitty. Die Kugeln, die Daddy das Leben genommen hatten, drohten die Familie zu zerstören. Wie würden sie die nächsten Tage und Wochen überstehen?

Kraftlos sank sie in den Sessel neben dem Telefon. Der verlassene Teesalon schien sie zu verhöhnen. Wenn das alles vorbei war, würde irgendwas übrig bleiben – für sie persönlich? Sie lehnte den Kopf an die geblümte Tapete, deren Ränder sich allmählich von der Wand lösten. Erst als sie eine sanfte Hand auf ihrem Haar spürte, erinnerte sie sich wieder an Daphne und schaute zu ihrer lächelnden Schwester auf.

Eine unverhohlene, flehende Bitte in den Augen, glich Daphne einem verständnislosen Kind. Dieser Blick krampfte Kittys Herz schmerzhaft zusammen – und weckte trotzdem eine gewisse Hoffnung.

Gemeinsam werden wir's durchstehen. Irgendwie.

Die restliche Woche verstrich in einem verschwommenen Alptraum. Erst die Freunde und Verwandten, die sich einfanden, um zu trösten und getröstet zu werden, dann endlose Telefongespräche. *Vetter Jack aus Dayton? Sicher erinnerst du dich an ihn, Schätzchen. Dein Vetter zweiten Grades mütterlicherseits. Oder ersten Grades? Das vergesse ich immer wieder…* Einige Verwandte erboten sich, den drei Schwestern ein paar Telefonate abzunehmen. Zum Beispiel Tante Rose, Mutters älteste Schwester, die sie in einer Pension an der Tidewater Avenue aufspürten. Dort hatte sie sich fürs Wochenende einquartiert. Rose Tremain hatte in einem Reisebüro gearbeitet und war letztes Jahr wegen eines Lungenemphysems in den Ruhestand getreten. Obwohl sie am Telefon beängstigend röchelte, klang ihre Stimme so energisch wie eh und je. »Überlasst mir Bill und Susie und die Kinder. Sicher habt ihr alle Hände voll zu tun.«

Wäre sie hier gewesen, hätte Kitty sie geküsst. Aber als sie die anderen Nummern gewählt hatte, die auf ihrer Liste standen, vergaß sie Tante Rose.

Am Vortag hatte sie sich zusammen mit Daphne durch die Reporterhorde gekämpft, die vor dem Haus kampierte, die Mutter im Gefängnis besucht und danach eine zweite Besprechung mit dem Anwalt abgehalten. Cathcart hatte vergeblich versucht, die

Anklageerhebung hinauszuzögern. Am Montag würde die Anhörung stattfinden, zum frühesten Termin, für den ein neuer Richter zur Verfügung stand. »Wenigstens haben wir noch ein paar Tage Zeit für unsere Vorbereitungen.« Was sie alle wussten, musste er nicht in Worte fassen. Wenn Mutter ihre Aussage nicht widerrief, wäre es sinnlos, auf unschuldig oder Notwehr zu plädieren.

Erst am späten Freitagnachmittag hatte Kitty alle Dinge erledigt, die auf ihrer Liste standen. Einerseits begrüßte sie die Atempause, andererseits fürchtete sie sich davor. Der Teesalon war geschlossen, Willa bis auf weiteres bei vollem Gehalt beurlaubt. Nun konnte Kitty der Trauer nicht mehr ausweichen, die sie in der ganzen Hektik verdrängt hatte – oder den heiklen Themen, die erörtert werden mussten. Während sie in der Küche stand und Teewasser aufsetzte, sagte sie sich, dass es an der Zeit war, mit Daphne zu reden.

Sie trug das Teetablett ins Wohnzimmer, wo ihre Schwester am Tisch saß und Notizzettel ordnete. Inzwischen hatte Daphne begonnen, Freunde und Verwandte vorsichtig zu fragen, ob sie sich an irgendwas erinnern würden, das für die Verhandlung vielleicht wichtig wäre. Daddy würde unweigerlich in sein kühles Grab sinken – und Mutter durfte ihm nicht dorthin folgen.

Erst einmal musste ihre Schwester etwas erfahren.

»Milch oder Zitrone?« Kitty schenkte den Tee ein. »Tut mir Leid, ich habe vergessen, was du vorziehst.«

»Als du mich das letzte Mal gefragt hast, ob ich dies oder jenes mögen würde, waren wir noch Kinder. Mutter briet Forellen, die Daddy im See gefangen hatte, und du wolltest wissen, ob bei meiner der Kopf dranbleiben sollte.«

Kitty lächelte schwach und nahm ihrer Schwester gegenüber Platz. »Wie du drüber denkst, weiß ich nicht. Jedenfalls kann ich noch immer nichts essen, das mich anschaut.« Sie bemühte sich, *normal* zu wirken – was immer das sein mochte. Im Augenblick erschien ihr die *Normalität* wie ein fremdes Land, das sie irgendwann besucht hatte, an das sie sich nur ganz vage erinnerte. Nur ihr Humor hielt sie aufrecht – ein schwarzer Humor, an der Grenze zur Morbidität. Er hinderte sie daran, Gedanken auszusprechen, die sie mit Daphne teilte: Was immer die Mutter zu ihrer Tat getrieben hatte, die Wurzeln des Motivs steckten in ihnen allen. Vielleicht mit bloßem Auge nicht zu erkennen, aber bei sorgfältiger Prüfung würden sich die Kräfte offenbaren, die sie geprägt hatten, während sie herangewachsen waren.

Abrupt stützte Daphne den Kopf in die Hände, als fände sie die Kindheitserinnerungen unerträglich. Aus ihrem Tee wehten dünne Dampfschleier und kräuselten die Spitzen ihrer kastanienbraunen Haare. Kitty beobachtete sie mitfühlend. *Wäre unsere Familie eine AG, würde sie zu den Hauptaktionären gehören …* Daphne hatte am meisten in den Mythos der »idealen Kindheit« investiert. Dank ihrer Fähigkeit, vergangene Ereignisse nach ihren Wünschen zurechtzubiegen und zu verklären, war sie eine gute Romanschriftstellerin geworden. Doch das half ihr nicht, die Beweggründe der Mutter zu begreifen. Geschichten werden immer besser, je öfter man sie erzählt, überlegte Kitty. Und Familiengeschichten immer verworrener.

Sie streckte eine Hand aus, um Daphne trösten, und hielt kurz vor dem entblößten Nacken inne, wo flaumweiche Härchen eine rührende Spitze bildeten. Seit sie denken konnte, war Daphne ihre Lieblingsschwester und beste Freundin. Trotzdem empfand sie manchmal das Bedürfnis, sie zu schütteln und zu zwingen, sich nicht dauernd einzureden, alles sei wundervoll. Nun musste sie ihr die Tatsachen vor Augen führen.

Aber Daphne schien diese Absicht zu spüren. »Milch«, sagte

sie, ehe Kitty sprechen konnte, in verräterischem, entschiedenem Ton. »Ich trinke meinen Tee mit Milch.«

»Hoffentlich ist noch welche da«, seufzte Kitty. Allein schon der Gedanke, einen Einkaufswagen durch den Supermarkt zu schieben, von Reportern und Gaffern verfolgt, war widerwärtig. Noch an diesem Nachmittag würde sie eine Einkaufsliste zusammenstellen und Ray's Market anrufen, um sich die Waren ins Haus liefern zu lassen.

Auf dem Weg zur Küche schaute sie nervös aus einem der vorderen Fenster. Durch die Spitzengardinen sah sie den KCBS-Übertragungswagen, der seit dem Vortag am Straßenrand parkte. Reporter aus dem ganzen Staat hatten sich zum regionalen TV-Sender gesellt. Letzten Nachmittag waren die beiden Schwestern vom Auto zum Haus gerannt, von allen Seiten bedrängt. An diesem Tag blieben sie verschont, weil sie das Haus noch nicht verlassen hatten.

Doch die Galgenfrist würde nicht lange dauern. Bald mussten sie zum Bestattungsunternehmen fahren, wo der aufgebahrte Vater lag. Schaudernd öffnete Kitty den Kühlschrank und fand eine halb volle Milchflasche. Sie füllte ein Kännchen, das sie ihrer Schwester brachte. »Tut mir Leid, ich kann dir nichts zu essen anbieten. Die Speisekammer ist fast leer. Und ein köstlicher heißer Haferbrei wird dich wohl kaum reizen.«

Daphne schnitt eine Grimasse. »*So* hungrig bin ich nun auch wieder nicht. Außerdem bringe ich ohnehin nicht viel runter. Das da genügt mir«, erklärte sie und biss in einen der Kekse, die Kitty aus dem Kühlschrank genommen hatte.

Trotz ihrer schicken Kleidung und des großstädtischen Flairs wirkt sie irgendwie altmodisch, dachte Kitty. Mit ihren großen blaugrünen Augen, die kein Make-up brauchten, und der sanften Ausstrahlung schien Daphne einem anderen Zeitalter zu entstammen. Kitty stellte sich vor, ihre Schwester würde in einer hochgeschlossenen Rüschenbluse den Tee aus einer Sterlingsilberkanne in ihre Tasse gießen, nicht aus der rustikalen Keramikkanne, die sie jetzt ergriff. »Hast du was von Roger gehört?«

»Noch nicht.« Daphnes Miene verdüsterte sich. »Später werde ich noch mal in seinem Büro anrufen.« Sie legte den halb gegessenen Keks auf ihre Untertasse. »Lassen wir uns Lebensmittel ins Haus liefern? Vielleicht bekomme ich irgendwann Appetit.«

Mit anderen Worten, wir werden nicht erörtern, warum er tagelang nicht angerufen hat. Aber diesen Gedanken behielt Kitty für sich. »Nicht weit von hier gibt's ein gutes chinesisches Restaurant. Vielleicht lesen sie da keine Zeitungen. Außerdem sprechen sie ohnehin nur ein paar Wörter Englisch.«

Daphne hörte nicht zu. »Wenn das einer meiner Romane wäre, wüsste ich wenigstens, wo ich anfangen soll. Und das alles ...« Hilflos hob sie die Hände. »Wie eine dieser Geschichten, die Daddy uns vorlas – wo ein böser Fluch über unschuldige Menschen hereinbrach ... Irgendwie habe ich das Gefühl, Mutter stand unter einem seltsamen Bann.«

Vielleicht lag es an Kittys Schlafmangel in den letzten vier Tagen, oder sie hatte die Grenzen ihrer Geduld erreicht. Wie auch immer, sie stieß ärgerlich hervor: »Es muss angenehm sein, in New York zu leben, so weit von daheim entfernt. Da musstest du deine rosarote Brille niemals abnehmen.«

Daphne blinzelte verwundert und lehnte sich zurück. In ihrem grauen Rollkragenpullover und der schmalen schwarzen Hose wirkte sie überaus korrekt, fast streng. »Wie kannst du so etwas sagen?« Der gepresste Klang ihrer Stimme verriet, dass sie zutiefst verletzt war, und Kitty schluckte mühsam.

Aber sie gab nicht klein bei. Dafür war es zu spät. »Du mit deinen albernen Phantasien über unsere perfekte Kindheit! Die war nicht perfekt, Daph. Ganz im Gegenteil. Erinnerst du dich an den Aufsatz, den du in der fünften oder sechsten Schulklasse geschrieben hast? Über den Tag, wo Daddy uns versehentlich in der Tankstelle zurückließ?«

Nachdenklich spielte Daphne mit ihrem Teelöffel. »Ja, er hat uns in der Toilette vergessen. Das könnte jedem passieren.«

»Darauf will ich nicht hinaus.« Ungeduldig verdrehte Kitty die Augen. »Mutter zwang dich, den Aufsatz zu zerreißen und noch mal zu schreiben. So war's gar nicht, hat sie behauptet. Daddy würde uns niemals vergessen. Wahrscheinlich hätte er geglaubt, wir wären davongerannt, und hat uns gesucht.«

Daphnes Augen verdunkelten sich. Aber ihre Miene blieb skeptisch. »Das ist so lange her. Spielt das jetzt noch eine Rolle?«

»Verstehst du's denn nicht? Schon damals hat Mutter die Realität beschönigt. Du musstest diesen Aufsatz noch mal schreiben, weil sie die Wahrheit nicht ertrug. Natürlich hatte Daddy an was anderes gedacht und uns tatsächlich vergessen. Du hast Recht, deshalb war er kein schlechter Vater. Nur ein unvollkommener. Warum konnte Mutter das nicht akzeptieren?«

»Keine Ahnung.«

»Vielleicht …« Kitty wählte ihre Worte sehr vorsichtig. »Vielleicht dachte sie, wenn sie der Wahrheit ins Auge blickt, müsste sie auch andere Dinge hinnehmen. Und das wollte sie nicht.«

Daphne hörte auf, mit dem Löffel zu spielen und faltete die Hände im Schoß. In ihren Augen erschien ein sonderbarer Glanz. »Welche Dinge?«

»Fangen wir mit der Tatsache an, dass Daddy kein treuer Ehemann war.«

Bedrückt starrte Daphne ihre Schwester an und schien einen inneren Kampf auszufechten – hin und her gerissen zwischen dem Bedürfnis, Mutters Tat zu begreifen, und dem Wunsch, an vertrauten, tröstlichen Überzeugungen festzuhalten. Selbst wenn sie falsch waren. Sie holte tief Atem, um zu protestieren. Doch sie besann sich anders und presste die Lippen zusammen.

Könnte Kitty Gedanken lesen, würde sie herausfinden, dass ihre Schwester nicht ganz so verblüfft war, wie es schien. Auch Daphne erinnerte sich an ein besonderes Ereignis – die Silvesterparty ihrer Eltern. Jene Szene hatte keinen Sinn ergeben. Jetzt sah Daphne mit anderen Augen, was sie beobachtet hatte. »O Gott …« Sie schlug die Hände vors Gesicht. »Also habe ich es mir nicht nur eingebildet …«

»Du auch?«, fragte Kitty überrascht. »Damals wusste ich nicht, was ich davon halten sollte …« Langsam ließ Daphne die Hände sinken. »Ich war erst acht, und wir spielten auf einer Party Verstecken – Alex, du und ich.«

»Ja, ich erinnere mich.«

»Ich versteckte mich im Schlafzimmerschrank unserer Eltern. Da war es dunkel, und es roch so gut, nach Parfum. Ich muss eingeschlafen sein … Jedenfalls hörte ich plötzlich Stimmen. Die Schranktür stand einen Spaltbreit offen, und ich spähte ins Zimmer. Obwohl es dunkel war, sah ich zwei Gestalten – die nicht nur miteinander flüsterten.«

»Daddy und eine Frau?«

»Wieso weißt du das?«

»Weil ich's auch gesehen habe. Zehn Jahre später, mit einer anderen Hauptdarstellerin.« Kitty schilderte Daddys Tête-à-Tête mit der ehemaligen Nachbarin, Mrs Malcolm, in einem geparkten Auto hinter dem Masonic Lodge.

Entrüstet runzelte Daphne die Stirn. »Wie konntest du mir das verheimlichen?«

Kitty wich dem anklagenden Blick ihrer Schwester aus und tätschelte Rommie, der zu ihren Füßen saß. Unter ihrer Handfläche sträubte sich das graue Fell wie weiche Stachelschweinborsten. »Das könnte ich dich auch fragen.«

»Damals musst du schon vierzehn gewesen sein. Und ich war ein kleines Mädchen, als ich im Schrank saß. Außerdem wusste ich nicht, ob ich's wirklich sah – oder ob's nur Einbildung war …«

»Genau das meine ich.« Kitty richtete sich auf und verschränkte die Arme vor der Brust. »Dazu wurden wir *erzogen.* Wenn irgendwas nicht in Mutters heile Welt passte, war es unserer Phantasie entsprungen.«

Daphne presste eine Faust auf den Mund. »Glaubst du – sie hat deshalb …« Ihre Stimme erstarb.

»Wenn sie Daddys Affären in all den Jahren nicht bemerkt hat, muss sie blind gewesen sein. Vielleicht war das Maß plötzlich voll …«

»Und Alex? Weiß sie Bescheid?«

»Ich glaube, sie wusste schon immer viel mehr als wir.«

Durch die Spitzenvorhänge fiel sanfter Sonnenschein auf Daphnes nachdenkliches Gesicht. »Also war die Turtelei unserer Eltern nur gespielt?«

»Nein – das ist es ja, was ich so unheimlich finde. Ich glaube, Daddy hat Mutter wirklich geliebt.«

Inzwischen war das Stimmengewirr der Reporter verklungen. Rommie spitzte die Ohren, als würde er in seinen Träumen die Kätzchen jagen, die im Dickicht der Tischbeine umherrannten. Für ein paar beglückende Minuten schwelgte auch Kitty in einem Traum. Sie malte sich aus, ihr gewohntes Leben wäre nur kurzfristig unterbrochen worden. Bald würde jemand auf einen Knopf drücken und die Realität wiederherstellen. Dann würde die Türglocke läuten, und die Gäste würden eintreten, um ihren Nachmittagstee zu trinken. Willa würde in der Küche fröhlich vor sich hin pfeifen. Und Heather Robbins würde in den Teesalon kommen und verkünden, sie habe sich entschieden. *Darüber habe ich sehr lange nachgedacht. Jetzt weiß ich, dass mein Baby nirgendwo besser aufgehoben wäre als …*

Ein schriller Lärm riss Kitty aus ihrem Tagtraum. Seit dem Morgen hatte das Telefon unentwegt geklingelt. Nur in der letzten Stunde war es seltsam stumm geblieben. Bis jetzt. Seufzend lauschte Kitty ihrer eigenen Stimme auf dem Anrufbeantworter. »Im Augenblick bin ich nicht erreichbar. Falls Sie sich nach dem Begräbnis erkundigen wollen: Es findet am Sonntag um zehn Uhr statt, in der Evergreen Memorial Chapel an der Church Street …«

Eine Stunde später steuerte Kitty ihren Honda in die runde, mit Ziegelsteinen gepflasterte Zufahrt des Bestattungsunternehmens – eines neoklassizistischen Manierismus mit weißen Säulen mitten in der Altstadt von Miramonte. Sie fürchtete, was ihr bevorstand: das morbide Spektakel – ihr Vater, im Sarg ausgestreckt, und den Anblick ihrer Schwester Alex, die daneben Wache halten würde wie ein griechisches Klageweib. Impulsiv wandte sie sich zu Daphne. »Frag mich nicht, was, aber ich müsste etwas erledigen, jetzt gleich. Würdest du mich hassen, wenn ich nicht mitkäme?«

Prüfend musterte Daphne das Gesicht ihrer Schwester. Dann lächelte sie nachsichtig. »Ich habe dich nur ein einziges Mal gehasst. In der siebten Klasse. Weil du dir mein Armband mit den Talismanen ausgeliehen hast, ohne mich zu fragen. Und dass du unseren kleinen Scotchterrier verloren hast, konnte ich dir lange nicht verzeihen. Inzwischen bin ich drüber weggekommen.« Sie berührte Kittys Wange. »Bist du okay?«

»Kümmere dich nicht um mich.« Kitty beobachtete mehrere ältere Frauen, die in fast identischen schwarzen Mänteln langsam die Eingangsstufen hinaufstiegen. »Da du Alex' Zorn allein ertragen musst, bist *du* zu bedauern. Im Augenblick ist sie nicht besonders gut auf uns zu sprechen.«

»Weil wir unsere Kleider nicht zerreißen und unser Gesicht nicht mit Asche beschmieren? Auch ich habe Daddy geliebt. Aber meine größte Sorge gilt Mutter, die wir aus dem Gefängnis holen müssen.« Daphnes Augen verengten sich. »Und noch was – man sollte meinen, Alex hätte Daddy gar nicht gekannt. Zweifellos würde er dieses makabre Theater hassen. Ein offener Sarg?« Sie erschauerte. »Um Himmels willen, was hat sie sich nur dabei gedacht!«

Nun wünschte Kitty, sie hätte Alex daran gehindert, die Bestattungsarrangements auf eigene Faust zu treffen, so als wäre das alles nur für *sie* wichtig. Aber wie hätte Kitty ahnen sollen, dass ihre Schwester das tragische Ereignis in ein Hollywoodspektakel verwandeln würde? »Sie wird's verkraften. So wie wir beide.« Kitty seufzte, viel zu erschöpft, um über Alex' Beweggründe nachzudenken.

Erst ein paar Minuten später – während sie die Straße hinabfuhr und ihre Schwester zurückblieb, ein dunkler Punkt vor der weißen Fassade des Bestattungsinstituts – überließ sie sich ihrer Trauer. Daddy – o Gott, *er war wirklich tot.* Niemand würde ihren Ellbogen berühren und sich entschuldigen: *Tut uns Leid, es war ein schreckliches Missverständnis.* Und sie würde auch nicht aus einem Alptraum erwachen.

Eine alte Erinnerung kehrte zurück. Daddy, ein blonder Riese, der sie hoch in die Luft schwang. Und sie schaute hinab, direkt in seine klaren blauen Augen. Die schimmerten genauso wie die Seen, die sie vom Flugzeug aus gesehen hatte, auf der Reise zu Nana. In diesen Augen konnte man *ertrinken.* »Nun, wie geht's meinem Lieblingsrotschopf?«, rief er, und sie kicherte, weil jeder wusste, dass sie sein einziger Rotschopf war. Sie gab vor, sie würde sich gern losreißen. Auch das gehörte zum Spiel. Da stellte er sie abrupt auf die Füße. Und sie gewann den seltsamen Eindruck, sie wäre nach einem wundervollen Flug unsanft am Boden gelandet.

Warum wolltest du dich nicht mit uns begnügen, Daddy? Warum konnte Mutter deine Ansprüche nicht erfüllen? Hast du jene Frauen geliebt – oder nur den prickelnden Reiz der Jagd? Als ihr bewusst wurde, wie wenig sie über ihren Vater wusste, begann sie am ganzen Körper zu zittern.

Bei der Locust Avenue musste sie in eine Parklücke biegen, direkt hinter Hair Affair und Pizza My Heart, wo zweifellos Reporter lauerten. Es dauerte eine Weile, bis sie ihre Fassung zurückgewann. Dann fuhr sie weiter.

Nach etwa einer Meile erreichte sie das Gebiet, wo der Zuchtpilzbetrieb lag. Auf mehreren Morgen erstreckten sich niedrige Hohlziegelgebäude. Der lehmige Geruch eines Düngemittels stieg ihr unangenehm in die Nase. Wenig später fuhr sie in eine kleine Siedlung. In überwucherten, von Maschendrahtzäunen umgebenen Gärten standen heruntergekommene Häuser.

Die Sonne war untergegangen. Um diese Zeit saßen die meisten Familien beim Abendessen. Verdammt, sie hätte vorher anrufen sollen. Vielleicht würde Heather sich ärgern, wenn Kitty einfach auftauchte, aus heiterem Himmel. Und im Augenblick durfte sie sich keine neuen Minuspunkte leisten.

Trotzdem kehrte sie nicht um. Sie hielt nur kurz an und nahm einen linierten Notizzettel aus ihrer Tasche, auf dem in großer, kindlicher Handschrift die Adresse stand. *So muss sich ein Junkie fühlen,* dachte sie. Das Herz schlug wie rasend, jeder Nerv schien zu glühen, und man wusste, man könnte dran sterben, war aber zu verzweifelt, um sich deshalb zu sorgen. Langsam fuhr sie an

Bäumen vorbei, die schwarze Schatteninseln zwischen den Straßenlampen bildeten, und musterte die schiefen Postkästen. Die verblassten Hausnummern waren kaum zu entziffern. Schließlich fand sie die gesuchte Adresse am Ende der Straße, gegenüber einem leeren, von Unkraut bewachsenen Grundstück. Von Bäumen halb verdeckt, lag das Haus etwa ein Dutzend Yards vom Gehsteig entfernt, hinter einem verfallenen Holzzaun. Nur eine rostige Schaukel verriet, dass hier jemand wohnte. Aber wie sich bei näherer Betrachtung herausstellte, war der Garten nicht ungepflegt, der Rasen sorgsam gemäht, und auf dem alten gelben Laster in der Zufahrt häufte sich Brennholz.

Von neuer Skepsis erfasst, trat Kitty auf die Bremse. Was hoffte sie hier zu erreichen? Beim Dinner an jenem Abend hatte sie Heathers Zuneigung gewonnen. Sogar Sean taute auf und erzählte ihr von seinem Teilzeitjob in einem Sägewerk, von den Kursen, die er auf der Universität besuchte. Dann hatte – wie ein Stein, der plötzlich durchs Fenster geschleudert wird – Alex' Anruf nicht nur den Abend zerstört, sondern auch alles andere …

Vielleicht sollte sie ein paar Tage warten. Wenn der Schock nachließ, würde Heather erkennen, dass Kitty keine Schuld an der Tat ihrer Mutter trug.

Aber dann ist es womöglich zu spät, flüsterte eine innere Stimme.

Und so nahm sie ihren ganzen Mut zusammen und stieg aus dem Auto. Als sie dem dunklen Weg zum Haus folgte, wo ihre Füße bei jedem Schritt knöcheltief zu versinken schienen, rief eine Männerstimme aus dem Schatten: »Sie ist nicht daheim.« Und dann zeichnete sich die Silhouette einer Gestalt vor dem gelben Laster ab. Irgendetwas an der lässigen, fast unverschämten Haltung kam ihr bekannt vor. Wenige Sekunden später beleuchtete eine glühende Zigarettenspitze Seans attraktives, markantes Gesicht.

»Wissen Sie, wann sie zurückkommt?« Kitty Puls beschleunigte sich.

»Diese Fahrt hätten Sie sich ersparen können. Meine Schwester will Sie nicht sehen.« Obwohl seine Stimme beiläufig klang, hörte sie einen verächtlichen Unterton heraus.

Sie räusperte sich. So leicht würde sie sich nicht einschüchtern lassen. »Ich verstehe, was sie empfinden muss. Aber wenn ich es erklären dürfte …«

»Sie schulden uns keine Erklärung«, fiel er ihr ins Wort.

Aus der schmalen Gasse zwischen der Garage und dem Zaun fiel Licht auf die Zufahrt. Als er in den gedämpften Schimmer trat, knirschten seine Stiefel auf dem Kies, und sie sah, dass er genauso gekleidet war wie an jenem Abend. Jeans und ein Sweatshirt, die Ärmel bis zu den Ellbogen hochgekrempelt. An den muskulösen Unterarmen klebte Harz, das sich nicht restlos entfernen ließ, obwohl er offensichtlich nach der Arbeit geduscht hatte. Feuchte Strähnen hingen in seine Stirn.

»Könnte ich für ein paar Minuten reinkommen? Ich würde mich gern setzen.« Plötzlich fühlte sie sich zu schwach, um noch länger stehen zu bleiben, und sie fürchtete jeden Augenblick umzufallen – wie einer der Baumstämme auf Seans Laster.

Seine dunklen Augen musterten ihr Gesicht. Glaubte er, sie würde irgendwelche Tricks anwenden? Aber sie musste tatsächlich wie eine aufgewärmte Leiche aussehen, und nach ein paar Sekunden wandte er sich ab und bedeutete ihr, ihm zu folgen.

Einerseits erleichtert, andererseits beklommen betrat sie einen kleinen Hinterhof. Ein schadhafter Holzzaun verdeckte teilweise die Sicht auf die Autobahn, die hinter einer steilen Böschung vorbeiführte. Doch das Stakkato der aufblitzenden Scheinwerfer war klar zu erkennen, der Chor rauschender Reifen, quietschender Bremsen und gedämpfter Hupen deutlich zu hören.

Zur Rechten stand ein Nebengebäude, das Kitty zunächst für einen großen Werkzeugschuppen hielt. Aber Sean ging darauf zu, und Kitty erriet, dass er darin schlief. Natürlich, er war kein kleiner Junge mehr und legte Wert auf seine Privatsphäre. Wahrscheinlich lebte er nur noch Heather und seinem Vater zuliebe daheim.

»Der ehemalige Hausbesitzer war ein Maler«, erklärte er. »Diesen Schuppen hat er als Atelier benutzt.« Ein Mundwinkel verzog sich zu einem schwachen Lächeln. Vielleicht wollte er auf die Absurdität einer schöpferischen Tätigkeit in dieser trostlosen Umgebung hinweisen. »Keine Küche. Immerhin fließend Wasser und ein Klo.«

An die Tür war ein Stück Treibholz genagelt, von dem die ausgefranste Schnur tibetanischer Messingglocken herabhing. Das Klingeln heiterte Kitty aus unerfindlichen Gründen auf, als sie dem jungen Mann über die Schwelle folgte. Dahinter lag ein erstaunlich sauberer, ordentlicher Raum. Eine verwaschene Madrasdecke war über eine Doppelmatratze am Boden gebreitet. Von einem Stuhl voller Farbflecken hing ein Philodendron herab, in einem Wandregal stapelten sich sorgsam gefaltete Kleidungsstücke und abgegriffene Taschenbücher. Zufällig schaute Kitty auf und hielt fasziniert den Atem an. In einem Dachfenster zeigte sich die silbrige Mondsichel an einem samtschwarzen Himmel.

Sean folgte ihrem Blick. »Wie Sie sehen, schlafe ich unter den Sternen. Also brauche ich keinen Wecker, um aufzuwachen, und das entschädigt mich für alles andere.«

Auch jetzt hörte sie leise Verkehrsgeräusche, die abrupten Windstößen glichen – gefolgt vom verklingenden Surren der Autoreifen in der Ferne. Scheinwerferlicht streifte die Fenster, und die Jalousien warfen ein gitterförmiges orangegelbes Licht über das Bett.

Das alles war unwichtig. Während Kitty zu den Sternen aufblickte, die wie Neonlampen einer fremden Galaxis funkelten, schien die Welt in diesem kleinen Zimmer zusammenzuschrumpfen. Unter ihren Füßen schwankte der Boden, als stünde sie an Deck eines Schiffs, das langsam aufs Meer hinausglitt.

Was mit ihr geschah, wusste sie nicht – bis sich der Raum plötzlich seitwärts neigte und sie auf die Matratze warf. Ihr Handgelenk schlug gegen ein Tischbein, und sie schrie leise auf, doch sie gewann den Eindruck, der Laut würde durch eine geschlossene Tür am Ende eines Korridors dringen. Über ihrem Kopf verschwamm die Ecke einer Tischplatte, vor ihren Augen schwirrten zahllose winzige graue Flecken.

Dann tauchte Seans besorgtes Gesicht in ihrem Blickfeld auf. Er kauerte neben ihr, die Ellbogen auf die Knie gestützt, und die Intensität seines Blicks erinnerte sie an ein straff gespanntes Drahtseil – das Einzige, woran sie sich in ihrem benommenen Zustand klammern konnte. »He, sind Sie okay?«

»Keine Ahnung. Eben ging's mir noch gut – und ...« Von einem heftigen Schwindelgefühl erfasst, schloss sie die Augen.

»Wann haben Sie zuletzt gegessen?«

»Daran erinnere ich mich nicht.«

Als er aufstand, knackten seine Kniescheiben. Er ging zu einem Miniaturkühlschrank und brachte ihr eine Dose Cola. »Trinken Sie das.« Sein Lächeln deutete an, er würde wissen, wie man sich fühlt, wenn man nichts im Magen hatte. »Glauben Sie mir, in ein paar Minuten ist alles wieder in Ordnung.«

Sonderbarerweise glaubte sie ihm tatsächlich. Sie drehte sich zur Seite, stützte sich auf ihren Ellbogen und nahm einen großen Schluck. Sie mochte Cola nicht besonders. Aber diese schmeckte wie Ambrosia. Wahrscheinlich war sie nicht nur hungrig, sondern auch halb verdurstet. Was musste Sean von ihr denken?

Wenn sie nicht einmal für sich selber sorgen konnte, wie sollte sie dann ein Baby betreuen? »Sie haben Recht«, stöhnte sie. »Wäre ich bloß nicht hierher gekommen! Tut mir Leid ...«

»Schon gut.« Seine Stimme klang ein bisschen schroff, nicht ärgerlich. »Was immer geschehen ist, Sie sind nicht dran schuld.«

»Mein Vater ist tot, meine Mutter sitzt im Gefängnis, aber ich bin nicht dran schuld.«

Wie absurd das alles war ... Unwillkürlich begann sie zu kichern. Sean setzte sich ihr gegenüber auf die Matratze und kreuzte die Beine. Im trüben Licht betrachtete er ihr Gesicht, und seine glühenden dunklen Augen schienen mehr zu verbergen als zu enthüllen. »Hören Sie, an jenem Tag habe ich mich wie ein Arschloch aufgeführt.« Sie spürte sein Unbehagen. Offensichtlich war er es nicht gewohnt, sich zu entschuldigen. »Gegen Sie persönlich habe ich nichts. Ich finde Sie sogar sehr nett, und ich glaube, Sie wären eine gute Mom. Aber wir haben genug Probleme. Wir können keine neuen gebrauchen. Und – verzeihen Sie, wenn ich das so unverblümt sage ... So, wie's aussieht, steckt Ihre Familie bis zum Hals in der Scheiße.«

Er war nicht gefühllos, nur direkt. Und er hielt nichts von Leuten, die im Selbstmitleid versanken. Sicher hatte er schon lange vor der Erkrankung seines Vaters die Verantwortung für den Haushalt und seine Schwester übernommen. *Eine vorzeitig gealterte Seele,* dachte Kitty. Nun konnte sie wieder klar denken, und das Zimmer drehte sich nicht mehr. »In Ihrem Alter glaubte ich zu wissen, was Probleme sind. Aber ich hatte keine Ahnung.«

Spöttisch verzog er die Lippen. »Wie Sie das sagen ... Man könnte meinen, seither wären hundert Jahre vergangen. Dabei sind Sie kaum älter als ich.«

»Vielleicht doch ...« Sie hielt seinem eindringlichen, entnervenden Blick stand. »Wie alt sind Sie?«

»Nächsten Monat werde ich fünfundzwanzig.«

Warum diskutieren wir über den Altersunterschied?, fragte sie sich beklommen. In ihre Glieder, die vor Hunger und Erschöpfung fröstelten, kroch langsam eine sonderbare Wärme. *Diese Frage ist wichtig, weil er mich so anschaut.* Ein freimütiger, nachdenklicher Blick, der eine Gänsehaut erzeugte. Hastig wechselte sie das Thema. »Ich bin nicht hierher gekommen, weil ich Ihre Schwester irgendwie beeinflussen wollte, und ich hatte nur gehofft ...« Unsicher verstummte sie.

»Dass Heather tolerant genug wäre, um Ihnen nicht zu verargen, was passiert ist. Übrigens, tut mir Leid wegen Ihres Dads ... Verdammt, ich kann mir nicht einmal vorstellen, wie Ihnen zumute ist. Aber Sie müssen sich in die Lage meiner Schwester versetzen. Obwohl sie noch ein Kind ist, hat sie schon einiges durchgemacht. Sie würde keine weiteren Schwierigkeiten verkraften.«

»Das verstehe ich.« Kitty stellte die Coladose beiseite und legte sich auf den Rücken. Über ihre Schläfen rollten Tränen ins Haar. »Und ich nehm's ihr nicht übel. An ihrer Stelle würde ich genauso denken.«

Als er über ihren Scheitel strich, merkte sie nicht, dass eine Grenze überschritten wurde. In diesem Raum, in der Nähe dieses Mannes, schien die normale Barriere zwischen Gedanken und Taten nicht zu existieren. Jeder Augenblick ging nahtlos in den nächsten über, und so wusste sie später nicht, wann sich Sean neben ihr ausgestreckt und sie in seine Arme genommen hatte. Nur eins erkannte sie – es war das Natürlichste von der Welt.

Die Augen geschlossen, genoss sie die Kraft seines Körpers, der sich an ihren presste, seinen Duft – Sägemehl und Seife und einen geheimnisvollen, einzigartigen Moschusgeruch. Sie fand seine Umarmung erstaunlich sanft, sein Gesicht an ihrem so angenehm warm. Unter ihren Fingerspitzen spürte sie seine angespannten Kinnmuskeln.

Dann küsste er sie, und sie seufzte leise, von seinem heißen Mund erregt. Nichts von alldem wirkte real – und doch … Was sie empfand, übertraf ihre schönsten Träume. Mit jeder Zärtlichkeit, mit jedem neuen Kuss wuchs das Entzücken.

Kitty fühlte sich, als hätte sie tagelang in einem uferlosen Meer Wasser getreten, und Sean wäre der erste Halt, der ihr geboten wurde. Selbstvergessen ließ sie ihre Lippen über seinen Hals wandern und schob die Hände unter sein Sweatshirt, voller Sehnsucht nach seiner Wärme, seiner beglückenden Stärke. Seine Finger glitten über ihre Hüfte, und die Liebkosung brannte auf ihrer Haut, obwohl sie einen langen Pullover und eine Hose trug.

Wenig später zog er ihr den Sweater aus, und sie protestierte nicht. In der Dunkelheit, die sich allmählich verdichtete, sah sie die Umrisse seines Kopfes, das wirre Haar. Dann erhellte der Scheinwerfer eines Autos das Fenster und beleuchtete plötzlich Seans Gesicht. Noch nie hatte sie in so kohlschwarze Augen geschaut, und sie glaubte, darin zu versinken, ohne jemals den Grund zu berühren.

Stöhnend umfasste er ihren Nacken und verschloss ihr den Mund mit einem heißen Kuss. Diesmal fordernd. Nicht nur ein Kuss. Eine Naturgewalt, die ihr Innerstes nach außen kehrte und ein wildes Verlangen entfesselte.

Das ist falsch – völlig falsch … Aber sie ignorierte die Stimme der Vernunft. Wenn Kitty auch wusste, sie dürfte sich zu diesem Zeitpunkt mit niemandem einlassen, schon gar nicht mit dem Bruder des Mädchens, dessen Baby sie adoptieren wollte, wurde sie von einer tollkühnen Leidenschaft besiegt. Als würde sie in einem der Autos sitzen, die sie durch die Nacht rasen hörte, und wäre unfähig, das atemberaubende Tempo zu drosseln. Sie nahm nur noch Sean wahr – und die Sterne, die über ihr glitzerten.

Nun richtete er sich auf und streifte das Sweatshirt über seinen Kopf, ganz lässig, zu jung und zu schön, um auch nur einen Gedanken an seine Nacktheit zu verschwenden. Die Arbeit an der frischen Luft hatte ihn abgehärtet. Beinahe glich er den Bäumen, die er fällte, und er besaß die sehnigen, sonnengebräunten Muskeln eines Arbeiters, keines Sportlers.

Sie öffnete seinen Hosengürtel. Im Licht, das über die Wände tanzte, glänzte die Schnalle, und Kitty berührte sie, fasziniert vom kalten Metall unter ihrer erhitzten Handfläche. Als sie in seine Jeans griff und ihn umfasste, stöhnte er wieder. O Gott, sie hatte die vitale, vibrierende Bereitschaft eines Fünfundzwanzigjährigen vergessen.

Endlich drang er in sie ein, und sie musste die Finger in sein Haar schlingen und sich festhalten, um nicht von der Erde zu stürzen, die langsam unter ihr kreiste. Sie wollte sich nicht vollends verlieren und stattdessen alle köstlichen Nuancen auskosten. Denn in diesem Moment war die Glut der beiden verschmolzenen Körper das Einzige, was in ihrem verrückten, unkontrollierbaren Universum einen Sinn ergab.

Kapitel 6

Der Sarg aus massivem Kastanienholz, mit Messing beschlagen, war bei weitem der teuerste gewesen. Aber ausnahmsweise legte Alex gar keinen Wert darauf, einen guten Eindruck zu machen. Und wenn ihre Schwestern gegen die hohen Kosten protestierten, würde sie sich den Teufel darum scheren. Diesen Sarg hatte sie ausgesucht, weil er sie an ein Gedicht erinnerte.

Unter dem mächtigen Kastanienbaum steht die Dorfschmiede …

Vor Jahren hatte sie es für die Schule auswendig gelernt. Ihre Klassenkameradinnen waren über die schwülstigen Wörter und Phrasen gestolpert. Nur Alex hatte sich kein einziges Mal verhaspelt. Nicht, dass sie klüger gewesen wäre als die anderen, das Gedicht hatte einfach nur ihre Phantasie beflügelt. Denn sie sah ihren Vater unter dem Kastanienbaum stehen, hoch gewachsen und edel – Daddy, an der flammenden Schmiede des Lebens …

Und auf dem donnernden Amboss formen sich glühende Taten und Gedanken …

Während sie den Vater betrachtete, brannten Tränen in ihren Augen. Keine zehn Schritte entfernt, lag er in seinem Sarg – nicht mehr groß und stark, nur ein alter Mann, zur letzten Ruhe gebettet. Im gedämpften Licht der Kapelle schimmerte das wächserne Profil fast transparent, die strengen Lippen und die Adlernase verliehen dem Gesicht einen übertriebenen Ausdruck kühler Missbilligung.

Auch Daphne, die neben ihr auf dem plüschigen Klappstuhl saß, schien es zu spüren. Sie tastete nach der Hand ihrer Schwester und drückte sie. Aus einem Impuls heraus erwiderte Alex den Druck und entzog ihr die Finger sofort wieder. *Ja, Daddy konnte einen einschüchtern,* dachte sie. *Aber er war charmant und witzig, von einer leidenschaftlichen Liebe zum Leben erfüllt, die alle Menschen anzog wie das Licht die Motten.* Und was am allerbesten gewesen war – bei ihm hatte sie sich sicher gefühlt.

Eine Szene aus der Vergangenheit kehrte zurück. Zusammen mit Daddy, Mutter und den Schwestern war sie in der Bucht durch die Brandung gewatet – an der Stelle, wo man hinaufschauen und das Haus sehen konnte, ein Gebilde aus weißer Zuckerbäckergotik, mit schimmerndem Schindeldach, das wie die Stirn eines Giganten über die Klippen ragte. Damals war sie vier oder fünf gewesen, gerade alt genug, sodass die Eltern ihr erlaubt hatten, bis zu den Knien ins Wasser zu gehen. Doch sie passte nicht auf, und plötzlich wurde sie von einer riesigen Welle überrollt. Zumindest kam sie einem kleinen Mädchen, das nicht schwimmen gelernt hatte, riesig vor.

Zum ersten Mal in ihrem Leben hatte Alex panische Angst verspürt. Und sie erinnerte sich immer noch deutlich an ihr hilfloses Entsetzen. Wie eine Flickenpuppe war sie umhergeschleudert worden. Meerwasser und Schlamm drangen in ihre Augen, in ihre Nase. An ihrer Schulter rieb ein kleiner Sandhügel und riss ihr den Badeanzug vom Körper. Sie begann zu würgen. Und als sie schon glaubte, nichts könnte sie vor dem Ertrinken retten, wurde sie von starken Armen hochgehoben, die Kälte des Wassers von warmer Kraft besiegt. Ihr Vater.

Schluchzend klammerte sie sich an ihn. *Daddy, mein Daddy!* Das Wasser konnte nicht tief gewesen sein, denn sie fühlte seine sicheren Schritte, während er sie über den schlammigen Grund zum Ufer trug.

Schon gut, Daddy ist ja da, hatte sie seine tiefe, beruhigende Stimme gehört. *Niemals würde ich zulassen, dass dir was passiert.*

Und nun, viele Jahre später, saß sie in dem fensterlosen, temperierten Raum, wo ihr Vater aufgebahrt lag, und fröstelte, als würde sie statt ihres eleganten schwarzen Strickkostüms einen nassen Badeanzug tragen. Für Daddy hatte sie einen doppelreihigen grauen Anzug und die Yale-Krawatte gewählt. Diesen Anzug, in Plastik gehüllt, hatte sie im Schrank neben dem Smoking gefunden, der für die Party bestimmt gewesen war. Hatte er daran gedacht, ihn aus der Reinigung zu holen, oder war die hausfrauliche Pflicht von der Mutter erledigt worden, ehe sie zur Waffe gegriffen und ihn ermordet hatte?

Alex schluckte krampfhaft, doch der Kloß in ihrem Hals blieb hartnäckig stecken. Da saß dieser grässliche Klumpen seit zwei Tagen. Sie konnte nicht essen und kaum etwas trinken. Würde sie an einer Halsentzündung erkranken – oder an einem schlimmeren Leiden?

Langsam wandte sie sich zu ihrer Schwester. Daphne schaute Daddy nicht einmal an. Stattdessen starrte sie auf ihren Schoß hinab. Als würde der Sarg gar nicht dastehen, als wäre sie eine flüchtige Bekannte, die nur so lange hier ausharrte, bis sie davonlaufen konnte, ohne unhöflich zu erscheinen. Geistesabwesend rieb sie über ihre Wange, wischte aber keine Träne, sondern einen Lippenstiftfleck weg. Vermutlich von einem der Trauergäste, die dem Toten die letzte Ehre erwiesen hatten.

Heißer Zorn stieg in Alex auf. Wie konnte Daphne einfach so dasitzen, mit staubtrockenen Augen? Bedeutete Daddy ihr denn gar nichts? Höchstens so viel wie ein entfernter Verwandter oder ein alter Freund der Familie, dem sie jahrelang nicht begegnet war? Hatte er sie nicht großgezogen und ernährt und ihr Studium bezahlt? Wenn er sie so wenig interessierte: Warum war sie nicht daheim bei Kitty geblieben, um mit ihr Pläne für Mutters Rettung zu schmieden? Wie Alex wusste, begannen die Mühlen schon zu malen.

Nun hob Daphne den Kopf, und Alex entdeckte einen neuen nachdenklichen Ausdruck im Blick ihrer Schwester. Überlegte sie, ob Daddy seinen Tod selbst herbeigeführt hatte?

Würden die anderen das auch glauben? Erschrocken schaute Alex sich um und musterte die Freunde und Angehörigen. Schon den ganzen Nachmittag kamen und gingen sie. In der letzten Reihe saß Tante Rose, eine ältere, zähere Version der Mutter, kerzengerade trotz des beträchtlichen Gewichtsverlusts in letzter Zeit. Vor ihr hatten Tante June und Onkel Dave Platz genommen, die in ihrem Winnebago aus Del Mar hierher gefahren waren. Und Großtante Edith aus Maine, begleitet von ihrem schwulen Sohn Cameron. Über diese Veranlagung wusste die ganze Verwandtschaft Bescheid, außer seiner Mutter, die Cam einen »eingefleischten Junggesellen« nannte.

Alle trugen die gleiche glasige, verständnislose Miene zur Schau und erinnerten Alex an die Überlebenden eines Flugzeugabsturzes. Oft genug hatte sie solche Gesichter im TV gesehen und zur Fernbedienung gegriffen. Könnte sie doch jetzt auch auf einen Knopf drücken und die letzten vier Tage auslöschen … Dann müsste sie nicht hier sitzen und in ungläubigem Entsetzen die Leiche ihres Vaters anstarren. Und morgen würde sie mit ihm im Club tanzen, statt an seinem Begräbnis teilzunehmen, und in

Pumps über das Parkett gleiten. So wie in der Kindheit, als er ihr Tanzunterricht gegeben hatte, als sie mit nackten Füßen auf seinen Schuhen balanciert war.

Mühsam hielt sie die Tränen zurück, von einer selbstsüchtigen Angst erfasst. Wie sollte sie das alles überleben? Mit einem Skandal ließen sich Zeitungen verkaufen – in der Immobilienbranche war er tödlich. Zum Beispiel das Brewster-Anwesen, seit einem Jahr auf dem Markt und kein einziger Interessent. Der Makel des Selbstmords schreckte die Leute ab. Und nun *das*… Natürlich wusste sie, wie sich diese Katastrophe auf ihren Job auswirken würde. Sie durfte sich glücklich schätzen, wenn sie nicht vor dem Sozialamt Schlange stehen musste. Von den Steuerschulden ganz zu schweigen.

Und da saß Daphne. Ein reicher Ehemann, ein schickes Penthouse in Manhattan. Klar, sie konnte es sich leisten, daheim bei den Kindern zu bleiben und ihre hübschen kleinen Romane zu schreiben, die nichts mit dem realen Leben zu tun hatten. Sobald diese Tortur überstanden war, würde sie nach New York zurückkehren, in ihren gewohnten Alltag, weit entfernt vom Hornissennest der Klatschbasen, mit dem Alex zu kämpfen hatte. Eiskalte Furcht drehte ihr den Magen um, und sie atmete erleichtert auf, weil sie ganz vorn saß, wo niemand ihr Gesicht sah. Sonst würde man sich über die Panik wundern, die ihre Miene zweifellos ausdrückte. Und über Daphnes trockene Augen, die sorgsam kontrollierte Fassade.

»Brauchst du ein Papiertaschentuch?«, wisperte Alex und betupfte demonstrativ ihre eigenen feuchten Lider. »Vorhin habe ich welche gekauft.«

»Nein, danke.« Daphne warf ihr einen kühlen, forschenden Blick zu. Dann flüsterte sie genauso demonstrativ: »Keine Bange, ich werde dich beim Begräbnis nicht blamieren.«

»Du könntest wenigstens so *tun,* als wärst du erschüttert.«

»Wieso glaubst du, das alles würde mich kalt lassen? Du bist nicht die Einzige, die ihren Vater verloren hast. Nur weil du besonders eng mit ihm verbunden warst, stehen dir keine Exklusivrechte zu.« Daphne sprach leise, aber ihre Empörung schwang in jedem Wort mit. »Und noch etwas. Ich finde es schrecklich, wie du Mutter behandelst.«

Bestürzt spähte Alex über ihre Schulter. »Um Himmels willen, Daphne, wenn sie uns zuhören ...«

»Sollen sie doch.«

Noch nie hatte Alex eine so unverhohlene Herausforderung im Blick ihrer Schwester gesehen und ihr bisher auch nicht zugetraut. Jetzt erkannte sie, was hinter der ausdruckslosen Maske steckte: eine heftige Wut, die *ihr* galt. *Wie in der Kindheit,* dachte sie. *Daphne und Kitty gegen den Rest der Welt – und ich draußen in der Kälte.* Verdammt, wo war Kitty? Wahrscheinlich bei Mutter oder diesem Strafverteidiger, den sie engagiert hatte. Während sie hier bei Daddy sitzen müsste.

In der parfümierten Stille, nur vom leisen Surren der verborgenen Ventilation durchbrochen, hätte Alex am liebsten geschrien. Dann riskierte sie wieder einen Blick in den Sarg, und ihre Lippen verzerrten sich. »O Gott, bitte, sag mir, dass es nicht wahr ist!«, stöhnte sie. »Dass hier nicht unser Vater liegt ...« Abrupt verstummte sie und schlug die Hände vors Gesicht. Sie spürte, wie Daphne sich zu ihr neigte und tröstend einen Arm um ihre Schultern legte. Als Alex aufblickte, sah sie endlich Tränen in den Augen ihrer Schwester glänzen.

»Mir kommt's auch so unwirklich vor«, wisperte Daphne.

Aus einem Impuls heraus vertraute Alex ihr an: »An jenem Abend, da oben vor dem Haus, wäre ich fast in Ohnmacht gefallen.« Was sie verschwieg und was niemand außer den Polizisten wusste: Für ein paar Minuten hatte sie tatsächlich die Besinnung verloren. Beschämt entsann sie sich, wie sie auf dem Rasen gelegen hatte, den Rock von einer Flüssigkeit durchtränkt, die hoffentlich nur Wasser gewesen war vom frisch gesprengten Gras.

Daphne senkte den Blick. »Im Flugzeug versuchte ich mir einzureden, ich würde bei meiner Ankunft in Miramonte erfahren, das alles sei ein schreckliches Missverständnis.«

Ehe Alex antworten konnte, sah sie aus den Augenwinkeln jemanden auf sich zukommen. Leanne. Bleich und verhärmt, die Lider gerötet. Und dahinter ihre Mutter, Beryl Chapman, ein hageres Wrack, ein Zerrbild der einstigen Schönheit, von Kopf bis Fuß in Schwarz – als wäre *sie* die trauernde Witwe. Aber sie wirkte nicht sonderlich bedrückt, im Gegenteil. Trotz der großen Sonnenbrille zeigte ihr Gesicht einen unverkennbaren Ausdruck kalter Verachtung.

Alex beobachtete Beryl, die sich ein paar Reihen hinter ihr niederließ. Sicher hatte diese Frau mit dem Mord zu tun – vielleicht nicht direkt, doch das verringerte ihre Schuld keineswegs. Bei einem Streit mit Mutter musste Beryl ihre Affäre mit Daddy erwähnt haben. Wahrscheinlich wusste sie auch über ihre Nachfolgerinnen Bescheid. Ja, das ergab einen Sinn. Die Information über eine Liaison, die etwa dreißig Jahre zurücklag, hatte Mutter wohl kaum um den Verstand gebracht. Aber all die anderen Geliebten, die Beryl vermutlich aufgezählt hatte …

Wie kann sie es wagen, hier aufzutauchen!, dachte Alex erbost. *Ich sollte zu ihr gehen und …*

»Alex.« Verwirrt wandte sie sich zu dem leeren Stuhl an ihrer rechten Seite, auf dem Leanne Platz nahm. Aus der Nähe betrachtet, sah die Freundin noch elender aus. Rings um die blutunterlaufenen Augen waren die Lider geschwollen, die Nasenflügel von Papiertaschentüchern wund gescheuert. Sie trug eine schlichte weiße Bluse und einen Jeansrock. An einer Halskette hing ein winziges goldenes Kruzifix, der einzige Schmuck. Während Leanne sie umarmte, musste Alex an eine halb verhungerte streunende Katze denken. »Seit deinem Anruf weine ich unentwegt«, gestand Leanne.

Sie roch nach dem Calvin-Klein-Parfum, das Alex ihr zu Weihnachten geschenkt hatte. Da Leanne sich es nicht leisten konnte, Geld für sich selbst, geschweige denn für andere auszugeben, hatte sie eine Tischdecke für die Freundin gehäkelt. In diesem kalten Raum, wo der Tod regierte, fühlte Alex sich plötzlich erwärmt. Leanne brachte ihr viel mehr Liebe entgegen als die Schwestern. Und sie hatte auch Daddy geliebt. *Doch die Tränen, die jetzt über ihre Wangen rollen, gelten nur mir.*

»Danke, dass du gekommen bist«, flüsterte Alex und wischte ihr das Gesicht mit einem zerknüllten Kleenex ab. Unbehaglich wich Leanne ihrem Blick aus. *Oh, sie will mir nicht auf die Zehen steigen …*

Sie hatte Daddy stets verehrt. Manchmal fragte sich Alex, ob Leanne *seinetwegen* so oft zu Besuch gekommen war. Aber wenn sie auch um ihn trauerte und wünschte, er wäre *ihr* Vater gewesen – sie beabsichtigte nicht, die Grenzen zu überschreiten, die eine Freundin der Familie respektieren sollte.

Noch nie hatte Alex sie so geliebt wie in diesem Moment.

»Hätte Tyler nicht verrückt gespielt, wäre ich schon früher gekommen«, entschuldigte sich Leanne. »Ich musste warten, bis Beth ihre eigenen Kinder gefüttert hatte, bevor ich ihn verlassen konnte. Und unterwegs wollte Mom natürlich anhalten, um Zigaretten zu kaufen.« Angewidert runzelte sie die Stirn.

Alex drehte sich um und warf einen kurzen Blick auf Beryl. Der Freundin und Daddy zuliebe würde sie ihren Zorn bezwingen, selbst wenn sie sich die Zunge abbiss. Stocksteif saß sie da und zitterte vor Wut. Sie hatte Leannes Mutter nie gemocht. In der Kindheit gewann sie oft den Eindruck, Beryl würde kaum bemerken, wie viel Zeit ihre Tochter bei den Seagraves verbrachte, oder sich nicht dafür interessieren. Sie hatte Beth, ihren Liebling, die Freundinnen, die jeden Dienstag zum Mah-Jongg kamen. Und sie genoss ihre Karriere einer professionellen Ex-Gattin, wie Leanne scherzhaft bemerkt hatte – eher würde ihre Mutter einen Mann erschießen, als ihn zu heiraten und auf die Alimente zu verzichten.

Jetzt wirkte der Scherz nicht mehr komisch.

Eines Tages hatte Leannes Glück ein jähes Ende gefunden. Die beiden Freundinnen, vierzehn Jahre alt, spielten in Alex' Zimmer Karten. Auf dem Bett lagen die Kleider, die sie für das Vater-Tochter-Tanzfest am nächsten Freitagabend anprobiert hatten. Freudestrahlend rief Leanne ihre Mutter an und verkündete, Dr. Seagrave habe sie zu der Party eingeladen und sei bereit, *beide* Mädchen zu begleiten. Beryl antwortete, sie würde Leanne abholen und auf der Heimfahrt mit ihr darüber sprechen.

Weder Leanne noch Alex ahnten Beryls Wutanfall voraus. Sie war nicht der Typ, der schrie und tobte, was sicher zu den Gründen zählte, warum ihre Freundschaft mit Mutter schon so lange hielt.

Aber sobald Alex' Tür aufflog und Beryl ins Zimmer stürmte, wussten die Mädchen, dass irgendwas nicht stimmte. Die Augen waren unnatürlich dunkel, die Lippen ein schmaler knallroter Strich im bleichen Gesicht. Nun wusste Alex, warum die Farbe des Lippenstifts (den sie zusammen mit ihrer Freundin ausprobierte, wenn deren Mutter nicht daheim war) »Dschungelrot« hieß. Die Frau glich einer wilden Bestie, drauf und dran, ein wehrloses Opfer anzugreifen.

Und genau das tat sie auch. Sie stürzte sich auf ihre Tochter, packte sie am Arm und zerrte sie vom Bett hoch. »Verdammtes kleines Balg! Wie kannst du es wagen! Ist es noch nicht schlimm genug, dass du jeden Tag hier herumlungerst! Und jetzt *das!* Hast du keine eigene Familie – keinen Vater, der liebend gern mit dir auf diese Party gehen würde?« Über den ausgeprägten Wangenknochen glühten feurige Flecken.

Es dauerte eine Weile, bis Leanne – schneeweiß wie die Bettdecke, die immer noch den unschuldigen Abdruck ihres Körpers zeigte – sprechen konnte. Die Augen voll unvergossener Tränen, starrte sie Beryl an und schleuderte ihr Worte ins Gesicht, die Alex niemals vergessen sollte. »Oh, ich wünschte, ich würde hier *leben,* und du wärst nicht meine Mutter! Wenn Dad mich ignoriert, hat er wenigstens eine passende Ausrede – er ist dreitausend Meilen weit weg!«

Inzwischen gehorchte auch ihrer Freundin wieder die Stimme. »Lassen Sie Leanne in Ruhe!«, schrie sie und sprang vom Bett auf.

Beryl warf ihr einen hasserfüllten Blick zu, dann umklammerte sie den Arm ihrer Tochter noch fester und zog sie schweigend aus dem Zimmer.

Danach besuchte Leanne ihre Freundin nur noch selten, übernachtete nie wieder im Haus der Seagraves und nahm auch nicht mehr an den Familienausflügen teil. Die beiden Mädchen erwähnten den Zwischenfall kein einziges Mal.

Ihren Eltern hatte Alex nichts davon erzählt, denn es wäre sinnlos gewesen, die beiden einzuweihen. Daddy hätte geglaubt, im Herzen der einstigen Geliebten wären alte Ressentiments erwacht. Und Mutter hätte Beryl verteidigt und behauptet, deren Aufregung sei berechtigt. Immerhin habe Leanne einen eigenen Vater, eine Tatsache, die man berücksichtigen und sensibler behandeln müsse.

Während Alex in den Sarg starrte, den ein Scheinwerfer erhellte, dachte sie: *Welch eine bittere Ironie … Wer von uns beiden ist jetzt vaterlos?*

Leanne schien diese Gedanken zu erraten. Plötzlich griff sie nach ihrer Hand und drückte sie so fest, dass Alex den Ehering der Freundin spürte. Warum trug sie ihn immer noch? Seit der nichtswürdige Ehemann das gemeinsame Konto geplündert und die Flucht vor seiner Vaterschaft ergriffen hatte, waren fast fünf Jahre verstrichen.

»Was für ein wundervoller Mensch er war …«, wisperte Leanne.

Natürlich meinte sie Daddy und nicht Chip. Das erkannte Alex erst ein paar Sekunden später. Weil sie ihrer Stimme nicht traute, nickte sie nur. In diesem Moment neigte sich Daphne herüber und küsste Leannes Wange. »Lieb von dir, hierher zu kommen …«

Bildete sich Alex die Abneigung in den Augen der Freundin nur ein? »Ein schmerzlicher Verlust …«, erwiderte Leanne leise. »Tut mir so Leid. Bitte, gebt mir Bescheid, wenn ich euch irgendwie helfen kann.«

Bevor Daphne eine höfliche Antwort geben konnte, wurden alle drei Frauen von einer plötzlichen Bewegung abgelenkt. Alex sah Beryl Chapman zum Sarg gehen, den Kopf hoch erhoben. In den dunklen Brillengläsern spiegelten sich Lichtpunkte wie winzige Dolche.

Wütend beobachtete Alex, wie die Frau vor Daddy stehen blieb. Doch sie konnte nichts tun. Wie sie mit einem kurzen Seitenblick feststellte, war auch Leanne entsetzt. Nicht nur das. Irgendwie wirkte die Freundin *verantwortlich.* Als hätte sie eine Schlange mitgebracht, die aus ihrem Käfig geflohen war und jemanden beißen könnte.

Nun wandte sich Alex zu Daphne, die ihre Bestürzung nicht

verbarg. Vielleicht fragte sie sich, warum sich die beste Freundin ihrer Mutter – eine Frau, mit der sie jahrelang zum Lunch oder einkaufen gegangen war – in eine grässliche Fremde verwandelt hatte.

Ein leiser, kehliger Laut, zog die Aufmerksamkeit der drei Frauen wieder auf den Sarg. Wie in Trance stand Beryl da und starrte Daddy an, ein schwarz verhülltes Gespenst. Die knochigen Hände mit den langen, blutroten Fingernägeln geballt, verzerrte sie die Lippen zu einer grausigen Grimasse, die Alex einen Schauer über den Rücken jagte.

Und dann zischte sie, laut genug, sodass Alex, Daphne und Leanne die Worte hörten: »Du verdammter Bastard! Nun wirst du in der Hölle schmoren und deine Sünden büßen!«

Darüber sprachen sie erst später, als sie die Kapelle verließen. »Kann ich mit euch fahren?«, flüsterte Leanne. In ihrer Stimme schwangen Gefühle mit, die Alex nicht deuten konnte. Zorn über die Mutter? Verlegenheit? Das würde sie bald herausfinden.

»Kein Problem«, erwiderte sie und beobachtete, wie Leanne zu ihrer Mutter eilte.

Beryl stand neben einem Mahagonipult. Darauf hatte Alex ein Kondolenzbuch mit braunem Ledereinband gelegt, in das sich die Verwandten und Freunde eintrugen. Der Wortwechsel war nur kurz. Missbilligend runzelte Beryl die Stirn. Dann wandte sie sich ab und ging steifbeinig zur Tür.

Daphne schlug vor, im Denny's am Del Rio Boulevard, vier Häuserblocks von Kittys Haus entfernt, eine Tasse Kaffee zu trinken. Zu Alex' Überraschung stimmte Leanne sofort zu. »O Gott, es ist mir so peinlich, was passiert ist«, gestand sie, als sie den beiden Schwestern in einer abgeschiedenen Nische gegenübersaß, eine große weiße Kaffeetasse zwischen den Händen. »Seit sie vom Tod eures Dads erfuhr, ist sie nicht mehr sie selbst. Die Tragödie hat sie tief getroffen.«

Unbehaglich schaute Alex ihre Schwester an. Daphne musterte Leanne mit einer erschreckenden Intensität. Wollte sie mit aller Macht irgendetwas ausgraben, was Mutter entlasten könnte? Selbst wenn es Daddy in den Schmutz zerren würde?

»Offenbar hatte sie nicht allzu viel für ihn übrig«, bemerkte Daphne kühl. In ihrem eleganten waldgrünen Kleid wirkte sie auf der Vinylbank, am schlichten Resopaltisch völlig deplatziert. An diesem Freitagabend im April, kurz nach sechs, war das Restaurant nur halb voll. Zu Beginn des Wochenendes würden sich die meisten Leute am Yachthafen amüsieren und im Crow's Nest oder im Hernando's Hideaway essen.

Im Club der Pasoverde Estates bereitete man gerade das Wochenend-Menü vor. Alex fragte sich, ob man auch den erstklassigen Hummer kochen würde, der von Newburg für die achtzig Gäste der Seagraves bestellt worden war. Bei diesem Gedanken wurde ihr fast übel. Sie beobachtete, wie Leannes nervöse Finger mit einem rosa Süßstoffpäckchen spielten. »Irgendwie fühlt sich Mom verantwortlich für Lydias Tat.«

Und das mit Recht!, hätte Alex am liebsten geschrien. *Genauso gut hätte sie ihr das Schießeisen in die Hand drücken können!* Doch sie fragte nur: »Gibt's irgendwas, das du uns verschweigst?«

Leanne schaute sie so gequält an, dass Alex ihre Worte bereute. Plötzlich ahnte sie, was die Freundin sagen würde, und sie wollte es nicht hören, wollte nicht erfahren, warum Leanne an Daddys Todestag gelogen hatte ... Angespannt wartete sie, während Leanne mit zitternden Händen die Kaffeetasse hob und einen Schluck nahm. »Tut mir Leid, Alex, ich hätte es dir sagen müssen. Bei deinem Besuch *wusste* ich, warum Mom nicht zu eurer Party eingeladen wurde. Aber der Tag war so lausig – und ich hab's einfach nicht geschafft, drüber zu reden.«

»War deine Mom mit unserer Mutter zerstritten?« Daphne hob die Brauen. »Davon höre ich zum ersten Mal.«

»Mom erklärte mir, sie könnte einfach nicht mehr mit ansehen, wie er sie behandelt. Vierzig Jahre voller Lügen ...«

Brennend stieg das Blut in Alex' Wangen, gefolgt von eisiger Kälte. »Also wusstest du Bescheid über Daddys ...«

»Affären«, ergänzte Daphne. Ihre klaren blaugrünen Augen richteten sich auf Alex, die verwirrt zusammenzuckte. Offenbar war die ältere Schwester doch nicht so ahnungslos gewesen. »Wahrscheinlich war ich die Letzte, die davon erfuhr. Kitty hat's mir erst vor ein paar Tagen erzählt.« In Daphnes Blick erschien ein dunkler Glanz. Verriet sie nicht *alles,* was sie dachte oder empfand? »Mein Gott ...« Sie beugte sich vor und fragte mit gepresster Stimme: »Ist die ganze Stadt informiert?«

Leanne zuckte die Achseln. »Nun ja, ich habe einige Gerüchte gehört. Natürlich reden die Leute gern. Das dürft ihr nicht ernst nehmen.«

»Wie lange weißt du's schon, Leanne?«, flüsterte Alex.

»Mom hat's mir erzählt. Eines Abends, als sie zu viel getrunken hatte. Vor ein paar Jahren. Aber ich glaube, ihre Affäre mit Vern war nichts Ernstes.«

»Haben sich deine Eltern deshalb scheiden lassen?«

Ärgerlich schob Leanne ihre Kaffeetasse beiseite. »So einfach lässt sich das nicht erklären. Mom muss sehr unglücklich gewesen sein. Sonst hätte sie Dad nicht betrogen. Er ist nicht gerade der warmherzige, kuschelige Typ.«

»Moment mal!«, warf Daphne ein. Nachdenklich strich sie über ihre Schläfe. »Vor dreiunddreißig Jahren war deine Mutter mit unserem Vater liiert. Das hat sie ihrer besten Freundin Lydia die ganze Zeit verschwiegen. Was könnte sie plötzlich veranlasst haben, die Katze aus dem Sack zu lassen? Noch wichtiger – warum ist Mutter deshalb durchgedreht?«

Bedrückt schüttelte Leanne den Kopf und schwieg eine Weile, während ringsum Gäste schwatzten, ihr Dinner verspeisten und mit den Kellnerinnen scherzten. Alex hatte das Gefühl, seit einigen Tagen würde es zwei Welten geben. In der einen wohnte sie mit ihren Schwestern, in der anderen glaubten ahnungslose Narren, solche Tragödien, wie sie in der Sechs-Uhr-Nachrichtensendung gezeigt wurden, könnten ihnen niemals zustoßen.

»Tut mir Leid, Alex – ich hätte es dir sagen müssen«, begann Leanne zögernd. »Im Krankenhaus wurde getuschelt. Das erfuhr ich von einem der Assistenzärzte in der Pathologie. Deine Mom nahm Antidepressiva. Wahrscheinlich hat Vern diesem Arzt irgendwas erzählt.«

»Selbst wenn's stimmt, deshalb muss sie nicht den Verstand verlieren«, meinte Daphne. Aber die Saat des Zweifels begann aufzugehen, das sah Alex ihrer Schwester an.

»Sicher ist sie nicht verrückt«, erwiderte Leanne hastig. »Und ich hätte es auch gar nicht erwähnt – nur …« Hilflos hob sie die Hände. »Er war ein außergewöhnlicher Mann. Trotz all seiner Fehler.« Sie wandte sich zu Daphne. »Wusstest du, dass dein Vater auf die Idee kam, im General eine Beratungsstelle für Organspender zu gründen? Immer wieder betonte er, bei tödlichen Verkehrsunfällen würde man zu viele kostbare Chancen versäumen. Und wenn eine Familie einen geliebten Menschen verliert, könnte eine Organspende der Tragödie einen Sinn geben. Damit hatte er Recht. Seit Mrs Canfield für die Beratungsstelle engagiert wurde, ist die Zahl der Organspenden um dreißig Prozent gestiegen.«

»Nein, das wusste ich nicht.« Immerhin besaß Daphne so viel Anstand, beschämt den Blick zu senken.

Für Alex war diese Information keine Überraschung. Aber ihr wurde erst jetzt bewusst, wie viele Menschen einen Helden in Daddy gesehen hatten. »Damit lässt sich das Problem nicht lösen. Wir wissen noch immer nicht, warum er getötet wurde.« Allmählich verebbte ihr Zorn gegen die Mutter, der sie in den letzten Tagen aufrechterhalten hatte. Ohne ihren Kaffee anzurühren, lehnte sie sich zurück.

»Werden wir es jemals erfahren?« Daphne seufzte.

Sie schwiegen eine Weile, dann ergriff Leanne ihre Handtasche. »Wie euch beiden zumute ist, weiß ich nicht, aber wenn ich nicht bald ins Bett gehe, breche ich zusammen. Wollen wir die Diskussion nach dem Begräbnis fortsetzen?«

Dazu würde es nicht kommen. Das spürte Alex. Die Freundin zog sich bereits wieder in ihr Schneckenhaus zurück. Sorgsam verbarg Alex ihre Gedanken. Ihre Miene verschloss sich. Warum hatte Leanne sie in all den Jahren belogen? Was bedeutete das für ihre Freundschaft? Nein, darüber wollte sie nicht nachdenken. Im Augenblick würde sie keine neuen Probleme verkraften.

Erst nach Einbruch der Dunkelheit erreichte Alex die Straße in der eingezäunten neuen Siedlung, wo sie wohnte. Nur ein paar winzige Zedernzypressen und Spindelsträucher ragten aus der nackten Erde in den Gärten.

Letztes Jahr, nach dem Verkauf des Hauses, das sie zusammen mit Jim bewohnt hatte, war sie hierher gezogen. Nicht nur ihr fiel die Umstellung schwer, auch den Mädchen, die sich an eine neue Schule und neue Freundinnen gewöhnen mussten. Und jetzt würde sie, wenn kein Wunder geschah, dieses Haus ebenfalls verkaufen, in eine schäbige, triste Hütte übersiedeln und ein Leben wie Leanne führen müssen. Diese Angst erzeugte ein qualvolles Pochen in ihren Schläfen, und die geteerte Straße schwankte im

Scheinwerferlicht. Vor ihrem geistigen Auge sah sie Beryl neben dem Sarg stehen wie eine angriffslustige Kobra. Und Leanne im Denny's, die ihrem Blick auswich. Was mochte das alles bedeuten?

Wusste die Freundin mehr, als sie verraten wollte? Das würde nichts bedeuten. Selbst wenn Daddy zum Zeitpunkt seines Todes mit jemandem liiert gewesen und Beryl ihre liebe Freundin darüber informiert hatte, erklärte es nicht, warum eine Frau wie Mutter, die Konfrontationen stets zu vermeiden pflegte, zu einem Revolver greifen sollte, um ... Diesen Gedanken wollte Alex nicht weiterführen. Nicht jetzt, wo ihr Kopf schmerzte und zwei unglückliche Töchter daheim warteten. Den Luxus von Tränen konnte sie sich nicht leisten.

Als sie den silberblauen Audi ihres Ex-Manns in der Zufahrt ihres Hauses sah (Jim, der erster Klasse nach Hongkong flog, mit seiner Freundin Urlaub auf Maui machte und keinen Ärger mit dem Finanzamt hatte), wurde ihr plötzlich alles zu viel.

Er hätte nur mit den Mädchen essen sollen. Spürte er nicht, dass sie nach den letzten Ereignissen keine neuen Probleme brauchte? Zu allem Überfluss okkupierte er auch noch ihren Parkplatz. Sie hielt am Straßenrand und blieb noch eine Weile am Steuer sitzen, umklammerte das Lenkrad und holte mehrmals tief Atem, bis sie sich stark genug fühlte, um aus dem Auto zu steigen und in ihren Pumps den Sandsteinweg zu bewältigen.

Sobald sie die Haustür geöffnet hatte, drang ihr schrilles Gelächter aus der Küche entgegen, wo sich Nina und Lori offensichtlich mit ihrem Vater amüsierten – ohne Rücksicht auf den tragischen Anlass seines Besuchs. Er sollte sich *schämen,* dachte sie wütend. Eine Tragödie auszunutzen, um seinen Fanclub zu betören! O ja, sie kannte dieses Spiel. War sie nicht genauso auf ihn hereingefallen – damals, im selben Alter, in dem sich die Zwillinge jetzt befanden? Als Jim Cardoza mit seinen dunklen Locken und Zigeuneraugen zum ersten Mal in ihr Zimmer geschlendert war und den Eindruck erweckt hatte, es würde *ihm* gehören. *Alles hätte ich für ihn getan, nur eins nicht – mich blind stellen wie Mutter.* Denn im Gegensatz zu Daddy hatte Jim keinen Grund gehabt, seine Frau zu betrügen.

Sie warf ihre Handtasche auf die Bank in der Diele, die voll geräumt war mit Rucksäcken, Schulbüchern und zerknüllten Sweatshirts, und stolzierte in die Küche. Dort saßen ihre Töchter am Tisch, über eine Gebrauchsanweisung gebeugt, während Jim am Kabel einer brandneuen Popcornmaschine herumfummelte. Erstaunt wandten sich drei Gesichter zu Alex und nahmen sofort einen wachsamen Ausdruck an. Wie erstarrt blieb sie stehen. Sah sie so bedrohlich aus? Hing das Unbehagen in den Augen ihrer Töchter mit dem Temperament der Mutter zusammen, das sich neuerdings kaum noch kontrollieren ließ? Nein, die Mädchen durften nicht glauben, *sie müssten auf Zehenspitzen umherschleichen und flüstern, wenn eine gewisse Person schlecht gelaunt war.*

Plötzlich empfand sie den Impuls, beide in die Arme zu reißen, Nina, eine dunkelhaarige, dunkelhäutige weibliche Version des Vaters, und Lori mit ihrem Engelsgesicht und den langen blonden Haaren, die Sonnenstrahlen glichen. Nun waren sie fünfzehn. Im vergangenen Jahr hatte sich Ninas Busen üppig entwickelt, aber nur Lori, immer noch gertenschlank, mit kleinen Brüsten, weigerte sich, ihren nackten Körper zu zeigen.

Es war Lori, die das drückende Schweigen brach. »Hi, Mom, du kommst früher zurück, als wie dachten.«

Alex öffnete den Mund und wollte beteuern, sie finde es wunderbar, wieder daheim zu sein. Doch da begegnete sie dem Blick ihres Ex-Manns, der sie mitfühlend musterte, und die Worte blieben ihr im Hals stecken. Verdammt, sie brauchte sein Mitleid nicht – sie brauchte einen *Ehemann.* »Das merke ich.« Die Arme vor der Brust verschränkt, fügte sie in kühlem Ton hinzu: »Ich hatte nicht erwartet, dich immer noch hier anzutreffen, Jim. Vermutlich ist deine Freundin heute Abend anderweitig beschäftigt.«

Voller Genugtuung – und ein wenig beschämt – beobachtete sie, wie er errötete. Dadurch erschien ihr sein dunkles Gesicht ärgerlicherweise noch attraktiver. Warum musste er so gut aussehen? Noch besser als damals in der High School, mit Michael-Corleone-Augen und schwarzen Locken voller Silberfäden. In seinen Jeans und dem irischen Pullover wirkte er einerseits distinguiert, andererseits ein bisschen gefährlich, wie der Türsteher eines exklusiven Clubs.

Mit sorgsam kontrollierter Stimme teilte er ihr mit: »Die Mädchen und ich wollten gerade Popcorn machen.«

»Die alte Popcornmaschine war kaputt«, erklärte Lori hastig, wie üblich bestrebt, sämtliche Wogen zu glätten. »Da mussten wir eine neue kaufen.« Vorsichtig lächelte sie Alex an und hielt das Kabel hoch, das Jim gerade entwirrt hatte. »Einfach toll. Man braucht nicht mal Öl. Nur Luft.«

»Dumme Gans!« Nina stieß ihre Schwester mit einem Löffel an. »Siehst du nicht, dass Mom sich aufregt? Grandpa ist tot … Und du redest über *Popcorn!*« Schüchtern schaute sie zu Alex auf. »Sei nicht böse, Mom, wir wollten nicht respektlos sein, und Dad dachte nur …« Sie biss sich in die Lippen.

»Nun, ich fand, wir könnten eine kleine Ablenkung gebrauchen.« Jim ging zu Nina und legte einen Arm um ihre Schultern. Ohne mit der Wimper zu zucken, richtete er seinen Blick wieder auf Alex. »Falls ich dich störe, verschwinde ich. Aber wär's nicht besser, wir würden uns setzen und drüber sprechen? Vielleicht kann ich dir helfen.«

Sie seufzte angewidert. »Hast du nicht schon genug getan?«,

stieß sie hervor, ging zur Spüle, wo sich schmutziges Geschirr türmte, und drehte den Wasserhahn auf. Etwas sanfter fuhr sie fort: »Könntest du mir wirklich helfen, würde ich dich nicht abweisen. Leider gibt's nichts, was meine Situation erleichtern würde. Mein Vater ist tot. Und wenn kein Wunder geschieht, wird meine Mutter den Rest ihres Lebens im Gefängnis verbringen.«

»So solltest du nicht reden«, mahnte ihr Ex-Mann.

»Immerhin hat sie ihn ermordet!«, fauchte sie. »Verdient sie keine Strafe?« Hinter ihr begann Lori leise zu weinen.

»Geht nach oben, Mädchen«, befahl Jim in mildem Ton, und Alex hasste ihn, weil er den Töchtern etwas zu geben vermochte, wozu sie sich im Augenblick unfähig fühlte: Zärtlichkeit. Er umarmte die beiden und wartete, bis sie außer Hörweite waren, bevor er zu sprechen begann. »Für deine Mutter sieht es nicht gut aus, das gebe ich zu. Trotzdem bezweifle ich, dass die Lage hoffnungslos ist. Kitty hat mir am Telefon erzählt, der Anwalt eurer Mutter würde auf Notwehr plädieren.«

»Klar, sie wird ihre Möglichkeiten voll ausschöpfen und das Beste draus machen.« Alex goss ein Spülmittel ins Wasser.

»Deutest du an, das alles würde ihr *Spaß* machen?« Jims Beherrschtheit ging in Zorn über.

»Keine Ahnung!« Als sie herumfuhr, flogen Seifenblasen von ihren Händen und landeten am weißen Fliesenboden. »Ich weiß nur eins: Sie ist schuld am Tod meines Vaters!«

Jim starrte sie an. Allein schon seine Gegenwart schien sie zu verhöhnen. Vor dem sterilen Hintergrund der Küche, die sie modernisieren und verschönern wollte, vor dem hellen Holz und dem rostfreien Stahl erinnerte er sie an etwas Einzigartiges, Vibrierendes, das ihr irgendwie zwischen den Fingern zerronnen war. Nicht nur der Küche, ihrem ganzen Leben schien es an Wärme zu mangeln. Die traurige Verachtung in Jims Augen kam ihr wie ein rostiger Nagel vor, der ihr Herz durchbohrte. »Wie soll das enden, Alex? Wann wirst du aufhören, das Verhalten dieses Mannes zu entschuldigen? Meinst du nicht, es wäre an der Zeit – nachdem er gestorben ist?«

»Untersteh dich, mir eine Moralpredigt zu halten! Ausgerechnet *du!* Hätte ich es ignorieren sollen, was du hinter meinem Rücken getrieben hast?«

»Fangen wir nicht wieder damit an«, sagte er müde.

»Warum nicht? Gibt's ein Gesetz dagegen?«

»Da hat mehr dahinter gesteckt, das weißt du.«

»Jedenfalls habe ich dich nie betrogen.«

»Nicht direkt.«

Ihr Atem stockte. Was er meinte, musste sie nicht fragen. *Daddy.* Sie ließ die Arme sinken, weißer Schaum tropfte von den Fingern. Als sie die Kraft fand, Jim zu ohrfeigen, klang das Geräusch wie ein Pistolenschuss in der Stille.

Er taumelte zurück, das Gesicht hart wie festgestampfte Erde, und sekundenlang erweckte er den Eindruck, er würde zurückschlagen. Verdammt, beinahe wünschte sie, er würde es tun. Aber in sechzehn Jahren hatte er kein einziges Mal die Hand gegen sie erhoben. Daran würde sich jetzt nichts ändern.

Während er seine Windjacke von einem Küchenstuhl nahm, stieg eine hilflose Liebe in Alex auf, begleitet von heftigem Herzklopfen – wie ein gefangenes Tier, das sich an den Gitterstäben seines Käfigs den Schädel einschlug. Krampfhaft musste sie sich beherrschen, um nicht zu schreien.

»Sag den Mädchen in meinem Namen Gute Nacht«, bat er mit leiser, rauer Stimme. »Und überleg dir, wie sehr sie unter alldem leiden.« In der Tür wandte er sich noch einmal um und warf ihr einen frostigen Blick zu. »Für dich stand der alte Mann immer an erster Stelle. Glaub bloß nicht, das hätten sie nicht gemerkt. Trotzdem war er ihr Grandpa.«

Dann ging er hinaus. Reglos stand sie da. Ihr ganzer Körper fühlte sich so an, als würde er nur noch von dünnen Fäden zusammengehalten, die jeden Augenblick zu zerreißen und ihre Knochen am Boden zu verstreuen drohten wir Porzellanscherben.

Stöhnend vergrub sie das Gesicht in den Händen. Hinter ihr rauschte das Wasser, das sie abzudrehen vergessen hatte, quoll aus der Spüle und ergoss sich auf die weißen Fliesen zu ihren Füßen. Es spielte keine Rolle. Statt einen Lappen oder einen Schwamm zu ergreifen, rührte sie sich nicht. Ihre Schuhsohlen wurden nass, und die Gebrauchsanweisung für das Popcorngerät, die vom Tisch zu Boden geflattert war, krümmte sich wie eine arme Kreatur im Todeskampf.

Kapitel 7

»Was? Du kommst nicht zum Begräbnis?« Daphne legte eine Hand über die Sprechmuschel, obwohl Kitty im Erdgeschoss war und das Telefonat nicht belauschen konnte.

Nach einer kurzen Pause hörte sie Roger seufzen. »Tut mir Leid, Darling. Im Augenblick will ich Jennie nicht verlassen. Sie hat Fieber. Und du solltest sie mal atmen hören.«

Daphnes Ärger verflog sofort. Ihr Baby? Krank? »Ich dachte, es wäre nur eine leichte Erkältung.«

»Wahrscheinlich ist es nichts Schlimmes. Aber ich möchte kein Risiko eingehen.«

Ihr Mutterinstinkt drängte sie, nach New York zu fliegen, ihre kleine Tochter zu betreuen, das Fieber mit einem feuchten Lappen und den Eiswürfeln aus Fruchtsaft zu kühlen, die Jennie so liebte. Andererseits sagte ihr ein sechster Sinn – oder irgendetwas in Rogers Stimme –, das Kind sei gar nicht ernsthaft erkrankt. Vielleicht ein harmloser Schnupfen. Eine Erinnerung kehrte zurück, die im Trauma der letzten Woche unwichtig geworden war. Am Abend vor ihrer Abreise hatte Roger in der Buchhandlung mit einer Blondine geflirtet. Damals war Daphne nicht bereit gewesen, sich vorzustellen, er könnte sie betrügen. Aber jetzt, nach Kittys Enthüllungen über Daddy und Beryls widerwärtigem Auftritt im Bestattungsinstitut, ließ sich diese Möglichkeit nicht länger von der Hand weisen. Sie umklammerte den Hörer etwas fester. »Sicher würde es deiner Mutter nichts ausmachen, ein paar Tage bei den Kindern zu bleiben.«

»Mom und Dad sind in London«, erklärte er mit übertriebener Geduld, als würde er das bereits zum dritten oder vierten Mal erwähnen, obwohl sie erst jetzt davon erfuhr. »Und ich möchte meine Kinder nicht *irgendjemandem* anvertrauen. Sie regen sich ohnehin schon furchtbar auf. Hör mal«, fügte er in einem Tonfall hinzu, der schmerzhaft an ihren Nerven zerrte, »sosehr ich es auch bedaure, dass du das alles allein ertragen musst – Kyle und Jennie sind mir am wichtigsten.«

Meine Kinder. Als trüge nur er die Verantwortung für ihr Wohl und würde nicht einmal im Traum seine eigenen Bedürfnisse über ihre stellen ... Und wenn seine Frau keine Einsicht zeigte, musste er natürlich besonders tolerant sein, weil er auch für *sie* verantwortlich war. Warum fand sie die Vision von Roger, der die Kinder abends ins Bett brachte und Jennie ein paar Seiten aus ihrem Lieblingsbuch vorlas, nicht tröstlich?

Wenn ich ihm bloß trauen könnte ... Er verstand es so gut, den Eindruck zu erwecken, er würde nur an ihr Wohlergehen denken, während er in Wirklichkeit seine eigenen Interessen verfolgte. So wie im letzten Winter. An einer schweren Grippe erkrankt, hatte sie ihn gebeten, früher nach Hause zu kommen – worauf er eine halbe Stunde vor der üblichen Uhrzeit aufgetaucht war. Oder die Reise nach Sanibel im Februar. Ein Computerfehler hatte Daphne auf dem Rückflug den Platz in der Maschine gekostet. Da war Roger allein nach New York zurückgekehrt, mit der Begründung, er müsse am nächsten Morgen operieren.

»Wann wirst du frühestens hier sein?«, fragte sie.

»Keine Ahnung. So bald wie möglich – das weißt du doch.«

Die Frage schien ihn zu überraschen. »Übrigens, inzwischen habe ich herumtelefoniert und ein paar Namen notiert.«

»Namen?«

»Meinst du nicht, deine Mutter sollte vom besten Anwalt vertreten werden, den man für Geld kaufen kann? Blicken wir doch den Tatsachen ins Auge!«

Mühsam bezähmte sie ihren Zorn und zwang sich mit ruhiger Stimme zu erwidern: »Soviel ich weiß, ist Tom Cathcart ein ausgezeichneter Anwalt.«

»Nach den Maßstäben einer Kleinstadt wie Miramonte, vielleicht«, betonte er verächtlich. »Aber ich rede von erstklassigen Juristen.«

Vor einer Woche oder – Daphnes gestörtem Zeitgefühl zufolge – vor einem Jahr hätte sie sich von Rogers unwiderlegbarer Logik einschüchtern lassen. Immerhin bemühte er sich um ihre Mutter. Aber in den letzten Tagen hatte sich irgendetwas in ihr verschoben, bisher unmerklich, wie eine verrutschte Fahrradkette, die verhinderte, dass sich die Räder weiterdrehten. »Die Größe einer Stadt wirkt sich nicht unbedingt auf die Intelligenz ihrer Bewohner aus«, fauchte sie. »Vergiss nicht, ich stamme aus Miramonte, und das hielt mich nicht davon ab, dich zu heiraten.«

Roger gab ihr keine Antwort und rang nach Fassung, was seine mühsam kontrollierten Atemzüge verrieten. Statt die Wogen hastig zu glätten, wie in früheren Zeiten, saß sie auf dem Eisenbett in Kittys Gästezimmer und beobachtete die Spitzengardinen, die von einer sanften Brise bewegt wurden. In der dunstigen Ferne sah sie das Meer schimmern. Schließlich brach er das Schweigen. »Ich stand unter dem offenbar falschen Eindruck, du würdest Wert auf meine Hilfe legen«, beschwerte er sich.

»Fang erst mal an, dich wie ein Ehemann zu benehmen.«

»Und wie benehme ich mich nach deiner Ansicht?« In ihrer

Phantasie sah sie seinen großen Kopf mit den grauen Strähnen, die hohe Stirn, die er in Falten zog, verblüfft über diese neuen, unerwarteten Wesenszüge seiner Frau.

Wie ein Vater, hätte sie beinahe geschrien. Aber die Worte blieben ihr im Hals stecken, und sie stieß zwischen zusammengebissenen Zähnen hervor: »Roger, würdest du nur ein einziges Mal versuchen, mich nicht mir deiner gottverdammten Vernunft zu nerven?«

»Soll ich einen Wutanfall bekommen?« Die Frage hörte sich so an, als würde er genau das anstreben. Doch es lag nicht in seiner Natur. Deshalb war sie seine Frau geworden, weil sie damals einen Anker gebraucht hatte, der ihrem hilflosen, in einem stürmischen Meer verirrten Herzen einen sicheren Halt bieten würde. »Auf die Gefahr hin, wie ein Arzt zu reagieren«, fuhr er fort, immer noch in klagendem Ton, »ich führe deine eigenartige Denkweise auf den enormen Druck zurück, unter dem du stehst. Du solltest dir etwas Ruhe gönnen, Daphne. Wenn du nicht besser auf dich aufpasst, wirst du womöglich auch noch krank.«

Plötzlich gab sie ihm Recht. Vor Erschöpfung war sie fast krank – und der Gedanke, sich auf der verblichenen alten Steppdecke auszustrecken, war so verlockend wie nichts anderes auf der Welt. Sie schaute sich im Zimmer um. Gemütlich eingerichtet, in Kittys typischem Stil. Ein mehrfach gesprungener viktorianischer Krug, mit scharlachroten Geranien bepflanzt, stand auf dem antiken Waschtisch neben der Tür. Auf einer Schneiderpuppe hing ein perlenbesticktes Tuch, über dem schlichten Toilettentisch aus Kiefernholz ein Spiegel in einem Mosaikrahmen.

Und zwischen den Schrägwänden erkannte sie ein schönes Aquarell ihrer Mutter, das die Bucht unterhalb des Elternhauses zeigte.

Während sie die transparenten Grau- und Weißnuancen bewunderte – diesen Effekt erzielte Lydia Seagrave, indem sie die noch feuchte Farbe mit einem Schwamm wegtupfte –, fragte sich Daphne, ob man die Seele eines geliebten Menschen jemals wirklich kennen würde oder ob man sich nur an Illusionen klammerte.

»Es war ein langer Tag«, erklärte sie ihrem Mann. »Jetzt werde ich mich hinlegen. Gib Jennie und Kyle einen Kuss von mir. Sag ihnen, Mummy würde sie vermissen und möglichst bald heimkommen.« *Wenn ihre Mutter vor Gericht gebracht wurde, konnte es Monate dauern.*

Am nächsten Morgen um zehn Uhr drängten sich zahlreiche Leute in der Kapelle des Evergreen Memorial. Als Daphne mit ihren Schwestern zur vordersten Kirchenbank ging, überlegte sie ironisch: *Ein besseres Publikum hätte Alex sich gar nicht wünschen können.* Jeder Platz war besetzt. Hinten standen die Nachzügler. Über hundert Augenpaare fixierten Vernon Seagraves Töchter, die in tiefer Trauer die Köpfe senkten.

Daphne nickte Alex' Ex-Mann zu, küsste die Wangen ihrer Nichten und setzte sich neben ihn. Wortlos reichte er ihr die Hand. *Jim, ihr Schwager.* So hatte sie ihn noch nie betrachtet, und sie war froh über seine Anwesenheit. In seinem dunkelblauen Maßanzug mit der Köperkrawatte wirkte er sehr distinguiert. Das hätte Daddy gefallen, dachte sie. Und Jim war so freundlich gewesen, die Trauergäste an der Tür zu begrüßen, während die drei Schwestern ein paar letzte Einzelheiten mit dem Priester besprochen hatten.

In diesem Augenblick konzentrierte sich sein Interesse auf Alex. Daphne beobachtete, wie er seine Ex-Frau immer wieder aus den Augenwinkeln musterte, und fand seine Sorge berechtigt. Noch nie hatte sie ihre Schwester so konfus gesehen. Im bräunlichen Licht, das durch die Bernsteinfenster in die Kapelle fiel, warf der schwarze Strohhut ein Gittermuster auf das blasse Gesicht und erinnerte Daphne an verstreute Asche. Unverwandt starrte Alex den Sarg an, aber ihre Augen schienen etwas anderes zu erblicken. »Sind die Blumen nicht schön?«, flüsterte sie. »Ich habe Mutter bei der Auswahl geholfen.«

»O Gott …« An Daphnes rechter Seite hielt Kitty den Atem an. »Sag bloß nicht, sie waren für die Party bestimmt!«

»Warum sollten wir sie verschwenden?« In heiterer Gelassenheit betrachtete Alex die Blumenarrangements rings um den Sarg.

Daphne schwieg und kämpfte mit den Tränen. Natürlich waren die Blumen schön, ein Beispiel für Mutters exzellenten Geschmack. Nur die orangeroten Tigerlilien passten nicht hierher, sie waren zu grell vor dem polierten dunklen Holz des Sargs. Aber wie hätte sie das wissen sollen?

Nun erhob sich Reverend Thomas Buckhorst, um einen Psalm vorzulesen, gefolgt von Onkel Spence, der gefragt hatte, ob er eine Rede halten dürfe. Als Daphne ihn auf dem Podium stehen sah – den unsympathischeren von Daddys zwei Brüdern –, fand sie sein Ansinnen überheblich. Ausgerechnet diese schlechte Kopie ihres Vaters, so arrogant wie unbedeutend, vom fliehenden Kinn bis zum Spitzbauch … Angewidert dachte sie an die Kunstholztäfelung seines Büros in der Seagrave's Chrysler City. Wieso hatte *er* Daddy überlebt?

Zunächst erzählte er von der Kindheit der drei Jungen. Fast ehrfürchtig erwähnte er seinen Vater, der vor Daphnes Geburt gestorben war. Nach Mutters Meinung war Großvater Seagrave einer der niederträchtigsten, geizigsten Menschen auf Erden gewesen. Wenn man dem Onkel zuhörte, konnte man glauben, er wäre mit seinen Brüdern in einem Heim aufgewachsen, wo man niemals mit lauter Stimme gesprochen und der Vater nur die Hand gegen die Söhne erhoben hatte, um sie zu segnen.

Weitere Redner folgten: ein Doktor, der unter Vernon Seagrave als Assistenzarzt gearbeitet hatte; Will Henley, ein Jugendfreund. Zuletzt stand ein Mann auf, den Daphne nicht sofort wieder erkannte, und ging zum Podium – groß und leicht gebeugt, auf dem Oberkopf eine kahle Stelle zwischen den grauen Haaren, rund wie eine Mönchstonsur. Der schlecht sitzende Anzug, aus dem grobknochige Handgelenke ragten, erinnerte an einen ländlichen Prediger in seinem Sonntagsstaat.

»Ich kannte Dr. Seagrave nicht sehr gut«, begann er mit leiser, zögernder Stimme. »Doch das war auch gar nicht nötig. Vor fünfundzwanzig Jahren hat er meinem Jungen das Leben gerettet …«

Und da erinnerte sie sich. Nach einem Besuch bei Onkel Dave und Tante June in Del Mar waren sie heimgefahren. Am zweiten Tag der Reise wurde es abrupt dunkel, wie so oft in den Dörfern am Highway 5, zwischen L. A. und Sacramento – als würde eine Segeltuchplane auseinander gerollt und an allen vier Ecken des Horizonts festgeknöpft.

Auf dem Weg zu einem Frosty Freeze – Daddy hatte ihnen Hamburger und Pommes frites versprochen, so viel sie nur essen konnten – entdeckte Daphne einen umgekippten Lieferwagen mit blinkenden Rücklichtern im Straßengraben. Damals war sie zwölf oder dreizehn gewesen, alt genug, um zu erkennen, dass der Mann, der daneben stand und ihnen heftig winkte, verletzt sein musste. Nicht besonders schwer, wie sich herausstellte – eine gebrochene Rippe und ein paar Schürfwunden. Das eigentliche Unfallopfer lag verkrümmt im Graben, eine kleine Gestalt in einer Latzhose, mit blondem Haar, das im schrägen Scheinwerferlicht so weiß wie der Mond am Nachthimmel schimmerte. Daddy hielt am Straßenrand und sprang aus dem Auto.

»Das ist Benjie, mein Junge«, keuchte der Mann, »und ich glaube, er wurde ziemlich schwer verletzt.«

»Ich bin Arzt. Mal sehen, ob ich ihm helfen kann.« Der Junge, sechs oder sieben Jahre alt, war bewusstlos. Sprachlos vor Entsetzen und Ehrfurcht, beobachteten Daphne, ihre Schwestern und Mutter, wie Daddy das Kind zu seinem Kombi trug. Er breitete eine Decke auf der Ladefläche aus, legte den Jungen darauf und untersuchte ihn im Licht der Taschenlampe, die Mutter hochhielt.

Abgesehen von einer Beule an der Stirn hatte Benjie keine Verletzungen davongetragen. Aber sein Gesicht war seltsam geschwollen, und er atmete ganz flach. Daddy schaute zum Vater des Jungen auf, der einer Vogelscheuche glich, mit langen Armen und Beinen und strohgelbem Haar, und einen scheinbar endlosen Schatten auf die geteerte, mit Schlaglöchern übersäte Straße warf. Flehend strecke er die Arme aus, als wollte er Daddy beschwören, ein Wunder zu vollbringen.

»Ist Ihr Sohn allergisch gegen Bienenstiche?«, fragte Daddy.

Verwirrt schüttelte der Mann den Kopf. »Nicht, dass ich wüsste.«

»Offenbar leidet er an einem anaphylaktischen Schock – einer allergischen Reaktion auf Bienengift.«

In den glasigen Augen des Mannes leuchtete es auf. »Vorhin kam ich wegen einer Wespe von der Straße ab. Die schwirrte wie verrückt im Fahrerhaus herum. Ich schlug danach, und da muss ich die Kontrolle über den Wagen verloren haben ... Wird Benjie wieder gesund?«

»Ja, wenn ich ihm das da injiziere.« Daddy nahm eine Spritze aus der schwarzen Arzttasche, die Mutter hinter dem Fahrersitz hervorgeholt hatte. Bald atmete der Junge wieder normal, und die Schwellung ging zurück.

Sie brachten Benjie und seinen Vater zum nächsten Krankenhaus, das sie in zwanzig Minuten erreichten. Entschieden wies Daddy die zerknitterten Dollarscheine zurück, die ihm der Mann in die Hand drücken wollte. »Benzingeld«, murmelte er, als wäre er verlegen, weil er dem Doktor nicht mehr anbieten konnte.

»Schreiben Sie uns zu Weihnachten.« Daddy gab ihm seine Visitenkarte. »Teilen Sie uns mit, wie es Ihnen und Ihrem Sohn geht. Sonst brauche ich keinen Dank.«

Und der Mann, der Dawson hieß, hatte den Seagraves tatsächlich fünfundzwanzig Jahre lang Weihnachtskarten geschickt.

Als Daphne in der überfüllten Kapelle saß und ihm zuhörte, sehnte sie sich nach einer Medizin, die den brennenden Schmerz in ihrem Herzen lindern könnte. Gewiss, ihr Vater war nicht fehlerlos gewesen – aber ein guter Mensch und ein erstklassiger Arzt. Und er hatte seine Familie geliebt. Daran zweifelte sie nicht.

Wenn er Johnny auch in die Flucht schlug … Das hatte sie ihrem Vater jahrzehntelang verübelt. Jetzt verzieh sie ihm endlich, und die Tränen, die über ihre Wangen rollten, wirkten tröstlich und heilsam.

Über eine Stunde war verstrichen, als Mr Buckhorst, der korpulente, etwas nachlässig gekleidete Geistliche, erneut vor das Mikrofon trat. »In einer kleinen Stadt wie unserer ist es nicht schwer, sich hervorzutun. Aber ich finde es bewundernswert, wenn sich jemand einen Namen macht, ohne mit seiner Leistung zu prahlen, und seinen Mitmenschen selbstlos beisteht. Ein solcher Mann war Dr. Vernon Seagrave …«

Daphne schloss die Augen und ließ die Worte wie Balsam über ihre Seele gleiten – die Hymnen auf Daddys Bemühungen um die modernsten diagnostischen Geräte für die Klinik und die Erhaltung der historischen Gebäude von Miramonte, seinen Erste-Hilfe-Unterricht in mehreren Schulen. Aber sie sah ihren Vater immer noch im schwankenden Lichtstrahl einer Taschenlampe, über einen kleinen Jungen gebeugt, der auf der Ladefläche des Kombiwagens lag.

An den anderen *Daddy will ich nicht denken. Nicht, bevor es unbedingt sein muss. Heute erinnere ich mich nur an den Vater, zu dem ich aufblickte – der den Tod nicht verdient und in seinen siebenundsechzig Lebensjahren sicher mehr gute als schlimme Taten begangen hat.*

Kurz vor dem Ende seiner Rede nahm der Priester seine Brille ab und putzte sie mit einem voluminösen Taschentuch. »Nun bitte ich Sie alle, auch für seine Frau Lydia zu beten. Denn ebenso wenig, wie wir die göttlichen Geheimnisse des Universums begreifen können, dürfen wir das Verhalten unserer Mitmenschen verdammen. Jene, die vielleicht zu einer vorschnellen Verurteilung neigen, ersuche ich zu bedenken, dass der Allmächtige nicht nur alles weiß, sondern auch alles verzeiht. Was Letzteres betrifft, sollten wir uns ein Beispiel an Ihm nehmen.« Ehrerbietig senkte er den Kopf. »Im Namen Jesu Christi. Amen.«

Daphne spähte über ihre Schulter und sah verwirrte, missbilligende Mienen. Lautlos weinte Mutters jüngere Schwester Ginny, die mit den Jahren immer dicker wurde, in ihr Taschentuch. Neben ihr saß die sterbenskranke Tante Rose, ein kleines Sauerstoffgerät in der Hand. Onkel Spences zweite Frau – jung genug, um seine Tochter zu sein – umklammerte besitzergreifend seinen Arm, als wollte sie ihre treue Ergebenheit bekunden. Und da war die arme alte Edith, Mutters Kusine väterlicherseits. Die Stirn gerunzelt, befingerte sie ihr Hörgerät. Würden sich alle fragen: *Warum hat sie es getan?*

Ist Mutter tatsächlich verrückt? Nach den beiden kurzen Besuchen im Gefängnis hatte Daphne diese Frage entschieden verneint. Aber seit Leannes Enthüllungen war sie nicht mehr so sicher. Mutters Medikamente wiesen auf ihre Depressionen hin. Oder hatte sie die Pillen benutzt, um etwas viel Schlimmeres zu maskieren? Etwas, das ihr schon lange ein Gräuel gewesen war, noch bevor Beryl Chapman unter dem Deckmantel der Freundschaft ihr Gift verspritzt hatte?

Der Gedanke an Beryl krampfte Daphnes Magen zusammen. Voller Angst vor einer ähnlichen Szene wie im Bestattungsinstitut hatten ihre Nerven während des ganzen Trauergottesdienstes geflattert. Falls Beryl hier war, blieb sie unsichtbar. Ihre beiden Töchter saßen ein paar Reihen weiter hinten – Leanne mit ihrem armen kleinen Sohn auf dem Schoß, der einem übergroßen Baby glich, und Beth, die rundliche, rothaarige ältere Schwester, die immer wieder ein Taschentuch zückte und mit geübter Hand Speichel vom Kinn ihres Neffen wischte.

Als Daphnes Blick über die Versammlung wanderte, entdeckte sie ein vertrautes Gesicht. *Johnny.*

Warum war er hier?

Ist das nicht offensichtlich?, fragte eine spöttische innere Stimme. *Deinetwegen. Nach dem Tod des alten Königs erscheint der Bettler, in Wirklichkeit ein verkleideter Prinz, um dich zu holen …* Beinahe hätte sie über diese alberne narzistische Phantasie gelacht. Wie konnte sie sich einbilden, Johnny wäre nur in der Kapelle erschienen, weil er seine alternde Rapunzel bewundern wollte? *Praktisch jeder, der meinen Vater kannte, ist gekommen,* sagte sie sich. *Auch Johnny. Obwohl er nicht Daddys Freund war, er kannte ihn – in gewisser Weise viel zu gut.*

Trotzdem schlug ihr Herz wie rasend. Als wäre er in ihrer Nähe und stünde nicht im Hintergrund der Kapelle, die Arme vor der Brust verschränkt, eine der Gedenkkarten, die man am Eingang verteilt hatte, in der Hand mit den flachen Knöcheln. Er trug einen zweireihigen grauen Anzug, eine dunkelblaue Krawatte und – wie viele andere, die ihre Emotionen zu verbergen suchten – eine Sonnenbrille.

Während Daphne ihn beobachtete, nahm er die Brille ab. Also hatte sie sich doch nicht getäuscht: Er war ihretwegen hier. Denn er erwiderte ihren Blick, *starrte* sie fast an. Um ihr zu bedeuten, er hätte jenes Gespräch nicht vergessen und würde auf ihrer Seite stehen, wenn er auch gegen ihre Mutter vorgehen musste? *Ja, das sieht ihm ähnlich. Johnny, der immer noch mit seinem Herzen denkt, genauso wie mit seinem Gehirn.*

Rasch wandte sie sich ab, ehe die flammende Röte ihrer Wangen verraten konnte, was sie empfand. Ihr Herz pochte schneller und schneller und schien einem Ziel entgegenzueilen, wo ein Siegespreis wartete.

Johnny ... Seine Gegenwart zwang sie, die dunkleren Wesenszüge ihres Vaters zu betrachten. Plötzlich sah sie ihn so, wie er Johnny erscheinen musste. Nicht als Philanthrop und guter Samariter, sondern als snobistischer Despot mit der eisernen Faust. Hätte Daddy nicht eingegriffen, wäre sie dann Johnnys Frau?

Wer konnte das wissen? Vier Jahre auf der Universität, weit von ihr entfernt – eine lange Zeit, die ihre Gefühle vielleicht geändert hätte ... Doch sie zweifelte daran. Das hatte sie sich nur eingeredet. Jetzt, von Daddys entschiedener Missbilligung befreit, wusste sie, dass sie Johnny bei jeder sich bietenden Gelegenheit besucht hätte. Und die langen Trennungen zwischen den Semesterferien hätten die Liebe noch geschürt.

Eine verdrängte alte Erinnerung tauchte auf – der High-School-Abschlussball, auf dem sie zu viel würzigen Punsch getrunken hatte. Stets ein Gentleman, begleitete er sie auf dem Heimweg bis zum Eingang des Hauses, obwohl er den Schatten des Vaters im Fenster neben der Tür gesehen haben musste. Sobald sie eingetreten war, warf Daddy nur einen kurzen Blick auf ihr zerzaustes Haar und die glasigen Augen, die Pumps unter ihrem Arm, die sie ausgezogen hatte, um die Verandastufen zu bewältigen. Dann stürmte er hinter Johnny her. Hilflos, zu verängstigt und zu beschwipst, um ihren Liebsten zu warnen, beobachtete sie den Vater. Erbost hatte er Johnnys Schulter ergriffen und ihn herumgerissen.

In der kühlen Kapelle schloss Daphne die Augen, doch die Szene aus der fernen Vergangenheit ließ sich nicht wegwischen. Deutlich sah sie, wie der Vater Johnny am Kragen packte und heftig schüttelte. Dabei stieß er Schimpfwörter hervor, die sie nie zuvor gehört hatte. Während Johnny einfach nur dastand, in seinem geliehenen Smoking (das zerrissene Jackett würde er mit Geld bezahlen müssen, das er nicht besaß), focht er einen harten Kampf aus – gegen seinen eigenen Stolz. In seinem verzerrten bleichen Gesicht las Daphne alle Flüche, die er hinunterschluckte, alle Schläge, die er sich versagte. Da wusste sie endgültig, dass er sie liebte. Nicht so wie die meisten Jungs, die nur oberflächliche Gefühle kannten. Tief und innig, wie Romeo seine Julia. Wäre in jener Nacht ein anderer über ihn hergefallen, hätte er wenig später am Boden gelegen, von Johnnys Faust niedergestreckt.

Vielleicht hing es mit Johnnys Miene zusammen. Oder Daphnes Gerechtigkeitssinn erwachte. Jedenfalls warf sie die Satinpumps beiseite und rannte in Strümpfen die Stufen hinab, auf den Rasen. Von Daddys Fausthieb getroffen, vor dem Johnny sie vergeblich gewarnt hatte, hob sie schwankend einen Rechen auf, der neben dem Weg lag. Und im nächsten Moment tat sie etwas, das sie nie für möglich gehalten hätte: Mit aller Kraft schlug sie in die Kniekehlen des Vaters.

Sogar jetzt, nach all den Jahren, zuckte sie bei dieser Erinnerung zusammen, dann lächelte sie triumphierend.

Musik erfüllte die Kapelle, eine Bach-Kantate, schön und elegisch, aber nicht sentimental. Ganz nach Daddys Geschmack, dachte Daphne. Sie beobachtete die Sargträger, die langsam und feierlich zum Leichenwagen hinausgingen – Ned, ihr Onkel mütterlicherseits; Daddys Brüder; Will Harding; und Jim, Alex' Ex-Mann.

Schuldbewusst entsann sie sich, dass sie ausgerechnet an diesem Tag schlecht von Daddy gedacht hatte, wenn auch nur ein paar Minuten lang. Ein Schluchzen, so lange unterdrückt, brach sich Bahn, und sie presste eine Faust auf den Mund. Ringsum erhoben sich die Leute und strebten zum Ausgang. Einige räusperten sich, andere putzten diskret ihre Nasen. Als Daphne aufstand, gaben ihre Knie nach, und sie musste sich an der Kirchenbank festhalten. Es dauerte eine Weile, bis sie sich stark genug fühlte, um ihren Schwestern zu folgen. Vermutlich saßen sie bereits in der Limousine, die sie zum Friedhof bringen würde.

Auf dem Parkplatz konnte sie Kitty und Alex nirgends entdecken. Die Trauergäste stiegen in ihre Autos. Plötzlich berührte jemand ihren Ellbogen. Sie drehte sich um und begegnete Johnnys teilnahmsvollem Blick. Offenbar hatte er auf sie gewartet. »Mein Beileid«, sagte er leise.

Sie wusste zu schätzen, dass er den Trauergottesdienst besucht hatte und ihr keine übertriebenen falschen Sentimentalitäten zumutete. Was ihr *nicht* gefiel, waren die Gefühle, die er weckte. Oder die Hitze, die seine Augen entfachten. »Es war sehr nett von dir, hierher zu kommen«, erwiderte sie und wandte sich von der Limousine mit dem laufenden Motor ab. Zweifellos wuchs die Ungeduld ihrer Schwestern und Nichten.

»Nett? Dieses Wort hätte dein Dad im Zusammenhang mit mir wohl kaum gebraucht.« Er grinste schief. »Eins hatten wir immerhin gemein: Es gab nichts, was wir *nicht* für dich getan hätten.«

»Wie du siehst, konnte ich auch allein überleben.« Dann dachte sie an Roger und trat unbehaglich von einem Fuß auf den anderen.

»Das würde niemand bestreiten.«

Wohin sollte das Gespräch führen? Schließlich platzte sie heraus: »Warum bist du hier, Johnny? Du hattest allen Grund, meinen Vater zu hassen. Und jetzt wirst du zusammen mit deinen Kumpels meine Mutter ins Gefängnis bringen. Findest du es nicht seltsam, dass wir vor dieser Kapelle stehen und uns wie alte Freunde unterhalten?«

Er hielt ihren Ellbogen immer noch fest. »Okay, reden wir später. Treffen wir uns in der Plunkett's Lagoon? Da sind wir früher oft hingegangen. Erinnerst du dich?«

Ob sie sich erinnerte? Dort hatten sie sich zum ersten Mal geliebt, auf einer Decke neben einem Treibholz, unter den Sternen, die ihr wie Funken erschienen waren, von den nackten Körpern versprüht. Und jetzt, in manchen Nächten, im Dämmerzustand zwischen Schlaf und Wachen, verspürte sie immer noch jene Gefühle, so als würde sie ihren einstigen Spuren im Sand folgen. Die herzzerreißende Vorsicht, mit der er sich in ihr bewegt hatte, der Geschmack ihrer halb erstickten Schreie, wie Salz auf der Zunge, der Rauchgeruch in seinem Haar. O Gott, die Erinnerung war nicht ihr Problem. Nur das Vergessen. »Diesen Nachmittag werde ich bei Kitty verbringen. Nach dem Begräbnis kommen einige Trauergäste zu uns. Vielleicht kann ich später weg – für eine Stunde …«

»Ich warte auf dich in der Lagune.«

»Am besten rufe ich dich an, bevor ich losfahre. Dann musst du deine Zeit nicht verschwenden.«

Aber er schüttelte entschieden den Kopf. »Ich habe schon so lange gewartet.« Im Widerschein der Sonnenstrahlen, die der Lack davonfahrender Autos widerspiegelte, schimmerten seine Augen eher blau als grau. »Da kommt's auf ein paar Stunden mehr oder weniger auch nicht mehr an.«

Im Lauf der Jahre war die Sandstraße zur Plunkett's Lagoon, von zahllosen Autoreifen platt gewalzt, so hart wie Asphalt geworden. Vor allem Teenager-Pärchen fuhren oft hierher und parkten am Ende der Straße, wo das hohe Sumpfgras ihre Liebesspiele gegen Strandläufer abschirmte. Abends, wenn sonst niemand mehr da war, sammelten sie Treibholz und machten Feuer. Auf der Windseite der Bucht ragten höhere Dünen empor als an geschützten Stellen, und die kühleren Temperaturen begünstigten die jungen Leute. Die Eltern, an wärmeren Stränden versammelt, brauchten nicht zu wissen, was hinter den Dünen auf alten karierten Decken aus den Kinderzimmern der Söhne und Töchter geschah.

Während Johnny seinen 65er Thunderbird die Straße entlangsteuerte, der er seit der High-School-Zeit so oft mit seiner Frau und seinem Sohn und später allein gefolgt war, erfassten ihn seltsame Gefühle. Irgendwie gewann er den Eindruck, er hätte diese Gegend jahrelang nicht gesehen.

Er dachte an jene Nacht, als er mit Daphne in seinem alten Pontiac hierher gefahren war, nach dem High-School-Frühlingsball. Von innen hatte die Hitze der jungen Körper die Fenster beschlagen, von außen der Nebel. Wie immer taten sie alles – nur nicht, was er sich am sehnlichsten wünschte. Er wollte warten, bis sie bereit war. Plötzlich, ohne Vorwarnung, zog sie ihr Kleid über den Kopf und legte es über die Vordersitze, so selbstverständlich, als würde sie ihm nicht ihre Jungfräulichkeit anbieten, sondern eine saftige Frucht.

Seit der ersten Begegnung mit Daphne träumte er von diesem Augenblick. Damals hatte er hinter dem Naturwissenschaftlichen Institut eine große Show abgezogen und demonstriert, wie man eine Zigarette rauchte. Eine hübsche Schülerin mit glattem Haar, Agua Fria Point von Kopf bis Fuß. Schon im Spanisch-Seminar war sie ihm aufgefallen, und nun staunte er, weil sie sich an ihn erinnerte. Er glaubte, er wäre nicht ihr Typ. Aber er täuschte sich, so wie in vielen anderen Dingen.

Eins wusste er jedenfalls an jenem Tag: Was immer er gesucht haben mochte, hatte er gefunden.

Deutlich sah er sie in seiner Phantasie, nackt unter der Decke, in die sie sich gewickelt hatte. Lachend war sie über die Dünen gerannt und er hinterher. Später entfachten sie ein Feuer. Und der Flammenschein hatte auf Daphnes Haut getanzt.

Als er nun auf der zerfurchten Wendestelle am Straßenende parkte – ein achtunddreißigjähriger Mann, der John oder Mr Devane genannt wurde, nie mehr Johnny –, fragte er sich, ob Daphne das ganze Ausmaß seiner Liebe erkannt hatte. Grenzenlos wie das Meer jenseits der Lagune … Würde sie staunen, wenn sie wüsste, dass der Entschluss, sie zu verlassen, der schmerzlichste seines Lebens gewesen war? Wenige Tage, nachdem er jenes Haus zum letzten Mal betreten hatte, brach er auf, zwanzig Dollar in der Tasche, per Anhalter, ohne bestimmtes Ziel, schnorrte Zigaretten, trank schlechten Kaffee und zu viel Bier in unzähligen Raststätten.

Abschaum! Nicht gut genug, um mir die Schuhe zu putzen! Die unsterblichen Worte ihres Vaters. Die hätte sein eigener Vater genauso gut aussprechen können. In gewissen Dingen glichen sich die beiden, obwohl sie es nicht gern gehört hätten – engstirnig, dem Evangelium ihrer Überzeugung, alles besser zu wissen, unerschütterlich verhaftet. Aber während der gute Dr. Seagrave von zahlreichen Anhängern umringt worden war, hatte Frank Devane die Welt stets durch den Boden eines Schnapsglases betrachtet und nur seine Kumpane in der Surfside Tavern gekannt.

Johnny stieg aus seinem T-Bird, einem blauen Kabrio, für dessen Reparatur er einige Monate und einen Großteil seines Gehalts geopfert hatte. An die warme Motorhaube gelehnt, zündete er sich eine Zigarette an und schützte die Flamme mit einer Hand vor dem Wind. Auf der Wendestelle standen keine anderen Autos, niemand ließ sich blicken. Für die Liebespaare war es wohl noch zu früh, für die Strandläufer zu kalt. Er schlenderte über den Sand und die nächstbeste Düne hinauf. Die Augen zusammengekniffen, beobachtete er die Wellen, die unter der sinkenden Sonne in majestätischem Purpur zum Horizont strömten.

Da er Daphne kannte, wusste er, dass sie inzwischen genug von weinenden Verwandten und Sandwiches mit abgeschnittener Rinde haben würde. Wenn ihr ein weiterer unsensibler Trottel eindringliche Fragen nach der Ursache dieser Tragödie stellte, würde sie sich wahrscheinlich versucht fühlen, aus dem Fenster zu springen. Aber sie war zu höflich, um sich in Johnnys Stil aus der Affäre zu ziehen und einfach zur Tür hinauszugehen.

Während seiner Jahre auf der Straße, wo er mit ausgestrecktem Daumen, seiner Intelligenz und Gelegenheitsjobs in Autowerkstätten vorangekommen war, hatte Daphne in Wellesley Chaucer und Hegel studiert. Außerdem nahm sie an Protestmärschen gegen einen Krieg teil, dem niemand besondere Aufmerksamkeit schenkte, bis es fashionable wurde, dagegen vorzugehen. Als Johnny frustriert – oder klug – genug gewesen war, um den Fängen der Niederlage ein Stipendium an der UCLA zu entreißen, hatte sie mit ihrem Ehemann einen Hausstand gegründet.

Eine innere Stimme, die einzige Konstante jener Jahre, flüsterte ihm zu: Ich wette, der Kerl hat keine einzige Narbe von ihren Zähnen. Beim letzten Liebesakt hatte sie in der Gewissheit, er würde sie verlassen, wütend und leidenschaftlich und schluchzend seinen Arm blutig gebissen. Mit der Zeit war die Narbe verblasst, aber immer noch zu sehen, ein schwacher Abdruck ihrer Zähne, direkt unterhalb der Schulter, an einer Stelle, die er jetzt berührte.

Er blinzelte und verwandelte den Horizont in einen Silberstreifen. Im kalten Wind tränten seine Augen, und er schmeckte das Salz in der Meeresluft. Gedankenverloren nahm er das Geräusch einer Autotür, die ins Schloss fiel, kaum wahr, bis er Daphnes Ruf hörte: *»Johnny!«* Er drehte sich um und sah sie in den letzten goldenen Sonnenstrahlen stehen. Nun trug sie Jeans und eine Nylonwindjacke über einem roten Pullover, der Farbe in ihre Wangen zauberte. Ihre grünen Augen verengten sich, um das helle Licht abzuwehren – Augen, die in letzter Zeit sehr viel Leid erblickt, aber zu Johnnys Freude ihren Glanz nicht verloren hatten.

Heftig hämmerte sein Herz gegen die Rippen, wie eine Faust, die an eine Tür pochte und keine Antwort bekam.

»Sie haben alle Schilder abgerissen«, bemerkte sie. Die Augen mit einer Hand beschattet, schaute sie sich um und betrachtete den halb verfallenen Zaun. Wie ein dilettantisch genähter Saum verlief er parallel zum Strand und markierte die Grenze des Grundstücks, das zu dem Haus auf den Klippen gehörte. Seit Daphne denken konnte, führten die Besitzer Krieg gegen die Strandläufer.

»Kids«, erwiderte Johnny. »Damit machen sie Feuer.« Lächelnd entsann er sich, wie sie Schilder ignoriert hatten, die vor unbefugtem Betreten, vor Hunden oder nächtlichem Kampieren gewarnt hatten – vor allem, was die feinen Leute da oben störte. Dass auch Daphnes Familie zu dieser Gesellschaftsschicht zählte, hatte nie eine Rolle gespielt.

»Die Schilder haben die Teenager ohnehin nie abgeschreckt«, meinte sie belustigt.

»Dafür sind wir beide der lebende Beweis.«

»An uns habe ich nicht gedacht.«

»Lüg nicht! Das sehe ich dir immer sofort an.«

Sie senkte ihre Hand und musterte ihn prüfend. »Jetzt lügst *du*, Johnny. Darauf bin ich früher reingefallen, weil ich dachte, du wärst viel klüger als ich. Jetzt weiß ich's besser – du versuchst nur, mich aus der Fassung zu bringen.«

Aus irgendeinem Grund ließ ihn ihr schwaches Lächeln vermuten, sie wäre schon lange nicht mehr richtig geküsst worden. »Klüger? Großer Gott, und das aus deinem Mund!«

»Glaubst du, nur wegen meiner guten Englischnoten bin ich ein Genie? Du verstehst einiges vom *Leben.* Automatisch blickst du zu Leuten auf, die zufällig älter sind. Du fährst zu schnell, scheinst aber stets genau zu wissen, wohin. Und du konntest mit geschlossenen Augen einen Reifen wechseln.«

»Das schaffe ich wohl immer noch. Bedauerlicherweise hilft mir keine dieser Fähigkeiten, den Sinn der menschlichen Existenz zu erkennen. Gehen wir spazieren, bevor's zu dunkel wird?« Er wollte ihre Finger umfassen. Aber Daphne zögerte, und er steckte seine Hand wieder in die Tasche – ganz lässig, als wäre es nicht weiter wichtig. Nach hundert Schritten fragte er: »Erinnerst du dich an die Lesung, die du vor ein paar Jahren an der UC Berkeley gehalten hast? Ich saß in der letzten Reihe.«

Abrupt blieb sie stehen und starrte ihn an. »Das einzige Mal, wo mehr als fünfzehn Leute aufgetaucht sind? Warum bist du nicht zu mir gekommen?«

Eine Zeit lang suchte er nach einer Erklärung, dann entschied er sich für die Wahrheit. »Ich war zu schüchtern. Bis dahin wusste ich nicht, wie talentiert du bist. Und ich dachte, vielleicht würdest du nicht gern zugeben, dass du mich kennst.«

Sie überraschte ihn mit einem Lachen, das ironisch und bitter klang. »So glamourös, wie du glaubst, ist mein Leben nicht.« In der Glut des Sonnenuntergangs schien ihr Gesicht von innen her zu leuchten – so schön, dass Johnnys Atem stockte. »Ich wünschte, du hättest mir wenigstens die Hand geschüttelt.« Lächelnd fügte sie hinzu: »Du hättest nicht einmal ein Buch kaufen müssen.«

»Oh, ich besitze alle deine Bücher. Und ich hätte mich nicht damit begnügt, deine Hand zu schütteln.« Er sah, wie sich die Röte in ihren Wangen vertiefte.

»Zumindest hättest du ›hallo‹ sagen können«, tadelte sie.

»Okay. Hallo.« Er streckte seine Hand aus. Diesmal griff sie danach, schlang ihre Finger um seine und ließ sie nicht mehr los.

Er bemühte sich nicht länger, die Sehnsucht zu verbergen, die sein Blut erhitzte. Welchen Sinn hätte ein Täuschungsmanöver? Das war kein Klassentreffen – er hatte nie daran teilgenommen, weil Daphne nicht da gewesen wäre – und auch keine zufällige Begegnung. Immerhin stand ein Menschenleben auf dem Spiel, vielleicht auch seines und ihres.

»Johnny.« Einfach nur sein Name. Aber er fing ihn auf wie eine Münze, die in die Luft flog, und steckte ihn ein.

So seltsam hatte sie den Vokal ausgesprochen, leise und gedehnt – wie etwas, das ihr gehörte, das von ständigen Liebkosungen abgenutzt war.

Er hatte nicht geplant, sie zu küssen. Erst als sie den Kopf zum Licht wandte und Tränen in ihren Augen glänzten, war es ganz natürlich, sie zu umarmen und zu tun, was er sich wünschte, seit sie an jenem Tag sein Büro betreten hatte.

Zunächst wirkte sie verwirrt. Sie wehrte sich nicht. Aber sie schmolz auch nicht dahin. Er fühlte ihre Zungenspitze, die zu kosten schien, was sie lange nicht geschmeckt hatte. Und dann öffnete sie stöhnend den Mund, wie ein Teenager, der noch lernen musste, dass nicht jeder Kuss so angenehm war und das Verlangen nach intimeren Zärtlichkeiten entfachte. Während sie sich an ihn klammerte, spürte er die Wellen, die an den Absätzen seiner abgewetzten alten Weejuns leckten. Doch die Kälte, die seine Segeltuchjacke durchdrang, erweckte den Eindruck, Daphnes

Körper wäre umso wärmer, und erinnerte ihn an das Treibholzfeuer der ersten Liebesnacht – nicht weit von hier entfernt.

Als er sich endlich loszureißen vermochte, starrte er in das gequälte Gesicht einer Frau, die selbst schwierige Wege gegangen war, die geheiratet und Kinder bekommen, aber das Liebesglück in jener längst vergangenen Nacht nicht vergessen hatte. Und er sah eine Ehefrau, die zu wenig geliebt wurde und vorsichtig geworden war in ihren Gesten und Erwartungen.

Wie gern würde er diesem Mann, den er nicht kannte, die Zähne einschlagen … Sorgsam wählte er seine Worte. »In den ersten drei Jahren habe ich mich maßlos geärgert, weil du zu feige warst, um dich gegen deinen Vater zu behaupten. Und dann machte ich mir die schlimmsten Vorwürfe.«

»Du hast getan, was nach deiner Meinung am besten für mich war.« Obwohl ihr Stimme zornig klang, spürte er, dass ihr Groll nicht ihm galt.

»Deshalb war es nicht leichter zu ertragen, oder?«

»Nein.«

Mit einer Hand umfasste er ihr Kinn und küsste sie wieder, diesmal noch leidenschaftlicher. Das Salz auf ihren Lippen – oder Tränen? – entfachte heiße Begierde. Unwillkürlich dachte er an seine Ex-Frau. Arme Sara. Er verstand ihren Entschluss, sich scheiden zu lassen. Bei jedem Liebesakt hatten zwei Frauen im Bett gelegen – eine unter ihm, die andere in seinem Herzen. »Wenn wir mehr Zeit hätten, würde ich ein Feuer entzünden«, flüsterte er in Daphnes Haar.

Wenn sie auch erschauerte, brachte sie ein tapferes Lachen zustande. »Ohne ein einziges Verbotsschild?«

»Vielleicht finden wir noch eins.«

»Leider habe ich im Augenblick was Wichtigeres zu tun. Dabei spielst auch du eine große Rolle.« Jetzt schlug sie jenen seltsamen förmlichen Ton an, der ihre Verletzlichkeit verriet. Als er sich vorneigte und ihre Stirn küsste, las er die Angst in ihren Augen. »Was geschieht mit uns, Johnny?«, fragte sie leise.

Das Gleiche wie früher – und dein Vater steht immer noch zwischen uns, trotz seiner Beerdigung, hätte er am liebsten geantwortet. Dann erinnerte er sich an die anderen Hindernisse. Zum Beispiel war sie verheiratet. »Nichts, was nicht schon einmal geschah.« Er zog sie an sich und hielt sie fest. »Aber vielleicht haben wir aus der Vergangenheit gelernt und sind *beide* klüger geworden.«

»Morgen, nach der Anhörung – werden wir dann immer noch genauso viel füreinander empfinden?« Ihre klagende Stimme mischte sich mit dem Rauschen der Brandung.

»Nun, ich muss meine Pflicht erfüllen – da will ich dich nicht belügen«, erwiderte er grimmig und ließ sie nicht los, obwohl er ihre innere Anspannung spürte. »Wenigstens *eins* kann ich dir versprechen: Ich werde mein Bestes tun, um deiner Mutter zu einem fairen Prozess zu verhelfen.«

»Selbst auf *deine* Kosten?«

»Selbst auf meine Kosten.«

»Johnny, das darf ich nicht von dir verlangen …«

»Pst.« Zärtlich erstickte er ihren Protest mit seinen Lippen und küsste sie im sterbenden goldenen Licht. In diesem Augenblick wäre er bereit gewesen, ihr den Mond zu schenken, würde sie darum bitten. »Du verlangst nichts von mir. Nenn es eine Schuld, die ich mir selber zurückzahlen muss. Was immer wir aus dieser ganzen Katastrophe retten können – meinst du nicht, wir sollten's zumindest versuchen?«

Bisher hatte Daphne nur ein einziges Mal einen Gerichtssaal betreten – vor vielen Jahren als Geschworene bei dem Prozess einer Frau, die von einem Taxi überfahren worden war und wegen ihrer chronischen Schmerzen auf Entschädigung geklagt hatte. Nach der tagelangen Vernehmung mehrerer Zeugen hatten die Geschworenen zugunsten der Frau entschieden.

Aber als Daphne an diesem Montagmorgen, der Daddys Begräbnis folgte, im voll besetzten Zuschauerraum des Miramonte County District Court No. 2 saß, musste sie sich gegen einen anderen, möglicherweise nicht so vorteilhaften Beschluss wappnen.

Wie Mutters Anwalt erklärte hatte, sollte bei dieser Anhörung zweierlei stattfinden: Der Staatsanwalt würde Anklage erheben, und die Kaution musste festgesetzt werden. In Abwesenheit eines großen Geschworenengerichts würde der Richter feststellen, ob das Beweismaterial für einen Prozess ausreichte. »Nur eine Formalität«, warnte Cathcart. Zweifellos würde es zum Prozess kommen. *Oder zu einer öffentlichen Hinrichtung*, dachte Daphne und erinnerte sich beklommen an die Schlagzeile einer Boulevardzeitung, die sie in der Warteschlange vor der Kasse des Supermarkts gelesen hatte. KILLERGRANNY GESTEHT DEN BULLEN: »ICH HAB'S GETAN!«

Würde Mutter bei ihrer Aussage bleiben? Oder hatte Cathcart sie überredet, auf Notwehr zu plädieren? Vor zwei Tagen, bei Daphnes letztem Besuch im Gefängnis, hatte Mutter unerschütterlich behauptet, es sei keine Notwehr gewesen. Warum sollte sie lügen?

Daphne argumentierte, Mutter müsse nicht unbedingt die Wahrheit erzählen. Jetzt wäre es am wichtigsten, einen Ausweg zu finden – selbst wenn der Anwalt seine Verteidigungsstrategie auf seelischer Grausamkeit oder gefährlicher Drohungen aufbauen müsste. Nachdem Daddy tot war, konnte ihn nichts mehr verletzen.

Davon wollte Mutter nichts wissen. »Ich würde gern nach Hause zurückkehren, wenn Mr Cathcart meine Freilassung gegen Kaution erwirkt.« Mit verkniffenen Lippen hatte sie hinzugefügt:

»Was meine Freiheit betrifft, solltest du einen wichtigen Punkt verstehen, meine Liebe: Ich werde niemals frei sein. Nicht einmal, wenn man mich für unschuldig befindet.«

Nun saß Daphne neben ihrer Schwester in der ersten Reihe und schaute sie an. Geistesabwesend starrte Kitty vor sich hin. Dachte sie an den jungen Mann, der ihr nach dem Begräbnis sein Beileid ausgesprochen hatte? Da waren so viele Leute gewesen. Vielleicht hätte Daphne ihn gar nicht bemerkt, wenn sie dem Blick ihrer Schwester nicht gefolgt wäre. Ein schlanker, kräftig gebauter junger Mann mit dunklen Haaren und Augen – »Schlafzimmeraugen« hätte die Mutter sie genannt. Später zog er Kitty beiseite, um ein anscheinend intimes Gespräch mit ihr zu führen. Nur ihrer älteren Schwester war es aufgefallen, die sie besser kannte als sonst jemand. Kitty legte den Kopf schief und ließ ihr Haar wie einen elastischen Vorhang vors Gesicht fallen. Und Daphne hatte die Wangen nicht sehen müssen, um zu wissen, dass sie gerötet waren. Zu einem gegebenen Zeitpunkt würde ihr Kitty vielleicht von dem jungen Mann erzählen. Im Augenblick mussten sie sich auf wichtigere Dinge konzentrieren.

Daphne schaute zu ihrer Mutter hinüber, die keine zehn Schritte entfernt am Tisch der Verteidigung saß, flankiert von ihrem Anwalt und Cathcarts Assistentin, einer zierlichen Frau mit blonder Peter-Pan-Frisur, die Ende zwanzig sein mochte, aber zu jung aussah, um Daphnes Kinder zu betreuen, geschweige denn, ihre Mutter gegen eine Mordanklage zu verteidigen.

Glücklicherweise weckte Tom Cathcart allein schon durch seine äußere Erscheinung eine gewisse Zuversicht. Hoch gewachsen, mit silbrig schimmerndem Haar, in einem grauen Nadelstreifenanzug, den farbenfrohe Hosenträger vor einem allzu konservativen Stil bewahrten, wirkte er fast schneidig.

Sogar Mutter sah sehr gut aus, sie war ordentlich frisiert und hatte einen Lippenstift benutzt. Sie trug ein Kostüm, das Kitty ihr gebracht hatte. Wie Daphne sich entsann, hatte Mutter es im letzten Sommer bei ihrer Vernissage angehabt – es war hellblau und an den Revers und Manschetten dunkelblau gepaspelt. Jetzt war ihr das Ensemble viel zu groß. Bei dieser Erkenntnis verlor Daphne die Beherrschung, und sie griff nach einem der Papiertaschentücher, die sie seit einigen Tagen stets in ihrer Handtasche verwahrte – lebenswichtig wie die Geldbörse.

Um den Kampf mit den Tränen zu gewinnen, schaute sie Johnny nicht an. Bei ihrer Ankunft hatte sie ihn kurz gesehen, am Tisch der Staatsanwaltschaft neben dem Bezirksstaatsanwalt, einem großen Asiaten. Ein Blickkontakt wäre zu qualvoll gewesen. Seit dem Spaziergang am Strand musste sie unentwegt an ihn denken, an seine Worte, seine Berührung, die Erinnerungen, die er geweckt hatte. Würde das alles unter dem harten Zwang der Realität dahinschwinden wie ein vager Traum?

Vergiss, dass du verheiratet bist, flüsterte die stets wachsame Stimme der Vernunft, *und alt genug, um es besser zu wissen. Aber was wirst du empfinden, wenn er dich ins Kreuzverhör nimmt? Kannst du einen Mann lieben, der deine Mutter vielleicht ins Gefängnis bringen wird?*

Das wusste sie nicht. Oder sie wollte sich nicht eingestehen, was offensichtlich war. Das war nichts Neues … Hatte sie nicht oft genug die Flucht ergriffen, um den harten Tatsachen zu entrinnen?

Aus den Augenwinkeln spähte sie wieder zu Kitty hinüber. Wie hatten sie unter demselben Dach aufwachsen und völlig verschiedene Kindheitserinnerungen bewahren können? In Daphnes Phantasie lebte ein warmherziger, heiterer Haushalt weiter, voller netter kleiner Überraschungen, so heimelig wie die Plüschtiere auf ihrem Bett. Gewiss, manchmal hatten die drei Schwestern auf Zehenspitzen herumschleichen müssen, wenn Daddy nach einem langen Arbeitstag im Krankenhaus müde und schlecht gelaunt gewesen war. Aber meistens genossen sie eine Freiheit, die von Regeln und geplanten Aktionen nicht übermäßig eingeschränkt wurde. Den Großteil der Sommermonate verbrachten sie in der Bucht unterhalb des Hauses, die Freundinnen kamen und gingen wie Familienmitglieder, und viele – nicht nur Leanne – zogen das riesengroße, alte weiße Gebäude an der Cypress Lane dem eigenen Zuhause vor.

Auch Mutter unterschied sich von anderen Müttern. In einem Zeitalter, als Wonder Bread und Jolly Green Giant regierten, backte sie das Brot immer noch selbst und baute Gemüse an. Im Frühling fuhr sie mit ihren Töchtern zu einer Farm in Pearsonville, zwei Autostunden landeinwärts, wo sie Gurken zum Einmachen ernteten. Zu jeder Jahreszeit fand eine solche Exkursion statt. Im Sommer gingen sie in die Obstplantagen, um Aprikosen, Pfirsiche und Pflaumen zu kaufen, im Herbst Äpfel. Und Weihnachten war undenkbar ohne die Blautanne, die sie eigenhändig in einer nahen Baumschule fällten.

Nur wenige Stunden am Tag gehörten Mutter allein. Sie malte regelmäßig, und in den warmen Monaten schwamm sie jeden Morgen von einer Seite der Bucht zur anderen – fast eine halbe Meile hin und zurück. Darauf freute sie sich den ganzen Winter, wenn eisige Stürme die Wellen an die Klippen schleuderten. Am ersten einigermaßen milden April- oder Maitag folgte sie der steilen Holztreppe, die im Zickzack den Felshang hinabführte. So kalt das Wasser auch gewesen war – Mutter hatte es mit starken, sicheren Armen durchpflügt.

Nun fragte sich Daphne, ob Mutter diese anstrengenden sportlichen Aktivitäten gebraucht hatte, um sich von quälendem Misstrauen und bohrenden Zweifeln abzulenken. Von Zweifeln an dem Mann, den sie über alles geliebt hatte – genug, um ...

Um ihn zu töten, bevor er sie verlassen hätte.

Bei diesem Gedanken hielt Daphne den Atem an. Hatte Daddy ihre Mutter um die Scheidung gebeten? Das wäre Daphne bis vor einer Woche unmöglich erschienen. Jetzt nicht mehr. Was Daphne irrtümlich für Mutters Gelassenheit gehalten hatte, war vielleicht nur das stille Abdanken ihrer Lebensgeister gewesen – der Verzicht auf die eigenen Realität, der von konstanter, erzwungener Blindheit herrührte. Ein Schauer lief über Daphnes Rücken. *Sieht es in meiner Ehe genauso aus? Spiele ich Theater? Erlaube ich meinem Wunschdenken, nackte Tatsachen zu verdrängen?*

Zum Beispiel die Tatsache, dass sie Roger nicht liebte. Oh, sie *mochte* ihn. Immerhin war er der Vater ihrer Kinder, der Mann, an dessen Seite sie seit fünfzehn Jahren schlief. Sie teilten viele Erinnerungen – an idyllische Orte, die sie besucht hatten; an Ferien, in denen alles schief gelaufen war; an ihre süßen Babys, rosig vom abendlichen Bad, an Koliken und Masern und Kehlkopfdiphtherie, all die Krankheiten, die sie nächtelang wach gehalten hatten; an Freunde, deren Gesellschaft sie genossen, und andere, über die sie sich insgeheim lustig machten. Im Großen und Ganzen die abwechslungsreiche Geschichte einer Ehe, aber keine geteilte Leidenschaft, gestand sie sich traurig ein.

Und Roger? Auch er war nicht ganz ehrlich zu ihr. Wiesen die vielen Ausreden auf eine verborgene feindselige Haltung hin? Wenn sein Flirt mit der Frau in der Buchhandlung gewisse Schlüsse zuließ – belog er sie, wenn er behauptete, er würde keine außer ihr anschauen?

Das fragst ausgerechnet du?, spottete die innere Stimme. *Denk an den gestrigen Abend am Strand. Da hast du mit Johnny keine Sandburgen gebaut.*

Ihr Blick wanderte zu Johnny hinüber, der sich über seine geöffnete Aktentasche neigte. Viel mehr als seinen Hinterkopf sah sie nicht – dunkelblondes, von grauen Strähnen durchzogenes Haar. Aber das genügte, um sie an jene Tage zu erinnern, als er es länger getragen und nach der Liebe auf dem Rücken gelegen, eine Zigarette geraucht und sie durch blauen Dunst betrachtet hatte. Und ihre Finger waren durch das goldene, auf den Kissen ausgebreitete Haar geglitten.

Hastig schaute sie weg. Ihre Augen brannten.

In diesem Moment trat die Gerichtsdienerin vor, eine ältere Frau mit krausem, hennarotem Haar und hellblauem Lidschatten, der an Pfauenfedern erinnerte. »Erheben Sie sich vor Seiner Ehren, Richter Harry Kendall …«

Füße scharrten, Jacketts raschelten, Aktenkoffer wurden abgestellt. *So viele Leute!,* dachte Daphne. Meistens Reporter. Aber sie hatte auch ein paar erfreulich vertraute Gesichter in der Menge entdeckt. Ein paar Reihen weiter hinten saßen die Schwestern ihrer Mutter, Tante Ginny und Tante Rose. Und Mrs Langley, die Besitzerin der Galerie, in der Mutters Gemälde ausgestellt wurden. Auch einige Frauen aus dem Kirchenchor waren erschienen, um der Angeklagten beizustehen.

Aber sie schien nichts von dem Aufsehen zu bemerken, das sie erregt hatte. Während sie langsam aufstand, starrte sie die große Bronzeplatte an der Wand über dem Richtertisch an, die – mit verbundenen Augen – die Göttin der Gerechtigkeit zeigte. Daphne bemerkte den nervösen Blick, den Cathcart seiner Klientin zuwarf, und erinnerte sich bedrückt an Rogers Worte.

War dieser Anwalt so gut wie sein Ruf? Gut genug, um sich gegen einen gnadenlosen Staatsanwalt zu behaupten? Bruce Cho, über eins achtzig groß, eine Mischung aus schwarzem, chinesischem und samoanischem Erbe, kannte offensichtlich kein Erbarmen. In wachsendem Unbehagen entsann sich Daphne, was Kitty von seinem letzten Sensationsprozess erzählt hatte. Ein betrunkener Autofahrer, der den Tod einer Mutter und ihrer beiden Kinder verschuldete, war zu zwanzig Jahren Gefängnis verurteilt worden. Dass er einen ausgezeichneten Ruf als Zahnarzt und Mitglied des Stadtrats genoss, hatte keine Rolle gespielt.

Nun beobachtete sie, wie er dem stellvertretenden Bezirksstaatsanwalt etwas zuflüsterte. Johnny wandte sich zu ihm, und sie sah sein Gesicht. Grimmig. Angespannte Kinnmuskeln. *Das alles missfällt ihm.*

Inzwischen hatte der Richter Platz genommen, ein hoch gewachsener, übergewichtiger Mann von Anfang fünfzig, mit fleischigem Gesicht und kleinen Augen, die sich beim Anblick der überfüllten Zuschauerbänke missbilligend verengten. Aber der gefürchtete Befehl, man möge den Saal räumen, erfolgte nicht. »Bin ich der Einzige, der diese Temperatur unerträglich findet?«, donnerte Kendall. »Wie in einem Kühlschrank! Vielleicht wäre jemand so freundlich, die Klimaanlage kleiner zu drehen.« Demonstrativ musterte er die Gerichtsdienerin, die sofort zur Wand rannte und den Thermostat justierte. Daphne hatte die Kälte nicht bemerkt. Da so viel auf dem Spiel stand – und Johnny so nahe war –, glaubte sie zu verbrennen.

Ein paar Sekunden lang zögerte der Richter, bevor er sich räusperte – ein Geräusch, das von einem Mikrofon verstärkt wurde und wie fernes Donnergrollen klang. »Die Sitzung ist eröffnet. Bitte, nehmen Sie alle Platz. Können wir anfangen, Mr Cathcart?«

»Gewiss, Euer Ehren«, antwortete der Anwalt, der stehen geblieben war.

So Furcht erregend wie ein Riese aus Grimms Märchen, wartete Cho die Aufforderung, in das Geschehen einzugreifen, nicht ab. »Euer Ehren, die Staatsanwaltschaft ist bereit zu beweisen, dass die Angeklagte Lydia Seagrave ihren Mann kaltblütig …«

Mit einer knappen Geste brachte Kendall ihn zum Schweigen. »Mr Cho, das ist noch kein Prozess. Sicher sind wir alle mit den Umständen dieses Falls vertraut, und deshalb verzichte ich auf eine formelle Verlesung der Anklageschrift.« Er verschränkte die Arme vor der Brust, und die Ärmel seiner schwarzen Robe streiften die polierte Tischplatte. Mit einem strengen Blick auf Daphnes Mutter fragte er: »Mrs Seagrave, verstehen Sie den Zweck dieser Anhörung?«

Beunruhigt schaute Lydia ihren Anwalt an, dann antwortete sie zögernd. »Ja, Euer Ehren, ich denke schon.«

»Wissen Sie, dass Ihre eidesstattliche Aussage bei der Polizei gegen Sie verwendet werden kann?«

Als Daphne ihre Mutter nicken sah, krampfte sich ihr Herz zusammen. »Die Angeklagte hat den letzten Punkt bestätigt. Nehmen Sie das zu Protokoll.« Kendall beugte sich vor. Beinahe verschwand sein kleiner Mund zwischen den runden Wangen. »Mrs Seagrave, Sie werden des Mordes an ihrem Ehemann beschuldigt. Ein Schuldspruch könnte zu einer lebenslangen Gefängnisstrafe führen. Ist Ihnen das bewusst?« Die Frage klang ungeduldig. Als wäre Lydia eine etwas begriffsstutzige Schülerin.

Aber sie verstand sehr gut, was er meinte. Sie begann zu zittern und nickte wortlos.

Sofort erhob Cathcart Einspruch. »Euer Ehren, meine Klientin steht seit Tagen unter Schock ...«

Ohne Lydia aus den Augen zu lassen, fiel Kendall ihm ins Wort. »Mrs Seagrave, das ist ein freies Land. Und so sind Sie berechtigt, auf alles zu plädieren, was Ihnen beliebt.« Nach einem warnenden Blick auf Cathcart fügte er hinzu: »Falls Sie es wünschen, haben Sie auch das Recht, den Rat Ihres Anwalts zu ignorieren. Aber um meinen Seelenfrieden zu bewahren, möchte ich etwas klarstellen. Haben Sie das Geständnis, das hier vor mir liegt, freiwillig unterschrieben?« Er zeigte auf ein Dokument, das er einem Aktenordner entnommen hatte.

Mit bebenden Fingern umklammerte Kitty die Hand ihrer Schwester.

Und Daphne hörte Cathcart wie aus weiter Ferne einwenden: »Euer Ehren, ich beantrage, die offizielle Anklageerhebung zu verschieben, bis meine Klientin von einem Psychiater untersucht wurde.«

Ohne ihn zu beachten, fragte der Richter: »Mrs Seagrave, glauben Sie, dass Sie im Vollbesitz Ihrer geistigen Kräfte sind?«

Ein schwaches Lächeln umspielte Lydias Lippen. »Das will ich hoffen, Euer Ehren.«

»Also sind Sie sich Ihrer Handlungsweise in der fraglichen Nacht bewusst?«

»Ja, Euer Ehren.«

Er lehnte sich zurück wie ein Lehrer, der eine falsche Antwort bekommen hatte. Seufzend entgegnete er: »Antrag abgelehnt, Mr Cathcart. Fahren wir fort. Worauf möchte Ihre Klientin plädieren?«

Mühsam bekämpfte Daphne den Impuls, über die Schranke zu springen, ihre Mutter zu schütteln und ihr Vernunft beizubringen. Das musste Kitty gespürt haben, denn sie drückte die Hand ihrer Schwester noch fester, sodass Daphne beinahe vor Schmerzen geschrien hätte.

Als sie Johnny anschaute, drehte er sich um. Für einen Sekundenbruchteil trafen sich ihre Blicke, und sein Gesicht nahm einen sanfteren, fast flehenden Ausdruck an. Worum versuchte er sie zu bitten? Um Verzeihung, weil er ihre Mutter nicht vor dieser Tortur bewahren konnte? Oder war es eine stumme Entschuldigung für den Kuss am Strand? Dieser Kuss hatte ein Tor geöffnet, das entgegen ihrer Überzeugung nicht für immer geschlossen worden war. Und nun musste sie sich die bange Frage stellen, ob sie hindurchgehen sollte.

Angespannte Stille erfüllte den Gerichtssaal. Und dann hörte Daphne, über dem dumpfen Dröhnen in ihren Ohren, die melodische Stimme ihrer Mutter. So ruhig und sanft, als würde sie auf einer Wohltätigkeitsgala um eine Spende bitten oder die Einladung zu einem gesellschaftlichen Ereignis annehmen. »Euer Ehren, ich bekenne mich schuldig.«

Kapitel 8

Unter dem gedruckten Schild an Kittys Haustür – BIS AUF WEITERES GESCHLOSSEN – klebte ein Zettel, auf dem in ihrer Handschrift stand: *Ein Todesfall in der Familie. Danke für Ihr Verständnis.*

Seit dem Begräbnis waren zwei Wochen vergangen. Um diese Jahreszeit, Anfang Mai, wühlten heftige Stürme das Meer auf, zerrissen die Wasserfläche in Milliarden funkelnder Lichtpunkte und fegten die Wolken vom Himmel, der in kaltem Glanz erstrahlte. Auf Fenstersimsen und Verandabalustraden standen Marmeladengläser und alte Keramikkrüge mit den Weidenkätzchen, die am Watley's Creek in den Hügeln direkt hinter dem Highway wuchsen. Und der Frauen-Gartenverein bereitete das Begonienfest vor, das alljährlich am 30. Mai – am Erinnerungstag zum Gedächtnis gefallener Soldaten – stattfand.

Tea & Sympathy war seit Mitte April geschlossen. Wie sich bald herausstellte, ließen sich Kittys Stammgäste weder von dem Schild noch von dem Zettel abhalten. Josie Hendricks, die Lehrerin im Ruhestand, machte den Anfang. Am Dienstagmorgen nach Lydias Anhörung, fünf Minuten nach sieben, hämmerte sie mit ihrem Gehstock an Kittys verschlossene Tür, von den Reportern, die auf dem Gehsteig kampierten, halb zu Tode erschreckt. Großer Gott, sie kam doch nur hierher, um ihr Beileid zu bezeugen. Aber da sie nun schon mal da war – würde es Kitty sehr große Mühe bereiten, ihr eine Tasse von diesem köstlichen Darjeeling-Tee zu servieren?

Am nächsten Tag erschien Vater Sebastian und erbot sich, eine Messe für Kittys verstorbenen Vater zu lesen. Sie war gerührt, und er nahm das Stück Marzipan-Kaffee-Kuchen, das sie ihm anbot – frisch aus dem Ofen – nur zu gern an.

In kürzester Zeit sprach es sich herum. Tea & Sympathy sei zwar offiziell geschlossen, Kitty mache aber Ausnahmen, wenn man laut genug an die Tür klopfen und ihre köstlichen Kuchen preisen oder eine gewisse Verzweiflung bekunden würde. Wie Joe Donelley aus der Gerberei, der die verlegene Miene eines Schuljungen zur Schau trug und von einem Fuß auf den anderen trat, wobei die Bodenbretter der Veranda protestierend knarrten. Schrecklich, was mit Kittys Dad passiert sei und was die Reporter dieser miesen Revolverblätter über ihre Mutter schreiben würden. Natürlich könne sich Kitty auf die volle Unterstützung aller seiner Arbeiter verlassen. Wenn sie irgendwas brauche, müsse sie's nur sagen. Ohne die Toten zu missachten – aber je eher der normale Alltag zurückkehren würde, desto besser. Und da man schon beim Thema sei: Ohne die Zimtbrötchen würde es in der Fabrik längst nicht so gut laufen. Kitty dankte ihm und schickte ihn mit einer großen Tüte voller Zimtbrötchen zur Arbeit. Grinsend stapfte er davon.

Die Anhänglichkeit ihrer Gäste störte sie nicht. Im Gegenteil. In dieser verrückten Welt schien die Freude, die sie den Leuten mit ihrer Backkunst bereitete, das Einzige zu sein, was einen Sinn ergab. In ihrer Küche, fern von sensationslüsternen Journalisten und reißerischen Schlagzeilen, fand sie einen gewissen inneren Frieden. Als Gloria Concepción schüchtern um das Rezept für den Zitronenkuchen bat, war Kitty geschmeichelt. Und in Gladys

Honeicks geflüsterter Frage, ob man sich tatsächlich geweigert habe, Lydia gegen Kaution freizulassen, sah sie keine Indiskretion. Stattdessen war sie dankbar für eine weitere starke Schulter, an die sie sich lehnen konnte.

Auch Daphne begrüßte die überwältigende Anteilnahme der Stammgäste und all die Aktivitäten. Bereitwillig half sie Kitty im Teesalon. Und wenn der Biskuitkuchen ihrer Schwester auch keine Preise gewinnen würde – Serena Featherstone, selbst ernannte Wahrsagerin und schärfste Kritikerin von Tea & Sympathy, verlangte regelmäßig eine zweite Portion.

Am ersten Montagmorgen im Mai machte Kitty die Speisekammer sauber und entdeckte einen Mehlkanister voller Schildläuse. Da man solche Plagen im Keim ersticken musste, entfernte sie alle Vorräte, schrubbte die Regale und unterzog die ganze Küche einer gründlichen Reinigung. Läuse in den Muffins würde womöglich bewirken, was der Familienskandal nicht geschafft hatte: das Ende des Teesalons.

Während sie verschüttete Mehlreste vom Boden wischte, schlenderte Willa durch die Hintertür herein. Überrascht blickte Kitty auf und lächelte angesichts der Grasspuren zwischen der Schwelle und dem Küchenstuhl, über den ihre Mitarbeiterin eine Jeansjacke warf.

»Hi«, grüßte Willa. Trotz des kühlen Wetters trug sie ein geblümtes Sommerkleid, das an allen falschen Stellen viel zu eng saß.

»Hi.«

»Ich wollte nur mal nachschauen, wie's Ihnen geht. Sieht so aus, als könnten Sie Hilfe gebrauchen.« Willa musterte die zusammengerollten Teppiche und die leeren Kanister im Spülbecken. »Warum soll ich immer nur die Leute im Teesalon bedienen? Ich kann auch Staub wischen und waschen, und Sie müssten mir nur zeigen, was nicht in den Trockner darf. Dieser Pullover von meiner Mom ist so schrecklich eingegangen, dass sie gefragt hat, warum ich nicht *sie* in den Trockner werfe. Da könnte sie wenigstens einmal im Leben Größe vier tragen.« Sie riskierte ein vorsichtiges Lächeln, und Kitty war zu Tränen gerührt.

Hastig wandte sie sich ab. »Das ist sehr nett von Ihnen, Willa. Aber glauben Sie mir, im Moment wollen Sie meine Gesellschaft sicher nicht ertragen.« Aus den Augenwinkeln beobachtete sie, wie Willas hübsches, rundes Gesicht einen nachdenklichen Ausdruck annahm.

»Einmal betrank sich mein Onkel Eddie in einer Bar und stach einen Kerl nieder. Als meine Brüder und ich noch klein waren, nahm Mami uns manchmal mit, wenn sie ihn im Gefängnis von Lompoc besuchte. Da habe ich nie geweint.« Sie zuckte die Achseln und musste nicht aussprechen, was sie damit meinte. In ihrer Welt waren Ereignisse, die in Kittys Umgebung ungewöhnlich wirkten, ganz normal.

Kitty räusperte sich. »Okay, nun, wenn Sie schon mal da sind, wischen Sie den Boden? Ich hatte noch gar keine Zeit, meinen Anrufbeantworter abzuhören.«

Zweifellos noch mehr Anfragen irgendwelcher Reporter. Am Vortag hatten sich jemand von *People* und eine ältere Nachbarin gemeldet, die wissen wollte, ob es stimmen würde, was sie im *Globe* gelesen habe, und ob man Kittys Mutter tatsächlich nicht gegen Kaution freilasse, weil sie die Anführerin einer geheimen Satanskultgemeinde sei. Weder Sean noch Heather ließen von sich hören. Aber wenn ein schlichtes gutherziges Gemüt wie Willa diesen Wahnsinn hinnahm, bestand immerhin die Hoffnung, auch Heather würde sich dazu durchringen.

Was Sean betraf… Die Begegnung auf dem Friedhof hatte Kitty verwirrt. Inzwischen erschien ihr das kleine Zwischenspiel am Anfang der Woche wie ein Traum, gesponnen aus Mondstrahlen und zarten, verrückten Emotionen, die sie für einen kurzen magischen Moment zueinander geführt hatten. Sie erwartete keine weiteren Kontakte.

Aber Sean sah das anders. Ohne die würdevolle Atmosphäre des Begräbnisses zu verletzten, erklärte er unmissverständlich, er würde Kitty gern wiedersehen. Teils verlegen, teils geschmeichelt lachte sie nervös und erwiderte, unter den gegebenen Umständen wäre das unklug. Falls sie erwartete, er würde sich zurückziehen, schätzte sie seine Beharrlichkeit oder vielleicht das Ausmaß seines Interesses falsch ein. Um ehrlich zu sein: Fühlte sie sich nicht auch versucht? Als würde sie einen süßen Nachgeschmack auf der Zunge spüren, erinnerte sie sich an die Hitze seines jungen Körpers, die kraftvollen Bewegungen in ihrem Schoß. Letzten Endes hatte sie ihm versprochen, darüber nachzudenken, aber erst, wenn die grässliche Gerichtsverhandlung ausgestanden sei.

Vorerst wollte sie sich ausschließlich auf Mutter konzentrieren. Der Bezirksstaatsanwalt hatte die Freilassung gegen Kaution kategorisch abgelehnt. Und der Richter, verblüfft über Mutters Weigerung, auf ein geringfügigeres Vergehen zu plädieren, hatte sich dem Argument gebeugt, sie sei »geistig labil« und müsse rund um die Uhr überwacht werden. Also würde Lydia Seagrave in der nächsten Zukunft ein Gast der Jasper L. Whitson Justice Administration bleiben.

Daphne war verzweifelt. Viel zuversichtlicher als Kitty hatte sie die Heimkehr ihrer Mutter erhofft. Nun bemühte sie sich entschlossener denn je um die Rettung der Angeklagten. An diesem Morgen befragte sie wieder einmal die Nachbarn. Nicht, dass sie bisher nennenswerte Erfolge erzielt hätte. Vor den tödlichen Schüssen war niemandem irgendetwas Ungewöhnliches in Lydias Verhalten aufgefallen. Aber Daphne ließ nicht locker, ehe sie alle Adressen in Mutters rotem Ringbuch aufgesucht hatte. Der letzte Name auf der Liste war der von Beryl Chapman.

Nach der Aufbahrung hatte Daphne ihrer Schwester von der beängstigenden Szene und Leannes Erklärung für das Benehmen ihrer Mom erzählt. In ihrer ersten Wut wäre Kitty am liebsten zu Beryl gelaufen, um ihr den Arm zu verdrehen und Geständnisse zu erzwingen. Dann besann sie sich eines Besseren. Eine eidesstattliche Aussage Beryls würde Mutters Position einer gequälten, betrogenen Ehefrau stärken. Also musste man vorsichtig taktieren und Beryl so freundlich behandeln wie beim Leichenschmaus. Völlig unerwartet war sie in Kittys Haus aufgetaucht. Die Zähne zusammengebissen, lächelte Daphne und dankte ihr für das mitgebrachte Schmorgericht, das sofort nach Beryls Abschied in der Mülltonne landete. Später wollte Daphne den leeren Topf zurückbringen und die Gelegenheit nutzen, um ihr Informationen zu entlocken. Sollte die Frau schweigen, würde Cathcart sie vorladen. Doch diese Maßnahme würde man nur im äußersten Notfall ergreifen.

Inzwischen hatten Kitty und Daphne beschlossen, den Umständen entsprechend zu improvisieren, mit Beryl in Verbindung zu bleiben und im richtigen Augenblick zuzuschlagen.

Als Kitty vom – glücklicherweise stummen – Anrufbeantworter zurückkehrte, schrubbte Willa den Küchenboden. »Irgendwelche Anrufe?«, fragte sie.

Müde schüttelte Kitty den Kopf. »Alle haben gleich wieder aufgelegt. Gott sei Dank! Wenn Sie wüssten, was hier los ist! Die Feuer-und-Schwefel-Typen sind vergleichsweise harmlos. Neulich schrie eine alte Dame, meine Mutter müsse in der Hölle schmoren. Und ein paar andere Leute möchten sie mit religiösen Traktaten erlösen. Die liegen haufenweise im Postkasten. Daphne meint, ich sollte ein Recycling Center eröffnen.«

»Was für eine nette Schwester Sie haben ...« Willa tauchte den Wischmopp in den randvollen Eimer, und ein Wasserschwall ergoss sich auf den Küchenboden. »Freut mich, dass sie jetzt bei Ihnen ist. Aber ich wette, sie vermisst ihre Kinder. Ohne meine Kleinen würde ich durchdrehen.«

»Die Kinder sind bei Daphnes Mann.«

Verwirrt blickte Willa auf. »Mann?«

»Er heißt Roger.« *Natürlich erinnert sie sich nicht daran, dass Daphne verheiratet ist,* dachte Kitty. *Während der letzten Wochen hat mein Schwager seine Existenz hier in Miramonte nicht gerade demonstriert.*

»Eigentlich müsste er herkommen und Ihrer Mom beistehen.« Mit uncharakteristischem Eifer schob Willa den Mopp über die Fliesen. »Sie könnte im Gefängnis landen. Wie mein Onkel Eddie. Wenn jemand was wüsste, das ihr helfen würde – vielleicht ein Geheimnis ... Das wäre doch wundervoll, nicht wahr?«

Erst nach ein paar Sekunden verstand Kitty, was hinter diesen Worten steckte: Das Mädchen wusste irgendwas, das mit Mutter zusammenhing. »Und was für ein Geheimnis wäre das?«, fragte sie möglichst beiläufig.

Willa wich ihrem Blick aus. »Wahrscheinlich ist's nicht wichtig.«

»Erzählen Sie's trotzdem.«

Willa stützte sich auf den Stiel des Mopps und presste ihn an ihre üppigen Brüste, als wäre er ein Tanzpartner und der letzte Walzer des Abends hätte begonnen. »Also gut – Mami hat's gesehen.«

»Was?«

»Sie meint, das geht uns nichts an. Außerdem würde uns sowieso niemand glauben. Ich weiß, ich hätt's Ihnen sagen müssen. Aber ich dachte, wie traurig Sie wären ...« Eine Träne rollte über eine runde Wange, und Kitty wartete in angespanntem Schweigen. Schließlich platzte Willa heraus: »Ihr Dad war einer unserer Stammgäste. Im Motel. Meistens kam er nachmittags, wenn ich nicht da war. Mit seiner Freundin. Die beiden haben nie Ärger gemacht, sagt Mami. Aber ich finde, Sie sollten's wissen – wo Ihre Mom solche Schwierigkeiten hat.«

Kitty begann leise zu lachen. Natürlich. Eine Frau. Als sie die Bestürzung des Mädchens bemerkte, beteuerte sie hastig: »Tut mir Leid, ich will's nicht auf die leichte Schulter nehmen. Aber diese Freundin meines Vaters war nicht die erste. Kenne ich sie?«

»Keine Ahnung. Mami hat nicht gesagt, wie sie aussah – nur dass sie jünger war als Ihr Dad und sehr hübsch. Vielleicht ...« Willas Augen verengten sich. »Wenn *Sie* meine Mami fragen, erinnert sie sich vielleicht an irgendwas.«

Kitty zögerte nur kurz, bevor sie den Mopp aus Willas Händen riss. »Worauf warten wir? Kommen Sie!« Diese Chance musste genutzt werden – falls die mysteriöse Frau das Rätsel um Daddys Ermordung lösen konnte. »Rufen Sie Ihre Mutter an und sagen Sie, wir sind auf dem Weg zu ihr. Beeilen Sie sich, ich warte draußen im Auto.«

Während sie die Stufen der hinteren Veranda hinabstieg, sah sie einen vertrauten gelben Laster dicht vor der Zufahrt halten, und ihr Atem stockte.

Sean. Er sprang aus dem Fahrerhaus. Mit einem hohlen Krach fiel die Tür ins Schloss. Unter dem ungewohnten Lärm schienen die Blätter des großen alten Trompetenbaums zu erbeben, der den Gartenweg überschattete. Er entdeckte sie und winkte ihr zu.

Aber sie erwiderte den Gruß nicht. Wie erstarrt stand sie auf der Treppe, als er zu ihr schlenderte. Offensichtlich kam er direkt von der Arbeit. An seinen Jeans und den hochgekrempelten Ärmeln des Baumwollhemds klebte Teer. Sägemehl bestäubte das dunkle Haar. Im Sonnenlicht erinnerten seine brauen Augen an schwarzen Tee, der mit kochendem Wasser aufgebrüht wurde.

Er ist jünger als ich. O Gott, warum führe ich mich wie ein sprachloser, liebeskranker Teenager auf?

Irgendwas musste sie *tun* – zu ihm gehen und erklären, sie habe nachgedacht und es sei sinnlos, die Beziehung fortzusetzen. Es gebe keine gemeinsame Zukunft. Außerdem, was würde Heather denken, wenn sie es herausfände? Was sich in jener Nacht ereignet habe (wundervoll, da machte sie nichts vor), sei so einmalig gewesen wie ein Blitzschlag. Aber sie erhielt keine Gelegenheit, ihm das alles mitzuteilen. Er durchquerte den Garten, blieb am Fuß der Treppe stehen und musterte die Jacke über ihrem Arm, den Autoschlüssel in ihrer Hand. Schließlich schaute er fragend in ihr Gesicht.

Kitty nahm mehrere Dinge gleichzeitig wahr – ihre rasenden Herzschläge, die Hitze ihrer Wangen, die sonnenbraune Haut, die durch ein Loch in seinen Jeans schimmerte. Und Rommie. Normalerweise hielt er sich von Fremden fern. Jetzt trottete er heran und leckte Seans Hand ab. Er tätschelte den Hundekopf. Dann stieg er die Stufen herauf und entwand ihr den Autoschlüssel. »Wohin du auch willst – so wie du aussiehst, wirst du im Straßengraben landen. Lass lieber *mich* fahren.«

Sie benutzten die Küstenstraße nach Barranco, obwohl das ein Umweg war. Aber Willa hatte behauptet, auf den kurvenreichen, mit Schlaglöchern übersäten Straßen im Landesinneren würde die Fahrt eine Stunde länger dauern.

Während Kitty die staubig grünen Rosenkohlfelder zu ihrer Rechten und das Meer zu ihrer Linken betrachtete, das der bewölkte Himmel in dunkles Silber verwandelte, fragte sie sich, was um alles in der Welt mit ihr los war. Okay, in einer schwachen Stunde hatte sie mit Sean geschlafen. Musste sie deshalb mit diesem Mann nach Barranco fahren, Willa im Schlepptau, und ihn auch noch in ihre Absichten einweihen? Reiner Wahnsinn. Sie kannte ihn kaum. Womöglich würde er die Story über Daddys Seitensprünge irgendeinem miesen Boulevardblatt verkaufen. Das Geld konnte er weiß Gott gebrauchen. Was war er *ihr* schon schuldig?

Und doch – aus unerklärlichen Gründen vertraute sie ihm. Bevor er jemanden ins Unglück stürzte, würde er sein letztes Hemd hergeben. Mehr als das. Da war etwas zwischen ihnen – eine Verbindung, eine Beziehung, die sich vertiefen konnte. Wie auch immer, sie saß schweigend neben Sean, bis er in die zerfurchte Straße bog, an der Willa wohnte. Sie fand es überflüssig, ihn zur Diskretion zu verpflichten.

Als sie das schäbige, von Willas Mutter betriebene Motel erreichten – einstöckig, blassrosa Hohlziegel, abblätternde, türkisgrün gestrichene Fensterläden –, hatte es zu regnen angefangen. Beklommen stieg Kitty aus dem Auto. Noch nie hatte Willa geklagt. Aber *das* war wirklich trostlos. *Sean hat Recht – ich weiß nicht, was es heißt, in bitterer Armut zu leben.*

Instinktiv griff sie nach seiner Hand, während sie über eine große Pfütze im rissigen Asphalt des Parkplatzes stieg. Seans Handfläche fühlte sich warm und schwielig an und weckte eine verbotene Sehnsucht. Nervös spähte sie über die Schulter. Unsinn – wer sollte sie verdammen? Willa? Bei diesem Gedanken musste Kitty lächeln. Diese gutmütige, allein stehende Mom, die vor ihnen durch den Schlamm stapfte und ihr geblümtes Kleid achtlos bespritzen ließ, würde nicht einmal mit der Wimper zucken, wenn sie Kitty und Sean nackt am Kronleuchter hängen sähe.

Aber in diesen Moment dachte Willa weder an Kitty noch an die eindrucksvolle Schar ihrer eigenen Liebhaber. Die Tür zum Büro des Motels stand offen. Sobald sie unter das triefende Vordach eilte, stürmten ihr zwei schwarzhaarige, dunkelhäutige Jungen entgegen. Der jüngere umklammerte ein Bein, der ältere sprang in ihre ausgestreckten Arme. »Tonio, Walker – habt ihr auf Mamita gehört und die Teller leer gegessen und ein Mittagsschläfchen gehalten?« Willa überschüttete ihre Söhne mit Küssen, als wäre sie wochenlang verreist gewesen.

Kitty spürte einen vertrauten Stich im Herzen. Vor mehreren Wochen hatte sie bei einem Treffen allein stehender Adoptionsmütter und -väter eine Frau protestieren hören: »Das ist unfair! All diese hirnlosen Teenager leben von Cola und Kartoffelchips und verdienen es gar nicht, Mütter zu werden!« Beim Anblick Willas und ihrer Kinder erkannte Kitty, dass das nicht stimmte – in allen Altersstufen und Gesellschaftsschichten gab es gute Mütter. Seans Finger umfassten ihre Hand noch fester. Nervös schaute sie ihn an. »Was ich hier herausfinden werde, könnte alles noch schlimmer machen«, murmelte sie. »Bitte, nimm mir nicht übel, dass mein Dad meine Mutter in einem schäbigen Motel betrogen hat.«

»Was ist verwerflicher? Das schäbige Motel oder der Ehebruch?«

Sie sah das spöttische Funkeln in seinen Augen und warf ihm einen vernichtenden Blick zu. »Das will ich nicht gehört haben.«

Als sie das Büro betraten, erhob sich Mrs Aquino – so rundlich wie ihre Tochter, aber ohne deren lebhafte Ausstrahlung – mühsam aus einem abgewetzten Plastikliegestuhl. Kitty schüttelte ihr die Hand und versuchte, den fadenscheinigen, von Spielsachen übersäten Teppich, die kitschigen religiösen Bilder an den Wänden und die Fotos in den billigen Rahmen zu ignorieren, die Willas Kinder in sämtlichen Entwicklungsstufen zeigten. »Vielen

Dank, dass Sie sich Zeit für uns nehmen, Mrs Aquino. Das ist mein – eh – Freund, Sean Robbins. Natürlich wollen wir Sie nicht lange aufhalten. Ich weiß ja, wie beschäftigt Sie sind.«

»Beschäftigt?« Die große Frau mit dem breiten Gesicht, so zerfurcht wie die Straßen im Landesinneren und einem ähnlichen Teint wie die Nikotinflecken an den Wohnzimmerwänden, brach in das heisere Gelächter einer Kettenraucherin aus. »Ja, und ob ich beschäftigt bin – mit diesen beiden Äffchen, die ich dauernd am Hals habe.« Liebevoll musterte sie ihre Enkelsöhne. »Setzen Sie sich. Diät oder normal?«

Kitty wusste nicht, was ihr angeboten wurde, und blinzelte verwirrt. Zum Glück erfasste Sean die Situation. »Bitte, zwei Diätcolas.«

Sobald sie Willas Mutter auf einem klumpigen Sofa gegenübersaßen, die Coladosen in den Händen, begann die Frau unaufgefordert zu sprechen. »Ich will nicht schlecht über die Toten reden«, seufzte sie und betrachtete ein gerahmtes Foto im Regal über dem Fernseher, ein grell koloriertes Schwarzweißporträt eines schnurrbärtigen Manns mit glatt zurückgekämmtem Haar und frechem Grinsen. Willas Vater, der die Flucht ergriffen hatte, als sie noch ein Baby gewesen war? In der Tat, Kitty entdeckte eine gewisse Ähnlichkeit. Ehe sie weitere Spekulationen anstellen konnte, wurde ihre Aufmerksamkeit wieder von Mrs Aquino beansprucht. »Was die Leute tun, geht mich nichts an, solange sie bezahlen. Doch dann sah ich im TV, was passiert war …« Ihre Stimme erstarb.

»Bitte, Mrs Aquino, *alles*, woran Sie sich erinnern, würde uns vielleicht helfen …« Kitty wollte hinzufügen, im Großen und Ganzen wisse sie ohnehin Bescheid, und es würde sie nicht umbringen. Aber Sean drückte ihren Arm und brachte sie zum Schweigen.

Dann zog er eine Zigarette aus seiner Hemdtasche und bot sie Mrs Aquino an, die ihm dankbar zunickte. Aus irgendwelchen Tiefen ihrer voluminösen Schürze, die sie über einem Hausmantel trug, kam ein Bic-Feuerzeug zum Vorschein. Während die Rauchwolken ihr faltiges Gesicht einhüllten, verengten sich die kleinen Augen zwischen den fleischigen Lidern. *Nach Willas Alter zu schließen, bin ich nicht viel jünger als ihre Mutter*, dachte Kitty erschrocken.

»Hören Sie, ich kann keine Leute brauchen, die neugierige Fragen stellen«, murrte die Frau. »Wo ich ohnehin schon genug Sorgen habe!«

»Niemand wird Ihnen Schwierigkeiten machen«, versicherte Sean. »Und Ihr Name bleibt selbstverständlich geheim.«

Gierig sog Mrs Aquino an ihrer Zigarette. »Ich betreibe ein anständiges Geschäft. Wenn's auch nichts Besonderes ist – ich lebe davon.«

»Glauben Sie mir, wir wollen nicht …«, begann Kitty.

»Keine Polizei«, fiel Sean ihr ins Wort. »Das schwören wir.« Diesen Eid besiegelte er mit einem Kreuzzeichen, ein guter Katholik in einem frommen Haushalt. Mit einem bedeutsamen Blick ermahnte er Kitty, die weiteren Verhandlungen *ihm* zu überlassen. »Erzählen Sie uns einfach nur, was Sie beobachtet haben. Das bleibt unter uns.«

Einerseits verblüfft, andererseits bewundernd starrte Kitty ihn an. Beinahe hätte sie alles vermasselt. Aber Sean, der die Ungerechtigkeiten einer kleinstädtischen Polizei vermutlich am eigenen Leib gespürt hatte, wusste genau, wie er dieser Frau die Angst nehmen musste.

Nach kurzer Überlegung und mehreren Rauchwolken, die sich in wellenförmigen Girlanden an der Zimmerdecke ballten, gab Mrs Aquino ihren Widerstand auf. »Nur ein einziges Mal habe ich sie gesehen. Aus der Ferne. Ziemlich jung. Dreißig oder fünfunddreißig. Blondes Haar. Bis hier.« Sie zeigte auf ihre Schulter.

»Sonst noch was?«, fragte Sean.

»Nun ja …« Sie stand auf, nahm etwas aus dem Regal über dem Fernseher, das in ihrer Hand glitzerte, und hielt es Kitty hin. »Das hat Marites beim Saubermachen gefunden.«

Ein goldener Ohrring. Wie ein kleiner Knoten geformt. So etwas gab es in hundert Kaufhäusern, und es würde Kitty wohl kaum zu der gesuchten Person führen. Trotzdem verbarg sie ihre Enttäuschung. »Darf ich's mitnehmen?« *Man kann nie wissen.*

Mrs Aquino zögerte so lange, dass Willa, die mit gekreuzten Beinen am Boden saß, auf jedem Knie einen kleinen Jungen, lauthals mahnte: »Mami!«

Die Stirn gerunzelt, wandte sich ihre Mutter zu ihr, bevor sie Kitty den Ring anvertraute. »Bloß keine Bullen!«

»Keine Bullen«, versprach Kitty.

Mrs Aquino begleitete die Besucher zur Tür, wo sie aus heiterem Himmel bemerkte: »Noch dazu eine Krankenschwester. Man sollte meinen, die hätte mit ihren Patienten genug zu tun!«

»Eine Krankenschwester?«, wiederholte Kitty atemlos.

Gleichmütig zuckte Mrs Aquino die Achseln, als wäre das nicht so wichtig. »Die Frau, die mit Ihrem Dad im Auto saß, trug eine Schwesterntracht.«

Am späten Nachmittag bog Sean in die Zufahrt von Kittys Haus. Während der Fahrt hatte sie zumeist geschwiegen und gründlich nachgedacht. Also war Daddy mit einer Krankenschwester liiert gewesen. Kein Wunder. Immerhin hatte er in einer Klinik gearbeitet. Also konnte es eine von vielen gewesen sein. Und ein unscheinbarer Ohrring würde sie wohl kaum auf die richtige Spur bringen.

In Gedanken versunken, sah sie das Mädchen, das in Seans Laster saß, erst nach ein paar Sekunden. Ein Teenager mit langem dunklem Haar, Schmollmund und zusammengezogenen Brauen. O Gott, Heather. Und sie sah ziemlich aufgeregt aus. Nicht nur das – *wütend*.

»Scheiße! Ich hab vergessen, dass ich sie von der Schule abholen sollte.« Sean unterdrückte einen Fluch und bremste so abrupt, dass beide fast vornüberfielen. Hastig schaltete er den Motor aus, warf Kitty den Schlüssel zu und sprang aus dem Honda.

Kitty beobachtete, wie Heather schwerfällig aus dem Fahrerhaus kletterte. Jetzt war die Schwangerschaft noch deutlicher zu erkennen als bei jener ersten Begegnung. Sie betrachtete die hellgelben Leggings, das rosa Sweatshirt mit dem applizierten Teddybären. In diesem Moment sah das Mädchen nicht wie eine Sechzehnjährige aus, sondern wie ein beleidigtes sechsjähriges Kind, kurz vor einem Wutausbruch.

»Was für eine nette Überraschung, Heather!« Kitty schlenderte zu ihr und versuchte den Eindruck zu erwecken, es wäre nichts Besonderes geschehen. Aber ihre Gedanken überschlugen sich. *Wieso ist sie hier? Weiß sie über Sean und mich Bescheid?*

Offenbar nicht, denn Heather warf ihr nur einen flüchtigen Blick zu und schrie ihren Bruder an: »Du solltest mich abholen! Weil ich einen Termin beim Arzt hatte! Erinnerst du dich? Hätte Misty mich nicht von der Schule heimgefahren, wüsste ich nicht, was mit dir passiert ist. Erst mussten wir bei Misty halten und ihrer Mom sagen, sie würde später kommen. Und was sehe ich da? Deinen blöden Laster – an einer Stelle geparkt, wo ich's am allerwenigsten erwartet hätte!«

»He, Schwesterchen, tut mir Leid.« In gespielter Kapitulation hob er beide Arme. »Habe ich nicht immer Wort gehalten, neunundneunzig- von hundertmal?«

»Damit kannst du dich nicht rausreden.« Ihre Unterlippe begann zu zittern. »Wo du doch genau weißt, wie ich's hasse, wenn man mich im Stich lässt.«

»Ich wollte dich nicht im Stich lassen – ich hab's nur vergessen.« Obwohl seine Stimme ärgerlich klang, legte er tröstend einen Arm um ihre Schultern.

Plötzlich fühlte sich Kitty wie ein unbefugter Eindringling – und zugleich noch stärker zu Sean hingezogen. Nicht so wie in jener Nacht, als nicht einmal ein Geständnis, er habe Banken ausgeraubt, ihre Leidenschaft gelöscht hätte. Dies war anders – genauso elementar und unausweichlich wie die aufsteigende Flut und noch viel schrecklicher als ein Bankraub. *Großer Gott, ich fürchte, ich verliebe mich in ihn.*

Wäre es irgendwie zu verhindern gewesen, hätte sie es getan. Hier und jetzt. So etwas brauchte sie nicht. Sie *wollte* es nicht einmal. Nur das Baby, das ihr grausam vorenthalten wurde. »Gehen wir hinein?«, schlug sie vor, in ruhigem Ton, den der Aufruhr ihrer Gefühle Lügen strafte. »Darf ich Sie zu einer Tasse Tee einladen, Heather? Die würde Ihnen sicher gut tun.« Inzwischen hatte es zu regnen aufgehört, aber die feuchte Kälte hing immer noch in der Luft, und Kitty sah das arme Mädchen zittern.

»Nein, danke!«, fauchte Heather.

»Wirklich, es macht keine Mühe.«

»Ich habe *Nein* gesagt.«

Bestürzt trat Kitty einen Schritt zurück. Nun war *sie* die Zielscheibe des Zorns, der eben noch Sean gegolten hatte. Heathers dunkle Augen musterten sie mit der instinktiven Vorsicht eines bedrohten Tiers.

Ehe Kitty antworten konnte, wurde sie von Sean verteidigt. »Sei doch vernünftig! Sie will dir nur helfen. Wenn du nur deine Wut an irgendjemandem auslassen musst, dann an *mir*. Weil *ich* deinen Termin vergessen habe.« Er sprach mit sanfter Stimme, als wüsste er, was er mit einer strengen Strafpredigt bewirken würde. Dankbar lächelte Kitty ihn an.

Während sie dastand, von lauter normalen Dingen umgeben – den Nachmittagsschatten, die sich allmählich verlängerten, dem fernen Dröhnen eines Rasenmähers, dem leisen Klingeln der antiken Dampfpfeifenorgel zwei Straßen weiter vor dem Old-Courthouse-Street-Einkaufszentrum –, hatte sie das sonderbare Gefühl, sie würde gegen ihren Willen in irgendetwas hineingezogen.

Verwirrt schaute Heather von Sean zu Kitty, als fragte sie sich erst jetzt, warum ihr Bruder hier war. »Was ist eigentlich los, Sean?«, jammerte sie. »Hast du nicht gesagt, ich soll mein Baby behalten?«

Unbehaglich ließ er ihre Schultern los und zog den Schlüssel seines Lasters aus der Jeanstasche. »Wer behauptet denn, ich hätte mich anders besonnen?«

»Wieso bist du dann hier?«

Ehe er antworten konnte, mischte Kitty sich hastig ein. »Heather, *ich* hab's mir nicht anders überlegt. Wenn Sie mir eine Chance geben, werde ich beweisen, was für eine gute Mutter ich wäre.«

Heather musterte sie abschätzend. »Machen Sie Witze? Nach allem, was *Ihre* Mutter getan hat, werde ich Sie niemals in die Nähe meines Kindes lassen.« Plötzlich wirkte sie viel älter mit der harten, kalten Miene, die sie nie zuvor gezeigt hatte.

Schaudernd verschränkte Kitty die Arme vor der Brust. Doch die Kälte lag nicht in der Luft, sie kam aus ihrem Herzen. *Du wusstest, wie gering deine Chancen waren,* erinnerte sie sich. Trotzdem war sie nicht auf diesen dumpfen Schmerz vorbereitet, der ihren ganzen Körper erfüllte.

Ärgerlich wandte sich Sean zu seiner Schwester. »Um Himmels willen, Heather, musst du so eklig sein? Ein einfaches Nein hätte auch genügt.«

Mit diesem Tadel brachte er Heather vollends aus der Fassung. Schluchzend schlug sie die Hände vors Gesicht. Als Kitty zögernd ihre Schulter berührte, weinte sie noch lauter. *Wie ein Kind,* dachte Kitty. Ein verwirrtes kleines Mädchen, das selber eine Mutter brauchte. Verlegen schaute Heather sie mit feuchten Augen zwischen den Fingern hindurch an. »Tut mir Leid«, flüsterte sie. »So was hätte ich nicht sagen dürfen. Sean hat Recht. Es ist nicht Ihre Schuld.«

»Schon gut«, erwiderte Kitty.

»Sicher wären Sie eine gute Mutter. Und vielleicht ...« Heather verstummte und wischte ihre Nase mit einem Ärmel des rosa Sweatshirts ab.

Aus Kittys Lungen entwich die ganze Luft. Angespannt wartete sie und wagte sich nicht zu bewegen, vor lauter Angst, den verheißungsvollen Bann zu brechen.

Aber als Heather wieder zu sprechen begann, wandte sie sich zu ihrem Bruder und schien Kitty zu vergessen. »Fahren wir nach Hause? Mir geht's ziemlich mies.«

Nein, warten Sie!, wollte Kitty rufen. *Sagen Sie mir wenigstens, ob ich noch hoffen darf.*

Bevor sie auch nur ein Wort hervorbrachte, legte Sean wieder einen Arm um die Schulter seiner Schwester und nickte, sichtlich erschöpft und sehr geduldig. »Daheim wirst du dich besser fühlen.«

Fügsam ließ sie sich zum Laster führen, und er half ihr ins Fahrerhaus. Während er zur anderen Seite des Vehikels ging, schaute er Kitty erleichtert an, und sein Blick schien ihr zu bedeuten: *Das war knapp.*

Für Kitty war's nicht nur knapp, sondern qualvoll gewesen.

Statt ihre Hoffnungen endgültig zu begraben, musste sie die Ungewissheit noch länger ertragen. Vielleicht würde Heather ihr doch noch vertrauen …

Sie beobachtete den Laster, bis er in die Ocean bog und aus ihrem Blickfeld verschwand. Wie gern wäre sie ihm nachgelaufen … Stattdessen betete sie im Widerschein des Sonnenlichts, das sich in den Fenstern ihres Schindelhauses spiegelte, der Allmächtige möge ihr Heathers Baby vergönnen. Würde sie es eines Tages in den Armen halten? Bis jetzt existierte es nur in ihren Träumen, in einem Glück, dem stets ein schmerzliches Erwachen folgte.

Kapitel 9

Der Ausblick von der zweiten Etage ist phantastisch. Möchten Sie es sehen?« Lächelnd wandte sich Alex zu ihrem neuen Kunden, einem elegant gekleideten Mann, der das kunstvolle Design des Parkettbodens am Fuß der Treppe bewunderte.

Wem würde das fachkundig restaurierte Queen-Anne-Gebäude mit Meeresblick – in der Nähe des Hauses, wo sie aufgewachsen war – nicht gefallen? Zu diesem günstigen Preis müsste es in wenigen Tage, vielleicht sogar Stunden verkauft werden. Die Sache hatte nur einen einzigen Haken: Sie konnte den Deal nicht exklusiv über die Bühne bringen. Allein schon an diesem Nachmittag würden sechs andere Immobilienmakler ihre Kundschaft hierher führen, und wenn Alex das Geschäft nicht bald abschloss, würde jemand anderer die Provision einheimsen.

Bitte, lieber Gott, hilf mir – wenn ich zu verzweifelt aussehe, werde ich's vermasseln.

Sie *brauchte* das Geld. Dringend. Der Mai hatte schon begonnen. Unglaublich – seit Daddys Begräbnis waren über zwei Wochen verstrichen. Selbst wenn sie ihr Zeitgefühl verloren hatte, die Rechnungen auf ihrem Schreibtisch erinnerten sie unentwegt daran, dass der Rest der Welt nicht stillstand. Und die Mahnungen klangen immer unfreundlicher – zum Beispiel von Fog City

Motors, der Firma, der sie dreitausend Dollar für ihren geleasten BMW schuldete. Wenn sie die Forderung bis zum 10. dieses Monats nicht erfüllte – in einer Woche! –, würde man ihr das Auto wegnehmen. Aber wie sollte sie ohne Transportmittel ihren Lebensunterhalt verdienen? Die Kunden würden wohl kaum mit ihr im eigenen Wagen von einem Haus zum anderen fahren, und sie müsste im Büro der Immobilienagentur schlecht bezahlten Schreibkram erledigen.

Und das Finanzamt ... Letzte Woche hatte ihr Steuerberater angerufen, um ihr eine betrübliche Neuigkeit mitzuteilen: Sein Ansuchen um Aufschub war abgelehnt worden, und der zuständige Finanzbeamte, ein widerlicher kleiner Kerl, zeigte sich sogar noch unerbittlicher als erwartet. Offenbar färbte Mutters Verbrechen auf Alex ab, und der Mann schien zu erwarten, sie würde im nächstbesten Flugzeug nach Brasilien fliehen. Einfach lächerlich. Sie besaß kaum genug Geld für eine Busfahrt, geschweige denn für ein Ticket nach Rio. Seit dem letzten Monat ging das Geschäft immer miserabler. Und das lag nicht nur am Schock, der in den ersten Tagen nach Daddys Tod einen Arbeitsausfall bewirkt hatte. Die Kunden fühlten sich in ihrer Nähe unbehaglich und begegneten ihr mit äußerster Vorsicht. Das spürte sie. Alle, die von der Tragödie in ihrer Familie wussten – und wer wäre nicht darüber informiert? –, mieden sie, als würde sie an einer ansteckenden Krankheit leiden oder hätte selber einen Mord begangen.

Im Büro war es noch schlimmer. Die Kollegen und Kolleginnen bezeugten ihr unaufrichtiges Beileid, aber sie sah ihre Augen opportunistisch glitzern. »Wenn Sie Zeit für Ihre – eh – Familie brauchen, würde ich Ihre Klientel gern ein paar Tagen lang übernehmen«, hatte Mimi Romero ihr erst am Vortag mit einem falschen Lächeln angeboten. *Darauf wette ich,* hatte Alex stumm erwidert und die Offerte dankend abgelehnt. *Damit du mir auch noch die letzten Cents meiner Provisionen abluchsen kannst.* Sobald sie ihre Deckung vernachlässigte, würden sie alle nach ihren Fersen schnappen.

Was niemand wusste, war, dass sie mit jedem Tag etwas mehr von ihrer Selbstkontrolle verlor, sosehr sie sich auch bemühte, ihren Zustand zu verbergen. *Vielleicht – wenn ich weinen könnte …* Mit schmerzhaft trockenen Augen hatte sie den Sarg des Vaters ins Grab sinken sehen und sich wie gefrorenes Wasser in einem Leitungsrohr gefühlt, das jeden Moment zu bersten drohte. Daddy war tot – und Mutter in gewisser Weise auch. Wie zum Teufel weinte man um so was? Wenn sie erst mal anfing, würde sie nicht aufhören können.

Als sie jetzt die Eichentreppe mit den handgeschnitzten Pfosten hinaufstieg, rechnete sie sich die erhoffte Provision aus. Sechs Prozent von achthundertfünfzigtausend – gerade genug, um die unbarmherzigsten Gläubiger loszuwerden. Mit den anderen würde sie sich später befassen.

Auf dem Treppenabsatz des zweiten Stocks blieb sie kurz stehen. Nachdem dieser Typ – offensichtlich gut betucht, aber nicht protzig, mit scharfen Bügelfalten und einem marineblauen Blazer über einem hellblauen Lacoste-Hemd, das blonde Haar diskret gestylt – die spektakuläre Aussicht im obersten Stock gesehen hatte, würde sie ihm die erste Etage zeigen. Das beengte Bad, das düstere Schlafzimmer. Aber das würde er vor lauter Begeisterung gar nicht bemerken. »Alles wurde sorgfältig renoviert«, fuhr sie fort. Nach jahrelanger Praxis funktionierte ihre Verkaufsstrategie wie eine gut geölte Maschine. »Die Besitzer haben sehr viel selber gemacht – die ganze Täfelung gereinigt und neu poliert und die Fliesen in der Eingangshalle gelegt. Haben Sie das schöne gezahnte Gesims im Speisezimmer gesehen? Es ist funkelnagelneu im Originalstil.« Man musste seine Hausaufgaben machen. Das hatte sie gelernt. Die Interessenten stellten Fragen. Und wenn man nicht antworten konnte, verriet man mangelnden Enthusiasmus oder erweckte den Eindruck, man versuchte irgendwelche Minuspunkte zu verbergen.

Das sichtliche Entzücken des Kunden belohnte ihre Mühe. Lawrence Godwin – sogar der Name klang nach Geld. Wie er erklärt hatte, war er von seiner Firma in diese Gegend versetzt worden. Aber er verriet nicht, in welcher Branche er arbeitete. Ein Anwalt, hatte sie seinem festen Händedruck und seinem Selbstvertrauen entnommen, das an Arroganz grenzte. Und er sah nicht übel aus. Über eins achtzig groß, mit schneeweißen Zähnen, die das etwas kraftlose Kinn wettmachten. Bedauerlicherweise konnte sie Männer nicht taxieren, ohne sie mit Jim zu vergleichen, und dabei kamen sie alle schlecht weg.

Unter der sonnenhellen Kuppel des zweiten Stockwerks bewunderte er die Aussicht, die an diesem klaren Maitag über die ganze Bucht hinweg reichte, bis zur Monterey Peninsula im Süden. Tief unten kreuzten Segelboote auf dem leuchtend blauen Meer, und der Strand glich einem einladend ausgestreckten weißen Arm. Eine bessere Reklame konnte Alex sich gar nicht wünschen. An ihrer Seite stieß Lawrence Godwin einen leisen Pfiff aus. »Also haben Sie nicht übertrieben. Fabelhaft. Offen gestanden, ich begreife nicht, wieso die Eigentümer dieses Haus verkaufen.«

»Man hat Mr Rudman eine Professur an der Rhode Island School of Design angeboten«, erklärte Alex. »Aber die Trennung von seinem geliebten Heim bricht ihm fast das Herz, und seiner Frau auch.« Dass die Rudmans einen enormen Profit herausschlagen würden, verschwieg sie.

»Ja, das verstehe ich.« Lawrence – oder Larry? – wandte sich zu ihr. »Was können Sie mir über die Nachbarschaft erzählen?«

Alex spürte ein vertrautes Prickeln in den Fingerspitzen, das durch die Arme bis zum Nacken hinaufkroch – ihre persönliche Wetterfahne. Sobald sich die Interessenten nach der Nachbarschaft erkundigten, hatte sie ihr Ziel fast erreicht.

Bitte, lieber Gott, lass ihn ein Angebot machen.

Als sie antwortete, versuchte sie keinen übermäßigen Eifer zu bekunden. »Agua Fria Point ist die älteste, exklusivste Siedlung in diesem Gebiet, mit einem kleinen Privatstrand, den wir Smuggler's Cove nennen.« Mit einem koketten Lächeln deutete sie an, dort hätten die Schmuggler vielleicht vor langer Zeit ihre Schätze vergraben, obwohl vermutlich nur ihre Perlenhalskette im Sand steckte, die sie während der High-School-Zeit bei einem Rendezvous mit Jim verloren hatte.

»Ich würde gern mit ein oder zwei Nachbarn reden«, bemerkte er lässig. »Damit ich ein Gefühl für die Gegend und die gesellschaftliche Atmosphäre kriege.«

Nun sah sie einen gierigen Glanz in seinen Augen, der ihr missfiel. »Sprechen Sie doch mit *mir*. Ich bin hier aufgewachsen.« Um ihr Unbehagen zu überspielen, lachte sie leise. Normalerweise verriet sie den Kunden möglichst wenig über sich selbst. Wen interessierte es schon, welche Noten sie in der Schule bekommen hatte und ob sie ihre Möhren lieber würfelig oder *à la julienne* geschnitten aß? Aber wenn es den Deal förderte, würde sie sogar Lawrence Godwins Schuhe putzen.

Warmherzig lächelte er sie an. Als er dem Fenster den Rücken kehrte, wirkten seine Gesichtszüge, eben noch vom Sonnenlicht gemildert, plötzlich hart und nicht mehr so nobel. »Dann können Sie mir vielleicht sagen, ob es stimmt, was ich in den Zeitungen gelesen habe?«

Sie blinzelte verwirrt. In ihrem Hinterkopf läutete eine winzige Alarmglocke. *Unsinn,* dachte sie, *ich bin paranoid.* »Im Immobilienteil wird manchmal ein bisschen übertrieben.«

»Das meine ich nicht.«

Ein eisiger Schauer rann über ihr Rückgrat. Entsetzt starrte sie ihn an. Wusste er, wer sie war, oder wollte er nur seine Neugier befriedigen. »Ich vermute, sie spielen auf die schrecklichen Ereignisse in der Cypress Lane an«, erwiderte sie kühl. »Seien Sie versichert, diese Tragödie wirft kein bezeichnendes Licht auf die Nachbarschaft.«

»Kannten Sie Dr. Seagrave?«

Das war nicht nur reine Neugier. Das Glitzern in seinen Augen, das sie für Interesse an diesem schönen Haus gehalten hatte, bedeutete etwas ganz anderes. Jetzt glich er einem Hai. Beklommen entdeckte sie eine goldene Kette im offenen Kragen seines Lacoste-Hemds. So etwas würde niemand in ihrem Freundeskreis tragen. Sie ignorierte die Frage und eilte zur Tür. »Soll ich Ihnen den ersten Stock zeigen. Neben dem Schlafzimmer ist ein *riesiger* begehbarer Kleiderschrank.«

Godwins aalglatte Stimme ließ sie erstarren. »Okay, ich will ehrlich sein: Das Haus interessiert mich nicht. Ich bin Reporter. Vom *Banner*.«

In ihrem Innern schien irgendetwas zu explodieren. Der *Banner* zählte zu den schlimmsten, blutrünstigsten Revolverblättern. Erbost fuhr sie herum. »Wie können Sie es wagen!«

Scheinbar ungerührt zuckte er die Achseln. »Ich mache nur meine Arbeit, Ma'am. So wie Sie. Aber falls Sie Wert auf mein Mitgefühl legen, es tut mir Leid.« Grinsend entblößte er seine perfekten weißen Zähne. Lauter Kronen, wie sie nun feststellte.

Der Anblick weckte eine unangenehme Erinnerung. Eines Tages – damals war sie in die siebte Klasse gegangen – hatte sich ein unheimlicher Mann erboten, sie von der Schule nach Hause zu fahren. Als sie zurückwich, öffnete er seinen Mantel. Darunter war er splitternackt. Sie warf nur einen kurzen Blick auf das grässliche purpurrote Ding zwischen seinen Beinen. Doch das hatte genügt, um ihr den Magen umzudrehen.

Und jetzt erregte Lawrence Godwin – hieß er wirklich so? – die gleiche Übelkeit. »Verschwinden Sie!«, befahl Alex.

Mit einer versöhnlichen Geste breitete er die Arme aus. »Verachten Sie mich, wenn Sie wollen. Aber da ich nun mal hier bin, sollten Sie mir *Ihre* Version erzählen. Nachdem so viel Schund gedruckt wurde – möchten Sie nicht die Wahrheit ans Licht bringen?«

Wütend zeigte sie mit dem Finger auf ihn. »Sie und Ihresgleichen machen mich ganz krank! All diese miesen Klatschreporter zerren meine Familie in den Dreck, und wir sehen aus wie – wie ...«

»Wie was?«, fragte er begierig.

»Wie der letzte Abschaum! Mein Vater war zehnmal so viel wert wie Sie, und alle Leute schauten zu ihm auf. Deshalb sind Sie doch hier! Weil Sie niemanden finden konnten, der auch nur ein einziges böses Wort über ihn sagt!«

»Zumindest einer Person muss er missfallen haben. Ihrer Mutter.«

Durfte sie ihren Ohren trauen? War dieser elende Reporter tatsächlich so unverschämt, die ganze Verzweiflung heraufzubeschwören, die sie mühsam zu verdrängen suchte? *Als wäre die Tragödie nicht real, sondern ein billiger Kriminalroman. Daran ist Mutter schuld. Soll ich mein Leben lang für ihr Verbrechen büßen?*

Sie begann zu schwanken. O Gott, beinahe hätte sie diese Gedanken ausgesprochen. *Aber sosehr ich Mutter auch hasse, ich werde sie nicht verraten.*

Hast du sie nicht in all den Jahren verraten und Daddys Geheimnisse auf ihre Kosten gehütet?, spottete eine innere Stimme. Wäre sie keine bereitwillige Komplizin gewesen, würde ihr Vater vielleicht noch leben. Diese Erkenntnis nahm ihr sekundenlang den Atem. Keuchend rannte sie durch den Torbogen der Kuppel und stolperte die schmale Treppe hinab. Ihr Absatz blieb am gewellten Gummiläufer hängen, der die Stufen bedeckte, und sie musste sich am Geländer festhalten. Während sie um ihr Gleichgewicht kämpfte, sah sie den Parkettboden der Eingangshalle aus der Vogelperspektive und glaubte, in den Rachen eines Monsters zu starren, das sie verschlingen wollte.

Später erinnerte Alex sich nicht, wie sie hierher geraten war. Eben hatte sie noch auf der Zufahrt des Queen-Anne-Hauses gestanden und das Schild ZU VERKAUFEN angestarrt, das schief im Rasen steckte und sie zu verhöhnen schien. Und jetzt stieg sie auf einer *anderen* Zufahrt aus dem Auto, vor dem Heim ihrer Kindheit.

Sie glaubte, eine düstere, mysteriöse Zone zu betreten, wo rationale Gedanken nichts zählten. Irgendwie wurde sie *hineingezogen* wie ein Boot, von einer Strömung getragen, in einen schmalen Kanal. Was sie dachte, erschien ihr seltsam verzerrt, wie Stimmen unter Wasser. In einem verborgenen Teil ihres Gehirns entstand das vage Bedürfnis, mit eigenen Augen zu sehen, ob es stimmte – ob Daddy tatsächlich gestorben war, denn sie konnte es noch immer nicht fassen. Wenn sie da hineinging, würde ihr Vater vielleicht in seinem Lieblingssessel vor dem Kamin sitzen, den Aktenkoffer neben sich, Papiere auf den Knien.

Wie in einem Traum schaute sie die zweistöckige viktorianische Fassade hinauf, die im staubigen Rosa von Zuckerherzen schimmerte und mit weißem Stuck verziert war. Das Haus stand über einem Felshang, umgeben von gepflegten Blumenbeeten, in denen die ersten Rosen zu blühen begannen.

Daheim, dachte sie.

Alex und Jim hatten ein hübsches Haus mit Zwischenstockwerken besessen, in dem sie glücklich gewesen waren – zumindest hatte sie das geglaubt. Aber ihr *Heim* würde immer das alte Haus bleiben, in dem sie aufgewachsen war. Seltsam, nicht wahr? Während des Studiums hatte sie es kaum erwarten können, auszuziehen, den dunklen Korridoren zu entfliehen, die nach Möbelpolitur rochen, den antiquierten Toiletten, wo ständig das Wasser rauschte, den pochenden, ratternden Leitungsrohren in den Wänden. Deshalb hatte sie sich so früh wie möglich an der UCSB eingeschrieben, als würde sie in den letzten Hubschrauber steigen, der aus Saigon flog.

Nun fragte sie sich, ob sie in Wirklichkeit vor sich selbst geflohen war – vor einer Person, die sie nicht mehr gemocht hatte, der Hüterin finsterer Geheimnisse. Nicht nur Daddys Geheimnisse. Was wäre geschehen, wenn sie ihm von Kenny Rath erzählt hätte? Dass sie schwanger geworden war, nach einem einzigen Mal auf dem Rücksitz vom Impala seines Vaters?

Damals war sie fünfzehn gewesen. Und sie hatte mehr über die Affären ihres Vaters gewusst als andere Leute. *Mein Mädchen*, pflegte er zu sagen, mit jenem Augenzwinkern, das er nur für sie reservierte. Irgendwie spürte sie, es wäre eine schlechte Idee, Daddy über Kenny zu informieren. Alles konnte sie ihrem Vater anvertrauen, aber das nicht.

Seltsamerweise war das die einzige Zeit gewesen, in der sie sich ihrer Mutter näher gefühlt hatte. Nun kehrte die längst begrabene Erinnerung zurück. Ein Arzt von Planned Parenthood hatte sie untersucht und erklärt, sie sei seit etwa sechs Wochen schwanger. Und sie war verzweifelt genug, um etwas zu tun, was sich als sträflicher Leichtsinn erweisen konnte. Eine Freundin hatte ihr von einer Klinik in Berkeley erzählt. Vorauszahlung, keine Fragen. Natürlich alles legal. Aber wer wusste schon, welche

Ärzte dort arbeiteten? Schlimmer noch, es gab niemanden, der sie danach nach Hause bringen würde.

Kenny? Der war so betrunken gewesen, dass er sich wahrscheinlich gar nicht an die Szene im Auto erinnerte. Wenn sie sich in der Schule über den Weg liefen, nahm er sie kaum zur Kenntnis. Ihre Schwestern konnte sie auch nicht einweihen. Vielleicht Leanne. Aber ihre beste Freundin wäre schockiert gewesen, hätte sie erfahren, dass Alex keine Jungfrau mehr war.

Bis zum heutigen Tag fragte sie sich, wie Mutter die Wahrheit erraten hatte. Weibliche Intuition? Und warum funktionierte diese Intuition nicht, wenn es um Daddy ging? Wie auch immer, am Abend vor der geplanten Fahrt zu der Klinik kam Mutter unerwartet in Alex' Zimmer und setzte sich aufs Bett. Nach einer kurzen mühsamen Konversation fragte sie unverblümt, aber nicht unfreundlich: »Müsstest du mir etwas sagen, mein Kind?«

Alex hatte erklärt, am nächsten Tag würde sie bei den Myersons babysitten. Für diese Ausrede hatte sie sich entschieden, weil die Myersons am anderen Ende der Stadt wohnten. War ihr die Mutter irgendwie auf die Schliche gekommen? Hatte sie mit Carole Myerson gesprochen, die – soviel Alex wusste – gar nicht beabsichtigte, am folgenden Tag ihr Haus zu verlassen? Alex öffnete den Mund, um zu versichern, alles sei in Ordnung. Und dann brach sie plötzlich in Tränen aus.

Später erschrak sie, weil es ihr so leicht gefallen war, der Mutter alles zu gestehen. Und am erstaunlichsten fand sie Mutters Mitgefühl. »Weine nicht, Schätzchen.« Zärtlich tätschelte sie Alex' zitternden Rücken. »Wir alle machen Fehler. Und die sind nur tragisch, wenn sie sich nicht korrigieren lassen.« In ihrem hellblauen gesteppten Morgenmantel, Lockenwickler im Haar, sah sie wie eine alte Jungfer aus – der Typ, der mit einer greisen Mutter zusammenlebte, jeden zweiten Dienstag mit Freundinnen

Bridge spielte und allein schon beim Gedanken erröten würde, ein Mann könnte sie anfassen. Wäre Alex nicht so elend zumute gewesen, hätte sie gelächelt.

»Du musst mich hassen«, schluchzte sie untröstlich. »Wo ich mich doch selber hasse!«

»Niemals würde ich dich hassen, Alex«, entgegnete Mutter in strengem Ton. »Und du darfst dich selber auch nicht hassen. Keine Bange, das werden wir gemeinsam durchstehen.«

Und das gelang ihnen auch. Am nächsten Tag erklärte die Mutter dem Vater, die Myersons hätten sich anders besonnen, und sie würde mit Alex einkaufen gehen. Sie lieh sich seinen geräumigen Chrysler aus, ein neues Modell, auf dessen Rücksitz Alex bei der Heimfahrt bequem liegen konnte. Dann fuhren sie nach Norden.

In der Klinik stellte Mutter einer Krankenschwester gezielte Fragen, bevor sie dem Personal erlaubte, ihre Tochter in einen der Behandlungsräume zu bringen.

Danach war Alex zu erschöpft und hatte zu starke Schmerzen, um sich bei Mutter zu bedanken. Während der nächsten Wochen verblasste die Erinnerung. Vielleicht, weil sie genau das anstrebte. Sie hatte Mutter auch weiterhin so sehen wollen wie zuvor – eine Frau, die eher mit ihrer rosigen Vision von der Welt verheiratet war als mit Daddy.

Wie Alex jetzt beschämt erkannte, hatte die Mutter an jenem längst vergangenen Tag keine rosarote Brille getragen. Sie war für die Tochter da gewesen.

Und wenn sie dich braucht, lässt du sie im Stich. Ungebeten drängte sich dieser Gedanke auf, und das Schamgefühl steigerte sich zu tiefer Reue. Aber nur für einen Augenblick. Ärgerlich eilte sie zum Haus, als würden ihr Dämonen folgen, denen sie entrinnen konnte, wenn sie nur schnell genug rannte.

Sie konzentrierte alle ihre Gedanken auf Daddy. Vor ihrem geistigen Auge sah sie ihn ganz deutlich – attraktiv und temperamentvoll, sogar in späteren Jahren. Das Familienalbum enthielt Fotos aus seiner Jugend, die einen schneidigen Offizier in der Uniform des Zweiten Weltkriegs zeigten. Doch der Vater, den sie gekannt hatte, war noch imposanter gewesen und erinnerte sie an einen wundervollen alten Gary-Cooper-Film.

Während sie die Verandastufen hinaufstieg, bildete sich ein schmerzhafter Kloß in ihrem Hals, hart und säuerlich wie die Holzäpfel, die in jedem Sommer den Rasen übersät hatten. In den Beeten entlang der Hausmauer wucherte Unkraut. Und dann sah sie das gelbe Klebeband von der Polizei am Geländer. TATORT – BETRETEN VERBOTEN.

Erbost riss sie das Band vom Geländer der Terrasse. Ob sie sich schuldig machte, war ihr egal. *Verdammt, das ist mein Zuhause.*

Zum Glück besaß sie einen Schlüssel. Sie sperrte die Tür auf und überquerte die Schwelle. Ein paar Sekunden lang blieb sie stehen und wartete, bis sich ihre Augen an das Halbdunkel gewöhnt hatten. Hier drinnen war es kühler als draußen, und sie nahm einen trockenen grasigen Geruch wahr, der dem Duft im Kräuterschrank ihrer Mutter glich. Auf einem kleinen Eichentisch an der Wand zu ihrer Linken lag die Post ihrer Mutter – ordentlich gestapelt, zweifellos von den Ermittlungsbeamten, die in diesen Briefen nach diskriminierenden Anhaltspunkten gesucht hatten. »Wie rücksichtsvoll«, murmelte sie wütend und stieg über die braunen Blätter auf dem orientalischen Teppich hinweg, die von einem welken Schwertfarn stammten. Offenbar hatte niemand daran gedacht, die Pflanze zu gießen.

Dumpf und schwer pochte ihr Herz, wie die Großvateruhr, die immer noch am Fuß der Treppe tickte. Sie dachte an einen Satz aus einem schlechten Western. *Hier kommt niemand lebend raus.* Genauso fühlte sie sich jetzt, als sie langsam zum Salon ging. Was immer sie finden mochte – würde es ihr Leben tief greifend verändern? Wahrscheinlich würde die Alex, die dieses Haus verlassen würde, nicht mehr dieselbe sein, die hineingegangen war.

Die beiden Türflügel des breiten Torbogens standen weit offen. Im schwachen Licht, das zwischen den geschlossenen Samtvorhängen hindurchdrang, sah der Salon genauso aus wie eh und je. Dann bemerkte Alex die Spuren der polizeilichen Ermittlungen. Tische und Sessel waren an die Wände gerückt, die hohen chinesischen Vasen, die zu beiden Seiten des Kamins gestanden hatten, in eine Ecke gestellt worden. Aus der antiken Teebüchse, in der Mutter ihre Crewelstickerei verwahrt hatte, quoll buntes Garn. Eine plötzlich Bewegung am anderen Endes des Raums ließ Alex zusammenzucken. Verwirrt hielt sie den Atem an. Aber es war nur ihr eigenes Abbild im goldgerahmten Spiegel über dem Kaminsims. In der Stille des verlassenen Salons brach sie in ein unnatürliches Gelächter aus, das gespenstisch laut von den Wänden widerhallte.

Im selben Moment fiel ihr Blick auf Mutters kostbaren türkischen Teppich, und das Lachen blieb ihr im Hals stecken. *O Gott, dort stand Daddy …*

Taumelnd trat sie vor und stieß gegen einen kleinen Tisch, der heftig schwankte und dann stehen blieb. Sie hatte einen Krach gehört. Zu ihren Füßen lag die zerbrochene Dresdner Porzellanfigur, die sie ihrer Mutter letztes Jahr zu Weihnachten geschenkt hatte. Leise schrie sie auf, starrte die Scherben an, wollte sie nicht aus den Augen lassen, denn sonst müsste sie etwas anderes sehen …

Blut.

Ein großer, nierenförmiger Fleck beschwor Assoziationen mit

Ländern im Atlas herauf. Grönland oder Afrika – irgendein weit entfernter Ort, den sie niemals besuchen würde. Entsetzt schaute sie den Fleck an, und der Boden unter ihren Füßen begann zu zittern. Sie stöhnte gequält, dann sank sie in den Brokatsessel gegenüber dem Sofa.

Daddys Blut – das ist Daddys Blut, stammelte eine hysterische innere Stimme. Da, auf dem verblichenen Teppich, wo sie in der Kindheit mit ihren Schwestern gespielt hatte. Großer Gott …

Was war in Mutter vorgegangen? Hatte sie *geplant,* Daddy zu erschießen oder in ihrer wilden Eifersucht nicht aufgepasst, sodass die Waffe versehentlich explodiert war?

Nein, widersprach eine andere, ruhigere innere Stimme. Mutter hatte noch nie die Selbstkontrolle verloren. Zumindest nicht in Alex' Gegenwart. *Es geschah mit Absicht.*.

Deutlich sah sie die Ereignisse vor ihrem geistigen Auge, wie einen alten, mit einer vorsintflutlichen Kamera gedrehten Schwarzweißfilm.

Ein paar Wochen, nachdem Beryls Bombe geplatzt ist … Genug Zeit für Mutter, um nachzudenken und all die Lügen zusammenzusuchen, die er ihr im Lauf der Jahre aufgetischt hat. Sie zerfressen ihr Herz wie ein langsam wirkendes Gift, bis sie den Schmerz nicht länger verkraftet. Bis der Gedanke an die Leute auf der Party, den Champagner und die endlosen Trinksprüche unerträglich wird. Wie in Trance steigt sie die Treppe zum ersten Stock hinauf.

Im Schlafzimmer muss sie den Stuhl von ihrem Toilettentisch vor den Schrank rücken, sonst könnte sie das oberste Fach nicht erreichen. Auf Zehenspitzen, ein bisschen wackelig auf dem gepolsterten Sitz, tastet sie nach der Metallbox zwischen der staubigen Krokodilledertasche mit Nanas Initialen und dem Stapel alter New-York-*Magazine, die Daddy nicht wegwerfen will.*

Die Box ist schwerer als erwartet. Wer hätte gedacht, dass ein Re-

volver so viel wiegt? War die Startpistole, die sie als Kapitän des Schwimmteams im College abfeuerte, auch so schwer? Daran erinnert sie sich nicht. Und es spielt auch keine Rolle. Solchen Gedanken hängt sie nur nach, weil sie sich von ihrem Plan ablenken will. Der Revolver ist geladen. Sie steckt ihn in die Schürzentasche und spürt den kalten Lauf an ihrem Schenkel. Wie angenehm wäre es, sich selbst zu erschießen. Sie hat keine Angst vor dem Tod. Aber das würde dem Treiben kein Ende bereiten. Die Frauen … Bald würde eine dieser Frauen in dieses Haus ziehen, von ihren, Lydias, Tellern essen und in dem Bett schlafen, wo sie ihre Kinder empfangen hat. Unvorstellbar …

Trotzdem verliert sie fast die Nerven, als die Haustür ins Schloss fällt. Ihr Mann ist aus dem Krankenhaus zurückgekehrt. Und ruft nach ihr. Ein bisschen ungeduldig. Und sie antwortet, sie würde sofort nach unten kommen. In ein paar Sekunden. Länger braucht sie nicht, um die Waffe zu entsichern. Und dann schlendert sie zur Treppe, als würde sie schweben, und steigt die Stufen hinab …

Alex wusste nicht, wie lange sie ins Leere gestarrt hatte, während die Phantasieszene ihrem unausweichlichen Ende zugegangen war. Vielleicht nur ein paar Minuten … Sie schaute sich um. Zu ihrer Verblüffung sah sie nächtliches Dunkel zwischen den Vorhängen. Ein beharrliches Hämmern an der Haustür hatte sie aus ihrer Traumwelt gerissen. Wie aus weiter Ferne schien das Geräusch, von mehreren langen Korridoren gedämpft, heranzudringen. Alex rieb sich die Augen. Wer immer das war, er ging nicht weg. Ein Polizist?

Gewiss, sie hätte den Tatort nicht betreten dürfen. Aber war es nicht ihr gutes Recht, sich in diesem Haus aufzuhalten?

»Die Tür ist offen!«, rief sie mit schwacher Stimme, zu erschöpft, um aufzustehen.

Langsam wurde die Tür aufgestoßen, Schritte erklangen auf dem Teppich der Eingangshalle. Sekunden später schaute Alex in ein vertrautes Gesicht, das sie verwirrte und zugleich erleichterte. »Leanne! Was machst du hier?«

»Das könnte ich dich auch fragen.« Leannes Wangen waren gerötet, die Haare zerzaust, als wäre sie zu Fuß hierher gekommen. »Bist du verrückt?« Ihre Stimme klang ärgerlich und verängstigt – die Stimme einer Mutter, die ihr Kind bei einem gefährlichen Abenteuer ertappt.

»Ich wollte mich nur umschauen …«, stammelte Alex.

»So was Dummes! Erstens verstößt du gegen das Gesetz, und zweitens …« Leanne hielt inne, um Atem zu holen, und fügte zögernd hinzu: »Du dürftest einfach nicht hier sein.«

»Aber ich *musste* es sehen.« Durch einen Tränenschleier beobachtete Alex, wie die dunklen Umrisse der Möbel verschwammen. Dann betrachtete sie den Teppich.

Leanne folgte ihrem Blick und entdeckte den Blutfleck. Entsetzt presste sie eine Faust auf den Mund. »O Gott … Komm, Alex, wir müssen verschwinden. *Sofort.*« Sie packte die Hand ihrer Freundin und zerrte sie aus dem Sessel.

Von der plötzlichen Bewegung aus dem Gleichgewicht geraten, stieß Alex mit Leanne zusammen, die sie festhielt.

Alex spürte etwas Hartes und sah den Plastikausweis aus der Brusttasche von Leannes Schwesterntracht ragen. Also muss sie auf dem Weg zur Klinik gewesen sein … Nein, das ergab keinen Sinn. Von dieser Strecke lag Agua Fria Point meilenweit entfernt. Also musste sie einen Umweg gemacht haben. Warum? Was hoffte sie hier zu finden?

Entschlossen riss Alex sich los. »Du hast meine Frage nicht beantwortet. Was machst du hier?«

In Leannes Augen flackerte etwas Seltsames, Dunkles, Undefinierbares. Dann umfasste sie Alex Arm und zog sie in die Halle. »Ich hatte dieselbe Idee wie du«, erklärte sie mit hoher, atemloser Stimme. Aber ich wollte nicht hineingehen. Bis ich deinen BMW auf der Zufahrt sah.«

»Was für eine Idee war das?«

Leanne blieb stehen und schaute Alex an. In ihren blauen Augen schimmerten Tränen. »Ich kann's noch immer nicht glauben. Vielleicht wollte ich mich überzeugen …«

In diesem Moment wurde Alex bewusst, dass sie nicht allein war. Da gab es einen Menschen, der ihre Gefühle verstand und sie besser kannte als sonst jemand. Wie dumm von ihr, auch nur eine Sekunde lang an Leannes Beweggründen zu zweifeln. »Ist es so schlimm, wie du's erwartet hast?«, fragte sie, von dem plötzlichen Impuls gedrängt, das Grauen mit der Freundin zu teilen.

»Noch schlimmer.« In der dunklen Halle glich Leannes Gesicht einer geisterhaften weißen Maske.

»Glaubst du, sie hat es geplant? Oder ging der Schuss versehentlich los?«

Leanne zauderte, als wäre sie nicht sicher, wie viel Alex noch ertragen konnte. Dann erwiderte sie in energischem Ton: »Falls es dich wirklich interessiert, was ich glaube – wir beide könnten einen Drink vertragen.« Sie schaute auf ihre Uhr. »Leider muss ich mich mit Kaffee begnügen. Aber bis zur Arbeit habe ich noch eine halbe Stunde Zeit. Komm, gehen wir unterwegs in eine Bar.«

Sie rannten aus dem Haus und die Verandastufen hinab.

Erst etwas später, als Alex am Steuer ihres BMW saß und den Rücklichtern von Leannes braunem Taurus folgte, schöpfte sie Verdacht. Leanne hatte behauptet, sie sei einfach nur hierher gekommen und habe nicht beabsichtigt, das Haus zu betreten. Hätte sie denn hineingehen können? Dann müsste sie …

Sofort verwarf Alex diesen Gedanken. Warum sollte Leanne einen Schlüssel zum Haus der Seagraves besitzen? *Sie hat sich einfach nur unklar ausgedrückt. Das ist alles.*

Ein paar Stunden und vier Gin Tonics später kniete Alex in ihrem Badezimmer, den Kopf über der Toilette – in einer Hand das Handy, in der anderen den in Leder gebundenen Filofax. Wenn sie die Kotzerei lange genug unterbrechen konnte, würde sie ihre Schwestern anrufen und um Hilfe bitten. Die Zwillinge waren alt genug, um für sich selber zu sorgen. Aber sie waren besorgt darüber, was mit ihrer Mutter los war, und die Tanten würden sie beruhigen.

O Gott, warum hatte sie so viel getrunken – und noch so lange in der Bar gesessen, nachdem Leanne zur Klinik gefahren war? Zu allem Überfluss würde sie morgen ein weiteres Taxi bestellen müssen, um den BMW zu holen, der immer noch vor der Surfside Tavern parkte. Gar nicht zu reden von dem grässlichen Kater …

Sie erbrach wieder – dünnflüssige, säuerliche Galle –, als es an der Badezimmertür klopfte. »Geh weg!«, stöhnte sie. »Ich bin krank!«

Sicher einer der Zwillinge, die sich halb zu Tode ängstigten. Kein Wunder. Sie hatte nicht einmal angerufen, um ihnen mitzuteilen, sie würde später nach Hause kommen. Und dann hatten sie die Mutter in diesem Zustand gesehen …

Abrupt kehrte die Erinnerung zurück. *Das Blut. Daddys Blut. O Gott …*

Kalter Schweiß bedeckte ihr Gesicht, und sie würgte krampfhaft. Aber ihr Magen war leer, sie hatte alles ausgespien. Vermutlich zusammen mit ein paar inneren Organen. Das Badezimmer, das sie im Santa-Fe-Stil eingerichtet hatte – schmiedeeiserne Handtuchhalter, ein Brett-Easton-Druck vom Thumb Butte, in einem alten Holzrahmen –, drehte sich wie ein Karussell.

Poch, poch. Diesmal lauter.

»Alex, ich bin's – Jim. Kann ich reinkommen?«

Jim? Um Himmels willen, was machte er hier? Wilde Panik erfüllte die leere Höhle, wo ihr Magen gewesen war. So durfte er sie nicht sehen. Sonst würde er wissen, was für eine lausige Mutter sie war, die ihre süßen, liebevollen Töchter gar nicht verdiente. Töchter, die sich um sie sorgten und den Vater angerufen hatten – Töchter, deren Hälse sie umdrehen würde … Warum ausgerechnet *Jim?*

»Geh weg!«, jammerte sie.

Aber er hatte die Aufforderung nicht gehört oder er ignorierte sie. Jedenfalls stand ihr Ex-Mann plötzlich neben ihr, die Hände vor der Brust verschränkt, und musterte sie. Aus ihrer Perspektive betrachtet, glich er einem vorwurfsvollen Riesen. Wäre das ein Werbespot, würde er einen Toilettenreiniger anpreisen. Ihre Schläfen dröhnten. In ihrer Kehle stieg schwaches Gelächter auf.

Ehe sie protestieren konnte, hob er sie vom Badezimmerboden auf und trug sie ins angrenzende Schlafzimmer. Als er sie aufs Bett legte, nicht allzu sanft, schien sich die Matratze seitwärts zu neigen, wie ein überlastetes Floß.

Alex versuchte sich aufzurichten – und fiel sofort wieder zurück. »Die Mädchen. O Gott – so sollen sie mich nicht sehen …«

»Keine Bange, sie sind okay. Ich habe ihnen ein Dinner mitgebracht. Jetzt sitzen sie vor dem Fernseher und essen irgendwas Chinesisches.« Grinsend fügte er hinzu: »Ich hab ihnen eingeredet, du hättest dir irgendeinen Virus eingefangen. Zum Glück sind sie nicht an den Anblick einer betrunkenen Mutter gewöhnt.«

Der Gedanke an Essen – insbesondere scharf gewürztes chinesisches Essen – drehte ihr den leeren Magen um. »Ich bin nicht betrunken …«, würgte sie hervor.

Lachend zog er ihr die Schuhe aus. »Wenn du nicht betrunken bist, musst du im Sterben liegen.«

»Ja, das wäre dein sehnlichster Wunsch.«

»Deshalb liebe ich dich, Alex. Selbst wenn du auf der Schnauze liegst, gibst du niemals klein bei.«

Ächzend krümmte sie sich zusammen und presste ein Kissen auf ihren gequälten Bauch. »Dieses dumme Geschwätz kann ich nicht gebrauchen. Nicht heute Abend! Geh doch zu einer deiner Freundinnen und halt ihr einen Vortrag!«

»Um Himmels willen, Alex, musst du dauernd davon reden?«

»Damit hat's doch angefangen, oder? Eines Nachts bist du nach Hause gekommen und hast nach Jean Naté gerochen.« Abrupt setzte sie sich auf, und die plötzliche Bewegung schien einen Eispickel in ihren Kopf zu bohren. »Hättest du nicht wenigstens ein *stilvolles* Mädchen aussuchen können? Keine kleine Sekretärin, die ihr Parfum bei Rexall's kauft?«

»Okay, du hast gewonnen, ich bin ein Scheißkerl. Was ich tat, war unverzeihlich, und du hast allen Grund, mich zu hassen. Aber können wir nicht mal eine Atempause einlegen? Nur für heute Nacht?« Er setzte sich aufs Bett und legte eine Hand auf Alex' Schulter.

»Warum bist du hier?« Vorsichtig drehte sie sich auf den Rücken.

Sie wollte ihn hassen. Aber im halbdunklen Schlafzimmer, wo das schwache Licht aus der Badezimmertür seinen Kopf wie eine Gloriole umgab, sah er so wundervoll und vertraut aus, dass sie nur noch um ihren Verlust weinen wollte.

Und dann weinte sie tatsächlich – ein heftiges Schluchzen rang sich genauso schmerzhaft und brutal aus ihrer Kehle wie zuvor das Erbrochene. Sie klammerte sich an ihren Ex-Mann, und der ganze Schmerz brach aus ihr heraus, der Kummer über Daddy und Mutter und Jim. Nachdem der Zorn verflogen war, konnte sie in Erinnerungen versinken und um schöne Zeiten trauern.

Außer Mutter war Jim der Einzige, der von Alex' Abtreibung wusste. Er verstand, warum sie sich nach ihrer Fehlgeburt im ersten Ehejahr so schuldig gefühlt hatte. Als wäre sie bestraft worden. In Tränen aufgelöst, hatte sie ihm alles gestanden und erwartet, er wäre schockiert, sogar angewidert. Stattdessen hatte er sie einfach nur im Arm gehalten, bis das Schluchzen verstummt war. So wie jetzt.

»O Jim, warum musste es zu Ende gehen?«, klagte sie. »In Gottes Namen – warum?«

Kapitel 10

»Seit zweiunddreißig Jahren bin ich Anwalt. Aber so einen Fall habe ich noch nie erlebt.« Nachdenklich nippte Tom Cathcart an seinem Virgin Mary. Auf seinem Teller lag ein halb gegessenes Club-Sandwich. »Hätte sie auf eine geringfügigere Anklage plädiert, wäre sie gegen Kaution freigelassen worden. Das hat ihr der Richter praktisch auf einem Silbertablett serviert. Sie wusste genau, was er hören wollte. Und sie hat es verdammt noch mal nicht gesagt.«

Seufzend und lustlos stocherte Daphne in ihrem Krabbensalat herum. Sie fühlte sich völlig frustriert. Nichts Neues. Neu – und beunruhigend – war nur die Saat der Hoffnungslosigkeit, die in ihr Wurzeln geschlagen hatte und mit jedem Tag wuchs. »Früher glaubte ich sie zu kennen. Alle ihre Aktivitäten sah ich voraus – was sie zu meinen Schwestern sagen oder mit welchen Worten sie erklären würde, wie ich eines Tages meine Kinder erziehen sollte. Und ich wusste sogar, was sie in einem Restaurant bestellen würde.« Mit einem wehmütigen Lächeln betrachtete sie die gestapelten Speisekarten auf einem stummen Diener, der diagonal zum Tisch stand. »Jetzt merke ich, wie arrogant ich war. Niemand dürfte sich einbilden, er könnte die Handlungsweise eines anderen Menschen hundertprozentig prophezeien.«

Sie aßen in einem sonnigen Café an der Ecke Old Courthouse

Street und Main zu Mittag, einen Häuserblock von Cathcarts Büro entfernt. Dieses Lokal hatte er vorgeschlagen, weil er sich in Ruhe mit ihr unterhalten wollte, ungestört von klingelnden Telefonen und surrenden Faxgeräten. Da er unablässig von Reportern angerufen und von Klienten bestürmt wurde, war ihr natürlich nicht entgangen, welchen Aufschwung der Sensationsprozess der Firma Cathcart, Jenkins & Holt bescherte.

Für seine berühmt-berüchtigte Klientin hatte sich nichts geändert. Nun genoss Mutter bereits in der vierten Woche die »Gastfreundschaft« des Miramonte County Jail. Der kalte Wind des frühen Mais wurde von sanfteren Brisen verdrängt, die den Sommer ankündigten. Über dem Ziegelpflaster der Fußgängerzone im Old-Courthouse-Street-Einkaufszentrum, das sie durchs Fenster sahen, blühten Lappenblumen, Geranien und Moosröschen in Töpfen und Hängekörben – ohne Rücksicht auf das Leid jener Menschen, die diese Schönheit nicht zu würdigen vermochten.

Sie wünschte, ihre Schwester würde mit am Tisch sitzen, aber Kitty hatte andere, ebenso wichtige Dinge zu tun. Sie fungierte als Gastgeberin im Tea & Sympathy. Dort hatte sich Mutters Gartenverein versammelt. Die Mitglieder organisierten eine Unterschriftensammlung, die Mutters Freilassung vor dem Prozess bewirken sollte, und Kitty versuchte den Frauen zu erklären, wie hilfreich ihre eidesstattlichen Aussagen über den untadeligen Charakter und die zahlreichen guten Taten der Angeklagten wären. Dazu hatten sich bisher nur wenige bereit erklärt, darunter Mrs Holliman und die alte Mrs Carter. Die anderen fürchteten die Publicity – und ein schlechtes Licht, das auf sie selbst fallen könnte. Für diese Haltung brachte Kitty mehr Verständnis auf als Daphne, die sich über die »Feigheit« der Frauen ärgerte. Deshalb hatte Kitty gemeint, ihre Schwester solle den Nachmittag lieber mit Cathcart verbringen und die Verteidigungsstrategie erörtern. Was Kitty nicht eigens betonen musste, war, dass Daphnes spürbare Missbilligung die Frauen, die sich vielleicht umstimmen ließen, sicher in die Flucht schlagen würde.

Nun richtete Daphne ihre Aufmerksamkeit wieder auf Cathcart, der ratlos den silberhaarigen Kopf schüttelte. »Sosehr ich mich auch bemühe, sie hört einfach nicht auf mich. Anscheinend *will* sie bestraft werden.«

Ein guter Mann, dachte sie. Etwas steif, ein bisschen zu sehr von sich eingenommen, aber hochanständig. Seine Enttäuschung schien genauso vom aufrichtigen Wunsch herzurühren, Mutter zu helfen, wie von seinen persönlichen Ambitionen. In seinen blauen Augen las sie echte Sorge, während er an einem seiner Hosenträger zupfte.

Trau niemals einem Mann mit Hosenträgern. Eins von Mutters seltsamen Vorurteilen. Was für eine merkwürdige Ironie: Der Familienanwalt hatte sich immer nur mit Hosenträgern gezeigt. An diesem Tag trug er besonders phantasievolle – safrangelb, mit einem kühnen schwarzen Uhrenmuster. Aber nach dem ständigen Anblick von französischen Manschettenknöpfen mit Monogramm und Gucci-Trotteurs (Rogers Garderobe tendierte zum Pompösen) fand sie Cathcarts modische Laune erfrischend.

Sie vergeudete keine Zeit und kam zur Sache. »Dann müssen wir uns an Dinge halten, die wir unter Kontrolle haben. Könnten wir den Prozess vorverlegen lassen? Bis zum vierzehnten August ist es noch lang, und Mutter ist nicht mehr die Jüngste. Vier Monate würden ihr wie eine lebenslängliche Gefängnisstrafe vorkommen.«

Natürlich mochten sich die Monate zu *Jahren* ausdehnen. Aber daran durfte Daphne nicht denken, sonst würde ihr die Kraft fehlen, den Kampf fortzusetzen. Die wachsende Verzweiflung würde sie lähmen. Also musste sie sich auf alles innerhalb ihrer

Reichweite konzentrieren und ihrer Mutter zum Beispiel die beste Verteidigung verschaffen, die man für Geld kaufen konnte.

Cathcart ist tüchtig – aber vielleicht nicht der beste Mann für diesen Job. Während sie mit dem Strohhalm in ihrem Eistee spielte, ließ sich dieser Gedanke nicht verdrängen. Würde Roger Recht behalten? Das wäre schrecklich. Wenn sie sein Angebot, einen erstklassigen Anwalt zu engagieren, aus reiner Sturheit ablehnte, statt in Mutters Interesse zu handeln … Gewiss, Cathcart besaß einige Erfahrungen, aber in diesem Fall wurde eine einflussreiche Persönlichkeit gebraucht, die den Kampf gegen Bruce Cho nicht scheute.

In diesem typisch kalifornischen Restaurant mit hängenden Farnpflanzen und sonnengebräunten blonden Kellnerinnen, die gestreifte Gärtnerkittel trugen, wartete Daphne ungeduldig, bis Cathcart ihr den Trumpf in seinem Ärmel zeigen würde. Sobald er die kleinste Schwäche erkennen ließ, würde sie ihn feuern. Endlich räusperte er sich. In seinem Sessel zurückgelehnt, hakte er einen Daumen unter einen Hosenträger. »Ich bin mir des Risikos bewusst, Daphne. Aber das muss ich in Kauf nehmen, um die Interessen Ihrer Mutter langfristig zu verfolgen. Im Augenblick brauchen wir Zeit. Ich werde mich weiterhin für eine Freilassung gegen Kaution einsetzen. Die will Cho aus irgendwelchen Gründen verhindern. Wenn der Kerl auch ein begabter Schauspieler ist – ich hoffe, der Richter wird uns Recht geben. Noch wichtiger: Wir sollten alle verfügbaren Möglichkeiten ausschöpfen.« Seine hellblauen Augen verengten sich. »Selbst jene, die Lydias – sagen wir mal – unmittelbare Kooperation nicht erfordern.« Plötzlich verwandelte sich der geschliffene Gentleman alter Schule in einen raffinierten Falschspieler. *Hoffentlich mit einem Ass in der Hinterhand,* dachte Daphne.

»Was genau schwebt Ihnen vor?« Abgesehen von den engsten

Freundinnen, die zu Mutters Gunsten aussagen würden, hatte Daphne nicht viel zu bieten. Und alles, was der Angeklagten vor Gericht nützen konnte, war eine Überlegung wert, mochte es auch noch so weit hergeholt sein. Wie die mysteriöse Krankenschwester, von der Kitty erfahren hatte. Die Identität der Frau kannten sie nicht. Aber eine vage Spur war besser als gar keine. Sobald Beryl den Mund aufmachte und Alex die Telefonanrufe erwiderte, würden sie vielleicht mehr wissen.

»Ich möchte die psychiatrische Entwicklung Ihrer Mutter ins Spiel bringen«, erklärte Cathcart in entschiedenem Ton.

Verwirrt starrte sie ihn an. »Ihre psychiatrische Entwicklung? Mutter war nie bei einem Psychiater. An so was *glaubt* sie nicht einmal ...« Dann erinnerte sie sich an Leannes Enthüllungen. »Andererseits hörte ich, sie habe Antidepressiva genommen, um die Zeit herum, als mein Vater starb. Ich habe keine Ahnung, ob es stimmt.«

»Wenn ja, werden wir's bald feststellen.«

»Wie denn, solange Mutter das nicht zugibt?«

»Morgen wird sie von einem Psychiater untersucht und danach regelmäßig behandelt.«

»Wieso konnten Sie ...«

»Meinen Sie, wie ich das ohne Lydias Einverständnis hingekriegt habe? Ganz einfach. Mit einer gerichtlichen Verfügung.« Cathcart zwinkerte ihr verschwörerisch zu. »Heute Vormittag hat es Kendall genehmigt, und er wird die Frage der Kaution noch mal überdenken, wenn ihm das ärztliche Gutachten vorliegt. Kennen Sie Avery Scheiner? Ich habe oft mit ihm zusammengearbeitet. Ein tüchtiger Mann. Nicht der Beste, aber er kriecht wenigstens nicht vor Cho zu Kreuze.«

Bei der Erwähnung von Cho gingen ihre Gedanken zu Johnny, und ihr Herz schlug schneller. Sollte sie etwas sagen? Nein, hier gab es nichts zu sagen, abgesehen von einem Kuss und den schlaflosen Nächten, die er sie gekostet hatte. Entschlossen verdrängte sie diese Gedanken in den Hintergrund ihres Bewusstseins, wo sie hingehörten. »Also glauben Sie, es wäre die beste Taktik, auf Mutters Unzurechnungsfähigkeit zu plädieren?«

»Nicht direkt. Wie gesagt, es ist riskant.« Der Daumen löste sich vom Hosenträger, der einen leisen elastischen Knall von sich gab, und Cathcart legte seine Hand wieder auf den Tisch. Während er weitersprach, strich der schmale Zeigefinger über die Klinge seines Messers. »Heutzutage interpretieren die Gerichte eine temporäre Unzurechnungsfähigkeit nicht mehr so milde. Lydia wird vielleicht nicht zu einer Gefängnisstrafe verurteilt, aber für den Rest ihres Lebens in einer psychiatrischen Anstalt landen. Was noch schlimmer wäre. Deshalb schlage ich eine subtilere Maßnahme vor: Wir stellen Ihre Mutter als eine geistig normale Person vor, die zum Äußersten getrieben wurde. Natürlich kennt sie den Unterschied zwischen Recht und Unrecht. Nun besteht sie, von Reue überwältigt, auf ihrer Strafe und handelt *gegen* ihre Interessen, wodurch ein fairer Prozess nicht gewährleistet ist.«

Nachdenklich blickte Daphne vor sich hin. Wenn der Anwalt bewies, Mutter wäre zum Äußersten getrieben worden, könnte man den Vater für ein Monstrum halten – zumindest für unmoralisch. Wäre das Daddy gegenüber fair? Und *brauchte* die Familie die zusätzliche Publicity, die auf diese Weise entstehen würde? Was immer nötig ist, wisperte die Stimme der Vernunft. Und plötzlich war es ihr völlig egal, ob Cathcarts Taktik dem Ruf ihres toten Vaters schaden würde. Immerhin ging es um Mutters Leben. »Was genau haben Sie vor?«

Der Anwalt schaute ihr eindringlich in die Augen. »Erlauben Sie mir, Lydias Entmündigung zu beantragen. Das würde bedeuten, dass Sie und ihre Schwestern für ihr Wohl sorgen, solange sie selber unfähig dazu ist.«

»Dann könnten wir auf eine geringfügigere Anklage plädieren?«

»Ja.«

Daphne nickte anerkennend. Vielleicht war Cathcart kein juristisches Genie, aber auch kein Versager. Also hatte Kitty ihn mit gutem Grund engagiert. »Tom, ich will ehrlich sein. Ich *hasse* es, Mutter für unzurechnungsfähig erklären zu lassen. Andererseits sehe ich auch keine andere Möglichkeit.« Seufzend schob sie ihren Teller beiseite. »Ich werde mit Kitty darüber reden und Ihnen Bescheid geben. Sind Sie heute Nachmittag im Büro?«

Nach einem kurzen Blick auf seine Uhr erwiderte er: »Bis halb acht oder acht – falls meine Frau mir vorher keinen Schlägertrupp auf den Hals hetzt und mich heimschleppen lässt. Übrigens, auf dem Rückweg zum Büro besuche ich Ihre Mutter.«

»Welch eine Ironie …«, begann sie. »Ich glaube, im Augenblick sieht sie die Dinge klarer denn je.«

Erstaunt hob er die sorgsam gestutzten silbergrauen Brauen. »Würden Sie das näher erklären?«

Daphne suchte nach Worten. Oder sollte sie gar nichts sagen? Schließlich entschied sie sich für eine schlichte Formulierung. »Sie hat ihn angebetet. Sicher fällt es Ihnen schwer, das zu glauben – nach allem, was geschehen ist. Aber ich glaube, Mutters Problem lag nicht darin, dass sie ihn zu wenig liebte oder vielleicht sogar heimlich hasste. Nein, sie liebte ihn zu sehr. Dafür musste sie einen hohen Preis zahlen.«

»Was meinen Sie?«

»Ich dachte, es wäre unmöglich, jemanden *zu* sehr zu lieben.« Sekundenlang schloss sie die Augen und sah Johnnys Gesicht vor sich. »Und doch … Wenn man alles tut, um diese perfekte Liebe vor einem Makel zu bewahren – wenn man sich selbst belügt und sogar einen Mord begeht …«

In der Stille, die nun folgte, hörte Daphne jede Gabel, die im Restaurant klirrte, jede einzelne fröhliche Stimme. Sie musterte die entspannten Gäste, die schicken Frisuren, die heiteren, gebräunten Gesichter. Nicht wie in New York, wo niemand seine schlechte Laune verbarg. Was ging hinter einigen dieser lächelnden Fassaden vor? Welche versteckte Verzweiflung würde eines Tages hervorbrechen und zu einer Katastrophe führen?

»Viele Männer betrügen ihre Frauen. Deshalb werden nicht alle getötet.« Cathcart senkte die Stimme, damit die hübsche blonde Kellnerin, die gerade zum Tisch kam, nichts belauschen konnte.

»Ja, ich weiß, es ergibt keinen Sinn …« Nun versuchte Daphne ihre Gedanken mit einer Allegorie zu erläutern. »Stellen Sie sich vor, Sie besitzen eine schöne Vase, die Ihnen mehr bedeutet als Ihr gesamtes übriges Eigentum. Eines Tages entdecken Sie einen Sprung. Die Vase lässt sich immer noch mit Wasser füllen. Aber sie ist nicht mehr wertvoll. Jedes Mal, wenn Sie den Sprung sehen, droht auch Ihr Herz zu brechen. Also werfen Sie die Vase weg. Und Sie zertrümmern sie vorher – damit sie kein anderer bekommt.«

»Eine interessante Theorie.«

Ungeduldig wartete sie, bis die Kellnerin den Tisch abgeräumt hatte. Ihren Krabbensalat hatte sie kaum angerührt. In letzter Zeit hatte sie keinen Appetit. Sie zuckte die Achseln. »Nur eine Idee.« Was sie nicht erwähnte, war ihre Überzeugung. Sie wusste, was eine übergroße Liebe den Menschen antat – sogar den vernünftigen. Wie sie einen zwingen konnte, wider das bessere Wissen zu handeln und alles zu riskieren, was man schätzte. War das nicht der Weg, den sie mit Johnny gehen würde?

Sie dachte an das letzte Wochenende, wo er im Tea & Sympathy erschienen war, kurz nach ihrem Telefonat mit Roger. Vor lauter Ärger über ihren Mann hätte sie beinahe geschrien. Seine neueste Ausrede? Ein Problem in seiner Praxis, über das er am Telefon nicht reden wollte. »Nächste Woche komme ich ganz bestimmt. Sorg dich nicht um die Kinder. Mom und Dad passen auf die beiden auf. Übrigens, sie lassen dich herzlich grüßen.«

Ehe sie fragen konnte, wer sie grüßen ließ, seine Eltern oder ihre Kinder, legte er auf. Wahrscheinlich hatte er Kyle und Jennie gemeint.

Welch ein willkommener Anblick Johnny gewesen war ... In seinen Jeans und der abgewetzten Lederjacke erinnerte er sie sofort an den *alten* Johnny, den jungen Mann, mit dem sie an einem ähnlichen stürmischen Maitag vor etwa zwanzig Jahren fast durchgebrannt wäre. Damals hatte sie ihrem Vater genauso gegrollt wie jetzt ihrem Ehemann.

»Johnny! Erzähl mir bloß nicht, du würdest nach einer Tasse Tee und einem Stück Kuchen von meiner Schwester schmachten!« Sie sprach in beiläufigem Ton, denn Gladys Honeick und Mac MacArthur, die in der Nähe saßen, sollten nicht meinen, sie wären mehr als Freunde. Hätte jemand in diesem Moment Daphnes Blutdruck gemessen, wäre ihm sofort alles klar gewesen.

»Danke, das muss ich leider auf ein andermal verschieben. Ich wollte dir nur das da geben«, erklärte er und überreichte ihr ein zugeklebtes Kuvert. Als er den ängstlichen Blick bemerkte, den sie über die Schulter warf, fügte er leise hinzu: »Jetzt musst du's nicht aufmachen.«

Dann unterhielten sie sich kurz. Über Johnnys Sohn, der die High School besuchte. Und wie sehr Daphne ihre Kinder vermisste. Sie erwähnte Roger nicht – das war überflüssig, weil Johnny ihren Zorn spürte. Und sie war ihm dankbar, denn sie las in seinen Augen, wie schwer es ihm fiel, *nicht* nach dem Grund ihres Kummers zu fragen. Instinktiv verstand er die Situation. Das war weder der richtige Zeitpunkt noch der richtige Ort.

Nachdem er gegangen war, eilte sie ins Gästezimmer hinauf und öffnete mit zitternden Fingern den Umschlag. Kein Brief, wie sie es erwartet hatte, sondern der Prospekt einer pittoresken Frühstückspension, ein paar Meilen weiter oben an der Küste. Nicht einmal ein Zettel mit ein paar Zeilen. Den brauchte sie auch gar nicht. Johnnys Angebot war unmissverständlich.

Als sie den Prospekt aufschlug, flatterten zwei alte, zerknitterte Tickets zu Boden. Der Bus, für den sie bestimmt gewesen waren, hatte die Station längst verlassen. Vor genau einundzwanzig Jahren. In jener Nacht hatte sie mit Johnny fliehen wollen. Und er hatte die Fahrkarten die ganze Zeit verwahrt.

Während sie auf dem Bett saß, rollten Tränen über ihre Wangen. Was er ihr sagen wollte, hatte sie sofort verstanden. *Es ist nicht zu spät. In diesen Bus können wir immer noch steigen.*

Und wenn wir uns etwas vormachen?, fragte sie sich jetzt. Waren ihre Gefühle für Johnny ebenso irrational wie die wahnwitzige Liebe, die ihren Vater getötet hatte?

Sie beobachtete den Anwalt, in dessen Händen Mutters Schicksal lag. Offenbar dachte er über ihr Gleichnis nach und versuchte, irgendeinen Nutzen daraus zu ziehen. Als die Kellnerin fragte, ob sie Kaffee und ein Dessert bestellen wollten, war er so in Gedanken versunken, dass er Daphnes Entscheidung nicht abwartete und brüsk erwiderte: »Nur die Rechnung, bitte.« Dann wandte er sich wieder zu Daphne. »Damit haben Sie mir geholfen, die Fakten, die ich bereits kenne, aus einer neuen Perspektive zu betrachten. Jedenfalls wird es mir helfen, Ihre Mutter besser zu verstehen.«

Da fiel Daphne etwas ein. Sie griff nach der Einkaufstasche, die unter dem Tisch stand. Darin hatte ihre Schwester etwas für Mutter verstaut. »Bitte, geben Sie ihr das. Und sagen Sie ihr, es ist von Kitty.«

Er spähte in die Tasche und sah eine rosafarbene, mit einer Schnur umwundene Schachtel. »Sollte ich wissen, was da drin ist?«, fragte er, nur halb im Scherz.

»Zum Beispiel eine Feile oder eine Metallsäge?« Daphne lachte leise. »Nein, leider nicht. Nur ein Kuchen. Meine Schwester hat Mutters Lieblingskuchen gebacken.«

»Was für einen?«

»Lady Baltimore.« Daphne verschwieg, dass Mutter geplant hatte, diese Spezialität auf der Party anlässlich ihres vierzigsten Hochzeitstags zu servieren.

Auf dem Heimweg beschloss sie aus einer Laune heraus, ihre bevorzugte Buchhandlung zu besuchen. Der Bücherwurm, wo sie als Teenager viele Stunden verbracht hatte, war eine Art Miramonte-Institution – der Überlebende mehrerer Erdbeben und der Überschwemmung im Jahr 1976, die zahlreiche Geschäfte entlang der Old Courthouse zerstört hatte. Vor kurzem hatte er auch die Eröffnung eines Rivalen, des Superladens Highstreet & Bowers, eine Meile weiter unten an der Straße, in der Harbor Lights Mall, überstanden.

So wie eh und je fand sie die Buchhandlung an der Ecke neben dem alten Buster-Brown-Schuhgeschäft, das nun Mud, Sweet & Tears hieß und rustikale Keramik im Schaufenster hatte. Doch der Bücherwurm war ein liebenswertes Original geblieben. Inzwischen glich der gelbe Stuck vergilbtem Pergament, und das Alter hatte die bunten mexikanischen Kacheln im Fensterrahmen der Auslage verbogen, in der kunstvolle Bücherstapel präsentiert wurden.

Als Daphne durch die quer geteilte Tür ging, hatte sie das Gefühl, heimzukommen. Keine Cafébar, keine Farbsymphonie, keine arroganten Verkäufer – nur Bücher, Bücher und noch mehr Bücher, in Regale gezwängt, auf Tischen gefährlich hochgetürmt, sogar am Boden. Bereitwillig gesellten sich populäre Romane und Sachbücher zu den Werken weniger bekannter Autoren, und die Taschenbücher baten die Hardcover-Klassiker, die sich hinter ihnen aneinander reihten, nicht um Verzeihung. Dazwischen standen dieselben abgewetzten Sessel und Sofas, die Daphne bei ihrem letzten Besuch gesehen hatte. Dieser Laden war immer noch ein Hafen für Bibliophile aller Altersstufen, die ihre Nasen in Büchern vergruben und der kalten Kommerzialisierung entflohen.

Auf der Korktafel an der Wand neben dem Ladentisch steckten immer noch Karteikarten in wildem Durcheinander. Das übliche Sortiment von Ratgebern – Katzenpflege oder Gartenarbeit und vegetarische Küche. Daphne entdeckte nur eine einzige Neuerung: ein Gestell mit aromatherapeutischen Ölen neben der Kasse. Für jede Stimmung ein anderer Duft. Was würde der bärtige Verkäufer sagen, wenn sie fragte: *Haben Sie was für eine Frau, die gerade überlegt, ob sie eine Affäre anfangen soll?*

Obwohl sie Johnnys Prospekt eigentlich wegwerfen müsste, lag er im untersten Schubfach der Kommode. *Für alle Fälle.* Würde sie wirklich alle Vorsicht außer Acht lassen? Selbst wenn sie nicht verheiratet wäre und keine Kinder hätte: Müsste sie sich nicht darauf konzentrieren, Mutter aus dem Gefängnis zu befreien?

Trotzdem blieben die Bilder von Johnny in ihrer Phantasie haften – der Spaziergang am Strand im Licht der sinkenden Sonne. Ihre langen Schatten auf dem feuchten Sand, der Ausdruck in seinen Augen vor dem Kuss. Während Daphne von unzähligen Büchern umgeben wurde, beschworen diese Erinnerungen frühere Zeiten herauf, als sie Johnny noch gar nicht gekannt und für fiktive Helden geschwärmt hatte. Ivanhoe. Mr Rochester. Heathcliff. Die Leidenschaft eines träumerischen Kindes, das so viele Bücher verschlungen und romantische Gedanken einem Tagebuch anvertraut hatte.

Lebhaft erinnerte sie sich, wie sie beschlossen hatte, Schriftstellerin zu werden. Damals war sie dreizehn gewesen. Mit einem wehmütigen Seufzer hatte sie *Vom Winde verweht* zu Ende gelesen und gedacht: *Hätte ich die Geschichte geschrieben, wüsste ich, was mit Rhett und Scarlett geschehen wird.*

Und damit hat es angefangen, mit dem Bedürfnis, möglichst viel zu wissen. Oder – anders ausgedrückt – ihre Neugier salonfähig zu machen.

Was sie zur schriftstellerischen Tätigkeit trieb, war nicht zuletzt der unwiderstehliche Impuls, die Seele der Menschen zu erforschen, die ihr auf der Straße begegneten oder im Bus gegenübersaßen. Diesen Leuten dichtete sie Lebensgeschichten an, die sie völlig unter Kontrolle hatte. Sie konnten straucheln und sogar stürzen, doch sie würden letzten Endes ihr Glück finden.

Mit fünfzehn Jahren, nach mehreren Kurzgeschichten über schöne Damen in höchster Not, wagte sie sich an ihren ersten Roman – eine Schauergeschichte über einen Schurken, der von seinem Pferd in giftiges Efeu fiel und sich den Hals brach. Ein brillanter ironischer Pleonasmus, dachte sie. Bis der Verlag das Manuskript drei Monate später zurückgeschickt hatte, mit einem ablehnenden Brief und der Randbemerkung: *Wussten Sie nicht, dass man von giftigem Efeu sterben kann?*

Sie blieb vor einem Tisch bei der Kasse stehen, auf dem einige Neuerscheinungen lagen. Hier hatte sie vor ein paar Jahren mit respektablem Erfolg eine ihrer ersten Lesungen gehalten, und so war es eine erfreuliche, wenn auch nicht gänzlich unerwartete Überraschung, ihren neuesten Roman, *Walking After Midnight*, in mehreren Exemplaren zu entdecken.

Lächelnd strich sie über einen Schutzumschlag – die Pastellzeichnung eines Monds, den ein Teich reflektierte. Nur wenn man genauer hinschaute, sah man, dass dieses Spiegelbild einem Frauengesicht glich. Zu diesem Roman war sie vor ein paar Jahren während eines Winterurlaubs mit Roger auf Barbados inspiriert worden. Ein weiblicher Hotelgast schwamm in einer mondhellen Nacht aufs Meer hinaus und ertrank. Warum, wusste niemand – ein Herzanfall, vermuteten einige Leute. Aber ihr Ehemann versicherte, sie sei gesund und eine gute Schwimmerin gewesen. Bei Daphnes Heimkehr war die Tragödie immer noch ungeklärt gewesen. Jetzt fragte sie sich, ob vielleicht einige Rätsel ungelöst bleiben sollten, ob sie mit ihrem Versuch, den verschlungenen Wegen der Vergangenheit zu folgen und sie neu zu erfinden, ihrer noch viel bedrohlicheren Gegenwart auswich.

»Im Augenblick ist das einer unserer Bestseller.« Sie drehte sich zu einer rundlichen jungen Verkäuferin in einem formlosen Kittel um. Über einer Schulter hing ein dicker, glänzender brauner Zopf. »Die Autorin stammt aus dieser Gegend«, fuhr sie fort, ohne Daphnes plötzliche Blässe zu bemerken. »Vielleicht haben Sie schon von ihr gehört. Daphne Seagrave, die Tochter der alten Lady, die ihren Mann ermordet hat ...«

Sie unterbrach sich, um Daphne neugierig zu mustern, die ein paar beklemmende Sekunden lang fürchtete, das Mädchen hätte sie erkannt. Dann sah sie ihr aschfahles Gesicht in einem goldgerahmten Wandspiegel. Wer würde sie *nicht* anstarren? »Oh – ja – davon habe ich gehört«, stammelte sie.

»Diesen Roman habe ich noch gar nicht gelesen«, schwatzte die offenbar ahnungslose Verkäuferin weiter. »Ich kann's kaum erwarten. Seit das Buch auf der *Chronicle*-Bestsellerliste steht, kriegen wir viel zu wenig Nachschub.« Sie zeigte auf den Stapel, den Daphne soeben bewundert hatte – und vor dem sie jetzt entsetzt zurückwich.

Sie musste verschwinden. Sofort. Bevor das Mädchen sie erkennen würde.

Überleg gut, was du dir wünschst … Noch ein Spruch ihrer Mutter, der ihr jetzt besonders schmerzlich erschien. Wie oft hatte sie von einem durchschlagenden Erfolg geträumt! Aber nicht zu diesem Preis.

Während sie aus dem Laden floh, entsann sie sich, dass Roger mehrere dringende Nachrichten ihrer Lektorin auf dem Anrufbeantworter erwähnt und betont hatte, sie müsse sich bei Claire melden. Darüber ärgerte sie sich ein bisschen. Im Moment hatte sie wirklich was Wichtigeres tun, als zu entscheiden, ob ihr Verleger eine weitere Auflage von dreitausend Stück drucken lassen oder ein Inserat ins *Putnam County Register* setzen sollte. Das könnte sich die Frau eigentlich denken.

Jetzt wusste sie, warum Claire sie unbedingt erreichen wollte. Nach dem *San Francisco Chronicle* zu schließen, mussten die *Walking-After-Midnight*-Exemplare im ganzen Land weggehen wie warme Semmeln. Bisher war keine ihrer Hardcover-Ausgaben öfter als fünfzehntausendmal verkauft worden. Sicher strahlte Claire vor Freude, übersah jedoch, wie Daphne zumute wäre, wenn sie vom Tod ihres Vaters profitieren würde. Irgendwie hatte sie das Gefühl, sie würde in einen verfaulten Apfel beißen.

Mit schnellen Schritten ging sie an den alten Stuckgebäuden vorbei. Sie war nur zwei Häuserblocks von Kittys Teesalon entfernt, aber es kam ihr wie eine Meile vor. In ihren Ohren rauschte das Blut, und obwohl der Tag angenehm kühl war, schwitzte sie in ihrem Baumwollrock und dem Leinenblazer. Vor dem

Beaux-art-Gerichtsgebäude, in dem Cathcarts Büro lag, führte ein Gaukler, wie ein Clown geschminkt, ein paar lachenden Kindern seine Künste vor. Voller Sehnsucht dachte sie an Kyle und Jennie. Wenn sie eines Tages fragten, wieso sie berühmt geworden war, was sollte sie ihnen erzählen?

Überleg gut, was du dir wünschst. Du könntest es kriegen.

In diesem Augenblick wünschte sie, nichts von alledem wäre geschehen und sie könnte in ihrem New Yorker Park-Avenue-Penthouse wohnen – nicht glücklich, aber in Sicherheit. Sie wünschte, sie hätte Tom Cathcart nie kennen gelernt – und Johnny nicht wieder gesehen. Dann wüsste sie nicht, wie es gewesen wäre, wenn sie in jener längst vergangenen Nacht in den Bus gestiegen wäre.

Als sie das Haus ihrer Schwester erreichte, war sie außer Atem und hatte Seitenstechen. Sie eilte durch die Hintertür hinein und sank auf einen Küchenstuhl.

Erstaunlich, dass sie den Rückweg geschafft hatte ... War sie irgendwann an einer Kreuzung stehen geblieben? Daran erinnerte sie sich nicht. Wahrscheinlich musste sie sich glücklich schätzen, weil sie nicht überfahren worden war. Kitty hatte gerade einen Kuchen aus dem Ofen geholt. Nun wandte sie sich zu ihr. Mit den hummerzangenförmigen Topfhandschuhen, die Daphne ihr letztes Jahr zu Weihnachten geschenkt hatte, und dem zerzausten kupferroten Haarknoten sah sie so komisch aus, dass Daphne trotz ihres elenden Zustands lächeln musste.

Sie beobachtete, wie Kitty den Kuchen vorsichtig auf ein Hackbrett bugsierte, und roch einen köstlichen Duft. Muskatnuss und kandierte Orangenschalen. Als Daphnes Mund wässerig wurde, hätte sie beinahe laut gelacht. Offenbar kehrte ihr Appetit zurück, so wie Lazarus von den Toten auferstanden war.

»Sobald der Kuchen ausgekühlt ist, schneide ich dir ein Stück ab«, versprach Kitty.

»Und eins für dich – du bist viel zu dünn.«

Kitty nahm den Kessel vom Herd und goss kochendes Wasser in die Teekanne. Während sie den Tee ziehen ließ, löste sie den Kuchen vom Backblech und schnitt zwei große Stücke ab. »Du siehst ziemlich mitgenommen aus. Hat Tom Cathcart irgendwas Unangenehmes erzählt?«

»Noch schlimmer.« Daphne schlüpfte aus ihren Halbschuhen. An einer Ferse bildete sich eine schmerzhafte Blase. Sie ließ die Schuhe unter den Tisch fallen, wo die Katzen dösten. »Auf dem Heimweg ging ich in die Buchhandlung. Dank unserer fragwürdigen Publicity steht mein neuer Roman auf der Bestsellerliste.«

Kitty verstand sehr gut, was ihre Schwester damit sagen wollte. Nachdenklich schaute sie aus dem Fenster. Die sensationslüsterne Bande, die seit Mutters Verhaftung vor dem Haus kampiert hatte, war vorerst zu aktuelleren Schauplätzen übersiedelt. Nur ihr großer grauer Samojede kauerte auf den Hinterbeinen und beobachtete eine Katze, die auf einem Ast hockte. »O Daph, ich weiß, wie dir zumute ist. Aber du konntest nichts dagegen tun.«

»Klar, du hast leicht reden. *Du* profitierst ja nicht von der Familien-Horror-Show.« Sofort bereute sie ihren verbalen Angriff. »Tut mir Leid, das war unfair. Es ist nur – irgendwie habe ich das Gefühl, *wir* wären angeklagt. Erzähl mir bloß nicht, du würdest das nicht auch empfinden!«

Die zarte Stirn gerunzelt, stellte Kitty das Teetablett auf den Tisch, und ihre Schwester erkannte Mutters altes Service – Blue Willow. »Natürlich, Daph, mir geht's genauso.«

»Wie war die Gartenvereinsparty?«

Kitty setzte sich. »Mal sehen … Mrs Underwood bat mich um das Rezept für meine Zitronenschnitten. Und Ardelia Spivak will ihren Gärtner beauftragen, Mutters Rasen zu mähen und das Unkraut zu jäten. Oh, ehe ich's vergesse – bis jetzt haben sie fast zweihundert Unterschriften gesammelt.«

»Mit anderen Worten: Niemand will seinen Kopf riskieren.«

»So kann man sagen.«

Daphne biss in den lauwarmen Kuchen. Himmlisch. »Da gibt's ein altes chinesisches Sprichwort. Echte Freunde sind wie immergrüne Pflanzen: Man lernt sie erst im Winter kennen.«

»Das werde ich mir merken.« Kitty lächelte gequält, ergriff die vertraute geblümte Kanne mit dem abgestoßenen Schnabel und füllte die Tassen. »Und wie war der Lunch?«

»Was Mutter betrifft – nichts Neues. Aber hör dir mal an, was Cathcart vorhat.« Daphne informierte sie über den Vorschlag des Anwalts, Mutter entmündigen zu lassen. Davon war sie noch immer nicht sonderlich begeistert. Doch sie sah keine andere Möglichkeit.

Entschieden schüttelte Kitty den Kopf. »Wenn wir behaupten, sie könnte ihre eigenen Angelegenheiten nicht mehr regeln, erklären wir sie gewissermaßen für verrückt. Dazu bin ich nur im äußersten Notfall bereit.«

»Hast du eine bessere Idee?«

Kitty blies in ihre Teetasse, und der Dampf kräuselte die Haarsträhnen an ihren Schläfen. Dann nahm ihr elfenhaftes Gesicht einen entschlossenen Ausdruck an. »Ich glaube, es wäre an der Zeit, Beryl Chapman zu besuchen.«

Beryl Chapman lebte mehrere Meilen entfernt am anderen Ende der Stadt. Vor einigen Jahren war das eine exklusive Adresse gewesen. Jetzt bemühten sich die Bewohner nur noch, den äußeren Schein zu wahren. Einst eine stille Straße östlich von John Muir High und der alten öffentlichen Bibliothek, hatte der Rio De

Campo durch den Ausbau des angrenzenden Seacrest zu einem vierspurigen Zubringer zur Autobahn gelitten. Praktisch über Nacht waren die Grundstückspreise dramatisch gesunken, und die kreativen Versuche einer neuen Landschaftsgestaltung im folgenden Jahrzehnt hatten keinen großen Anklang gefunden.

Vor Beryls Haus, es hatte ein flaches Dach und Zwischenstockwerke, war neulich eine dichte Feuerdornhecke gestutzt worden; jetzt sah man Schimmelflecken an der Fassade. *Irgendwie sieht es traurig aus,* dachte Kitty, als sie das Auto am Straßenrand parkte. Es lag nicht nur an der Vernachlässigung, sondern auch an einer seltsamen Aura diverser Fehlschläge, die aus allen geflickten Rissen in den Mauern drang – aus billigen »Verschönerungen« wie der imitierten Ziegelverkleidung und der winzigen verglasten Veranda vor dem Kücheneingang. Die hatte Beryl anbauen lassen, nachdem ihre Töchter ausgezogen waren. Sogar die gleichmäßig gestutzten Rosenbüsche am Gartenweg wirkten melancholisch.

Am Telefon war Beryl höflich, aber reserviert gewesen. Sie sei für den späteren Nachmittag verabredet, hatte sie erklärt. Ob Kitty und Daphne vorher auf eine Tasse Kaffee vorbeikommen wollten?

Nun stand sie vor der Tür, elegant wie eh und je – mit perfekt frisiertem platinblonden Haar und kunstvollem Make-up inklusive falscher Wimpern, für das sie mindestens eine Stunde gebraucht haben musste. Ihren seidenen Kaftan hielt Daphne für einen Hausmantel, der einen fashionablen Eindruck erwecken sollte. Nur ein Turban und eine Zigarettenspitze fehlten, um die Sunset-Boulevard-Illusion zu vervollständigen.

»Hallo, *Mädchen!*« Vielleicht betonte sie das Wort, weil sie eine gewisse Autorität unterstreichen wollte, die ihr Vorteile verschaffen würde. »Ihr seht gut aus. Bitte, kommt herein.«

Im Haus wurde Daphne mit weiteren Verschönerungen konfrontiert. Eine Wand aus Glas und Ziegeln trennte die Diele vom Wohnzimmer. Hinter dem cremefarbenen Sofa prangte eine Verkleidung aus spiegelnden Fliesen. Ein Lüster mit tränentropfenförmigen Prismen warf ein kaltes Licht auf den weichen Teppich.

»Trinken wir den Kaffee da drüben.« Beryl wies mit einem flatternden Kaftanärmel auf den gläsernen Couchtisch, der über dem Boden zu schweben schien, von einem springbrunnenartigen Bündel aus polierten Chromstangen gestützt.

»Danke, für mich nicht«, erwiderte Kitty.

Daphne bemerkte die Missbilligung der Gastgeberin und bat hastig: »Schwarz, ohne Zucker.« Beide Schwestern nahmen in Lehnstühlen Platz.

Als Beryl zur Küche rauschte, glich sie einem alternden Filmstar, der dringend eine Hauptrolle brauchte. Obwohl Daphne und Kitty sich nicht mit Cecil B. DeMille messen konnten, würden sie ihr sehr gern eine alles enthüllende Nahaufnahme gönnen.

Wenige Minuten später kehrte Mutters vermeintliche Freundin mit zwei dampfenden Tassen zurück, gefolgt von einem schneeweißen Miniaturpudel. Bei Kittys und Daphnes Anblick begann er gellend zu kläffen. »Sei ein braves Mädchen, Muffie«, mahnte Beryl, stellte die Tassen auf den Tisch und klemmte den Hund unter einen Arm. Mit gespielter Zerknirschung wandte sie sich zu ihren Gästen. »Ich hatte sie im Waschraum eingeschlossen. Wenn wir Besuch bekommen, führt sie sich manchmal grässlich auf. Aber sie war so unglücklich. Nicht wahr, Schätzchen?« Sie rieb ihre Nase an der winzigen Hundeschnauze und stellte Muffie auf den Boden. »Nun, was kann ich für euch tun, Mädchen?«, fragte Beryl, sank in die Sofapolsterung und nahm eine Zigarette aus einer Emailledose.

Zum Beispiel könntest du uns mit unseren Namen anreden, hätte Daphne am liebsten erwidert.

»Wir sind Mutters wegen hier«, erklärte Kitty. In ihrem gelben Top, der dunkelroten Hose und den funkelnden Augen glich sie einem Rotkehlchen, das versehentlich zum Fenster hereingeflogen war.

»Ach ja, eure arme Mutter ...« Beryl zog die grell geschminkten Lippen nach unten und versuchte bekümmert zu wirken, aber die Grimasse erinnerte eher an einen Clown. »Wie *geht* es Lydia? Tag und Nacht denke ich an sie ... Was muss die bedauernswerte Frau durchmachen! Wenn ich mir vorstelle, was passiert ist, fühle ich mich ganz elend.«

Nicht elend genug, um ihr zu helfen, dachte Daphne angewidert. »Nun, es geht ihr so gut, wie man es unter den Umständen erwarten kann. Hast du sie schon besucht?«

In der Stille des Sunset-Boulevard-Zimmers klang das Klicken des Feuerzeugs knallhart und irgendwie verächtlich. Bevor Beryl den Kopf schüttelte, sog sie an ihrer Zigarette und blies eine Rauchwolke in die Luft. »Ihr ahnt ja nicht, wie oft ich schon aus dem Haus gegangen bin, um genau das zu tun. Aber ich brachte es einfach nicht fertig. Allein schon der Gedanke, die arme Lydia eingesperrt zu sehen, an diesem schrecklichen Ort ...« Schaudernd presste sie einen dünnen Arm an die Brust. »Wenn ich ihr helfen kann ...« Der Satz blieb unvollendet.

»In der Tat, das kannst du«, betonte Kitty. »Bei unserer letzten Begegnung sagtest du, seit Wochen hättest du nicht mit Mutter gesprochen. Aber da gibt's etwas, das ich nicht verstehe.«

»Was denn?« Beryls Stimme nahm einen scharfen Klang an.

Jetzt ergriff Daphne das Wort. »Leanne erzählte uns von deinem Streit mit Mutter.«

Sichtlich verärgert, runzelte Beryl die Stirn, obwohl sie eine

Unschuldsmiene aufzusetzen versuchte. »Ein Streit? So würde ich's nicht nennen. Nur eine kleine Meinungsverschiedenheit. Lydia und ich kennen uns schon vierzig Jahre lang. So was kann unserer Freundschaft nichts anhaben.«

»Und um was ging es?« Vor dem Hintergrund der weißen Wände schienen Kittys hellblaue Augen violett zu glühen.

Beryl starrte sie mit zusammengezogenen Lidern an wie eine in die Enge getriebene Katze. »Worauf willst du hinaus?«

»Wenn ich dein Gedächtnis auffrischen darf ...« Daphne neigte sich in ihrem Sessel vor. »Vor vielen Jahren hattest du eine Affäre mit Daddy. Das wissen wir alle, Beryl. Für dich sind's alte Geschichten. Aber Mutter hörte zum ersten Mal davon und muss den Eindruck gewonnen haben, es wäre eben erst geschehen.«

Beryls Stirnfalten vertieften sich. Offenbar spürte sie, dass es zwecklos war zu leugnen. Oder ihr Gewissen – sicher nicht allzu ausgeprägt – meldete sich endlich. »Was wollt ihr von mir?«, stieß sie heiser hervor. »Okay, ich hab's ihr erzählt, weil ich's einfach nicht mehr ertrug. Ich wusste Bescheid über all die anderen Frauen – und dass er Lydia jahrelang zum Narren gehalten hatte. Verdammt, sie ist meine *Freundin*, und es war ihr gutes Recht, die Wahrheit zu erfahren.«

Ohne mit der Wimper zu zucken, schaute Kitty sie an. »Tatsächlich?«

Jetzt kommen wir der Sache schon näher, dachte Daphne, und ihre Herzschläge beschleunigten sich. »Das hast du nicht für Mutter getan. Nur für dich selbst. Du warst neidisch auf sie, denn sie hatte alles, wovon du nur träumen konntest – einen Ehemann und Geld. Ihr vierzigster Hochzeitstag stand vor der Tür. Und du hattest *nichts*.«

»Das ist eine Lüge!« Beryl sprang so abrupt auf, dass Muffie, der zu ihren Füßen gesessen hatte, erschrocken zu bellen begann.

»Wenn ihr mir die Schuld an dieser grauenhaften Tragödie geben wollt …«

»Unsinn, wir brauchen nur deine Hilfe«, fiel Kitty ihr mit sanfter Stimme ins Wort.

Kläffend hüpfte Muffie um Beryls Beine herum. »Sei still!«, schrie sie und hielt sich die Ohren. *»Sei um Himmels willen still!«*

Bis Daphne erkannte, dass Muffie gemeint war, dauerte es eine Weile. Kitty lockte den verstörten Pudel zu sich, zog ihn auf ihren Schoß, und Beryl starrte sie erbost an, als wäre ihr einziges Kind gekidnappt worden. »Ich weiß, ihr haltet mich für feige«, fauchte sie. »Aber ich kann's nicht – wirklich nicht. Ja, eure Mutter hatte Vern. Und ich habe meinen Ruf zu verteidigen. Ohne den wäre ich *gar* nichts!« Ihre Stimme brach. Kraftlos sank sie aufs Sofa zurück.

Trotz ihres unwillkürlichen Mitleids zwang sich Daphne, die verzweifelte Frau erneut zu bedrängen. »Du bist ihre einzige Hoffnung«, beteuerte sie und verabscheute ihren einschmeichelnden Ton, aber *der Zweck heiligt die Mittel.* »Was sie empfunden hat, weiß niemand außer dir. Nach all den Jahren zu erfahren, der Mann, dem sie ihr Leben gewidmet hat, sei ihr während der ganzen Ehe untreu gewesen – das muss furchtbar gewesen sein.«

Stöhnend vergrub Beryl ihr Gesicht in den Händen. »Ich hatte nicht erwartet, dass sie ihn töten würde.«

»Nein, das konntest du nicht ahnen«, stimmte Kitty zu und stand auf, den zitternden Hund im Arm. »Aber sie hat's getan. Und jetzt bist du verpflichtet, mit der Wahrheit rauszurücken.«

Sekundenlang sah es so aus, als würde sich Beryl geschlagen geben. Dann schüttelte sie heftig den Kopf. Eine Träne rollte über ihre schmale Wange und hinterließ eine dünne Mascara-Spur. »Es wäre sinnlos. Da Lydia sich schuldig bekennt, würde meine Aussage nichts ändern. Warum sollen wir *beide* für Vernons Tod büßen?«

Nur mühsam bezähmte Daphne den Impuls, sie zu ohrfeigen. Beryl erinnerte sie an Roger. Schwach, nie um Ausreden verlegen, nicht bereit, die Konsequenzen der eigenen Handlungsweise zu tragen. O Gott, was hatte Mutter jemals in dieser Frau gesehen?

»Doch, es würde was nützen«, widersprach Kitty. »Wenn die Geschworenen mildernde Umstände …« Weiter kam sie nicht, denn Beryl sprang wieder auf und entriss ihr den Pudel. Während sich die blutroten Fingernägel in sein Fell krallten, fletschte er winzige spitze Zähne, und Daphne hörte ein leises Knurren.

»Leider muss ich euch bitten, mein Haus zu verlassen.« Beryls Stimme triefte vor giftiger Höflichkeit. »Wie ich bereits erwähnt habe, ich bin verabredet. Einer meiner Buchhalter erwartet mich, und ich möchte mich nicht verspäten.« Damit wies sie auf ihren Job hin. In dieser Gegend leitete sie den Vertrieb von Désirée, einem blumigen Parfüm, das in Souvenirläden und Boutiquen für ältere Frauen verkauft wurde. Wie mochte sich der Skandal auf ihre Geschäfte auswirken, wenn ihr Name mit einer Mörderin in Verbindung gebracht wurde und Schlagzeilen machte?

In diesem Augenblick verflog das bisschen Mitleid, das Daphne eben noch empfunden hatte. Sie trat an Kittys Seite. »Danke«, sagte sie kühl. Kurz bevor sie die Tür erreichte, drehte sie sich noch einmal um und fügte hinzu: »Für den Kaffee.«

Auf Kittys Anrufbeantworter wartete eine einzige Nachricht. Von Johnny. Atemlos hörte Daphne zu. »Heute war ich am Strand spazieren und fand ein Schild. Betreten verboten. Aber es sieht halbwegs trocken aus.« Nun erklang leises Gelächter. »Wollen wir Feuer machen?«

Auch Kitty hatte unfreiwillig gelauscht. Sie hängte ihren Mantel in den Garderobenschrank und schüttelte den Kopf. »Natürlich will ich dir keine Vorschriften machen, Daph. Aber meinst du nicht, du hast schon genug Sorgen?«

Sie standen in der Halle neben der Hintertreppe, die früher von Dienstmädchen benutzt worden war, als sich einigermaßen betuchte Hausbesitzer noch Personal geleistet hatten. Obwohl Daphne die aufrichtige Sorge ihrer Schwester spürte und wusste, dass sie nach der Begegnung mit Beryl beide entnervt waren, ärgerte sie sich. »Versperrst du etwa deine Tür, wenn dein Freund in später Nacht die Stufen hinaufschleicht, sobald er glaubt, ich würde schlafen?«

»O Gott …« Kitty lächelte zerknirscht. »Und ich dachte, wir wären ganz leise.«

»Komm schon!« Daphne verdrehte die Augen. »Ich bin nicht von gestern. Ist das der junge Mann, der dich nach dem Begräbnis angesprochen hat?«

»Wieso – wieso weißt du das?«, stammelte Kitty.

»Weil's dir ins Gesicht geschrieben stand. So wie jetzt.« Daphne legte einen Arm um die Schultern ihrer Schwester. »Schon gut, wir sind alle nur *Menschen.* Wenigstens bist *du* nicht verheiratet.«

»An Roger habe ich nicht gedacht, Daph«, erwiderte Kitty. »Nur an dich. Ich will nicht, dass du verletzt wirst. Wenn du dich wieder in Johnny verliebst …«

»Ich habe niemals aufgehört, ihn zu lieben«, fiel Daphne ihr ins Wort. So. Nun hatte sie es ausgesprochen, was jahrelang in ihrem Herzen verborgen gewesen war. Statt Scham oder Reue zu empfinden, fühlte sie sich maßlos erleichtert.

»Ein bisschen war ich auch in ihn verliebt«, gestand Kitty mit einem wehmütigen Lächeln. »Als ich dreizehn war. Etwa fünf Minuten lang. Komisch, nicht wahr? Damals habe ich dich um Johnny beneidet. Und jetzt beneide ich dich um deine Kinder.«

Daphne wollte versichern, Kitty sei noch jung genug und könnte Kinder bekommen. Oder eins adoptieren. Doch das wäre die *alte* Daphne gewesen, die Frau, die in New York zurückgeblieben war, die sich stets bemühte, Wogen zu glätten und Konflikte zu vermeiden. Nun sagte sie, was sie dachte. »Ich vermisse Kyle und Jennie. Seit meiner Ankunft in Miramonte wünsche ich mir, ich könnte nach New York zurückfliegen, zu meinen Kindern.«

Langsam setzte sich Kitty auf die unterste Stufe und hielt sich am Geländer fest. In ihren Augen erschien ein träumerischer Ausdruck, den Daphne nicht definieren konnte. »Er heißt Sean. Und er ist nicht nur ein Freund. Seine jüngere Schwester erwartet ein Baby. Sie will es zur Adoption freigeben. Deshalb haben wir uns kennen gelernt.«

Sofort wurde Daphne von tiefen Schuldgefühlen erfasst. Mit ihren eigenen Problemen beschäftigt, hatte sie kein einziges Mal überlegt, was ihre Schwester bedrücken mochte. »Warum hast du es mir nicht erzählt?«, fragte sie und ließ sich neben ihr nieder.

»Inmitten all dieser schrecklichen Ereignisse?« Kittys Lippen verzogen sich zu einem freudlosen Lächeln. »Keine Ahnung … Vielleicht dachte ich, es wäre selbstsüchtig.«

»Das ist es nicht. Immerhin geht's um dein …« Daphne suchte nach dem richtigen Wort. »Um dein Leben.«

»Mein Leben?« Kitty seufzte. Im Halbdunkel des Treppenhauses schien ihr Gesicht nur aus Knochen und Augen voll fieberhafter Verzweiflung zu bestehen. »Ja, so könnte man's bezeichnen. Aber weißt du was? Im Grunde bin ich nicht besser als Beryl. Hätte ich die Wahl, würde ich mich genauso verhalten wie sie. Für dieses Baby. Ich würde Mutter den Rücken kehren und sogar vorgeben, ich hätte sie nie gekannt. Was für ein Mensch bin ich nur?«

»Ein unvollkommener«, antwortete Daphne leise und kämpfte mit den Tränen. Sie wusste genau, wie Kitty sich fühlte. Stand ihr Entschluss nicht genauso fest, seit sie Johnnys Stimme auf dem Anrufbeantworter gehört hatte? Keine zehn Pferde würden sie daran hindern, ihn zu treffen.

Sie lagen auf einer alten Hudson's-Bay-Decke, die Johnny aus dem Kofferraum seines Thunderbird geholt hatte, am Fuß einer Düne, eine Meile südlich von der Plunkett's Lagoon. Im flackernden Feuerschein sah Daphne ein verkohltes Loch am Saum des Wollstoffs, so groß wie ein Zehn-Cent-Stück – zweifellos ein Souvenir von einem Familienausflug. Sie dachte an die Erinnerungen, die er im Lauf der Jahre gesammelt hatte, die er nicht mit ihr teilte, und sie schluckte krampfhaft.

Eine Hand auf seine Brust gelegt, spürte sie die kraftvollen, gleichmäßigen Schläge seines Herzens, sogar durch den dicken Pullover hindurch. »Hat dein Sohn immer bei dir gelebt?«

»Anfangs nicht. Als Sara und ich geschieden wurden, war er zwölf.« Seine Miene verdüsterte sich. »Damals ging's gar nicht ums Sorgerecht. So gern ich den Jungen auch zu mir genommen hätte, das wollte ich ihm nicht antun. Außerdem kann ich Sara nichts vorwerfen. Sie war immer eine gute Mutter.«

»Und wann hat sich die Situation geändert?«

»Vor sechs Monaten. J. J. und seine Mom kamen nicht miteinander zurecht. Ehrlich gesagt, ich nehm's ihr nicht übel, dass sie ihn rausgeworfen hat. Manchmal ist er verdammt schwierig – genauso wie sein Vater.« Johnny grinste gequält und pflückte ein Schilfrohr, das aus dem Sand ragte. »Und du? Sicher vermisst du deine Kinder.«

»Ganz schrecklich.« Sie dachte an ihr letztes Telefongespräch mit Kyle und Jennie. In knappen Worten hatte ihr Sohn von seinem neuen Nintendo-Spiel erzählt, einem Geschenk seines Vaters. Dann war er sofort davongerannt, um sich wieder damit zu befassen. Jennie hatte seltsam scheu gewirkt. So wie in Gesellschaft fremder Leute. Schweren Herzens hatte Daphne aufgelegt.

Johnny legte den Kopf schief, sodass nur ein Teil seines Gesichts vom Feuerschein beleuchtet wurde. Der Rest verschwand im Schatten, und ein blaugraues Auge schien Daphne anzuschauen wie durch einen Türspalt. »Warum lässt du die Kinder nicht hierher kommen?«

»Wenn das so einfach wäre!«, meinte sie seufzend. »Im Augenblick kann Roger nicht weg. Irgendein Problem in seiner Praxis.« Ihre Stimme klang bitter, was sie nicht zu verbergen suchte.

»Von deinem Mann habe ich nicht geredet.«

Das hörte sich so einfach an, dass Daphne sekundenlang glaubte, es wäre möglich. Dann kehrte die Realität zurück. »Ich kann sie nicht aus der Schule holen.« Seit kurzem besuchte Kyle die erste Klasse am St. David's und Jennie die Montessori-Schule. Außerdem hätte Roger ihr niemals erlaubt, die Kinder nach Kalifornien zu holen. Doch das verschwieg sie.

»Was ist schlimmer? Ein Schulwechsel für ein paar Monate – oder die Trennung von der Mutter?«

»Monate?«, flüsterte sie bestürzt.

»So lange könnte es dauern, wenn du während der ganzen Gerichtsverhandlung hier bleibst.«

»Glaubst du, das habe ich nicht vor?«

»Zumindest ging mir dieser Gedanke durch den Kopf.«

Daphne drehte sich auf den Rücken. »Bevor der Fall geklärt ist, so oder so, werde ich nicht zurückfahren.« Unfähig, seinen Blick zu erwidern, starrte sie in den Funkenregen, den eine Brise hochwirbelte. »Nicht nur das Schicksal meiner Mutter steht auf dem Spiel.«

Zu ihrer Verblüffung brach er in raues Gelächter aus. »Nichts hat sich verändert. Schau uns doch an! Nun sind wir fast vierzig. Und wir treffen uns immer noch heimlich am Strand.«

»Zwanzig Jahre – eine lange Zeit … Sehr viel hat sich geändert.«

»Nicht an meinen Gefühlen für dich.«

Mit diesen Worten traf er sie mitten ins Herz. Sie setzte sich auf und schlang die Arme um ihre Knie. »O Johnny, warum ist das alles so schwierig?«

Ein plötzlicher Windstoß aus der Richtung des Meeres ließ die Flammen höher emporlodern. Durch eine dünne Nebelschicht schimmerten die Sterne wie Katzensilber im gefurchten Sand zu Daphnes Füßen, der sich an der Oberfläche warm anfühlte, aber kühl und feucht, sobald sie die Zehen hineingrub. Der Strand war verlassen – zu kalt für Liebespaare. Anfangs hatte auch sie gefroren. Aber das Treibholzfeuer erwärmte sie. Im knisternden rötlichen Licht gewann sie den Eindruck, sie wäre mit Johnny allein auf der Welt – ein Mann und eine Frau, alt genug, um es besser zu wissen, beschworen wehmütige Erinnerungen herauf, nahe der Stelle, wo sie sich als Teenager zum ersten Mal geliebt hatten.

»Weißt du, was schwierig ist? Immer nur zu tun, was für andere richtig ist – nicht für *uns*.« Seine Stimme klang leise und gepresst. »Hast du dich jemals gefragt, wie unser Leben verlaufen wäre, wenn wir vor all den Jahren getan hätten, was *wir* wollten?«

Lächelnd blickte sie ins rastlose Feuer. »Mindestens einmal am Tag.«

»Ich habe Sara nur geheiratet, weil ich hoffte, eine lausige Urkunde würde dich aus meinen Gedanken verdrängen.« Eine Zeit lang schwieg er. »Das hielt ich damals für eine gute Idee.«

Zögernd wandte sie sich zu ihm. »Ich habe Roger nichts von dir erzählt. Zumindest keine Einzelheiten. Das war nicht nötig.«

Wortlos schaute er sie an. Der Flammenschein tanzte über seine markanten, unregelmäßigen Gesichtszüge. Als er ihre Hand ergriff und sie langsam zu sich hinabzog, spürte sie die kühlere Luft, nur wenige Zoll von der Stelle entfernt, wo sie gelegen hatte. Und dann verschlossen Johnnys warme Lippen ihren Mund.

In wachsender Leidenschaft küsste er sie, und sie fühlte, dass sich irgendetwas in ihr regte – wie der Sand unter der Decke. Plötzlich wurde sie von Erinnerungen bestürmt. Johnny und sie selbst, nackt unter einem klaren Himmel, ein funkelndes Sternenmeer, wie ein riesiges Roulettespiel, von dem ihre ganze Zukunft abgehangen hatte. Der Salzgeschmack auf seiner Haut, die Zärtlichkeit des Liebesakts. Danach hielt er sie in den Armen, während sie weinte – nicht vor Reue, sondern von Erleichterung überwältigt. Seit seiner Jugend wusste er genau, was sie brauchte. Was ihr Ehemann in fast zwanzig Jahren niemals gelernt hatte.

Und jetzt, viele Jahre später, in dieser windigen Mainacht, zögerten seine Hände nicht so wie damals. Er öffnete den Reißverschluss ihrer Jacke, zog ihr den Pullover über den Kopf. Als die feuchtkalte Salzbrise ihr nacktes Fleisch berührte, erschauerte sie. Und dann nahm er sie in die Arme, küsste ihren Hals, bevor seine Lippen zwischen ihren Brüsten die Spur einer Gänsehaut zogen, bis zum Bauch hinab, wo er ihre Jeans aufknöpfte.

Das darf ich nicht tun, dachte irgendein ferner Teil ihres Bewusstseins. *Ich bin verheiratet.* Aber es erschien ihr nicht sündhaft. Nicht einmal falsch. In ihrer Ehe mit Roger war sie *Johnny* untreu gewesen. Johnny, nach dem sie sich bei Rogers stürmischen, oft ungeschickten leidenschaftlichen Bemühungen stets gesehnt hatte. Und nun sah sie das Gesicht, das sie sich so oft vorzustellen versucht hatte – die erwachsene Version des geliebten Jungen. Der Wind zerzauste das Haar, das sie so gern gestreichelt hatte. Älter – und klüger. Aber er begehrte sie genauso wie damals. Und das Verlangen in seinen Augen, jahrelang bezähmt, glühte sogar noch heller.

Sie beobachtete, wie er sich auszog, schlüpfte aus ihren Jeans und warf sie auf den Kleiderhaufen am Ende der Decke. Aus Johnnys Tasche rollten Münzen in den Sand und glänzten wie vergrabene Schätze. Im Feuerschein, der seine muskulöse nackte Brust beleuchtete, sah sie eine halbmondförmige Narbe, kaum sichtbar auf der rechten Schulter. Wenn sie ihre Zähne darauf legte, würden sie genau passen. Dieser Gedanke erregte sie maßlos.

Seit sie ein junges Mädchen gewesen war, seit dem letzten Liebesakt mit Johnny, hatte sie keine so wilde Sehnsucht verspürt. Er umfasste eine ihrer Brüste. Behutsam glitt seine Zunge über die Knospe, die köstlich in der Kälte brannte, als sie sich aufrichtete. Sie umschlang ihn, zog ihn zu sich herab und deckte ihren Körper mit seiner Wärme zu. So gut schmeckte er, wie ... Nein, wie nichts anderes. Nur wie Johnny. Jahrelang hatte sie ihn schmerzlich vermisst. Und seine Liebeskünste.

»Ist es richtig, was wir tun?«, wisperte sie.

Er schaute sie mit rührendem Ernst an. In seinen blaugrauen Augen wirbelten reflektierte Lichtpunkte. »Willst du aufhören?«

»Nein.« Darüber musste sie gar nicht nachdenken. Selbst wenn sie es wollte – sie konnte nicht aufhören.

Seine Hand glitt zwischen ihre Beine und liebkoste sie sanft, bis sie vor Entzücken zu sterben glaubte. »O Gott«, flüsterte er, »du ahnst nicht, wie inständig ich mir das gewünscht habe. Seit du in mein Büro gekommen bist.«

Während er in sie eindrang, erstickte sein Mund ihren leisen Schrei. Sie passten genauso perfekt zusammen wie in ihrer Erinnerung. Aber mit den Jahren gereift und erfahren, konnte sie sich anders bewegen als damals, fand ihren Rhythmus und wusste, wann sie innehalten musste, um wenig später Johnnys beschleunigtem Tempo zu folgen. Kurz bevor er die Kontrolle zu verlieren drohte, rückte er nach unten, um sie mit seinem Mund zu befriedigen. Bereitwillig öffnete sie sich dem köstlichen Spiel seiner Zunge, die über die Innenseiten ihrer Schenkel glitt.

Schreiend bäumte sie sich auf, und der milchige Himmel schien sie zu überspülen wie Wellen, die irgendwo im Dunkel wisperten. *Lieber Gott, ob du da oben zuschaust, ist mir egal. Denn wenn es sündhaft ist, was sich so himmlisch anfühlt, gibt es keine Hoffnung für die Menschen auf dieser Welt ...*

Schließlich verschmolz Johnny wieder mit ihr und schenkte ihr einen zweiten Höhepunkt, noch ehe das süße Glück des ersten verebbt war. *O Gott – o Gott ...* Sie hob die Hüften, erkannte instinktiv, wie sie seinen letzten zitternden Stößen begegnen musste.

Erst nachdem er hinabgesunken war und sich zur Seite gedreht hatte, schwelgte sie im exquisiten Gefühl der Erfüllung, das ihren ganzen Körper durchströmte. Sie schmiegte sich an ihn, wollte diese Emotionen in der nächtlichen Kälte nicht verlieren. Auf ihrer Haut landeten Sandkörner, vom Wind herangeweht, und der Feuerschein erhitzte ihre Hüften, während alles andere, das Johnnys Nähe nicht erwärmte, zu frösteln begann.

»Ich liebe dich«, beteuerte er.

»Das weiß ich.« Sie berührte seine Wange und spürte, wie ein Muskel zuckte, als würde er mit den Tränen kämpfen. »Und du bist der einzige Mann, den ich jemals liebte.«

»Ich wünschte ...«

»Was?«

»Schon gut. Ich möchte nicht an die Vergangenheit denken.«

»Oder an die Zukunft.« Sie erschauerte und drückte sich noch fester an ihn.

Nach ein paar Minuten murmelte er: »Ich müsste noch etwas Holz ins Feuer werfen.«

»Nein, wir sollten uns anziehen«, protestierte sie schläfrig. Aber sie stand nicht auf.

»Wozu die Mühe?«, fragte er lachend. »Wir würden uns ohnehin wieder ausziehen.«

»Weil uns jemand sehen könnte. Stell dir vor, was für Schlagzeilen wir machen würden.« Jetzt setzte sie sich auf. *Falls uns jemand beobachtet hat, wird Roger es bald erfahren.*

Seltsam – dieser Gedanke gefiel ihr. Sie malte sich aus, wie Roger seine Morgenzeitung öffnen und den Schock seines Lebens erleiden würde.

Dann meldete sich ihr Gewissen, und sie erinnerte sich an eine Nacht vor mehreren Jahren. Auf der Heimfahrt von einer Lesung in New Haven war sie in einen Blizzard geraten. Stunden später taumelte sie durch die Haustür, und Roger, außer sich vor Sorge, presste sie so fest an sich, dass sie glaubte, ihre Rippen würden brechen. Dann war er ihr von Zimmer zu Zimmer gefolgt, als hätte er beschlossen, sie nie wieder aus den Augen zu lassen.

Nun rückte sie ein wenig von Johnny ab, schob ihre Beine in die Jeans und spürte kratzigen Sand auf ihrer Haut. Der Pullover fühlte sich feuchtkalt an. Belustigt schaute Johnny ihr zu und wartete, bis sie vollständig angezogen war, bevor er lässig in sein Hemd schlüpfte. »Letztes Mal hattest du Angst, dein Dad würde uns erwischen«, neckte er sie. »Vor wem fürchtest du dich diesmal?«

»Vor mir selber. Wenn es so mit uns weitergeht, muss ich mich fragen, wozu ich fähig wäre. Und das würde mich vielleicht erschrecken.« Was die Zukunft bringen würde, wusste sie nicht. Aber was immer verloren gegangen war – heute Nacht hatte sie es wieder gefunden, in Johnnys Armen. Konnte sie es behalten?

Nur eins wusste sie, während sie die Düne hinaufstieg und sich an Johnny lehnte, um dem Wind zu entrinnen, der an ihrem Haar zerrte und ihren Jackenkragen emporwehte. Wenn sie ihn ein zweites Mal gehen ließ, würde sie keine Chance mehr bekommen. Diese Erkenntnis umbrandete ihr Herz wie die Flut, die sie undeutlich zur Küste wogen sah.

Morgen, dachte sie, *morgen rufe ich Roger an und sage ihm, er soll die Kinder in ein Flugzeug setzen. Wann wir nach Hause kommen, werde ich nicht erwähnen. Wenn er nicht länger warten will, weiß er, wo er mich findet.*

Kapitel 11

In der folgenden Woche fuhren Daphne und Kitty am Donnerstagmorgen nach San Francisco zum Flughafen, um Roger und die Kinder abzuholen. Die Landung verzögerte sich. Über eine Stunde mussten sie warten, bis er endlich durch die Sperre schlenderte, Kyle und Jennie im Schlepptau. Kitty blieb im Hintergrund und beobachtete, wie er ihre Schwester umarmte und fast zerquetschte, während sich die Kinder gegen ihre Knie warfen und sie aus dem Gleichgewicht brachten. Lachend taumelte sie nach hinten und hielt sich an ihrem Mann fest.

Sie hat sich verändert, dachte Kitty. Früher hätte sie Roger niemals überreden können, seinen anfänglichen Widerstand aufzugeben und die Kinder für den Rest des Schuljahrs auf die Miramonte Elementary zu schicken. Jetzt behauptete sie sich gegen ihn und übernahm sogar in ruhiger Entschiedenheit die Kontrolle. »Ich will sie bei mir haben«, hatte sie ihrem Mann am Telefon erklärt. »Und sie brauchen ihre Mutter.« Geduldig hörte sie sich seinen Protest an und fügte hinzu: »Wenn du keine Zeit hast, die Kinder hierher zu bringen, hole ich sie ab. Tut mir Leid, Roger, diesmal muss ich auf meinem Willen bestehen.«

Beinahe hätte Kitty lauthals gejubelt.

Auch Roger schien die Veränderung zu bemerken. Auf der Fahrt nach Miramonte warf er Daphne immer wieder unbehagliche Blicke zu, während die Kinder in einem fort schwatzten und Kitty mit Fragen bestürmten. In welchen Zimmern würden sie schlafen? Durften sie wieder Kekse backen, so wie letztes Mal, im Oberstock fernsehen?

Jennie, zauberhaft in einer Rüschenbluse und einer rosa Latzhose, mit abstehenden hellblonden Zöpfchen, griff schüchtern in ihren Barbie-Rucksack. »Schau mal, Tante Kitty, die kleine Meerjungfrau.« Sie hielt ein Video hoch. Ernsthaft fuhr sie fort: »Daddy sagt, es gibt keine Meerjungfrauen. Was meinst *du?*«

»Nun ja – ich habe noch keine gesehen«, antwortete Kitty zögernd. »Aber auch kein Känguru. Und ich weiß, dass es Kängurus gibt.« Gelassen ignorierte sie Rogers ärgerlichen Blick.

Wie sich herausstellte, konnte ihr Schwager nur übers Wochenende in Miramonte bleiben – lange genug, um das ganze Haus mit seiner Gegenwart zu beherrschen und Daphne von neuem einzuschüchtern. Jedes Mal, wenn Kitty seine schweren Schritte auf der Treppe hörte, zog sie unwillkürlich den Kopf ein, und ihr Magen verkrampfte sich protestierend, wenn er Daphne versicherte, sie müsse sich nicht um Mutter sorgen – alles im gleichen fröhlichen Ton, den er bei seinen Gesprächen mit Kyle und Jennie anschlug. Kitty wusste, dass er kein schlechter Mensch war. Nach ihrer Meinung behandelte er die Kinder zwar ein bisschen zu streng, aber er liebte sie sehr. Und er versuchte seine verspätete Ankunft in Miramonte wieder gutzumachen. Trotzdem schien sogar das Haus aufzuatmen, als er am Montagmorgen abreiste.

Wie Mäuse, die vorsichtig aus ihrem Loch krochen, spielten die Kinder zunächst still und leise. Sobald sie merkten, dass kein Vater da war, der mit ihnen schimpfte, wurden sie immer übermütiger. Auch Daphne wirkte erleichtert. Noch im Pyjama, saß sie mit gekreuzten Beinen auf dem geflochtenen Teppich vor dem Kamin und beobachtete, wie Kyle und Jennie aus Lincoln Logs eine Festung bauten. Eine Stunde später betraten sie alle – geduscht und angezogen – die Küche, wo der Teig, den Kitty am frühen Morgen angerührt hatte, zu einer mehligen Kuppel aufgegangen war. Sie gab jedem Kind ein grapefruitgroßes Stück zum Kneten. Eifrig legten sie los – strohblonde Miniaturen von Daphne mit herzförmigen Gesichtern und großen graugrünen Augen –, und Kitty setzte das Teewasser auf.

Während sie für das Müsli Bananen in Scheiben schnitt, brillierte die Sonne, die sich das ganze Wochenende in Nebel gehüllt hatte, mit einem dramatischen Auftritt. Ein blendender Strahl fiel auf die beiden schlafenden, auf dem Teppich zu einer einzigen Pelzkugel zusammengerollten Kätzchen. Über dem Pfeifen des Wasserkessels hörte Kitty fröhliche Musik aus dem Oberstock, den Titelsong der *Sesamstraße*. Offenbar hatten die Kinder den Fernseher angelassen. Sie lächelte. Zum ersten Mal seit Wochen fühlte sie sich völlig unbeschwert.

Ein vertrautes Sprichwort fiel ihr ein. *Was mich nicht umbringt, macht mich stark.* Inmitten der Familientragödie und ihrer persönlichen enttäuschten Hoffnungen hatte sie eine erstaunliche Erkenntnis gewonnen: Sogar in unfruchtbarer, mit Tränen gewässerter Erde können Blumen wachsen.

Das hatte Sean ihr beigebracht. Jede Nacht, in der er durch die Hintertür hereinkam und die Treppe zu ihrem Zimmer hinaufschlich, war ein kostbares Geschenk, das sie beglückt auspackte und genoss. Wann er kommen würde, konnte sie nie genau abschätzen. Zwischen seinem Job, den Abendkursen und häuslichen Pflichten hatte er nur wenig Freizeit. Manchmal schlief sie tief und fest, wenn er zu ihr ins Bett kroch, und er teilte ihre Träume.

Wenn er frühmorgens verschwand, fröstelte sie, als wäre sie

einer lebenswichtigen Wärmequelle beraubt worden. Tagsüber fühlte sie sich ganz schwach, wann immer sie an ihn dachte. Unter ihrer Kleidung fühlte sie den brennenden Abdruck seiner Hände, in ihrem Slip die fast unangenehmen feuchten Spuren der letzten Liebesnacht. Es nützte nichts, wenn sie sich abzulenken versuchte. Wenn sie die Tür zu jenen Erinnerungen verschloss, krochen sie darunter hervor und weckten eine süße Sehnsucht.

Gleichzeitig ging sie immer wieder die Liste der Gründe durch, warum sie sich nicht in Sean verlieben durfte. Das hat keine Zukunft, sagte sie sich. Außerdem musste sie an Heather denken. Kitty glaubte immer noch an ihre Chance und hoffte, das Mädchen würde ihr das Baby anvertrauen. Wie Sean erwähnt hatte, kamen keine anderen Adoptiveltern in Frage. *Das war vor drei Tagen,* warnte eine vorsichtige innere Stimme. *Vielleicht hat sich inzwischen jemand gemeldet.*

Kitty widerstand dem Impuls, die Hände an die Schläfen zu pressen, um diesen Gedanken *buchstäblich* aus ihrem Gehirn zu vertreiben. Aber sie wusste, warum sie Sean neuerdings nicht mehr nach Heather fragte: Weil sie fürchtete, was sie erfahren würde.

Nur in einem einzigen Punkt gab es Meinungsverschiedenheiten. Kitty meinte, Heather müsste über Seans Liaison informiert werden. Und Sean argumentierte, im Augenblick habe seine Schwester ohnehin schon genug Sorgen und könne keine weiteren Aufregungen gebrauchen. »Du weißt ja, wie leicht sie die Fassung verliert«, hatte er letzte Nacht in Kittys Bett bemerkt. Während er auf dem Rücken lag und zur Zimmerdecke hinaufstarrte, zeichneten Mondstrahlen sein Profil nach. »So führt sie sich auf, seit unsere Mom weggelaufen ist. Heather dreht durch, sobald sie glaubt, jemand würde sie verlassen. Selbst wenn sie sich's nur einbildet. Verstehst du, was ich meine?«

Kitty nickte. Im Dunkel, im silbernen Licht, das sich in den Spitzengardinen wie in einem Netz verfing und langsam darin zu ertrinken schien, hatte sie sehr viel verstanden. Die Gründe, warum sie Sean liebte, waren die gleichen, warum er nicht auf die Art und Weise mit ihr zusammen sein konnte, die sie sich wünschte.

Und sie wusste auch, was er insgeheim erhoffte – seine Schwester würde ihr Baby behalten. *Wäre das so schrecklich?*, fragte sie sich. *Wenigstens würde ich's sehen und im Arm halten. Und wenn Heather sich an den Gedanken gewöhnt, dass Sean und ich ein Paar sind, vielleicht …*

Nichts ist unmöglich, erkannte sie plötzlich in ihrer sonnenhellen Küche zwischen Daphne und den Kindern. Irgendwie würden sie sogar Mittel und Wege finden, um Mutter aus dem Gefängnis zu holen. Und dann erschauerte sie, als hätte sich eine Wolke vor die Sonne geschoben.

Bisher waren Daphnes Aktivitäten nicht besonders erfolgreich gewesen. Wie sie festgestellt hatte, glich die detektivische Tätigkeit der Archäologie – viel Mühe um ein paar alte Knochen. Seit dem ergebnislosen Showdown mit Beryl hatten die Schwestern Mutters gesammelte Briefe durchgesehen und stundenlang mit Freunden und Verwandten telefoniert. Die meisten zeigten sich hilfsbereit, wussten aber nicht, was Lydia bewogen haben mochte, ihren Mann zu töten. Am prägnantesten hatte es Tante Rose formuliert. »Ich war mir sicher, meine Schwester hätte das Gegenteil getan – und sich auf die Straße gelegt, um zu verhindern, dass Vernon von einem Auto überfahren wird.« Qualvoll hatte sie Luft in ihre kranke Lunge gesogen und hinzugefügt: »Diese treue Ergebenheit habe ich nie verstanden. Aber *das* ergibt noch weniger Sinn.«

Eins stand jedenfalls fest: Falls Mutter über Daddys Affären informiert gewesen war, hatte sie sich Tante Rose nicht anvertraut.

Trotzdem beschloss Kitty, die Wahrheit ans Licht zu bringen. Zu diesem Zeitpunkt glaubte sie ebenso wie Daphne, Mutter hätte die besten Chancen, wenn sie ihre Aussage modifizieren würde. Erst mal musste sie das Bedürfnis verspüren, sich selbst zu retten. Bis jetzt wollte sie nicht einmal darüber diskutieren und betonte unentwegt, sie habe eine Strafe verdient. Aber was tat sie damit ihren Töchtern und Enkeln an. Nicht nur Mutters Schicksal stand auf dem Spiel, sondern das Wohl der ganzen Familie. *Wenn sie es nicht von selber begreift, muss ich sie dazu zwingen.*

An diesem Tag würde sie Mutter und Cathcart treffen, während Daphne die Kinder in der Schule anmeldete. Und Kitty war fest entschlossen, einen Erfolg zu erzielen. Reglos stand sie vor der Spüle und fühlte, wie ihr wochenlang verschütteter Orientierungssinn zurückkehrte, als würde das defekte Rädchen eines Uhrwerks plötzlich wieder rotieren. Gewiss, sie trauerte um den Vater und wollte ihr Bestes für Mutter tun. Gleichzeitig musste sie ihr eigenes Leben führen. War das nicht die wichtigste Lehre, die sie aus alldem zog: dass eine Familie nur so stark sein konnte wie jedes einzelne ihrer Mitglieder?

»Du findest die Cornflakes in der Speisekammer und das Haferschrot im Schrank über dem Herd«, erklärte sie ihrer Schwester, die Schüsseln bereitstellte und Löffel daneben legte. »Ich bin gleich wieder da.«

Ohne Zögern eilte Kitty in den vorderen Raum, wo sie von den leeren Tischen an eine Bühne in der Pause zwischen zwei Akten erinnert wurde, und drehte das Schild an der Tür um: GEÖFFNET.

Kurz nach zehn Uhr morgens saß sie in einem verschlossenen Raum im Miramonte County Jail, an einem großen, im Boden verankerten Metalltisch. Draußen war es kühl, hier drinnen heiß und stickig. Zu ihrer Linken hatte Tom Cathcart das Jackett seines dunkelgrauen Anzugs ausgezogen und über seinen Stuhl gehängt. Kitty fächelte sich mit einem Kuvert, das sie aus dem Papierkorb genommen hatte, Kühlung zu.

Bei früheren Besuchen hatte eine Glaswand die Sicht auf die Angeklagte getrübt. Jetzt stellte Kitty fest, wie geschwächt und zerbrechlich ihre Mutter aussah. Über den Wangenknochen spannte sich gelbliche Haut, die an rissiges Pergament erinnerte. In dem grellen Neonlicht wirkten die tief liegenden Augen leer und leblos. Sogar die kerzengerade Haltung, bisher so entschlossen gewahrt, hatte sie aufgegeben, wenn auch nicht kampflos. Während sie ihrer Tochter gegenübersaß, glich sie mit den hängenden Schultern und ganz leicht zur Seite geneigt, einem alten Monument.

Schweren Herzens versuchte Kitty, diesen schockierenden Anblick mit Bildern aus der Vergangenheit zu vereinbaren. Mutter, die ihre Kinder in eine Kirchenbank schob, mit weißen Handschuhen und einem breitrandigen Hut – Mutter bei der Gartenarbeit, in ihrer alten Latzhose voller Grasflecken. Immer frische Blumen im Haus, Astern und Löwenmaul und Gladiolen.

Noch ein klares Bild entstand in Kittys Phantasie: Nach dem morgendlichen Schwimmen stieg Mutter triefnass aus der Brandung. Das Sonnenlicht, vom Meer reflektiert, verwandelte die weiße Badekappe in eine schimmernde Gloriole. Glücklich, mit rosigen Wangen, lächelte sie, als wäre sie eben erst getauft worden, und die Fußspuren glänzten kurz im feuchten Sand, bis sie weggespült wurden.

O Mutter, denk an alles, was du geliebt hast, an Strandspaziergänge, an Samen in frisch umgegrabener Erde, an das Kinderspiel, für eine Suppe Zwiebeln zu schneiden – so, wie du's mir beigebracht hast, unter fließendem Wasser, damit man nicht weint. Denk an die Sonntags-

mahlzeiten, die ganze Familie am Tisch versammelt. Und denk an mich, deine Tochter.

In Kittys Kehle bildete sich ein Klumpen. Als sie Mutters Hände ergriff – von Handschellen gefesselt –, musste sie mit den Tränen kämpfen. Sie schaute sich um, betrachtete triste Hohlziegelwände und Fenster mit Drahtgittern. JESUS RETTET UNS, hatte jemand in die stählerne Tischplatte geritzt. Aber in diesem Augenblick bezweifelte sie, dass Mutter zu retten war – eine grausame Perspektive, die sie auch in Cathcarts aristokratischem Gesicht mit dem markanten Kinn las. »Daphne lässt dich herzlich grüßen«, begann sie. »Oh, und du solltest ihre Kinder sehen. Inzwischen sind sie um mindestens zwei Zoll gewachsen – und so klug. Wie ein kleiner Papagei wiederholt Jennie alles, was sie hört. Und gestern wollte Kyle wissen, ob Sandkörner dasselbe sind wie Steine, nur viel kleiner.«

Lydias zögerndes Lächeln erschien ihr wie ein brüchiges Zerrbild ihres eigenen. »Bitte, sag ihnen, ich liebe sie. Und ich wünschte …« Sie biss in ihre Lippen und richtete sich ein wenig auf.

»Ja?«, drängte Kitty leise.

»Nichts. Wie geht's Roger?«, fragte Mutter und zwang sich zu einem munteren Ton.

»Er konnte nicht hier bleiben, wegen irgendwelcher dringenden Angelegenheiten, die er in New York erledigen muss«, erklärte Kitty und bemühe sich nicht, ihre Missbilligung zu verbergen. »Aber ich soll dir ausrichten, er würde alles für dich tun, was in seiner Macht steht.«

»Viel wird's nicht sein.« Mutters Stimme nahm einen harten Klang an. »Verzeih mir, wenn ich das sage, aber ich mochte ihn nie. Daphne zuliebe habe ich's versucht … Und darin liegt wohl ein Teil des Problems. Ich gab ihr ein schlechtes Beispiel.«

»In manchen Dingen gleicht er Daddy.« Das fiel Kitty erst jetzt auf. Daddy war klüger und charmanter gewesen, und doch – in gewisser Weise hatte Daphne ihren Vater geheiratet.

»Sie sollte ihn verlassen.«

Verwirrt lehnte sich Kitty zurück. Durfte sie ihren Ohren trauen? Hatte Mutter in ihrer Ehe nicht viel mehr erduldet? Vielleicht war ihr nie bewusst geworden, dass sie dasselbe Recht auf ein glückliches Leben besaß wie ihre Töchter. »Daphne kann für sich selber sorgen.«

»Daran zweifle ich nicht. Sie ist viel stärker, als sie glaubt.«

»Falls du Roger meinst …«

»Nicht nur Roger.« Mutters Lächeln wirkte immer noch dünn. Aber jetzt erschien ein seltsames Licht in ihren Augen. »Von euch dreien war Daphne stets die Letzte, die ihre Hand ausstreckte, wenn Geschenke verteilt wurden. Dabei ergriff sie nur die Initiative, um zu erreichen, dass jemand *anderer* bekam, was ihm zustand.«

Kitty verspürte einen Anflug ihrer alten Eifersucht. *Daphne – immer nur Daphne. Ihr kostbarer Liebling.* Doch sie schüttelte diese Gedanken ab wie lästige Spinnweben, beugte sich vor und umfasste Mutters Hände noch fester. Als die Handschellen klirrend gegen die stählerne Tischplatte stießen, schluckte sie krampfhaft. »Ja, Daphne ist stark. Leider nicht stark genug, um dich zu retten, wenn du nicht einmal *versuchst,* dir selbst zu helfen. Bitte, Mutter, erzähl uns, was geschehen ist. *Alles.*«

Schlaff und kalt lagen Mutters Hände in ihren, wie etwas Totes, das stürmische Wellen an den Strand gespült hatten. »Was ihr wissen müsst, habe ich bereits gesagt.« Die Stimme klang genauso leblos.

Mit einiger Mühe bezwang Kitty ihren Frust. »Falls du uns vor der Wahrheit über Daddy schützen willst – die meisten Tatsachen kennen wir schon. Seit ich fünfzehn war, weiß ich Bescheid.« Ärgerlich unterdrückte sie die Tränen, die ihren Blick zu verschleiern drohten. »Das behielt ich für mich, weil ich dich nicht verletzen wollte. Jetzt sollten diese Heimlichkeiten endlich ans Licht kommen.«

Mutters Miene verschloss sich. »Ich sehe keinen Sinn darin, das alles auszugraben.«

Da verlor Kitty die Geduld. »Und was ist mit deiner Familie? Ist es dir egal, was du uns antust?«

Lydia blinzelte verwirrt und schien ihre Tochter zum ersten Mal zu sehen – *wirklich* zu sehen. »Natürlich ist mir das nicht egal. Nur euch zuliebe zerre ich die Familie nicht in den Schmutz.«

»Wenn du uns zu schützen versuchst, fängst du es falsch an, denn wir …« Beinahe hätte Kitty betont, sie könnten auf sich selber achten. Aber was Alex betraf, war sie sich nicht so sicher. »Wir möchten nicht bemuttert werden, wir brauchen eine Mutter.«

Nun wandte sich Lydia zu Cathcart. Offensichtlich überlegte sie, wie viel sie in seiner Gegenwart sagen sollte. Doch dann lächelte sie gequält, als wäre ihr die Ironie einer solchen Sorge bewusst geworden. »Ich fürchte, ich habe euch enttäuscht. Nicht nur Daphne. Auch dich und Alex. Tut mir Leid, das wollte ich nicht.«

»Noch ist es nicht zu spät. Wenn du uns hilfst …«

»Pst!«, mahnte Mutter sanft. »Jetzt reicht's.«

Ihr Seufzer klang so erbärmlich, dass Kittys Mitgefühl fast die Oberhand gewonnen hätte. Energisch wappnete sie sich dagegen. »Du schützt Daddy, nicht wahr?«, fragte sie mit harter, gepresster Stimme. »So wie immer. Du wusstest von seinen Affären. Das *musstest* du wissen. Trotzdem hast du ihn nie zur Rede gestellt. Warum nicht? Um den äußeren Schein einer glücklichen Familie zu wahren? Oder hattest du Angst, er würde dich verlassen?« Sie merkte nicht, dass sie schrie, bis ein fleischiges rotes Gesicht mit eng beisammenstehenden Augen im vergitterten Fenster erschien – der Beamte, der die Tür bewachte. Aber sie bereute ihren Wutausbruch nicht. Irgendjemand musste ihrer Mutter Vernunft einbläuen. In wachsender Panik dachte sie: *Bald wird sie wegen Mordes vor Gericht stehen. Und wir schleichen auf Zehenspitzen um sie herum, als wäre das Ansehen eines Toten viel wichtiger. Einfach verrückt! Das muss ein Ende haben.*

Unglücklicherweise ließ Lydia sich nicht beirren. »Jetzt reicht's!«, wiederholte sie entschieden. »Davon will ich nichts mehr hören.«

»Du hast keine Wahl. Ein einziges Mal in deinem Leben wirst du dir anhören, was *ich* zu sagen habe!« Kitty wusste nicht, dass sie sich halb von ihrem Stuhl erhoben hatte. Dann spürte sie eine große, kraftvolle Hand auf ihrem Unterarm. Doch sie ignorierte die sanfte Warnung in Cathcarts hellblauen Augen. »Verstehst du es denn nicht? Daddy ist *tot*, weil wir alle zu feige waren, den Mund aufzumachen.«

»Durch meine Schuld ist er tot.« Mutters verkniffener Mund begann zu zittern.

»Und warum hast du es getan?« Kitty neigte sich noch weiter vor und nahm schwachen, säuerlichen Schweißgeruch wahr. Hatte Mutter Angst vor sich selbst oder vor den Geheimnissen, die sie vielleicht offenbaren musste? Beinahe weinte Kitty vor lauter Verzweiflung, und plötzlich wünschte sie, Sean wäre hier. In seiner Welt bestand die Kunst des Überlebens darin, stets zu sehen, was hinter seinem Rücken geschah und was hinter der nächsten Ecke wartete. In ihrer kam die Familienehre an erster Stelle, selbst wenn sie alle Beteiligten umbrachte.

Ein leiser, halb erstickter Schrei ließ sie erschauern. Erschrocken beobachtete sie, wie Mutter ihre gefesselten Hände vors Gesicht schlug. »So durfte es nicht weitergehen. Ich musste alldem ein Ende bereiten.«

In diesem Moment erkannte Kitty, dass sie die Wahrheit genauso fürchtete wie ihre Mutter. Andrerseits empfand sie freudige Erregung: Endlich ein Anfang, selbst wenn die Tür nur einen winzigen Spalt geöffnet wurde. Sie musste diese Tür vollends aufstoßen und die Mutter veranlassen, weiterzusprechen. »Sicher hat es dir sehr wehgetan«, versuchte sie die unglückliche Frau zu trösten.

»Mir nicht. Daran war ich gewöhnt. All die Jahre …« Gedankenverloren starrte Mutter ins Leere. Als ihr Blick zu Kitty zurückkehrte, glühte eine plötzliche Leidenschaft in den eben noch leblosen Augen. »Diesmal war es anders – *böse.*«

Kittys Herz schlug wie rasend. Um die Gunst der Stunde zu nutzen, fragte sie atemlos: »Weißt du, wer sie war? Die Frau, mit der sich Daddy vor seinem Tod traf?«

Doch das Feuer, das in Mutters Brust aufgeflackert war, erlosch sofort wieder. Verständnislos schaute sie ihre Tochter an und schien längst entschwundene Menschen, längst vergangene Ereignisse zu betrachten.

»Bitte, Mutter!«, flehte Kitty. »Sag mir, wer sie ist! Mehr verlange ich nicht.«

Nun mischte sich Cathcart ein. »Diese Frau müssen wir finden, bevor ihr der Bezirksstaatsanwalt auf sie Spur kommt.« Im grauen Licht glich sein welliges Haar altem, sorgsam geputztem Tafelsilber. Als Mutter nicht antwortete, drängte er: »Die ganze Zeit haben Sie drauf bestanden, die Wahrheit zu sagen, Lydia. Erzählen Sie uns die *ganze* Wahrheit.«

Nach einem langen, drückenden Schweigen erwachte Kittys Mutter aus ihrer Trance und entsann sich mit leiser, träumerischer Stimme: »Im Grunde meiner Seele wusste ich es. Von

Beryl … Komisch, nicht wahr? Vor über dreißig Jahren ist es geschehen, und es kommt mir so vor, als wäre es erst gestern gewesen. Hier drin findet man viel Zeit, um sich zu erinnern. Was anderes habe ich nicht zu tun.«

»Mutter, wir reden nicht von Dingen, die vor dreißig Jahren passiert sind«, erwiderte Kitty und hatte das Gefühl, auf ihrem leidvollen Weg würden sich Sandsäcke türmen. »Nur die *Gegenwart* ist wichtig.«

»O Kitty …« Seufzend schüttelte Mutter den Kopf. »Ihr Mädchen seht nur, was ihr direkt vor Augen habt. Wie es zu meiner Zeit war, wisst ihr nicht – all die Erwartungen, die wir in die Ehe setzten … Selbst wenn ich es gewollt hätte – und glaub mir, daran verschwendete ich keinen einzigen Gedanken –, damals ließ man sich nicht scheiden. Zumindest die *anständigen* Leute hätten so was nie getan.«

»Beryl Chapman schon«, warf Kitty ein.

»Wie könnte ich das vergessen? Monatelang gab es kein anderes Gesprächsthema. Und falls Gerüchte kursierten – die musste ich nicht beachten, oder?« Mutter richtete sich erneut auf und versuchte den letzten Rest ihrer Würde zu wahren. »Immerhin wurde ich in dem Glauben erzogen, eine Dame wäre über solche Dinge erhaben.«

»Also hast du weder Beryl noch Daddy jemals zur Rede gestellt?«

»Wäre das sinnvoll gewesen?« Mutters Miene verdüsterte sich, und sie schien mit sich selbst zu kämpfen. Ein paarmal öffnete und schloss sie ihre Lippen. Dann traf sie eine Entscheidung, und ihre Züge glätteten sich wieder.

Nicht zum ersten Mal dachte Kitty: *Sie hat ihn geliebt. Bis zum Ende.* »Hättest du die beiden zur Verantwortung gezogen, würde Daddy vielleicht noch leben.«

Mutter legte ihre Hände über die Augen, als wollte sie sich vor dem grellen Licht schützen. »Genug. Jetzt reicht's wirklich.«

»Du hast mir *gar nichts er*zählt!«, protestierte Kitty.

Doch die Mutter hörte nicht mehr zu. Abrupt stand sie auf – eine Gefangene im orangegelben Trainingsanzug, den ihr die County-Verwaltung zur Verfügung gestellt hatte. Trotzdem strahlte sie die Anmut einer eleganten Frau aus, die sich von der Dinnertafel erhob. »Sprich mit Alex.« Zum Abschied warf sie einen kurzen Blick über die Schulter, voller Schmerz und Liebe und Sehnsucht. Beinahe brach es Kitty das Herz. »Sie weiß alles. Nur sie kann dir verraten, was du wissen willst.«

Statt nach Hause zu fahren, machte Kitty einen Umweg die Kingston Avenue hinab, wo sie vor einem Cottage aus weißen Schindeln mit dunkelgrünen Fensterläden hielt. An der Tür hing ein Schild: SHORELINE REALTY, SEIT 1961 FÜHREND IN DER VERMITTLUNG VON EXCLUSIVEN IMMOBILIEN IM KÜSTENGEBIET. Alex war nicht an ihrem Schreibtisch. Seit Tagen hatte sie sich nicht im Büro blicken lassen. Eine gertenschlanke Blondine in einer Wildlederhose lachte spröde. »Wenn sie irgendwem Häuser zeigt, muss es einen Immobilienmarkt geben, von dem ich nichts weiß.«

Kitty dankte ihr und verließ das Büro. In letzter Zeit hatte ihre Schwester tatsächlich härter denn je gearbeitet. Wann immer Kitty oder Daphne versuchten, sie telefonisch zu erreichen, daheim oder in der Agentur, war sie nicht da. Die Nachrichten auf dem Anrufbeantworter wurden ignoriert. Ging sie ihnen absichtlich aus dem Weg?

Von den Worten ihrer Mutter verfolgt, fuhr Kitty nach Hause. In der Kindheit hatte ihre jüngere Schwester den Vater vergöttert. Wie ein Hündchen war sie ihm auf Schritt und Tritt gefolgt. Später schien er sie den anderen Töchtern vorzuziehen. Nach dem Dinner unternahmen die beiden regelmäßig lange Spaziergänge. Kitty war damals zu klein gewesen, um das zu verstehen, aber sie hatte diese innige Verbundenheit seltsam gefunden. Fast so, als wären Daddy und Alex *Verschwörer* gewesen … Schaudernd bog sie in ihre Zufahrt.

Die letzte Person, die sie in ihrem Haus anzutreffen erwartet hatte, war Sean. Er stand im Teesalon auf einer Trittleiter und schraubte, beaufsichtigt von Josie Hendricks, die alte Messingfassung der Deckenlampe ab. Auf ihren Stock gestützt, spähte Josie wie ein neugieriger Papagei nach oben. Sean grinste Kitty an. Sekundenlang sah er in seinen zerrissenen Jeans und dem überdimensionalen T-Shirt wie ein kleiner Junge aus. Dann bemerkte sie die sehnigen Muskeln in den sonnengebräunten Armen, die nur durch harte körperliche Arbeit entstehen konnten. »Nachdem ich eine Glühbirne ausgewechselt hatte, flackerte sie dauernd, und Mrs Hendricks fürchtete, dein Haus würde in Flammen aufgehen«, erklärte er und winkte ihr mit einem Schraubenzieher zu.

»Neulich ist die alte Schule wegen einer defekten Stromleitung abgebrannt«, ergänzte Josie, nickte weise und klopfte mit ihrem Stock auf den Boden, um ihren Worten Nachdruck zu verleihen. Ihr drahtiges krauses Haar, am Oberkopf achtlos zusammengeschlungen, erinnerte Kitty an ein schiefes Vogelnest. Mit einem nachsichtigen Lächeln verkniff sie sich die Bemerkung, jene Feuersbrunst habe sich bereits 1955 ereignet.

In diesem Augenblick trottete Willa in einer Latzhose und einer gerüschten Bauernbluse aus der Küche. Sie sah aus wie eine größere, ziemlich komische Version der kleinen Jennie. Sie trug ein Tablett mit Tee und Keksen zu Serena Featherstone, die, in ein Taschenbuch vertieft, an einem Fenstertisch saß. Mit einem kurzen Blick auf die Kekse lächelte Willa verlegen. Dunkle Röte stieg in die dicken Wangen. »Schokoladenkekse. Nach dem Rezept auf der Rückseite der Mehlpackung. Im Kühlschrank habe ich nichts mehr gefunden. Und ich dachte, es würde Ihnen nichts ausmachen.«

Vor lauter Rührung brachte Kitty kein Wort hervor, und so konnte sie das Lächeln nur erwidern. Auf der Fahrt zum Gefängnis hatte sie sich gefragt, warum sie so dumm gewesen war, den Teesalon zu öffnen, bevor sie Zeit gefunden hatte, die Vitrine mit Kuchen zu füllen. Und sie musste sich immer noch mit der Familientragödie befassen. Wie sollte sie den plötzlichen Ansturm ihrer Gäste bewältigen?

Und nun machte sie eine wundervolle Entdeckung: Sie war nicht allein. Zu einem Zeitpunkt, an dem alles aus den Fugen zu geraten schien, standen ihr Freunde und Verwandte bei. Hingerissen schaute sie zu Sean, wie eine Närrin auf den Mond. »Ein Feuer? Liegt auf meiner Familie ein biblischer Fluch?«

Lachend umwickelte Sean einen ausgefransten elektrischen Draht mit Isolierband und stieg zum Fuß der Leiter hinab, wo Kittys Hund bereitstand, um ihn mit feuchten Küssen zu überschütten. Sean kauerte sich auf die Fersen und streichelte ihn, während Kitty klopfenden Herzens auf den unvermeidlichen Moment wartete, wo sich ihre Blicke treffen würden. Wenn die Gefahr eines Feuers bestand, dann hing sie nicht mit schadhaften Drähten oder Sicherungen zusammen.

Und dann – wie immer in Seans Gegenwart – wanderten ihre Gedanken zu Heathers Baby. Hatte das Mädchen schon eine Entscheidung getroffen? Später, wenn sie mit Sean allein war, würde sie ihn danach fragen. Und sie würde ihm erklären, die Heimlichtuerei müsste aufhören – bevor Heather herausfand, was los war. Sobald sie Bescheid wüsste, würde sie vielleicht keine Feindin mehr in ihr sehen, sondern eine Freundin.

Träumerisch dachte sie an das Geld, das sie für das Baby beiseite gelegt hatte. Immerhin hatte sie über zwanzigtausend Dollar gespart. Das alles würde sie Seans Schwester geben, jeden einzelnen Cent. Nur die Angst, Heather könnte das für Bestechung halten, hielt sie davon noch zurück.

Sie sah, wie Sean auf den Fersen wippte, als wollte er jeden Augenblick flüchten. Forschend musterte er ihr Gesicht und schien abzuwarten, ob sie die Initiative ergreifen würde. Da legte sie eine Hand auf seinen Arm und spürte seine verlockende Wärme. »Danke. Das hättest du nicht tun müssen.«

»So mühsam war's gar nicht.«

Plötzlich spürte sie die neugierigen Blicke ringsum. Interessiert legte Josie den Kopf schief, und Willa lächelte wissend. Vom Fenstertisch spähten Serena Featherstones dunkle Zigeuneraugen über das Taschentuch hinweg. Irgendwas von D. H. Lawrence.

Der peinliche Moment zog sich in die Länge. Dann meinte Josie unschuldig: »Sicher könnte der nette junge Mann einen kalten Drink gebrauchen. Und wenn Sie schon in die Küche gehen, meine Liebe, ich hätte nichts gegen eine Tasse Tee.«

Errötend eilte Kitty in die Küche. Dass Sean ihr folgte, merkte sie erst, als sie die Schwelle überquert hatte und von hinten gepackt wurde. Sie fuhr herum, voller Angst, man könnte sie beobachten. Aber er schien ihre Gedanken zu lesen, denn er stieß die Tür mit einem Stiefelabsatz voller Teerflecken zu und erstickte ihren schwachen Protest mit einem Kuss.

»Wenn jemand hereinkommt ...«, wisperte sie, ergriff sein Handgelenk und zog ihn in die Speisekammer – den einzigen Ort, wo ihre Privatsphäre gewahrt blieb. Im duftenden Halbdunkel erwiderte sie seine Küsse. Sean presste seinen Körper an ihren, und sie spürte die Kante eines Regalfachs, die sich schmerzhaft in ihren Rücken bohrte. Auch *ihn* fühlte sie – den rauen Stoff seiner

Jeans durch die dünne Baumwolle ihrer Hose. Über ihrem Kopf schimmerten Marmeladengläser dumpf im schwachen Licht, und sie sah Pfirsiche in Sirup schweben.

O ja, er gehörte zu *ihr*. Er war ihr Liebhaber, dessen warmer Atem an ihren Lippen genügte, um ihr Herz zu öffnen wie eine Blume, die dem morgendlichen Sonnenlicht entgegenstrebte. Sogar jetzt, obwohl Stimmen im Nebenraum erklangen, erwachte ein heißes Verlangen.

»Ich habe dich vermisst«, flüsterte er in ihr Haar. »Die letzten beiden Nächte – o Gott, ich dachte, ich würde den Verstand verlieren.« Er schob seine Hände unter ihren Sweater. Darunter trug sie keinen BH. Behutsam liebkosten seine Daumen ihre Brustwarzen.

In wachsendem Entzücken stöhnte sie leise. Verschiedene Eindrücke verschmolzen zu einem einzigen exquisiten Gefühl – Seans schwielige, raue Hände, die aromatische Atmosphäre der Speisekammer, die runde Wärme von Marmeladengläsern, die ihren Rücken streichelten. »Natürlich habe ich dich auch vermisst. Aber solange mein Schwager hier war, konntest du mich nicht besuchen. Jetzt ist er weg. Gott sei Dank.«

»Also, dann komme ich heute Abend zu dir. Oder ich werde noch wahnsinnig und heule wie ein ausgeflippter Idiot den Mond an.« Grinsend entblößte er seine Zähne, die im Dunkel schneeweiß schimmerten.

»Heute Abend«, wisperte sie. Plötzlich konnte sie es kaum erwarten.

»Diesmal machen wir's ganz langsam«, versprach er, und sie lachte leise.

»Das sagst du jedes Mal.« Meistens drang er in sie ein, sobald er seine Stiefel aufgeschnürt hatte. Beim ersten Mal. Ein paar Minuten später war er schon wieder bereit. Dann bewegten sie sich tatsächlich langsamer, wie ein Unterwasserballett, und jede Emotion ging nahtlos in die nächste über. Allein schon bei diesem Gedanken begannen Kittys Knie zu zittern.

»Dieses Hemd knöpfe ich erst auf, wenn du splitternackt bist«, kündigte er an.

»Und danach?«

»Dann musst du mich ausziehen.« Aufreizend ließ er seine Zungenspitze über ihren Hals gleiten.

Kitty schloss die Augen und genoss den Augenblick – Seans Hitze, seinen Geruch nach frischer Luft, der sich mit den Düften von Muskat und Nelken mischte, Mandeln und Walnüssen, getrockneten Äpfeln, die im Alter an Wein erinnerten. Und sie gewann den Eindruck, die Erde würde sie beide verschlingen wie eine Saat, die in fruchtbarem Boden Wurzeln schlug und eines Tages wachsen und reifen würde bis zur Ernte. Dazu brauchte sie nur ein bisschen Glück – und sehr viel Ehrlichkeit.

»Sean, wir müssen miteinander reden.«

»Da fällt mir was Besseres ein.« Er küsste ihr Haar, und sie spürte seinen warmen Atem auf der Kopfhaut – und ein ähnliches Wohlgefühl, als würde sie in ihrer alten Badewanne mit den Klauenfüßen versinken.

»Über Heather.«

Sofort rückte er von ihr ab und schaute sie prüfend an. »Ich dachte, das hätten wir entschieden.«

»Nein – *du* hast eine Entscheidung getroffen.«

»Hör mal, das ist nicht der richtige Moment …«

»Der richtige Moment wird niemals kommen«, erwiderte sie und verschränkte die Arme vor der Brust. »Sean, selbst wenn sie das Baby behalten will – es ist ihr gutes Recht, die Wahrheit über uns zu erfahren.«

Nun warf er ihr einen Blick zu, der ihr missfiel. Nach einem kurzen Schweigen holte er tief Atem. »Kitty, es ist was passiert.«

»Was?« In ihren Ohren begann es zu dröhnen, leise und bedrohlich wie ein Insektenschwarm draußen unter der Dachrinne. Hässliches, bösartiges Ungeziefer …

»Heather hat einen Entschluss gefasst. Gerade habe ich's rausgefunden. Sie will das Baby einem Yuppie-Ehepaar geben, das sie durch eine Zeitungsannonce kennen gelernt hat. Aus Kansas oder Minnesota. So genau weiß ich's nicht.«

In Kittys Brust entstand eine seltsame Mischung aus dumpfer Resignation und wilder Enttäuschung. Die farbenfrohe Glut der Pfirsiche und Aprikosen in den Gläsern verblasste zu gleichförmigem Braun, und sie fühlte sich nicht nur schwindlig, sondern fast gewichtslos, als wäre alles Blut aus ihren Adern geflossen. *Ich hätte es wissen müssen. Ich hätte es erwarten müssen. Wer würde sich nicht für ein nettes Ehepaar aus dem Mittelwesten entscheiden?*

Und doch, diese Erkenntnis befreite sie nicht vom Gefühl eines schmerzlichen Verlustes. Niemals würde sich die Leere in ihrem Innern füllen. »Ich verstehe.« Zu ihrer eigenen Verblüffung klang ihre Stimme kühl und ruhig. »Hat sie sich endgültig dazu entschlossen?«

Sean beobachtete sie wachsam. Offenbar wusste er nicht, was er von ihrer scheinbaren Gelassenheit halten sollte. »Sieht so aus. Vielleicht ist's die beste Lösung. Ich meine – wenn sie in derselben Stadt leben würde wie ihr Kind und niemals wüsste, ob's ihr über den Weg läuft …«

»Ist das der einzige Grund?«

Unbehaglich trat er von einem Fuß auf den anderen. »Fragst du, ob sie sich für dich entschieden hätte, wenn der Name deiner Mom nicht in allen Zeitungen stehen würde? Ja, vermutlich. Genau werden wir's niemals wissen!« Jetzt sprach er in zornigem

Ton. Aber der Groll hing nicht mit mangelndem Interesse zusammen, sondern mit *zu viel* Liebe.

»Nein, sicher nicht.« Kraftlos lehnte sie sich ans Regal.

»Du kannst ein anderes Kind adoptieren.«

Weil er sie so ernsthaft und eindringlich anschaute, brachte sie es nicht übers Herz, ihm zu erklären, sie habe schon alle Möglichkeiten ausgeschöpft. Außerdem – was wusste er von diesem besonderen Herzenskummer? *Nicht mehr als ich von seinen Problemen.* Freudlos begann sie zu lachen.

Und sie lachte, bis sie es nicht länger ertrug, bis sie zwischen Mehl- und Zuckersäcken zu Boden sank und das Gesicht in ihren Händen vergrub, bis sich das Gelächter in heftiges Schluchzen verwandelte. Bis Sean nach einer halben Ewigkeit den Versuch aufgab, sie zu trösten. Sie hörte, wie die Tür der Speisekammer knarrend aufschwang, an Angeln, die sie schon seit einiger Zeit ölen wollte und die der armen kinderlosen Josie Hendricks bisher entgangen waren.

Kapitel 12

Alex' Radiowecker war auf sechs Uhr gestellt. Jeden Samstag und Sonntag wurde sie von sanften KWST-Lite-FM-Klängen unweigerlich um die gleiche Zeit aus dem Schlaf gerissen wie an den Wochentagen. Wenn sie früh aufstand, könnte sie den Tag mit einem Blitzstart beginnen, sagte sie oft angeberisch, eine Tasse Kaffee und die *Mirror*-Schlagzeilen vor der Nase, bevor sich die restliche Welt den Schlaf aus den Augen gerieben hatte.

In Wirklichkeit würde sie gern länger schlafen, fürchtete aber, das würde sich zur schlechten Gewohnheit entwickeln. Und sie durfte sich einfach keine Nachlässigkeit leisten. Eine Stunde konnte den Unterschied zwischen einem gelungenen Deal und einem Fehlschlag ausmachen. Noch etwas: Im Grunde ihres Herzens fürchtete sie, nicht vom Radiowecker geweckt zu werden, sondern von was anderem – einem Einbrecher oder einer jener Katastrophen, die Versicherungsgesellschaften im Kleingedruckten so charmant »höhere Gewalt« nannten, wie Erdbeben, Überschwemmungen und so. Nur im Schlaf war sie völlig wehrlos, und irgendwas würde sich womöglich heranschleichen wie ein unartiger kleiner Junge und ein Stöckchen in ihre Brust bohren.

Um fünf Uhr achtunddreißig am Samstagmorgen (eine Woche nach dem unglückseligen Ausrutscher, der einen qualvollen Kater verursacht und eine Menge Kopfwehtabletten erfordert hatte, um ihr einigermaßen über den Tag hinwegzuhelfen) wurde sie von schrillem Geschrei im Erdgeschoss geweckt. *Ich wusste es,* war ihr erster halbwegs rationaler Gedanke. Warum Nina und Lori nach ihr riefen, konnte sie sich nicht einmal annähernd vorstellen, nur dass schon wieder etwas Schreckliches passiert war. Sie taumelte aus dem Bett, mit heftigem Herzklopfen und einem unangenehmen medizinischen Geschmack im Mund wie Wattebäusche, die in Alkohol getaucht waren. Vor dem Fenster, das zum hinteren Garten hinausging, war es noch dunkel, nur ein rosiger Schimmer war zu sehen. Fröstelnd tastete sie nach dem Lichtschalter. Die Wettervorhersage hatte für das ganze Wochenende einen sonnigen Himmel versprochen. Es war unglaublich, nun würde die letzte Maiwoche beginnen, der Sommer stand vor der Tür, und sie, Alex, vegetierte im tiefsten Winter dahin.

Alex wankte ins Wohnzimmer, wo sie Nina und Lori antraf. Angstvoll spähten sie in identischen Pacific-Rim-T-Shirts, die bis zu den Knien reichten, durchs Fenster. Am Straßenrand brannten immer noch die Natriumdampflampen, und ihr bläuliches Licht verschmolz mit dem Morgengrauen, um den Wacholder- und Buchsbaumbüschen auf dem frisch gesäten Rasen verschwommene Schatten zu entlocken.

»Da stiehlt jemand dein Auto, Mom!«, kreischte Nina.

Im selben Augenblick sah auch Alex nahe dem hohen Zaun, der ihren Garten vom Nachbargrundstück trennte, die dunkle Gestalt eines Mannes. Offenbar fürchtete er nicht, ertappt zu werden. In wachsendem Entsetzen beobachtete sie, wie er zum Heck ihres BMW schlenderte und unter die Stoßstange griff. Ein großer Mann, der es anscheinend nicht eilig hatte. Sie erstarrte. Um ihren Hals schlossen sich unsichtbare Finger.

»Schnell, tu doch was!« Lori packte den Ärmel ihrer Mutter, die blauen Augen weit aufgerissen, das lange blonde Haar vom

Schlaf zerzaust. *Alice, die vor der roten Königin flieht. Immer seltsamer* … Aber irgendwie passt alles zusammen … Langsam kamen Alex' Gedanken in Gang, ein merkwürdiges Gewirr aus willkürlichen Assoziationen. Träumte sie immer noch? Loris nächste Worte rückten alles in die richtige Perspektive. »Schau, Mom, er macht dein Auto an seinem Abschleppwagen fest.«

»Dumme Gans, Diebe benutzen keine Abschleppwagen.« Ninas vom Vater geerbte dunkle Augen spiegelten Verwirrung und Argwohn wider. »Vorhin hat uns ein Geräusch geweckt, Mom. Ein Klirren. Wie eine Kette. Was ist eigentlich los?«

Diese Frage konnte Alex mühelos beantworten. Die Leasing-Firma holte ihren BMW zurück. Sekundenlang wünschte sie beinahe, es wäre ein Diebstahl. Dann würde sie um Hilfe rufen, die Polizei alarmieren …

Stattdessen konnte sie einfach nur dastehen, als wäre sie bis zu den Knien in feuchtem Sand vergraben, während ihre Schmach ringsum anschwoll wie eine kalte, gnadenlose Flut. Sie hatte ihr Bestes getan, um den Mädchen zu verheimlichen, dass sie alle an den Rand des Abgrunds geraten waren. Aber *das* konnte nicht einmal *sie* vertuschen.

Das Blut wich so schnell aus ihrem Gehirn, dass sie sich völlig geschwächt fühlte. Um Halt zu suchen, tastete sie nach dem bronzenen Lampenfuß in Gestalt eines Elefantenohrs, für den sie letzten Sommer im Pier 1 Import zu viel bezahlt hatte. *O Gott, was nun?* Die Kreditkarten waren gesperrt, auf ihre Scheckkarte musste sie verzichten, weil sie das Konto hoffnungslos überzogen hatte – und bevor sie Jim gestand, in welcher Situation sie sich befand, wollte sie lieber sterben. Vielleicht sollte sie den Tatsachen ins Auge blicken: Es gab niemanden, an den sie sich wenden und keinen Schlupfwinkel, wo sie sich verstecken konnte.

Vor ihren trüben Augen verschwamm das Zimmer, in ihrem

Kopf entstand ein hohes, schrilles, surrendes Geräusch, das von einem fernen Sägewerk zu kommen schien. Durch graue Nebelschleier hörte sie Loris Ruf.

»Mom? *Mom!*«

Die Panik in der Stimme ihrer Tochter glich einem elektrischen Stromstoß, der Alex abrupt aktivierte. Zitternd glitt ihre Hand vom Lampenfuß, und sie rieb sich die Augen. Nach ein paar Sekunden löste sich der Nebel auf, das Surren in ihrem Kopf verebbte zu einem leisen Wimmern. Wenn sie die Kinder auch enttäuscht hatte, so war sie immer noch ihre Mutter und für sie verantwortlich. Jetzt durfte sie die beiden nicht im Stich lassen. Nicht kampflos. Sie hatte sich nie bildlich vorstellen können, wie man jener gebräuchlichen Redewendung folgen und sich »am eigenen Schopf aus der Scheiße zu ziehen« vermochte. Aber genau das tat sie jetzt. Sie straffte die Schultern, ging in die Diele und blieb lange genug vor dem Spiegel stehen, um festzustellen, dass sie immer noch ihr Nachthemd trug.

Hastig nahm sie einen Regenmantel aus rotem Vinyl vom Haken und schlüpfte hinein. *Was die elegante Karrierefrau in Krisensituationen trägt.* Sie lächelte spöttisch. Erst draußen auf der Zufahrt wurde ihr bewusst, wie auffällig sie aussah. Wie eine Verkehrsampel. Hoffentlich waren die Nachbarn keine Frühaufsteher.

Vor dem bleichen, rosigen Himmel warf der Mann, der eine Kette unter dem Heck des BMW festhakte, einen langen gebogenen Schatten. Das metallische Klirren klang in der Morgenstille wie Maschinengewehrfeuer, und Alex zuckte zusammen. Geschickt befestigte er die Kette an der Winde des Abschleppwagens. Als er sich aufrichtete und sich zu ihr wandte, sah sie, dass er etwas kaute. In lässigem Rhythmus mahlten seine Kinnbacken. *Bitte, lieber Gott, es muss ein Kaugummi sein. Ein Stück Kautabak würde mir den Magen umdrehen.*

Desinteressiert warf er einen kurzen Blick auf Alex, als wäre sie irgendeine Passantin, dann hantierte er wieder an seiner Kette. Alex öffnete den Mund, um zu protestieren. Aber sie brachte kein einziges Wort hervor. Die Kette schien sich um ihren Hals zu schlingen. Hilflos stand sie da, versuchte ihre Sprache wiederzufinden und sagte sich, wie lächerlich sie aussehen musste – barfuß auf der Veranda, in einem roten Regenmantel, das Haar zerzaust. *Sicher hält er mich für verrückt.* Und in diesem Moment glaubte sie tatsächlich, den Verstand zu verlieren.

Nun ging der Mann zum Abschleppwagen, beugte sich hinein und drückte auf einen Knopf am Armaturenbrett. Ächzend drehte sich die Winde – und Alex' Gehirn funktionierte wieder. Sie trat vor.

Um sich zu wappnen, verknotete sie den Gürtel ihres Regenmantels. »Das ist Privateigentum. Wenn Sie dieses Ding nicht sofort von meinem Auto loshaken, rufe ich die Polizei.« Obwohl sie sich um einen autoritären Ton bemühte, bebte ihre Stimme.

Der kräftig gebaute Mann hielt inne und musterte sie von oben bis unten. Leidenschaftslos, als wäre sie selber ein Auto. »Nur zu, Ma'am. Hier habe ich alle nötigen Papiere. Damit kann ich beweisen, dass dieses Fahrzeug der Firma Fog City Motors gehört.« Er griff in die Tasche seiner Segeltuchjacke und zog ein paar rosa und blaue Kopien hervor. Zweifellos alles legal.

Durch Alex' nackte Fußsohlen kroch eisige Kälte, und ihr Gesicht brannte wie Feuer. Großer Gott, wie sollte sie das *überleben?* Musste sie sich wie der letzte Abschaum behandeln lassen? Wenn die Nachbarn zufällig aus den Fenstern schauten, was würden sie denken? *Und was hätte Daddy gedacht?*

Noch wichtiger: Was hätte er *getan?* Natürlich hätte er gekämpft. Er würde nicht wie ein feiger Idiot dastehen und fürchten, die Nachbarn könnten dieses grässliche Gespräch belauschen. Und so öffnete sie wieder den Mund, um diesem *Bullterrier* klar zu machen, mit wem er es zu tun hatte. Zu ihrem eigenen Entsetzen hörte sie sich flehen: »Bitte, tun Sie das nicht! Ich werde mit Mr DeAngelis reden. Warten Sie eine Stunde – nur eine lausige Stunde ...« Krampfhaft schluckte sie und hörte ein trockenes Klicken in ihren Ohren. »Ich habe Kinder. Und ich muss zur Arbeit fahren.«

Kühl und mitleidlos sah er sie an. Aber sie hatte wenigstens seine Aufmerksamkeit erregt. Seine Zunge schob den Kaugummi – ja, das war's – in eine Wange. »Weiter unten an der Straße gibt's eine Bushaltestelle.«

»Sie verstehen nicht – ich bin Immobilienmaklerin ...«

»So?« Er lachte leise. »Offensichtlich gehen die Geschäfte nicht besonders gut. Überlegen Sie doch mal, ob Sie den Beruf wechseln sollten.«

Am liebsten hätte sie ihm die Papiere aus der Hand gerissen, zerknüllt und in seinen Hals gestopft. Dann hätte er *wirklich* was zu kauen. Aber was würde das nützen? *Mit diesem Kerl verschwendest du nur deine Zeit.* Ohnmächtiger Zorn trieb ihr Tränen in die Augen.

Als er ins Fahrerhaus des Abschleppwagens stieg, ergriff sie mit dem Mut der Verzweiflung die Initiative. Behände sprang sie aufs Trittbrett und hielt sich an der offenen Tür fest. Noch war er nicht ganz drinnen, und ihre nackten Zehen strichen über seinen schmutzigen Stiefel. Wie albern sie aussehen mussten – der Bullterrier hoch oben auf dem Fahrersitz, ein Bein über der Kante, und sie zu Füßen seines Throns, eine unterwürfige Bittstellerin. »Nur fünf Minuten!«, bettelte sie. »Damit ich telefonieren kann! Sicher ist das nicht zu viel verlangt!«

Die Nacht verabschiedete sich, orangerote und goldene Streifen glühten am Horizont. Im blassen Morgenlicht sah Alex, dass der Mann, der auf sie herabstarrte, nicht ihr Feind war, sondern – wie sein müdes Gesicht ausdrückte – einfach nur ein Arbeiter, der seinen Job erledigen und die rauen roten Hände möglichst bald um eine Tasse Kaffee legen wollte. »Nennen Sie mir einen guten Grund, warum ich's tun sollte«, murrte er.

»Haben Sie Kinder?«

Zum ersten Mal erschien in seinen Augen ein menschlicher Glanz. Er nickte. »Einen kleinen Jungen. Zwei Jahre alt.«

»Meine Zwillingstöchter gehen auf die Muir High.« Als sie über die Schulter spähte, sah sie zwei verschwommene weiße Gesichter hinter dem Fenster, die Nasen an die Scheibe gepresst. »Wenn sich das rumspricht – Sie wissen ja, wie grausam manche Kinder sind.« Reglos saß er da. Sein stierer Blick zerrte an ihren Nerven. Wie ein primitiver Betrunkener, der in einem Nachtclub auf die Stripteaseshow wartete … Sie erschauerte und zwang sich zur Ruhe. »Ich habe Mr DeAngelis' Privatnummer. Würden Sie ein paar Minuten warten? Ich rufe ihn sofort an. Sicher können wie uns irgendwie einigen. Bitte!«, fügte sie im Flüsterton hinzu. »Für meine Mädchen.«

»Okay«, seufzte der Bullterrier. »Aber ich warne Sie. Mr DeAngelis mag's nicht, wenn man ihn daheim belästigt.« Misstrauisch runzelte er die Stirn. »Wieso haben Sie überhaupt seine Privatnummer?«

»Weil ich die Maklerin war, als er sein Haus gekauft hat.« Alex brachte ein verkniffenes Lächeln zustande und stieg vom Trittbrett. Aus der betonierten Zufahrt drang beißende Kälte in ihre nackten Beine und unter den Regenmantel. Erst im letzten Sommer hatte DeAngelis das schicke Cape Cod in den Pasoverde Estates erworben – vor einer halben Ewigkeit.

Sie fing einen neugierigen Blick des Bullterriers auf. Erschrocken fragte sie sich, ob er sie von Zeitungsfotos her erkannte. Kalter Schweiß brach ihr aus allen Poren. O Gott, nur das nicht …

Ehe er genauer hinschauen und sich anders besinnen konnte, rannte sie zum Haus und rief über die Schulter: »Nur fünf Minuten! Ich schwör's Ihnen!«

In der Diele fühlte sie sich etwas besser. Aber ihr Herz hämmerte wie rasend gegen die Rippen. Irgendwie musste sie es schaffen. *Schätzchen, Sie würden's sogar fertig bringen, einem Eskimo Eiswürfel zu verkaufen* – das lässige Lob eines Kunden vor vielen Jahren. Daran klammerte sie sich jetzt. Wenn sie das erforderliche Selbstvertrauen zeigte, würde sie es hinkriegen. Sie wollte nur um einen vierundzwanzigstündigen Aufschub bitten. Mehr nicht. Das klang definitiv. Wie sie die viertausend Dollar auftreiben sollte, würde sie später überlegen.

»Mom, er ist immer noch da. Warum fährt er nicht weg?« Lori folgte ihr zum Couchtisch, wo das Handy lag. Den Tränen nahe, glich sie einem kleinen Kind, das wissen wollte, ob es wirklich einen Weihnachtsmann gab. Offenbar hatte Nina die Schwester über ihren Verdacht informiert.

»Mach dir keine Sorgen, Darling – sobald ich telefoniert habe, erkläre ich dir alles«, versprach Alex atemlos und wählte Steve DeAngelis' Nummer, die sie glücklicherweise gespeichert hatte.

Nach dem vierten Läuten meldete sich eine schläfrige Stimme. »Hallo. Was ist los?«

Anscheinend hatte sie ihn geweckt. Auch das noch … Wenn er erfuhr, warum sie ihn anrief, würde er ihr den Kopf abreißen. Und sie würde ihn nicht zum ersten Mal ärgern. Als der frühere Besitzer seines Hauses bei den Verkaufsverhandlungen zu anspruchsvoll gewesen war, hatte DeAngelis seine Wut an ihr ausgelassen. Er war ein hartgesottener Typ. Vor ein paar Jahren aus der Bronx nach Kalifornien übersiedelt, hatte er seine New Yorker Tricks mitgebracht.

Sie schaute von Lori zu Nina, die stocksteif vor dem Fernseher saß und ihre Mutter vorwurfsvoll anstarrte. Mit diesem Blick schürte sie Alex' Panik. Einerseits erschreckte sie der Gedanke, zumindest *eine* ihrer Töchter würde sich gegen sie stellen, andererseits gab er ihr neue Kraft. »Steve? Hi, hier ist Alex Cardoza. Verzeihen Sie die Störung am frühen Morgen, aber ich stecke in der Klemme.« Sie schlug einen geschäftsmäßigen Ton an, als ginge es nur um ein kleines Problem.

»*Wer* ist da?«, knurrte er.

Unter dem Regenmantel rann der Schweiß über ihren Rücken. »Alex Cardoza«, wiederholte sie möglichst beiläufig. »Die Maklerin, die Ihnen das Haus verkauft hat. Zufällig habe ich bei Fog City Motors ein Auto geleast, einen 98er BMW.«

»Ach ja ...« Er gähnte und fragte nicht allzu freundlich: »Und was ist so verdammt wichtig? Warum rufen Sie mich daheim an, um ...« Sie hörte, wie er eine Nachttischlampe anknipste. »Heiliger Jesus, erst Viertel nach sechs! Was zum Teufel kann denn nicht bis zu den Bürostunden warten?«

Dumpf hallten Alex' Herzschläge in ihren Schläfen wider. Ihre Lippen fühlten sich so trocken an wie die Wattefüllung, die aus einem winzigen Riss in einem der Sofakissen quoll, und sie fuhr hastig mit der Zunge darüber. »Letzten Monat ist mein Dad gestorben, Steve. Bitte, glauben Sie mir, ich will nicht an Ihr Mitleid appellieren und nur erklären, warum ich mit meinen Zahlungen in den Rückstand geraten bin.« Sie schloss die Augen. »Jetzt wartet ein Gentleman draußen in einem Abschleppwagen. Er behauptet, er würde für Sie arbeiten. Sicher war es nur ein Versehen von Ihrer Buchhaltung. Ich erklärte ihm, Sie würden den BMW bestimmt nicht konfiszieren, ohne mich vorher anzurufen. Nicht der Steve DeAngelis, den ich kenne.«

Am anderen Ende der Leitung entstand ein langes Schweigen.

Alex vernahm nur tiefe Atemzüge. Schließlich erwiderte er: »Lady, Sie haben vielleicht Nerven.«

Unglaublich – in seiner Stimme schwang eine gewisse Bewunderung mit. Offenbar empfand DeAngelis, der sich auf die harte Tour hochgearbeitet hatte, eine gewisse Sympathie für eine Frau, die so viel Mut aufbrachte und ihn um Viertel nach sechs Uhr morgens zu umgarnen suchte. »Ich weiß, Steve, es ist schrecklich früh. Aber das kann wirklich nicht warten.«

»Scheiße!«, stieß er hervor. Kurzfristig hielt er die Sprechmuschel vom Mund weg, um seine Frau zu beruhigen. »Alles okay, Cookie. Schlaf weiter. Es dauert nicht mehr lange.«

»Wie gefällt Ihnen das Haus?«, fragte Alex höflich, ehe er sie noch einmal anschreien oder – noch schlimmer – auflegen konnte.

»Alles bestens. Hören Sie mal …«

»Heute Abend nach Geschäftsschluss bringe ich Ihnen das Geld«, unterbrach sie ihn hastig.

Ohne ihr Versprechen zu beachten, fuhr er fort: »Was immer Sie am Hals haben – es ist nicht *mein* Problem. *Capiche?*« Ehe er weitersprach, wartete er ein paar Sekunden, um seinen nächsten Worten Nachdruck zu verleihen. »Aber weil ich ein netter Junge bin und meine Frau ihren Schlaf braucht, nachdem sie sich die ganze Nacht um unseren Kleinen kümmern musste, will ich ein Auge zudrücken. Wie hoch Ihre Schulden sind, weiß ich nicht, Mrs Cardoza. Jedenfalls wird's eine ganze Menge sein. Die Jungs in der Buchhaltung schicken Eddie nicht wegen ein paar Cents los. Also hören Sie gut zu. Um sechs schließen wir das Büro. Legen Sie das Geld um fünf auf meinen Schreibtisch. Und jetzt geben Sie mir Eddie, damit ich den verdammten Hörer auflegen kann. Nancy will endlich wieder schlafen.«

Aus ihren Achselhöhlen rann der Schweiß in Strömen herab.

Trotzdem zwang sie sich, mit sanfter Stimme zu antworten: »Danke, Steve, das weiß ich zu schätzen.«

Dann stürmte sie zur Zufahrt hinaus, wo Eddie im Abschleppwagen saß und mit seinen Fingerspitzen ungeduldig aufs Lenkrad trommelte. Als sie ihm das Handy übergeben hatte, hörte er ein paar Sekunden lang zu. Dann erwiderte er in einem jovialen Ton, den sie ihm nicht zugetraut hätte: »Alles klar, Boss.«

Wenig später knirschte die Winde, und er hakte die Kette vom BMW los. Alex seufzte erst auf, nachdem das große Vehikel die Straße erreicht hatte.

Wieder im Haus, musste sie mehrmals tief Atem holen, bevor sie sprechen konnte. »Alles in Ordnung«, versicherte sie den Zwillingen. »Wollen wir in der Küche Kakao trinken? Wie euch zumute ist, weiß ich nicht. Jedenfalls brauche ich was zum Aufwärmen.«

Lori, die zusammengesunken auf dem Sofa saß, schaute mit kummervollen Augen zu ihr auf. »War es nur ein Versehen? Wie damals, als Daddys Scheck bei der Post verloren ging?«

»So was Ähnliches.« Alex wollte hinzufügen, sie müssten sich keine Sorgen machen. An diesem Nachmittag würde sie die Sache erledigen. Aber dann fing sie wieder Ninas vorwurfsvollen Blick auf und besann sich eines Besseren. *Du bist genauso wie Mutter,* mahnte eine innere Stimme. *Ständig erweckst du den Eindruck, alles wäre okay, obwohl dir das Wasser bis zum Hals steht.* Mühsam schluckte sie und zwang sich zu einem Geständnis. »Um ehrlich zu sein – ich bin mit einigen Zahlungen im Rückstand. Aber keine Bange, das kriege ich schon hin.«

Die Stille, die diesen Worten folgte, hing wie eine dunkle Wolke im Raum. Dann stand Lori auf und umarmte Alex. Ein paar Sekunden später gesellte sich Nina hinzu und schlang die Arme von hinten um die Taille ihrer Mutter. »Klar, Mom, du kriegst immer alles hin.« Das Gesicht an Alex' Schulter gepresst, sprach sie mit halb erstickter Stimme.

Wehmütig dachte Alex an die Zeiten, als ihre beiden Babys noch in den Tragetaschen gelegen hatten. »Glaubst du das?«, flüsterte sie.

»Ganz meine Meinung«, beteuerte Lori.

Alex befreite sich aus der Umklammerung und wischte über ihre Augen. »Dann sollten wir jetzt unseren Kakao trinken.« Eigentlich müsste ich mir die Haare ausreißen, dachte sie. DeAngelis gewährte ihr nur eine kurze Galgenfrist. Wenn sie das Geld nicht irgendwie zusammenkratzte, würden die Zwillinge morgen ihre Freundinnen anrufen und fragen, ob irgendwelche Eltern sie im Auto zur Schule mitnehmen könnten. Und sie selbst ... Vermutlich würde sie ihren Job verlieren. Aber statt in Panik zu geraten, wurde sie von einem seltsamen inneren Frieden erfasst. Im Augenblick war alles okay.

Während sie mit den Zwillingen in der Küche saß und Swiss Miss in einen Becher mit dampfendem Wasser rührte, klingelte das Telefon. »Hi!« Ärgerlicherweise klang Kittys Stimme genauso fröhlich wie eh und je. »Habe ich dich geweckt?«

Alex musste in ihre Lippen beißen, um nicht laut zu lachen. Seit über einer Stunde war sie hellwach. »Nein, die Mädchen und ich sind schon eine ganze Weile auf.« Das Einzige, was sie mit Kitty gemeinsam hatte, beide waren Frühaufsteherinnen.

»Gut. Wenn ich länger gewartet hätte, wärst du wahrscheinlich nicht mehr daheim gewesen. Warum rufst du nie zurück, Alex? Stimmt was nicht?«

Was soll denn nicht stimmen?, hätte Alex beinahe erwidert. *Daddy ist tot, Mutter sitzt hinter Gittern, und ich stehe vor dem finanziellen Ruin. Aber sonst ist alles in Ordnung.* »Ich war einfach nur beschäftigt.« In ihrer Stimme schwang ein herausfordernder Unterton mit, als müsste sie sich rechtfertigen.

»Nun ja – ich habe mich nur gewundert.«

»Geht's um Mutter?«

»Warum sollte ich irgendwelche Hintergedanken haben? Ich rufe nur an, weil ich wissen will, wie's dir geht.« Etwas sanfter fügte Kitty hinzu: »Außerdem möchte ich dich und die Mädchen einladen.«

»Warum?« Alex nahm ein weiteres Swiss-Miss-Päckchen aus der Schachtel.

»Nur so. Ich dachte, es wäre nett, wenn ihr mit uns frühstücken würdet. Ihr habt Daphnes Kinder noch nicht gesehen, und sie würden sich über euren Besuch freuen.«

Unschlüssig schaute Alex die Zwillinge an. Lori blies in ihren Kakao, und Nina stand an der Küchentheke und schüttete Cornflakes in eine Schüssel. »Um neun holt Jim die Mädchen ab.« Zu ihrer eigenen Verblüffung fuhr sie fort: »Aber ich könnte eventuell vorbeikommen. Für eine Stunde.«

In diesem letzten Monat war sie ihren Schwestern aus dem Weg gegangen. Selbst wenn sie sich plötzlich nach ihnen sehnen würde – an diesem Tag dürfte sie sich wirklich keine Zeit für ein Wiedersehen nehmen. Immerhin musste sie bis zum Nachmittag viertausend Dollar auftreiben.

Vielleicht könnte sie ihre Schwestern fragen, ob sie ihr das Geld leihen würden. Aber welchen Sinn hätte das? Kitty sparte sich jeden Cent vom Mund ab und steckte ihn in ihren Teesalon. Und Daphne? Dreimal durfte man raten, *wer* in dieser Ehe die Finanzen kontrollierte.

»Großartig! Ich backe Nanas berühmte Blaubeerwaffeln.« Wie aus weiter Ferne drang Kittys Stimme zu ihr. »Weißt du noch, wie gern wir die als Kinder gegessen haben?«

»Bevor ich zugenommen habe, meinst du.« Alex lachte, um ihre Nervosität zu überspielen.

»In der Kindheit waren wir noch völlig unbeschwert.«

Obwohl Kittys Stimme noch immer frisch und munter klang, gewann Alex den unangenehmen Eindruck, sie sollte in eine Falle gelockt werden. Was immer sie im Haus der Schwester erwarten mochte, die Blaubeerwaffeln waren sicher nicht die Hauptattraktion.

Kurz vor halb neun erreichte sie ihr Ziel, während die Sonne immer noch über den Wipfeln der Bäume schwebte, die ihren Schatten auf die Straße warfen, und irgendwo ein Müllwagen polterte. Zu ihrer Verblüffung traf sie Kitty hinten im Garten an, wo sie das Geißblatt stutzte. Die Ranken überwucherten beinahe die Buchsbaumhecke, die das Grundstück vom benachbarten Anwesen trennte, und schienen ihren Duft wie Parfüm ins Gras zu gießen.

Als Alex den Garten betrat, winkte Kitty ihr mit einer grün verschmierten Baumschere zu. »So früh habe ich dich gar nicht erwartet.« Offenbar war sie erleichtert, weil ihre Schwester überhaupt gekommen war.

»Und *ich* dachte, dich in der Küche anzutreffen, bei der Sklavenarbeit.« Alex schlüpfte aus ihren Halbschuhen – J. P. Todd, in hellem Buttergelb, auf dem man jeden winzigen Grasfleck sehen würde, und ließ sie an einem Daumen hängen.

»Alles ist bereit. Gerade deckt Daphne den Tisch. Setz dich doch.« Kitty zeigte auf einen Liegestuhl aus Aluminium, der nur wenige Schritte entfernt stand. In ihrer weiten zimtfarbenen Baumwollhose und einem losen Top, das wellige Haar mit Spangen aus der Stirn gehalten, sah sie wie eine Vierzehnjährige aus. Erst als sie das Gesicht zu ihrer Schwester wandte, entdeckte

Alex die Fältchen um die Lippen und die Sommersprossen, die einen starken Kontrast zum aschfahlen, nicht mehr zarten Teint bildeten. Nur das Lächeln war gleich geblieben. Süß und einladend, schien es nach oben zu schweben und sich im Netz feiner Linien rings um die lebhaften blauen Augen zu verfangen.

Alex glaubte, sie wäre aus der Kälte in den warmen Widerschein eines lodernden Feuers geraten. In diesem Moment wünschte sie sich nichts sehnlicher, als im weichen Gras niederzuknien und den Duft des Geißblatts einzuatmen. In der Kindheit hatten die drei Schwestern süßen Nektar aus diesen Blüten geleckt.

Warum hatte sie so viel von den Dingen des Lebens verloren, die einfach und gut waren? Tränen verschleierten ihren Blick, und alles in ihrer Umgebung – die Hecke, die halb verfallene Hundehütte mit der rostigen Kette, die auf den verschlungenen Wurzeln der alten Mispel lag, die Hängematte an ihren kräftigen Zweigen – schien plötzlich in grelles Licht gehüllt, als würde sie zwischen den Gitterstäben einer dunklen Gefängniszelle hindurchschauen. Dankbar sank sie in den Liegestuhl, den ihr Gewicht noch tiefer ins Erdreich drückte. »Soll ich dir helfen?«

»Nicht nötig, das schaffe ich auch allein.« Kitty begann wieder die Geißblattranken zu stutzen, und die Baumschere erinnerte Alex an einen gierigen Schnabel. *Schnapp – schnapp – schnapp*. Unter dem goldenen Sonnenlicht, das die Wipfel erglühen ließ, dachte sie schaudernd an die Gläubiger, die nach ihren Fersen schnappten, Fog City Motors in vorderster Front. Wo um alles in der Welt sollte sie das Geld hernehmen? Selbst wenn sie die viertausend Dollar irgendwie beschaffte – womit sollte sie die restlichen Schulden begleichen?

Trotz ihres verkrampften Magens bemühte sie sich, Konversation zu machen. »Wie fühlst du dich?« Sie widerstand der Versuchung, nach Mutter zu fragen. Sonst hätte sich ihr Gewissen gemeldet, und das würde sie im Augenblick nicht ertragen.

»Oh, ich komme ganz gut zurecht.« Kitty lache leise, als wollte sie das Gegenteil andeuten.

Aber Alex verfolgte das Thema nicht weiter und bemerkte beiläufig: »Sicher hast du doppelt so viel zu tun, seit Daphnes Kinder da sind.«

Verwirrt drehte sich Kitty zu ihr um. »Das stört mich kein bisschen. Ohne Kyle und Jennie wüsste ich nicht, wie ich das alles verkraften sollte …« Plötzlich blinzelte sie und beschattete mit einer Hand ihre Augen.

Alex dachte schuldbewusst, sie hätte ihren Neffen und ihre Nichte längst besuchen müssen. »Vielleicht sehe ich mal in den alten Kleidertruhen auf meinem Speicher nach. Einiges müsste dabei sein, was Jennie passt.«

»Darüber würde Daphne sich sicher freuen.« Kitty wischte eine Stechmücke von ihrer sommersprossigen Wange und starrte ihre Schwester an. Unbehaglich wich Alex dem entnervenden Blick dieser leuchtend blauen Augen aus. Dann stieß sie hervor: »Klar, ich weiß, was ihr wollt – ich soll euch helfen, Mutter aus dem Gefängnis zu holen. Aber ich kann ihr einfach nicht verzeihen.«

»Ich habe dich nicht eingeladen, um dir den Arm zu verrenken«, erwiderte Kitty und fing wieder an, das Geißblatt zu stutzen. *Schnapp – schnapp – schnapp*. In losen Girlanden sammelten sich die Ranken um ihre nackten Füße.

Seit Monaten war dies der erste Morgen, an dem die Sonne nicht von Nebelschwaden verhüllt wurde. Wie eine triumphierende Kriegerin, die einen Feind besiegt hatte, stolzierte sie am Himmel empor. Die Schatten junger Blätter sprenkelten das Gras, Vögel saßen in den Wipfeln und riefen einander Grüße zu. Trotzdem hatte Alex den Eindruck, ein Gewitter würde sich zusammenbrauen. Neben der Garage scharrte Kittys großer grauer Hund eifrig in der Erde. Sie stellte sich vor, er würde eine Grube ausheben, tief genug, um sie darin zu vergraben. »Und warum *hast* du mich eingeladen?«

Seufzend steckte Kitty die Schere in ihre Hosentasche und wandte sich wieder zu Alex. »Ich fordere dich nicht auf, deine Pflicht zu erfüllen, was Mutter betrifft. Das musst du mit deinem Gewissen ausmachen. Aber ich brauche deine Hilfe.«

»Wobei?«, fragte Alex vorsichtig.

»Erzähl mir von Daddys Affären.«

Alex erschauerte, als hätte sich eine Wolke vor die Sonne geschoben. »Was meinst du?«

»Komm schon, Alex«, drängte Kitty angewidert, »spiel nicht die kleine Unschuld!«

Auch diesmal war Alex unfähig, dem durchdringenden Blick ihrer Schwester standzuhalten. Hatte Kitty die ganze Zeit Bescheid gewusst oder nur was geahnt? Doch das spielte keine Rolle. »Kannst du es nicht auf sich beruhen lassen?«, klagte sie. »Um Himmels willen, er ist *tot!*«

»Aber Mutter lebt.« Diese Augen drohten Alex zu versengen wie Sonnenstrahlen, wie durch das Vergrößerungsglas intensiviert, mit dem sie früher ihre Namen in Holzscheite gebrannt hatten. »Wenn du irgendwas weißt, das ihr helfen könnte – jetzt wäre es an der Zeit, damit rauszurücken.«

»Welche Fehler Daddy auch begangen haben mag – er hat es nicht verdient, deshalb ermordet zu werden!«, schrie Alex. Absurderweise fühlte sie sich unter dem strahlend blauen Himmel plötzlich in die Enge getrieben. Während sie eine Elster beobachtete, die von einem hohen Ast herabschnellte, um ein Kätzchen zu jagen, dachte sie: *Ich muss verschwinden. Sofort. Bevor ich etwas sage, was ich später bereuen werde.*

»Kurz vor seinem Tod hatte er ein Verhältnis mit einer Krankenschwester«, erklärte Kitty. »Wir müssen sie aufspüren und herausfinden, was sie weiß. Falls er Mutter verlassen wollte, könnte sie aus diesem Grund ausgerastet sein.«

Alex versuchte nicht, ihre Überraschung zu verbergen. Eine Krankenschwester? Davon hatte Daddy nichts erwähnt. Und allein schon der Gedanke, er hätte Mutter verlassen wollen. Ungeheuerlich! »Er hat mir nicht alles erzählt«, erwiderte sie kühl.

Und dann kehrte eine Erinnerung zurück. Der Vater, der vor ihr stand, mit stählernen Augen, die bis auf ihre Knochen zu dringen schienen. *Du darfst nichts verraten. Niemals. Wenn deine Mutter was erfährt – es würde sie umbringen.*

Stattdessen hatte es *ihn* getötet. Sie schüttelte den Kopf, als müsste sie Spinnweben aus ihrem Gehirn vertreiben. Durch ein leises Dröhnen in ihren Ohren hörte sie Kittys Stimme. »Offenbar hat er dir sehr viel erzählt.«

»Wer sonst hätte ihn verstanden? Außerdem war es nicht seine Schuld. Mutter … Gewiss, sie liebte ihn, aber nicht auf *diese* Weise. Was sollte er denn tun?«

»Hat er dir das eingeredet? Dass sie nicht am Sex interessiert war?« Kittys Miene, die ungläubiges Staunen bekundete, erzielte eine größere Wirkung als jedes Argument.

»Okay, vielleicht hat er manchmal ein bisschen übertrieben«, fauchte Alex. »Aber *alles* kann er nicht erfunden haben. Wer würde denn lügen, wenn es um solche Dinge geht?«

»Ein Mann«, entgegnete Kitty und betonte jede einzelne Silbe, »der so was einem leicht beeinflussbaren jungen Mädchen erzählt, obwohl es nicht stimmt.«

Alex hatte das Gefühl, sie würde eine unsichtbare Schwelle überqueren und im Schwindel erregenden freien Fall nach unten stürzen. Niemals hatte sie ihrem Vater Fragen gestellt, niemals überlegt, ob man seine Behauptungen auch aus einer anderen Perspektive betrachten könnte. Sie nahm seine Geschichten stets für bare Münze – auch seinen wehmütigen Blick, wenn er von seinem jungen Eheglück geschwärmt und erklärt hatte, nach Daphnes Geburt sei alles anders geworden. Nun pflanzte Kitty die Saat des Zweifels in Alex' Herzen – weniger mit Worten als vielmehr mit ihrem sichtlichen Entsetzen. Als wäre Daddy ein Monstrum gewesen! Ihr Magen krampfte sich zusammen. »Was – was weißt du über diese Krankenschwester?«, würgte sie hervor.

»Nur dass sie jünger war als er. In unserem Alter. Und sie hat einen goldenen Ohrring verloren.« Kitty lächelte in grimmiger Belustigung. »Allem Anschein nach pflegte sich unser Vater heimlich in Motels zu schleichen. Willas Mutter betreibt in Barranco eines dieser Etablissements – was er vermutlich nicht wusste. Dort wurde nach seinem letzten Besuch ein Ohrring von seiner Freundin gefunden.«

Alex schwirrte der Kopf. So viele Freundinnen … Aber Daddy war immer diskret gewesen, nicht wahr? Und wenn auch ein anderer Eindruck entstehen mochte, er hatte Mutter *geliebt.* »Du siehst das ganz falsch. Keine dieser Frauen hat ihm irgendwas bedeutet, und er wollte nur – gewisse Bedürfnisse befriedigen.«

»Das hast du ihm abgenommen? O Alex …« Kittys Stimme klang fast mitleidig.

»Du bist eifersüchtig! Weil ich sein Liebling war, und du …«

Gleichmütig zuckte Kitty die Achseln »Ich war weder Daddys noch Mutters Liebling. Falls es mich früher gestört hat, jetzt tut es das nicht mehr. Damit habe ich mich schon vor langer Zeit abgefunden.« Den Kopf schief gelegt, musterte sie ihre Schwester mit einem sonderbaren Blick. »Ich fragte mich nur, warum Daddy seine Geheimnisse mit dir geteilt hat. Wenn ihn keine Schuld traf, wieso musste er sich dann alles von der Seele reden?«

Von heftiger Übelkeit erfasst, schlug Alex die Hände vors Gesicht. »Hör auf! Hör endlich auf!« Sie spürte eine plötzliche Kälte, ein Schatten schien über sie zu fallen.

Als sie aufschaute, kniete Kitty vor ihr. »Was ist los, Alex? Bist du hergekommen, um mir irgendwas zu sagen?«

Ihre Stimme klang so sanft und versöhnlich, dass Alex ohne Zögern in ihre Arme sank. Ausgerechnet Kitty, die ihr immer etwas fremd gewesen war, schien sich ernsthaft um sie zu sorgen. Sie roch schwach nach Geißblatt und Zimt – und nach allem, was gut und rein und anständig war. Leise begann Alex zu weinen. »Ich habe Probleme«, gestand sie in heiserem Flüsterton. »Ich bin bis über beide Ohren verschuldet. Heute Morgen hätte Fog City Motors beinahe mein Auto abgeschleppt. Wenn ich bis heute Nachmittag um fünf keine viertausend Dollar auftreibe, muss ich von jetzt an zu Fuß gehen …« Sie hielt inne, um Atem zu schöpfen. Statt sich zu schämen, was sie erwartet hatte, empfand sie eine seltsame Erleichterung. Als sie den Kopf hob, las sie keine Kritik in Kittys Augen, nur aufrichtige Anteilnahme.

»Warum bist du nicht früher zu mir gekommen?«

»Was hätte das genützt?« Alex betupfte ihre Augen mit einem Zipfel ihres Seidenhemds, das aus den Jeans gerutscht war. Über ihre Wangen rann Wimperntusche, und sie würde das Hemd wahrscheinlich ruinieren. Aber welche Rolle spielte das?

Gedankenverloren starrte Kitty über die Hecke hinweg. Nach einer Weile wandte sie sich wieder zu Alex und lächelte. »Ich habe etwas Geld gespart. Über zwanzigtausend. Ich geb's dir. Zahl's mir irgendwann zurück.«

Alex' unbändige Freude wurde sofort von Gewissensbissen gedämpft. »Nein, Kitty, das will ich nicht annehmen. Wenn du das Geld brauchst …«

»Vielleicht – eines Tages. Jetzt nicht. Und ich bin froh, dass ich was Gutes damit tun kann.«

Alex frage sich schuldbewusst, warum sie geglaubt hatte, Kitty würde sie nicht lieben? Und wieso hatte *sie* die Schwester nicht gemocht? Alles, was sie in ihrem Leben für selbstverständlich gehalten hatte, war zerbrochen. Nun wurden die Scherben wieder zusammengesetzt. Aber sie passten nicht zueinander. Sie fühlte sich völlig verwirrt. Was sollte sie sagen oder tun? In diesem stillen Garten, wo Vögel zwitscherten und fröhliche Kinderstimmen aus einem offenen Fenster des Hauses drangen, das sie stets hässlich gefunden hatte, musste Alex das Wort mehrmals mit den Lippen formen, ehe sie es aussprechen konnte.

»Danke«, wisperte sie und neigte den Kopf wie im Gebet.

Noch nie hatten die Blaubeerwaffeln besser geschmeckt. Alex wusste nicht, wann sie in letzter Zeit so viel gegessen hatte. Während sie an Kittys Küchentisch saß, ließ der schwere Druck auf ihrer Brust allmählich nach. *Wie lieb und brav Daphnes Kinder sind* … Und Daphne wirkte verändert, entspannt und heiter, als wäre eine Last von ihrer Seele gefallen.

Nachdem Kitty den Tisch abgeräumt hatte, half sie Willa, die Gäste im Teesalon zu bedienen. »Du spülst, Alex, ich trockne ab«, entschied Daphne und ergriff ein Geschirrtuch.

»Dann bist du wenigstens nicht schuld, wenn was zu Bruch geht.«

»Klar, *du* hast noch nie was zerbrochen!«

»Da sieht man wieder mal, wie gut du mich kennst.«

Das Haar zurückgebunden, in Jeans und einem gestreiften Baumwollhemd, wirkte Daphne wie ein junges, bildhübsches Mädchen. Als sie sich zu ihrer Schwester wandte, erlosch das Lächeln in ihren Augen, und sie legte ihr eine Hand auf den Arm.

»Kitty hat mir von deinen Schwierigkeiten erzählt. Ich würde dir auch gern helfen.«

Brennend stieg das Blut in Alex' Wangen. *Musste* denn die ganze Welt Bescheid wissen? Dann erkannte sie, dass Daphne sie ebenso wenig verurteilte wie Kitty. *Wir alle haben unsere Probleme,* schien Daphnes Blick zu sagen.

Alex schaute über die Schulter zu den Kindern hinüber, die immer noch am Tisch saßen und mit Buntstiften Bilder auf große Bogen Butterbrotpapier malten. »Vielen Dank, Daphne«, erwiderte sie leise, »aber ich muss dein Angebot ablehnen. Wenn ich noch mehr Almosen von euch annehmen würde, könnte ich nicht mehr in den Spiegel schauen.« Mit einem gezwungenen Lachen versuchte sie den peinlichen Moment zu überbrücken. »Ist es nicht schon schlimm genug, dass ihr beide dünner seid als ich? Und mit diesen Waffeln habe ich mir sicher fünf weitere Pfund aufgehalst.«

»Das ist kein Almosen«, protestierte Daphne. »In letzter Zeit habe ich – nun ja, etwas Geld verdient«, fügte sie unbehaglich hinzu. »Laut meiner Lektorin wird sich mein nächstens Honorar in fünfstelliger Höhe bewegen.« Wie ihr dabei zumute war, verriet sie nicht. Aber es stand ihr ins Gesicht geschrieben. »Wenn du's annimmst, würdest du mir einen Gefallen tun – wirklich.«

Hastig wandte sich Alex ab, um ihre Tränen zu verbergen. Teils weinte sie vor Scham, teils vor Dankbarkeit, vor allem aber wegen der heißen Liebe, die ihr Herz plötzlich erfüllte. »Ich weiß nicht, was ich sagen soll …«

Daphne überlegte nicht lange und löste das Problem. »Sag einfach Ja.«

In Kittys Auto fuhren die drei Schwestern zur Bank.

Daphne hob viertausend Dollar ab, mit dem Versprechen, notfalls würden weitere Zahlungen folgen. Und Kitty übergab Alex einen Scheck.

Mit tränenerstickter Stimme dankte Alex den beiden. Dann fuhr sie zu Fog City Motors. Mit einem Kuvert gerüstet, auf das sie *PERSÖNLICH* geschrieben hatte, eilte sie am Empfang vorbei und warf es vor den Augen eines verwirrten Steve DeAngelis auf den Schreibtisch. »Keine Bange, der Scheck ist gedeckt.«

DeAngelis war ein dunkelhäutiger Mann Ende vierzig mit behaarten Handgelenken, die aus maßgeschneiderten Hemdsärmeln ragten. Ohne den Umschlag zu öffnen, schob er ihn beiseite.

»Ich vertraue Ihnen«, versicherte er und lachte jovial, als wollte er sagen: *Nichts für ungut, eh?*

Wieder auf der Straße, gewann Alex eine ernüchternde Erkenntnis. Okay, diese Schuld war beglichen. Und was jetzt? Im nächsten Monat würde sie eine weitere hohe Leasingrate für ein Auto zahlen, das sie sich nicht leisten konnte.

Langsam kehrte sie ins Gebäude zurück, getrieben von einer Entschlossenheit, die einer unsichtbaren Macht glich. Die blonde Empfangsdame, die gerade ein paar rosa Aktennotizen ordnete, unterbrach ihre Tätigkeit und schaute zu ihr auf. »Verzeihen Sie …« Alex räusperte sich. »Soeben habe ich mir die Toyotas draußen angeschaut, und ich würde gern meinen BMW gegen so ein Auto austauschen. Könnte ich mit jemandem darüber reden?«

Die Empfangsdame, nicht viel älter als die Zwillinge, aber mit platinblonden Locken, die eher zu einer Sechzigjährigen passen würden, drückte auf einen Knopf an ihrem Telefon. Minuten später saß Alex in dem winzigen Büro eines jungen Angestellten, der den Tausch bereitwillig arrangierte. Der billigste Toyota teilte er ihr mit, sei ein gebrauchter Tercel. Mühsam unterdrückte Alex ihren Frust und erklärte, den würde sie nehmen.

Vielleicht werden meine Kunden den Unterschied gar nicht bemerken, dachte sie, während sie den soeben geleasten, drei Jahre alten grünen Tercel vom Parkplatz lenkte. Aber ich schon ... Nach der erstklassigen Straßenlage des BMW fühlte sich dieses schäbige kleine Auto wie ein klappriger Pferdewagen an. Beinahe wäre sie in Tränen ausgebrochen.

Dann überlegte sie, wie viel Geld sie sparen würde und wie glücklich sie sich schätzen musste, weil ihr *überhaupt* ein Auto zur Verfügung stand. Und das Allerbeste war, sie hatte zwei liebevolle Schwestern, die ihr trotz jahrelanger Differenzen beistanden. Blut war eben doch dicker als Wasser.

Den Gedanken an ihre Mutter verdrängte sie sofort. *Alles kann man nicht verzeihen – es gibt gewisse Grenzen.* Im Hintergrund ihres Bewusstseins flüsterte eine unwillkommene Stimme: *Im umgekehrten Fall würde Mutter dir verzeihen.* Aber es war eine schwache Stimme. Außerdem zählte sie nicht, denn Alex würde niemals ein so grauenhaftes Verbrechen begehen.

Während sie die Thirty-third Street entlangfuhr, vorbei an Parkplätzen und Einkaufszentren, erinnerte sie sich an ihr Gespräch mit Kitty. Falls die Informationen ihrer Schwester den Tatsachen entsprachen, war Daddy kurz vor seinem Tod mit jemandem liiert gewesen. *Warum hat er es mir nicht erzählt?* Die meisten seiner anderen Geliebten hatte er erwähnt. Diese nicht. War irgendetwas Besonderes an ihr gewesen? Hatte er sie *geliebt?*

Wenn die Frau nicht von sich aus auf der Bildfläche erschien, würden sie das Geheimnis niemals enthüllen. Aber vorerst musste Alex wichtigere Fragen klären. Zum Beispiel, wie sie sich das Finanzamt vom Hals schaffen sollte. Kitty und Daphne waren großzügig gewesen. Doch die Leihgaben reichten nicht aus, um *alle* Schulden zu begleichen.

Alex passierte das Kmart Plaza, und da fiel ihr plötzlich ein, dass sie noch gar nicht dazu gekommen war, ein Geschenk für Leannes Sohn zu kaufen. Übermorgen würde Tyler Geburtstag feiern. Und wenn er selbst auch nichts wahrnahm, Leanne würde gerührt sein, weil die Freundin daran gedacht hatte. Es musste nichts Teures sein. Nur eine kleine Aufmerksamkeit. Sie stellte den Tercel auf dem Parkplatz ab, und zehn Minuten später stand sie in einer Warteschlange vor der Kasse, ein paar Steckringe aus Plastik in der Hand. Dabei fiel ihr Blick auf eine herzförmige Schaumbadflasche. Die würde den Zwillingen gefallen. Tylers Geschenk kostete fünfzehn Dollar. Wenn sie die Flasche kaufte – würde noch genug vom Haushaltsgeld übrig bleiben? Plötzlich wurde ihr die Ironie der Situation bewusst. Da wartete sie vor der Kmart-Kasse und überlegte, ob sie vier Dollar für ein Schaumbad ausgeben sollte. Vor ein paar Monaten hätte sie nicht gezögert, im Elizabeth-Arden-Salon über hundert für eine kosmetische Gesichtsbehandlung und eine Maniküre zu bezahlen.

Ihr Leben lang war sie Erfolgen nachgelaufen – mit sechzehn als Präsidentin der lokalen Jaycees, dann auf dem College, wo sie ihr Studium magna cum laude abgeschlossen hatte. Und während der zehn Jahre bei Shoreline Realty strebte sie wie besessen nach dem alljährlichen Preis für die höchsten Verkaufsquoten. In dem einen Jahr, als der Preis ganz knapp an Marjorie Belknap gegangen war, hatte Alex sich wie eine miserable Versagerin gefühlt.

Irgendwo auf ihrem langen Weg hatte sie die Orientierung verloren. Ihr gesunder Ehrgeiz war von der Gier nach immer neuem materiellem Gewinn verdrängt worden. Und wohin hatte das alles geführt? Die Dinge, die ihr einst so wichtig gewesen waren, bedeuteten nichts mehr. Ihr Haus, ihr Auto, ihr Schrank voller

Designer-Klamotten – die ihr nicht einmal ganz gehörten – glichen ausländischen Münzen in der Tasche eines Mantels, den man seit der Europareise im letzten Jahr nicht mehr getragen hatte. Originell, aber nutzlos.

Wie sich nun herausstellte, hatten ihre Schwestern die ganze Zeit richtig gehandelt. Sie legten Wert auf die Dinge, die was zählten, und taten, was ihnen gefiel.

Und Daddy? Wie passte *er* in dieses neue Familienporträt? Beunruhigende Gedanken zerrten an Alex' Gehirn wie zitternde Finger an einem Briefumschlag ohne Absender. An diesem Morgen hatte Kitty angedeutet, das Band zwischen Daddy und Alex sei ungewöhnlich eng gewesen, und er habe sie irgendwie *benutzt.* Zu welchem Zweck? Gewiss nicht, um sie gegen Mutter einzunehmen. Kein einziges Mal hatte er schlecht von seiner Frau gesprochen. Und wenn er der Lieblingstochter seine Geheimnisse anvertraut hatte, um seinen Seelenfrieden zu finden – war das so verwerflich?

Trotzdem ließ sich das Unbehagen nicht verscheuchen, während Alex das Spielzeug bezahlte – in letzter Minute hatte sie sich gegen das Schaumbad entschieden – und zum Parkplatz zurückeilte. Auf der Fahrt zu Leanne begann es in einer Schläfe zu pochen, und die Schmerzen breiteten sich so rasch aus wie ein Rorschach-Tintenfleck.

Als sie ihr Ziel erreichte, dröhnte ihr ganzer Kopf. Sie parkte kurz vor Leannes Zufahrt, hinter einem großen Oleanderbusch, wo man das Auto vom Haus nicht sehen konnte. Sicher würde Leanne fragen, was mit dem BMW geschehen sei. Und Alex fühlte sich zu erschöpft, um Erklärungen abzugeben. *Natürlich würde sie es verstehen. Es ist nur – nun ja, ich fürchte, insgeheim würde sie triumphieren.* Dieser Gedanke tauchte aus heiterem Himmel auf und verwirrte Alex. Wie kam sie darauf? Nichts, was Leanne jemals gesagt oder getan hatte, rechtfertigte einen solchen Verdacht. Immerhin war sie ihre beste Freundin. Allerdings – in letzter Zeit … *Manchmal schaut sie mich seltsam an. Als hätte sie was gegen mich. Vielleicht, weil ich immer hatte, was sie sich wünschte – ein richtiges Heim mit einer Mutter und einem Vater und – und … Ein Schlüssel. Irgendwann muss sie sich einen Schlüssel zum Haus beschafft haben. Warum wäre sie sonst an jenem Abend vorbeigekommen?*

Energisch verbannte Alex ihren Argwohn. Sie bildete sich nur auf Kosten ihrer Freundin etwas ein. Arme Leanne. Zwischen der anstrengenden Nachtschicht im Krankenhaus und der Betreuung ihres Sohnes tagsüber verdiente sie eine solche Psychoanalyse genauso wenig wie ein Loch im Kopf. Alex klopfte an die Tür. Während sie wartete, nahm sie sich vor, diesen paranoiden Unsinn ein für alle Mal zu vergessen.

Die Tür schwang auf, und Leanne blinzelte sie mit geröteten Augen an. Ihr Haar war zerzaust, die Jeans und der langärmelige Pullover sahen aus, als hätte sie darin geschlafen. *Habe ich sie geweckt? Vielleicht wäre es besser gewesen, vorher anzurufen …*

»O Gott, Lee, tut mir Leid«, entschuldigte sie sich hastig. »Störe ich dich? Ich wollte dir nur das da bringen.« Alex hielt ihrer Freundin die Einkaufstüte hin. Für Tyler.« Das Spielzeug war für Babys zwischen sechs und zwölf Monaten bestimmt und nicht in Geschenkpapier gewickelt. Wozu auch?

»Danke.« Leanne schaute die Tüte kaum an. Vermutlich war sie zu müde, um sich für den Inhalt zu interessieren. »Komm rein. Du hast mich nicht geweckt. So mitgenommen sehe ich nur aus, weil Tyler heute besonders schwierig war.«

Sobald Alex das Wohnzimmer betrat, sah sie, *wie* schwierig. Auf dem ganzen Teppich waren Kleider und Spielsachen verstreut, schmutzige Becher und Schüsseln standen auf dem Tisch, und sie roch den unverkennbaren Gestank einer Windel, die dringend gewechselt werden musste.

In der Mitte des Raums lag Leannes hoffnungslos hirngeschädigter Sohn auf einer Decke. Mit seinen blonden Locken und den großen blauen Augen war er ein erstaunlich schönes Kind – und in diesem Moment ein wütendes. Das Gesicht hochrot und grausig verzerrt, schlug er mit Armen und Beinen nach allen Seiten und stieß grässliche wimmernde Laute aus. Angewidert wich Alex zurück.

An diesen Anblick würde sie sich nie gewöhnen – die ziellos tastenden Hände, die Augen, die umherrollten, ohne irgendetwas wahrzunehmen. Sie bemühte sich, ihn zu mögen – wirklich. Doch sie empfand nur Mitleid und Ekel.

Das hast du schon oft gesehen, erinnerte sie sich. In einigem Abstand blieb sie stehen, während Leanne neben ihrem Sohn kniete. Trotz seines Gestrampels hatte sie es irgendwie geschafft, die Windel zu wechseln. Jetzt zog sie ihn auf ihren Schoß – ein Baby, fast so groß wie ein Schulkind. *Wie erträgt sie das nur? Auf der Entbindungsstation des Krankenhauses kümmert sie sich um so viele gesunde Neugeborene, und dann kommt sie nach Hause …*

Sanft wiegte Leanne ihren Sohn hin und her, der unentwegt um sich schlug und immer lauter schrie. Es dauerte lange, bis er sich beruhigte, in embryonaler Position zusammenkrümmte und leise gluckste. Endlich schlief er ein. Ihr Gesicht, das sie ihrer Freundin zuwandte, wirkte so verzweifelt, dass Alex angesichts ihrer eigenen, relativ harmlosen Probleme eine beschämende Erleichterung empfand. So schlimm sie auch sein mochten, sie waren nicht unlösbar. Aber Leanne musste ein lebenslängliches tragisches Schicksal verkraften.

»Hilfst du mir, Tyler ins Bettchen zu legen?«, wisperte Leanne, um ihn nicht zu wecken. »Er wird schwerer und schwerer …«

Nachdem sie Tyler in der winzigen Kammer gegenüber von Leannes Schlafzimmer zu Bett gebracht, die Jalousien herabgezogen und die Spieldose eingeschaltet hatten, schlichen sie auf Zehenspitzen in den Wohnraum zurück. Seufzend sank Leanne in einen Sessel. »Was soll ich tun? Es ist nicht nur sein Gewicht ... Letzte Woche hatte er zwei Anfälle. Und frag bloß nicht nach den Kosten – das willst du gar nicht wissen! Die Versicherung bezahlt weder die Babysitter noch die Physiotherapie.« Als würde sie irgendwo Halt suchen, umfasste sie ihre Knie. »Ohne diesen Gerichtsprozess hätte ich zumindest *eine* Sorge weniger. Ob du's glaubst oder nicht, der Anwalt des Krankenhauses hat schon wieder einen Aufschub beantragt. Zum dritten Mal. Die Verhandlung wird erst Ende September stattfinden.«

Reumütig hörte Alex zu. Von ihren eigenen Sorgen bedrängt, hatte sie kaum an Leanne gedacht. Nun beugte sie sich mit übertriebenem Interesse vor. »Und wie hat er es begründet?«

Leanne strich über ihre Stirn. »Mit irgendeinem Experten, der unbedingt aussagen muss und früher keine Zeit hat. Offenbar wollen sie mich so lange hinhalten, bis ich vor Erschöpfung sterbe.« Sie schaute zu Alex auf. »Da wir gerade von Prozessen reden: Weißt du schon, wann deine Mutter vor Gericht gestellt wird?«

»Am vierzehnten August.« Alex verschwieg, dass sie es selber erst beim Frühstück mit ihren Schwestern erfahren hatte.

»Und wie beurteilst du ihre Chancen?« Leanne zeigte nicht nur höfliches Interesse. Plötzlich wirkte sie hellwach und angespannt.

»Keine Ahnung. Seit Daddys Tod habe ich sie weder gesehen noch gesprochen.« Alex' frostige Stimme konnte ihr wachsendes Schuldgefühl nicht mildern. Und die Kopfschmerzen, die ein wenig nachgelassen hatten, kehrten zurück – samtige Hammerschläge in ihren Schläfen.

»Vielleicht solltest du sie besuchen.«

Bestürzt starrte Alex ihre Freundin an. Warum empfand Leanne Mitleid mit Daddys Mörderin? Obwohl sie ihn angeblich verehrt hatte? Weil sie allein und an ein Kind gefesselt war, das niemals für sich selber sorgen würde? Weil sie wusste, wie man sich fühlte, wenn man keinen Ausweg mehr sah? Wie auch immer, Alex brauchte niemanden, der sie an die Pflichten einer Tochter erinnerte. »Weißt du, was ich mir wünsche? Dass die Leute endlich aufhören würden, mir Vorschriften zu machen.«

»Ich dachte nur, du würdest dich besser fühlen, wenn du es hinter dich bringst.« Den Kopf gesenkt, begann Leanne an einem losen Faden in der Polsterung ihres Sessels zu zupfen.

»Was genau?«

»Das weiß ich nicht … Tut mir Leid, so hätte ich nicht mit dir reden dürfen. Ich bin einfach nur müde. Und ich dachte wahrscheinlich an meine eigene Mutter. Sollte ihr irgendwas zustoßen, würde ich's sicher bereuen, was wir einander *nicht* gesagt haben.«

»Zum Beispiel?« Plötzlich dachte Alex an die Dinge, die Leanne *ihr* verschwiegen hatte. Die ganze Zeit war sie über Daddys Affäre mit ihrer Mom informiert gewesen. Was mochte sie sonst noch verheimlichen?

»Oh, das Übliche. Dass sie mir Beth vorgezogen hat … Jetzt ist es nicht mehr wichtig. Ich meine, schließlich sind wir alle erwachsen. Trotzdem tut's immer noch weh.«

Alex dachte wieder an ihr Gespräch mit Kitty. »Über manche Dinge kommen wir wahrscheinlich nie hinweg.« Ein anderer Gedanke tauchte auf, und es dauerte einige Sekunden, bis er definitive Gestalt annahm, und eine klare innere Stimme behauptete: *Sie lügt.* Gewiss nicht, was Beryl betraf. Aber Alex spürte, dass Leanne diesen Punkt nur erwähnt hatte, um etwas anderes zu vertuschen. *Was sie für Mutter empfindet.* Diesmal sprach die innere Stimme etwas lauter.

Offenbar spürte Leanne das Unbehagen ihrer Freundin. Von plötzlicher nervöser Energie erfasst, sprang sie auf und eilte in die Küche. »Hast du schon zu Mittag gegessen? Ich mache uns Sandwiches.«

»Nein, danke, ich bin nicht hungrig.« In diesem Augenblick hätte Alex keinen Bissen hinuntergebracht.

Und dann fiel ihr Blick auf die Schwesterntracht, die an der Schlafzimmertür hing, in einer Plastikhülle. Kittys Worte dröhnten in ihren Ohren. *Eine Krankenschwester … In unserem Alter …*

Vor ihren Augen drehte sich alles. Lieber Gott, war das möglich? Ihre beste Freundin, für die Daddy ein Ersatzvater gewesen war. Unvorstellbar – das war *pervers*.

Und doch, der Gedanke ließ sich nicht verdrängen. Alex' Kopf schien zu schrumpfen, jeder Pulsschlag zuckte in ihrem Schädel wie eine gewürgte Kreatur. Bevor sie diesen schrecklichen Verdacht nicht aus der Welt schaffte, würde sie keine Ruhe finden.

Betont lässig stand sie auf und konsultierte ihre Uhr. »Jetzt muss ich gehen. Ich habe den Zwillingen versprochen, wir würden ins Kino gehen.« Auf dem Weg zur Tür fügte sie beiläufig hinzu: »Oh, übrigens – neulich habe ich hinter dem Sofa Staub gesaugt und einen Ohrring gefunden. Sieht wie echtes Gold aus. Den Mädchen gehört er nicht, und ich dachte, vielleicht hast *du* ihn verloren.«

Geistesabwesend betastete Leanne ein Ohrläppchen. Alex wusste nicht, dass sie den Atem angehalten hatte, bis sie die Antwort der Freundin hörte. »Ja, ich vermisse einen Ohrring. Irgendwo muss er runtergefallen sein, und ich konnte mir nicht denken, wo. Hast du ihn zufällig bei dir?«

In einem Schwindel erregenden Strom rauschte die Luft in Alex' Lungen. »Leider nicht.« Wie einfach es war, normal zu sprechen, obwohl ihr Kopf zu explodieren drohte und eine dreißigjährige Freundschaft vermutlich in die Brüche ging … »Nächstes Mal bringe ich ihn mit.«

Nur ein Zufall, argumentierte eine kindische innere Stimme wider alle Vernunft und klang so ähnlich wie Loris Klage an diesem Morgen. *Jeder kann mal einen Ohrring verlieren. Und Daddy hat mit ein paar Dutzend Krankenschwestern zusammengearbeitet.*

Oder war Leanne tatsächlich seine Geliebte gewesen? War sie deshalb an jenem Abend zu Alex' Elternhaus gefahren? Wenn sie einen Schlüssel besaß – hatte sie ihn von Daddy bekommen? Wollte sie etwas suchen – einen Brief, eine Kreditkartenquittung, irgendetwas, das sie belasten würde?

Wie erstarrt stand Alex da, eine Hand auf der Klinke und betrachtete das verzerrte Spiegelbild ihrer Freundin im Kieselglasfenster neben der Tür. Als Leanne zu sprechen begann, wurde ihre Stimme vom beklemmenden Dröhnen in Alex' Ohren gedämpft. »Freut mich, dass du den Ohrring gefunden hast.« Sie folgte ihr vors Haus. »Wie verrückt habe ich das Ding gesucht. Du weißt ja wie es ist, wenn man was Unersetzliches verliert.«

»Nur zu gut.« Alex' leises Lachen grenzte an Hysterie. Schwankend ging sie zu ihrem Auto, wie eine kraftlose Patientin durch den Flur eines Krankenhauses. Was Leanne denken mochte, wenn sie die Freundin in einen grünen Toyota steigen sah, spielte keine Rolle mehr.

Immer seltsamer, dachte Alex nicht zum ersten Mal. Sie war in eine Grube gestolpert – nicht in das Grab, das sie sich selber gegraben hatte, sondern in eine dunkle Höhle, wo alle nur erdenklichen Gefahren lauern mochten.

Kapitel 13

Die Frau, die Johnny Devane in seinem Büro gegenübersaß, war »gut erhalten«, wie seine Mutter es nennen würde. *Eher einbalsamiert,* dachte er. Mit ihren neunundsechzig Jahren – das Geburtsdatum hatte er einer der Akten entnommen, die den Schreibtisch, die Bücherregale, das Fensterbrett und sogar den Teppich übersäten – schien sie so penibel auf jedes Detail ihrer äußeren Erscheinung zu achten, als würde ihr ansonsten der sofortige körperliche Verfall drohen. Das kunstvolle Make-up, das sorgsam frisierte platinblonde Haar und die Kleidung erinnerten ihn an einen Gemäldekatalog von Sherwin Williams – alles passte in aufeinander abgestimmten Malven- und Rosentönen zusammen.

Freimütig erwiderte Beryl Chapman seinen Blick – eine Frau, die nichts zu verbergen hatte, obwohl alles, was er über sie wusste, das Gegenteil vermuten ließ. »Nur zu! Laden Sie mich vor. Das wird Ihnen nichts nützen.« Zwischen all den Akten hatte sie einen winzigen Teil der polierten Tischplatte gefunden, auf den sie mit einem langen, lackierten Fingernagel klopfte. Die verengten Augen hinter den dichten falschen Wimpern erinnerten ihn an die Schießscharten eines Geschützturms. »Nur ein einziges kleines Geheimnis kann ich Ihnen verraten: Lydia Seagrave, meine liebste, älteste Freundin, war die beste Ehefrau, die sich ein Mann nur wünschen kann.«

»Sicher verstehen Sie, warum es manchen Leuten schwer fällt, das zu glauben«, erwiderte er sanft. »Unter den gegebenen Umständen …« Er lehnte sich in seinem verchromten Sessel zurück, der den massiven Eichenstuhl ersetzt hatte, als die Bezirksstaatsanwaltschaft von ihrer alten Adresse in der White Street hierher übersiedelt war. Vielleicht hätte sich das schwedische Design der Kehrseite einer magersüchtigen Ballerina angepasst. Johnny spürte es überall an den falschen Körperstellen – ein Symbol für alles, was er an diesem neuen Gebäude hasste, einer hoch aufragenden Kathedrale zu Ehren unheiliger menschlicher Schwächen.

»Was die Leute denken, ist mir völlig egal.« Beryl beugte sich vor und umklammerte die Armstützen ihres Sessels. Die knochigen Ellbogen ragten spitz nach oben. Mit der rauen Stimme einer langjährigen Kettenraucherin fügte sie hinzu: »Der Mann hat alle zum Narren gehalten – sogar Lydia. Alle außer *mir*. Ja, er war charmant, ein vorbildlicher Familienvater, falls Sie alles glauben, was Sie hören. Aber suchen Sie sich mal im Wörterbuch die Definition des Bösen raus – daneben werden Sie den Namen Vernon Seagrave finden.«

»Wollen Sie damit sagen, Mrs Seagraves Vorgehen gegen ihren Mann sei berechtigt gewesen?« Johnnys Stimme klang neutral, fast freundlich.

Abrupt lehnte sie sich zurück und kräuselte die scharlachroten Lippen. »O nein, ich falle nicht auf Ihre Tricks rein. Und glauben Sie bloß nicht, Sie können mich mit dieser angedrohten Vorladung einschüchtern.« Aus der starren Pappmaché-Maske, die nach zu häufigen Faceliftings übrig geblieben war, starrten ihn eisige Augen an. »Meine Aussage würde der Anklage wohl kaum helfen.«

»Okay – aber da gibt es etwas, das ich noch immer nicht verstehe. Deshalb habe ich Sie hierher gebeten. Ihr Name steht nicht auf der Zeugenliste des Anwalts, der Mrs Seagrave verteidigt.« Während er in seinen Papieren blätterte, fuhr er mit gespielter Unschuld fort: »Verdammt, wenn Sie mich auch altmodisch finden – in einer kritischen Situation würde ich gern mit dem Beistand meiner Freundin rechnen. Es sei denn …« Nach einem prüfenden Blick vollendete er den Satz: »Sie waren gar nicht so gut mit Mrs Seagrave befreundet.«

Auf ihren stark geschminkten Wangen erschienen rote Flecken. In diesem Moment konnte sie ihr wahres Alter nicht verleugnen. »Was meinen Sie, junger Mann?«

Johnny ging zum Angriff über. »Zum Beispiel, dass Sie mit Mr Seagrave – sagen wir mal, intim waren.« Er zuckte die Achseln und breitete die Hände aus, um ihr zu bedeuten: *He, es steht mir nicht zu, Sie zu verurteilen.* »Vor langer Zeit, ich weiß. Aber in einer Kleinstadt wie Miramonte schwatzen die Leute über Dinge, die vor zwanzig oder dreißig Jahren passiert sind, genauso lebhaft, als wären sie erst gestern passiert.« Das wusste er aus eigener Erfahrung. In gewissen Gesellschaftskreisen musste er immer noch gegen den Ruf ankämpfen, den der nichtsnutzige Sohn des Trunkenbolds Pete Devane erworben hatte.

Plötzlich sank sie in sich zusammen, und die rosa Jacke hing an ihren Schultern wie ein aufblasbares Floß, aus dem die Luft entwichen war. »Falls ich gewisse Fehler bereue«, begann sie mit zitternder Stimme, »so habe ich sie, wie Sie sagen, vor langer Zeit begangen. Warum sollten sie die Gegenwart beeinflussen?«

Darauf konnte er nicht antworten. In einem Punkt hatte sie Recht: Ihre Aussage würde der Anklage nichts nützen. Eigentlich hatte er sie nur in sein Büro gebeten, weil er herausfinden wollte, welche hässlichen kleinen Überraschungen ihn möglicherweise erwarteten. Was Beryl vielleicht verblüffen oder seinem Boss zu denken geben würde, war, dass Johnnys besonderes Interesse an dem Fall nicht Lydia Seagrave galt, sondern ihrer ältesten Tochter – der einzigen Frau, die er je geliebt hatte. Um Daphnes willen durfte er den schmalen Grat zwischen seinem Job und der höheren Gerechtigkeit nicht aus den Augen verlieren. Was immer das im Verfahren des Volkes gegen Lydia Seagrave bedeutete.

Für Daphne gab es keinen Zweifel: Nur ein Freispruch wäre gerecht. Nichts Geringeres, nicht einmal der Deal, den er hinter den Kulissen auszuhandeln suchte, mit dem Risiko, einen Bezirksstaatsanwalt zu erzürnen, der auf seine Wiederwahl im Herbst hinarbeitete. Was Daphne nicht wusste: Cho strebte die Höchststrafe an. Johnny hatte getan, was in seiner Macht stand, aber seine Hände waren mehr oder weniger gebunden. So gern er Daphne auch helfen wollte, seine Achtung vor dem Gesetz, so fehlerhaft und schwerfällig es auch sein mochte, war wichtiger. Sollte es einen Weg geben, der Gerechtigkeit zu dienen und gleichzeitig Daphnes Interessen zu wahren, würde er ihn finden. Während er dieser Frau gegenübersaß, musste er seine angeborene Ungeduld bezähmen und seinen kleinen Vorteil genauso vorsichtig nutzen, als würde er auf einer einspurigen Kiesstraße um eine Haarnadelkurve biegen. »Was könnte eine liebevolle Ehefrau veranlassen, ihren Mann wegen eines Seitensprungs zu ermorden, der vor dreißig Jahren stattfand?«

Aufmerksam beobachtete er Beryl, die ein knochiges Bein über das andere schlug und den Rocksaum über ihr Knie zupfte. Die Frage, wer ihn über ihre Affäre mit Dr. Seagrave informiert hatte, brannte ihr offensichtlich auf der Zunge. Wenn er ihr sagen würde, er habe es von Daphne erfahren …

Noch etwas spielte in seinen Überlegungen eine Rolle: Ein Ehemann, der seine Frau betrog, begnügte sich nur selten mit einer einzigen Freundin. Und im Gegensatz zu Ehefrauen – infolge glücklicher Umstände oder blinden Vertrauens meistens ahnungslos – versuchten die Geliebten, alles über ehemalige, gegenwärtige und künftige Rivalinnen herauszufinden. Wahrscheinlich wusste Beryl mehr über die Amouren ihres Ex-Liebhabers, als sie verraten wollte. Johnny schwieg und ließ ihr Zeit. Irgendwo im Korridor erklang Stimmengewirr, durch das offene Fenster drang das Surren des elektrischen Rasenmähers ins Büro, im Nebenraum klingelte ein Telefon.

Nach einer halben Ewigkeit seufzte Beryl resignierend. »Falls Lydia Verdacht schöpfte, behielt sie's für sich. Sie sagte kein einziges Wort. Nicht einmal bei meiner Scheidung. Erst viel später … « Sie unterbrach sich und senkte den Blick. Dann schien sie einen Entschluss zu fassen, straffte die Schultern und starrte direkt in Johnnys Augen. »Eines Tages sprachen wir über die Party, die sie anlässlich ihres vierzigsten Hochzeitstags arrangierte. Und da drehte ich durch. Ich konnte ihre Naivität einfach nicht mehr ertragen.«

»So, wie Mrs Seagrave durchdrehte, als sie zur Waffe griff?«

Zweifellos sagte Beryl die Wahrheit, aber alles kaufte er ihr nicht ab. Nachdem sie über dreißig Jahre lang die doppelzüngige Freundin gespielt hatte – warum sollte sie die Katze plötzlich aus dem Sack lassen? Irgendetwas musste das Geständnis ausgelöst haben, nicht nur ein harmloser Hochzeitstag. Wen schützte sie? Sich selbst? Wohl kaum. Und ihre gute Freundin Lydia sicher auch nicht. Würde sie deren Interessen verfolgen, säße sie jetzt in Cathcarts Büro.

Beryl musterte ihn mit dem Blick eines wachsamen Hundes, den ein fremder Mann in einen Käfig zu locken suchte. »Nur Lydia weiß, was sie an jenem Tag dachte oder empfand.« Automatisch griff sie nach ihrer Handtasche – der unverkennbare Reflex einer langjährigen Raucherin. Dann schien sie sich eines Besseren zu besinnen und schlang die Finger im Schoß ineinander.

»Und sie spricht nicht darüber. Für eine gewisse betroffene Person könnte das äußerst vorteilhaft sein.« Den Kopf in eine Hand gestützt, schaute er sie nachdenklich an.

»Wenn Sie eine andere Frau meinen, sind Sie auf dem Holzweg. Da gab es zu *viele.*« Einer ihrer Mundwinkel verzog sich zur gespenstischen Parodie eines Lächelns. »Und Vern war bis zum bitteren Ende äußerst aktiv.«

»Können Sie sich vorstellen, mit wem er zuletzt gebumst hat?«

Erbost über die rüde Provokation, versteifte sie sich. Ihre Nasenflügel bebten. »Was immer Sie von mir halten mögen, Mr Devane – ich spioniere niemandem nach.«

»Es gibt andere Mittel und Wege, irgendwas rauszufinden.«

»Vielleicht werden mich Ihre absurden Theorien ein andermal faszinieren.« Sie schaute auf ihre Uhr. »Jetzt muss ich leider gehen. Mein Friseur wartet nicht gern.« Als sie sich erhob, wurde ihr Gesicht von hellem Sonnenlicht beleuchtet, das jede einzelne Falte betonte und ihrem Make-up die orangegelbe Farbe der Krokodilledertasche unter ihrem Arm verlieh.

»Vielen Dank, dass Sie mir Ihre Zeit geopfert haben, Mrs Chapman.« Auch Johnny stand auf und begleitete sie zur Tür.

»Nächstes Mal«, erklärte sie, wobei ihr Tonfall unterstrich, es würde kein nächstes Mal geben, »schicke ich meinen Anwalt zu Ihnen.« *Eine leere Drohung,* dachte er. Hätte sie nichts zu verbergen, wäre sie nicht hergekommen. Offenbar hatte sie herauszufinden versucht, wie viel er wusste. Auf der Schwelle drehte sie sich um, ein bösartiges Glitzern in den Augen. »Johnny Devane … Ich erinnere mich sehr gut, wie Sie damals mit Daphne hinter dem Rücken ihres Vaters herumgeschlichen sind. Seither haben Sie sich kein bisschen verändert.«

Er grinste – sein erstes echtes Lächeln an diesem Tag. »O Gott, hoffentlich nicht.« Obwohl Johnny und Daphne vielleicht nicht mehr das unsterblich verliebte Paar waren – diese Möglichkeit hatte er, wenn auch nur flüchtig, in Betracht gezogen –, fand er es erfreulich, dass wenigstens *eine* Person das Gegenteil glaubte. Aber die einzig wichtige Frage – und sie krampfte ihm den Magen zusammen wie der saure Apfel, vor dem die Mütter ihre Kinder warnen – lautete: Konnte das Leben mit Daphne, von dem er so lange geträumt hatte, endlich Wirklichkeit werden? Seit er ihr den Umschlag mit dem Prospekt der Pension und den beiden alten Busfahrkarten geschickt hatte – wie eine alte Schuld, die er endlich begleichen wollte –, ließ sie nichts mehr von sich hören. Verstand sie, was er ihr vorschlug? Erkannte sie ebenso deutlich wie er, dass sie diese Chance nutzen *mussten?* Eine andere würde sich vielleicht nicht ergeben.

Am vorletzten Abend hatte er sie angerufen unter dem Vorwand, nach ihrem Befinden zu fragen, und in der insgeheimen Hoffnung, sie würde auf sein Angebot reagieren. Das hatte sie nicht getan. Noch ist es nicht zu spät, wollte er ihr erklären. Damals war nur der Bus abgefahren, er selbst nicht. Wohin sollte er sich auch wenden, ohne Daphne? Vor langer Zeit hatte er es auf die harte Tour gelernt: Wovor immer man davonläuft, man nimmt es mit. Diesen Fehler würde er kein zweites Mal begehen. Diesmal würde er dableiben und um die Erfüllung seiner Wünsche kämpfen – und um die geliebte Frau.

Da jener Abend offenbar nicht der richtige Moment gewesen war, hatte er am Telefon einfach nur mit ihr geredet, über nichts Besonderes. Schließlich verkündete Daphne, sie müsse die Kinder ins Bett bringen. Ohne den Aufruhr der Gefühle zu erwähnen, der in ihm tobte wie die Brandung unter den Meeresklippen, hatte er aufgelegt.

Um zwei Uhr nachmittags saß er immer noch am Schreibtisch, die Hemdsärmel hochgekrempelt, ein unberührtes Sandwich aus der Kantine neben dem Ellbogen. Er entwarf einen Antrag für einen Fall, der nächste Woche verhandelt werden sollte: zweifacher bewaffneter Raubüberfall auf einen Lebensmittelladen, dessen Verkäufer leichte Verletzungen erlitten hatte. Bei diesem Prozess wollte der Bezirksstaatsanwalt eine alte Rechnung begleichen. Der zweimal vorbestrafte Angeklagte wurde von einem noch mieseren Typen namens Hank Dreiser verteidigt, als Hangman-Hank bekannt, weil die meisten seiner Klienten verurteilt wurden. In diesem Fall versuchte Dreiser, auf einfachen Raubüberfall ohne Waffe zu plädieren, mit der Begründung, das Opfer habe sich erst während eines Gerangels beim Fluchtversuch des Täters verletzt. Das kaufte Johnny ihm nicht ab. Und es war sein Job, den Richter von seiner Meinung zu überzeugen. In Gedanken versunken, hörte er das Telefon erst klingeln, als dic Stimme seiner Sekretärin aus der Sprechanlage drang. »Mr Devane? Der Schuldirektor Ihres Sohnes ist am Apparat. Leitung zwei.«

Verwirrt, aber trotz einer vagen bösen Ahnung nicht erschrocken, nahm er den Hörer ab und drückte auf den blinkenden Knopf. Mr Glenn begrüßte ihn sehr höflich, kam jedoch sofort zur Sache. Offenbar war J. J. in eine Schlägerei verwickelt worden. Nichts Ernstes, keine Waffen. *Diesmal,* betonte er, würde er es den Jungs noch durchgehen lassen und J. J., der im Sekretariat wartete und abgeholt werden müsse, nur für ein paar Tage suspendieren.

Aus Glenns Worten sprach salbungsvolle Missbilligung, die Johnny ärgerte. Auf der Bank vor der Schuldirektion der Muir High School hatte er selbst oft genug wegen seiner Untaten gesessen – Keilereien, von größeren Jungs angezettelt, die nicht verstanden, dass körperliche Größe, verglichen mit seinem Stolz, nichts bedeutete. Niemand interessierte sich jemals für *seine* Version. In der achten Klasse hörte er auf, darüber zu reden. Inzwischen hatte er gelernt, dass in der Schule ein ungeschriebenes Gesetz regierte: Alle Probleme ohne einen klar ersichtlichen Anstifter wurden dem »verhaltensgestörten« Kind angelastet. Schuldig, solange die Unschuld nicht erwiesen war. Erst nach langen Jahren auf verschlungenen Straßen, die schließlich heimwärts geführt hatten, war er an einem springenden Punkt angelangt. Seither verspürte er nicht mehr das Bedürfnis, sich zu rechtfertigen. Und nun wollte er verdammt sein, wenn er sich für seinen Sohn einsetzte, bevor er sämtliche Fakten kannte. »Ich komme sofort«, versprach er kurz angebunden.

Auf der Fahrt durch die Stadt und die Allee zu seiner alten High School hinauf erwachten Erinnerungen. Jener Abend, als er mit Daphne in flagranti erwischt worden war, im Werkzeugschuppen. Großer Gott, welch einen Anblick mussten sie geboten haben: Dr. Seagraves älteste Tochter, so rein wie frisch gefallener Schnee, trotz der Jeans, die um ihre Knöchel hingen und ihres T-Shirts, das bis zu den Achselhöhlen hochgezogen war. Und Pete Devanes nichtswürdiger Junge, das dunkelblonde Haar schulterlang, eine Packung Camels in der Hemdtasche, die nicht die einzige Wölbung unter seinen Kleidern war. Wahrscheinlich hätten ihn die Bullen eingebuchtet, nicht nur, weil er das Vorhängeschloss des Schuppens aufgebrochen hatte, sondern auch wegen Vergewaltigung. Doch der Ältere war mehrmals in Johnnys Elternhaus gewesen, und so hatten sie ihn mit einer strengen Verwarnung laufen lassen.

Nun überlegte Johnny, ob der Mann nur Mitleid empfunden oder ob es einen anderen Grund gegeben hatte. *Ein Erwachsener, der auf die Bestrafung zweier wehrloser Kinder verzichtete, musste selber einiges auf dem Gewissen haben,* dachte er bitter.

Aber hatte er im Lauf der Jahre nicht auch versucht, möglichst oft ein Auge zuzudrücken? Wenn er an seine Kindheit dachte, erinnerte er sich nicht an einzelne Zwischenfälle, sondern an ganze Serien beklemmender Eindrücke – gellende Stimmen, zorniger Hohn, klirrend zerbrochenes Glas, Blutstropfen auf dem zerkratzten alten Linoleum und Angst. Ja, der säuerliche Gestank der Angst. Als kleiner Junge hatte er vor lauter Entsetzen oft in die Hosen gemacht und später den Schweiß seiner geballten Hand gerochen und ungeduldig gewartet, bis er groß genug geworden war, um sich zu verteidigen. Die Bullen kamen oft ins Haus, aber nicht oft genug. Das Alltagsleben der Devanes wurde von verantwortungslosen Eltern geprägt, die abgesehen von ihrer Trunksucht nur ein einziges Vergnügen kannten: übereinander oder über Johnny und seinen Bruder und alles herzufallen, was nicht niet- und nagelfest war. Schweigend ertrug Johnny die Tortur, von der Drohung eingeschüchtert, was Freddie und ihm selber passieren würde, wenn er auch nur ein Sterbenswörtchen ausplauderte. Den Bullen erzählte er, auf dem Heimweg von der Schule sei er vom Rad gefallen oder von irgendwelchen Jungs verprügelt worden. Lieber eine blutige Nase und ein paar blaue Flecken als ein Kinderheim.

Ob er die richtige Entscheidung getroffen hatte, wusste er nicht. Jedenfalls war er zu einem widerstandsfähigen jungen Mann herangewachsen. Das Einzige, was ihm wirklich unter die Haut ging, war Freddies Einberufung zur United States Army. Damals war der Vietnamkrieg fast vorbei und sein älterer Bruder einer der letzten Gefallenen gewesen. Als die Leiche nach Hause gebracht wurde, gab Johnny allen die Schuld, die ihm über den Weg liefen und tat nur sich selber weh. Aber die Sauftouren und die Probleme in der Schule – das wurde doch von ihm erwartet, oder? Warum sollte er den Leuten nicht bieten, was sie wollten:

eine Zielscheibe, die sie daran hinderte, sich selbst genauer anzuschauen?

Kurz nach seinem sechzehnten Geburtstag kam der Wendepunkt, ein paar Monate nach seiner schicksalhaften Begegnung mit Daphne in der Raucherhöhle hinter dem Naturwissenschaftlichen Institut. Um diese Zeit fuhren alle anderen Jungs brandneue Autos, die ihnen die Eltern gekauft hatten, während er sich nur nach dem erstklassig instand gesetzten dunkelblauen Ford Thunderbird im Ausstellungsraum von County Classic Motors sehnte. Da bekam er das beste aller Geschenke, er gewann die Oberhand.

Die Veränderung ging so schnell in ihm vor, dass der Alte gar nichts ahnte.

An jenem Abend hatte er wieder einmal eine Sechserpackung Bier in sich hineingeschüttet, zusammen mit gutem irischem Whisky, und war so bösartig wie ein halb ertränkter Kater. Zunächst beschimpfte er Mom, weil das Essen angebrannt war. Dann stieß er sie gegen die Küchenschränke und schlug auf sie ein, während sie sich duckte und die Hände über ihrem Kopf flatterten wie die Flügel eines gefangenen Vogels, der immer wieder gegen ein Fenster flog, bis er starb. *Hör auf!,* schrie Johnny seinen Vater an. Schwerfällig wandte sich der Alte zu ihm und musterte ihn mit blutunterlaufenen Augen. Da geschah es. Als würde ein Zug plötzlich die Gleise wechseln. Eben hatte er noch vor Johnny gestanden, ein großer Mann mit Bierbauch, in einem fleckigen Unterhemd und der dunkelgrünen Hausmeisterhose, und im nächsten Moment starrte er Johnnys erhobene Fäuste an.

»Wenn du Mom oder mich noch ein einziges Mal anrührst, schlage ich dir die Zähne ein«, drohte Johnny. Jeder einzelne seiner Muskeln zitterte wie eine Hochspannungsleitung kurz vor dem Zerreißen.

Nie wieder erhob sein Dad die Hand gegen ihn. An jenem Tag hatte Johnny etwas gelernt, was ihm weder die High School noch das Jurastadium beibringen konnten – den tieferen Sinn der Gerechtigkeit. Kein strafender Blitzschlag aus heiterem Himmel. Nicht einmal die Genugtuung eines Faustschlags auf das stoppelbärtige Kinn seines Alten. Nur die Selbstachtung, die damals in ihm Wurzeln geschlagen hatte.

Er bog auf den Parkplatz und schaltete den Motor aus. Seit den Jahren seines Schulabschlusses hatte sich die Muir High kaum verändert – immer noch die gleichen bogenförmigen Furchen am Rand des Rasens, wo jede Woche mindestens ein Besitzer eines brandneuen Führerscheins zu eifrig beschleunigte, der Zickzackriss im Stuck über dem Torbogen, das Souvenir eines längst vergessenen Erdbebens – so oft ausgebessert, das er einer schlecht verheilten Narbe glich. Sogar die Kinder vor dem Schulgebäude sahen so aus wie damals. Sicher, die Mode und die Frisuren hatten sich geändert, die Gesichter nicht: In Sekundenschnelle konnten ausdrucksvolle Mienen abgeschaltet werden, und kühle Masken verbargen Emotionen, die bedrohliche Ausmaße annehmen konnten.

Seltsam, nun hatte er einen Sohn im selben Alter, in dem er vor ein paar Jahren gewesen war. Eine Zeile aus einem Dylan-Song fiel ihm ein. *I was so much older then, I'm younger than that now …*

Im Vorzimmer der Schuldirektion traf er den vierzehnjährigen J. J. an. Zusammengesunken saß der Junge in einem Sessel neben dem Schreibtisch der Sekretärin. Halb und halb erwartete Johnny, Miss Wickersham würde ihn über den Brillenrand hinweg missbilligend mustern. Dann fiel es ihm wieder ein: Die alte Miss Wickersham war ein Jahr nach seinem High-School-Abschluss in den Ruhestand getreten. Jetzt sah eine freundliche Frau in mittleren Jahren zu ihm auf, die eine Rüschenbluse und eine bestickte Strickjacke trug. Wahrscheinlich würde man sie sechs Monate nach ihrer Pensionierung vergessen.

Johnny schlug seinem Sohn auf die Schulter, und J. J. zuckte zusammen. Aus einem geschwollenen Auge in der Farbe eines tropischen Sonnenuntergangs schaute er den Vater an, halb trotzig, halb angstvoll, und erinnerte ihn viel zu intensiv an die eigene Jugend. Zweimal musste Johnny schlucken, bevor er sprechen konnte. »Jemand hat mir erzählt, du würdest vielleicht einen Anwalt brauchen«, bemerkte er trocken.

J. J.s Lippen bebten. Aber er lächelte nicht. »Dad ...«

»Reden wir auf der Heimfahrt. Hast du hier alles erledigt?«

Nun lockerte sich die Verkrampfung in J. J.s Nacken, und er senkte den Kopf. »Für den Rest der Woche bin ich suspendiert. Ich darf nicht mal beim Training nach dem Unterricht mitmachen.« Für sein Alter war er groß, hatte die breiten Schultern und die gewölbte Brust seines Großvaters. Seit seinem ersten High-School-Jahr gehörte er dem Junior-Footballteam an. Das hübsche, zerschlagene Gesicht spiegelte tiefe Verzweiflung wider.

Sie folgten dem langen, von Lärm erfüllten Korridor, wo die Kinder zu ihren Klassenzimmern rannten, kurz bevor die Schulglocke erklingen würde.

Erst auf den Eingangsstufen brach Johnny das Schweigen. »Erzählst du mir, was passiert ist?«, fragte er. J. J. zuckte die Achseln, was auf mehrere verschiedene Arten interpretiert werden konnte oder gar nichts bedeutete. Also wandte sein Vater eine andere Taktik an. »Nach allem, was ich gehört habe, sieht dein Freund noch schlimmer aus als du. Entweder wolltest du den rechten Haken, den ich dir gezeigt habe, an Stu ausprobieren, oder ihr habt gestritten. Was war's denn?«

Zwischen den Aknepickeln auf J. J.s Wangen entstanden rote Flecken. »Darüber rede ich nicht gern. Vielleicht später, okay?«

Johnny überdachte seine Möglichkeiten. Nun konnte er auf seinem Standpunkt beharren und eine Szene heraufbeschwören, die den einstigen Johnny Devane mit Stolz erfüllt hätte. Oder er verschob die Diskussion bis zum Abend und riskierte es, in die Hände des Jungen zu spielen. In den acht Monaten, seit J. J. bei ihm lebte – laut seiner Mutter unverbesserlich, was irgendwie mit der fragwürdigen Vergangenheit des Vaters zusammenhängen müsse –, tobte zwischen Johnny und dem Jungen ein Machtkampf, der die Differenzen im Büro der Staatsanwaltschaft vergleichsweise harmlos erscheinen ließ. Zum Beispiel das letzte Wochenende: J. J. hätte zu seiner Mutter fahren sollen, aber als Johnny dort anrief, war er nicht da. Stattdessen war J. J. die ganze Nacht mit seinen Freunden um die Häuser gezogen – ein Coup, der ihn für den restlichen Monat zu Hausarrest verdammte.

Aber Johnny spürte, dass es diesmal anders war. J. J. litt ganz offensichtlich, und nicht nur, weil sein Kinn einem besonders schweren Fall von Mumps ähnelte. »Also gut, warten wir bis nach dem Dinner. Nur eins will ich schon jetzt klarstellen: Was immer du mit Stu auszufechten hattest, es gibt bessere Methoden als Fausthiebe. Das solltest du einem Mann glauben, dem der Schädel schon oft genug eingeschlagen wurde.«

»So was wird nicht mehr passieren.« Wie J. J.s kategorischer Ton bekundete, war das kein Versprechen, sondern die Feststellung einer Tatsache.

Johnny gestattete sich ein schwaches Lächeln. »Erst vierzehn – und der Junge hat schon alles begriffen. Erzähl mir bloß nicht, du hättest auch die *Bhagavadgita* auswendig gelernt.«

»Die – was?«

»Nicht so wichtig«, erwiderte Johnny. Sie gingen am Akazienbaum vorbei, der den T-Bird in seiner Abwesenheit mit goldenem Puder besprüht hatte. Als er die Tür an der Fahrerseite aufsperrte, fragte er: »Hängt dein neuer Look irgendwie mit einem Mädchen namens Kate zusammen?«

J. J.s Wangen nahmen eine noch dunklere Farbe an, und das gesunde Auge verengte sich. »Kate Winter?«

»Eine andere Kate kenne ich nicht.«

Wieder das Achselzucken, das alles oder nichts bedeuten mochte. »Meinetwegen kann sie zum Teufel gehen.«

»Meinen wir dieselbe Kate Winter, mit der du neulich abends drei Stunden lang telefoniert hast? Ich dachte schon, ich müsste den Hörer operativ von deinem Ohr entfernen lassen.«

»Erspar mir das, Dad«, murrte J. J. »Für solche Witze bin ich nicht in der richtigen Stimmung.«

»Okay. Nur noch ein guter Rat: Bevor du nächstes Mal das Gebiss deines besten Freundes neu gestaltest, frag dich, ob sich das für ein Mädchen lohnt, das du in einem Jahr vergessen wirst.«

Mit schmalem Auge musterte J. J. seinen Vater über das Wagendach hinweg. *Noch drei oder vier Zoll,* dachte Johnny, *und der Junge ist so groß wie sein Alter.* Daran musste er sich erst mal gewöhnen.

»Das sagst ausgerechnet du?«, fauchte J. J. »Vor zwei Tagen hast *du* mit einer Lady telefoniert, und das hörte sich so an, als wärt ihr nicht nur gute Freunde. Willst du mir von ihr erzählen? Oder soll ich's selber rausfinden?«

Jetzt stieg das Blut in Johnnys Wangen. So viel Scharfsinn hatte er seinem Sohn gar nicht zugetraut. Obwohl das Telefonat mit Daphne nur kurz gewesen war, hatte der Junge irgendwas in der Stimme des Vaters wahrgenommen, das den Eindruck erweckte, *diese* Frau würde ihm etwas mehr bedeuten als die drei oder vier Freundinnen seit der Scheidung.

»War es so offensichtlich?« Johnny grinste wehmütig. »Das wusste ich nicht.«

»Kenne ich sie?«

»Sie heißt Daphne, und wir gingen zusammen auf die High School.«

»Ach – *die.*« Plötzlich ging J. J. ein Licht auf. »Von der hat Mom mir erzählt.«

»Und was hat sie gesagt?«, fragte Johnny schuldbewusst.

»Eigentlich hättest du *sie* heiraten sollen. Aber damals war Mom ziemlich sauer. Direkt nach der Scheidung.« J. J. schenkte Johnny ein schiefes Lächeln. »Da hat sie viel gesagt, was wahrscheinlich nicht ernst gemeint war.«

»Beinahe hätte ich Daphne tatsächlich geheiratet«, gab Johnny zu.

»Und was hat dich daran gehindert?«, fragte J. J. interessiert.

»Hauptsächlich ihr Dad. Ein hartgesottener Typ. Er hielt nicht viel von mir. Aber wenn ich jetzt zurückblicke, glaube ich, Daphne und ich hätten es geschafft, wenn wir ein bisschen älter und klüger gewesen wären. Andererseits – dann hätte ich *dich* nicht.«

J. J.s Miene erhellte sich. *Ein Punkt für den Alten,* dachte Johnny. Hin und wieder fand sogar er die richtigen Worte. Aber damit begnügte sich der Junge nicht. »Und du glaubst, jetzt ist alles anders, Dad? Wirst du nicht mehr dieselben dummen Fehler machen wie damals?«

Nein, dachte Johnny. Ein zweites Mal würde er Daphne nicht gehen lassen. Doch die Entscheidung lag bedauerlicherweise nicht bei ihm. *Sie* musste herausfinden, ob sie mit ihm zusammenleben wollte und ob sich das Risiko lohnte. Und er konnte nur warten – und hoffen. »Vermutlich müssen wir immer wieder dieselben Fehler machen, bevor wie lernen, uns richtig zu verhalten.« Er griff in seine Tasche, um den Autoschlüssel hervorzuholen. Stattdessen hielt er das Schweizer-Armee-Messer in der Hand, das Daphne ihm zum siebzehnten Geburtstag geschenkt hatte, und er starrte es an, als würde er es zum ersten Mal sehen. Im Sonnenlicht glänzte der rote Griff so glatt wie Glas. Eine Zeit lang stand er in Gedanken versunken da. Daphne hatte die Schachtel mit einem blauen Band umwunden. Und sie forderte ihn auf, mit diesem Messer ein Stück vom Schokoladenkuchen abzuschneiden, den sie für ihn gebacken hatte. Weil er das Kunstwerk rettungslos zerbröselte, lachte sie sich halb krank. Danach hatte er die Klinge mit dem Geschenkpapier sauber gewischt und das Messer in die Tasche seiner Jeans gesteckt, um Daphne zu küssen. Seither trug er es bei sich.

Aus einem Impuls heraus warf er das Messer seinem Sohn über das Auto hinweg zu. J. J. ließ es beinahe fallen, bevor er die Finger um das unerwartete Geschenk schloss. Verblüfft und erfreut hob er den Kopf. »Jetzt gehört es dir, mein Junge. Heb es gut auf. Vielleicht brauchst du es eines Tages.«

»Wozu?«, fragte J. J. grinsend. »Für meine nächste Prügelei?«

Lächelnd schüttelte Johnny den Kopf. »Unsinn, es soll dir Glück bringen. Dieses Messer bekam ich zum Geburtstag, als ich etwa in deinem Alter war, von jemandem, den ich sehr mochte. Es war die Lady, die du vorhin erwähnt hast. Irgendwann erzähl ich dir davon.«

»Warum nicht jetzt?«

»Ich dachte, ich soll erst mal den Mund halten.« Als Johnny sich ans Steuer setzte, bemerkte sein Sohn ein ironisches Lächeln im Seitenspiegel.

»Okay.« J. J. sank auf den Beifahrersitz und schob die Hände in seine Jackentaschen. Stöhnend zuckte er zusammen, zog die

Hand wieder hervor, die ihn in Schwierigkeiten gebracht hatte, und betrachtete fasziniert die aufgeschürften Fingerknöchel – wie besonders interessante Exemplare im Biologieunterricht. Dann hob er den Kopf, und Johnny erblickte jenes liebenswerte Lächeln, das er schon lange nicht mehr gesehen hatte. »Sicher kann's warten, bis du von der Arbeit heimkommst.«

»Fahren wir jetzt nicht nach Hause?«

»Würdest du mir einen Gefallen tun, Dad?« J. J. wich Johnnys Blick aus. »Bringst du mich zu Stu? Wir müssen was besprechen.«

»Hausaufgaben?« Johnny setzte sein Pokergesicht auf.

»So was Ähnliches.«

»Sieh zu, dass du zum Dinner daheim bist. Und leg einen Eiswürfel auf dein Auge, wenn du bei Stu bist. Du erinnerst mich an Edward G. Robinson.«

»An wen?«

»Schon gut.« Johnny startete den Motor und fuhr vom Parkplatz.

Nach einer Meile, auf der Church Street kurz vor Our Lady of the Wayside, räusperte sich J. J. und murmelte: »Danke, Dad.«

»Gern geschehen«, erwiderte Johnny, ohne das leuchtende weiße Kreuz auf der Kirchturmspitze aus den Augen zu lassen. »Nimm bitte die Füße vom Armaturenbrett, sonst bringst du irgendwas durcheinander.«

»Aye, aye, Captain.«

Johnny grinste. *Das Logbuch des Captain. Sternzeit 1999. Wir befinden uns östlich vom feindlichen Gebiet und nehmen Kurs auf den äußeren Weltraum …* In seiner Phantasie erschienen Bilder von Daphne. Um diese Zeit müsste sie die Kinder von der Schule abgeholt haben, müsste oben in ihrem Zimmer sitzen und auf ihren Laptop hämmern. Sie hatte ihm erzählt, seit ihrer Ankunft in Miramonte würde sie ein Tagebuch führen. Was schrieb sie über ihn? Gar nichts? Würde diese besondere Geschichte so ähnlich enden wie einer ihrer Romane? Alle zweideutig und melancholisch? Oder könnte ein richtiges Leben daraus werden, das er genauso lieben würde wie seinen nichtsnutzigen pubertierenden Sohn? Jedenfalls musste er sie sehen – und spüren. Er blinzelte ins Sonnenlicht, und seine Kehle verengte sich, überlastet von zu vielen ungesagten Dingen. Sehnsüchtig stellte er sich ihre Hände vor – schmal, mit langen Fingern, die Knochen prägnanter als in der Jugend. Hände, die Bücher schrieben, Kinder betreuten und für eine Mutter kämpften. Und vielleicht würden sie den Faden von etwas Unersetzlichem aufheben, das irgendwo verloren gegangen war.

Bestürzt erkannte Daphne, dass sie sich daran gewöhnt hatte, Mutter so zu sehen – ein verschwommenes Bild hinter fleckigem Glas, wie die verblassten Schnappschüsse im Familienalbum. Der Kummer, den sie bei diesem Anblick empfand, war jetzt eher wehmütig als schmerzlich, eine vage Sehnsucht nach längst vergangenen Zeiten und einem Ort, den sie einmal ihr Heim genannt hatte. Vielleicht würden diese sonst so lebenswichtigen Arme sie nie mehr umfangen. Die Mutter, auf die sie sich in der Kindheit stets verlassen hatte, existierte nicht mehr. Nur eine Frau in der orangegelben Gefängniskleidung war übrig geblieben, vor der Zeit gealtert, und das einst so straffe Fleisch glitt von den Gesichtsknochen wie der Sandstein, der sich langsam von den Klippen unterhalb des Hauses an der Cypress Lane löste.

»Mit allen Freunden und den meisten Verwandten haben wir gesprochen. Aber …« Daphne seufzte in den schweren schwarzen Hörer, dessen steifes, mit der Wand verbundenes Kabel sich bei jeder Bewegung schlangenartig bewegte. Irgendwie erinnerte er sie an eine Telefonzelle, meilenweit draußen im Nirgendwo, wo man nach einer Autopanne mitten in der Nacht um Hilfe rief. »Sie hatten nichts Schlechtes zu sagen. Im Gegenteil. Alle wünschen dir das Allerbeste und schließen dich in ihre Gebete ein. Oh, und Millie Beecher hat in der Galerie alle deine Bilder verkauft und will wissen, ob du hier Malsachen benutzen darfst. Sie meint, das würde dich auf andere Gedanken bringen. Übrigens liegen ihr mehrere Angebote für deine nächsten Gemälde vor. Falls du mal Lust hast …« Sie dachte an ihren eigenen Erfolg. Soeben war *Walking After Midnight* in der vierten Auflage erschienen. Das hatte ihr die Lektorin am Vortag mitgeteilt, und nun spendete ihr Mutters zynisches Lächeln einen gewissen Trost. In dieser grausam-ironischen Situation war sie nicht allein.

»Sobald Millie Beecher eine Chance wittert, greift sie mit beiden Händen zu«, bemerkte Lydia verächtlich. »Erstaunlich, dass sie mich ihrer Kundschaft nicht als limitierte Auflage anbietet.« Hinter der dicken Glasscheibe schüttelte sie angewidert den Kopf, und Daphne sah erfreut das alte Temperament aufflammen, wenn auch nur kurzfristig.

Trotzdem fühlte sie sich verpflichtet, Millie zu verteidigen. »Sie meint es sicher nur gut, und ich glaube, sie sorgt sich ehrlich um dich.«

»Ja, zweifellos. Aber das interessiert mich nicht. Hier drinnen wird mir bewusst, wie unwichtig das alles ist. Die Freundinnen, die Komitees, die Wohltätigkeitspartys – nur lauter Ablenkungsmanöver … Nur nicht nachdenken …«

»Woran wolltest du nicht denken? Was hast du zu entdecken befürchtet?« Daphnes Herz schlug schneller, denn sie wusste, was die Mutter antworten würde. War sie nicht selbst davor weggelaufen, während ihrer ganzen Ehe?

»Mich«, erwiderte Lydia leise. »Die Frau, die von dieser heilen Welt verschlungen wurde. Nach all den Jahren wagte ich nicht,

dieser Frau ins Auge zu schauen, weil mir der Anblick missfallen hätte.«

»Und Daddy? Hattest du Angst, deine Gefühle für ihn würden sich ändern?«

Plötzlich strafften sich Mutters Züge, so als würde etwas Verschwommenes in klares Licht getaucht. »Nein. Nichts konnte irgendetwas daran ändern. Das musst du verstehen, Daphne.« In der perfekten Pose einer Mutter, die ihren jungen Töchtern die Etikette des Lebens beibrachte, neigte sie sich vor. »Wir können nicht entscheiden, wen wir lieben und warum. Und diese Liebe können wir auch nicht abschütteln – nicht einmal, wenn wir es wollen. Was ich tat, musste geschehen, *weil* ich ihn liebte.«

Daphne begann zu zittern und dachte an Johnny, die verlorenen Jahre ohne ihn, voller Einsamkeit und Sehnsucht – aber nicht ohne gewisse Freuden. O ja, die Kinder, die Karriere, manchmal sogar Roger. Im Rückblick erschienen ihr diese Jahre wie verkümmerte Früchte eines Baums, der zu wenig Sonne bekommen hatte. Wäre sie Johnny nie begegnet, hätten sich die Dinge vielleicht anders entwickelt. Aber sie hatte ihn gekannt und die süßeste Frucht der Liebe gekostet, hineingebissen und gespürt, wie der Saft über ihr Kinn geflossen war. Seither wurde sie zu einem Leben verdammt, in dem sie jenem Glück nachtrauerte. *Das muss Mutter für Daddy empfunden haben.* Eigentlich sollte es eine Offenbarung sein. Doch sie war nicht überrascht. Sie hatte gewusst, was für eine hingebungsvolle Ehefrau ihre Mutter gewesen war, aber sie verglich diese Emotionen erst jetzt mit ihrer eigenen Leidenschaft für Johnny. Die bebenden Finger um den Hörer gekrampft, sprach sie aus, was niemand anderer über die Lippen bringen würde – die Ironie wäre zu bitter. »Du vermisst ihn, nicht wahr?«

»Mehr als das Leben.« Lydia schluckte und schien mit den Tränen zu kämpfen.

»O Mutter …« Auch Daphne musste ein Schluchzen unterdrücken.

»Bemitleide mich nicht«, mahnte Lydia hastig. »Das würde ich nicht ertragen. Außerdem führst du dein eigenes Leben Was mich betrifft, so lass die Dinge auf sich beruhen.«

Worum bittet sie mich? Sollen Kitty und ich uns nicht mehr um ihre Freilassung bemühen? Ärgerlich fragte Daphne: »Und was *willst* du?«

»Nach Hause.« Lydias Augen leuchteten kurz auf. »Nur für ein paar Wochen, bis zum Prozess. Ich möchte meine Blumen blühen sehen, mein Kissen unter dem Kopf spüren – und ein letztes Mal in der Bucht schwimmen.«

Gerührt über diesen schlichten Wunsch, nickte Daphne. Kein Drängen auf einen Freispruch, nicht einmal auf irgendwelche mildernden Umstände. Nur …

Ein letztes Mal in der Bucht schwimmen. Vor ihrem geistigen Auge sah Daphne, wie sich Mutters Arme weit draußen in den Wellen hoben und senkten, wie die weiße Badekappe auf und ab hüpfte. Als Kind hatte sie oft am Strand gestanden und gefürchtet … *Mutter würde nicht zurückkommen.* Entschlossen verbannte sie den beklemmenden Gedanken. »Ich rede mit Tom. Sicher gibt es eine Möglichkeit, deine Freilassung gegen Kaution zu erwirken.«

Diesen Optimismus teilte Lydia nicht. »Armer Tom – er hat getan, was er konnte.«

Auch Daphne spürte wieder einmal, wie ihr Mut sank. Doch sie wehrte sich dagegen. *Johnny,* dachte sie, *ich werde* mit *Johnny sprechen.* Da seine Hände gebunden waren, wusste sie nicht, was er erreichen könnte – nur, dass er sie nicht im Stich lassen würde. »Ich kenne jemanden, der uns vielleicht helfen wird. Sobald ich bei Kitty bin, rufe ich ihn an. Sorg dich nicht, Mutter, wir holen dich hier raus, und du wirst in deiner Bucht schwimmen.«

Sie sah ihn über den Kai auf sich zukommen, eine ferne Gestalt vor dem gleißenden Himmel und dem alten, stellenweise durchbrochenen Geländer. Selbst wenn sie nicht nach ihm Ausschau gehalten hätte, würde sie ihn sofort erkennen – den vertrauten Schwung seiner Schultern, die lässigen Schritte aus der Hüfte heraus. *Johnny …*

Nun blieb er kurz stehen, beschattete mit einer Hand die Augen und beobachtete eine Möwenschar, die wie zerrissenes Zeitungspapier emporwirbelte. Ein Fremder mochte den Eindruck gewinnen, er hätte es nicht eilig und würde nur spazieren gehen. Aber Daphne wusste es besser. In jedem einzelnen seiner gemessenen Schritte erkannte sie seine Zielstrebigkeit.

Sie trafen sich beim Louie's Catch, einem alten Lokal mit Fenstern voller Salzstreifen und rot karierten Wachstuchdecken auf den Tischen. Hier wurde die beste Muschelsuppe an diesem Küstenstrich serviert. Johnny trug eine einfache Khakihose und ein frisch gebügeltes Hemd. Offenbar hatte er sich nach der Arbeit umgezogen. Ein Mann, der anständigen Kaffee kochen und ein Treibholzfeuer entfachen konnte. Und er machte sich einen Namen in der Stadt, die ihn früher abgelehnt hatte. Sie beobachtete, wie die Brise sein dichtes, von grauen Fäden durchzogenes Haar zerzauste. In der kalten Luft hatten sich seine Wangen gerötet. Trotzdem schienen seine Augen zu glühen, als er sie anschaute.

»Hi.« Sie spürte, dass er sie küssen wollte. Mit aller Macht. Aber nicht hier, vor neugierigen Blicken. Stattdessen strich er nur eine ihrer Haarsträhnen beiseite, die der Wind in ihr Gesicht geweht hatte. »Ein netter Treffpunkt.«

»Nun, es war ja auch *meine* Idee«, erwiderte sie in gespieltem Ernst und wünschte, er *würde* sie küssen. Zum Teufel mit den Konsequenzen …

Er schaute auf seine Uhr. »Leider bist du um fünf Minuten zu früh dran. Eigentlich wollte *ich* zuerst hier sein und dich mit einer leidenschaftlichen Umarmung überrumpeln.«

Obwohl sie nicht in der Stimmung für solche Scherze war, lachte sie. »Das hätte mir gerade noch gefehlt. Damit alle Leute am Kai über uns tratschen ...« Nervös spähte sie zum Louie's Catch hinüber. »Außerdem wissen wir, dass es nicht dabei bleiben würde. Ein paar Sekunden später würden wir zum nächstbesten Motel fahren.«

»Wäre das so schrecklich?« Im hellen Licht glichen seine silbernen Haarspitzen einer feurigen Gloriole.

»Nein«, gab sie zu und begehrte ihn so sehr, dass sie den Impuls bezwingen musste, an seine Brust zu sinken. Sie schaute an ihm vorbei, blinzelte in den Glanz der Sonne, die tief über dem Horizont schwebte. Am Ende des Piers fischte ein alter Mann in einem karierten Hemd, auf abgesägten, durch rostige Ketten verbundenen Pfosten saßen Möwen, reglos wie Steinfiguren.

Als sie sich wieder Johnny zuwandte, lächelte er erwartungsvoll. »Du hast meinen Vorschlag ignoriert. Falls du es wissen willst: Ich erhalte das Angebot aufrecht.«

Ein Wochenende, fern von allen Sorgen. O Gott, wie oft hatte sie davon geträumt? Nur sie beide. Lange schlafen und sich den ganzen Tag ungestört lieben. Aber es war unmöglich. Um ein frustriertes Stöhnen zu unterdrücken, biss sie in ihre Lippen. »O Johnny – es geht nicht ...«

»Wegen deiner Mutter?«

»Nicht nur deshalb. Ich muss auch an Roger und die Kinder denken. Johnny, wenn wir irgendwas anfangen, weiß ich nicht, ob ich es beenden kann.« Sie wich seinem Blick aus. Doch wie sollte sie der drängenden Herausforderung in seiner Stimme entrinnen?

»Und der Abend am Strand?«

»Ich weiß es nicht ...« Sie lächelte traurig. Was genau war geschehen? Vielleicht hatte sie eine überfällige Schuld beglichen, eine alte Wunde geheilt. »Nur eins weiß ich – es war wundervoll. Magisch. Und ich bereue keine einzige Sekunde.«

»Aber?«

Sie fühlte, wie er innerlich erstarrte. Und als sie ihn anzuschauen wagte, sah sie einen Muskel an seinem Kinn zucken. »Es darf sich nicht wiederholen. Bitte, Johnny«, flehte sie, »mach es mir nicht so schwer.«

»Das tu ich nicht, Daphne. Du machst es dir selber schwer.«

Unglücklich seufzte sie. So hatte sie sich das Treffen nicht vorgestellt. Sie wollte die Zukunft ihrer Mutter erörtern, nicht ihre eigene. Großer Gott, wenn er sie so anschaute, wie sollte sie da klar denken? Eine innere Stimme, die nach ihm rief, drohte alle guten Absichten zu unterminieren. Die Arme vor der Brust verschränkt, wehrte sie sich gegen das Verlangen, das in ihr Herz schlich. Mochten die achtzehn Ehejahre der verklärten Erinnerung an die erste Liebe auch nicht standhalten – sie durften nicht einfach weggeworfen werden wie die Zeitungen von gestern. »Ich trage eine gewisse Verantwortung, Johnny, und ich kann meiner Familie nicht den Rücken kehren.«

»Habe ich dir irgendwas vorgeschlagen, das wir nicht *beide* wollen?«

Sie dachte an die Busfahrkarten in Kittys Schubfach, und ihre Augen füllten sich mit Tränen, die genauso brannten wie der salzige Meereswind. »Die Nacht am Strand? Wie ich bereits sagte: Ich bereue nichts. Aber das reale Leben ist nicht so vollkommen. Wenn wir unsere Beziehung fortsetzen, würden wir andere Menschen verletzen, und dadurch auch uns selbst.«

Die Lippen zusammengepresst, als wollte er sich gegen die bittere Enttäuschung wappnen, nahm er eine Zigarettenpackung aus seiner Hemdtasche. Vor dem kalten blauen Himmel glich die Glut in seinem Blick der Streichholzflamme, die er mit einer Hand abschirmte. Sein beiläufiger Ton verriet das Ausmaß seiner Kränkung umso deutlicher. »Heißt das, wir sollten uns nicht mehr sehen?«

»Vorerst nicht.«

»Willst du das wirklich?« Er sog an seiner Zigarette, und das Ende flammte rötlich auf wie ein Drachenauge.

»Im Moment weiß ich nicht, was ich will.« Daphne lachte freudlos und erschauerte, von plötzlicher Kälte erfasst.

»Dann besprechen wir, was du *nicht* willst.«

Bedrückt dachte sie an ihre Eltern. »Ich möchte keinen weiteren Verlust erleiden.«

»Vielleicht fürchtest du jene perfekte Erinnerung zu verlieren.« Jetzt klang seine Stimme bitter. »Erinnerungen wärmen dich nicht in kalten Nächten. Andererseits sind sie nicht mit Risiken verbunden.«

Sie stellte sich Johnny in einem Gerichtssaal vor, wo er alle Argumente der Gegenseite widerlegte und Worte benutzte, so wie früher seine Fäuste. Aber diesmal konnte er den Tatsachen nicht entfliehen. »Johnny, ich bin verheiratet und für zwei kleine Kinder verantwortlich.«

»Was steht an erster Stelle? Deine Ehe oder die Verantwortung?«

Gequält senkte sie den Kopf. »Warum spielst du mit unfairen Mitteln?«

»Das ist kein Spiel.« Ungeduldig warf er die Zigarette auf die verwitterten Planken zu seinen Füßen und umfasste ihre Schultern so fest, dass sie die Hitze seiner Hände durch ihre Jacke hindurch spürte. »Daphne, ich bin bereit, für dich zu kämpfen, zu tun, was immer nötig ist, und alles zu riskieren, was ich besitze. Liebt dich dein Mann genauso? So sieht's nämlich nicht aus. Dieser Kerl sitzt in New York auf seinem Hintern, während seine Frau am anderen Ende des Kontinents durch die Hölle geht.«

Damit traf er den Nagel auf den Kopf. »Hör mal, ich behaupte keineswegs, meine Ehe wäre phantastisch. Natürlich haben wir unsere Probleme. Wer hätte die nicht? Außerdem kann Roger mir nicht geben, was ich im Augenblick brauche. *Deshalb* wollte ich mich mit dir treffen – und keineswegs, um unser Privatleben zu diskutieren. Ich brauche deine Hilfe.«

Nun lockerte sich der harte Griff ein wenig, aber er ließ sie nicht los. »Was erwartest du von mir?«

»Hilf mir, Mutter gegen Kaution freizubekommen.« Atemlos fügte sie hinzu: »Ich weiß, ich dürfte dich nicht in diese Lage bringen. Wenn dein Boss von unserem Gespräch erfährt ...« Nach kurzem Zögern versicherte sie: »Ich würde dich niemals bitten, gegen das Gesetz zu verstoßen. Aber wenn es irgendeine Möglichkeit gibt ...«

»Okay, ich will es versuchen.« In seinen Augen glänzten unvergossene Tränen. »Versprich mir nur eins.«

»Was?« Ihr ganzer Körper versteifte sich. Wahrscheinlich verlangte er irgendwelche Garantien. Zum Beispiel, dass Mutter nicht in die Berge fliehen würde. Bei diesem absurden Gedanken musste Daphne beinahe lächeln.

Doch der Anwalt stand nicht im Vordergrund, sondern der Mann. »Versprich mir, vorerst nichts zu entscheiden, was uns beide betrifft.«

Ernsthaft schaute sie ihn durch einen Tränenschleier an, in dem das Sonnenlicht funkelte. Der Duft des Meeres mischte sich mit dem Geruch des Zigarettenrauchs und erinnerte sie wieder an jenen Abend am Strand. Unaufhaltsam stieg die Sehnsucht in ihr auf, erfüllte ihre ganze Seele, verdrängte die Vernunft, sogar die Angst, und ließ ihr keine Wahl. Als Johnny ihr Gesicht umfasste und mit einem rauen Daumen über ihre Unterlippe strich, musste sie ihn einfach küssen. In aller Öffentlichkeit, unter dem wachsamen Auge des Himmels vor allen Leuten, die vielleicht vorbeischlendern würden.

Sie betrat das Haus ihrer Schwester, wo sie sich inzwischen viel heimischer fühlte als in ihrem New Yorker Penthouse. Im Tea & Sympathy saßen die letzten Gäste des Tages, tranken Tee oder Limonade. Zu ihrer Verblüffung entdeckte sie Roger am Fenstertisch. Hatte ihr schlechtes Gewissen ihn hierher gelockt? Unglaublich. Nachdem sie ihn so lange erfolglos um Beistand gebeten hatte, tauchte er plötzlich auf, aus heiterem Himmel? Das konnte nur eins bedeuten – er spürte, dass sie sich von ihm zurückzog, und war nach Miramonte gekommen, um die Lage zu sondieren.

Unsicher blieb sie in der Küchentür stehen, außerhalb seines Blickfelds. Während Jennie auf einem seiner Knie hockte, half er Kyle, die brandneuen Robo-Force-Legos zusammenzusetzen. »Da, versuch's mit dem Grünen – der müsste passen.« Geduldig wartete er, bis sein Sohn zwei Teilchen ineinander gesteckt hatte. Jennie griff nach losen Legosteinen, und er verhinderte hastig einen Streit, indem er sie mit seiner Taschenuhr ablenkte, ein Erbstück von seinem Urgroßvater aus Sterlingsilber, mit einem hübsch gravierten Gehäuse. Obwohl Daphne insgeheim dachte, es wäre affektiert, so was bei sich zu tragen, gewann die Uhr im sanften Licht der sinkenden Sonne, von den Händen ihrer kleinen Tochter ehrfürchtig umschlossen, eine fast mythische Bedeutung. In ihrem Innern löste sich irgendetwas auf, wie der Ärmel eines lange vernachlässigten Lieblingspullovers. Hitze prickelte auf ihren Wangen, und sie stellte sich vor, die gestohlene Stunde mit Johnny müsste ihr im Gesicht geschrieben stehen und ihre Untreue verkünden.

Dann kehrte ihr klarer Verstand zurück, und eine innere Stimme wisperte: *Von Johnny weiß er nichts. Und du weißt nicht, mit wem er zusammen war.*

Aber beruhte der Zweifel an Roger wirklich nur auf der Szene in der Buchhandlung, auf seinem Flirt mit der Blondine, die er angeblich kaum kannte? Oder sollte die Skepsis nur ihr Gewissen entlasten, die sehnsüchtigen Gedanken an Johnny entschuldigen?

Ehe sie die Frage überdenken konnte, erblickte Jennie ihre Mutter, quietschte entzückt und bewog Roger, seinen Löwenkopf in Daphnes Richtung zu wenden. Sie ging in den Teesalon und lächelte, um angenehme Überraschung zu mimen. »Roger! Warum hast du mir nicht gesagt, dass du herkommen würdest?«

»Das wusste ich selber erst in letzter Minute.« Er stellte Jennie auf den Boden, erhob sich und küsste Daphnes Wange. »Hoffentlich freust du dich, mich zu sehen.«

Jennie ersparte ihr eine Antwort. »Schau mal, was Daddy mir mitgebracht hat!« Sie zog eine Puppe, immer noch in der Plastikhülle, aus einer Einkaufstüte unter dem Tisch. »Sparkle-Beauty-Barbie! Mit Sternchen, die ich ihr ins Haar stecken kann!«

»Dumme Gans, erst musst du sie auspacken.« Kyle warf Daphne einen leidvollen Blick zu, um ein stummes Einvernehmen zwischen Erwachsenen zu bekunden, und erklärte: »Vor unserer Reise will sie nicht mit der Puppe spielen.«

Eine Reise? *O Gott*, dachte Daphne schweren Herzens, *er will die Kinder mit nach Hause nehmen.* Dann erinnerte sie sich, dass sie bis Ende Juni zur Schule gehen mussten. Also hatte sie noch einen Monat Zeit.

Falls Roger ihre mangelnde Wiedersehensfreude spürte, ließ er sich nichts anmerken. Erstaunlich sanft nahm er sie in die Arme. »Ich sagte ihnen, ich würde mit dir darüber reden. Sollen wir alle für ein paar Tage ins Disneyland fliegen? Was hältst du davon?« In seiner hellblauen Strickjacke mit den geflochtenen Lederknöpfen, die wie Eicheln aussahen, roch er nach dem Schrank im New Yorker Penthouse – nach den Musselinsäckchen voller Zedernnadeln, zwischen die Wollsachen geschoben, um Motten abzuwehren. Unwillkürlich hatte Daphne Heimweh nach allem, was solide und sicher war, möglichst weit von ihrem und Mutters ungewissem Schicksal entfernt.

»Du meine Güte, ich konnte ja noch gar nicht Atem holen«, sagte sie, der Frage ausweichend und lachte. »Du hättest wenigstens vom Flughafen aus anrufen können.«

»Das tat ich. Aber du warst nicht da, und Kitty verriet mir nicht, wo ich dich erreicht hätte.« Prüfend schaute er sie an.

Er weiß es, dachte sie und wurde von wilder, unvernünftiger Panik erfasst. Dann meldete sich wieder ihr Verstand. Wie sollte er irgendwas wissen, wenn ihre Schwester nichts erzählt hatte? Und Kitty würde niemals ihr Vertrauen missbrauchen. Daphne erwiderte seinen Blick und widerstand dem Impuls, mit der Zunge über ihre trockenen, von Johnnys Küssen immer noch geschwollenen Lippen zu fahren. Plötzlich ärgerte sie sich, weil sie in die Defensive gedrängt wurde. Glaubte er, sie dürfte das Haus nicht verlassen und müsste von morgens bis abends auf ihn warten, obwohl er seinen Besuch gar nicht angekündigt hatte? »Ich habe Mutter besucht.« In kühlem Ton erinnerte sie ihn: »Für mich sind das keine Ferien.«

»Das dachte ich mir. Wann immer ich anrufe, bist du nicht da oder zu beschäftigt, um mit mir zu reden.«

Die alte Daphne hätte hastig eine Erklärung abgegeben oder sich entschuldigt. Aber nun sah sie die Dinge klarer. Während der

Trennung von Roger hatte sie erkannt, dass sie nicht zu seinen Patienten gehörte, die er herumkommandierte oder umschmeichelte. Und sie musste ihm auch nicht mitteilen, wo und wie sie ihre Zeit verbrachte. Sie hob ihr Kinn. »Hast du es gemerkt? Das überrascht mich.«

Verwundert zuckte er zusammen und runzelte die hohe, staatsmännische Stirn. Dann bezwang er seinen Unmut und gab mit einem verlegenen Grinsen zu: »Schon gut, ich weiß, in letzter Zeit habe ich mich ziemlich rar gemacht. Ob du es glaubst oder nicht, ich weiß selber, was für ein grässliches Arschloch ich manchmal bin. Aber diesmal hatte ich wirklich einen guten Grund, warum ich nicht früher hierher kam.«

Gab es nicht immer einen Grund?, fragte sie sich genervt. Außerdem kaufte sie ihm die demonstrative Reue nicht ab. So hatte er sich schon oft verhalten. Wenn er spürte, er wäre zu weit gegangen, versuchte er sich mit einer passenden Entschuldigung aus der Affäre zu ziehen – was letzten Endes nichts änderte. Doch sie grollte ihm nicht nur, weil er sie manipulierte, sondern schlicht und einfach, weil er nicht Johnny war. *Und das ist unfair,* sagte sie sich. Was immer Roger trieb, in aller Offenheit oder hinter ihrem Rücken – sie durfte ihm nicht vorwerfen, dass er ihrem Glück mit Johnny im Weg stand. »Hängt es mit der Situation zusammen, die du am Telefon erwähnt hast?«

Kyles Wutschrei hinderte ihn an einer Antwort, und sie beobachtete, wie Jennie ein Legosteinchen in ihr Nasenloch schob. »Hör auf!«, brüllte Kyle. »Du machst meine Legos schmutzig!«

»Gar nicht wahr!« Sie zog das Steinchen wieder hervor, um es aufmerksam zu inspizieren.

»Rotznase! Rotznase!« Dramatisch wippte Kyle in seinem Sessel auf und ab. »Igitt! Meine Schwester ist eine Rotznase!«

»*Du* bist eine Rotznase!«, piepste Jennie empört.

»Gib das her!« Kyle stürzte sich über den Tisch auf seine Schwester.

»Neeeiiin!«, kreischte Jennie, warf sich auf den Boden und vergrub ihr Gesicht in Rogers Mantel, der über seinem Stuhl hing.

Kyle packte die teilweise zusammengesetzte Robo-Force-Pistole und richtete sie auf die verhüllte Gestalt unter Rogers Mantel. »Nimm dich in Acht, oder ich erschieße dich! So, wie Grandma unseren Grandpa erschossen hat!«

Entsetzt wich Daphne zurück. Und plötzlich verwandelte sich ihr Sohn in eine Miniaturausgabe ihres Mannes, die Augen kugelrund in einer übertriebenen Unschuldsmiene und in kaum verhohlenem Spott zuckenden Mundwinkeln. Heißer Zorn stieg in ihr auf, wie ein sengender Wüstenwind, voller stechender Sandkörner, und sie bemerkte kaum, dass ihre Hand nach vorn schnellte.

Noch nie hatte sie eines ihrer Kinder geschlagen. Niemals wollte sie die Angst in den kleinen Gesichtern lesen, die sie selbst empfunden hatte, wenn ihr Vater in schlechte Stimmung geraten war. Jetzt wollte sie ihren Sohn ohrfeigen – ihren süßen kleinen Jungen, der sie in fassungslosem Schweigen anstarrte, die graugrünen Augen weit aufgerissen. Roger hielt sie zurück. Blitzschnell packte er ihre Hand. »Das müsstest du besser wissen, Kyle«, mahnte er, die Finger um Daphnes Handgelenk geschlungen. Etwas sanfter fügte er hinzu: »Was mit deinem Großvater geschah, war schrecklich. Und vielleicht werden wir eines Tages verstehen, warum er getötet wurde. Bis dahin wollen wir für Grandma beten.«

»Ist Grandma krank?« Jennie spähte besorgt unter dem Mantel ihres Vaters hervor. »So wie ich, als ich Windpocken hatte?«

»Nein, Schätzchen.« Lächelnd ließ er Daphnes Hand los und kauerte neben Jennie nieder. »Aber manchmal werden die Menschen im Kopf krank.« Er klopfte an eine seiner grauen Schläfen. »Da drin, wo man's nicht sieht. Und dann tun sie seltsame Dinge.«

Beide Kinder nickten und akzeptierten diese Erklärung, so wie alle neuen Informationen – ohne Fragen zu stellen. Während Daphne in die vertrauensvollen kleinen Gesichter blickte – wie Gänseblümchen zur Sonne emporgewandt –, musste sie mit den Tränen kämpfen. Ausnahmsweise hatte Roger die richtigen Worte gefunden. Das wäre ihr nicht gelungen.

»Wollt ihr mal sehen, ob Tante Kitty Hilfe in der Küche braucht?« Rogers Blick bedeutete den Kindern, das sei kein Vorschlag, sondern ein Befehl. »Und ich wette, sie hat was für euch – irgendwas Süßes, direkt aus dem Ofen.«

Als sie eifrig davonrannten, schaute Daphne ihnen nach, und die Kälte, die ihr Herz umfangen hatte, löste sich allmählich auf. Sie sah sich im Teesalon um, der für die Tageszeit erstaunlich leer war. Nur Vater Sebastian saß im Hintergrund und nippte, in eine Zeitung vertieft, an seiner Limonade. Wahrscheinlich studierte er den Sportteil, einen Bericht über Pferderennen. Ein harmloses Laster, da er niemals wettete. Sicher nicht so schrecklich wie die Tat, die sie beinahe verübt hätte. Seufzend setzte sie sich ihrem Mann gegenüber und berührte zitternd ihre Wange. »Ich weiß nicht, was über mich gekommen ist …« Ihre Scham vermischte sich mit einem Phantasiebild von Johnny.

Unerwartet griff Rogers große, warme Hand nach ihrer. »In letzter Zeit hast du unter starkem Druck gestanden. Jede andere Frau wäre schon längst zusammengebrochen.«

Angesichts seiner aufrichtige Sorge hätte sie beinahe frustriert geschrien: *Warum jetzt? Wo bist du in all diesen langen, qualvollen Wochen gewesen?* »Vielleicht hätte ich es besser verkraftet, wenn du früher hierher gekommen wärst.«

»Ja, ich weiß«, gestand er und drückte ihre Hand. »Obwohl du mich dringend gebraucht hättest, ließ ich dich im Stich.«

»Nicht nur *diesmal,* Roger.«

»Das Problem, das ich erwähnt habe ...«, fuhr er fort, ohne ihren Einwand zu beachten. »Nun ja, eigentlich ist es eher eine Krise.« Er senkte den Blick und wirkte verlegen – eine Emotion, die sie nicht von ihm gewohnt war und die ihr schon zum zweiten Mal innerhalb weniger Minuten auffiel. Bestürzt beugte sie sich vor, und er räusperte sich. »Larry und Kurt wollen sich mit einem anderen Arzt zusammentun und haben mich gebeten, aus der Praxis auszusteigen.«

»Mein Gott, Roger, *warum?*« Sobald sie die Frage ausgesprochen hatte, dachte sie: *Ich bin nicht die Einzige.* Auch Rogers Partner hatten seine Arroganz hinnehmen müssen und seine Art, mit den Patienten umzugehen. Wie viele Mütter kranker Kinder hatten sich genauso frustriert gefühlt wie seine Frau? Sie wartete auf eine hochnäsige Rechtfertigung.

Aber er überraschte sie erneut. »Wahrscheinlich habe ich es mir selber zuzuschreiben.«

Verblüfft musterte sie den Mann, den sie vor achtzehn Jahren geheiratet hatte. War er plötzlich durch einen anderen ersetzt worden, den sie nicht kannte? Oder spielte er Theater? »Was wirst du tun?«

»Das weiß ich noch nicht. Wir haben beschlossen, uns friedlich zu einigen. Aber Larry und Kurt wollen unbedingt einen Vermittler hinzuziehen, einen aufgeblasenen Kerl mit Psychologiediplom.« Nun kehrte die alte Arroganz zurück. »Wenn sie glauben, sie können mich einfach rauswerfen ...« Als er Daphnes Blick begegnete, unterbrach er sich. Geistesabwesend zog er ihre Hand an die Lippen. »Schon gut, ich weiß, ich bin etwas schwierig. Und du glaubst vermutlich, ich hätte dich im Stich gelassen.«

»Genau das hast du getan, Roger.« *Wie einfach,* dachte sie. Die ganze Zeit hatte sie den Mund gehalten und mangels eindeutiger Beweise das Offensichtliche ignoriert – die wachsende Distanz zwischen ihnen. Jetzt sah sie statt eines selbstgefälligen Zuchtmeisters einen Mann, dessen Ego nicht so groß war, wie sie geglaubt hatte. Niedergeschlagen senkte er den Kopf. Er ließ ihre Hand los, um mit allen Fingern durch sein dichtes Haar zu fahren.

»Auch das muss ich auf meine Kappe nehmen.« Er brachte ein schwaches Lächeln zustande. »Würde es was nützen, wenn ich sage, es tut mir Leid?«

Daphne wappnete sich gegen unwillkommene Erinnerungen – Roger, der sie ein paar Stunden nach der Hochzeit über die Schwelle eines Motels trug, wo sie nach einer Autopanne auf dem Weg nach Baja gelandet waren. Und während ihrer ersten Schwangerschaft war er im strömenden Regen zehn Häuserblocks weit gelaufen, um ihr Kumquats zu kaufen. Dann sah sie ihn im Kreißsaal, wie er seinen Sohn zum ersten Mal im Arm hielt, scheu und von Gefühlen überwältigt wie jeder frisch gebackene Vater, niemand hätte ihn für einen Arzt gehalten. »Ob es dir Leid tut, spielt keine Rolle«, erwiderte sie nicht unfreundlich. »Du solltest versuchen, das Richtige zu tun.«

»Das Richtige?« Er lachte bitter. »Und was wäre das? Hätte ich irgendwas tun können, das dich bewogen hätte, mich mehr zu lieben?« Er warf ihr einen wissenden Blick zu, das Gesicht voller Sehnsucht und Verzweiflung. »Meinst du, ich wüsste nicht, dass ich nur die zweite Wahl war? Bis zur allerletzten Minute hättest du den anderen geheiratet, wenn er zurückgekommen wäre. Vielleicht bin ich kurzsichtig, Daphne, aber nicht *blind.*«

Die beklemmenden Tatsachen trieben ihr das Blut in die Wangen. Ausgerechnet jetzt, da sie besonders verletzlich war, stürmten sie auf sie ein. »Ich bin mit *dir* vor den Traualtar getreten, Roger. Das hast du vergessen.«

Nachdenklich ergriff er ein paar Legosteine und schüttelte sie in seiner Hand wie Würfel. *Alles oder nichts,* dachte sie absurderweise. Welche Chancen würde Vater Sebastian dieser Ehe geben? In ihrer Kehle stieg ein ironisches Gelächter auf, das Rogers nächste Worte erstickte. »Vermutlich hast du Recht. Und ich hoffe, du gibst mir eine Chance, mein Versäumnis wieder gutzumachen.« Seiner Verteidigungsbastionen beraubt, glich er einem traurigen Verlierer.

Es stimmt – er war die zweite Wahl, bestätigte sie erbost und gerührt zugleich. In einem Herzen voller Sehnsucht nach Johnny hatte es nicht viel Platz für irgendetwas anderes gegeben. Und Rogers überdimensionales Ego musste sich darin ziemlich beengt gefühlt haben. Sosehr es ihr auch widerstrebte, sie wusste, was sie tun musste. Sie würde ihrem Mann anbieten, was sie ihm in all den Jahren verweigert hatte: keine zweite Chance, sondern einen neuen Anfang. Das würde ihr nicht leicht fallen. Und es war auch kein Rezept, das die Ehe automatisch retten würde. Trotzdem musste sie es wenigstens *versuchen.* Das war sie ihrer Familie schuldig. Sie legte eine Hand über die Augen und schützte sie vor den letzten Sonnenstrahlen, die zwischen den Vorhängen hereinfielen.

Statt der glücklichen Familie, die sie heraufbeschwören wollte, erschien eine andere Szene im dunklen Theater ihrer Gedanken – Johnny, an das verbogene alte Geländer am Ende das Kais gelehnt, zu beiden Seiten das Meer ausgebreitet wie schimmernde Flügel, als sie davongegangen war und sich ein letztes Mal zu ihm umgedreht hatte.

Kapitel 14

In der Küche hörte Kitty, wie ihre Schwester und ihr Schwager nebenan diskutierten. Sie verstand kein Wort, nur die leisen, eindringlichen Stimmen drangen zu ihr. Offenbar ging es um ein Problem, das keinen Aufschub duldete. Oder es war schon vor einiger Zeit entstanden und zu lange ungelöst geblieben. Würde Daphne diesem pompösen Besserwisser endlich den Tritt in den Hintern geben, den er verdiente?

Das will ich hoffen, dachte Kitty und empfand sofort tiefe Reue. Sie wandte sich vom Herd ab, wo sie Marmeladengläser in kochendem Wasser sterilisierte, und beobachtete ihren Neffen und ihre Nichte, die am Tisch saßen. Eifrig zupften sie die Stängel von den ersten Erdbeeren der Saison, die Finger und Lippen genauso rubinrot wie die Geschirrtücher, die sie ihnen umgebunden hatte. Wenn Daphne und Roger sich scheiden ließen, würde das Leben ihrer Kinder völlig durcheinander geraten. Vielleicht würden die seelischen Wunden nie verheilen. Wie konnte sie sich *so etwas* wünschen?

Es gibt schlimmere Dinge, flüsterte eine klagende innere Stimme. Zum Beispiel die Unfähigkeit, ein Kind auf eine Welt zu bringen, die neben allem Unheil so viel Schönes bot. Oder die Erkenntnis, dass man seinen letzten Trumpf verspielt hatte und die Chancen einer Adoption gleich null waren.

Sean? Auch ihn hatte sie verloren. Seit dem letzten Gespräch waren zwei Wochen verstrichen. Sie hatte behauptet, sie brauche Zeit, um sich von dem schmerzlichen Entschluss seiner Schwester zu erholen. In Wirklichkeit konnte sie nicht mit ihm zusammen sein, ohne unentwegt an das Baby zu denken. Beinahe hätte es ihr gehört … Und sie ertrug es nicht, unter ihm zu liegen und sich wie ein leeres Gefäß zu fühlen, das niemals gefüllt werden sollte.

Sie hatte ihm zu erklären versucht, sie sei betrogen worden – nicht nur von Heather, auch vom Schicksal. Das verstand er nicht. Es gebe so viele Kinder, hatte er argumentiert. Warum wollte sie kein älteres adoptieren, das dringend eine Mutter brauchen würde?

Solche Kinder waren Sean und seine Schwester gewesen. Dachte er daran, als er ihr diesen Vorschlag machte? Gleichzeitig erinnerte er sie damit an die Tatsache, dass sie aus verschiedenen Welten stammten und niemals einer Meinung sein würden.

»Es fällt mir schon schwer genug, allein damit fertig zu werden«, betonte sie. »Das alles kannst du nicht begreifen – wo ich doch nicht einmal weiß, warum ich unbedingt ein Neugeborenes adoptieren möchte. Jedenfalls wird alles nur noch schlimmer, weil du nicht siehst, was ich durchmache. Deshalb muss ich erst einmal allein sein und nachdenken.«

An einem frühen Abend hatten sie in seinem Laster vor ihrem Haus gesessen. Für die erste Juniwoche war das Wetter ungewöhnlich warm. Sie ließ ihn nicht ins Haus – das wäre zu riskant gewesen, denn sie hätte sich gewünscht, er würde über Nacht bei ihr bleiben.

»Lass dir nicht zu viel Zeit«, mahnte er. Sein Versuch, beiläufig zu sprechen, misslang. In seinen dunklen Augen las sie Angst und noch etwas anderes. Zorn? Weil sie ihn wegschickte und etwas verlangte, das er nicht verstand?

Wenn er ihr böse war, so grollte sie auch sich selbst. Sie hätte es voraussehen und die Gefühle im Keim ersticken müssen. Für sie war er viel zu jung – und in mancher Hinsicht zu alt. Vielleicht gehörte es zu ihrem Schicksal, weder mit Sean noch mit irgendeinem anderen Mann zusammenzuleben. Hatte sie aus diesem Grund niemals geheiratet? Nicht, weil sie den Richtigen nie gefunden, sondern weil sie kein einziges Mal nach einem solchen Glück gesucht hatte?

Doch der Trost, den sie von ihrer Einsamkeit erhofft hatte, wurde ihr verwehrt. Sie schlief schlecht, und allein schon der Gedanke ans Essen erregte eine heftige Übelkeit. Alles, was sie tat oder dachte, führte zu dem Baby, zu der Leere in ihrem Innern, die sich mit jedem Tag weiter ausbreitete.

In ihrer Kindheit hatte sie einmal einen Kirschkern verschluckt. Ohne eine Miene zu verziehen, behauptete Daphne, er würde in Kittys Magen genauso wachsen wie in der Erde. Das hatte sie geglaubt. Hatte die ältere Schwester nicht unzählige Bücher gelesen? War sie nicht klüger als die meisten Erwachsenen? Tagelang schlich Kitty auf Zehenspitzen umher, hob dauernd den Rock und inspizierte ihren Nabel, um festzustellen, ob ein grüner Zweig herausragte. Schließlich wandte sie sich ratlos an Mutter, die ihr lächelnd erklärte, Daphne habe nur gescherzt. Doch das Phantasiebild hatte Kitty lange begleitet. Sogar jetzt, nach all den Jahren, sah sie vor ihrem geistigen Auge immer noch einen Baum – behangen mit den harten grünen Früchten ihrer Fehler und seelischen Qualen. Und die raschelnden Blätter füllten ihr Gehirn mit den geflüsterten Warnungen, die sie stets ignoriert hatte.

Wie ein schwaches Echo hob und senkte sich Daphnes Stimme im Nebenraum. Statt Sorge zu empfinden, was normal gewesen wäre, ärgerte sich Kitty. Im Augenblick konnte sie wirklich keinen Familienstreit gebrauchen.

Deine Mutter ist wegen Mordes angeklagt, und du fürchtest dich vor einer kleinen Szene?

Belustigung mischte sich in ihr Elend. Lächelnd schob sie ihre Hand in einen Topfhandschuh und nahm den Deckel von dem dampfenden Kessel. Was würde ein bisschen Geschrei schon schaden? Letzten Endes kam vielleicht sogar was Gutes dabei heraus, und die Familie würde genau das brauchen, was sie Roger gewünscht hatte: einen Tritt in den Hintern.

Alles wäre besser als diese schreckliche Stagnation. Mutters Anwalt hatte die beiden Schwestern vor allzu großem Optimismus gewarnt und gemeint, die detektivischen Aktivitäten würden mühsam sein und vermutlich keine besonders dramatischen Resultate erzielen. Aber Cathcart hatte Kitty nicht auf das schleichende Grauen vorbereitet, das mit jedem Tag wuchs. Die Hoffnung auf einen Deus ex Machina hatte sie längst aufgegeben. Ein Strohhalm, an den sie sich klammern könnte, würde ihr genügen, mochte er noch so dünn sein – eine juristische Finesse, eine Freundin, die Mutters gestressten Zustand bezeugen würde, oder eine einstige Geliebte des Vaters, mutig genug, ihn zu verdammen. Irgendetwas …

In der Klinik, wo sie seinen Schreibtisch ausgeräumt hatte, waren ihre vorsichtigen Fragen nach seiner etwaigen Beziehung zu einer Krankenschwester auf eine Mauer des Schweigens gestoßen. Entweder wussten seine Kollegen nichts, oder sie hielten den Mund. In Daddys Akten fand sie nur berufliche Unterlagen. Bei ihrem Gespräch mit Alex in der vergangenen Woche hatte sie zum letzten Mal den Eindruck gehabt, sie würde allmählich vorankommen. Aber wenn Alex auch nahe daran gewesen war, ein

Geheimnis zu enthüllen, sie musste sich anders besonnen haben. Abgesehen von Dankesbriefen auf edlem Papier mit Monogramm hatten weder Kitty noch Daphne etwas von ihrer Schwester gehört. Schämte sich Alex, weil sie finanzielle Hilfe brauchte? Oder gab es einen anderen, ominöseren Grund für ihr Schweigen?

Zweifellos verheimlichte sie irgendwas. Hatte sie nur einen Verdacht? Oder wusste sie etwas, das dieses beklemmende Puzzle ergänzen könnte? *Ich muss sie besuchen*, dachte Kitty. An diesem Tag hatte Willa frei, aber Daphne konnte sicher die Stellung halten, bis der Teesalon in etwa einer Stunde geschlossen wurde. Und es würde Roger nicht schaden, ihr beizustehen.

Kitty schaltete den Herd aus und ließ die Marmeladengläser auf der Küchentheke unter einem sauberen Geschirrtuch trocknen. »Rührt die Gläser nicht an, sie sind heiß!«, warnte sie die Kinder. »Und wenn es nicht zu viel verlangt ist – lasst ihr ein paar Erdbeeren für die Marmelade übrig?«

Mit einem boshaften Grinsen schob Kyle eine weitere Beere zwischen die geröteten Lippen. Das fand seine Schwester so komisch, dass sie vor Lachen fast vom Stuhl fiel. Sogar Kitty musste lächeln. Als sie die Stufen hinaufstieg, ging ihr ein selbstsüchtiger Gedanke durch den Sinn. *Wenn Daphne für immer hierher zieht, würde ich die Kinder regelmäßig sehen. Nicht nur zweimal im Jahr. Und ich wäre ein Teil ihres Lebens.*

Am Weihnachtsmorgen würden sie sich alle um den Baum versammeln. Kyle und Jennie würden, noch in ihren Pyjamas, ungeduldig die Geschenke auspacken, während Kitty und Daphne auf dem Sofa saßen, Kakao tranken und Preiselbeerkuchen aßen. Zu Ostern würden sie Eier bemalen. Und beim Erntedankfest würde Kitty über den Tisch hinwegschauen und die Gesichter ihrer Lieben im Kerzenlicht strahlen sehen. Wie wundervoll das wäre … Von plötzlicher Schwindel erregender Sehnsucht erfasst, musste sie am Treppenabsatz stehen bleiben und Atem schöpfen.

Statt in ihrem Zimmer zu telefonieren, streckte sie sich auf dem Bett aus – Nussbaum, frühes neunzehntes Jahrhundert –, das wie ein Schlitten geformt war. Eines Tages hatte sie in einem Antiquitätenladen herumgestöbert und sich sofort in dieses Bett verliebt. Es erinnerte sie an Frances Hodgson Burnetts Romane, die sie als junges Mädchen verschlungen hatte.

Während sie nun auf dem Rücken lag und einen Riss in der Zimmerdecke betrachtete, der einem Fragezeichen glich, dachte sie an *Sara, die kleine Prinzessin.* In dieser Geschichte triumphiert die Hoffnung der jungen Sara trotz aller gegenteiligen Hinweise, als sie den Vater lebend wieder findet. Mit der flachen Hand strich sie über die weiche Steppdecke und erinnerte sich an die letzte Liebesnacht mit Sean. So behutsam hatte er sie ausgezogen, ihren ganzen Körper gestreichelt und sie wie ein Verdurstender geküsst. Heiße Tränen stiegen ihr in die Augen, und es dauerte eine Weile, bis sie sich aufrichten und zum Telefon auf dem bemalten Nachttischchen greifen konnte.

Lori meldete sich und erklärte, ihre Mutter sei nicht daheim. Mit einer seltsamen Flüsterstimme fügte sie hinzu: »Sie ist oben im *Haus.*«

»In Grandmas Haus?« Verblüfft presste Kitty den Hörer ans Ohr. Was trieb Alex im Elternhaus, bevor sie alles in Ordnung gebracht hatten? Gewiss, die polizeilichen Ermittlungen waren beendet. Trotzdem, es war einfach *morbid.*

Nach einer kurzen Pause erwiderte ihre Nichte. »Ja, da ist sie ziemlich oft.«

»Hat sie gesagt, warum?« Mühsam versuchte Kitty in normalem Ton zu sprechen.

»Weil sie die Pflanzen gießen muss.« Die Skepsis in Loris Stimme war unverkennbar.

Was Kitty da hörte, missfiel ihr. Aber sie wollte das Mädchen nicht aufregen und erwiderte möglichst beiläufig: »Nun, du weißt ja, wie deine Mom ist. Wahrscheinlich fühlt sie sich verpflichtet, dafür zu sorgen, dass dieses alte Gemäuer nicht auseinander fällt. Ich fahre mal rauf. Vielleicht kann ich ihr helfen.«

»Lieber nicht – das wäre keine gute Idee, Tante Kitty«, entgegnete Lori zögernd. »Dad sorgt sich um Mom. Wenn sie wüsste, was ich ihm alles erzähle, würde sie mich umbringen.«

Da Kitty ihre Schwester kannte, verstand sie das Unbehagen des Mädchens. Ihre Handtasche unter dem Arm, rannte sie nach unten, um Daphne Bescheid zu geben, die hoffentlich nicht mehr mit Roger streiten würde.

Aber Daphne saß allein an einem Tisch voller Legosteine. Das Kinn in die Hand gestützt, starrte sie aus dem Fenster. Als sie den Kopf hob, sah Kitty, dass ihre Schwester geweint hatte.

»Brauchst du Gesellschaft?«, fragte Kitty sanft. »Oder soll ich dich in Ruhe lassen?«

Daphne brachte ein schwaches Lächeln zustande. »Am liebsten würde ich auf einer einsamen Insel stranden und zehn Jahre dort bleiben. Vielleicht könnte ich dann nachdenken und alles verstehen.«

»Was genau?« Verwirrt runzelte Kitty die Stirn und fragte sich, ob alle Romanschriftstellerinnen zur Melodramatik neigten.

»Mein ganzes Leben …«, erwiderte Daphne stöhnend.

»Dein ganzes Leben? Oder nur die Ehe mit Roger?«

»Ist es denn so offensichtlich?«, flüsterte Daphne und errötete.

»Nur für jemanden, der dich so liebt wie ich.« Kitty ergriff die Hand ihrer Schwester. »Falls du dich von deinem Kummer ablenken willst: Alex hat noch schlimmere Probleme, als wir dachten.«

»Geld?«

»Nein, jetzt geht es um *echte* Probleme.« Obwohl sie allein waren – auf Vater Sebastians Tisch lag nur noch eine zerknitterte Rechnung und ein bisschen Kleingeld –, senkte Kitty ihre Stimme. »Diese Probleme könnten sie in eine geschlossene Anstalt bringen.«

Erschrocken schaute Daphne zu ihr auf. »Warum hast du mir nichts *gesagt?*«

»Weil ich es selber eben erst erfahren habe. Ich habe gerade mit Lori telefoniert, und sie erzählte mir, Alex sei zu Mutters Haus gefahren.«

Alle Farbe wich aus Daphnes Gesicht, dann sprang sie auf. »Komm! Worauf warten wir? Roger kann sich um die Kinder kümmern. Und was mich betrifft, ich würde ohnehin nur herumsitzen und mir selber Leid tun.«

Wenige Minuten später fuhren sie in Kittys altem Honda den Hang zum Agua Fria Point hinauf. Es war fast dunkel. Am purpurroten Horizont lag ein langer grauer Nebelstreifen, der die Küste vorerst nicht erreichen würde. *Gut,* dachte Kitty. Sie hasste es, in stockdunklen Nebelnächten Auto zu fahren. In letzter Zeit hatte sie eine unvernünftige Angst vor Unfällen entwickelt. Sie sah sich reglos in einem schlammigen Straßengraben liegen, neben all den zerbrochenen, rostigen Geräten entlang der Sandstraße nach Barranco, Kühlschränke, Herde, Waschmaschinen – nicht mehr zu gebrauchen.

Wer würde um sie trauern? Ihre Schwestern, vor allem Daphne. Ihre Nichten und der Neffe. Ihre Freunde und – nicht ganz so bekümmert – die treuen Stammgäste. Aber niemand, dessen Herz einst in ihrem Leib gepocht hatte, der die Erinnerungen und das Blut mit ihr teilte. Kein Sohn, der sich lächelnd entsann, wie ungeschickt sie ihm geholfen hatte, ein Baumhaus zu bauen. Keine Tochter, die von der Mutter emporgehoben wurde, damit sie die höchsten Zweige des Weihnachtsbaums schmücken konnte, oder die mit ihren kleinen Fingern Teigreste knetete …

Wehmütig dachte sie an die eigene Kindheit. »Weißt du noch, wie Mutter uns vom Schulbus abholte? Die anderen Mütter trugen Strickjacken und Hosen mit Bügelfalten – wie diese idiotischen Hausfrauen, die im Fernsehen für Spülmittel werben. Nicht *unsere* Mutter. Die stand in ihrem Malerkittel da, einen Farbfleck auf der Wange.« Sie warf einen kurzen Blick zur Seite und sah Daphne lächeln.

»Woran ich mich lebhaft erinnere, ist, dass sie genau wusste, wie alle Blumen heißen. Auch die wilden am Straßenrand. Für mich war das nichts Besonderes, bis ich eigene Kinder hatte. Wenn Kyle und Jennie fragen: ›Was ist das für eine Blume, Mommy?‹, muss ich nie in einem Buch nachschauen.«

»Oh, ich wünschte …« Kitty biss in ihre Lippen.

»Was?«

»Dass sie uns mehr über sich selbst verraten hätte. All diese Kleinigkeiten bilden nur die Glasur eines Kuchens. Was *wirklich* zählt, darüber hat sie nie geredet. Zum Beispiel, was sie von deiner Liebe zu Johnny hielt. Keine Ahnung, ob sie auch dagegen war. Oder nur Daddy.«

In Gedanken versunken, schwieg Daphne, während Kitty bergauf fuhr, vorbei an den Schatten großer Häuser und Rasenflächen, deren Böschungen zu beiden Seiten wie gewaltige Meereswellen emporstiegen.

Schließlich erwiderte Daphne: »Ich habe nur ein einziges Mal mit ihr darüber gesprochen. Sie sagte, ich müsste auf Daddy hören. Er wüsste, was am besten ist. Diesen Rat würde sie mir heute wohl nicht mehr geben.«

»Weil sie endlich erkannt hat, dass Daddy nicht alles wusste?«

»Nicht direkt … Ich glaube vielmehr, sie hat endlich Klarheit über ihre Gefühle gewonnen. Die wurden alle ans Licht gezerrt, und Mutter kann sie nicht mehr in ihr Innerstes zurückschieben. Habe ich das auch in all den Jahren getan, Kitty? Meine Gefühle unterdrückt, um in einer geordneten Welt zu leben?«

»Das weiß ich nicht, Daph. Wahrscheinlich haben wir uns alle was vorgemacht, auf diese oder jene Weise. Jetzt lautet die Frage nicht nur, was uns verborgen blieb, sondern auch, was wir aus alldem lernen können.«

»Ich weiß nicht, was ich gelernt habe.« Daphne lachte bitter. »Nur dass die Liebe wehtut.«

Kitty blinzelte. Weiter vorn auf der Straße verschwammen die Rücklichter eines Autos in einem wässrigen roten Schleier. *Sean,* dachte sie. Der Schmerz in ihrer Brust vertiefte sich, schien auf- und abzuschwellen wie das zerrissene Spiegelbild des Mondes in den Wellen, die zum Point rollten. Würde er sie lange vermissen? Vermutlich nicht. Er würde mit der ganzen wilden Leidenschaft eines jungen Mannes eine neue Liebe finden.

Bei diesem Gedanken fühlte sie sich sehr edel – mit einem gewissen bittersüßen Beigeschmack, wie das Pektin, das die Marmelade gelieren ließ. Doch diese Emotion konnte das dumpfe Pochen in ihren Adern nicht beenden. Als sie das Auto auf der Zufahrt ihres Elternhauses parkte, war in ihrem Herzen kein Platz mehr für das Leid, das da drinnen warten mochte. Der eigene Kummer genügte ihr voll und ganz. Dicht gefolgt von Daphne, betrat sie die Halle und rief unsicher: »Alex?«

Keine Antwort. Aber sie hörte ein Geräusch, ein rhythmisches Wischen, das sie an gescheuerte Planken erinnerte. Verwundert betrat sie das Wohnzimmer. Dort lag Alex auf den Knien, einen Eimer mit Seifenlauge neben sich, und schrubbte den blutbefleckten Teppich.

»Um Himmels willen, Alex …«

Hinter Kitty schnappte Daphne nach Luft, als die jüngere Schwester ihr Gesicht hob, die geröteten Augen leer und glasig wie in einem Alptraum. Das sonst so gepflegte Haar hing strähnig auf die Schultern, die einst so duftigen Ponyfransen klebten an der schweißnassen Stirn.

Ein paar Sekunden lang blinzelte Alex die beiden Frauen verständnislos an. Dann richtete sie sich auf, ohne die Scheuerbürste zu beachten, aus der schmutziges Wasser auf ihre graubraune Hose tropfte. »Der Fleck geht einfach nicht raus. Und wenn ich noch so fest schrubbe …« In der müden Stimme schwang eine kindliche Klage mit. Plötzlich legte sie den Kopf schief, als würde ihr ein neuer Gedanke durch den Kopf gehen. »Wisst ihr noch, wie sie immer hinter uns her war? ›Mädchen‹«, sagte sie – eine unheimliche Imitation von Mutters Tonfall –, »›wie oft soll ich es euch noch sagen? Ihr müsst eure Höschen *einweichen*, bevor sie gewaschen werden.‹ Offenbar glaubte sie, wir müssten uns für die Menstruation schämen, und ein kleiner Blutfleck wäre eine Katastrophe.« Sie begann hilflos zu kichern. Über ihre blasse Wange rollte eine Träne.

Kitty starrte den nassen Teppich mit den winzigen rosa Schaumklumpen an. Beinahe musste sie sich übergeben. »O Alex …«, würgte sie hervor.

Nun ergriff Daphne die Initiative und kauerte neben Alex nieder. »Allein schaffst du es nicht. Die Arbeit ist zu schwer. Lass dir helfen.«

»Wie könnt ihr mir denn helfen?«, jammerte Alex. »Daddy ist tot, nichts wird ihn zurückbringen.«

»Nein – nichts«, stimmte Kitty bedrückt zu. Um ihr Schwindelgefühl zu bekämpfen und ihren Orientierungssinn wiederzugewinnen, schaute sie sich um – Polstersessel, Nippes, die massive Bodenlampe, die im Teppich verwurzelt schien. Fast nichts vom Flair ihrer Mutter, nur wenige helle Aquarelle zwischen den düsteren, formellen Gemälden, die Daddy bevorzugt hatte. Vielleicht hatte sie ihre Mutter gar nicht gekannt, vielleicht wusste niemand, wie sie wirklich war.

Nur eins stand fest: Die Zeit der Tränen und der Trauer war vorbei. Ihr Blick kehrte zu Alex zurück, der Schwester, mit der sie so wenig verband – und die sie seit einiger Zeit in neuem Licht sah.

Das Mitleid, das Alex an jenem Morgen mit dem Geständnis ihrer finanziellen Probleme erregt hatte, stieg auch jetzt in Kitty auf. Aber diesmal musste sie es verdrängen, beiseite legen, für einen späteren Augenblick verwahren, wo es ihr nützen würde. Jetzt musste Alex erst einmal aus ihrer seltsamen Stimmung gerissen werden. Kitty packte sie am Arm und zog sie hoch. »Steh auf! Sofort!« In ihrer eigenen Stimme erkannte sie den Tonfall der Mutter wieder, die ihre unartigen Kinder ermahnt hatte. Damit erzielte sie die gewünschte Wirkung.

Wütend riss Alex sich los und rieb ihren Arm. »Was habt ihr hier zu suchen?«

»Das könnte ich dich auch fragen«, erwiderte Kitty und stemmte ihre Hände in die Hüften.

»Falls du es noch nicht bemerkt hast, ich mache mich nützlich. Was ich von euch beiden nicht behaupten kann.«

»Vielleicht sind wir zu sehr mit unserer Sorge um Mutter beschäftigt.« Daphne stand auf, ging zum Fenster und zog an der Kordel der Jalousien. Ratternd fielen sie herab. Das Geräusch ließ Kitty zusammenzucken und erinnerte sie an die Reporter, die möglicherweise draußen lauerten.

Wenn Alex ähnliche Befürchtungen hegte, zeigte sie es nicht. »Überall Staub! Aus dem Zeug, das ich im Kühlschrank fand, könnte man Penicillin herstellen. Und die meisten Zimmerpflanzen sind verwelkt.« Sie schlenderte zum Schwertfarn in der Ecke. An braune Ranken, die zur Lehne des Sofas herabhingen, klammerten sich immer noch gelbe Blätter, und Alex begann sie abzuzupfen wie die Blüten eines Gänseblümchens in ihrer Kindheit. *Er liebt mich – er liebt mich nicht …*

»Das ist verrückt!« Ärgerlich eilte Kitty zu ihr, packte ihre Schulter und drehte sie herum. »Die Zwillinge sind schon ganz krank vor Sorge. Und ich auch …« Etwas sanfter bat sie: »Fahr nach Hause zu deinen Kindern.«

»Ja, sobald ich hier fertig bin.« Wie in Trance schüttelte Alex die Hand der Schwester ab und kehrte zu ihrem Eimer zurück. Ehe sie auf die Knie sinken konnte, umfasste Daphne ihr Handgelenk.

»Das erledigen wir zusammen«, erklärte sie ganz langsam, als würde sie mit einer Erstklässlerin sprechen. »Wir *alle.* Sind wir stark genug, um das Sofa zu heben, Kitty?«

»Wenn eine gleichzeitig am Teppich zieht …« Nachdenklich runzelte Kitty die Stirn. »Aber ich weiß nicht, ob in meinem Auto genug Platz ist.«

»Für das Sofa oder den Teppich?« Offensichtlich bekämpfte Daphne einen Lachreiz.

Aber Kitty sah an den geröteten Wangen und glitzernden Augen, dass ihre Schwester kurz vor einem hysterischen Anfall stand. *Nicht,* mahnte ihr Blick, sonst verliere ich auch die Beherrschung. Sie wandte sich zu Alex, die entsetzt zu Boden starrte.

»Nein«, wisperte sie mit halb erstickter Stimme, »ihr dürft den Teppich nicht wegwerfen.«

»Doch«, entschied Kitty. »Das *müssen* wir tun.«

»Aber Mutter würde …«

»Davon braucht sie nichts zu erfahren«, warf Daphne ein. »Jetzt noch nicht.«

Angstvoll wich Alex zurück, stieß gegen das altmodische Sofa mit der geschwungenen Lehne und sank in die Polsterung. Nun lockerte sich ihre innere Anspannung, als wäre sie ein überreiztes Kind, das sich in hektische Aktivitäten hineingesteigert und plötzlich keine Kraft mehr hatte. »O Gott, was soll ich *tun?«,* flüsterte sie und legte eine Hand über ihre Augen. »Ich *muss* weitermachen. Diese Alpträume ... Ich dachte, wenn ich den Fleck entferne ...«

Vor Kittys geistigem Auge erschien das grausige Bild des Vaters in seinem Sarg. Mit bebenden Fingern knipste sie die Tiffany-Lampe neben dem Sofa an. Sanftes veilchenblaues Licht ergoss sich wie Blütenblätter auf den verblichenen schokoladebraunen Plüsch und den Teppich. *Wir sind wie dieses Haus,* dachte sie, *keine Reparatur wird uns je wieder instand setzen.* »Was dich quält, kannst du nicht mit Wasser und Seife beseitigen, Alex.«

»Was weißt du denn schon?« Alex' angewiderte Miene war Kitty nur allzu vertraut. Jetzt existierte die demütige Frau, die ihr an jenem Morgen im Garten das Herz ausgeschüttet hatte, nicht mehr. Nur die nervtötende jüngere Schwester blieb zurück, die den beiden älteren in der Kindheit nachgelaufen und beleidigt gewesen war, wenn sie nicht mit ihr gespielt hatten.

Kitty zwang sich in ruhigem Ton zu sprechen und ihre Worte sorgsam zu wählen. »Alles weiß ich nicht. Aber ich *sehe,* dass jemand einen Fleck wegwischt, den er nicht verschuldet hat.«

»Stimmt«, sagte Daphne.

»Versteht ihr es denn nicht?« In Alex' Augen schimmerten Tränen. »Ich bin an allem schuld. Weil ich wusste, was er hinter Mutters Rücken tat. Irgendwie hätte ich sie *warnen* müssen ...«

»Was hätte das genützt?«, fragte Kitty.

»Ich glaubte ihm. All seine Erklärungen, die nur faule Ausreden waren, nahm ich für bare Münze. Beinahe erweckte er den Eindruck, er würde ihr einen Gefallen tun, und sie wäre im Grunde ihres Herzens mit der Situation einverstanden. Kein einziges Mal dachte ich, jemand könnte verletzt werden.«

»*Du* wurdest verletzt«, betonte Daphne.

»Ach, du hast ja keine Ahnung …« Die Lippen zusammengepresst, wandte Alex sich ab.

»Erzähl uns doch, wie es wirklich war«, schlug Kitty vor. »Das würde dir vielleicht helfen.« In der Stille, die ihren Worten folgte, hörte sie überdeutlich die Geräusche der Nacht – Autos, die das Tempo abrupt drosselten, während sie am Haus vorbeifuhren, das Ächzen der alten Mauern, das unheilvolle Ticken der Uhr auf dem Kaminsims.

Endlich räusperte sich Alex. Dann verkündete sie mit einer Stimme, die so geisterhaft klang wie das Stöhnen des Hauses: »Ich weiß, wer die Krankenschwester ist, nach der ihr sucht – seine letzte Freundin …«

Kitty spürte, wie alle Kraft aus ihren Beinen wich. Atemlos sank sie neben Alex aufs Sofa. »Ich fürchte, es wird mir nicht gefallen, was ich jetzt hören muss.«

In Alex' Wange zuckte ein Muskel und bezeugte ihren inneren Konflikt. »Leanne.«

»O Gott …« Daphne setzte sich auf die Armstütze an Kittys Seite. »Bist du sicher?«

Alex nickte müde.

Die beste Freundin meiner Schwester?, dachte Kitty. *Das ist unmöglich. Nicht einmal Daddy wäre so tief gesunken.* Und dann sagte sie sich mit einem dumpfen Gefühl im Magen, das zu einem heftigen Schwindel anschwoll: *Ein Mann, der seine Frau mit ihrer besten Freundin betrügt, schreckt vor nichts zurück.* »Wie – hast du es herausgefunden?«, stammelte sie.

»Dieser Ohrring, den du erwähnt hast, gehört ihr.«

»Aber das muss nichts beweisen«, wandte Daphne ein.

»Es gibt noch andere Hinweise – Kleinigkeiten, die ich ignorierte, bis alles zusammenpasste.«

»Und was ist geschehen, als du sie zur Rede gestellt hast?«, fragte Kitty.

»Das tat ich nicht. Noch nicht. Wie ihr gesehen habt, war ich – beschäftigt.« In plötzlichem Ekel starrte Alex die Scheuerbürste an, die in einer Pfütze aus Seifenlauge am Boden lag. »So viel Arbeit – und völlig sinnlos.«

»Also hat Mutter Recht.« Daphnes Stimme nahm einen seltsamen, schrillen Klang an, in dem hysterisches Gelächter mitschwang. »Sobald ein Fleck drin ist, kriegt man ihn nicht mehr raus.«

Alex schnitt eine Grimasse. »Vielleicht solltest du ein Buch über die vielen Dinge schreiben, vor denen sie uns gewarnt hat. Zu schade, dass sie nicht gewarnt wurde. Vor Daddy. Ehe es zu spät war.«

»Hör mal, Alex …« Energisch ergriff Kitty die Hände ihrer Schwester. »Du hättest es nicht verhindern können.«

»Und wer ist dann schuld?«

»Vermutlich niemand. Oder alle … In gewisser Weise war es eine Verschwörung, nicht wahr? Ein Pakt des Schweigens, der nur wirksam blieb, weil wir *alle* den Mund hielten. Du hast Daddys Geheimnisse gehütet, ich gab dem Familienfrieden zuliebe vor, nichts zu merken. Und Daphne …« Melancholisch lächelte Kitty ihre ältere Schwester an. »… war eben Daphne.« Während sie sprach, wurde das Bild allmählich schärfer, wie ein Foto, das in einem verdunkelten Raum aus einem gespenstischen Nebel hervortrat.

»Und wie passt Leanne in diese Szenerie?«, fragte Daphne leise.

»Das müssen wir herausfinden«, entgegnete Kitty.

»Sie arbeitet nachts«, erklärte Alex. »Deshalb können wir erst morgen mit ihr reden.«

»Wer sagt das? Kommt!« Kitty sprang auf und ging zur Tür. »Lassen wir alles liegen und stehen. Später holen wir den verdammten Teppich. Der hat mir ohnehin nie gefallen.«

»Mir auch nicht«, gab Alex zu und folgte ihr bereitwillig.

»Auf dem Speicher liegt noch ein alter geflochtener Teppich von Nana!«, rief Daphne ihnen nach und holte sie in der Halle ein. »Nicht so groß wie der da, aber der Boden würde nicht so kahl aussehen.«

»Wenigstens in *diesem* Punkt sind wir alle einer Meinung«, meinte Kitty seufzend und betrat die Veranda. An den Stellen, wo die polizeiliche Absperrung geklebt hatte, blätterte die Farbe vom Geländer ab. Hartnäckig flatterte ein Nachtfalter immer wieder gegen die Lampe über dem Eingang in den sicheren Tod. Ein sonderbares erwartungsvolles Gefühl, vermischt mit wachsendem Grauen, stieg in ihr auf. Wenn sie nicht nur ein Rätsel lösen würden – wenn sie eine Pandora-Büchse öffneten, die nur Schaden anrichten und keinen Nutzen bringen würde?

Kitty verlangsamte das Tempo, als das Schild in Sicht kam, von Scheinwerfern angestrahlt wie ein Gemälde von der Geburt Christi. MIRAMONTE GENERAL. Der Tempel, den der Vater täglich aufgesucht hatte – nicht, um zu beten, sondern um selber angebetet zu werden. Seine ärztliche Kunst hatte der Chef der Pathologie den Toten geweiht. Doch das hatte seine göttliche Aura in Kittys Augen noch verstärkt. Furchtlos war er Wegen gefolgt, die andere abgeschreckt hatten. In ihrer Kindheit – jung genug, um alles zu glauben, was sie in Filmen sah – war sie sogar überzeugt gewesen, er könnte Tote zum Leben erwecken.

Weil er nur selten über seine Arbeit sprach, blühte ihre Phantasie umso intensiver. Das sei kein passendes Gesprächsthema, mahnte er kurz angebunden, wenn jemand danach zu fragen wagte. Aber so gründlich er sich am Ende des Tages auch wusch, er brachte stets den schwachen antiseptischen Geruch der Leichenhalle ins Haus. Diesen Geruch hatte Kitty unweigerlich mit dem Tod assoziiert.

Nun parkte sie den Honda beim Eingang der Notaufnahme und erschauerte genauso wie damals am offenen Grab ihres Vaters. Sie wartete mit Daphne im Auto, bis auch Alex eintraf, die ihnen in ihrem Toyota gefolgt war. Zu dritt passierten sie die doppelte Schwingtür.

»Was wird Leanne denken, wenn wir alle auf einmal über sie herfallen?«, fragte Daphne nervös.

»Hoffentlich weiß sie, dass das Spiel aus ist«, fauchte Alex. Ihr Zorn auf die Freundin war genauso offensichtlich wie die Blutflecken auf ihrer Hose unter dem locker gegürteten Regenmantel.

Alex, vom alten Kampfgeist erfüllt, dachte Kitty erleichtert.

Im Warteraum herrschte hektische Geschäftigkeit, und niemand beachtete die drei elegant gekleideten Frauen, die vorbeieilten. Nur ein bärtiger Mann, ein blutiges Handtuch an die Stirn gepresst, blickte auf. Beinahe hatten sie die Aufzüge erreicht, als jemand »Kitty!« rief.

Sean. Sie drehte sich um und glaubte, sie würde langsam um den Pfahl rotieren, der in ihrem Herzen steckte. Großer Gott, was machte er hier? Hatte er ihr nachspioniert? Nein, dafür war er zu stolz. Keine zehn Schritte entfernt, lehnte er an einem Getränkeautomaten, ein dunkelhaariger Junge in schäbigen Levis, mit den wachsamen Augen eines viel älteren Mannes. Hinter seiner ostentativ lässigen Pose verbargen sich angespannte Muskeln, jederzeit bereit, in Aktion zu treten.

Sekundenlang zögerte sie, hin und her gerissen zwischen dem Impuls, zu ihm hinüberzulaufen, und dem Wunsch, in den Lift zu flüchten, der sich hinter ihr öffnete. Dann ging sie zu Sean. »Wieso bist du hier?«, flüsterte sie und hielt Ausschau nach Blut oder Schürfwunden, einem gebrochenen Arm.

Ihre Sorge blieb ihm nicht verborgen, und er lächelte wissend. »Keine Bange, ich bin okay. Heather ist in Ohnmacht gefallen. Wahrscheinlich ist's nichts Ernstes. Aber ich dachte, sie sollte sich untersuchen lassen.« Er wies mit dem Kinn zu seiner Schwester, die beim Empfang saß und in einer zerfledderten Zeitschrift blätterte. Bis jetzt hatte sie Kitty nicht entdeckt. Offenbar stand sie keine schlimmeren Qualen aus als vorübergehende Langeweile.

Da Kitty die neugierigen Blicke ihrer Schwestern im Rücken spürte, wandte sie sich zu ihnen. »Nur fünf Minuten. Wir treffen uns oben.«

Zu ihrer Erleichterung gab keine der beiden einen Kommentar ab, und Alex nickte nur. »Fünfter Stock. Wir warten im Besuchszimmer auf dich.«

Sean beobachtete, wie sich die Lifttüren schlossen. »Deine Schwestern?«

»Ja. Entschuldige bitte – ich hätte dich mit ihnen bekannt machen sollen.«

Gleichmütig zuckte er die Achseln. »Ein andermal.«

Sie schaute wieder zu Heather hinüber. Seit der letzten Begegnung war der gewölbte Bauch unter dem Sweatshirt merklich gewachsen, und Kittys Herz krampfte sich schmerzhaft zusammen. In ihrem Mund entstand ein bitterer, metallischer Geschmack. Trotzdem zwang sie sich, Seans gnadenlosen Blick zu erwidern. »Wie geht's? Im Allgemeinen?«

»Ganz gut. Und dir?« Jetzt richtete er sich auf und studierte einen Zettel, der am Automaten klebte. AUSSER BETRIEB, hatte jemand mit Kugelschreiber darauf gekritzelt.

»Um ehrlich zu sein – nicht besonders.«

»Tut mir Leid.« In seiner Stimme schwang kein bisschen Mitleid mit. Doch der Kummer in seinen Augen erzählte eine andere Geschichte.

Sie holte tief Luft und ließ sie ganz langsam aus den Lungen entweichen, als würde ein schnelles Ausatmen die Qual der rasenden Herzschläge noch verstärken. »Hör mal, Sean, was mit uns geschah – ich wollte nicht, dass es so zu Ende geht.«

»Warum muss es überhaupt zu Ende gehen?«

»So ist es nun mal.«

»Tatsächlich?« Er legte den Kopf schief, und sein drahtiges dunkles Haar schien sich zu sträuben wie bei einem wilden Tier, das eine Gefahr wittert. »Mein ganzes Leben höre ich das. *Stell nicht zu viele Fragen, mein Junge. Nimm die Dinge einfach so hin, wie sie sind.* Scheiße!« Seine Faust krachte gegen den Automaten und erzeugte ein hohles blechernes Rattern. »Okay, du willst mich nicht mehr sehen. Das gefällt mir nicht. Aber ich weiß wenigstens, warum du dich dazu entschlossen hast. Und dagegen werde ich kämpfen.«

»Gegen manche Dinge kannst du nicht kämpfen.«

»Was immer du glaubst«, erwiderte er leise und bedrückt, »ich habe nichts mit Heathers Entschluss zu tun, ihr Baby diesem Ehepaar zu überlassen.«

»Das werfe ich dir ja gar nicht vor.«

»Und wieso bestrafst du mich dann?«

»Mit *dir* hängt es nicht zusammen, Sean!«, stieß sie verzweifelt hervor.

»Womit denn sonst?«

»Ich weiß es nicht.« Sie seufzte. »Ich kann es genauso wenig erklären wie die furchtbaren Ereignisse in meiner Familie.« Unbehaglich wich sie seinem Blick aus. Seine glühenden dunklen Augen glichen zwei Löchern, in ein Stück Holz gebrannt, das zu frisch und zu grün war für ein Lagerfeuer. »Nur eins weiß ich: Ich schaff es nicht, dich immer wieder zu sehen und das alles zu vergessen.«

»Wo ich herkomme, gibt's einen anderen Ausdruck dafür – Feigheit. Du magst es nicht, wenn dir was auf den Kopf fällt? Schade. Trotzdem musst du damit fertig werden.«

»So einfach ist es nicht.«

»Verdammt, wer behauptet denn, dass es einfach ist? Ich habe dich nur gebeten, wenigstens einen *Versuch* zu wagen. Aber wenn du nicht willst – was soll ich sagen? Es hat Spaß gemacht. Alles Gute für die Zukunft.« Abrupt wandte er sich ab. Hätte sie nicht die verkrampften Muskeln in seinem Nacken gesehen, könnte sie sich einreden, es würde ihm nicht so viel ausmachen, wie er vorgab. Doch sie wusste es besser – noch bevor er sie über die Schulter anschaute und hinzufügte: »Vielleicht hat Heather doch die richtige Entscheidung getroffen. Wenn man ein Kind großziehen will, muss man viele Jahre bei der Stange bleiben. Da darf man nicht einfach abspringen, sobald es ein bisschen schwierig wird.«

Seine Worte trafen sie wie ein Schlag ins Gesicht. »O Sean, ich ...«

Aber er war bereits außer Hörweite. Durch einen Tränenschleier sah sie ihn zu seiner Schwester gehen, die gerade mit einer Krankenschwester sprach. Als Heather schwerfällig aufstand, nahm er ihren Arm und führte sie behutsam in die Richtung, die ihm die Schwester gezeigt hatte.

Eines Tages wird er ein guter Vater sein. Dies war die einzige klare Erkenntnis im Aufruhr der Gefühle, der Kitty in den Lift begleitete. Nachdem sie auf den Knopf Nummer fünf gedrückt hatte, wischte sie ärgerlich die Tränen aus ihren Augen und befahl sich: *Nicht jetzt. Später darfst du an Sean denken. Heute Nacht, wenn du im Bett liegst und statt der sprichwörtlichen Schäfchen alle deine vernünftigen Argumente zählst.*

Als sie das Besuchszimmer der Schwesternstation betrat, sprang Alex von ihrem Stuhl auf. »Wer war das?«

»Ein Freund.« Kitty schaute Daphne erleichtert an und nahm sich vor, ihr später zu danken, weil sie die Katze nicht aus dem Sack gelassen hatte. Im Augenblick hätte sie es nicht ertragen, irgendwelche Erklärungen über Sean abzugeben. »Habt ihr Leanne ausrufen lassen?«

Alex schüttelte den Kopf. »Da würde sie sich fragen, was wir hier machen, und Verdacht schöpfen. Also ist es besser, wenn wir sie einfach überraschen.« Ihre Augen verengten sich, und alle Gedanken an Kittys Liebesleben wurden von der Aussicht an das bevorstehende Gespräch verdrängt.

Entschlossen führte sie ihre Schwestern durch einen Korridor zur Entbindungsstation, wo Leanne arbeitete. Sie stieß eine Tür aus rostfreiem Stahl auf, mit der Aufschrift ALICE-BUNT-THAYER-TRAKT. Gefolgt von Kitty und Daphne, betrat sie einen großen fensterlosen Raum, der einem anderen Planeten zu entstammen schien. Hinter einer langen Theke reihten sich Brutkästen aneinander, mit winzigen Geschöpfen, die kaum als menschliche Wesen zu erkennen und mit einem Dickicht aus Drähten, Schläuchen und elektronischen Geräten verbunden waren.

Kittys Blick fiel auf das kleinste Baby. In der winzigen Brust sah sie ein Flattern und fühlte sich an einen Fisch erinnert, der am Boden eines Boots nach Luft schnappte. *Baby Roper, männlich,* verkündete eine Karte am Brutkasten. Darunter klebte, nach innen gerichtet, das Foto einer lächelnden dunkelhaarigen Frau, sodass ihr Sohn sie vielleicht sehen würde, wären seine Augen nicht mit Klappen verschlossen – der verzweifelte Versuch einer Mutter, den Lebenswillen ihres Kindes zu stärken. Kitty schluckte mühsam. *Wenn er mir gehörte, würde ich ihn genauso lieben – vielleicht noch mehr.* Sie müsste kein Foto an den Brutkasten kleben, denn sie würde keine Sekunde lang von seiner Seite weichen.

An einem Schreibtisch saß eine kräftig gebaute, grauhaarige Schwester, die nur kurz von einem Krankenblatt aufblickte. »Besuchszeit zwischen zwei und acht«, teilte sie den drei Frauen mechanisch mit. »Es sei denn, Sie sind ein Familienmitglied. In diesem Fall sind Sie immer willkommen, wenn Sie sich die Hände waschen.« Vage zeigte sie in die Richtung eines Waschbeckens.

Alex räusperte sich. »Könnten wir Leanne Chapman sprechen?«

Diesmal hob die Frau nicht einmal den Kopf. »Leanne? Ich glaube, sie ist auf der Intensivstation. Warten Sie, bis ich hier fertig bin, dann sehe ich nach.«

»Nicht nötig, ich kenne den Weg«, erklärte Alex im geschäftsmäßigen Ton einer erfolgreichen Immobilienmaklerin, die keinen Widerspruch duldete.

»Wir sind Verwandte«, ergänzte Daphne hastig. Im Grunde war das gar keine Lüge, den sie *waren* verwandt – miteinander. Trotzdem hob Kitty verblüfft die Brauen. So eine Schwindelei hätte sie ihrer moralischen Schwester nicht zugetraut. *Sie hat sich tatsächlich verändert,* dachte sie bewundernd.

Nun musterte die grauhaarige Schwester die drei Besucherinnen etwas genauer. Überlegte sie, warum sie mit Leanne reden wollten? Wenn ja, sagte sie sich vielleicht, es wäre nicht ungewöhnlich, wenn Verwandte eines kranken Babys eine engere Beziehung zu einer der Pflegerinnen entwickeln würde. Jedenfalls zeigte sie auf eine Tür im Hintergrund. »Vergessen Sie nicht, Ihre Hände zu waschen.«

Gehorsam traten sie vor das Becken aus rostfreiem Stahl rechts vom Eingang, nahmen ihre Armbänder und Ringe ab und schrubbten ihre Hände mit Exedine. Als Töchter ihres Vaters kannten sie die Vorschriften.

Ein paar Minuten später bahnten sie sich einen Weg zwischen Brutkästen und Monitoren. »Wie schafft sie das bloß, jeden Tag zu ihrem kleinen Sohn heimzukehren?«, murmelte Daphne. »Man sollte meinen, so ein Schicksal könnte kein Mensch *allein* ertragen.«

»Vermutlich hoffte sie, Daddy würde ihr beistehen«, wisperte Alex verächtlich.

Kitty schwieg. Plötzlich sah sie die Situation aus Leannes Perspektive – eine allein stehende Mom mit einem schwerbehinderten Kind, im mühsamen Lebenskampf verstrickt, fühlte sich zu einem wesentlich älteren Mann und angesehenen Arzt hingezogen, der die ersehnte Stabilität repräsentiert haben musste. Obwohl sie Verständnis dafür aufbrachte, erschreckte sie der Gedanke. Während sie Alex zu der Glastür mit der Aufschrift INTENSIV-STATION. BITTE, KLOPFEN SIE VOR DEM EINTRETEN AN folgte, zwang sie sich zu einer freundlichen Miene.

Statt anzuklopfen, eilte Alex einfach hinein. Der Raum war kleiner als der vordere und enthielt nur vier Brutkästen mit schwer kranken Babys. Offenbar war Leanne die einzige Dienst habende Schwester. Sie stand vor einem geöffneten Brutkasten und wechselte fachkundig die Windeln eines Neugeborenen, das kaum größer erschien als ihre Hand. Aus der winzigen Nase und dem Mund ragten Drähte und Schläuche. Beim Anblick der drei Schwestern blinzelte sie verblüfft und zuckte zusammen. Doch sie hatte sich sofort wieder in der Gewalt und lächelte. »Falls ihr

Spenden sammelt, ich habe gerade im Büro einen Beitrag geleistet.« Mit geschickten Fingern befestigte sie die Windel unter einem Hinterteil, das in einen Kochlöffel gepasst hätte. »Im Ernst, was ist los? Wollt ihr jemanden in einer anderen Abteilung besuchen?«

Kitty bemerkte Alex' düstere Miene und erwiderte hastig, in beiläufigem Ton: »Nein, wir möchten mit *dir* reden.«

Im grellen Licht der Neonlampen sah Leannes Blässe sonderbar aus, fast durchschimmernd – als würde sie unter Wasser schwimmen. Zarte Falten bildeten sich auf der hellen Stirn. »Eine gute Idee, Ladys. Aber wie ihr seht, habe ich alle Hände voll zu tun.«

Endlich fand Alex ihre Stimme wieder. »Es dauert nicht lange.«

»Warum habe ich das Gefühl, dass das keine Einladung zu einer Cocktailparty ist?« Leanne lachte nervös und schaute von Alex zu Kitty, dann zu Daphne, die im Hintergrund blieb, die Arme über der Brust verschränkt.

»Da gibt es etwas, das mich brennend interessiert«, begann Alex mit leiser Stimme. »Ist dir inzwischen eingefallen, wo du deinen Ohrring verloren hast?«

In Leannes Augen flammte ein eigenartiges Licht auf und erinnerte Kitty an ein flinkes kleines Tier, das von einer Lichtung ins Unterholz sprang. In der nächsten Sekunde erlosch es wieder. »Um nach einem *Ohrring* zu fragen, seid ihr hierher gekommen?« Behutsam legte Leanne das Baby in den Brutkasten zurück, warf die schmutzige Windel in einen Abfalleimer hinter einer Theke und trug eine Notiz ins Krankenblatt ihres Schützlings ein. »Wenn das eure Vorstellung von einem amüsanten Abend ist, müsst ihr ziemlich verzweifelt sein. Außerdem – sagtest du nicht, du hättest den Ohrring gefunden, Alex?«

»Das war eine Lüge.« Wie eine scharfe Klinge durchschnitt

Alex' Stimme das Piepsen der Monitore. »In einem Zimmer des Surfside Motels außerhalb von Barranco wurde ein Ohrring gefunden, und ich nehme an, er gehört dir.«

Ehe Leanne ihr Unbehagen verbergen konnte, fuhr sie mit der Zunge über ihre Lippen. »Warum – warum glaubst du das?«

Jetzt trat Daphne an Kittys Seite. »Weil du dort warst. Mit unserem Vater.«

Ein geisterhaftes Lächeln verzerrte Leannes Mund, ohne die Augen zu erreichen. »Seid ihr verrückt? Ich weiß nicht, wovon ihr redet …«

»Gib's auf, Leanne!«, fauchte Alex.

Eine Zeit lang starrte Leanne die drei Schwestern an, dann sank sie stöhnend in einen gepolsterten Schaukelstuhl neben der Tür, den man fürsorglich für die Eltern der kranken Babys bereitgestellt hatte. Kitty hatte Reue, vielleicht sogar Tränen der Scham erwartet. Aber nun sah sie bestürzt, wie Leanne herausfordernd das Kinn hob. »Also bildet ihr euch ein, ihr hättet zwei und zwei zusammengezählt? Da irrt ihr euch. Das war keine oberflächliche Affäre. Wir liebten uns und wollten heiraten, sobald …« Plötzlich brach ihre Stimme, und sie unterdrückte ein Schluchzen. »Schaut mich nicht so an! Haltet ihr mich für ein Monstrum? Er war gut zu mir – nicht nur in der Kindheit. Nachdem ich meine Stellung an dieser Klinik angetreten hatte, trafen wir uns ein paarmal in der Kantine. Erinnerst du dich, was Chip mir angetan hat, Alex? Ich war ein Wrack, und ich weiß nicht, was ich ohne deinen Dad getan hätte. Nur er erhielt mich am Leben, als Chip von meiner Schwangerschaft erfuhr und davonrannte. Und nach Tylers Geburt … Es stand sofort fest, dass er nicht wie ein normaler Junge aufwachsen würde. Da sagten alle, ich müsse einfach einen Tag nach dem anderen überstehen. Am liebsten hätte ich geschrien, ich wusste nicht einmal, wie ich die nächsten *fünf Minuten* ertragen sollte. Ohne Vern wäre ich gestorben.« Anklagend wandte sie sich zu Alex. »*Du* kannst Tyler nicht einmal anfassen. Weißt du, wie das für mich ist? Meine beste Freundin schreckt vor meinem Sohn zurück. Und *ich* bin in deinen Augen ein Fall für die Wohlfahrt. Nur dein Vater hat den Jungen wie ein *menschliches Wesen* behandelt.«

Teils entsetzt, teils angeekelt erwiderte Alex ihren Blick. »Hat es dich nicht gestört, dass er mein Vater war – und mit *deiner* Mutter geschlafen hat?«

Lässig zuckte Leanne die Achseln, mit einem Gleichmut, der übertrieben erschien, als hätte sie ihn hundertmal geprobt und passende Argumente gesucht. »Tut mir Leid, dass ich dich belügen musste, Alex.« Beinahe wirkte ihre Zerknirschung echt. »Aber die Affäre zwischen Vern und meiner Mutter war seit Jahrzehnten beendet, noch vor meiner Geburt, und gewiss nichts Ernstes gewesen.«

»Offenbar hat dein Dad einen anderen Eindruck davon gehabt«, entgegnete Alex kühl. »Deshalb haben sich deine Eltern doch scheiden lassen, oder?«

Wieder hob Leanne das Kinn und rang nach Fassung. »Du versuchst mir nur wehzutun. Aber das nehme ich dir nicht übel. Gewiss, ich hätte es dir sagen müssen. Und das wollte ich auch, nur …« Aus ihrer Kehle rang sich ein Schluchzen, und sie presste eine Hand auf ihre Brust. »*Danach* – fand ich es sinnlos.«

»Du gemeines *Biest!*«, zischte Alex. »Die ganze Zeit hast du meine beste Freundin gespielt. Du müsstest im Gefängnis vermodern!« Eine geballte Hand erhoben, trat sie zu Leanne.

Hastig legte Daphne einen Arm um ihre Schultern und hielt sie zurück. Auch sie glich im grellen Neonlicht einem Gespenst. Doch der durchdringende Blick, den sie Leanne zuwarf, war eindeutig von irdischer Natur.

Nun entstand ein drückendes Schweigen, nur durchbrochen vom heftigen Piepsen eines Alarms im Nebenraum – ein Baby hatte zu atmen aufgehört. Kitty wusste, wie oft das in der Säuglingsstation vorkam. Aber in diesem Raum, unter dem kalten, sterilen Licht, das noch lange weiterbrennen würde, wenn viele dieser winzigen Menschenleben erloschen waren, vermochte sie selber kaum zu atmen. Ihre Sinne drohten zu versagen, die Luft ringsum verdichtete sich, und alle Geräusche schienen durch ein schmales eisernes Rohr heranzudringen.

Wie aus weiter Ferne hörte sie Leannes hohles Gelächter. »Gefängnis?«, spottete sie. »Ich wünschte, ich würde *sterben.* O ja, das wäre viel besser, als meine Gefühle zu verbergen und eine Freundin der Familie zu spielen.«

Trotz ihrer Wut und ihrem Abscheu brachte Kitty ein gewisses Verständnis auf. Was Leanne getan hatte, war unverzeihlich, gewiss. Aber sie hatte nicht aus verwerflichen Motiven gehandelt. »Noch ist es nicht zu spät, unserer Mutter zu helfen«, drängte sie leise. »Bitte, Leanne, wir müssen wissen, was geschehen ist. Hat sie die Wahrheit über Daddy und dich herausgefunden und ihn deshalb getötet?«

Leannes Gesicht verzerrte sich. Plötzlich sah sie wieder wie eine Dreizehnjährige aus, Alex' dünne kleine Freundin, die an jedem Familienausflug teilgenommen hatte. »*Ich* hab's ihr erzählt. Seltsam – sie war gar nicht schockiert. Ganz ruhig erwiderte sie, über die anderen Frauen sei sie informiert gewesen – und er habe keine Einzige geliebt.«

»Und du hast ihr erklärt, diesmal sei es anders?«, fragte Daphne.

Immerhin besaß Leanne genug Anstand, um beschämt den Kopf zu senken. »Das musste ich ihr nicht sagen. Sie *wusste* es. Trotzdem wollte sie mir nicht glauben. Als ich ihr erklärte, Vern würde mich heiraten, verlor sie die Fassung und schrie, das sei unrecht. *Böse.* Es müsse ein Ende haben. Und sie behauptete …« Sie biss in ihre Lippen und schüttelte den Kopf. Anscheinend konnte sie es noch immer nicht begreifen.

»Was?«, stieß Alex hervor. *»Erzähl es uns!«*

Langsam schaukelte Leanne im schimmernden Unterwasserlicht vor und zurück. Der Stuhl knarrte leise auf dem Linoleumboden. Mit leeren Augen starrte sie etwas an, das nur sie zu sehen vermochte. Und dann brach ein schrilles Kichern aus ihr heraus, das einen Schauer über Kittys Rücken jagte. »Sie sagte, er wäre mein Vater, und wir würden nicht nur Ehebruch begehen, sondern auch Inzest. Habt ihr jemals so was Verrücktes gehört?«

Kapitel 15

Alex glaubte, sie müsste nur ihre rasenden Herzschläge bekämpfen, und alles wäre wieder in Ordnung. Es war lange nach Mitternacht, und sie lag im Bett. Alle Lampen waren ausgeschaltet. Die Zwillinge schliefen unten in ihren Zimmern. Nur das schwache Surren der Digitaluhr war zu hören, vermischt mit dem unablässigen Gebell des goldbraunen Retrievers im Nachbargarten. Die sinnlosen Stunden oben im Haus, die Fahrt mit den Schwestern zur Klinik, die Heimkehr in einem Nebel, der aus den schwarzen Schatten ihrer Seele aufzusteigen schien – das alles hätte in einem grausigen Traum geschehen können. Aber in den letzten fünf Stunden hatte sie kein Auge zugetan. Reglos starrte sie zur Zimmerdecke hinauf, wo helle Punkte wie die Sterne einer fernen Galaxis schimmerten. Unaufhörlich kreisten ihre Gedanken.

Wie konnte Leanne mir das antun? Ihre beste Freundin seit dem Kindergarten. Wie gut sich Alex an alles erinnerte ... Mit dreizehn hatte Leanne für den Kunstlehrer geschwärmt und verzweifelt in ihren Armen geschluchzt, weil Mr Simms in den Osten zurückgekehrt war, um an einer anderen Schule zu unterrichten. Als sie beinahe an Meningitis gestorben wäre, hatte Alex sich liebevoll um sie gekümmert. Energisch hatte sie sich in der Schule für Leanne eingesetzt, die nach einer Prüfung beschuldigt worden war, sie habe gemogelt. Und dann hatte sie sich stundenlang das Gejammer über Chip angehört.

Jede einzelne dieser Erinnerungen stach wie ein Messer in Alex' Herz. Bis der Verdacht Wurzeln geschlagen hatte, waren einige Tage verstrichen. Erst seit diesem Abend gab es keinen Zweifel mehr. Und nun nahm ihr der ungeheuerliche Betrug ihrer Freundin alle Kraft.

Niemals würde sie ihr verzeihen.

Und Daddy?, wisperte eine innere Stimme. Hatte er sie auch betrogen? *Während er hinter deinem Rücken mit deiner besten Freundin schlief, musste er doch wissen, wie tief er dich verletzen würde …* Trotzdem hatte er es getan, ohne Rücksicht auf ihre Gefühle und die vermeintliche innige Verbundenheit.

Keine Sekunde lang glaubte sie, Daddy hätte Mutter Leannes wegen verlassen wollen – ebenso wenig, dass er ihr Vater war. Diese Behauptung wies eindeutig auf Mutters Geisteskrankheit hin.

Und nun stand eine unausweichliche Wahrheit im Mittelpunkt aller Gedanken: *Er kann mich nicht geliebt haben, sonst hätte er mir das nicht angetan.* Sie hatte seine Geheimnisse so sorgsam gehütet wie ihre eigenen, oft auf Kosten ihres Mannes und ihrer Töchter. O ja, da musste sie Jim zustimmen. Und wozu die ganze Mühe?

Alex malte sich aus, wie er gemeinsam mit Leanne über ihre blinde Loyalität gespottet hatte – als wäre sie ein nettes Haustier, zu dumm, um irgendwas zu verstehen. Sicher hatten sie sich auch über Mutter lustig gemacht, ihren albernen Stolz und ihre feste Überzeugung, er hätte immer nur *sie* geliebt.

Unglücklich schloss Alex die Augen und kniff sie krampfhaft zusammen, bis die Anstrengung schmerzte, bis sie sich von selbst wieder öffneten. In ihrem Kopf pochte es qualvoll. Und ihr

Herz … Würde sie einen Infarkt erleiden oder in der Psychiatrie landen, neben dem Bett, das für ihre Mutter reserviert war? Sie dachte an einen immer wiederkehrenden Traum in ihrer Kindheit, der sie auch jetzt noch manchmal heimsuchte. Darin stand sie mitten auf einer verlassenen Straße, in ihrem Nachthemd, und ein riesiger Laster fuhr heran. Zu beiden Seiten der schmalen Straße fielen gekieste Böschungen ab. Als sie aus der Fahrbahn des Lasters sprang, rollte sie einen endlosen Steilhang hinab, einen stummen Schrei in der Kehle.

Entsprach dieser Traum dem Gefühl, das Daddy die ganze Zeit ihrem Unterbewusstsein suggeriert hatte? Gefangen zu sein, ohne Ausweg? Kitty hatte gefragt, was für ein Vater das sein musste, der ein junges Mädchen mit solchen Vertraulichkeiten belastete. Das wusste Alex mittlerweile.

Er hat mir seine Sünden aufgebürdet.

Glich sie den Unberührbaren in den Appalachian Mountains, für die man traditionsgemäß Nahrungsmittel auf den Särgen bei Begräbnissen bereitlegte? Sie waren in den Augen der hinterwäldlerischen Nachbarn Ausgestoßene, die trotzdem eine wichtige Funktion erfüllten. *So wie ich.*

Diese Zusammenhänge hatte Jim erkannt und sie beschuldigt, Daddy zu vergöttern, ihre eigene Familie zu vernachlässigen. Nun verstand sie, wie perfekt sie in Daddys Hände gespielt hatte. Indem sie seine Schuld auf sich nahm, wurde sie nicht nur seine Vertraute, sondern auch sein *Gewissen.* Und so konnte er sündenfrei im Himmel landen, während sie auf Erden durch die Hölle ging.

Die ganze Zeit war sie sicher gewesen, sie hätte alles unter Kontrolle. Wieso hatte sie nicht gemerkt, dass sie ihren Mann verjagte und sich ihren Kindern entfremdete? Nun hielt sie immer noch Abstand von ihren Töchtern, weil sie bezweifelte, die beiden könnten sie lieben, mitsamt ihren Fehlern. Warum? Fühlte sie sich im Grund ihrer Seele schmutzig? Glaubte sie, Loris und Ninas Liebe nicht zu verdienen? War dies das *wahre* Erbe ihres Vaters? Wurde sie jetzt von den Sünden verzehrt, die sie ihm abgenommen hatte?

In ihrer Brust dröhnte ein leiser, dumpfer Akkord. Auf ihrem Bett ausgestreckt, starrte sie ins Dunkel und versuchte zu weinen, den trockenen, brennenden Druck hinter ihren Augen zu lindern. Ohne Erfolg. Die Tränen saßen zu tief, waren harte Steine, im bitteren Erdreich ihrer Erkenntnisse vergraben. Nur ein einziger Mensch könnte sie trösten – der Mann, der sie in gewisser Weise am schmerzlichsten verletzt hatte.

Ehe ihr bewusst wurde, was sie tat, drehte sie sich zur Seite und griff nach dem Telefon auf ihrem Nachttisch. Erst als sie die Nummer ihre Ex-Mannes wählte, die sie auswendig kannte, entsann sie sich, wie spät es war. Dazu kam ein weiterer ernüchternder Gedanke: Wenn Jim nicht allein war?

Beinahe hätte sie aufgelegt. Aber irgendetwas hielt sie davon ab, obwohl ihre Hand zitterte und ihre Zunge am Gaumen klebte, so trocken wie Schaumgummi. Nach dem dritten Läuten meldete sich Jims schläfrige Stimme. »Eh?«

»Hier ist Alex.« Zögernd fragte sie: »Bist du – allein, Jim?«

Nun entstand eine längere Pause, und sie stellte sich vor, er würde die Kissen hinter seinen Rücken stopfen. Dann hörte sie leises Gelächter. »Du kommst immer sofort zur Sache, was? Solltest du dich nicht erst mal entschuldigen, nachdem du mich aus dem Tiefschlaf gerissen hast?«

»Tut mir Leid.« Als sie merkte, wie scharf ihre Stimme klang, fügte sie rasch hinzu: »Ich wusste nicht, dass es schon so spät ist …« Warum beantwortete er ihre Frage nicht? Sie wartete angespannt.

»Gerade hatte ich einen phantastischen Traum«, murmelte er.

»Ich lag am Strand von St. John in der Sonne, spürte den Passatwind und sah keine einzige Menschenseele.«

»Und ich dachte, in deinem Paradies müsste dir eine schöne Frau im knappen Bikini eine Margarita servieren«, erwiderte sie bissig.

»Offenbar kennst du mich nicht so gut, wie du glaubst.« Sie hörte Bettzeug rascheln, dann gähnte er. »Da du weder stöhnst noch jammerst, nehme ich an, es handelt sich nicht um einen Notfall. Rufst du mich um halb zwei morgens an, um mir zu sagen, was für ein Arschloch ich bin?«

Alex seufzte und drehte sich auf den Rücken. »Nein. Wenn du diesen Eindruck gewonnen hast, tut es mir Leid.«

»Wow!« Er stieß einen leisen Pfiff aus. »Zwei Entschuldigungen hintereinander. Das muss mein Glückstag sein.«

»Du bist kein Arschloch – *ich* bin eins«, gestand sie. »Wenn du es noch nicht mitgekriegt hast, ich stecke in einer grässlichen Klemme.«

»Jetzt, wo du es erwähnst – da war irgendwas in den Abendnachrichten«, scherzte er. Entweder nahm er sie nicht ernst, oder er wollte sich nicht in ihre Schwierigkeiten hineinziehen lassen. Wie auch immer, es wäre ein Fehler, ihm anzuvertrauen, was sie bedrückte. Sie suchte nach passenden Abschiedsworten, mit denen sie ihr Gesicht wahren würde. Aber da fuhr er fort: »Großer Gott, Alex, nach allem, was mit deinen Eltern geschehen ist – wer wäre da nicht in einer schrecklichen Lage?«

»Jemand, der die *wirklich* bedeutsamen Dinge beachtet hätte, bevor es zu spät war.« Atemlos wartete sie auf seinen nächsten Schachzug.

»Nun ja, niemand ist vollkommen«, entgegnete er vorsichtig.

»Nur weil ich vollkommen sein wollte, bin ich in diese schreckliche Situation geraten. Übrigens, falls du immer noch mit einem Fuß auf diesem Strand stehst – ich erinnere mich sehr gut an unsere Flitterwochen, und die haben wir in *St. Thomas* verbracht. Das ist meine Methode, dir mitzuteilen, dass du vielleicht doch nicht schuld an unserer Scheidung warst.«

»Ich höre.«

Da erzählte sie ihm alles. Über Leanne und ihren Vater, ihre Schwestern, was sie oben im Haus besprochen hatten. »Die ganze Zeit hattest du Recht«, gab sie bedrückt zu. »Ich war sehr wichtig für Daddy. Aber nicht so, wie *ich* dachte. Er brauchte mich, um seine Sünden erträglicher zu gestalten, um sie zu waschen – wie schmutziges Geld.«

Eine Zeit lang schwieg er und schien nachzudenken. »Glaubst du, deine Mutter hat die Wahrheit gesagt? Ist Leanne wirklich sein Kind?«

Nur mühsam widerstand sie dem Impuls, ihn anzuschreien: *Sei nicht albern!* Doch sie konnte ihren Abscheu nicht ganz verbergen. »Natürlich nicht! Erstens war Leanne schon fünf, als ihre Eltern geschieden wurden. Das würde bedeuten, Beryl und mein Vater hätten es schon jahrelang getrieben. Meinst du nicht, ihr Mann hätte viel früher was merken müssen?«

»Überleg doch, wie lange es gedauert hat, bis deiner Mutter ein Licht aufgegangen ist«, argumentierte Jim.

Trotz allem, was sie jetzt wusste, verteidigte sie ihren Vater. »Nein. Daddy war zwar selbstsüchtig, aber kein Monster. Wäre Leanne seine Tochter, hätte er niemals …«

»Und wenn er es nicht wusste?«

»Unmöglich. So etwas hätte Beryl ihm sicher nicht verheimlicht.«

»Warum nicht? Du hast ja auch den Mund gehalten.«

»Hör mal …« Erschöpft massierte Alex ihre Schläfe. »Ich weiß, ich habe das Thema angeschnitten. Aber könnten wir es jetzt fallen lassen? Ich hab die Nase voll ...«

Sie lauschte seinen Atemzügen, tröstlich wie die Brandung, die sie während der Kindheit jeden Abend in den Schlaf gelullt hatte. »Brauchst du Gesellschaft?« Jims Frage klang so natürlich wie das Rauschen der Wellen.

Sekundenlang drohte ihr Herzschlag auszusetzen.

Genau das wünschte sie sich. Doch sie zögerte. Wenn sie Ja sagte – was würde es bedeuten? Dass sie bereit war, noch einmal von vorn anzufangen? Angenommen, Jim machte ihr diesen Vorschlag nur aus Mitleid ... Ein barmherziger Liebesakt wäre das Letzte, was sie ertragen könnte.

Endlich fand sie die Sprache wieder, die einer anderen Frau zu gehören schien – einer Fremden, die irgendwo im Dunkel ihrer Seele wohnte. »Ich sperre die Hintertür auf«, erwiderte sie leise.

Abrupt ließ ihre Anspannung nach, und sobald sie den Hörer aufgelegt hatte, wurde sie von ihrer Müdigkeit überwältigt. Ihre Augen weigerten sich, noch länger offen zu bleiben. Dagegen kämpfte sie nur eine Minute lang an – vor Jims Ankunft müsste sie Vorbereitungen treffen, das Flanellnachthemd mit verführerischen Dessous vertauschen, die Zähne putzen, die Tür aufschließen ...

Sie schlief immer noch und träumte von einer anderen Küste, kälter und unwirtlicher als St. Thomas – vom Strand, wo sie fast jeden Abend mit dem Vater spazieren gegangen war. Nur vage registrierte sie, dass eine Gestalt neben ihr unter die Decke schlüpfte. Instinktiv wandte sie sich zu dem vertrauten Geruch.

»Alex.« An ihrer Wange spürte sie den Hauch eines warmen Atems.

Immer noch im Halbschlaf, stöhnte sie leise und streckte einen Arm aus. Jim lag nackt neben ihr, und seine heiße Haut kam ihr vor wie ein Traum, aus dem sie nicht zu erwachen wagte. Irgendwo, tief unter dem steinigen Ufer bewusster Gedanken, spürte sie das Erwachen einer Leidenschaft, die sie vor langer Zeit auf Eis gelegt hatte.

Und sie erlaubte dem Gefühl, nach oben zu steigen, wehrte sich nicht dagegen, genoss es, als wäre es ein neuer köstlicher Geschmack. Langsam ließ Jim seine Zungenspitze über ihren Mund gleiten, bevor er ihre Lippen zwang, sich zu öffnen. Der Kuss erweckte den Eindruck, die beiden Jahre der Trennung wären nur ein Alptraum gewesen, und die einzige Wirklichkeit würde *jetzt* geschehen. Die Augen immer noch geschlossen, schmiegte sie sich an ihn, spürte beglückt seinen ganzen Körper, die straffen Muskeln, die langen Beine, die vertrauten Stellen, in die ihre Kurven so gut passten. Als sie eine pulsierende Regung an ihrem Schenkel fühlte, und ihn leise seufzen hörte, griff sie unter die Decke, um ihn intim zu streicheln.

Sie zwang sich, nicht an die Frauen zu denken, die ihn seit der Scheidung amüsiert hatten. Trotzdem entstanden die Bilder in ihrer Phantasie, verscheuchten den letzten Nebel des Schlafs und erregten sie perverserweise noch mehr. Das warme Prickeln in ihrem Inneren wuchs zu einem wilden Feuer.

Hastig zog sie das Nachthemd über ihren Kopf und ließ sich zwischen den Schenkeln liebkosen. Bei jeder Berührung seiner erfahrenen Finger öffnete sie sich etwas weiter. *Wie konnte ich das so lange entbehren?* Plötzlich erschienen ihr die einsamen Nächte, in denen sie stundenlang wach gelegen und sich eingeredet hatte, nun wäre sie besser dran, weit entfernt. Und so albern wie die Überzeugung ihrer kleinen Töchter, eine Nachtlampe würde den bösen schwarzen Mann verscheuchen.

»Du hast es nicht vergessen«, wisperte sie.

»Den Strand vielleicht – nicht die Frau.« Im Dunkel sah sie seine weißen Zähne schimmern, bevor er die Decke beiseite schob, und seine Zunge die Fingerspitzen verdrängte.

Sie spreizte die Beine, bäumte sich auf, und eine betörende Emotion jagte die andere. Unkontrolliert begann sie zu zittern – und wurde so mühelos über die Schwelle der Erfüllung getragen, dass ihr der Atem stockte. Brennende Wellen durchströmten ihren Körper und führten zu einem exquisiten Höhepunkt, der ihr fast die Besinnung raubte und sie von allen Hemmungen befreite.

Es eilt nicht, dachte sie. *Wenn wir wollen, haben wir die ganze Nacht Zeit.* Sie rückte unter Jim hervor, wollte ihn genauso befriedigen wie er sie. Aber er war ungeduldig und zog sie auf seine Hüften.

Wenig später schaute sie in sein Gesicht hinab, sah seine angespannte Konzentration, einen wilden Glanz in seinen Augen – und ihr Verlangen, eben erst gestillt, wuchs erneut stürmischer und intensiver mit jeder Bewegung, bis sie zu explodieren glaubte und Jim ihr mit harten, heftigen Stößen entgegenkam.

Warme Flüssigkeit rann an der Innenseite eines Schenkels hinab, als sie neben ihm auf die Matratze sank – außer Atem, schwerelos, als hätte sie sich von würgenden Fesseln befreit. In der Finsternis hörte sie, wie ihr Ex-Mann nach Luft rang. Es dauerte eine Weile, bis er sich auf die Seite drehte und ihre Wange berührte. »Ich muss ein Geständnis machen«, flüsterte er. »Eigentlich sind es zwei. Erstens – das habe ich mir seit anderthalb Jahren gewünscht.«

»Und zweitens?«, fragte sie lächelnd.

»Das da.« Er nahm etwas vom Nachttisch, das im grauen Schatten glänzte, und hielt es hoch. »Der Schlüssel zu deiner Hintertür. Den hat Lori mir gegeben. Für alle Fälle.«

»Für alle Fälle?«

»Ach, ich weiß nicht. Eine Feuersbrunst. Eine Überschwemmung. Oder …« Sie spürte, wie sein stoppelbärtiges Kinn über ihre Schulter strich. »Oder wegen der minimalen Chance, du würdest mich eines Nachts in einer schwachen Stunde einladen.«

Undeutlich erinnerte sie sich an ihr Versprechen, die Hintertür aufzusperren. Kurz bevor sie eingeschlafen war. »Eigentlich müsste ich böse sein.« Sie lachte leise. »Aber ich kann es nicht. Was hättest du denn ohne diesen Schlüssel getan?«

»Wahrscheinlich hätte ich die Tür eingetreten. Du kennst uns Höhlenmenschen. Wenn wir uns irgendwas in den Kopf gesetzt haben, schrecken wir vor nichts zurück.«

Sie hob die Brauen. »Ja, das habe ich gemerkt.«

»Irgendwelche Klagen?«

»Nur eine.«

»Oh?« Jims Lippen wanderten über ihren Hals.

»Ein einziges Mal war nicht genug.«

»Ganz meine Meinung.«

»Musst du nicht irgendein Flugzeug erreichen?«, hänselte sie ihn.

»Im Augenblick will ich nirgendwo anders sein.« Sein Kuss verhinderte jeden weiteren Kommentar, und er war auch völlig überflüssig.

Ein paar Stunden später saßen sie am Küchentisch und tranken Tee. *Sieht so aus, als wäre er hier daheim,* dachte sie. *Als hätte er irgendwann hier gelebt.* Sie hatte das seltsame Gefühl, wenn sie jetzt aufstünde und nach oben ginge, würde sie seine Kleidung im Schrank finden, seine Zahnbürste neben ihrer im Badezimmer. Seit fast einem Jahr wohnte sie in diesem Haus. Warum war ihr nie zuvor eingefallen, dass der Lehnstuhl im Wohnzimmer seinem Lieblingssessel in jenem Heim glich, das sie so lange geteilt hatten?

»Weißt du es noch?«, fragte Jim. »Kurz nach der Geburt unserer Töchter war dies die einzige Tages- oder eher Nachtzeit, in der wir nicht gestört wurden.« Er hatte sich angezogen, falls eins der Mädchen in die Küche kommen und sich einen Snack holen würde. Aber am Rücken steckte das Hemd nicht in der Hose, und der Gürtel war geöffnet. Unter dem Tisch schob er seine nackten Füße zu ihren, bis sich die Zehen ineinander schlangen.

Lächelnd blies sie in ihren Tee. »Wir haben immer nur geflüstert, vor lauter Angst, sie würden aufwachen und zu schreien anfangen.«

»Und jetzt flüstern wir auch – manche Dinge ändern sich nie.«

Ein wenig bestürzt über den Gedanken, die Zwillinge könnten ihre Eltern in dieser Situation antreffen, spielte sie mit dem Faden ihres Teebeutel. Sie wollte keine falschen Hoffnungen wecken. In beiläufigem Ton wisperte sie: »Und was soll jetzt geschehen?«,

»Da bin ich mir nicht sicher …« Nachdenklich runzelte er die Stirn. »Aber vielleicht macht es Spaß, das herauszufinden.«

Sie nickte und versuchte, einen Klumpen in ihrer Kehle herunterzuschlucken. »Ja – vielleicht. Wenn du derzeit keine Freundin hast …«

Da er nicht sofort antwortete, fürchtete sie sich vor dem, was sie hören würde. Dann schüttelte er belustigt den Kopf, griff über den Tisch hinweg und umfasste ihr Kinn. »Solltest du mir nicht ein kleines bisschen vertrauen?«

Sofort entspannte sie sich und lächelte wieder. »Okay. Sobald ich lerne, mir selber zu trauen. Jim …«, fügte sie stockend hinzu, »da gibt es gewisse Dinge, die ich dir nicht erzählt habe – die du wissen musst, bevor wir unsere Beziehung vertiefen …« Als sie an ihre finanziellen Sorgen dachte, begannen ihre Nerven erneut zu flattern. Doch das war nicht alles. Sie musste auch noch ihre familiären Schwierigkeiten meistern. Würde Jim ihr helfen?

Auf die Ellbogen gestützt, erwiderte er ihren Blick. Der Dampf, der aus seiner Tasse aufstieg, milderte die harten Konturen seiner Gesichtszüge. In unbefangenem Ton, den die Intensität seiner Augen Lügen strafte, fragte er: »Was machst du morgen? Am Nachmittag habe ich frei. Fahren wir zum Lighthouse Point? Wenn man sich aussprechen will, gibt's keinen besseren Ort.«

Alex zögerte. Morgen musste sie jemandem ein Haus zeigen, das die Agentur seit fast einem Jahr zu verkaufen suchte. Über die neue Kundschaft wusste sie fast nichts. Ein älteres Ehepaar, das wahrscheinlich nicht ernsthaft interessiert war. »Und was soll ich den Mädchen erzählen?«

»Dass du ein Rendezvous mit einem großen, dunkelhaarigen, attraktiven Mann hast.« Sein Grinsen erlosch sofort wieder. Forschend schaute er sie an. »Diese Beschreibung passt auf viele Männer.« Pause. »Hast *du* derzeit einen Freund?«

Beinahe hätte sie laut gelacht. Nicht, dass es ihr an Chancen mangeln würde. Aber wie sollte sie in dem ganzen Trümmerhaufen, zu dem ihr Leben sich entwickelt hatte, die nötige Zeit und innere Ruhe finden, um einen Mann näher kennen zu lernen? »Wenn ich einen hätte, würde es dir nur recht geschehen«, neckte sie ihn und unterdrückte ein Lächeln. Dann überdachte sie ihr Tagesprogramm, als würde sie vor einem Webstuhl sitzen und müsste lose Fäden verbinden. »Verschieben wir es auf übermorgen? Ich müsste jemanden besuchen.«

»Muss ich wissen, wer es ist? Natürlich geht es mich nichts an.« Die winzige Falte über seinen Nasenwurzeln verriet ihn immer wieder, selbst wenn er sich bemühte, seine Gefühle zu verbergen.

Jim war eifersüchtig.

Jetzt lächelte sie doch noch und gestand die Wahrheit, die genauso unangenehm war – zumindest für sie – wie die Probleme, die ein Liebhaber aufwerfen würde. »Meine Mutter – wenn ich mich dazu durchringen kann.«

KAPITEL 16

Johnny wanderte im Büro seines Chefs umher, das etwas größer war als sein eigenes, aber den gleichen einschläfernden Ausblick auf einen welligen Rasen mit Inseln aus Redwood-Bäumen bot. Dazwischen duckten sich Zwergkoniferen und Feuerdornbüsche wie verirrte schiffbrüchige Seeleute. In der zweiten Juniwoche hatten die Wildkirschenbäume entlang des Weges bereits ihre Blüten verloren. Ein paar lagen immer noch im Gras, wie Konfetti von einer Parade, die irgendwann vorbeigezogen war.

»Fluchtgefahr?«, wiederholte Johnny. »Verarschen Sie mich? Praktisch überreicht sie uns den Schuldspruch auf einem verdammten Silbertablett!« Er musste sich zusammenreißen, um nicht zu schreien. »Maximal braucht sie drei bis vier Wochen, um ihre Angelegenheiten zu ordnen und ein bisschen Zeit mit ihrer Familie zu verbringen. Glauben Sie mir, sie wird nicht verschwinden. Wenn wir nachgeben, lässt Kendall sie gegen Kaution frei. Dann hätten Sie bei den blutenden Herzen da draußen einen Stein im Brett. Und die alte Dame dürfte ein paar Wochen in Freiheit genießen, bevor sie für den Rest ihres Lebens im Knast landet.«

Bruce Cho saß hinter seinem Schreibtisch und musterte ihn mit jener ausdruckslosen Miene, die sein Markenzeichen war. »Meinen Sie, nur weil sie alt ist, haut sie nicht ab? Die meisten Leute würden allein schon über den Gedanken lachen, eine Sechsundsechzigjährige könnte ihren Ehemann ermorden.« Aus seiner Bassstimme – von der Sorte, die Kinder und Hunde zum sofortigen Gehorsam zwang – sprach kalte Unnachgiebigkeit. »Aber nehmen wir mal rein rhetorisch an, sie bleibt hier. Was würde die Öffentlichkeit vermuten? Dass die Bezirksstaatsanwaltschaft zu einigen Zugeständnissen bereit ist, wenn man ein gewisses Alter erreicht hat und einer bestimmten Rasse oder Religion angehört?«

In dieser Kleinstadt musste sich Cho, ein riesengroßes, kräftiges Produkt seines samoanischen und philippinischen Erbes, mit allen erdenklichen Vorurteilen herumschlagen. Deshalb litt er an Komplexen, und Johnny wusste, wie behutsam und diplomatisch er vorgehen musste, um ihn zu erweichen. »Sogar einem kranken Hund würden Sie ein paar Wochen gönnen.«

»Nicht, wenn er tollwütig ist.« Chos Augen verengten sich – tief liegende, glitzernde Anthrazitsplitter. »Eins steht jedenfalls fest: Die Lady gibt den Leuten Rätsel auf. Also sollte sie da bleiben, wo wir sie im Auge behalten können. Sicher hat sie Geld beiseite geschafft – genug, um in Rio de Janeiro wie eine Königin zu leben.«

Johnny lachte freudlos. »Vielleicht. Aber ich bezweifle, dass sie fähig wäre, allein eine Straße zu überqueren.«

»Das wurde auch von diesem superschlauen Vinnie Gigante behauptet. Acht Seelenklempner waren sich darin einig.«

»Die seine Mafia-Gang bezahlt hat«, ergänzte Johnny trocken.

Nachdenklich schaute Cho ihn an, die großen Hände unter dem Kinn gefaltet, und nickte, als wollte er in einem Dialog mit sich selbst antworten. *Dieser Mann,* dachte Johnny, *kann allein durch die Kraft seiner Autorität die Verurteilung eines Angeklagten bewirken. So, wie er jenen Tomatenfarmer wegen Totschlags hinter Gitter schickte, nachdem der Mann drei Wanderarbeiter unter der brütenden Sommersonne in einen Schuppen gesperrt hatte …* Zwei waren gestorben. Er habe ihnen nicht schaden und nur eine Lektion erteilen wollen, protestierte Joe Cunningham. Letzten Endes war *ihm* eine Lektion erteilt worden. Vierzig Jahre in Lampoc.

»Wenn ich es nicht besser wüsste, John, würde ich sagen, Sie haben ein persönliches Interesse an dem Fall.« Die Stimme des Bezirksstaatsanwalts glich einer Nadel, die in der Stille zu Boden fiel.

Plötzlich begann Johnny zu schwitzen. Sein Blick glitt zum Aktenschrank, auf dem ein gerahmtes Foto aus Chos Glanzzeit stand. Damals war er Verteidiger bei Notre Dame gewesen. Nur ein verletztes Knie hatte ihn an der Profilaufbahn gehindert und veranlasst, Jura zu studieren. Was sich nicht verändert hatte, war der unbeugsame Siegeswille, den dieses Porträt verriet.

Johnny vertrat einen anderen, wenn auch keineswegs gegensätzlichen Standpunkt. Nach seiner Ansicht gab es zwischen Gesetz und Moral eine Grauzone, und nun fragte er sich, wie seine Beweggründe da hineinpassten. Musste man die Liebe für ein besseres Motiv halten als den Ehrgeiz? Waren Cho und er selbst ehrlich? Cho strebte seine Wiederwahl an, Johnny ein einfacheres und zugleich viel komplizierteres Ziel: Daphne. Indem sie ihn um Hilfe bat, gab sie ihm unwissentlich die ersehnte Chance.

Aber erst einmal musste er seinen Boss umstimmen. Er rückte einen Stuhl an den Schreibtisch, setzte sich und wandte die Methode des Blickkontakts an, die Cho ihm für den Umgang mit Geschworenen beigebracht hatte. »Erinnern Sie sich an den Abend vor der Wahl, Bruce? Als wir im Manny's versackt sind? Da erklärten Sie mir, wenn Sie nicht gewinnen, würden Sie das Handtuch werfen und als Footballtrainer bei unterprivilegierten Kindern arbeiten.«

Chos steinerne Miene deutete schwache Belustigung an. »Zu viele Margaritas auf leeren Magen.« Das Lächeln erlosch. »Übrigens, das habe ich ernst gemeint.«

»Wahrscheinlich waren Sie zu betrunken, um sich daran zu erinnern. Aber an jenem Abend erzählte ich Ihnen von einer Frau, die ich vor langer Zeit geliebt hatte – und noch immer nicht vergessen kann.« Die Hitze in Johnnys Brust drückte sein Herz zu einem harten kleinen Klumpen zusammen. »Was ich nicht erwähnte, weil es damals unwichtig war, Bruce – sie heißt Daphne Seagrave.«

Chos Blick zeigte leichte Überraschung, aber er blieb seinem Stil treu und zuckte mit keiner Wimper. »Weisen Sie mich auf einen Interessenkonflikt hin?«

Johnny holte tief Atem. »Natürlich will ich Sie nicht bescheißen. Ich liebe meinen Job, Sie können sich auf meine Integrität verlassen, und Sie sollten von *mir* erfahren, dass ich in diesen Fall persönlich involviert bin. Bisher habe ich meine Grenzen in keinem einzigen Gespräch mit Daphne überschritten.«

Sichtlich verärgert über dieses neue Problem in einer ohnehin schon kniffligen Situation, runzelte Cho die Stirn. »Abgesehen von *meiner* Ansicht – in so einer Kleinstadt wird viel getratscht. Und Sie wagen eine ganze Menge für eine alte Flamme.«

Johnny dachte an das einzige Mal, bei dem er bestohlen worden war, ein paar Jahre nach der Hochzeit mit Sara. Deprimiert hatte er die quadratischen hellen Flecken angestarrt, die sein Fernseher und die Stereoanlage auf dem staubigen Holz hinterlassen hatten. Nicht nur der Verlust bedrückte ihn, sondern der Gedanke, dass ein erbärmlicher Hurensohn sein Leben riskiert hatte. Was wäre geschehen, wenn Johnny mit einer Schrotflinte auf der Lauer gelegen hätte? Und für die gebrauchten Geräte hatte der Kerl sicher nur ein paar Dollar bekommen.

Sicher, jetzt setzte er selbst viel mehr aufs Spiel. Aber er konnte einen hohen Preis gewinnen. Sollte er Cho belügen? Schließlich entschied er sich für die simpelste aller Wahrheiten. »Ich schlafe nicht mit ihr, falls Sie das meinen.« Wohlweislich benutzte er die Gegenwartsform. Was sein Boss über den Abend am Strand nicht wusste, würde ihn nicht heiß machen. Und vor dem Ende der Gerichtsverhandlung würde sich jener Abend nicht wiederholen. Dafür hatte Daphne ihre eigenen Gründe, die er nicht verstand, aber er fand es richtig – nur um ihrer Mutter willen –, dass sie Distanz wahrte. Vorerst. Und wenn das alles vorbei war? Weder ihr Mann noch Cho oder die gesamte Verteidigung von Notre Dame würden ihn von der geliebten Frau fern halten.

»Drücken wir es anders aus.« Zum ersten Mal wirkte Cho leicht genervt. »Was die Kaution betrifft – hegen Sie zufällig irgendwelche Hintergedanken?«

Johnny spürte ein schwaches Prickeln in seinem Innern, genau da, wo der glatte Asphalt des Verstands aufhörte und die holprige Straße des Instinkts begann. Als junger Mann hätte er für Daphne mit bloßen Fäusten Drachen getötet. Jetzt musste er auf seine Klugheit bauen. Aber alles lief auf dasselbe hinaus, nicht wahr? Trotz der vieltausendjährigen Zivilisation lag es immer noch in der menschlichen Natur, für ein ersehntes Ziel zu kämpfen, sogar zu töten. In dieser Hinsicht unterschied er sich nicht von Cho. »Ich habe Ihnen alles gesagt, was Sie wissen müssen.« Unglücklicherweise klang das so, als hätte er was zu verbergen …

Über Chos ausdrucksloses Gesicht glitt ein Schatten wie eine Sturmwolke über eine unbewohnbare Wüste. »Hier geht es nicht darum, was legal – oder sogar moralisch wäre, John. Wenn die Presse davon erfährt, wird es verdammt peinlich.«

In Johnnys Wange zuckte ein Muskel. »Niemand wird was erfahren.«

»Wie zum Teufel können Sie das garantieren?«

»Sie haben mein Wort, Bruce. Und falls irgendwer auszugraben versucht, was zwei Achtzehnjährige neunzehnhundertsiebenundsiebzig getrieben haben, wär es eine nette, aber ziemlich dünne Story.« Johnny erinnerte sich, wie er sie am Kai geküsst hatte, in aller Öffentlichkeit. Das war leichtsinnig gewesen. Aber er bereute es keine Sekunde lang.

Während sein Boss schwieg, wartete er angespannt. Er wusste, dass Cho ihn nur testete und ihm weitere Informationen zu entlocken suchte. Beim Kreuzverhör war das seine beste Taktik, dieser 22.er-Kaliber-Blick. Und obwohl er ledig war – das Stammpublikum im Gerichtssaal scherzte, Justitia sei seine Ehefrau und Geliebte –, besaß er genug Lebensweisheit, um zu erkennen, dass ein Mann mit einer Schwäche für eine alte Flamme ungefährlicher war als einer, dessen Herz sein Gewissen besiegte.

Nach einer halben Ewigkeit räusperte sich der Bezirksstaatsanwalt – ein explosives Bellen, das wie ein Gewehrfeuer klang. Seine Augen glitzerten kalt. »Sie sagten, vor vielen Jahren seien Sie in diese Frau verliebt gewesen. Aber Sie haben nicht erwähnt, was Sie jetzt für sie empfinden.«

»Keine Bange, sie ist verheiratet«, erwiderte Johnny. Von seiner Liebe zu Daphne brauchte Cho nichts zu wissen, auch nicht von dem Verdacht ihres Mannes, der nach wochenlanger Abwesenheit eine Veränderung bemerkt und sich zu einer plötzlichen Reise nach Miramonte durchgerungen hatte. Darüber war Johnny informiert, weil er ihn am vergangenen Tag in Daphnes Begleitung vor dem Jasper gesehen hatte – einen großen, selbstgefälligen Kerl. Genau der Typ, den Johnny sich vorgestellt hatte.

Während er jetzt im Büro seines Chefs saß, hätte er gern die Gründe aufgezählt, die Daphne zur Scheidung veranlassen müssten. Aber glücklicherweise verfolgte Cho das Thema nicht weiter. Er schaute auf seine Uhr und fluchte. »Scheiße, in zehn Minuten fängt eine Verhandlung an. Schon wieder Munson. Ob Sie's glauben oder nicht, dieses Arschloch hat seinen Anwalt zu einem Wiederaufnahmeverfahren überredet.« Schwerfällig stand er auf. Die überlastete Federung seines Sessels knarrte erleichtert. Offenbar hatte er Cathcarts Antrag auf die Freilassung der Angeklagten gegen Kaution vergessen, und Johnny beschloss, seine letzte Salve abzuschießen.

Doch da beugte sich Cho vor, weit genug, dass er den Sonnenschein verdunkelte, der durch das Fenster hinter seinem Rücken hereinströmte. Die Hände auf den Schreibtisch gestützt, sagte er leise und eindringlich: »Ein guter Rat, John. Es ist mir egal, mit wem Sie bumsen. Aber falls irgendwas passiert, das Lydia Seagrave daran hindert, nach ihrer Freilassung vor Gericht zu erscheinen, sind Sie gefeuert. Und das wäre noch die geringste Ihrer Sorgen. Haben Sie das verstanden?«

Johnnys Herz schlug wie rasend. Aber er ließ sich nichts anmerken und hielt dem stechenden Blick stand. »Laut und deutlich.«

Am nächsten Vormittag saß Daphne im Gerichtssaal und beobachtete angstvoll, wie ihre Mutter zum Richtertisch geführt wurde. Der große Raum, am Tag der Anklageerhebung überfüllt, war an diesem sonnigen Mittwoch, mehr als zwei Monate später, fast leer. Doch das nahm sie kaum wahr. Sogar die glücklicherweise kurze Prozedur ereignete sich hinter einem seltsamen Schleier. Außer Johnnys Erklärung, die Anklage sei nun mit der Freilassung gegen Kaution einverstanden, hörte sie kein einziges Wort. Unverwandt starrte sie Richter Harold Kendall an, dessen Gesicht an eine übergewichtige Bulldogge erinnerte.

»Wenn die Anklage keinen Einspruch erhebt, nehme ich den Antrag der Verteidigung an. Die Kaution beträgt fünfhunderttausend.«

Als Kendall mit seinem Hammer auf den Tisch schlug, zuckte Daphne zusammen, und ihr wurde fast schwarz vor Augen. Erst jetzt merkte sie, wie angespannt sie gewesen war. Es dauerte eine Weile, bis sie ihre verkrampften Finger voneinander lösen und Kittys Hand drücken konnte. Noch war die Tortur nicht vorbei. Aber sie hatten wenigstens einen kleinen Sieg erringen können. Roger, der an ihrer linken Seite saß, räusperte sich vernehmlich. Dachte er an die halbe Million? Wahrscheinlich, so wie sie ihn kannte. Ihr Ärger lenkte sie kurzfristig von ihrer Freude ab. Soviel sie wusste, hatte Daddy sein Vermögen so angelegt, dass Mutter darüber verfügen konnte. Aber aus irgendwelchen Gründen kamen sie nicht an das Geld heran. Also würde sie die Kaution verdammt noch mal aus ihrer eigenen Tasche bezahlen.

Dann begegnete sie Rogers Blick, und die unverhohlene Erleichterung in seinen Augen beschämte sie. Unverwandt schaute sie ihn an, damit sie nicht beobachten musste, wie Johnny durch den Mittelgang eilte.

Wie er es geschafft hatte, wusste sie nicht. Jedenfalls verdankte sie ihm Mutters Freilassung, es gab keine andere Erklärung für den erstaunlichen Sinneswandel der Anklage. Hatte sie es im Grunde ihres Herzens nicht immer gewusst? Er würde sie nicht im Stich lassen.

Während sie Roger und Kitty aus dem Gerichtssaal in den Korridor mit den Glaswänden folgte, sah sie Johnny in ein angeregtes Gespräch mit seinem Boss vertieft. Ihr Puls beschleunigte sich. Während der Verhandlung war ihr seine Nähe viel intensiver bewusst gewesen als die Anwesenheit ihres Mannes. Sogar jetzt, als Roger sich entschuldigte, um mit Cathcart die Modalitäten der

Kautionszahlung zu besprechen, hatte Daphne das Gefühl, dass nicht ihr Mann, sondern Johnny ihrer Mutter die Freiheit schenkte. Leider konnte sie ihm nicht zu verstehen geben, wie viel ihr das bedeutete. Wie sie Chos versteinerter Miene entnommen hatte, musste sein Stellvertreter Himmel und Hölle in Bewegung gesetzt haben, um ihren Wunsch zu erfüllen. Doch sie musste Distanz wahren, sosehr sie auch darunter litt, und Roger eine Chance geben – selbst wenn sie dafür ihr Glück an Johnnys Seite opferte.

Sie ging auf ihre Schwester zu, die mit Cathcarts missmutiger blonder Anwaltsgehilfin plauderte. Nach wenigen Schritten wurde ihr Ellbogen von einer kraftvollen Hand umfasst. »Hast du einen Augenblick Zeit?«, flüsterte Johnny.

Langsam wandte sie sich zu ihm. Das Erste, was sie sah, war eine kleine rote Narbe an seinem Kinn, wo er sich beim Rasieren geschnitten hatte. Im Gerichtssaal war ihr diese Verletzung nicht aufgefallen, denn sie hatte zu weit von ihm entfernt gesessen. Jetzt spürte sie seine Nähe viel zu intensiv, trotz des diskreten Abstands, und seine Augen schienen sie zu verbrennen. »Johnny, ich glaube nicht, dass wir …«, begann sie zu protestieren.

»Es dauert nicht lange.« Er führte sie um eine Ecke in einen kürzeren Korridor, an dessen Ende sich eine kleine Vorhalle mit Sesseln und Bänken zwischen verschiedenen Topfpflanzen befand.

Da sie fürchtete, er könnte ihr Widerstreben falsch interpretieren, entschuldigte sie sich hastig: »Tut mir Leid, ich wollte dich nicht abwimmeln. Offenbar hast du dich in eine schwierige Lage gebracht, um Mutters Freilassung zu erwirken. Dafür bin ich dir sehr dankbar.«

»Aber zu nichts verpflichtet.«

»O Johnny …« Um ihre Tränen zu verbergen, senkte sie den Kopf. »Wenn du wüsstest, wie viel mir das bedeutet …«

Abrupt wechselte er das Thema. »Du bist mit deinem Mann hier, nicht wahr?«

Sie nickte. »Vorgestern kam Roger unerwartet nach Miramonte. Er – er wollte mich überraschen.« Mühsam brachte sie ein Lächeln zustande, das einer Grimasse glich.

Nach einer kurzen Pause erklärte er: »Vorhin meinte ich, du wärst *mir* nicht verpflichtet. Das bedeutet keineswegs, du würdest dir *selber* nichts schulden.« Etwas sanfter fügte er hinzu: »Bitte, denk darüber nach.«

»Im Augenblick ist alles so kompliziert …«

»Das weiß ich, und ich kann warten.«

»Johnny, ich habe *Kinder*.«

»Oh, ich liebe Kinder, und ich habe selber eins. Falls du dich erinnerst.«

»Aber du bist geschieden. Und ich nicht …«

»Das habe ich gemerkt.« Er schaute an ihr vorbei, als erwartete er, Roger in der Tür zu sehen. Vielleicht *hoffte* er sogar auf eine Konfrontation, die eine Entscheidung herbeiführen würde. »Ehrlich gesagt, Daphne, nach allem, was ich über deinen Mann gehört hatte, hielt ich ihn für einen Typen, dem ich in früheren Zeiten die Zähne eingeschlagen hätte. Aber als ich ihn sah, bemerkte ich etwas an ihm, was mich überraschte.«

Nervös schaute sie sich um. Nicht weit entfernt saß eine bunt gemischte Schar auf den Bänken zwischen den Topfpflanzen, offenbar Geschworene, die nicht miteinander sprachen und einfach nur warteten wie Fremde an einer Bushaltestelle.

»Er liebt dich, Daphne.«

»Wieso weißt du das?«, fragte sie verblüfft.

»Weil es mein Job ist, die Gegenseite zu taxieren. Und das kann ich sehr gut.« Johnny grinste, aber seine Augen blieben kühl. »An der Art, wie er dich ansah, habe ich es erkannt. Er strengt sich ein bisschen zu sehr an, seine Gefühle zu verstecken.«

Daphne war erschüttert und verwirrt. Es war nicht nötig gewesen, dass Johnny ihr das sagte. Hatte sie es nicht immer gewusst? Das war der Grund, aus dem sie bei Roger blieb. Nur deshalb gab sie ihm eine zweite Chance. Wenn er es auch nicht zeigte – er liebte sie. Und diese Tatsache würde ihrem Glück vermutlich im Wege stehen.

»Warum tust du das, Johnny?«, flüsterte sie verzweifelt.

Er hob eine Hand, und sie fürchtete, er würde sie berühren. Doch das tat er nicht. »Jemanden zu lieben, ist noch keine Fahrkarte – nur ein Platz in der Warteschlange vor dem Schalter. Was immer du beschließen wirst, Daphne, tu es nicht für deinen Mann oder deine Kinder. Auch nicht für mich. Tu es für *dich.*«

Da lachte sie unter Tränen. »Für jemanden, der so schlechte Englischnoten bekam, drückst du dich sehr gewählt aus.«

Jetzt lächelten auch seine Augen. In dieses freimütige schiefe Grinsen hatte sie sich damals in der Raucherhöhle verliebt. »Dafür muss man kein Genie sein. Wenn man oft genug auf den Kopf geschlagen wird, lernt man es mit der Zeit.«

Sie schaute an ihm vorbei. Da war Roger, der nicht in der üblichen siegessicheren Art auf sie zukam, sondern langsam, mit gemessenen Schritten, als würde er sein Ziel kennen, aber nicht wissen, was ihn dort erwarten mochte. Ihr stockte der Atem. Zum ersten Mal in den achtzehn Jahren ihrer Ehe hatte sie das Gefühl, sie würde die Oberhand gewinnen. Statt Genugtuung empfand sie Mitleid mit ihrem Mann. Wenn sie den Prozess überstanden hatten und nach New York zurückkehrten, würde sich die Situation vereinfachen. Aber der Weg bis dahin war lang, und Johnny machte ihr alles noch viel schwerer.

Fragend blickte Roger von ihr zu Johnny. Sie seufzte erleichtert, als Johnny geschäftsmäßig ihre Hand schüttelte und zwang sich, nicht zu erröten. Warum musste der warme Druck seiner Finger so bittersüße Erinnerungen wecken?

»Auf Wiedersehen, Johnny. Und – vielen Dank.«

»Keine Ursache.« Wenige Sekunden bevor Rogers Anwesenheit sie gezwungen hätte, die beiden Männer miteinander bekannt zu machen, ging Johnny davon.

Reglos blieb sie stehen und zwang sich, eine neutrale Miene aufzusetzen. Das bereitete ihr viel größere Mühe, als die Mutter im Gefängnis zu besuchen und die hässliche Wahrheit über ihren Vater zu akzeptieren. Und es war sogar noch schwieriger als jene Trennung von Johnny vor so vielen Jahren.

Kapitel 17

Schließlich verlief nichts nach Plan. Auf der Heimfahrt trug Lydia ein geblümtes Seidenkleid – Kitty hatte es hastig aus dem Schrank genommen –, das nicht zum Anlass passte und formlos an ihrem abgemagerten Körper hing. Eine Zeit lang starrte sie durchs Fenster, dann bemerkte sie freundlich, sie sei neugierig, wie die Begonien auf der Veranda den Kälteeinbruch im letzten Winter überstanden hätten.

Roger bog in seinem gemieteten Chrysler LeBaron auf die San Pedro Avenue und riss das Lenkrad so abrupt herum, dass die Reifen quietschten und vor dem Friendly Planet Natural Foods mit dem Wandgemälde, das spielende Delphine zeigte, eine dunkle Spur in der Form eines großen, dicken Kommas hinterließen. Sofort drosselte er das Tempo, und sie glitten langsam am benachbarten Friseursalon Hiz n' Herz vorbei. Mit übertriebener Geduld erklärte er seiner Schwiegermutter, es sei bereits *besprochen* worden, dass sie vorerst in Kittys Haus besser aufgehoben wäre.

Obwohl sein Tonfall Kittys Nerven strapazierte, hielt sie den Mund und betrachtete ihre Mutter, die neben ihr saß. *Bald wird sie den Sinn dieser Regelung verstehen.* Im Haus an der Cypress Lane würden zu viele Erinnerungen warten. Und bei Alex konnte sie nicht wohnen.

Am Vortag hatte Kitty ein sonderbares Telefongespräch mit ihrer jüngeren Schwester geführt. Ungewöhnlich besorgt und leicht verlegen erkundigte sich Alex nach Mutter und lehnte Kittys Vorschlag ab, die Kautionsverhandlung zu besuchen. »Ich muss ihr was sagen«, hatte sie mit gepresster Stimme erwidert. »Und das würde mir schwer fallen, wenn so viele Leute dabei sind.«

Kitty bezweifelte nicht, dass die kleine Schwester einiges auf dem Herzen hatte, was sie loswerden wollte. Hoffentlich war Mutter stark genug, sich das alles anzuhören. Lydia erwiderte ihren unbehaglichen Blick mit einem Lächeln, das zu besagen schien: *Wozu das ganze Getue?* »Natürlich weiß ich deine Einladung zu schätzen, Liebes. Aber ich *muss* einfach nach Hause zurückkehren. So lange ist es her, und es gibt viel zu tun vor …«, sie zögerte nur ein paar Sekunden lang, »… vor dem Prozess.«

»Nein, das kommt nicht in Frage«, entgegnete Daphne, drehte sich auf dem Beifahrersitz um und runzelte die Stirn. »Du kannst nicht allein in diesem großen Haus bleiben – das wäre …« Beinahe hätte sie das Wort heruntergeschluckt, aber dann sprach sie es aus: *»Gruselig!«*

»Vielleicht für dich.« Besänftigend tätschelte Lydia ihre Schulter. »Ich bin dort zu Hause.«

Zum Glück haben wir den Teppich entfernt, dachte Kitty. Am vergangenen Abend hatte sie ihn mit Daphnes Hilfe zusammmengerollt und im Honda verstaut. Danach waren sie zur Müllkippe gefahren, wobei sie sich wie eine Komplizin gefühlt hatte, die einem Mörder half, die Leiche zu beseitigen. »Aber würde es dir bei mir nicht besser gefallen? Du wärst nicht allein. Und du würdest Kyle und Jennie sehen.«

Sofort erhellte sich Lydias Miene. Aber nach einer kurzen Pause fragte sie beunruhigt: »Wer passt denn jetzt auf sie auf?«

Immer noch dieselbe Mutter, die sich um ihre Töchter und Enkel sorgt, registrierte Kitty erleichtert. »Willa. Sie kann sehr gut mit Kindern umgehen, weil sie selber zwei hat.« Obwohl sie einen beiläufigen Ton anschlug, der ihre Mutter vielleicht täuschte, tat ihr die plötzliche Erinnerung an den eigenen Verlust in tiefster Seele weh.

Mutters träumerische Miene schien auf einen Sinneswandel hinzuweisen. Dann seufzte sie und faltete energisch die Hände im Schoß. »Ich werde die beiden noch früh genug sehen. In ein oder zwei Tagen besucht ihr mich alle zum Dinner. Nachdem ich Zeit gehabt habe, um Atem zu schöpfen.«

Daphne, die genauso hartnäckig sein konnte, versuchte es mit einer anderen Taktik. »Soll ich bei dir bleiben? Dann hättest du Gesellschaft.«

Bedauernd schüttelte Lydia den Kopf. »Das möchte ich nicht, Liebes. Vielleicht ein andermal.« Hinter dem schwachen Lächeln erkannte Kitty die nervenaufreibende Anspannung, unter der ihre Mutter gestanden hatte. »Jetzt muss ich erst einmal allein sein.«

Daphne argumentierte, *sie* würde sich oben im Haus wohler fühlen, wo sie die Mutter im Auge behalten könne. Dass sie um deren Gesundheit bangte, brauchte sie nicht zu erwähnen. Sogar Lydia musste merken, wie gebrechlich sie geworden war.

Aber sie ließ sich nicht von ihrem Entschluss abbringen. *Als wäre das Auto ein Rettungsboot,* dachte Kitty, *und Mutter steht am Ruder, um uns durch ein stürmisches Meer zu geleiten, das die kostbare Fracht der Familienerinnerungen und -illusionen verschlungen hat.*

Und so hielt sie den Kurs bis hinauf zum Agua Fria Point. Flankiert von ihren Töchtern, folgte sie Roger die Stufen des Hauses hinauf, das sie vor vierzig Jahren im Brautkleid betreten und zuletzt in Handschellen verlassen hatte.

Kitty bemerkte ihre eigene Nervosität erst auf der Veranda, wo einer ihrer ungewohnten hohen Absätze an einem verbogenen Bodenbrett hängen blieb und sie beinahe gestrauchelt wäre. Sie schwankte, und ihr Herz schlug heftig, als hätte sie nur mit knapper Not einen Sturz von den Klippen auf der anderen Straßenseite vermieden, die steil zum schimmernden Meer hin abfielen.

Glücklicherweise zeigten die Begonien in den Körben, die unter der Dachrinne herabhingen, deutliche Lebenszeichen. Aus dunklen Stängeln wuchsen fleischige Blätter im Purpurgrün verblassender Blutergüsse. Kitty beobachtete, wie Lydia über ein Blatt strich, und atmete erleichtert auf. *Vielleicht gibt es immer noch Hoffnung. Für Mutter und uns alle.*

Lydia wurde offenbar von ähnlichen Gefühlen bewegt. Sie blieb auf der Schwelle stehen und wandte sich zu ihren Töchtern und ihrem Schwiegersohn um – eine dünne weißhaarige Frau in einem zu großen geblümten Kleid. Sie wirkte um Jahre gealtert und auch kleiner, als wäre sie unter der Sorgenlast geschrumpft. Doch die Augen, von neuem Leben erfüllt, strahlten im Widerschein des fächerförmigen bunten Fensters in der Tür, das alle Besucher zu bewundern pflegten. »Haltet mich nicht für undankbar, meine Lieben. So viel habt ihr für mich getan, und ich bin tief gerührt.«

»Aber …«, begann Daphne. In ihrem marineblauen Leinenkostüm, das ihrem Teint nicht schmeichelte, sah sie blass und müde aus. Forschend betrachteten die meergrünen Augen das Gesicht der Mutter.

Eine Hand auf der Klinke, berührte Lydia mit der anderen Daphnes Arm. »Bitte, mach dir keine Sorgen. Es geht mir gut. Wirklich.« Sie küsste alle auf die Wange. Dann schloss sie leise, aber nachdrücklich die Tür hinter sich.

In den drei Tagen, die seither verstrichen waren, hatte sich Kitty ganz auf den Teesalon konzentriert und den Gedanken verdrängt, was womöglich im Haus an der Cypress Lane geschehen mochte. Ja, stimmte sie Daphne zu, die Mutter könnte die Treppe herabfallen und sich ein Bein brechen. Oder krank werden und zu schwach sein, um ans Telefon zu gehen. Aber was würden sie mit ihrer Sorge erreichen? Und, betonte Kitty, könnte etwas Schlimmeres passieren als die Tragödie, die sich bereits ereignet hatte?

Aber während sie am Samstagnachmittag in der Küche stand und Zitronenschalen für einen Früchtekuchen abrieb, dachte sie ernsthaft an eine andere Möglichkeit: Mutter war tatsächlich so verrückt, wie alle zu glauben schienen. Gewiss, sie hatten telefoniert, mindestens ein halbes Dutzend Mal. Doch es waren immer Kitty und Daphne, die Mutter anriefen. Und so höflich Lydia auch reagierte, ihre Gedanken befassten sich offensichtlich mit anderen Dingen.

Wenn sie gefragt wurde, wie sie allein zurechtkomme, erwiderte sie: »Gut.« Sie habe immer noch viel zu tun, erklärte sie und seufzte atemlos. Sie müsse mit Freunden und Verwandten telefonieren und die Post durchsehen, die sich in all den Wochen angesammelt habe. Sobald das alles erledigt sei, würde sie ihre Töchter einladen. Aber Kitty fühlte sich immer unbehaglicher.

Kein einziges Mal erwähnte die Mutter den Vater oder den Prozess, der in drei Wochen beginnen sollte. Sie sprach auch nicht über die Reporter, die von der Freilassung gegen Kaution erfahren hatten und vor dem Haus kampierten. Das hörte Kitty von Mrs McCrae, die nebenan wohnte und sie anrief und versprach, sie würde »die Situation im Auge behalten«. Falls Mutter fürchtete, sie würde nur noch die nächsten Wochen in ihrem Haus verbringen, ließ sie sich nichts anmerken. Sie benahm sich, als wäre sie nach einer langen, anstrengenden Reise heimgekehrt.

Was immer Lydia in den qualvollen Tagen vor den tödlichen

Schüssen empfunden haben mochte, die das Familienleben zerstört hatten – jetzt schien sie ihren inneren Frieden wieder zu finden. Kitty wünschte, sie könnte diesem Beispiel folgen. Seit Leannes Geständnis fühlte sie sich elend. Wie schmutzig das alles war – und wie traurig, dass ein einziger Mann im Lauf so vieler Jahre solchen Schaden anrichten konnte. Und welch eine Ironie, dass es ausgerechnet ein Mann war, der in vieler Hinsicht bewunderns- und sogar liebenswert gewesen war.

Glaubte sie, dass Leanne sein Kind war? Vieles ist möglich, überlegte sie. Aber letzten Endes zählte nur eins: Mutter zweifelte nicht daran, und deshalb hatte Daddy sein Leben verloren.

Nun würde er vor Gericht auch sein Ansehen verlieren. Lag darin der Grund für Mutters ohrenbetäubendes Schweigen? Und für Leannes Weigerung, in den Zeugenstand zu treten? Sie schützten ihn. So, wie Alex ihn stets beschützt hatte. *Das ist die wahre Tragödie,* dachte Kitty unglücklich. Inzwischen verstand sie, was sie an jenem Abend oben im Haus, mit Daphne und Alex, nur erahnt hatte: die Verschwörung des Schweigens, die ihnen allen so viel Kummer bereitet hatte. In ihrer hellen Küche, wo der Sonnenschein des Frühsommers goldenes Licht auf den alten Fliesenboden warf, glaubte sie, zusammen mit ihren Schwestern irgendwo gefangen zu sitzen und sich ziellos im Kreis zu drehen – wie die Bienen, die sie durchs Fenster sah und die über dem Gras ihre endlosen Bahnen zogen.

Ihre Gedanken wanderten zu Sean. Wusste er, wie tief er sie an jenem Abend mit der Bemerkung verletzt hatte, sie sollte nicht nur die Nachteile, sondern auch die Vorzüge der Situation sehen, und sie wäre den Herausforderungen der Mutterschaft vielleicht gar nicht gewachsen? Hatte er Recht? War sie zu feige gewesen, das Märchen weiterzulesen, sobald sie Probleme befürchtet hatte? Die ganze Zeit war ihr Daphnes Neigung, die Welt durch eine rosarote Brille zu betrachten, auf die Nerven gefallen. Hatte sie sich nicht genauso verhalten und Bilder gemalt, die keinen Raum für das Unerwartete, Seltsame und – ja, sogar das Wundervolle ließen?

Ihr Leben lang war sie gewesen, was in ihrem Elternhaus besonders viel gezählt hatte: ein braves Mädchen, wenn auch nicht vollkommen. Stets hatten die Eltern betont, ein gutes Herz sei wichtiger als materieller Erfolg, und Ehrlichkeit die Grundlage, auf der man dauerhafte Freundschaften aufbauen könne. Trotzdem war sie irgendwann vom Weg abgekommen und gestattete ihrer Sehnsucht nach einem Kind – die sich zur Besessenheit entwickelte –, alles zu verachten, was sich in ihrer Reichweite befand und mühelos gewinnen ließe.

Mit ihren Schwestern geschah das Gleiche. Daphne verwechselte Pflicht mit Liebe, und Alex hatte so lange im Schatten des Vaters gelebt, dass sie vermutlich nicht wusste, wo seine Bedürfnisse aufhörten und ihre anfingen.

Seufzend schüttete sie die abgeriebene Zitronenschale in eine kleine Schüssel und nahm einen Messbecher aus dem Regal. *Und wenn ich Sean jetzt anrufe, in dieser Minute?*

Sie vermisste ihn schmerzlicher, als sie es jemals für möglich gehalten hätte. Sogar die Erinnerung an ihn schärfte ihre Sinne, intensivierte die normalen Elemente ihres Alltags und verstärkte deren Reiz – den Zitronenduft, das zufriedene Schnurren der Kätzchen, die zusammengerollt neben dem Herd lagen, das Sonnenlicht, das den herzförmigen Blättern der Brunnenkresse über dem Geländer der Veranda einen durchscheinenden grünen Glanz verlieh. Liebe? Sie wusste nicht, ob sie die wahre Bedeutung des Wortes kannte. Nicht nur, weil sie so etwas nie zuvor empfunden hatte, sondern weil ihre Mutter vierzig Jahre lang denselben Mann geliebt hatte. Und was war daraus geworden?

Aber – o Gott – wenn dieses Brennen im Herzen irgendetwas bedeutete, dann musste es der Liebe ziemlich nahe kommen.

»Mami sagt, wenn man einen Mann will, muss man jede Nacht irgendwas von ihm unters Kissen legen.« Verwirrt drehte sich Kitty zu Willa um, die in der Tür stand, ein Tablett voller schmutziger Teller und Tassen in den Händen, während sie mit einem rosa lackierten Zehennagel den anderen Fuß kratzte. Sie lächelte schelmisch, als hätte sie Kittys Gedanken gelesen. »Ob's klappt, weiß ich nicht. Jedenfalls hat man süße Träume.« Sie setzte das Tablett neben der Spülmaschine ab und stellte das Geschirr hinein.

An diesem Tag trug sie einen roten Pullunder, der vermutlich den Straßenverkehr zum Erliegen gebracht hatte, einen Sarong-Rock, bedruckt mit grellen rosa Hibiskusblüten, und zehenfreie Espadrillos. An einer runden braunen Schulter prangte eine neue Tätowierung – ein angebissener Apfel, so groß wie ein Daumennagel. Unwillkürlich lächelte Kitty. »Von süßen Träumen weiß ich nichts. Aber ich würde mich schon mit einem erholsamen Schlaf begnügen.«

»Da weiß ich was, das Ihnen helfen würde.« Willa grinste vielsagend. »Aber es ist keine Pille.«

Das Blut stieg in Kittys Wangen. »Falls Sie Sean meinen – wir sehen uns nicht mehr«, informierte sie das Mädchen in kühlem Ton. Dann seufzte sie. »Wahrscheinlich ist es gut so. Uns verbindet nicht allzu viel.«

»Wer behauptet denn so was? Dauernd sagen die Leute, du bist zu jung oder zu alt oder zu dick. Schauen Sie mich an – hätte ich die Ratschläge beachtet, die ich von morgens bis abends höre, wäre ich niemals Mutter geworden.« Nachdenklich runzelte das Mädchen die Stirn, und in diesem Moment sah Kitty eine erstaunliche Weisheit durch Willas schrille Kleidung und ihren chaotischen Lebensstil schimmern.

Trotzdem erwiderte sie: »In manchen Dingen hat man keine Wahl.« Resigniert ging sie wieder an die Arbeit, wog Mehl ab und trennte ein paar Eier. *Diese* Dinge hatte sie unter Kontrolle.

Plötzlich spürte sie eine warme, etwas klebrige Hand auf ihrem Arm. »He, ich wollte kein Salz in die Wunde reiben – ich meine, was meine Kinder angeht. Sie kennen mich ja. Meistens fange ich zu reden an, bevor ich nachdenke.«

Kitty drehte sich um und schaute in Willas rundes, sorgenvolles Gesicht. Gutmütig zuckte sie die Achseln. »*Sie* sind nun wirklich nicht schuld an meiner Misere.«

»Alles okay? Sie sehen furchtbar blass aus. Vielleicht sollten Sie sich hinlegen.«

»Nein, danke. So, wie ich mich fühle, würde ich nie mehr aufstehen.« Kitty nahm den Zuckerbehälter aus dem Regal und stellte ihn vor Willa auf den Tisch. »Messen Sie das bitte ab! Inzwischen sehe ich nach, ob meine Schwester Hilfe braucht. Zwei Tassen. Und dann schlagen Sie die Butter schaumig.« Sie sprach in freundlichem, aber entschiedenem Ton.

Nach Daphnes Ankunft hatten die beiden Schwestern eine gewisse Routine festgelegt. Jeden Vormittag und Nachmittag arbeitete Daphne für ein oder zwei Stunden im Teesalon, dann verschwand sie im Oberstock, um eifrig auf ihren Laptop einzuhämmern. Mittlerweile sprach sie alle Stammgäste mit den Vornamen an, und die meisten beteiligten sich an einem mehr oder weniger geregelten Babysitting-Service. Sicher kam Daphne auch ohne Hilfe zurecht. Das wusste Kitty. Aber sie musste sich von Willas gut gemeinter, aber entnervender Überzeugung erholen, für alle Probleme im Leben gäbe es eine einfache Lösung – einen Mann.

Daphne servierte Mac MacArthur gerade Tee und ein Stück Brombeerkuchen. Eifrig verbreitete sich der Chefredakteur des

Miramonte Mirror, dessen zerfurchtes, von grauen Koteletten eingerahmtes Gesicht einem alten Hackbrett glich, über sein Lieblingsärgernis. »Zweiköpfige Babys! Menschen, die von Außerirdischen entführt werden! So was wollen die Leute heutzutage lesen. Wissen Sie, warum der Schund im Supermarkt verkauft wird? Weil man ihn mit Junkfood vergleichen kann. Ein Haufen Scheiße, herausgeputzt wie selbst gebackene Torte.« Mit stechenden Augen starrte er Daphne an. »Meine jüngeren Reporter haben's versucht. Beinahe hätten sie mir den Arm verrenkt, damit ich Storys über Ihre Familie bringe, genau wie die Revolverblätter. Und ich sage ihnen immer wieder – an dem Tag, an dem ich so tief sinken würde, könnten sie mich auf dem Twin Oaks Cemetery neben Vernon Seagrave verscharren!«

Ohne mit der Wimper zu zucken, wechselte Daphne einen Blick mit Kitty und erwiderte: »Hoffentlich kommt es nicht dazu, Mac. Wir würden viel mehr Journalisten von Ihrem Kaliber brauchen.«

Ungeschickt tätschelte er ihre Hand. »Da wir gerade von gedrucktem Zeug reden: Überall sehe ich Ihr Buch. Wie ich zu meiner Schande gestehen muss, habe ich's noch nicht gelesen. Ich muss mir ein Exemplar im Bücherwurm besorgen.« Grinsend zwinkerte er Kitty zu. »Sie sind sicher sehr stolz auf Ihre große Schwester.«

»O ja«, bestätigte Kitty. *Aber nicht nur, weil sie eine begabte Schriftstellerin ist.* Sie beobachtete, wie ihre Schwester mit zitternder Hand den Tee einschenkte.

»Angeblich soll man gut überlegen, was man sich wünscht. Hätte ich geahnt ...« Daphne unterbrach sich und schüttelte den Kopf. »Nicht jeder Erfolg ist erfreulich.«

Mitfühlend nickte Mac, dann leuchteten seine Augen auf, als Kitty fragte, ob sich jemand zu ihm setzen dürfe. Soeben war Gladys Honeick hereingekommen, die sich suchend nach einem freien Tisch umschaute. In den letzten Monaten hatte Mac sein Bestes getan, um ihre Aufmerksamkeit zu erregen, doch sie erweckte den Anschein, sie würde ihn gar nicht wahrnehmen. Als Kitty zu der rothaarigen Besitzerin von Glad Tide-ins ging und ihr vorschlug, am Tisch des Chefredakteurs Platz zu nehmen, warf Gladys ihr einen langen, prüfenden Blick über der papageiengrünen Sonnenbrille zu. »Ich könnte später wiederkommen.«

»Aber er hat gesagt, es würde ihm nichts ausmachen«, versicherte Kitty, »und ich glaube, er meint es ernst.«

»Nun ja …« Gladys schaute Mac unschlüssig an. Offenbar gelangte sie zu der Erkenntnis, er würde nichts Böses im Schild führen, denn sie marschierte zu seinem Tisch und setzte sich ihm gegenüber.

Sofort entwaffnete er sie, indem er seine unberührte Teetasse zu ihr schob. »Nur zu!«, knurrte er. »Der Tee beißt nicht.«

Lächelnd klimperte sie mit den Wimpern und gurrte: »Ich trinke meinen Tee mit Zitrone. Und Sie?«

»Schwarz wie die Sünde und so stark, dass man ihn mit einem Messer durchschneiden kann.« Der alternde, aber immer noch rüstige Chefredakteur zwinkerte ihr spitzbübisch zu und goss den restlichen Tee in die saubere Tasse, die Kitty hastig geholt hatte.

Als sie das nächste Mal hinüberschaute, steckten die beiden über einem Teller voller Kuchenkrümel in ein lebhaftes Gespräch vertieft die Köpfe zusammen. Sie lächelte. *Vielleicht gibt es doch noch Hoffnung – für ein paar Glückspilze.*

Getröstet von der gewohnten freundlichen Atmosphäre ihres Lokals sah sie sich um. Josie Hendricks nippte an ihrem Tee und beobachtete entzückt die kleine Jennie, die am Boden zu ihren Füßen mit ihren Puppen spielte. Und Tim aus der Gerberei genoss eine Arbeitspause mit seinen Kumpels. Genüsslich verschlangen sie mehrere Zimtbrötchen. Vater Sebastian saß an seinem Stammtisch und legte eine Patience. Neulich war Kittys Neffe in Tränen aufgelöst aus der Schule zurückgekehrt, weil er nicht subtrahieren konnte. Da hatte der unkonventionelle junge Priester ihm gezeigt, wie man das machte – mit einer angeblich unfehlbaren Methode, indem man Poker-Chips benutzte.

Nun schaute sie durchs Fenster und sah Kyle mit Romulus im Garten umhertollen. Immer wieder warf er dem Hund einen Gummiball zu, und keinen der beiden schien das Spiel zu langweilen. Seit Daphnes Kinder im Haus wohnten, folgte Rommie dem Jungen auf Schritt und Tritt, hielt bei den Mahlzeiten hinter seinem Stuhl Wache und schlief jede Nacht neben seinem Bett. *Ein nettes Paar,* dachte Kitty beim Anblick ihres flachsblonden Neffen, der seinen Babyspeck noch nicht verloren hatte, und des großen Hundes mit den hellen Augen und der struppigen Mähne.

Auch Serena Featherstone, die an ihrem Fenstertisch saß, beobachtete das muntere Treiben. Die selbst ernannte Hellseherin, extravaganter denn je in einem fließenden hellblauen Batikkleid, unterhielt sich mit ihrer Geliebten. O ja, Kitty wusste, dass in dieser Kleinstadt manche Leute die Nase rümpften. Aber sie freute sich über die offenkundige Zuneigung zwischen den beiden Frauen. Auf dieser Welt gab es nur ein kleines bisschen Glück, und das wurde sparsam unter den wenigen Privilegierten verteilt.

Sie erinnerte sich an Serenas unheimliche Prophezeiung vor zwei Monaten. Ein Todesfall in der Familie. Außerdem hatte die Wahrsagerin angekündigt, Kitty würde sich verlieben. Beides war geschehen.

Wenn sie jetzt hinüberginge – was würde Serena vorhersagen? Schaudernd entschied Kitty, dass sie es gar nicht wissen wollte.

Weder die Vergangenheit noch die Zukunft durften in die Gegenwart eindringen.

Stattdessen wandte sie sich wieder zu Josie Hendricks. Irgendetwas an der alten Frau hatte sich verändert. Nicht nur der ordentlich festgesteckte, bisher stets zerzauste Haarknoten. Kitty wusste gar nicht mehr, wann die pensionierte Lehrerin das letzte Mal auf einen Riss in der Tapete oder eine schadhafte elektrische Leitung hingewiesen hatte. Vielleicht hing es mit Josies neuer Rolle als Jennies Tante zusammen. Nun saß das kleine Mädchen auf ihrem Schoß, kritzelte eifrig mit Buntstiften auf einer Serviette herum, und Josie gab zweifellos aufmunternde Kommentare über Jennies schiefe Häuser und Strichmännchen ab. Wenn das Gewicht der Dreijährigen die arthritische Hüfte peinigte, ließ sich Josie nichts anmerken. Oder sie spürte es nicht einmal.

Kitty blinzelte ins Sonnenlicht, das durch die Fenster hereinströmte und ihr plötzlich viel zu hell erschien. Als sie Daphnes Arm spürte, der ihre Taille umschlang, lehnte sie sich an ihre Schulter. Während der Kindheit hatte sie sich in der Nähe der großen Schwester immer so sicher und geborgen gefühlt.

»Bist du okay?«, fragte Daphne.

»Ja. Nur ein bisschen müde.« Sanft befreite sie sich aus der Umarmung und trat hinter die Vitrine, in der sich einige Kuchenplatten geleert hatten. Um die leeren Stellen zu kaschieren, rückte sie Muffins und Teegebäck zurecht. »Und du?«

»Genauso.«

»Johnnys wegen?«, flüsterte Kitty. »*Mir* musst du nichts vormachen, Daph.«

Hastig senkte Daphne den Blick. Aber nicht, bevor Kitty den Kummer in den meergrünen Augen gelesen hatte. »Die Zimtbrötchen sind uns ausgegangen. Soll ich welche aus der Küche holen?«

»Da sind keine mehr. Du hast meine Frage nicht beantwortet.«

»Um Himmels willen, Kitty, nicht jetzt!« Nervös spähte Daphne über die Schulter und schien an Roger zu denken, der gerade im Oberstock telefonierte. Dann wechselte sie abrupt das Thema. »Hast du was von Alex gehört?«

Kitty strich ein Spitzendeckchen glatt. »Heute Morgen rief sie an und fragte nach Mutter. Nachdem sie sich die ganze Zeit aus allem rausgehalten hat, finde ich ihre plötzliche Sorge etwas übertrieben.«

»Vielleicht hat sie unserer Mutter endlich verziehen.«

»Oder sich selbst.«

Daphne folgte Kitty in die Küche und füllte einen Krug mit Wasser. »Da wir gerade von Mutter reden – meinst du nicht, dass sie lange genug allein war? Sollten wir nicht endlich was *unternehmen?*«

»Zum Beispiel?« Willa hatte die Küche glücklicherweise verlassen, um im Teesalon das gebrauchte Geschirr wegzuräumen. Trotzdem sprach Kitty mit gedämpfter Stimme.

»Fahren wir einfach zu ihr«, schlug Daphne vor, »konfrontieren wir sie mit unseren Informationen, und warten wir ab, was sie zu sagen hat.«

Ein paar Sekunden lang dachte Kitty nach. »Dieser Schuss könnte nach hinten losgehen. Gedulden wir uns lieber, bis sie von selber drüber redet.«

»Und wann wird das sein?« Daphne drehte den Wasserhahn ab und wandte sich zu ihr, den Krug aus rostfreiem Stahl wie eine Waffe an die Brust gepresst. Nervös fuhr sie fort – ein unheimliches Echo der Sorge, die Kitty vorhin bedrückt hatte: »Wenn sie tatsächlich unfähig ist, vernünftige Entscheidungen zu treffen … Vielleicht hat Cathcart Recht, und es wäre am besten, wenn man sie für unzurechnungsfähig erklären würde.«

»Gewiss, ihr derzeitiges Verhalten würde das rechtfertigen. Aber irgendwas spricht dagegen – ich weiß nicht, was. Wir werden es bald herausfinden.«

»Meinst du, ob Mutter verrückt ist oder nicht?«

»Nein – wir werden wissen, was wir tun müssen.«

Seufzend schüttelte Daphne den Kopf. »Wird sich jemals herausstellen, was in jener Nacht geschehen ist? Vielleicht müssen wir uns mit Puzzle-Teilchen begnügen, die gar nicht richtig zusammenpassen.«

Kitty wollte erwidern, Mutter würde vermutlich genau wissen, was sie tat, während ihre Töchter versuchten, einen Würfel in ein rundes Loch zu stecken, als das Telefon läutete. Sie nahm den Hörer ab und erwartete, ein Lieferant würde sich melden, der Handwerker bei dem sie ein Ersatzteil für ihren Herd bestellt hatte, oder ein Kunde, der fragen wollte, wie lange der Teesalon geöffnet war. Aber sie erkannte Mutters Stimme, so sanft und leise wie eh und je.

»Störe ich dich?«

»Nein – natürlich nicht«, stammelte Kitty verwirrt. »Daphne und ich räumen gerade auf. Ist alles in Ordnung?«

»O ja«, antwortete Lydia wie gewohnt. »Ich möchte euch Mädchen für morgen zum Dinner einladen. Roger und die Kinder natürlich auch.« Das klang so, als würde sich dieses Dinner kein bisschen von den unzähligen Sonntagsmahlzeiten im Lauf der Jahre unterscheiden. Aber in Mutters Stimme schwang irgendetwas mit, das Kitty zu der Überlegung bewog, ob das Rettungsboot – das Narrenschiff der Familie Seagrave – endlich die Küste erreichen würde.

Wollte Mutter nur ein Essen servieren? Oder würden sie am nächsten Tag endlich eine Antwort auf die alles entscheidende Frage erhalten? Ein kalter Schauer rann über Kittys Rücken.

»Bist du noch da?«, flötete Lydia beunruhigt.

Kitty holte tief Atem. Sie hatte so oft versucht, sich vor den schrecklichen Sonntagsmahlzeiten oben im Haus zu drücken, aber unerschütterlich bemühte sich die Mutter, ihre Töchter in die Rollen zu zwingen, die während der Kindheit festgelegt worden waren. Am Kopfende des Tisches schwang der Vater das Tranchiermesser so fachkundig wie sein Skalpell, und Mutter eilte zwischen der Küche und dem Speisezimmer mit Platten und Schüsseln hin und her. »Ist das Roastbeef in der Mitte noch rosa, Liebling?«, rief sie, als wäre es noch nicht zu spät, andernfalls etwas dagegen zu unternehmen. Und Daddy erwiderte galant: »So zart wie die Lady, die es gebraten hat.«

Sobald nach dem Wein der Kaffee eingeschenkt wurde, begann Alex unweigerlich mit einer ihrer Töchter zu schimpfen. Und wenn Kitty sich auf Ninas oder Loris Seite stellte, betonte Alex, *sie* habe ja keine Kinder. Also könne sie nicht mitreden. Und nachdem sie der Mutter geholfen hatten, das Geschirr zu spülen, war Kitty zu erschöpft gewesen, um ihren Mantel anzuziehen.

Vielleicht hatten sich die lebenslangen Gewohnheiten nicht geändert, und sie würde sich immer noch an die Familienroutine klammern, obwohl sie zerbröckelt war. Würde der nächste Tag zu einem Wendepunkt führen? Die Zukunft stand auf dem Spiel. Nicht nur für Mutter. Für sie *alle.*

Eine Hand auf die Brust gepresst, in der ihr Herz schmerzhaft gegen die Rippen hämmerte, von Hoffnung und Grauen erfüllt, sagte Kitty leise in die Sprechmuschel: »Ein Sonntagsessen! Wie wundervoll! Ich bringe das Dessert mit.«

Kapitel 18

Am selben Abend fuhr Alex zu Leannes Haus. Ein paar Yards vor der Zufahrt wurde sie von einer Wasserrallenfamilie gezwungen, auf die Bremse zu treten. Vier kleine braune Enten mit schwarzen Köpfen, eine Mutter und drei halb erwachsene Junge, watschelten gemächlich in die Richtung des Salzsumpfs im Westen, wo die Sandpiper Lane in einem schlammigen Feld voller Wachsmyrten und Seetrauben endete. Als gefährdete Spezies hatten sie ortsansässige Aktivisten und Politiker mobilisiert, die nun eine weitere Bebauung des Gebiets verhinderten.

Was für unscheinbare Vögel, dachte Alex. Ein dünnes Lächeln durchbrach die Eisschicht, die sie verhüllte wie Frost auf einer Fensterscheibe. *Damit haben sie bewiesen, dass die Schnelleren und Stärkeren nicht immer siegen.* Manchmal wurden die Schnellen und Starken von den scheinbar Schwächeren, Unfähigen übertrumpft – oder von Freunden, die lächelten und ihre Hände ausstreckten und einem heimlich in den Rücken stachen.

Sie parkte den Tercel und stieg aus. Über der schmalen Straße mit den Schlaglöchern sank die Dämmerung herab wie eine lose gewobene Decke, durch die das trübe Licht der untergehenden Sonne schimmerte. Alex' Schatten fiel über den schäbigen kleinen Garten, während sie dem Weg folgte, ein brennendes Gefühl in der Brust. Diesmal würde Leanne ihr nicht entrinnen. *Was sie getan hat, muss sie büßen – und vor Gericht aussagen. Das ist sie mir und Mutter schuldig. Und wenn ich sie verdammt noch mal gewaltsam in den Zeugenstand schleppen muss …*

Sicher würde es nicht einfach sein. Falls Leanne ihre Fersen in den Boden drückte, konnte man sie nicht von der Stelle bewegen. Und sie besaß einen erstaunlichen Kampfgeist. Wie Alex sich erinnerte, war ihre Freundin einmal wegen einer unbezahlten Rechnung, die Chip zurückgelassen hatte, von einer Inkassofirma bedrängt worden. Wenn sie angerufen wurde, legte sie einfach auf, und sie ignorierte alle Mahnbriefe. Schließlich stand ein kräftig gebauter Mann vor ihrer Tür und drohte ihr mit strafrechtlicher Verfolgung. Damit schüchterte er sie nicht ein. Entschlossen hatte sie ihn mit ihrem Gartenschlauch bespritzt, die Zufahrt hinabgejagt und wie ein Marktweib verflucht.

Jetzt wurde sie von Alex genauso gnadenlos gejagt. Eine Situation, an der nicht nur Mutter schuld war und – was Alex fairerweise zugab – ihre Freundin auch nicht. Endlich verstand sie, dass nicht nur eine Person oder ein bestimmtes Ereignis ihren Vater das Leben gekostet hatte, sondern eine ganze Serie von Fehltritten, jeder für sich relativ harmlos. Aber wie Neutronen zusammengeballt, hatten sie eine vernichtende Explosion ausgelöst.

Wenn sie Mutter am nächsten Tag besuchte, wollte sie weder um Verzeihung bitten noch ihrerseits verzeihen, was geschehen war. Stattdessen hoffte sie, ein besonderes Geschenk mitzubringen: Leannes Versprechen, sie würde vor Gericht aussagen.

Auf halbem Weg zur Haustür entdeckte sie Beryls Lincoln neben der Garage und runzelte die Stirn. Was machte Leannes Mutter hier? Sie kam nur selten zu Besuch. Hatte sie wieder einmal beschlossen, die Großmutter des kleinen Jungen zu spielen, den sie seit seiner Geburt oft wochenlang vernachlässigte? Natürlich war Tyler kein Enkel, auf den eine Frau wie Beryl stolz sein konnte.

Nachdem Alex sich von ihrer Überraschung erholt hatte, betrat sie die schmale Betonveranda, wo eine staubige grüne Fußmatte mit der Aufschrift WARUM KOMMEN SIE? lag. *Ja, warum komme ich?,* überlegte sie in kühler Belustigung. *Was verspreche ich mir davon? Sobald Leanne herausfindet, was ich will, wird sie mich fortjagen wie jenen Geldeintreiber – unterstützt von Beryl.*

Eine Zeit lang stand sie vor der Tür und wäre am liebsten umgekehrt. Aber irgendetwas zwang sie anzuklopfen, etwas Heißes, Drängendes in ihrem Innern, wie das Carborundum, das sie seit Jahren dazu trieb, bis an ihre Grenzen und darüber hinaus zu gehen, und ihre Energie zu einer scharfen Spitze geschliffen hatte. Nicht nur Mutters wegen war sie hier, um ihrer selbst willen wollte sie Antworten hören, die ihr nur Leanne geben konnte.

Wie lange war sie vor Daddys Tod mit ihm liiert gewesen? Wann hatte Beryl von der Affäre erfahren? Hatte sie Mutter deshalb über ihr eigenes, längst beendetes Verhältnis mit Daddy informiert? Das ergab einen Sinn, was das Timing betraf – ein paar Wochen vor der Party, sodass Mutters Schock verebbt und der seelische Druck gewachsen und schließlich explodiert war.

Vielleicht ist Beryls Anwesenheit sogar vorteilhaft. Sosehr es Alex auch widerstrebte, den Vater als skrupellosen Mann zu betrachten, der mit der Tochter seiner einstigen Geliebten und *ihrer* besten Freundin geschlafen hatte – sie wollte den Tatsachen ins Auge blicken. Gemeinsam würden Beryl und Leanne eine Schauergeschichte erzählen, die sogar den hartherzigsten Geschworenen beeindrucken müsste. *Wenn ich die beiden zu einer Aussage bewegen kann.*

Warum nicht? Immerhin hatte man ihr zugetraut, einem Eskimo Eiswürfel zu verkaufen. Vor kurzem hatte Kitty angerufen, um sie über das Familiendinner zu informieren, das am nächsten Tag stattfinden sollte. Auf diese Chance hatte Alex gewartet – die Gelegenheit, ihrer Mutter zu erklären, sie habe ihr niemals schaden wollen. Und sie würde nicht mit leeren Händen kommen.

Während sie wartete, bis die Tür geöffnet wurde, stand sie reglos auf der Schwelle. In ihrer Schläfe pochte ein Puls. Wenn Jim doch hier wäre ... Er wusste ihre scharfen Ecken und Kanten abzuschleifen und ihre Nerven zu besänftigen. Hätte er sie am Anfang der Woche nicht besucht, wäre sie völlig verzweifelt und hilflos gewesen.

Bis zum Morgengrauen hatten sie in der Küche gesessen. Tee getrunken und geredet. Sie gestand ihm ihre finanziellen Sorgen, und statt ihr Vorwürfe zu machen, fand er einen Ausweg. So viel Geld könne er nicht aufbringen, erklärte er, aber er würde jemanden kennen, einen Manager von einer Firma, mit der er in geschäftlicher Verbindung stand. Der Mann schulde ihm einen Gefallen und würde ihr die Summe zu günstigen Zinsen leihen.

Von ungewohnter Demut erfasst, nahm sie das Angebot an, das sie noch vor kurzer Zeit verächtlich abgelehnt hätte. Sie saß zusammengesunken am Tisch und zeichnete mit einer Fingerspitze den feuchten, von ihrer Tasse hinterlassenen Kreis nach, so wie sie als Teenager Jims und ihre eigenen Initialen auf ein beschlagenes Autofenster gemalt hatte. Voller Dankbarkeit hatte sie den Mann angelächelt, den sie immer noch liebte, und sie rechnete es ihm hoch an, dass er sie nicht retten wollte, sondern ihr nur eine Möglichkeit zeigte, sich selbst zu retten.

War sie nicht deshalb hierher gekommen? Um sich zu retten und hoffentlich auch ihre Mutter? *Wenn es noch nicht zu spät ist ...*

Eine Kette klirrte, und die Tür öffnete sich einen Spaltbreit. Aber es war nicht Leannes Gesicht, das herausspähte. Eine grausige Sekunde lang glaubte Alex, eine gealterte Dorian-Gray-Version ihrer Freundin zu erblicken.

Warum war ihr die frappante Ähnlichkeit zwischen Leanne und deren Mutter nie aufgefallen? *Vielleicht hast du nicht richtig hingeschaut. Weil es belanglos war, welchem Elternteil Leanne glich …* Hastig verdrängte sie den beklemmenden Gedanken und konzentrierte sich auf den Zweck ihres Besuchs.

»Leanne ist nicht da«, stieß Beryl heiser hervor. Die stark geschminkten Augen verengten sich, stickige Luft, die nach Zigaretten roch, wehte in Alex' Gesicht.

»Wann erwartest du sie?«, fragte sie so höflich wie möglich.

»Jede Minute. Aber es wäre sinnlos zu warten. Sie will dich nicht sehen.« Beryls ausdrucksloser Schlangenblick ließ Alex frösteln.

Mit verkrampften Fingern umklammerte sie den Riemen ihrer Schultertasche. »Dann hinterlasse ich ihr eine Nachricht. Darf ich reinkommen? Ich habe nichts zu schreiben bei mir.« Natürlich würde sie bis zu Leannes Rückkehr hier bleiben. Aber das brauchte Beryl nicht zu wissen. Trotzdem begegnete Alex einem misstrauischen Blick. Nach einer halbem Ewigkeit klirrte die Kette wieder, und die Tür schwang vollends auf.

Alex trat ein und wurde sofort von Zigarettenrauch umhüllt. Seit sie denken konnte, versuchte Beryl, das Rauchen einzuschränken und ihren Konsum von vier Päckchen pro Tag auf zwei oder drei zu reduzieren. Und sie war nicht nur nikotinsüchtig. In der Kindheit hatten Alex und Leanne die Hausapotheke durchwühlt und zahllose verschiedene rezeptpflichtige Tabletten gefunden.

Widerstrebend führte Beryl die Besucherin ins halbdunkle Wohnzimmer. In ihrer hautengen schwarzen Hose und einem Rollkragenpullover, unter dem man jede einzelne Rippe sah, erinnerte sie Alex an einen ausgefransten Strick, der jeden Moment zu zerreißen drohte. Beryl setzte sich aufs Sofa und nahm Winston Lights vom Couchtisch. Geistesabwesend hielt sie Alex die Packung hin, bis ihr einfiel, dass die junge Frau nicht rauchte. Sie zuckte die Achseln und zündete sich eine Zigarette an. Im schwachen geblichen Licht, das aus der Küche hereindrang, glänzten die langen lackierten Fingernägel wie Juwelen.

»Ich brauche Papier und einen Bleistift«, sagte Alex.

Da brach Beryl in ein raues Gelächter aus, das mit einem Hustenanfall endete. Es dauerte eine Weile, bis sie Atem geschöpft hatte. Eine Sekunde später sog sie wieder an ihrer Zigarette. »Hör auf mit dem Theater. Ich habe längst erraten, warum du hier bist. Zahltag, nicht wahr?« Sie blies eine Rauchwolke in die Luft und richtete einen eiskalten Blick auf Alex. »Selbstverständlich muss irgendjemand die Schuld tragen. Ein lieber, göttlicher Vater? Unmöglich. Und deine Mutter … Nun, wir alle wissen, was sie zu ihrer Tat trieb. Also bleibt nur Leanne übrig.«

Verwirrt sank Alex in einen Plüschsessel, dessen altersschwache Federung ächzend nachgab. Hinter Tylers geschlossener Tür erklang ein leises Wimmern und drehte ihr den Magen um. Sie fürchtete, sie würde es nicht schaffen. *Doch, ich muss …* »Ein paar Wochen vor der Party hast du es vermutlich herausgefunden. Kurz nachdem Leanne bei meiner Mutter war.« In ihrer Phantasie spielte sich eine hässliche Szene ab. »Deshalb hast du meiner Mutter von *deiner* Affäre mit Daddy erzählt. Was er mit Leanne trieb, konntest du nicht verhindern, denn sie wollte nicht auf dich hören. Also sollte Mutter die Initiative ergreifen.«

Hinter einem grauen Rauchschleier schimmerten Beryls Augen wie die Patina eines alten Marmordenkmals. »Hätte ich ihr bloß schon vor *Jahren* reinen Wein eingeschenkt … Als Phil und ich uns scheiden ließen … Dann hätte ich vielleicht verkraftet, was ich fünfunddreißig Jahre lang in meiner Seele vergrub.« Sie schlug die Beine übereinander. Unbeachtet glühte die Zigarette zwischen den Fingern der Hand, die auf einem Knie lag. Während sie ins Leere starrte, gewann Alex den Eindruck, Beryl wollte sich nicht erinnern, sondern vergessen.

»Du hättest nicht in dieser ganzen Zeit ihre Freundin spielen müssen«, betonte sie anklagend. »Sogar eine Schlange zeigt ihr wahres Gesicht.«

»Wenn es dir auch schwer fällt, das zu glauben – sie *war* meine Freundin.« Beryls Lippen verzogen sich zu einem freudlosen Lächeln. »Wahrscheinlich hast du dich gefragt, was wir gemeinsam haben, deine Mutter und ich«, fuhr sie ohne jede Ironie fort. »Es stimmt, wir teilen keine Interessen. Aber wir sind vom gleichen Schlag. Falls irgendwas nicht in dein rosiges Bild passt, versuch die Ränder zurechtzuschneiden, bis alles stimmt.«

»Meine Mutter hat nicht mit dem Ehemann ihrer besten Freundin geschlafen!«

»Da hast du Recht.« Im abendlichen Schatten schien Beryls Zigarette zum scharlachroten Schlitz ihres Mundes hinaufzuschweben. »Offen gestanden – ich wünschte mir so oft, sie hätte auch eine Affäre angefangen. Arme Lydia. Weißt du, was ihr wahres Verbrechen war? Sie liebte ihn viel mehr, als er es verdiente.«

»Und Leanne? Offenbar glaubte sie, er würde sie *heiraten.*« Alex rührte sich nicht, denn sie fürchtete, die kleinste Bewegung könnte den Bann brechen.

Verwundert schüttelte Beryl den Kopf. »Das hat er mir auch versprochen. Vor vierunddreißig Jahren. Kurz bevor ich feststellte, dass ich schwanger war.«

Alex erschauerte, als hätte sich ein Fenster weit geöffnet und würde einen eisigen Windstoß hereinlassen. Offensichtlich war es ein Fehler gewesen, in dieses Haus zu kommen. Sie musste gehen. Diesen Unsinn durfte sie sich nicht länger anhören. Diesen

Quatsch. So würde Mutter sich verächtlich ausdrücken, wie immer, wenn sie Ansichten verspottete, die nicht mit ihren übereinstimmten. Darüber hatte Alex sich oft geärgert. Und jetzt? Statt aufzuspringen und zur Tür zu laufen, faltete sie die Hände im Schoß. Sie *musste* zuhören. Alles wissen. Ironischerweise ihrer Mutter zuliebe. »Warum erzählst du mir das?«, würgte sie hervor.

Nach kurzem Zögern fragte Beryl mit belegter Stimme: »Bist du nicht deshalb hierher gekommen? Um die Wahrheit zu erfahren?«

»Warum sollte ich dir irgendwas glauben? Du hast meinen Vater gehasst.«

»Nicht immer. Früher liebte ich ihn.« Die harten Züge milderten sich, als würden sie liebkost.

»Warum konnte sie sich nicht einfach scheiden lassen? Warum musste sie ihn *töten?* Weil er sich mit einem Mädchen lächerlich machte, das so alt war wie seine Tochter?«

»Nicht so alt wie seine Tochter. Sie *ist* seine Tochter.«

Mit diesen grausigen Worten, die aus Beryls Mund zischten, beschwor sie wieder das Bild von der Schlange herauf. Nun spürte Alex die spitzen Zähne im Fleisch, das Gift, das ihren Körper durchströmte wie eine heiße, betäubende Welle. *Es ist wahr,* hämmerte eine Stimme in ihrem Kopf. *Und du wusstest es, seit Leanne Mutters Worte wiederholt hat. Doch du wolltest es nicht glauben.*

»Am Anfang war ich mir nicht sicher«, fügte Beryl in hohlem Flüsterton hinzu. »Vern und ich hatten schon seit *Jahren* ein Verhältnis, und wir waren immer sehr vorsichtig. Nun ja, so vorsichtig man damals sein konnte. Als ich meinen Zustand bemerkte, redete ich mir ein, das Kind sei von meinem Mann – gezeugt bei jenem letzten Mal –, bevor er von meiner Affäre mit Vern erfuhr. Natürlich war das Timing falsch. Aber die Verzweiflung gaukelt einem so viel vor.« Sie klopfte mit ihrer Zigarette gegen einen

Aschenbecher voller, mit Lippenstift beschmierter Stummel. »Während Leanne heranwuchs, dachte ich oft, sie ist wie Vern. Diesen Gedanken verdrängte ich immer wieder, bis Tyler geboren wurde. Da wusste ich es.«

»Meinst du …« In Alex' Schläfen dröhnte ein heftiges Schwindelgefühl. »O Gott …«

In Beryls verwüstetem Gesicht leuchtete sekundenlang ein wilder Hass auf, der vor allem ihr selbst galt. Das erkannte Alex in diesem Augenblick klar und deutlich. »Die Geschichte wiederholte sich. Was immer Leanne dir erzählt hat: Sie war schon sehr lange mit Vern zusammen, viele Monate, bevor ihr nichtswürdiger Ehemann davonlief.« Langsam krochen Alex' Finger über ihr Gesicht und bohrten sich in die Augen, um die entsetzlichen Bilder zu verscheuchen. Arme Mutter …

Beryl sprach gnadenlos weiter. »Sobald die Ärzte Tylers Behinderung diagnostiziert hatten, brauchte ich keinen genialen Verstand, um zwei und zwei zusammenzuzählen. Ich hatte über Verns und Leannes Verhältnis Bescheid gewusst. Irgendjemandem musste sie sich anvertrauen. Und wer hätte sie besser verstanden als ich?« Sie begann zu lachen und hustete. Als sie wieder Luft bekam, fügte sie hinzu: »Sie wollte es deiner Mutter erzählen, obwohl ich sie anflehte, den Mund zu halten. Da ging ich zu Vern. Er lachte mich aus und warf mir vor, ich sei eine verrückte alte Frau, die über ihrer Tablettensucht den Verstand verloren habe. Dass Leanne seine Tochter ist, glaubte er mir nicht – ebenso wenig wie damals, als ich während meiner Schwangerschaft meinen Verdacht erwähnt hatte.«

»Hatte er tatsächlich vor, Mutter zu verlassen?« Alex zwang sich, Beryls Blick zu begegnen.

»Das weiß ich nicht. Vermutlich werden wir es nie erfahren.«

Plötzlich lösten sich die Nebel in Alex' Gehirn auf. »*Du* warst es. Du bist vor Leanne zu meiner Mutter gegangen, weil sie es nicht für eine von Daddys zahlreichen billigen Affären halten sollte. Sie musste alles wissen – und ein sofortiges Ende herbeiführen.«

Zitternd presste Beryl die roten Lippen zusammen. »Ja, ich hab's ihr erzählt.«

»Großer Gott«, flüsterte Alex und fühlte sich elend. »Und was hat sie gesagt?«

»Nichts. Gar nichts. Sie wurde nur leichenblass und wies mir die Tür.« Schluchzend strich Beryl über ihre Stirn. »Arme, arme Lydia.«

Es dauerte lange, bis Alex' Stimme ihr wieder gehorchte. »Wenn du alles wusstest – wieso um Himmels willen hast du nicht geschwiegen? Womöglich muss sie den Rest ihres Lebens im Gefängnis verbringen!«

Mit den großen, von Mascara umrahmten Augen glich Beryls Gesicht einer unheimlichen Halloween-Maske. »Verstehst du es denn nicht? Ich musste eine Wahl treffen. Wenn Leannes Fall vor Gericht kommt – wenn die Leute erfahren, dass Tyler einer inzestuösen Beziehung entstammt –, wird sie nie mehr ein normales Leben führen können. Womöglich landet sie selber im Gefängnis – und der Junge in einem Pflegeheim.«

»Und wir anderen können zum Teufel gehen?«

Als Alex aufsprang, brach Beryl wieder in ein hohles Gelächter aus. »Glaubst du, deine Mutter wünscht sich was anderes? Hast du dich jemals gefragt, warum sie die ganze Zeit den Mund hielt?«

»Mit welchem Recht entscheidest du, was für meine Mutter am besten ist?«

»Hast *du* das nicht auch getan?«, fragte Beryl spöttisch. »Indem du so eifrig bestrebt warst, Verns kleine Geheimnisse zu hüten?

Oh, schau nicht so verblüfft drein! Das weiß ich sehr gut. Ich habe euch beide beobachtet. Die dicksten Freunde! Alles hat er dir erzählt, nicht wahr? Aber kein Wort von Leanne.«

Zitternd stand Alex da und erkannte, was geschehen war. Wie den Widerschein eines Blitzes, der einen schwefelgelben Himmel erhellte, sah sie die Ereignisse der Vergangenheit. Der Vater hatte sie alle benutzt, ihren Herzen entrissen, was ihm wichtig erschienen war, und den Rest weggeworfen. So, wie in der Leichenhalle, wo er das Fleisch von den Knochen einst atmender, denkender Geschöpfe getrennt hatte. Schwankend trat sie einen Schritt zurück. »Ich muss gehen«, erklärte sie tonlos. Warum sie hierher gekommen war, zählte nichts mehr. Leanne musste nur noch in ihrem eigenen Prozess aussagen. An der Tür fiel ihr etwas anderes ein. »Was, glaubst du, warum meine Mutter ihn bis zum Ende geliebt hat? Trotz allem?«

Beryl drückte ihre Zigarette aus und lehnte sich zurück. Mit leiser, zögernder Stimme antwortete sie, als würde sie selber staunen. »Weil er einmalig war. Darin lag das ganze verdammte Problem. Sobald man in seinen Bann geriet, gab es kein Entrinnen mehr.«

Als Alex dem dunklen Gartenweg folgte, wurde sie plötzlich von Autoscheinwerfern geblendet. Sie hob ihre Hand vor die Augen und sah Leannes Wagen in der Zufahrt halten. Wenige Sekunde später stieg sie aus und ging ihrer Freundin langsam entgegen, eine Einkaufstüte voller Lebensmittel wie einen Schutzschild an die Brust gepresst. »Hi, Alex.«

»Hi«, würgte Alex hervor.

»Hättest du doch angerufen.«

»Warum? Hättest du mich dann eingeladen?«

Leanne lachte heiser. Ein schauriges Echo von Beryls Gelächter. »Wahrscheinlich nicht.« Im trüben Licht der Verandalampe sah sie bleich und müde aus. Der Samstag war ihr einziger freier Tag, den sie stets nutzte, um möglichst viel zu erledigen. Plötzlich wurde Alex von einem seltsamen Mitgefühl erfasst. Gewiss, sie verabscheute, was Leanne getan hatte. Aber in ihr Gesicht zu schauen, das war etwas anderes. Die Augen über der Einkaufstüte von Albertson's gehörten einer verzweifelten Frau, keiner Jezabel.

»Aber das spielt ohnehin keine Rolle, ich gehe«, erwiderte Alex.

»Hast du mit meiner Mutter gesprochen?«, fragte Leanne besorgt.

»Ja, wir hatten ein sehr langes Gespräch ... Das längste, das wir je geführt haben.«

»Das ist sonderbar. Bei mir kriegt sie den Mund kaum auf, obwohl ich ihre Tochter bin.« Leanne versuchte wieder zu lachen, was kläglich misslang. Aber Alex hörte eine schwache Hoffnung aus ihrer Stimme heraus. Offenbar glaubte Leanne, sie könnten zu ihren alten Witzeleien zurückkehren. Doch das funktionierte nicht.

»Glaub mir, das hat sie nicht vergessen.« Unversöhnlich starrte Alex in das blasse Gesicht. »Und dafür solltest du ihr danken. Sie nimmt deine Interessen wahr. Und damit meine ich nicht nur, dass sie auf Tyler aufpasst.«

»Ja, das weiß ich.« Immerhin besaß Leanne genug Anstand, um zu erröten. »Und du, Alex? Lässt du mich vorladen? Es wäre sinnlos, weil ich alles abstreiten würde.« Tränen drohten ihre Stimme zu ersticken. »Alles, wofür ich in dieser Gemeinde gearbeitet habe, wäre zerstört. In der Klinik könnte ich niemandem in die Augen schauen. Und Tyler ... Oh, du weißt nicht, wie es ist ... Dieses Gefühl, einen Felsblock den Berg hinaufzuschieben und keinen Schritt weiterzukommen – jemanden zu lieben, der diese Liebe niemals erwidern wird ...«

»Zufällig weiß ich das sehr gut.« Daddy hatte ihr nur etwas vorgemacht und sie niemals geliebt. Nicht in der Weise, auf die es ankam.

Leanne nahm die Einkaufstüte in den anderen Arm. Die Lebensmittel auf die Hüfte gestützt, nahm sie unwissentlich eine herausfordernde Pose ein. »Tut mir Leid. Wenn du das hören willst – okay. Ich war eine beschissene Freundin, und ich habe dich die ganze Zeit belogen. Aber ich wollte dir niemals wehtun.«

»Warum behaupten das die Leute immer wieder?« Alex lachte trocken. »Niemand will einem wehtun. Trotzdem leidet man. Und in manchen Fällen wird man sogar getötet.«

Leanne taumelte auf unsicheren Beinen und schien das Gleichgewicht zu verlieren. Dann richtete sie sich plötzlich auf, als wäre sie von einer unsichtbaren Schnur emporgezogen worden. »Du solltest nun gehen.«

»Glaub mir, ich kann gar nicht schnell genug von hier wegkommen.« Alex schob sich an ihr vorbei, und ihre Schultertasche stieß gegen die Einkaufstüte, die Leannes Arm entglitt.

Krachend landete die Tüte auf dem Betonweg und zerriss, Lebensmittel quollen nach allen Seiten – ein Milchkarton, Kekse und Cornflakes. Wie Krocketbälle rollten Grapefruits davon und prallten gegen den schlammigen Gartenschlauch, der sich im Gras schlängelte. Alex starrte einen geöffneten Eierkarton zu ihren Füßen an. Aus zerbrochenen Schalen rann schleimiges Eiweiß, vermischt mit gelbem Dotter.

Instinktiv bückte sie sich, um die verstreuten Lebensmittel einzusammeln. Aber Leanne lag bereits auf den Knien, eine Viererpackung Toilettenpapier unter den Arm geklemmt. »Geh!«, schluchzte sie. »Verschwinde endlich! Ich brauche deine Hilfe nicht! Von dir will ich gar nichts!«

Alex wich zurück und schüttelte den Kopf. Verrückt. *Sie* müsste es sein, die Leanne anschrie. Und trotzdem stieg wieder dieses grässliche Mitleid in ihr auf. Wenn sie der Freundin auch nicht verzieh, sie verstand die Ereignisse der Vergangenheit. Sie waren beide in eine unausweichliche Falle geraten, gewoben aus Lügen und der übergroßen Liebe zu demselben Mann.

Wie zuvor ihre Mütter.

Ein paar Minuten später fuhr sie den Quartz Cliff Drive entlang und überlegte, ob sie ihren Schwestern erzählen sollte, was sie erfahren hatte. Wäre das sinnvoll? Beryl und Leanne würden nicht vor Gericht aussagen oder lügen, wenn man sie dazu zwang. Außerdem – wussten Daphne und Kitty nicht schon genug? Wäre es fair, wenn sie ihnen wegnehmen würde, was sie vielleicht immer noch für Daddy empfanden? *Ein letztes Geheimnis, das ich hüten werde. Aber diesmal nicht ihm zuliebe.*

Vor den Scheinwerfern wirbelten Nebelschleier. Irgendwo unterhalb der Leitplanke, die im purpurroten Abendlicht schneeweiß glänzte, murmelte das Meer. Alex' Gedanken wanderten zu ihrer Mutter. *Wochenlang hat sie es gewusst und geschwiegen. Während ich Servietten und Kerzenleuchter und Tischtücher für die Party zusammensuchte. Sie wusste es. Und sie hat nichts verraten …*

Alex erschauerte. Hatte Mutter an jenem Abend endlich den Mut gefunden, den Vater zur Rede zu stellen? Oder war er zu ihr gegangen, um ihr mitzuteilen, er würde sich scheiden lassen?

Wie auch immer – nach jenem Gespräch hatte Mutter keinen anderen Ausweg gesehen, als die Waffe zu ergreifen. Und was auch mit ihr geschehen mochte, sie hatte ihre Entscheidung getroffen. Daran ließ sich nichts mehr ändern.

Tränen stiegen in Alex' Augen, verschleierten sekundenlang ihren Blick, und die verschwommene Straße schien ihr entgegenzurasen. *Ich kann nur eins tun. Ich will ihr endlich sagen, dass ich sie liebe und immer lieben werde, ganz egal, was passieren wird.*

Kapitel 19

Das Erste, was Daphne bei ihrer Ankunft im Elternhaus bemerkte, war der köstliche Geruch eines Brathuhns, den sie nicht nur mit Sonntagsmahlzeiten verband, sondern mit allem, was sicher und warm und heiter war. Sofort kehrten Erinnerungen an die Zeit zurück, bevor sie studiert und geheiratet hatte. Während sie in der Halle stand und den Bratenduft, vermischt mit dem Aroma frischer Zitronenlimonade, einatmete, gewann sie den Eindruck, sie wäre niemals weggewesen und hätte jeden Sonntag ihres Lebens im Familienkreis an dem massiven Esstisch mit den Klauenfüßen gesessen.

Trotz ihrer Sorge lächelte sie. »Ich komme gleich zu euch, Mädchen!«, rief Mutter aus der Küche. »Ich muss nur diesen Vogel aus dem Herd nehmen.«

»Brauchst du Hilfe?«, fragte Daphne. Wie Kletten hingen Kyle und Jennie an ihren Beinen, und es bereitete ihr einige Mühe, den Garderobenschrank zu erreichen.

»Das mache ich schon«, erbot sich Kitty. Bevor sie in die Küche eilte, befreite sie ihre Schwester von Kyle und half ihm aus seiner Jacke. Auf der Fahrt hatte es zu regnen begonnen. Roger schüttelte in der Tür ein paar Tropfen ab. Dann ging er zu Jennie und hob sie hoch, ehe sie sich in dem Regenmantel verhedderte, den Daphne auszog.

Im Auto waren beide Kinder aufgeregt gewesen. Die Eltern hatten ihnen die Haft der Großmutter verschwiegen und erklärt, sie sei verreist und würde bald zurückkommen. Aber sie spürten, dass Grandmas plötzliche Heimkehr eine besondere, unheimliche Bedeutung hatte. Als Jennie von ihrer Mutter im Kindersitz festgeschnallt wurde, begann sie zu weinen und um sich zu schlagen. Kyle hänselte seine Schwester, sie sei noch zu klein für einen richtigen Sicherheitsgurt, und es dauerte ein paar Minuten, bis Daphne sie beruhigen konnte. Dann beschwerte sich Kyle, weil er vor dem Aufbruch nur den ersten Teil von »Free Willy« gesehen hatte, obwohl er sein Lieblingsvideo bereits in- und auswendig kannte. Warum mussten sie zu Grandma fahren? Warum aßen sie nicht bei Tante Kitty?

Daphne brachte es nicht übers Herz, mit den Kindern zu schimpfen. Wie sollten sie denn Gefühle ausdrücken, für die sie keine Worte fanden – dass dieser Besuch bei der Großmutter sehr wichtig war? Und dass sie sich davor fürchteten, wenn sie auch nicht wussten, weshalb?

Vielleicht spürten sie die Nervosität ihrer Mutter. Seit Kitty am Vortag von der Einladung erzählt hatte, krampfte sich Daphnes Magen immer wieder zusammen. Jetzt betrachtete sie die frisch polierten Möbel, die Gartenblumen in den Vasen – Astern, Margeriten, Glockenblumen. Wie normal das alles aussah … *Zu* normal. Als wären die letzten zwei Monate nur ein unerwarteter kleiner Zwischenfall gewesen. Auf dem Tischchen in der Halle häufte sich keine Post mehr. Im Wohnzimmer standen die Möbel wieder auf ihrem angestammten Platz, und der geflochtene Teppich, den sie mit Kittys Hilfe vom Speicher geholt hatte, ersetzte den alten.

Was sollte sie antworten, wenn Mutter fragte, was mit jenem Teppich geschehen sei? Bei der Erinnerung, wie sie ihn zusammengerollt und verschnürt hatten, erschauerte sie. Noch schlimmer war es, hierher zu kommen und vorzugeben, nichts würde die Gedanken an alles, was ihr lieb und teuer war, beschmutzen.

Während Roger die Kinder in die Küche brachte, wo sie die Großmutter begrüßten, wanderte Daphne ins Wohnzimmer – blitzsauber wie zu Daddys Lebzeiten – und sank aufs Sofa. *Verrückt,* dachte sie. *Eigentlich sollten wir alle herumlaufen und uns die Haare raufen.* Stattdessen empfand sie den Wunsch, im Speisezimmer nachzusehen, ob der Tisch ordentlich gedeckt war. Solange sie denken konnte, hatte das zu ihren häuslichen Pflichten gehört. Doch sie bezwang den Impuls und schaute durch das regennasse Fenster. Jede Minute müsste Alex eintreffen. Der Gedanke beunruhigte sie ein bisschen.

Seit Mutters Verhaftung hatte Alex nicht mit ihr gesprochen. Also würde bei dieser Mahlzeit eine angespannte Atmosphäre herrschen. Und Alex war niemals Mutters Liebling gewesen. Andererseits war es vielleicht vorteilhaft, wenn die jüngere Schwester diese gespenstische Normalität ein bisschen durcheinander brachte und Mutter aus ihrer Traumwelt riss.

Steckt sie den Kopf in den Sand? Oder bin ich es, die das alles nicht klar erkennt?

Ja, gestand sie sich ein, *vielleicht hat Mutters Wahn Methode.* Denn so ruhig die Oberfläche auch erscheinen mochte, Daphne spürte eine unterschwellige Strömung, die zielstrebig in eine unerwartete Richtung führte. Wohin, wusste sie nicht. Nur eins stand fest: Ihre Mutter hatte etwas vor. Sie lud sie nicht alle zum Essen ein, um eine glückliche Familie am Tisch zu sehen. Was immer sie in diesen letzten Tagen geplant hatte, ganz allein in diesem Haus voller Erinnerungen und Geister, sie würden es herausfinden.

Aber ihr Unbehagen beschränkte sich nicht auf Mutter. In ihrem Hinterkopf pochte auch der Gedanke an die eigene ungewisse Zukunft wie ein infizierter Zahn. Die Erde hatte sich geöffnet und sie, Daphne, verschlungen, mit Leib und Seele. Auch mit dem Herzen, denn ohne Johnny war sie nur eine leere Hülle, die den Alltag meisterte und hoffte, auf vertrautem Terrain würde sie wieder zu fühlen beginnen und ein neues Herz bekommen, mit einem Platz für Roger.

Trotz ihrer Entscheidung verging kaum eine Stunde, ohne dass sie an Johnny erinnert wurde. Wenn sie Kyle von der Schule abholte, dachte sie an die längst vergangenen Abende, die Rendezvous nach dem Unterricht. In ihrer Phantasie sah sie alles klar und deutlich wie die immer noch erkennbaren Initialen, die sie in den Stamm der alten immergrünen Eiche auf dem Sportplatz geritzt hatten. Da saßen sie – zwei naive Kinder, die alles zu wissen glaubten – und rauchten im Dämmerlicht Zigaretten. Oder wenn sie irgendetwas in der Stadt erledigte, erblickte sie manchmal jemanden aus der Ferne, und ihr Herz drohte stillzustehen. Sobald sie dann langsam vorbeifuhr, sah der Mann nicht mehr wie Johnny aus, und sie begann die Mängel des unschuldigen Fremden zu registrieren, als wären es *seine.*

Hatte Roger das bemerkt? Wenn ja, behielt er es für sich. Hin und wieder schaute er sie seltsam an, mehr nicht. Er hatte genug mit sich selbst zu tun. Ein halbes Dutzend Mal am Tag rief er in seiner Praxis an, erörterte Probleme, die das Personal und die Patienten betrafen, und versuchte einen günstigen Deal mit seinen Partnern auszuhandeln. Vielleicht sollte sie es ihm hoch anrechnen, dass er überhaupt noch hier war. Aber es gelang ihr nicht, die nötige Dankbarkeit aufzubringen. Sie empfand nur Ärger, weil sie Roger und den Kindern zuliebe versuchen musste, ihre Ehe zu retten – weil er so nett war, obwohl sie wünschte, er würde sich wie ein Ekel benehmen, weil er verdammt noch mal in Miramonte blieb und sie daran hinderte, Johnny zu treffen.

Wenigstens wurde sie im Ehebett nicht allzu heftig bedrängt. O ja, ein paarmal hatte Roger halbherzige Versuche unternommen, wahrscheinlich nur, um seinen guten Willen zu zeigen. Sein Stolz ließ ein übermäßiges Engagement nicht zu. Wenn sie ihn begehrte, musste *sie* den ersten Schritt tun. Sie wusste nicht, wann das geschehen würde. Im Augenblick schrie alles in ihr – jedes Bedürfnis, jede Angst, jede Sehnsucht – schmerzlich und voll süßer Lust nach *Johnny.*

Autoreifen, die im Kies knirschten und ihr Tempo drosselten, rissen Daphne aus ihren Gedanken. Durch Regenschleier erkannte sie den grünen Tercel, den ihre Schwester gegen den BMW eingetauscht hatte. Wenig später erschienen Alex und ihre Töchter vor der offenen Haustür, schüttelten Schirme und Regenmäntel aus und stampften auf dem Fußabstreifer.

In diesem Moment kam Mutter, gefolgt von Kitty, aus der Küche. Bei Alex' Anblick blieb sie stehen. Die Wangen von der Hitze des Herds hektisch gerötet, die Hände wie ein schuldbewusstes Schulmädchen hinter dem Rücken, wo sie die Schürzenbänder lösen wollte, sah sie unglaublich jung aus. Nun glich sie der unbeschwerten Frau auf dem Foto, das neben ihr an der Wand hing und sie an Verns Seite zeigte – während der Flitterwochen geknipst. Dann schrie sie leise auf und öffnete die Arme, um eine verlorene, aber nicht vergessene Tochter willkommen zu heißen.

Reglos verharrte Alex in der Tür, nasses Haar an die Wangen geklebt, die Augen von unterdrückten Emotionen verdunkelt. Auch die Zwillinge wagten sich nicht herein und wechselten nervöse Blicke. Ein Windstoß wehte feuchte Blätter auf den Boden der Halle, jagte einen Schauer über Daphnes Rücken, und ihr Atem stockte. Würde Alex den Vater erwähnen? Oder einfach wie die anderen vorgeben, dies wäre eine ganz normale Sonntagsmahlzeit, eine von vielen? Die peinlichen Sekunden zogen sich in die Länge.

Endlich trat Alex vor, in seltsam steifer, würdevoller Haltung, und ließ sich umarmen. Mit einem kaum hörbaren Schluchzen legte sie den Kopf auf Mutters Schulter. Als sie sich aufrichtete, glänzte ihr Blick. »Tut mir Leid, dass wir so spät kommen«, entschuldigte sie sich mir einer Herzlichkeit, die gekünstelt wirkte. »Es gießt in Strömen, und ich konnte nicht schneller fahren.«

Die Augen ebenfalls voller Tränen, schloss Kitty die Tür und nutzte die Gelegenheit, um die Köpfe der Zwillinge aufmunternd zu tätscheln.

»Oh, ihr kommt gerade zur rechten Zeit.« Lydia wandte sich zu Nina und Lori, die ihre Gesichter beinahe in den Krägen der Jeansjacken vergruben. »Du meine Güte, seid doch nicht so schüchtern! Was immer euch zu Ohren gekommen ist – ich habe immer noch alle Tassen im Schrank und nicht vergessen, wie wundervoll es war, meine Enkelinnen zu umarmen.« Nachdem sie die beiden begrüßt und alle Regenmäntel aufgehängt hatte, ergriff sie Alex' Hand. »Das Essen ist angerichtet. Setzen wir uns, bevor es kalt wird.«

Im Großen und Ganzen verlief die Mahlzeit reibungslos. Nur ein einziger Augenblick irritierte Daphne – als Roger das Brathuhn tranchierte. Da sie dieses Ritual untrennbar mit Daddy identifizierte, erschien ihr der Anblick ihres Mannes, der das Fleisch sorgsam in dünne Scheiben schnitt, wie ein Sakrileg. Offensichtlich hegten die anderen ähnliche Gefühle. Über dem Tisch lag drückende Stille, gefolgt vom Klirren der Schüsseln und Teller, die herumgereicht wurden. Und plötzlich redeten alle auf einmal.

Ausnahmsweise war Daphne dankbar für Rogers Neigung, im Mittelpunkt stehen zu wollen. Sie lachte mit ihren Schwestern über Geschichten, die sie schon tausendmal gehört hatte, und nahm einen Schluck Wein, wann immer die erzwungene Heiterkeit ihre Nerven strapazierte. Leicht beschwipst wischte sie Kyles Kinn ab und schnitt Jennies Hühnerfleisch in winzige Stücke, während eine innere Stimme schrie: *Warum sagt denn niemand was?*

Wenn ein Passant zufällig durchs Fenster hereinschaute, würde er nichts Ungewöhnliches bemerken. Wie üblich saß Mutter am Kopfende des Tisches, möglichst nahe bei der Küche, die verhärmte Miene der letzten zwei Monate von einem fast glückseligen Lächeln verdrängt. Sie trug ein gelb kariertes Hemdblusenkleid, das den abgemagerten Körper locker umspielte und sie nicht dürr, sondern schlank wirken ließ. Und das graue Haar, das sie hinter die Ohren gekämmt hatte, glänzte wie das Tafelsilber.

Zu ihrer Rechten nippte Alex an ihrem Weinglas, aß nur wenig und klammerte sich an eine Fröhlichkeit, die ihre innere Anspannung nicht ganz verbarg. Um jedes Thema zu vermeiden, das Daddys Geist heraufbeschwören mochte, erzählte sie von den Häusern, die sie ihrer Kundschaft zeigte, den Sportpreisen, die ihre Töchter in der Schule gewonnen hatten, und von den neuen Nachbarn. Allmählich fühlte sich Daphne wie eine Kundin ihrer Schwester, einem ununterbrochenen Wortschwall ausgeliefert, der alle Mängel einer seit Monaten unverkäuflichen Immobilie übertünchen sollte. Niemand schien zu merken, wie nervös Alex mit ihrer Perlenkette spielte oder zerquetschte Kartoffeln auf ihrem Teller umherschob, eine Angewohnheit aus der Kinderzeit, die nun zurückkehrte.

Abgesehen von den Zwillingen, die sich auf die Mahlzeit konzentrierten, ohne viel zu essen, war Kitty am einsilbigsten. Wenn sie sich an der Konversation beteiligte, klangen ihre Worte einstudiert. Voller Mitleid dachte Daphne: *Wenigstens habe ich meine Kinder.*

Als die drei Schwestern den Tisch abräumen wollten, tauchte Lydia aus ihrer rosigen Scheinwelt auf und erhob sich. »Lasst nur, Nina und Lori sollen das Geschirr spülen.« Lächelnd wandte sie sich zu ihren Enkelinnen. »Das macht euch doch nichts aus? Ich muss etwas mit eurer Mutter und euren Tanten besprechen – allein. Später helfen wir euch beim Abtrocknen.«

Beklommen schauten Kyle und Jennie zu ihr auf, voller Angst, Grandma würde sie von Mommy trennen, wenn auch nur für kurze Zeit. Daphne war ihrem Mann dankbar, weil er den beiden vorschlug: »Schauen wir mal nach, was im Fernsehen läuft? Kommt, gehen wir ins Arbeitszimmer.«

Die Schwestern folgten Lydia nach oben, zum Schlafzimmer. Vierzig Jahre lang hatte sie das Bett ihres Mannes geteilt, ihm Kinder geboren, seine Wäsche gewaschen, seine Mahlzeiten gekocht und seine Geheimnisse versteckt, sogar vor sich selbst. Daphne verspürte eine sonderbare Übelkeit, als hätte sie zu viel gegessen. Begann jetzt die Stunde der Wahrheit, die sie erhofften und zugleich fürchteten? Würde die Mutter endlich verraten, was sich an jenem Abend ereignet hatte, nachdem sie die gleiche Treppe hinaufgestiegen war, um die Waffe aus der verschlossenen Kassette im obersten Schrankfach zu holen? Kitty warf Daphne einen unbehaglichen Blick zu. Was immer in der Luft lag, sie spürte es auch. Sogar Alex schien nur widerstrebend einen Fuß vor den anderen zu setzen.

Uns allen wurde etwas geraubt, dachte Daphne. *Nicht nur der Vater. Ein wesentlicher Teil von uns selbst.*

Im Schlafzimmer der Eltern sank sie auf das S-förmige Sofa zwischen den Fenstern, die zum Point hinausgingen. An diesem Tag zeigte er nur seine Konturen, halb verdeckt von grauem Nebel. Auch für den nächsten Tag war Regen vorausgesagt, was bedeutete, dass sie Kinder quengeln würden, weil sie nicht im Garten spielen durften. Sie erinnerte sich an Mutters Wunsch, in der Bucht zu schwimmen. Verzichtete sie darauf? Oder wartete sie nur auf besseres Wetter? *Hätte ich bloß darauf bestanden, hier zu wohnen – sie dürfte nicht allein sein.*

Daphne ließ ihren Blick durch den Raum wandern. Seltsam, wie wenig sich seit ihrer Kindheit verändert hatte … Sogar der Spiegel über dem Toilettentisch war immer noch im selben Winkel geneigt und reflektierte die silbernen Haarbürsten mit Lydias Initialen, die gerahmten Familienfotos. Hier war Mutters Flair deutlicher zu spüren als im restlichen Haus – in den schlichten Möbeln aus Kiefernholz, in den exquisiten Aquarellen an der hellgelb gestreiften Tapete. Nur wenige Antiquitäten ergänzten die Einrichtung, geliebte Erbstücke mütterlicherseits. Wie der Schaukelstuhl, in dem Kitty saß und der Urgroßmutter Agnes Lowell gehört hatte.

Was war in Mutter vorgegangen, als sie an jenem Abend auf dem hölzernen Stuhl gestanden und ins oberste Schrankfach gegriffen hatte? Während ihre Finger zwischen Decken und Skipullovern die Metallbox ertastet hatten – war ihr bewusst gewesen, dass sie die Grenze aller sicheren und vorhersehbaren Dinge überschreiten würde, ohne Hoffnung auf eine Rückkehr? Dass sie eine Wildnis betreten würde, wo die Gewohnheiten und zwischenmenschlichen Beziehungen eines ganzen Lebens nicht mehr existierten?

Unentwegt schwirrten diese Fragen durch Daphnes Gehirn, und sie beobachtete in stummem Grauen, wie Mutter eine Hutschachtel vom Toilettentisch nahm. Für einen grässlichen Moment sah sie stattdessen die Kassette. Glänzender grauer Stahl, ein Schloss, in das ein winziger Schlüssel passte. Jetzt steckte er in einer Plastikhülle im Kellergeschoss des Gerichtsgebäudes …

Von einem quälenden Schwindelgefühl erfasst, schloss sie die

Augen – und Johnnys Bild erschien, ein schiefes Grinsen, ein kühler, prüfender Blick, der kein Pardon gewährte und keinen Gefallen verlangte. Mit den hässlichen Dingen, die sie nur aus Zeitungen kannte, war er aufgewachsen – Menschen, die beraubt und zusammengeschlagen wurden, vernichtende Brände, von achtlosen Rauchern verursacht. Plötzlich sehnte sie sich – nicht nach starken Armen, ihre eigenen würden genügen – nach der unerschütterlichen, auf die harte Tour erlernten Selbstverständlichkeit, mit der er sich in einer Welt voller verborgener Fallstricke seinen Weg bahnte.

Lieber Gott, gib mir Kraft …

Während sie auf Mutters Enthüllungen warteten, wirkte die Stille im Raum so bedrückend wie der geisterhafte graue Himmel, der zwischen der Dachrinne und den verbogenen alten Fensterrahmen hereinzuquellen schien.

Lydia setzte sich auf die schmale Bank am Fußende des Bettes, die Hutschachtel im Schoß, und begann endlich zu sprechen. »Da sind ein paar Erinnerungsstücke, die ich euch geben möchte. Für jede ist etwas Besonderes dabei.« Sie lächelte, und Daphne sah die tiefen Falten in den Wangen, wo sich einst Grübchen gebildet hatten. »Natürlich habt ihr etwas anderes erwartet. Aber *das* kann ich euch leider nicht bieten – und nicht erklären, was mit eurem Vater geschah. Es ist viel komplizierter, als ihr ahnt, obwohl ihr inzwischen vermutlich einiges wisst – vielleicht sogar fast alles.« Sie schaute Daphne und Kitty an, bevor sie ihren Blick auf Alex richtete, liebevoll und schmerzlich zugleich. Dann breitete sie bedauernd die Arme aus, und Daphne sah den goldenen Ehering, den Mutter im Gefängnis nicht getragen hatte, wieder an seinem angestammten Platz, am dritten Finger der linken Hand. Alex, die auf der Bettkante saß, wollte etwas sagen, doch die Mutter ließ sie nicht zu Wort kommen. »Selbstverständlich bin ich sehr dankbar für eure Hilfe.« Lydias sanfte Stimme zog sie alle in einen seltsamen Bann, wie das leise Rascheln des Taftkleids, an das sich Daphne deutlich erinnerte. Während der Kindheit hatte sich die Mutter so oft im Dunkeln zu ihr herabgeneigt, um sie zu küssen, nach Parfum gerochen und jenem kleinen Martini, der üblichen Stärkung vor einer Party. »Unter diesen schwierigen Umständen habt ihr sehr viel Mut bewiesen. Ja, auch du, Alex. Für dich war es sicher am schlimmsten, und du hast dein Bestes getan. Dass du heute hierher gekommen bist, genügt mir.«

»Willst du nicht wenigstens *versuchen*, uns alles zu erklären?«, rief Kitty frustriert.

Mutter schüttelte traurig den Kopf. »Im Grunde spielt es keine Rolle. Was immer letzten Endes geschehen mag, ich werde niemals frei sein. Und so unglaublich es euch auch erscheinen mag, das akzeptiere ich. Nun wünsche ich mir von ganzem Herzen, auch ihr würdet euch mit den Ereignissen abfinden.«

Sie nahm den Deckel von der alten, mit längst verblichenen Rosenknospen bemalten Hutschachtel. Darin lagen all die Dinge, die man nicht wegwerfen wollte, aber nicht mehr gebrauchen konnte – Spitzenborten, Knöpfe, Wollreste, ein alter Schildpattkamm, dem mehrere Zacken fehlten. Aus den Tiefen voller Lavendelduft zog sie ein samtenes Schmucketui und hielt es Alex hin. »Die Diamantbrosche, die dein Vater mir zum fünfundzwanzigsten Hochzeitstag geschenkt hat. Du kannst sie behalten oder verkaufen, was immer du willst. Mir ist es egal. Dein Vater hat sie mir nur geschenkt, weil …« Sie unterbrach sich, in ihren Augen glänzten Tränen. »Sagen wir mal, für meinen Geschmack ist sie etwas zu protzig.«

Verwirrt und leicht verlegen, starrte Alex das Etui an, bevor sie es öffnete. Als Daphne aufstand, zum Bett ging und der Schwester über die Schulter schaute, hielt sie unwillkürlich den Atem an.

Protzig? Das falsche Wort. Einfach *großartig* – ein zierlicher Korb, aus Platin geflochten, mit einem Sträußchen aus Diamanten in verschiedenen Größen. In der Mitte glitzerte ein perfekter runder Stein, umgeben von kleineren in der Form zarter Blütenblätter. Soviel sie wusste, hatte Lydia das Schmuckstück nie getragen. Alle drei Töchter sahen es zum ersten Mal. Sprachlos betrachtete Daphne die Brosche. Sogar Alex, normalerweise unsentimental und hartgesotten, war überwältigt, und sie schien nach Worten zu suchen, um ihrer Mutter zu danken. Als sie endlich sprach, schien die kalte Fassade von ihr abzufallen, und sie war wieder so empfindsam und verletzlich wie das neugeborene Baby, das die vierjährige Daphne vorsichtig in den Armen gehalten hatte. »Ich – ich weiß nicht, was ich sagen soll«, stammelte sie. »Das hatte ich nicht erwartet. Du bist sehr großzügig, Mutter.«

»Dieses Geschenk gebe ich dir sehr gern, und du brauchst mir nicht zu danken«, erwiderte Lydia lächelnd. »Hoffentlich weißt du es gut zu nutzen, was immer du auch damit machen wirst. Jetzt zu dir, Daphne.« Seidenpapier raschelte, und sie zog ein in verblasstes rotes Leder gebundenes Tagebuch hervor. Ehrfürchtig legte sie es in Daphnes Hände, wie eine uralte Schriftrolle, die Geheimnisse einer verlorenen Zivilisation enthielt. »Das wird dir helfen, zu verstehen, was du wissen musst – viel besser, als ich es erklären könnte. Dieses Tagebuch habe ich von meinem siebzehnten Lebensjahr bis zu deiner Geburt geführt. Danach fand ich keine Zeit mehr dafür. Wenn du die Geschichte der Ereignisse niederschreiben wirst – und das *musst* du tun –, werden dir meine Aufzeichnungen einen gewissen Einblick gewähren.«

»Ich soll darüber schreiben?«, fragte Daphne bestürzt. »Glaubst du, ich würde die intimsten Geheimnisse meiner Familie an die Öffentlichkeit bringen – und *Geld* damit verdienen?«

»Nein, Daphne.« Langsam rollte eine Träne über Lydias Wange. »Das siehst du ganz falsch. Du würdest die Dinge richtig stellen. Die Leute wollen jemanden leiden sehen, ein Opfer oder ein Monstrum. Vielleicht werden sie staunen, wenn sie erfahren, dass meine Hoffnungen und Träume und Sorgen, die mir früher so überdimensional vorkamen, in Wirklichkeit ganz normal waren. Falls du ein Buch darüber schreibst, werden sie alle merken, dass ich mich nicht von ihnen unterschied.«

Das Tagebuch an die Brust gepresst, unterdrückte Daphne ein Schluchzen. Ein Sonnenstrahl fand einen Weg zwischen den Wolken hindurch, beleuchtete die Hand, die auf der Hutschachtel lag, und spiegelte sich im goldenen Ehering. »Also gut – ich will's versuchen«, versprach sie und schluckte mühsam.

»Nicht zuletzt ist die Reihe an dir.« Lydia schaute Kitty an, die sich in ihrem Schaukelstuhl aufrichtete. Noch nie hatte Daphne die Mutter so mit der Schwester reden hören, sehr zärtlich und irgendwie verwirrt. »Du warst meine größte Herausforderung. Aber an dem Tag, als wir den Gerichtssaal verließen, wusste ich es. Es ist genau das Richtige.« Sie griff wieder in die Hutschachtel.

Als ein kleiner Silberbecher im Sonnenschein schimmerte, stieß Kitty einen halb erstickten Schrei aus. Der Babybecher, den in ihrer Familie mütterlicherseits eine Generation an die nächste weitergegeben hatte, angefangen mit der Ururgroßmutter vor über hundert Jahren. KML, lauteten die eingravierten Initialen – Katherine Marie Lowell.

Verwundert musterte Daphne das wenig feinfühlige Geschenk. Was bewog Mutter dazu? Wusste sie denn nicht, was sie Kitty damit antat? Am liebsten hätte Daphne ihr den Becher entrissen und schnell versteckt, bevor er noch größeren Schaden anrichten konnte. Zu spät. Der Schmerz im Gesicht der Schwester, die steife Finger um den Becher schloss, war ebenso tief eingegraben wie die Initialen im Silber.

Erst als Mutter weitersprach, verstand Daphne die Zusammenhänge. »Diesen Becher habe ich für das Baby verwahrt, dass du eines Tages bekommen wirst.«

Verlegen runzelte Kitty die Stirn. »Ich weiß nicht, was du gehört hast – oder was dir irgendjemand erzählt hat … Jedenfalls stimmt es nicht. Das Baby, das ich zu adoptieren hoffte – die Mutter hat sich anders besonnen.«

»Oh …« Lydia zögerte kurz. »Davon weiß ich nichts. Niemand hat mir was gesagt …« In entschiedenem Ton fügte sie hinzu: »Ich meine *dein* Baby, das du zur Welt bringen wirst.«

Alles Blut wich aus Kittys Wangen, die eine geisterhafte graue Färbung annahmen. Mit schmalen Augen starrte sie Lydia an, als versuchte sie zu ergründen, ob das ein grausamer Scherz war – oder ob die Mutter tatsächlich den Verstand verloren hatte. Dann riss sie sich zusammen und stellte den Becher auf den Toilettentisch. Im Spiegel sah Daphne den kummervollen Blick ihrer Schwester. »Ich werde niemals ein Kind bekommen. Und ich weiß auch nicht, ob ich mich noch einmal um eine Adoption bemühen soll. Heb den Becher für jemanden auf, der ihn brauchen wird.«

Erstaunlicherweise wurde die Stille, die diesen Worten folgte, von Lydias Gelächter durchbrochen. Wie die Druckwelle nach einem Erdbeben hallte es von den Wänden wider. »Meinst du wirklich, du hast es nicht … O Gott …« Sie stand auf und legte beide Arme um Kitty. »Und ich dachte, du *wüsstest* es.«

»Was?«, fragte Kitty verständnislos.

»Du bist schwanger. So was merke ich immer sofort. Nenn es einen sechsten Sinn. Als ich euch Mädchen erwartete, wusste ich es schon nach wenigen Tagen. Genauso war es, bevor Alex mir von ihrer Schwangerschaft erzählte. Wann hattest du deine letzte Periode?«

»Die – die ist immer unregelmäßig«, erwiderte Kitty leicht gereizt. Offenbar wagte sie nicht zu glauben, was Mutter behauptete. »Seit ein paar Wochen ist sie überfällig …« Plötzlich presste sie eine Hand auf den Mund. »Du lieber Himmel – bin ich *deshalb* in letzter Zeit so müde? Und mir wird dauernd schlecht …« Sie zuckte zusammen, hielt den Atem an – und dann brach sie in Tränen aus.

Ungeschickt tätschelte Lydia ihren Rücken. »Wein dich nur aus. Ich habe weiß Gott genug Tränen um alles vergossen, was tot und entschwunden ist. Es ist höchste Zeit, um etwas Schönes, Gutes zu weinen, das uns bevorsteht …«

Stunden später lag Kitty auf ihrem Bett und starrte den Engel an der Zimmerdecke an – keinen richtigen Engel, falls es so etwas überhaupt gab, nur einen alten Wasserfleck in Engelsgestalt, das Souvenir eines Rohrbruchs. Sie dachte an den Engel Gabriel, der die Jungfrau Maria aufgesucht hatte, um ihr die unbefleckte Empfängnis zu verkünden. Beinahe hätte sie laut gelacht. Sie wusste genau, woher dieses Baby stammte.

Sean.

In ihrem Bauch wuchs sein Kind. Diese Erkenntnis erschien ihr so ungeheuerlich, dass der Raum zu schwanken schien, und sie glaubte, sie würde sich in irgendeiner Kirchenglocke befinden, die immer wieder läutete, um die frohe Botschaft bekannt zu geben – bis Kittys Seele mitsang und ihr Herz laut jubelte.

Auf der Heimfahrt an diesem Abend, immer noch überwältigt von Mutters unerwartetem Geschenk, hatte sie Roger gebeten, beim Long's Drugs anzuhalten, und einen Schwangerschaftstest gekauft. Daheim wünschte sie allen eine gute Nacht, eilte in ihr Zimmer und versperrte die Tür hinter sich. Wenn es nun ein grausamer Irrtum war? Sie wollte es Daphne erst am nächsten Morgen sagen, wenn sie genug Zeit gefunden hatte, ihre Enttäuschung zu verkraften.

Zitternd saß sie auf der Toilette und umklammerte den weißen Plastikindikator. Nein, Mutter, war doch nicht verrückt. Im kleinen Testfenster erschien eine blaue Linie. Dann eine zweite. Positiv. Beinahe wäre sie auf dem blauweißen Fliesenboden des Bads zusammengebrochen. Aber irgendwie schaffte sie es, ins Schlafzimmer zu wanken und aufs Bett zu sinken. Ganz vorsichtig hatte sie die Decke über ihren Körper gezogen, als würde sie ein Tuch auf eine Schüssel legen, in der ein Kuchenteig aufging.

Jetzt war es halb ein Uhr morgens. Das wusste sie nur, weil die antike kleine Messinguhr auf dem Nachttisch tickte. Genauso gut hätten nur Minuten verstrichen sein können, seit sie zu Bett gegangen war. Sie trug immer noch das violette Kleid, das sie für das Dinner in Mutters Haus gewählt hatte. Wieso sollte sie sich ausziehen, wenn sie ohnehin nicht schlafen würde? Könnte sie auch nur ein Auge zutun, während sich ihre Gedanken überschlugen, während sie das Gefühl hatte, wie eine reife Pflaume zu zerplatzen? Da sich die Jungfrau Maria nach Gabriels Besuch genauso gefühlt haben musste, verstand Kitty das entrückte Lächeln auf all den religiösen Gemälden. Ihr eigenes Wunder war genauso erstaunlich. Warum jetzt, nach all den Jahren? Warum *dieser* Mann?

Die anderen hast du nicht geliebt, flüsterte eine innere Stimme.

Welche Rolle spielte es schon, wer das Baby gezeugt hatte? Es war *ihr* Kind, ihr eigenes Fleisch und Blut, das ihr niemand wegnehmen durfte. Also gab es tatsächlich Engel, und sie hatten ihre Gebete erhört.

Kitty legte ihre Hände auf den immer noch flachen Bauch, dem ein warmer Glanz zu entströmen schien. Dabei nahm sie einen Puls wahr, vermutlich ihren eigenen. Doch sie glaubte, das Flattern eines winzigen Herzens zu spüren. Die Augen geschlossen, stellte sie sich vor, wie es sein würde, das Kind in den Armen zu halten. Und sekundenlang fühlte sie es tatsächlich – das Gewicht kleiner Hinterbacken in ihrer Handfläche, flaumiges Babyhaar unter ihrem Kinn, so weich wie das Fell ihrer Kätzchen. In ihren Zehenspitzen entstand ein seltsames Prickeln und erfüllte allmählich ihren ganzen Körper, bis sie zu schweben meinte, von diesem unerforschlichen Wunder getragen.

Bald würde sie das Gästezimmer, das Daphne jetzt bewohnte, in ein Kinderzimmer umwandeln. Statt mit Enten und Häschen würde sie es mit Mutters Aquarellen schmücken. Das Bettchen musste am Fenster stehen, damit das Baby die Schwalben sah, die in der Dachrinne nisteten und ein und aus flogen, und das schimmernde Meer in der Ferne. In ein hohes Regal würde sie Vogelnester und Muscheln und Treibholz legen, um ihrem Kind zu zeigen, die Welt wäre ein freundlicher Ort, voller magischer, grandioser Überraschungen.

Stundenlang schmiedete sie beglückende Pläne, bis sie irgendwann einschlief. Als sie erwachte, war es immer noch dunkel. Doch sie fühlte sich erfrischt und erholt wie seit Wochen nicht mehr. Was sie tun musste, wusste sie ganz genau. Sie stand auf, zog das zerknitterte Kleid aus, schlüpfte in Jeans und ein T-Shirt. Auf Zehenspitzen schlich sie die Treppe hinab und vorsichtig über die mittlere Stufe hinweg, deren lautes Knarren das ganze Haus wecken würde.

Um diese frühe Stunde herrschte noch kein starker Verkehr, und so dauerte es nicht lange, bis sie Seans Haus erreichte. Es hatte zu regnen aufgehört. Im Scheinwerferlicht glänzte die Straße wie ein schwarzer Fluss, auf dem sie mühelos dahinglitt. Zielstrebig folgte sie ihrem Weg, ohne zu überlegen, ob es besser gewesen wäre, vorher anzurufen. Ihr drittes Auge – nach dem Hinduglauben ihr *richtiges* Auge – leitete sie.

Wie würde er die Neuigkeit aufnehmen? Würde er erschrecken und vergessen, dass er sich noch vor wenigen Tagen nach ihr gesehnt hatte? Sie wollte ihm versichern, sie würde ihn nicht mit diesem Baby belasten. *Besten Dank, damit werde ich allein fertig.* In gewisser Weise hatte sie das sonderbare Gefühl, es wäre gar nicht Seans Baby und einzig und allein von der Intensität ihrer Wünsche ins Leben gerufen worden. Die Tür seines kleines Schuppens war unverschlossen, und Kitty nahm sich nicht die Mühe anzuklopfen. Auf den Gedanken, er könnte nicht daheim oder – noch schlimmer – mit einer anderen Frau zusammen sein, verschwendete sie keine einzige Sekunde. Nichts konnte ihr Glück trüben. Sie war gesegnet, sie war …

Schwanger.

Sean schlief tief und fest auf seiner Matratze. Als Kitty ihn behutsam schüttelte, rührte er sich nicht.

Ohne lange zu überlegen, kroch sie zu ihm unter die Decke. Er murmelte etwas Unverständliches, dann schlang er einen Arm um ihren Körper. Empfand er sogar im Schlaf das Bedürfnis, sie zu beschützen? Nach einer Weile öffnete er die Augen und starrte sie ungläubig an. »Kitty«, flüsterte er. Nur ihren Namen. Hatte er halb und halb erwartet, sie würde zu ihm kommen?

»Tut mir Leid, dass ich dich geweckt habe«, wisperte sie.

»Alles okay?«

»So gut habe ich mich noch nie gefühlt.«

»Freut mich.« Jetzt war er hellwach. Auf einen Ellbogen gestützt, meinte er: »Sicher bist du nicht hierher gekommen, um mir das zu sagen. Was ist los?« Unter der warmen Decke, die unverwechselbar nach seinem Körper roch, spürte sie, wie er sich anspannte.

»Ich musste dich sehen.«

»So?« Forschend musterte er im Dunkeln ihr Gesicht. »Darauf warst du neulich nicht so versessen.«

Er war gekränkt und noch nicht bereit, ihr zu verzeihen. Oder vielleicht misstraute er ihren Beweggründen. In gewisser Weise fand sie diesen Gedanken tröstlich. Wäre er nur am Sex interessiert, würden sie dieses Gespräch nicht führen. Kitty glättete eine Falte in der Madras-Decke. »Falls du den Eindruck gehabt hast, du würdest mir nichts bedeuten, irrst du dich. Du bist sehr wichtig für mich.«

»Dann hast du eine komische Art, das zu zeigen.«

»Soll ich gehen?«, fragte sie leise. Sie wartete, lauschte dem Rascheln der feuchten Blätter im Wind, dem fernen Kreischen der Reifen auf der Autobahn. Als Sean mit einer Fingerspitze die Konturen ihres Kinns nachzeichnete, jagte er einen Schauer durch ihren Körper, der einem tieferen Ort zu entstammen schien als nur Fleisch und Knochen.

»Nein«, erwiderte er. Sie hielt seine Finger fest, zog sie an ihre Lippen, spürte den kraftvollen, gleichmäßigen Puls in seinem Handgelenk. »Darüber bin ich sehr froh. Weil ich dir nämlich was sagen muss …«

In seinen Augen leuchtete zaghafte Hoffnung auf. Geisterhaftes Licht fiel durchs Dachfenster herein, und Seans Augen wirkten so schwarz wie das Meer unter einem mondlosen Nachthimmel. In seinem dunklen Haar entdeckte sie ein paar Sägespäne, die den Spiegelbildern winziger Sterne glichen. Unsicher schwieg sie und zögerte eine Weile. Das Wissen um ihre Schwangerschaft war so neu, dass sie den Wunsch verspürte, ganz allein und selbstsüchtig in ihrer Freude zu schwelgen. Doch das wäre unfair. Was immer er davon halten mochte, er verdiente es, die Wahrheit zu erfahren. Denn es war kein Engel, der ihr das Baby geschenkt hatte, sondern Sean. Irgendwie hatte er ihr Herz geöffnet und genug Licht hineingelassen, sodass ein neues Leben entstanden war.

»Ich bin schwanger«, sagte sie.

Ausdruckslos starrte er sie an. Hatte er nichts gehört? Oder *wollte* er nichts dergleichen hören?

Irgendetwas in ihrer Seele, das so sanft entfaltet worden war, ballte sich zu einem harten Klumpen zusammen. *Nicht so wichtig,* sagte sie sich. Sie brauchte nichts von ihm. Immerhin war sie kein mittelloser Teenager, sondern die sechsunddreißigjährige Besitzerin eines florierenden Lokals und durchaus fähig, ihr Kind allein großzuziehen.

Das wollte sie gerade Sean mitteilen, als er leise fragte: »Wann hast du's herausgefunden?«

»Vor ein paar Stunden.«

»Also ist das nicht der Grund, warum du dich von mir getrennt hast?«

Verwirrt hob sie die Brauen. »Großer Gott, nein! Wie kannst du so was glauben?«

Er seufzte erleichtert, aber seine Miene blieb kühl. »Und was genau willst du mir sagen? Dass ich zum Leben dieses Babys gehören soll?«

Bei Kittys mühsamem Versuch, ihre Wünsche in Worte zu fassen, kam nichts Konkretes heraus. »Nun – ja ... So weit habe ich noch gar nicht gedacht. Damit bin ich natürlich einverstanden. Wenn du es willst ... Um ehrlich zu sein«, fügte sie zaudernd hinzu, »da war ich mir nicht hundertprozentig sicher.«

In seinem Kinn bebte ein Muskel. »Das freut mich!«, stieß er mit gepresster Stimme hervor. »Weil du nämlich keine verdammte Ahnung hast, wie mir in dieser ganzen Zeit zumute war! Als ich dich neulich abends sah ... O Gott!« Mit einem heiseren Schrei riss er sie an sich, vergrub seinen Kopf zwischen ihren Brüsten und krallte die Finger in ihr Sweatshirt, als müsste er sich vor einem Sturz in tödliche Tiefen retten. »Du glaubst, ich wäre zu jung, um dich zu lieben. Da irrst du dich. Und jetzt sag ich dir was, das du vielleicht nicht hören willst: Ich bin verdammt froh, weil du mein Kind bekommst!« Sein schallendes Gelächter klang ein bisschen verrückt. »Heiliger Jesus, wir erwarten ein Baby! Unglaublich!«

»Das kann ich auch kaum glauben. Ich habe stundenlang hellwach im Bett gelegen und versuchte mir klar zu machen, dass es wahr ist.«

Sean richtete sich auf. Inzwischen hatte er seine Fassung einigermaßen wiedergewonnen. »Eins steht jedenfalls fest. Ganz egal, wie du dir das alles vorstellst: Dieses Kind hat einen Vater.«

»Daran wird niemand zweifeln«, meinte sie belustigt.

»Du weißt, wovon ich rede. Nun müssen wir Pläne machen.«

»Was hast du vor?«

»Hätte es einen Sinn, wenn ich dich bitten würde, mich zu heiraten?«

Nachdem sie kurz nachgedacht hatte, schüttelte sie den Kopf. »Versteh mich nicht falsch, Sean. Ich würde liebend gern Ja sagen. Aber ich fürchte, es wäre keine gute Idee. Zumindest nicht jetzt, wo alles in der Schwebe ist. Vielleicht später …«

Trotz seiner sichtlichen Enttäuschung wirkte er nicht beleidigt. »Okay«, erwiderte er und zuckte die Achseln. »Ich muss dich nur warnen. Sooft ich Zeit habe, kreuze ich bei dir auf. Davon lasse ich mich nicht abhalten.«

»Wer hat denn was dagegen?«

»Ich dachte, du willst nicht mehr …«

»Vorhin habe *ich* dich geweckt. Erinnerst du dich?« Lächelnd strich sie über sein Bein. Er trug nur ein T-Shirt, keinen Slip, und er reagierte sofort.

Leidenschaftlich presste er Kitty an sich, so fest, dass sie kaum atmen konnte. Dann dachte er an ihren vermeintlichen heiklen Zustand und ließ sie abrupt los. »Sollen wir lieber drauf verzichten? Wird es dem Baby nicht wehtun?«

»In diesem Stadium noch nicht.« Da sie jedes verfügbare Buch über Schwangerschaften gelesen hatte, fühlte sie sich wie ein erfahrener Profi.

Da streifte er ihr das Sweatshirt über den Kopf und half ihr aus den Jeans. Darunter war sie nackt, weil sie sich vor dem Schwangerschaftstest ausgezogen hatte. Als Sean das merkte, brauchte er keine weitere Einladung. »Du bist so schön.« Noch poetischere Komplimente durfte man nicht von ihm erwarten. Aber in diesem Augenblick spielten Worte keine Rolle. Nur seine Finger zählten. Sie wanderten an ihrem Schenkel hinauf und entfachten ein wildes Feuer durch die zielstrebige Berührung eines Mannes, der unabhängig von seiner Jugend genau wusste, wie er seine Geliebte erfreuen konnte.

Stöhnend hob sie sich der Hand zwischen ihren Beinen entgegen. Sein Blick versank in ihrem. Eine Zeit lang genoss sie die köstlichen Gefühle, dann hielt er die Hand, die sie beglückt hatte, vor ihr Gesicht, und sie atmete ihren eigenen Duft ein wie ein süßes Parfum.

Irgendetwas in ihr löste sich auf – ein Ballon, der in ihrem Kopf umhergeflogen war und nun herabfiel, um unterhalb ihres Nabels zu landen. Hingerissen lachte sie, schüttelte den Kopf, und ihr langes Kraushaar fiel wie ein Seidenschal auf ihre nackte Schulter. Sie schmiegte sich an Sean, roch den schwachen harzigen Duft seiner Haut, vermischt mit Seife und dem besonderen Geruch, der ihn charakterisierte. Langsam strömte eine Hitzewelle durch ihren Körper, und sie wollte mit ihm verschmelzen. Jetzt. Sofort. Aber als er ihre Beine spreizte, befahl sie sanft: »Nein.« Entschlossen glitt sie hinab und nahm ihn in den Mund.

Nach einer halben Minute schob er sie beiseite. »Gleich ist es so weit. Und ich möchte in *dir* kommen.« Endlich lag er auf ihr. Vor Begierde fast krank, half sie ihm, in ihren Schoß einzudringen. Noch nie hatte sie so starke Emotionen empfunden, nicht einmal in früheren Liebesnächten mit Sean, und jedes einzelne Gefühl war so intensiv, dass es an Schmerz grenzte. *Das Baby.* Nicht nur nach Sean sehnte sie sich – auch nach dem Baby, das in ihr wuchs.

Von seinem Gesicht fielen Schweißperlen auf ihre Wangen wie ein warmer Regen. Er bezwang sein Verlangen, und das missfiel ihr plötzlich. Sie wollte ihn spüren, und wie *es* in sie fließen würde, genauso wie in der Nacht ihrer Empfängnis – eine Lebenskraft mit der Macht, nicht nur Neues zu erschaffen, sondern Hoffnungen und Träume wiederzuerwecken, die sie schon begraben hatte.

Während sie ihre Hüften hob, schrie sie, von unerträglichem Entzücken erfasst, und umklammerte Seans Schenkel, um keinen einzigen Tropfen zu verlieren. Im selben Moment erreichte auch er den Höhepunkt, bäumte sich auf und beschleunigte sein Tempo. Aber trotz der übermächtigen Glut seiner Erfüllung gab er Acht, um Kitty und das Baby nicht zu verletzen. Seine behutsame Zurückhaltung rührte ihr Herz. Danach sank er nicht wie üblich auf sie hinab. Stattdessen streckte er sich neben ihr aus.

Ganz sanft presste er eine Hand auf ihren Bauch, und sie zuckte zusammen. Dann legte sie lächelnd ihre Finger über seine. »Ob sie das spürt?«

»Wieso weißt du, dass es ein Mädchen ist?«

»Nur so ein Gefühl ... Über einen Jungen würde ich mich genauso freuen.«

»Bist du sicher?«

»Natürlich. Falls du es noch nicht gemerkt hast, ich mag Jungs.«

»O ja, da ist mir aufgefallen.« Sein Grinsen erlosch sofort wieder. »Was ich vorhin sagte, war ernst gemeint. Wann immer ich an das Baby meiner Schwester denke, das sein eigenes Fleisch und Blut nicht kennen wird … *Meinem* Kind darf das nicht passieren. Selbst wenn wir nicht heiraten und zusammenleben, sind wir eine Familie.«

Kitty überlegte, wie deutlich sich ihre eigene Familie von dem Bild unterschied, das sie sich in der Kindheit gemacht hatte. Damals war alles selbstverständlich gewesen. Gleichförmige schöne Tage. Kleine Rituale hatten Eltern und Töchter aneinander gebunden wie die fast unsichtbaren Stiche in den Steppdecken, die Mutter aus abgelegten Kleidern genäht hatte.

Nun war die verrückte Steppdecke ihrer Familie zerrissen, und jeder musste mit den übrig gebliebenen Stoffresten seine eigene Zukunft gestalten. Mutters Geschenke ergaben einen tiefen Sinn, nicht nur aus den offensichtlichen Gründen, sondern weil sie den drei Schwestern vor Augen führte, dass nicht die *ganze* Familiengeschichte eine Lüge gewesen war. Zweifellos lohnte sich die Erinnerung an manche Teile – sogar eine liebevolle Erinnerung. In künftigen Tagen würde dieser Gedanke als Kompass fungieren und sie alle geleiten, wenn sie neue Küsten ansteuerten.

Kitty betrachtete Seans tief gebräuntes Gesicht, das von seiner Arbeit an der frischen Luft zeugte, und sah die hellen Fältchen in den Augenwinkeln. Wahrscheinlich hatte er zu oft in die Sonne geblinzelt. *Er wird ein guter Vater sein,* dachte sie, so wie an jenem Abend, als sie ihn im Krankenhaus zusammen mit seiner Schwester gesehen hatte. *Alles andere … Nun, wir werden sehen.* Sie berührte seine Brust, so fest und kraftvoll wie die Bäume, auf die er stieg, um seinen Lebensunterhalt zu verdienen. Mühelos konnte sie sich vorstellen, wie er ein Baby im Arm hielt oder einen Kinderwagen vor sich herschob. »Ich weiß gar nicht, ob ich die Bedeutung des Wortes ›Familie‹ kenne«, gestand sie lächelnd. »Vielleicht gleicht sie einem Kochrezept – man muss von dieser oder jener Zutat ein bisschen was zufügen. Jedenfalls sollten wir es versuchen, nicht wahr? Dabei könnte am Ende was herauskommen, das uns beiden gefällt und wir es behalten wollen.«

»Mom?«

Alex hörte Ninas leisen Ruf aus dem Dunkel ihres Zimmers und blieb am Fuß der Treppe stehen. Unfähig zu schlafen, hatte sie bis in die Nacht hinein vor dem Fernseher gesessen. Schließlich war sie auf dem Sofa eingenickt, mitten in Jay Lenos Monolog – irgendwelche albernen Witze über Männer, die ihre Frauen betrügen. Daran erinnerte sie sich. Jetzt fühlte sich ihr Kopf so an, als wäre er mit diesen entnervenden Schaumgummikugeln voll gestopft, die man durchwühlen musste, um herauszufinden, was am Boden des Pakets lag.

Zögernd betrat sie Ninas Zimmer. Ihre Tochter saß mit gekreuzten Beinen auf dem Bett, und Alex lächelte über den Anblick, den das Mädchen im sanften Lichtkreis der Nachttischlampe bot. Schläfrig blinzelte Nina ihre Mutter an, das dichte dunkle Haar so zerzaust wie früher, als Alex die Zwillinge jeden Abend ins Bett gebracht hatte.

Nina trug ein abgelegtes T-Shirt ihres Vaters. Geistesabwesend hatte er ein Bleichmittel in die Waschmaschine geschüttet, bevor genug Wasser hineingeflossen war, und Alex hatte ihn wütend beschimpft. *Muss ich denn die ganze Woche arbeiten und außerdem noch die hundertprozentige Verantwortung für den Haushalt tragen,* hatte sie geschrien. Bei dieser Erinnerung seufzte sie. O Gott, sie konnte so ein gemeines Biest sein. Ein Wunder, dass Jim nicht schon vor vielen Jahren die Scheidung eingereicht hatte.

Und die Mädchen … Natürlich liebte sie die beiden. Aber im

Lauf der Jahre hatten sich die Tage aneinander gereiht wie Sanddünen. Und während sie mühsam von einer zur anderen kroch, blieb die Mutterschaft irgendwie auf der Strecke. Wenn sie an ihre Töchter dachte, sah sie nur noch Tagesprogramme und Einkaufslisten und Termine. Längst war die Zeit entschwunden, als die beiden Krabbelkinder in ihren identischen Oshkosh-Overalls auf wackligen Beinen die Welt erforschten und ihre Mutter zu Tränen gerührt hatten.

Sie setzte sich aufs Bett und tätschelte ein Knie, das unter der Steppdecke herausragte. Trotz ihrer erschreckend reifen äußeren Erscheinung war Nina in mancher Hinsicht immer noch ein kleines Mädchen. Bei der Übersiedlung in dieses Haus hatte sie auf einem Laura-Ashley-Zimmer bestanden – geblümte Vorhänge mit Rüschen, eine Kommode aus weißem Korbgeflecht, eine antike Truhe, mit Kattun ausgekleidet und voller Puppen und Stofftiere, die sie zu sehr liebte, um sie wegzuwerfen. Nur das alte Poster an der Schranktür – Marlon Brando im zerrissenen T-Shirt – wies auf eine extravagante, eigenwillige junge Frau hin, und Alex würde sie sehr gern näher kennen lernen.

Gähnend rieb sich das Mädchen die Augen. »Ich hab dich im Wohnzimmer gehört. Warum bist du noch auf? Ist alles okay?«

»Ich wollte gerade ins Bett gehen.« *Alles bestens,* hätte sie beinahe hinzugefügt. Doch das wäre eine Lüge gewesen. In gewisser Weise ging es ihr gut – genauer ausgedrückt, jenes Stadium war überwunden, als sie jeden Tag überlegt hatte, welcher Teil des Himmels zuerst auf sie herabstürzen würde. Aber großartig fühlte sie sich noch lange nicht. Und so gestand sie: »Irgendwie fällt's mir schwer, allein zu schlafen. Sogar Jay Leno ist besser als niemand.«

Grinsend verdrehte Nina die Augen. »Klingt ziemlich trostlos. Aber weißt du, was noch schlimmer ist?« Sie senkte die Stimme und vertraute ihrer Mutter im Bühnenflüsterton an: »Jeden Abend schaue ich unters Bett, bevor ich das Licht lösche. Nur zur Sicherheit.«

Wonach Nina suchte, musste Alex nicht fragen. Seit der frühen Kindheit gehörte es zum abendlichen Ritual ihrer Tochter, in alle Ecken und verborgenen Winkel zu spähen, wo der schwarze Mann lauern mochte. Lori, weniger ängstlich oder vielleicht nicht so phantasievoll, begnügte sich mit einem Gutenachtkuss. Ohne eine Miene zu verziehen, erwiderte Alex: »Wenn sich tatsächlich ein schwarzer Mann in unserem Haus herumtreibt, müssten wir ihn inzwischen längst verjagt haben.«

»Nun ja, hier ist es in letzter Zeit nicht gerade *normal* zugegangen«, betonte Nina.

»Das wird sich bald ändern. Meinst du nicht, wir würden allmählich ein bisschen Sonnenschein verdienen?«

Nachdenklich verzog Nina die Lippen. »Hängt dieser Sonnenschein zufällig mit Dad zusammen?«

Alex spürte, wie die alte innere Anspannung ihre Nerven verkrampfte. Musste sich denn alles um Jim drehen? Wollte niemand anerkennen, dass sie immer noch die Stellung hielt? Trotz allem? Sie dachte an die Diamantbrosche, die Mutter ihr geschenkt hatte. Im Etui hatte sie eine zusammengefaltete Quittung gefunden. Über zehntausend Dollar. Niemals hätte sie geglaubt, ihr Vater würde so viel Geld für ein Schmuckstück bezahlen. Ein Liebesbeweis? Oder nur ein Versuch, sein Gewissen zu entlasten?

All die Jahre hatte Mutter die Brosche in einer Schublade versteckt – offenbar ihre einzige Möglichkeit, Schmerz und Zorn auszudrücken. Bei diesem Gedanken fröstelte Alex. Sie sollte Mutter dankbar sein, nicht nur für die großzügige Hilfe in der finanziellen Notlage, sondern auch, weil sie ihr den eigenen schwarzen Mann vor Augen führte. Daddy – Leanne – Beryl …

Alle drei hatte Alex unter die Lupe genommen und kein Monstrum entdeckt. Helden waren sie ebenso wenig, einfach nur Menschen mit Fehlern und Schwächen. Und der Vater hatte bedauerlicherweise zu viele Schwächen gezeigt.

Jim? Der gehörte eindeutig zu den *guten* Menschen. Bis jetzt hatte sie es leider nicht gemerkt. »Dein Vater und ich …«, begann Alex. Plötzlich unterbrach sie sich misstrauisch. »Diesen Blick kenne ich, Nina Marie Cardoza. Du hast mir nachspioniert, nicht wahr?«

»Nicht direkt«, antwortete ihre Tochter ausweichend. »Ich habe nur zufällig den Hörer abgenommen, als du gestern Abend telefoniert hast. Natürlich wollte ich nicht lauschen. Das schwöre ich.« Um ein Kichern zu bekämpfen, presste sie ein Kissen ans Kinn, und Alex verbarg nur mühsam ihre Belustigung.

»Sehr komisch, Sherlock. Und wie viel hast du *zufällig* gehört?«

Nina ließ das Kissen sinken. »Nur dass du überlegt hast, ob das Wetter morgen schön genug für ein Picknick am Lighthouse Point ist.« In beiläufigem Ton fragte sie: »Ihr nehmt uns doch mit?«

»Und wenn ich dir erkläre, dein Dad und ich wären lieber allein?«

Ein paar Sekunden lang dachte Nina nach. »Dann würde ich sagen, das wäre eine gute Idee – solange du mir versprichst, dass wirklich alles absolut okay ist, wenn du heimkommst.« Das Blut stieg ihr in die Wangen. »Nun ja, nicht alles. Nur der jugendfreie Teil.«

»Und wenn ich es nicht verspreche?«

Lässig zuckte Nina die Achseln, und das T-Shirt glitt von einer Schulter. »Ach, ich weiß nicht … In diesem Fall müsste ich Lori gestehen, ich hätte ihr falsche Hoffnungen gemacht.«

»Klingt nach Erpressung«, stöhnte Alex.

»Schon gut, ich geb's zu«, erwiderte Nina entschieden und schelmisch zugleich. »Wenn ich euch zwei irgendwie zusammenbringen kann, schrecke ich vor nichts zurück.« Nach einer kurzen Pause seufzte sie schmerzlich. »Ich wünschte, er würde heute bei uns übernachten. In Grandmas Haus war's so unheimlich. Ich wusste nicht, was ich sagen sollte. Immer wieder wollte ich versichern, es würde mir Leid tun, was mit ihr passiert ist, und ich hätte sie vermisst. Aber irgendwie ergab sich keine Gelegenheit dazu. Glaubst du, sie ist mir böse?«

Unerwartet brannten Tränen in Alex' Augen. »Nein, Schätzchen, bestimmt nicht.« Auch sie hätte der Mutter etwas offenherziger entgegenkommen können. Stattdessen hatte sie Zuflucht in der Erinnerung an den Vater gesucht.

Nina gähnte wieder, und die Augen fielen ihr zu. »Wahrscheinlich hast du Recht«, murmelte sie, kroch unter die Decke und schob das Kissen unter ihren Kopf. »Beim Abschied war sie sehr nett. Sogar fröhlich. Sie sagte mir, wenn sich das Wetter bessert, würde sie morgen schwimmen.«

»Schwimmen?«, wiederholte Alex erstaunt.

»In der Bucht. Wie früher, als …« Inzwischen hatte Nina ihre Augen geschlossen, und sie flüsterte etwas, das Alex kaum verstand. Trotzdem zuckte sie zusammen, wie an jenem Tag, als sie ihre Hand in ein Spülbecken voller Lauge getaucht und ihren Daumen mit einem zerbrochenen Glas aufgeschnitten hatte. Es hatte so ähnlich geklungen wie: *Als wir noch eine Familie waren.*

Kapitel 20

Als Daphne am nächsten Morgen die Augen öffnete, sah sie die Sonne an einem wolkenlosen, rosig blauen Himmel aufgehen. Irgendwann in der Nacht hatte es zu regnen aufgehört. Schläfrig tastete sie nach ihrem Mann. Doch das Bett neben ihr war leer. Sie hörte ihn im Badezimmer gurgeln, und das Geräusch erinnerte sie an einen Ertrinkenden.

Fröstelnd setzte sie sich auf und rieb ihre Arme, über die eine Gänsehaut kroch. Hinter ihrer Stirn pochte das Grauen eines Traums, der sie nicht losließ. Ein Alptraum, in dem Mutter ertrunken war. Daphne versuchte sie zu retten. Aber als sie zum Wasser lief, blieben ihre Füße im feuchten Sand stecken. In der Ferne klagte ein Nebelhorn. Seltsam – es war kein bisschen neblig. Die Sonne hatte auf den Wellen geglitzert, wie ein Netz aus vielen tausend winzigen Diamanten …

Jetzt saß sie auf Kittys Eisenbett und blinzelte ins Sonnenlicht, das gleißende Speere über das benachbarte Giebeldach warf. Die verschnörkelten Zeiger der antiken Uhr auf dem Nachttisch zeigten Viertel nach sieben an. Um diese Zeit stand Mutter normalerweise auf. Daphne stellte sich vor, wie Mutter aus dem Schlafzimmerfenster schauen und das prachtvolle Wetter bewundern würde, und flüsterte, was sie so oft gehört hatte. »Genau der richtige Morgen, um zu schwimmen.«

Von wachsendem Unbehagen erfüllt, fragte sie sich, ob Mutters Wunsch, wieder in der Bucht zu schwimmen, gar nicht so harmlos gewesen war. Und die Geschenke am letzten Abend? Andenken? Daphne erschauerte.

Als ihr Mann aus dem Badezimmer kam, immer noch im Pyjama, einen Zahnpastafleck in einem Mundwinkel, ermahnte sie sich: *Bleib ruhig. Er würde dich für hysterisch halten. Und du weißt, wie sehr er das hasst.* »Roger?«, rief sie leise. »Ich sorge mich um Mutter.«

»Gibt's sonst noch was Neues?« Lachend streifte er seine Pyjamahose nach unten. Das Gelächter, sicher freundlich gemeint, klang ein wenig sarkastisch.

Ganz ruhig … Sie zwang sich, tief Atem zu holen. »Ausnahmsweise meine ich nicht den Prozess. Hattest du nicht den Eindruck, dass sie sich gestern Abend etwas sonderbar benommen hat?«

»Sonderbar?«, wiederholte er und hüpfte auf einem Bein, während er das andere aus der Hose zog. »Da hast du das falsche Wort gewählt. Nach meiner Ansicht ist eine Frau, die für den Rest ihres Lebens im Gefängnis vermodern möchte, *unzurechnungsfähig.*«

»Wenn du in diesem Ton redest …«, fauchte sie.

Sofort eilte er zerknirscht ans Bett, setzte sich zu ihr, und das alte Eisengestell knarrte protestierend. »Tut mir Leid, Schätzchen. Für mich war es auch schwierig. Eigentlich wollte ich es erst nach dem Frühstück sagen – aber ich habe vor, heute zurückzufliegen. Dieser idiotische Vermittler lässt uns alle wie Zirkusbären tanzen. Morgen früh findet eine weitere Besprechung statt, und ich muss dabei sein.«

Daphne saß reglos neben ihm. »Das hast du sicher schon das ganze Wochenende gewusst. Warum sagst du es mir erst jetzt?«

»Weil ich dich nicht aufregen wollte.« Er schaute weg, und in seiner Stimme schwang der gewohnte gekränkte Unterton mit. »Verdammt, glaubst du, das ist *meine* Entscheidung?«

Plötzlich ertrug sie seine Nähe nicht mehr, die abgewandten Augen, die ausdrucksvollen hängenden Schultern. Der dichte Schopf über der Stirnmitte erschien ihr wie Unkraut, das man mitsamt den Wurzeln ausreißen musste. Als er den Mund öffnete, um weiterzusprechen, hob sie abwehrend eine Hand. »Streiten wir nicht, okay? Geh unter die Dusche. Inzwischen wecke ich dir Kinder.« Er nickte, ging zum Bad, und sie fügte möglichst beiläufig hinzu: »Hör mal, Roger, es wäre ohnehin sinnlos, wenn du den Prozess hier in Miramonte abwarten würdest. Warum bleibst du nicht in New York, bis alles vorbei ist?« Sie hielt den Atem an.

Was würde er antworten? Vielleicht: *Soll ich es riskieren, dich für immer zu verlieren? Klar, ich war kein besonders einfühlsamer Ehemann. Aber ich bin weder dumm noch blind, und ich weiß, wie viel auf dem Spiel steht ...*

Doch er erwiderte nur: »Mal sehen.« Dabei warf er ihr einen eigenartigen Blick zu – oder bildete sie sich das nur ein? Als glaubte er, in eine Falle zu tappen ... »Das hängt davon ab, wie die Besprechung verläuft.« In der Badezimmertür drehte er sich noch einmal um und schaute Daphne mit beunruhigender Intensität an. »Ich weiß, wir beide haben einiges auszubügeln. Sobald ich zurückkomme, reden wir darüber. Einverstanden? Wenn du willst, gehen wir zu einer Eheberatung. Ich meine es ernst. Was immer nötig ist, ich tu es.«

»Okay«, stimmte sie halbherzig zu. Für Roger war die Ehe ein Termin, den er in seinem Kalender eintrug, um sich nächste Woche, nächsten Monat oder nächstes Jahr damit zu befassen. Aber sie brauchte ihn *jetzt*, an diesem Morgen, in dieser Minute.

Sie sah ihn im Bad verschwinden – nicht das starke Bollwerk, von dem sie sich einmal Schutz und Sicherheit versprochen hatte, nur ein gewöhnlicher Mann, jenseits seiner besten Jahre, mit hängenden Hinterbacken und zu viel Speck um die Mitte, ein Mann, der in ein Flugzeug steigen musste und was Besseres zu tun hatte, als seine ängstliche Frau zu beschwichtigen.

»Roger?«, rief sie ihm nach.

»Ja?« Er kehrte zurück. Doch sie merkte ihm an, dass er mit seinen Gedanken bereits in New York war.

»Hast du mich jemals betrogen?« Verblüfft über ihre eigene Kühnheit, verstand sie, warum er die Brauen hob.

»Wie kommst du denn auf *so was?«*

»Ich weiß nicht … Vielleicht wegen meines Vaters.« Sie erinnerte ihn nicht an die Frau in der Buchhandlung und fragte nur: »Nun? Hast du es getan?«

Eine Zeit lang starrte er sie an, bevor er in strengem Ton entgegnete: »Diesen Unsinn würdige ich keiner Antwort.« Dann verengten sich seine Augen. »Hat Kitty dir irgendwelche Flausen in den Kopf gesetzt? Sie mag mich nicht. Das weiß ich.«

»Nein. Kitty hat noch nie ein böses Wort über irgendjemanden gesagt. Über dich schon gar nicht.« *Ich bin es, die dir misstraut,* wollte sie schreien. Dabei ging es gar nicht um seine Treue. Plötzlich spielte es keine Rolle mehr, ob er mit einer anderen geschlafen hatte. Es widerstrebte ihr, ihm ihre *Zukunft* anzuvertrauen.

»Hoffentlich nicht!« Er musterte sie vorwurfsvoll. »Darf ich jetzt duschen?«, fragte er sarkastisch. »Oder willst du sonst noch was über meine dunkle Vergangenheit wissen?«

»Tut mir Leid, dass ich das Thema angeschnitten habe. Geh unter die Dusche.« Sie fühlte sich traurig und erleichtert zugleich. Am erstaunlichsten fand sie seinen und ihren eigenen Gleichmut. Sie hatte erwartet, eine achtzehnjährige Ehe würde mit Donner und Getöse enden, nicht mit einem kleinen Geplänkel. Als sie das

Wasser rauschen hörte, überlegte sie, ob er ihr ein trockenes Handtuch übrig lassen würde.

Sie nahm sich nicht die Zeit, das festzustellen, schlüpfte in ein altes Strandkleid, das sie im Schrank entdeckt hatte, und rannte zur Mansarde hinauf, um Kyle und Jennie zu wecken. Doch sie waren schon aufgestanden, und Daphne fand die beiden in Kittys Zimmer am Boden, selbstvergessen mit einem Mikado-Spiel beschäftigt, das die Tante ihnen gegeben hatte. Widerstrebend scheuchte sie die Kinder in die Küche, wo Kitty bis zu den Ellbogen in einem Kuchenteig versank.

Wie hübsch sie heute Morgen aussieht, dachte Daphne, *diese strahlenden Augen und rosigen Wangen.* Stimmte es, was Mutter behauptet hatte? Fragend schaute sie ihre Schwester über zwei blonde Köpfe hinweg an, und Kitty nickte scheu.

Da stieß Daphne einen Freudenschrei aus, lief zu ihr und umarmte sie. »Oh, das ist wundervoll«, flüsterte sie. »Stell dir vor, unsere Kinder werden zusammen aufwachsen …« Sie fügte nicht hinzu, dass sie vermutlich viel länger hier bleiben würde als geplant.

»Hoffentlich wirst du die Patentante.« Kitty roch schwach nach Zimt und frisch gewaschenem, mit Regenwasser gespültem Haar. »Noch was – du kannst hier wohnen, so lange du willst.« In ihrer Stimme schwangen Tränen mit. »Am besten für immer.«

Wieder einmal tauchte Johnnys Bild vor Daphnes geistigem Auge auf – am Ende des Kais, die Fäuste tief in den Taschen, das Haar vom Wind zerzaust. Ein paar beglückende Sekunden lang schwelgte sie in dieser Phantasie, in der Sehnsucht, die sie ihrer fast gescheiterten Ehe zuliebe unterdrücken musste. Dann erinnerte sie sich, weshalb sie gekommen war. »Ich fahre zu Mutter. Würdest du auf die Kinder aufpassen?«

Vermutlich war ihre Sorge albern, aber ein sechster Sinn

drängte sie, am Agua Fria Point nach dem Rechten zu sehen. Sie würde ihre Mutter zweifellos bei einer Tasse Kaffee antreffen. Oder am Strand. Und sie würde staunen, weil die Tochter so kurz nach dem Dinner schon wieder zu Besuch kam, aber sehr gern mit ihr schwimmen wollte. Warum nicht?, dachte Daphne. Das Wasser würde kalt und erfrischend sein. Genau richtig, um die Spinnweben aus dem Kopf zu vertreiben.

»Ja, natürlich.« Kitty sah sie forschend an. »Was ist los? Hast du immer noch Angst um Mutter? Gestern Abend schien alles normal.«

»Vielleicht *zu* normal …«, erwiderte Daphne. Gegen ihren Willen waren ihr die Worte herausgerutscht, und sie fügte rasch hinzu: »Wenn ich zurückkomme, erzähl ich's dir.« Es wäre sinnlos gewesen, Kitty mit einer wahrscheinlich unbegründeten Sorge aufzuregen.

Aber so leicht konnte sie ihrer Schwester nicht entrinnen. »Sollte irgendwas nicht stimmen, will ich es wissen.«

»Es ist nichts, sicher ist Mutter okay. Es ist nur meine alberne Paranoia …« Daphne wühlte in den sandigen Schuhen und Sandalen an der Hintertür. Später würde sie alles erklären, jetzt musste sie sich beeilen. Für alle Fälle … Obwohl sie beschlossen hatte, Kitty nicht zu beunruhigen, bat sie auf dem Weg nach draußen: »Wenn du in einer Dreiviertelstunde nichts von mir hörst – schick die Polizei zum Haus.«

Um halb acht parkte sie vor Mutters Haus. Inzwischen war die Sonne über den Wipfeln der Monterey-Zypressen emporgestiegen, die entlang der Klippen in mühsamer Majestät wuchsen. Ihre Zweige, vom Wind gepeitscht, glichen den ausgestreckten Armen von Sirenen, die nichts ahnende Seefahrer in den Tod lockten. Vom Regen frisch gewaschen, leuchtete der Himmel, und Daphne roch das immer noch feuchte Gras. Vor der Küste wippte ein Pelikan auf den Wellen, glänzend wie blank poliertes Chrom.

Alles in allem ein perfekter Morgen, um zu schwimmen.

Sie beschloss, sofort zum Strand hinabzugehen. Wenn Mutter nicht dort war, umso besser. Danach würde sie im Haus eine Tasse Kaffee trinken. Was für ein herrliches Wetter – so schön, dass sie beinahe vergaß, warum sie hergekommen war.

Nur fast. Nicht ganz. Sie stieg die steile Treppe hinunter, die im Zickzack zur Bucht führte. Wie of war sie in der Kindheit mit den Schwestern diese Stufen hinabgelaufen? Tausendmal, in endlosen Sommerwochen. In ihrer Phantasie sah sie Mutter am Klippenrand stehen, in ihrem hellblauen Lieblingsbademantel, das blonde Haar von der Sonne vergoldet, die Hände trichterförmig vor den Lippen. *Seid vorsichtig, Mädchen!,* hatte sie gerufen.

Genauso eindringlich, wie sie ihre Töchter vor Fremden warnte, die sie im Auto mitnehmen wollten, oder sie ermahnte, niemals eine Straße zu überqueren, ohne nach beiden Seiten zu schauen, wies sie auf die Gefahren des ablaufenden Wassers hin. Und sie hatten nur zu zweit hinausschwimmen und kurz nach dem Essen nicht ins Wasser gehen dürfen.

Während Daphne nun die dicht mit Königskerzen bewachsene Klippe hinabstieg, fragte sie sich, ob irgendetwas auf die Gefahr einer Familientragödie hingedeutet hatte. Gab es ein Frühwarnsystem für solche Dinge? Einen blinkenden Leuchtturm an einer fernen Küste, den sie hätten beachten müssen?

Zunächst wirkte der Sandstrand verlassen. Dann entdeckte sie weiter unten bei den Felsen, die ihn schützten, ein ordentlich gefaltetes Handtuch über einer Strohtasche. Zweifellos gehört beides ihrer Mutter. Wer sonst würde um die Tageszeit hier schwimmen? Daphnes Augen suchten den Horizont ab, fast geblendet vom glitzernden Widerschein der Sonnenstrahlen auf den spitzen

Wellen. Kein Lebenszeichen. Nur Möwen kreisten am Himmel, und das heisere, klagende Geschrei jagte ihr einen Schauer über den Rücken.

Und dann sah sie etwas Helles, Rundes im Wasser wippen, etwa hundert Yards weit draußen. Vielleicht eine Badekappe, die nicht unterging und einfach nur dahintrieb. Daphne erinnerte sich an ihren Traum, und eine eisige Hand schien ihr Herz zu umfassen. Ohne lange zu überlegen, zog sie das Kleid aus und rannte in die Brandung. Wie Seide glitt die kühle Brise über ihre nackte Haut.

Von einer Welle überspült, schnappte sie nach Luft. O Gott, wie kalt … Hier würde niemand baden. Gewiss nicht zum Spaß. Beinahe wäre sie umgekehrt, aber ein Instinkt hinderte sie daran. Sie begann mit kräftigen Zügen zu schwimmen und bekämpfte die drohende Panik. Immer wieder wurde sie von Wellenbergen überrollt, die ihr, vom Ufer aus betrachtet, klein erschienen waren. So weit hatte sie sich schon lange nicht mehr aufs Meer hinausgewagt. Mit den Kindern planschte sie nur im seichten Wasser. Einmal hatte sie gescherzt, sie sei gänzlich außer Form. Jetzt fand sie das nicht mehr komisch.

Trotzdem schwamm sie weiter. Gnadenlose Wellen schlugen ihr ins Gesicht. Sie würgte und bezähmte erneut den Impuls, umzukehren. Über ihrem Kopf kreischte eine Möwe. Am liebsten hätte Daphne selbst geschrien. Das eisige Wasser betäubte das Gefühl in ihren Gliedern, die immer schwerer wurden. Als sie fürchtete, ihr eigenes Gewicht würde sie in die Tiefe ziehen, drehte sie sich auf den Rücken, und der Himmel starrte sie wie ein riesiges Auge an, ohne zu blinzeln. Sie holte tief Luft und rief, so laut sie konnte: *»Mutter!«*

Keine Antwort. In zitternder Stille trieb sie dahin, von Wogen geschaukelt, die den Vater heranzutragen schienen – von der hellen Kugel herüber, die sie aus den Augenwinkeln sah, nur ein Dutzend Yards entfernt.

Schwimm zurück, mahnte eine innere Stimme. Sie dachte an Kyle und Jennie, und qualvolle Angst verengte ihre Brust. Wenn sie ertrank, würden die Kinder ihre Mutter verlieren.

Und wenn sie umkehrte, wäre *sie* mutterlos. Die brennenden Augen zusammengekniffen, schwamm sie auf die Kugel zu. Eine Erinnerung erwachte. Im zweiten High-School-Jahr hatte sie den ersten Preis beim Emily-Houghton-Kurzgeschichten-Wettbewerb für aufstrebende junge Autoren gewonnen. Daddy ließ die Urkunde rahmen und hängte sie in ihrem Schlafzimmer an die Wand. »Jedes Mal, wenn du sie anschaust, wirst du dich entsinnen, dass du alles erreichen kannst, was du willst.« Doch dieses Wissen war ihr im Dickicht der Ehe und Mutterschaft abhanden gekommen – ebenso die Überzeugung, bemerkenswerte Fähigkeiten zu besitzen.

Endlich bewältigte sie die letzte kurze Strecke, die sie von ihrer Mutter trennte. Es war keine Badekappe, nur der schmutzig weiße Schaumgummischwimmer von einem Fischernetz ... Irgendwie fühlt sie sich betrogen. Eine Zeit lang trat sie Wasser und suchte den Horizont ab. Leer und schimmernd starrte er zurück.

Erst auf dem Rückweg zum Strand merkte sie, wie weit sie hinausgeschwommen war. Jetzt wehte ihr der Wind entgegen. Er hatte aufgefrischt und häufte lang gezogene Wellen übereinander. Und die Strömung zerrte Daphne unerbittlich von der Küste weg.

In ihrer Angst begann sie zu erlahmen, die Schwimmzüge wurden schwächer, die Beine konnten den Körper nicht mehr vorantoßen. Sie bewegte sich auf der Stelle. Oder vielleicht versank sie. In diesem Augenblick erkannte sie die Wahrheit. *Mutter wollte nicht gerettet werden.* Und nun würde auch sie sterben, obwohl es so viel gab, wofür es sich zu leben lohnte. Als sie die Ironie dieses Gedankens erkannte, lachte sie atemlos. Sie war keine Heldin. Nicht einmal ihre Ehe konnte sie retten. *Ein weiterer Todesfall in dieser verrückten Familie.*

Völlig erschöpft, wollte sie sich nur noch treiben lassen. Irgendwohin. Würde es schwierig sein, alles aufzugeben? In letzter Zeit hatte sie schon sehr viel verloren – den Vater, die Mutter, Johnny. Und jetzt Roger …

Doch die Erinnerung an die Kinder riss sie aus der betäubenden Trance. Nicht mehr die süßen Gesichter zu sehen, die sie schläfrig anblinzelten, wenn sie abends neben den Betten stand? Nicht mehr die weichen, rosigen kleinen Körper zu spüren, die sie nach dem Bad abtrocknete? Das war undenkbar.

Durch einen stechenden roten Schleier sah sie die dunkle Silhouette einer Gestalt an einem Strand, der unendlich weit entfernt lag, von dem sie zahllose Seemeilen trennten. Dann blinzelte sie, und das Bild verschwand.

Wellen rauschten ihr entgegen, eine nach der anderen, und sie hatte das Gefühl, sie wäre einem grausamen feindlichen Angriff ausgesetzt. Bald konnte sie den Kopf nicht mehr über Wasser halten. In ihrem Mund brannte ein salziger Geschmack. Das Meer und der Himmel schienen sich zu verdunkeln, miteinander zu verschmelzen in einer Masse aus tanzenden grauen Punkten. Von der Kälte halb benommen, spürte sie ihre Beine nicht mehr. *Lieber Gott, hilf mir …*

»Daphne!«

Als sie unterging, hörte sie ihren Namen.

Johnny. Es klang wie Johnnys Stimme.

Nein, unmöglich. Wie konnte er wissen, wo er nach ihr suchen musste?

Die Freude, die sie eben noch erwärmt hatte, wurde von bitterer Enttäuschung verdrängt.

Trotzdem mobilisierte sie ihre letzten Kräfte. Sie drehte sich wieder auf den Rücken und holte tief Atem, immer wieder, bis das Schwindelgefühl verebbte. Allmählich kroch die Farbe in den grauen Himmel zurück, und sie begann zu schwimmen.

Wenig später wurde sie von einer Welle überrollt, Wasser quoll in Mund und Nase, und ihre Beine verfingen sich hilflos in einem saugenden Wirbel. In ihren Lungen schien ein wildes Feuer zu lodern. Verzweifelt tastete sie nach der Oberfläche – und wurde von starken Armen umfangen. Während sie dagegen ankämpfte, zerrten sie an ihr, zogen sie nach oben. Über ihrem Kopf öffnete sich der Himmel, süße Luft strömte in ihre Lungen.

»Alles in Ordnung, Daphne. Jetzt bist du okay.«

Johnny. Schluchzend und keuchend klammerte sie sich an ihn. *Wieso …?*

»Entspann dich. Gleich sind wir am Strand.«

Wasser rann in ihre Augen, und sie sah sein Gesicht nur verschwommen. Aber die Nähe seines muskulösen Körpers übte eine beruhigende Wirkung aus, und sie erschlaffte, als er sie mit einem Arm umschlang und mit dem anderen zur Küste schwamm, um sie in Sicherheit zu bringen. *Johnny, o Johnny – du hast mich gefunden.*

»Jetzt ist es nicht mehr weit«, beruhigte er sie. Sie vertraute ihm und gab den Versuch auf, die Beine zu bewegen und mit ihm zu schwimmen, was ihn nur behindert hätte. Vielleicht verlor sie für einen kleine Weile das Bewusstsein, denn das Nächste, was sie wahrnahm, war Schlamm unter ihren Füßen.

Sie landete in feuchtem Sand. Minutenlang lag sie einfach nur da und rang nach Atem, von Seetang bedeckt, wie eine arme, halb tote Kreatur, die das Gewitter der letzten Nacht an Land gespült hatte.

Dann wurde die Sonne von breiten Schultern verdeckt, starke

Hände hoben sie in wenig hoch. »Daphne? Ist alles in Ordnung?« Johnny kauerte neben ihr und starrte angstvoll in ihr Gesicht, die Augen so grau wie das Meer hinter seinem Rücken.

Sie hustete krampfhaft, spuckte Wasser aus und schmiegte sich an ihn. Mit zitternden Fingern streifte sie nasses Haar aus ihren Augen, starrte ihn an und begann zu lachen. Doch schon nach wenigen Sekunden ging das Gelächter in einen Tränenausbruch über.

Er hielt sie in den Armen und ließ sie weinen. Unter seiner warmen Haut hörte sie seinen Herzschlag, gleichmäßig und tröstlich. Seine Hände wanderten über ihren Körper, als wollte er sich vergewissern, dass sie auch wirklich okay war. »Gott sei Dank, Daphne«, flüsterte er immer wieder, »Gott sei Dank …«

Nach einer Weile hob sie den Kopf. Er war völlig nackt. So wie sie. Über seine Brust und die Arme rann Wasser, das Haar klebte am Schädel. Und es waren seine Augen, die ihr beteuerten, sie sei am Leben – sie würde nicht träumen, während sie zum Meeresgrund hinabsank. Jetzt wirkten sie nicht mehr grau, sondern so strahlend blau wie der wolkenlose Himmel. Es waren die Augen eines Mannes, der um der Liebe willen *alles* tun würde.

»Wie – wie bist du …«

»Pst!«, mahnte er und drückte sie an seine Brust. »Dafür musst du dich bei deiner Schwester bedanken. Als sie dich nicht im Haus deiner Mutter erreichte, machte sie sich Sorgen und rief mich an.«

»Mutter …« Daphnes Stimme brach, und sie begann wieder zu schluchzen.

»Später«, versprach er besänftigend. »Jetzt muss ich dich erst einmal abtrocknen und anziehen. Kannst du gehen?«

»Ja, ich glaube schon …« Sie versuchte aufzustehen. Aber ihre Knie knickten ein wie nasse Pappe, und Johnny hob sie hoch, wie in den Phantasiegeschichten ihrer Mädchenzeit, als die Heldin nach überstandener Gefahr ein glückliches Leben führte und niemand jemals starb oder verletzt wurde.

Nur ein kurzes Glück, dachte sie. *Früher oder später wird die Wirklichkeit zurückkehren* ... Aber in ihrem halb benommenen Zustand gewann sie eine wichtige Erkenntnis: Dieser Realität, mochte sie gut oder schlecht oder hässlich sein, würde sie nie mehr allein gegenüberstehen. Johnny würde an ihrer Seite sein – nicht um sie immer wieder aus höchster Gefahr zu retten, davon hatte sie vorerst genug –, aber er würde in ihrem Bett schlafen und mit ihr durchs Leben gehen, im Gleichklang mit ihren Schritten.

»Ich habe vergessen, dir zu danken«, flüstert sie an seiner Brust, während er sie die steilen Stufen zum Haus hinauftrug.

»Dafür hast du noch viel Zeit.« Johnnys heisere Stimme verriet seinen Kampf mit heftigen Gefühlen. »Unser ganzes restliches Leben.«

Epilog

Es war eine jener Schönwetterperioden, an die sich ältere Bewohner von Miramonte monate- oder sogar jahrelang erinnern würden. In diesen wolkenlosen Tagen zeigte das Digitalthermometer über dem Wells Fargo gleich bleibende Temperaturen von fünfundzwanzig Grad an. Entlang der Küste blühten bunte Sonnenschirme, und der Nebel, der jeden Morgen vom Meer heranzog, war zu Mittag nur noch eine schwache Erinnerung. Ein Geschenk des Junis an die Stadtbevölkerung, bevor im Sommer unzählige Busladungen von Touristen den Strand und dicht gedrängte Winnebagos die Parkplätze übersäen würden, wie eine Herde friedlich grasender Ungetüme.

Ein Jahr war seit jenem besonderen Datum verstrichen, das in den Grabstein neben Vernon Seagraves letzter Ruhestätte unter einem ausladenden Johannisbrotbaum auf dem Twin Oaks Cemetery eingraviert war: *Lydia Seagrave, treue Ehefrau und Mutter*, lautete die Inschrift. Ihre Töchter wussten, dass diese Worte manchen Leuten wie blanker Hohn erscheinen würden. Während des Medienrummels nach ihrem Tod – von der Boulevardpresse »mysteriöses Verschwinden« genannt, als würde sie sich auf einer luxuriösen Hazienda irgendwo südlich der Grenze ins Fäustchen lachen – hatten sogar Daphne, Kitty und Alex gewisse Zweifel gehegt. Immerhin wurde keine Leiche an Land gespült. Und Mutters sorgsam geordnete Angelegenheiten mussten nicht auf einen geplanten Selbstmord hinweisen. Stattdessen konnten sie das Werk einer praktisch veranlagten Frau kurz vor ihrem Mordprozess sein.

Aber jede der drei Schwestern zog ihre eigenen Schlüsse, die schließlich übereinstimmten. In den schlaflosen Nächten nach Mutters Verschwinden, unter dem Ansturm so vieler unbeantworteter Fragen, entstand allmählich ein klares Bild – das Porträt einer Frau, die ihren Mann übermäßig, vielleicht bis an die Grenze des Wahnsinns geliebt hatte, jedenfalls genug, um ihn zu töten und vor einer unverzeihlichen Tat zu bewahren. In mancher Hinsicht eine ganz normale Frau, begabt und humorvoll, von der Liebe zu ungewöhnlichen Maßnahmen getrieben.

Für Kitty war es eine Zeit der Verluste und Erneuerungen. Glücklicherweise verlief ihre Schwangerschaft problemlos, ohne all die qualvollen Schwierigkeiten, vor denen andere ältere Mütter sie gewarnt hatten. Sie gebar ihr Baby daheim im viktorianischen Schlittenbett, wo sie es auch empfangen hatte – ein kerngesundes, acht Pfund schweres Mädchen. Während der sechzehnstündigen Wehen blieb Sean an ihrer Seite. Kein einziges Mal hatte er in den letzten Monaten den Lamaze-Kurs versäumt. Als die Nabelschnur durchschnitten werden musste, reichte ihm die Hebamme ihre Schere, und er erfüllte diese Pflicht mit dem Stolz eines Zeremonienmeisters an Bord eines Luxusschiffs. Dann hielt er seine Tochter im Arm und betrachtete ihr dichtes rotes Haar. Sein Gelächter konnte den Kloß in seinem Hals nur teilweise überspielen. »Wenigstens hat sie meine Augen.«

Wie alles in Kittys Leben war ihre neue Familie – milde ausgedrückt – unkonventionell. Bevor sie Zukunftspläne schmiedeten, wollten sie Seans College-Abschluss abwarten. Doch das hinderte ihn nicht an regelmäßigen Besuchen, wobei es ihm schwer fiel, seine Aufmerksamkeit möglichst gerecht zwischen Kitty und dem Baby zu verteilen. Als sie über den Namen diskutierten, setzte er sich letzten Endes durch, und sein Kind hieß Madeleine, was die ekstatischen Gäste im Teesalon sofort zu »Maddie« umwandelten.

An der Frage, wer die Aufsicht übernehmen würde, gab es keinen Zweifel. Daphnes Tochter schlüpfte mühelos in die Mutterrolle und saß stundenlang neben der Wiege, die Sean von einem Zimmermann hatte anfertigen lassen. Dafür hatte er zwei Tage lang kostenlos bei ihm gearbeitet. Jennie verwickelte Maddie in endlose geflüsterte Gespräche, als könnte das Baby jedes Wort verstehen, und überließ ihm großzügig Spielsachen und Puppen. Wenn sich Fremde über die Wiege beugten, wurden sie von einer indignierten Vierjährigen ermahnt: »*Mein* Baby!«

Daphne blieb für immer in Miramonte. Ein paar Monate nach dem Verschwinden der Mutter erklärte sie Roger, sie würde sich scheiden lassen, und mietete einen bescheidenen Bungalow, nicht weit von Kittys Haus entfernt. Anfangs war es schwierig, aber nach ein paar Szenen und wilden Drohungen benahm sich Roger erstaunlich fair. Schließlich gelangten sie zu einer Einigung, mit der sie beide leben konnten. Er würde das Penthouse in New York behalten, und die Kinder würden jeden Sommer für sechs Wochen zu ihm kommen, außerdem an jedem zweiten Weihnachts- und Osterfest. Der Mutter sollte das Sorgerecht für Kyle und Jennie zugesprochen werden. Für das Buch über die Geschichte ihrer Familie, das im Herbst erscheinen würde, hatte sie bereits einen beträchtlichen Vorschuss erhalten.

In diesem besonderen Krieg einer Veteranin, versicherte ihr Alex, die Scheidung würde reibungslos über die Bühne gehen. Sie hatte ihren Ex-Mann im Dezember in aller Stille wieder geheiratet. Beide Häuser wurden verkauft. Mit dem Erlös beglich Alex ihre Schulden. Zur allgemeinen Überraschung zogen die Cardozas in das Haus am Agua Fria Point. Es war allen drei Schwestern vererbt worden, aber Daphne und Kitty begnügten sich mit einer geringfügigen monatlichen Zahlung.

An diesem sonnigen Todestag ihrer Mutter versammelten sie sich auf der Veranda, wo sie in der Kindheit so viele Stunden verbracht, die neueste *Nancy-Drew*-Ausgabe verschlungen oder ihre nassen Haare trocken gebürstet hatten. Im Garten schob Jennie die kleine Maddie in einem rosa Buggy hin und her. Das Baby krähte entzückt, und die roten Löckchen glänzten im Sonnenschein. Die Zwillinge gingen mit Kyle schwimmen und schworen hoch und heilig, ihn nicht aus den Augen zu lassen.

Daphne sorgte sich nicht um ihren Sohn, den seine Kusinen vergötterten. Während sie in einem grünen Korbstuhl saß, einen gepackten Koffer neben der Tür, waren ihre Gedanken ganz woanders.

»Soll ich Limonade in eine Thermosflasche füllen?«, erbot sich Kitty. »Du hast eine lange Fahrt vor dir.«

»Macht nichts«, erwiderte Daphne. »Wir halten unterwegs an.«

»Dummkopf, die trinken Champagner.« Lachend schüttete Alex das geschmolzene Eis aus ihrem Glas auf die Hortensien unterhalb der Veranda. Seit Jim auf Geschäftsreise in Taiwan war, lebte sie mit ihren Töchtern von Limonade und Keksen und klagte, in dieser Woche habe sie genug zugenommen, um ein Boot zu versenken, obwohl ihre Schwestern nichts dergleichen bemerkten.

»Ich wünschte nur …«, seufzte Kitty. »Ach, ich weiß nicht – eine richtige Zeremonie wäre viel netter. Mit Blumen und Torte. Und Reis. Was ist eine Hochzeit ohne Onkel Ben's?«

»Das sagst ausgerechnet *du!*«, schimpfte Alex liebevoll. »Sieh dich und Sean an. Wenn ihr beide heiratet, könnt ihr euch im Seniorenheim anmelden.«

In gespielter Empörung hob Kitty das Kinn. »Dann habe ich wenigstens jemanden, der mich im Rollstuhl herumschiebt.«

»Da muss Sean erst mal den Führerschein machen«, witzelte Daphne. Dann fügte sie ernst hinzu: »Sicher haltet ihr mich verrückt, und vielleicht bin ich's auch. Aber nach allem, was geschehen ist, fanden wir, es wäre eine gute Idee, einfach durchzubrennen – so, wie wir es vor zwanzig Jahren vorhatten.«

Neugierig beugte sich Alex vor. »Was ist damals eigentlich passiert?«

»Johnny rannte davon.«

»Nachdem Daddy ihn vertrieben hatte, hat mich das nicht überrascht«, meinte Kitty, sich dunkel erinnernd.

Daphne schüttelte den Kopf. »Ganz so war es nicht. Johnny hatte Angst, er könnte mir nichts bieten. Wir waren so jung … In gewisser Weise hat sich alles vorteilhaft entwickelt. Wäre es anders gekommen, hätte ich Kyle und Jennie nicht.«

»Nun kannst du ihre Existenz eine ganze Woche lang vergessen.« Alex hatte sich bereit erklärt, Kyle und Jennie während Daphnes Hochzeitsreise zu betreuen.

»Hauptsache, du bist glücklich, Daph«, meinte Kitty und warf einen zärtlichen Blick auf ihr Baby. »Wer braucht schon Onkel Ben's? Wo du doch einen Mann hast, der deinetwegen von seinem Thron herabgestiegen ist.«

»So dramatisch war es nun auch wieder nicht«, erwiderte Daphne und lachte etwas unbehaglich. »Er ist immer noch Anwalt, allerdings nicht mehr bei der Bezirksstaatsanwaltschaft.«

»Sicher hat eine Privatkanzlei ihre Vorzüge«, bemerkte Alex.

»Zumindest werdet ihr nicht verhungern«, warf Kitty ein.

»Wie könnte man, wenn man in deiner Nähe wohnt?« Verzweifelt runzelte Alex die Stirn und starrte die große Keksdose an, die Kitty mitgebracht hatte.

In diesem Augenblick hörte Daphne das ferne Surren eines Motors. Sie dachte an längst vergangene Abende, als sie auf dieser Veranda gewartet hatte. Diesmal bog ein mitternachtsblauer Thunderbird um die Kurve und in die Cypress Lane. Aber das Gesicht des Mannes am Steuer, eine Zigarette im Mundwinkel, hatte sich kaum verändert. Als er sie sah, hupte er. Sie winkte ihm zu und fühlte sich wieder wie ein sechzehnjähriges Mädchen. Vor ihr lag der rote Teppich eines neuen Lebens, voller Wunder und ein bisschen beängstigend.

Langsam stand sie mit zitternden Knien auf, holte den Koffer und umarmte ihre Schwestern. Dann holte sie tief Luft, atmete den Duft des Meeres und der Wacholderbüsche ein und zog zwei alte Busfahrkarten aus der Tasche ihres Blazers, bevor sie die Verandastufen hinabstieg. Fast ihr ganzes Leben lang hatte sie auf diesen Moment gewartet. Klopfenden Herzens eilte sie dem Mann entgegen, der den Weg zu ihr heraufkam.

Zusammen mit seinem Vater versucht der zwölfjährige Danny den Tod seiner Mutter zu verarbeiten. Wenn die Sehnsucht allzu groß wird, dann träumt er von einem Ort, an dem er sich der Mutter am nächsten fühlt: der Fels zwischen Himmel und Meer.
Als sein Vater die Amerikanerin Helen kennen lernt, kommt Danny nicht damit zurecht, dass eine andere Frau den Platz seiner Mutter einnehmen soll. Mit allen Mitteln versucht er, das zu verhindern …

Wem *„Schlaflos in Seattle“* gefallen hat, der wird diesen Roman lieben!

„Eine wundervolle Vater-Sohn-Beziehung, eine einmalige Liebe, eine nie erlebte Trauer – und ein Finale, das zu tausend Tränen rührt.“ SUNDAY TIMES

ISBN 3-404-14651-4

BASTEI
LÜBBE

Liebe Leserinnen und Leser,

im Lauf der Jahre gefiel es mir, die Personen meiner Romane an Orte zu führen, die nur wenige Menschen im wirklichen Leben freiwillig aufsuchen würden. Aber ich hatte mich noch nie mit einem Mord befasst. In EIN LETZTER TANZ *erfährt man sofort, dass Lydia Seagrave, seit vierzig Jahren treu ergebene Ehefrau, ihren Mann erschossen hat. Man weiß allerdings nicht, warum. Mit diesem Geheimnis müssen Lydias drei erwachsene Töchter kämpfen, und wesentliche Aspekte ihres eigenen Lebens hängen von der Lösung des Rätsels ab. Im Mittelpunkt steht die Frage nach der Familie, die sich viele von uns stellen: Stimmt es, was wir glauben – oder können wir nur einen Teil der Wahrheit ertragen?*

Während meiner Arbeit an EIN LETZTER TANZ *geschah etwas Trauriges: Ich verlor meinen Vater. Und so musste ich wie meine Romanfiguren einen Sinn hinter einer scheinbar sinnlosen Tragödie suchen, in die verborgenen Winkel meiner Erinnerungen schauen, in die verschlungenen Hintergassen von zwischenmenschlichen Beziehungen, die nicht so unkompliziert waren, wie es an der Oberfläche aussah. Ich weinte mit Daphne, Kitty und Alex. Dann geschah etwas Wunderbares: Ich spürte, dass meine Geschichte die Initiative ergriff, zum ersten Mal in meiner schriftstellerischen Tätigkeit, und ein Eigenleben entwickelte, das mir manchmal den Atem nahm.*

Hoffentlich erkennen Sie in diesen Seiten, was ich empfand. Vor allem hoffe ich, Sie genießen die Lektüre. Ein Buch ist immer nur so gut wie die Geschichte, die es erzählt. Als ich EIN LETZTER TANZ *zu schreiben begann, wusste nicht einmal ich, wie der Roman enden würde. Ist das nicht das beste aller Geheimnisse?*

Eileen Goudge

Für meine Kinder Michael und Mary und alle, die wissen, dass man Fragen stellen muss, bevor man Antworten sucht.

Wir tanzen im Kreis und fühlen uns der Erkenntnis nahe,
doch das Geheimnis sitzt in der Mitte und weiß alles.

Robert Frost